复旦大学中文系"双一流"学科建设经费支持

史料与阐释(总第七期)

主　　　编：陈思和　　王德威

执行副主编：张业松　　段怀清

复旦大學出版社

卷头语

　　因为诸多原因,本辑虽早已编定,但出版面世拖延至今。对于因此而给本辑作者、译者及读者诸君所带来的不便,编者在此表示由衷歉意。唯愿接下来的《史料与阐释》能基本按计划安排出版。

　　本期之特辑为纪念罗飞先生,发文三篇。其中前两文作者,为与罗飞先生有过著作编辑交往的友人后辈,第三位作者则为曾担任《粤海风》主编的徐南铁先生。这三篇文章均涉及罗飞先生20世纪80年代以来的写作及编辑工作,提供了一些相关文献史料,对于读者进一步了解认识这位"七月派"诗人的晚年思想与文学工作,定当有所帮助。

　　扬州大学金传胜老师一组文章,涉及瞿秋白、梁漱溟、萧珊、苏青四位现当代思想及文学人物。这组文章专注于文献史料及考证研究,不仅提供了一些稀见史料文献,而且还不乏言简意赅之分析论述。

　　李振声教授的外来思想、本土资源与现代文学之间关系的研究,为其近年所尤为关注并着力推进者。本期刊发振声老师以刘师培《中国民约精义》为个案,来讨论外来思想与本土资源是如何转化为中国现代语境的这一思想理论及文学史命题的长文。此文也是他这一研究的阶段性成果,因为本辑的延期出版,导致振声老师这一研究成果未能及早为读者所了解,甚感遗憾。

　　本期"海外汉学专辑"以"中国作家与法国文学"为中心,特邀复旦大学法语系杨振博士代为组稿。专辑中张寅德、苏源熙、彭小妍三位学者的文章,杨振博士在主持人按语中已有介绍说明,此不赘述。三位学者分别来自法国、美国和中国台湾。专辑中除杨振博士一文外,另外三文分别由张梦、王一丹、齐悦三位青年学者担任翻译。张梦为复旦大学英语系研究生,王一丹翻译此文时为复旦大学中文系比较文学与世界文学专业研究生,现为纽约大学比较文学专业研究生,齐悦现为法国巴黎高等师范学院博士候选人。在此亦向杨振博士及三位担任翻译的青年学者表示感谢!

　　对于海外汉学研究及相关文献资料,本刊今后还将持续予以关注,并郑重推介相关研究成果,同时亦期待各位学者惠赐大作。

　　本辑"史料·苏雪林专辑",特别刊发苏雪林著、宋尚诗译的《中国现代小说和戏剧》。文前有译者所撰前言,后亦有附录。这组文献,对于认识了解作为现代文学批评家及研究家的苏雪林,显然提供了一个重新阅读与观察的文本视角。

年谱部分,分别为清末民初小说家、诗词作家邹弢著述编年,以及现代作家罗暲岚年谱。邹弢属于鲁迅在《上海文艺之一瞥》中所提到的《申报》创办时期的作家,与早期《申报》文人群多有交往。政治思想上关注洋务及维新,文学上尝试小说及随笔写作,撰有长篇小说《断肠碑》(亦名《海上尘天影》)、短篇小说集《浇愁集》等。该著述编年,有助于对19世纪末、20世纪初这位"海派作家"的文学著述一生,有一个较为完整的掌握和了解。

本期执编:段怀清

目　录

【特辑·纪念罗飞先生】
怀念我的老师罗飞叔叔　　　　　　　　　　　　　　　　　晓　风（002）
历经磨难依旧诚
　　——悼罗飞叔叔　　　　　　　　　　　　　　　　　刘若琴（004）
罗飞先生与《粤海风》　　　　　　　　　　　　　　　　　徐南铁（008）

【论述·金传胜考据文录】
瞿景白与瞿坚白史料钩沉　　　　　　　　　　　　　　　　金传胜（014）
梁漱溟1929年山西讲学活动考　　　　　　　　　　　　　　金传胜（019）
萧珊佚文考述　　　　　　　　　　　　　　　　　　　　　金传胜（027）
女性主义视角下苏青的母性书写
　　——以两篇佚作为中心　　　　　　　　　　　　　　 金传胜（035）
苏青集外文述略
　　——兼谈"后沦陷"时期苏青的散文创作　　　　　　　金传胜（048）

【论述】
外来思想与本土资源是如何转化为中国现代语境的？
　　——以刘师培所撰《中国民约精义》为例　　　　　　 李振声（060）
天下秋肃，笔端春温：试论民初五四小说的潜在抒情
　　——兼及对清末民初短篇小说的一点探讨　　　　　　 刘智毅（094）

【文献】
傅斯年手札八通　　　　　　　　　　　　　　　　　　　　雷　强（116）

【史料·苏雪林专辑】

译者前言:《中国现代小说和戏剧》的意义　　　　　　　　　　　宋尚诗(122)

中国现代小说和戏剧　　　　　　　　　　苏雪林 著　宋尚诗 译(133)

附录:《中国现代小说戏剧一千五百种》前言　　善秉仁 著　宋尚诗 译(165)

【海外汉学专辑】

主持人按语　　　　　　　　　　　　　　　　　　　　　　　　杨 振(170)

翻译与死亡　　　　　　　　　　苏源熙(Haun Saussy) 著　张梦 译(172)

王家卫的《欲望三部曲》
　　——机器人、眼泪和情动氛围(affective aura)　彭小妍 著　王一丹 译(185)

华人法语写作探源
　　——以陈季同为例　　　　　　　　　　　张寅德 著　齐悦 译(194)

从梁宗岱的文学译介活动看其与左翼作家的关系
　　——从《文学》中的蒙田谈起　　　　　　　　　　　　　　杨 振(202)

【年谱】

邹弢著述编年初稿　　　　　　　　　　　　　　　　　　　　段怀清(212)

罗暟岚年谱　　　　　　　　　　　　　　　　　　　　　　　叶雪芬(297)

【回应】

鼎谈"日本的华文文学"　　　　　　　　　　李长声　姜建强　张业松(318)

特辑·纪念罗飞先生

晓　风

怀念我的老师罗飞叔叔

这些年来,我常听到别人的赞扬,说我做了不少有意义的工作,对文学事业是有贡献的,等等。人们认可我的工作成绩,我当然高兴,但在心里也暗自惭愧。虽然我还算勤奋,也做出了一定的成就,但那都是我应该做的,实话说,做得还很不够,也有不足和失误之处;何况,我还得到了不少人的支持、鼓励和帮助呢!特别是我父亲的友人、前辈叔叔阿姨们,如绿原、何满子、贾植芳、冀汸、罗飞叔叔等人。他们给予我无私的帮助和指导,使我得以较好地履行了我应承担的任务,我常感温暖在心头。遗憾的是,随着岁月的流逝,他们都先后离开了我们,而去年去世的罗飞叔叔更是在真正意义上的我的老师,我时常回忆起他对我的教导和提携。

我父亲平反后,我从劳动了二十年的农场调出,来到他身边开始从事文学事业,但一切都得从头开始。我所拥有的只是青少年时期有限的一点阅读积累,而对父亲的生平、作品及成就,对父亲的友人以及"胡风案件"等都没有什么了解。在他最后这几年里,我尽力做他要我做的事情,参与了他编定《胡风评论集》《胡风杂文集》及《胡风译文集》等文集的工作,这才对我需要做的事情有了一定的认识,也开始整理出一些相关资料发表或编辑出版了。几年后,经罗飞叔叔极力促成,他所在的宁夏人民出版社决定出一本由胡风友人和"胡风分子"们撰写的《我与胡风》合集。罗飞叔叔一定要我担任主编,这在我可是从没做过的事情。我说,我不行,还是由您担任吧。但他还是坚持自己只任责任编辑,由我主编,于是,我只好"赶鸭子上架"了。真做起来,大量的约稿看稿工作都是他在做,因为他与"同案的"朋友们熟,彼此了解,那几年也都有联系,所以做起来比较顺当。而我在看稿编辑过程中也逐渐对这些"胡风分子"们加深了了解和感情,对他们在那场劫难中的命运感同身受,他们都成了我的亲人。罗飞叔叔从编辑顺序目录到稿件的繁略取舍推敲,到与出版社沟通,事无巨细,都亲力亲为。所有稿件,差不多都在我和他之间来回斟酌,甚至达数次,光为这本书,他就给我写了有数十封书信。这哪里是我在主编,分明他才是实际上的主编。我明白,这都是他对我这个新手的提携和指导。从这里,我懂得了做个负责任的编辑应该如何做,所需要负责担当的是什么。

这本《我与胡风——胡风三十七人回忆》于1993年1月出版,在同年6月举办的《胡风生平和文学道路图片展览》开幕式上给每位来宾送上了厚重的一本,引得了一致的好评。这本书,对关心中国现代文学,关心胡风、"七月派"和"胡风案件"的读者和研究者们来说,成了必读书和必备资料,在胡风研究和"胡风案件"的研究方面起了不容忽视的作用。只是,第一版只印了三千册,很快就卖完了。三年后,在罗飞叔叔的坚持下,出版社方面同意再版重印。由于初版时过于匆忙,校对不细,错讹较多。这时,他将初版本逐页校勘后再付印。这本应是我分内的事,却由他来做了,又一次让我感到惭愧。

由于广大读者对《我与胡风》一书的重视和需求,考虑到该书的不足和遗憾,十年后,还是在罗飞叔叔的竭力促成下,宁夏人民出版社同意出版该书的增补本,仍由我负主编名义。罗飞叔叔虽已离休,但还是主动担起了责任编辑的工作。出版增补本的宗旨是,尽量不遗漏所有"榜上有名"的友人。除约请上次未及写出文章的友人补充上相关文字外,还找到了几位已去世友人的遗作,或亲友们的相关纪念文字。有了出版上一本书时罗飞叔叔给我的指导和帮助,这次我勉强算是独立完成了这一工作。就这样,他还是给我写了不少信,在关键问题上给了我中肯的意见。最后,此书共增补了十几万字,成了八十八万字的煌煌上下两卷,于2004年1月出版,从而为"我与胡风"这一主题画上了较为圆满的句号!

由这本书,我与该书的另一责任编辑,时任宁夏人民出版社副社长的哈若蕙女士成了很好的合作伙伴和朋友。多年后,由她主持出版了我主编的《梅志文集》四卷本。再后来,她们与北京鲁迅博物馆合作,出版了《一枝不该凋谢的白色花》(阿垅百年纪念集)。我们的合作是愉快的,有成效的。毫无疑问,这里面都有着罗飞叔叔的功劳。

罗飞叔叔1949年前就参加了革命,是一位意气风发的青年诗人。他因诗而与我父亲成了忘年交。父亲信任他,介绍他与阿垅联系,为党传递阿垅搞到的国民党秘密军事情报,从而为解放事业立下了功劳。但到了胡案发生后,他与其他一些人一道,却以"反革命"的罪名被捕入狱。他以自身经历证明此罪名之不实,却招到呵责"假的就是假的,伪装当应剥去",而他的回答却永远是:"真的就是真的!"从此,他被剥夺了文学工作和写作的权利,直到1980年胡风一案的平反。

平反后,罗飞叔叔一直从事编辑工作,也就是"为他人作嫁衣裳",做无名英雄,很少有时间写诗,加之他对自己诗作的严苛要求,所以,晚年定稿发表的诗相对较少,只出了《银杏树》和《红石竹花》两本诗集。那些诗正如评论家高嵩所言:"在罗飞的诗里,有真实的时代感应,有真实的罗飞自己,有严肃的艺术经营。"离休后,面对某些人不是认真做学问而是故作惊人之语,"攻其一点,不及其余"的不良学风,他拍案而起,不辞劳苦查阅了大量资料,写文逐点加以批驳,再次为真理而与虚假作斗争。我理解为这是另一种诗情。

我的老师罗飞叔叔走了,虽然我再也听不到他对我的叮咛和嘱托了,但他的敬业精神和求真品格将永远激励着我,助我前行!

2018年3月

刘若琴[①]

历经磨难依旧诚

——悼罗飞叔叔

三伏天到来几日前,罗飞叔叔走了。他是新时期以来与父亲绿原联系比较多的一位朋友,也是我十分敬重的一位长辈。

罗叔叔比父亲小三岁,他们同为"胡风集团"案的受难者。该案平反前,他们从未见过面,仅神交而已。罗叔叔在文章中这样谈及父亲:"我很早就读到过他发表的诗,也听到过集会上他的被朗诵的诗。有幸解放前在胡风家中就亲炙到他尚未变成铅字的手稿。"而在1949年前往解放的上海参加革命工作的阿垅老伯的书信中,父亲见到"金尼"这个名字,知道他是上海的一位青年朋友,也是末期《蚂蚁小集》和之后《起点》文学刊物的编辑之一。

"金尼"是罗飞叔叔的一个笔名,他的本名叫杭行。20世纪80年代在北京他和父亲见面时,彼此就像结识了多年的老朋友。罗叔叔的籍贯在江苏东台,地处南方,但他给人的印象却像个北方人,不仅身材高大,而且快人快语,初次见面就让人感受到他的热情爽朗。

罗叔叔写过不少论及他人的文章,却少见他谈及自己的文字,曾读过他一首诗,题目为《串场河的乡思》,诗云:"记忆里/ 我的串场河/ 是忧郁无光的河// 破败的草棚里/ 闪烁橘黄的烛光……到今天 我还记得/ 童年 啜饮的/ 奶汁/ 极少甜味/ 常带涩苦//……串场河/ 濡湿过/ 我爬满青苔的岁月/ 灌溉过/ 我干涸的童年/ 滋润过我/ 感情的荒坡。"因而猜测,罗叔叔的童年是艰难困苦的。

听说罗叔叔少年时就喜爱读书,十六岁时发表了抗战题材的小说。20世纪40年代中后期他在上海民众夜校教书时,业余担任了复刊的《未央诗刊》的编辑,同时抓时间写作诗文。

罗叔叔并非普通的文学青年,他有一段常人没有的地下工作经历。《未央诗刊》使他结识了两名共产党员,一位是1942年入党的苏中军区特别党员李田,另一位是中共江西工委地下党员熊荒陵,他们曾坐在一起讨论如何开展实际的革命斗争。1948年夏熊荒陵转往江西工作时,将李田和罗飞作为党领导的工作关系,交给中共江西工委京沪杭办事处主任甘群光领导。甘群光布置给罗飞两项工作:建立秘密交通站,以及做策反活动的联络工作。这两项工作据说罗叔叔干得很出色,从未出过任何纰漏,这大概与他的胆大心细有关。后来甘群光因有多处工作,又把罗飞交给上海方面的甘代全联系。

1948年秋,罗叔叔收到一封简信,信来自听过其演讲并陪朋友去拜望过的胡风先生,

[①] 高级工程师,任职化工部信息系统,退休前为科技期刊主编。有随笔集《白云苍狗》。

胡先生暗示说他那里有一批情报需要转交地下党。后来罗叔叔在胡先生家里见到了情报提供者——四十出头的阿垅。阿垅曾在延安抗大学习过,由组织批准去国统区治疗伤病后交通阻断未能返回,因而留在国统区边做情报工作边从事进步写作。此前他遭到国民党特务机关的通缉,刚从四川回到老家杭州。当他们两双手握到一起时,两颗心也紧贴在一起。其后一年,罗叔叔多次将阿垅提供的军事材料完好无损地转交给上海地下党。共同的革命追求、彼此以性命相托的斗争经历,使年轻的罗叔叔与年长的胡风、阿垅结下了深深的友谊。

不料七年后,提供情报的人和转递情报的人,都被一张大网罩住,突然在全社会被视为"反革命分子"。1949年后,罗叔叔先在中共中央华东局宣传部文艺处工作,后调往上海新文艺出版社。1955年"胡风思想批判"变性为可怕的政治案件,与胡风先生打过交道的人几乎被一网打尽,罗飞叔叔也进了上海提篮桥监狱。审讯员勒令他交代参与"胡风集团"进行"反革命活动"的事实,他讲述的事实却证明:胡风不是反革命。一年后,地下工作的经历调查清楚了,他被释放了,头上却被戴上一顶"胡风分子"的帽子,被划到人民之外。他被安置到上海教育出版社,1958年又被扫地出门,发配到宁夏,在那里一待就是四十六年。

宁夏的气候与江南大相径庭,他被分往农村教书,夏天还好混,冬天极寒冷,烧开的水都会结成冰,夜间则要戴上厚厚的大棉帽才能入睡。"文革"中,这位做过地下工作的革命者,竟然成为革命群众实行"无产阶级专政"的对象。

当四分之一个世纪过去,"胡风集团"案被平反后,罗叔叔没被调回上海,而是被安排到宁夏人民出版社,这是他任职的第三个出版社。经历了从囚徒到贱民的二十多年的苦难历程,罗叔叔疲惫的身心稍微有所舒缓,他就把工作日程排得满满的,办完一件事,马上又去忙另一件事。

1983年我被借调回北京后,常常读到罗叔叔给父亲的书信。他的字迹正如其人,大而有力,说话依然直言不讳。记得他数次对父亲说:"千万别把时间都花在翻译上去,我浅薄地以为那似乎是太大的浪费。'人间要好诗!'""我希望读到你更多的好诗。还是努力自己写点东西,翻译花去太多时间,我以为不太相宜。"他还不断地说:"希望你注意自己身体,时不我待,深有同感,但不要'玩命',安排一定时间休息是很重要的,'劳逸结合'应视为任务,强迫完成。"

在父亲眼里,罗叔叔是位"大编辑"。他不仅为出版社策划选题,不仅主持高级编辑班的课程,同时担任《女作家》期刊的主编,而且亲自编发出许多有社会价值的书籍。他审读稿件极其认真细致,一个词、一个字,甚至一个标点都要反复推敲,他常常与作者讨论某字是不是笔误,某词又出自何处。

20世纪90年代初,罗叔叔担任了三十七人回忆集《我和胡风》一书的责编。父亲寄去《胡风和我》的长文,罗叔叔审读后写信来说:"(论述胡风三十万言的)五个方面是否简单了些,加些分析会饱满些。既想到了,就提供参考。"父亲读完他的信,认为意见很在理。图书的出版总是有时间限定的,责编如果给作者留出充分的时间,让作者去推敲琢磨修改,就会把紧张留给自己,而罗叔叔正是这样一位编辑。一群年过古稀的老人家写回忆文章,因为人事沧桑、体力衰退,有的来稿只是草稿,罗叔叔则须花费力气代做文字整理;琐碎的事情则随时会从天而降,要他分神应对。

由于多年工作的劳累,他患上严重的颈椎病,甚至每天要作牵引治疗。颈椎病又引起植物神经紊乱,影响到消化,影响到心率和大脑供血,但罗叔叔说:"我很珍惜我的时间,总是很紧张地过活,不敢浪费。""心理上不能服老,所以我仍旧抓紧时间干一些自己想做的事情。"

《我和胡风》是一部重要的史料书籍,十年后的2003年,罗叔叔和哈若蕙女士又共同担任了修订本的责编,一本书变成了两大本,本本都是亲历者留下的珍贵历史记录。编好留给后人的资料,正是罗叔叔想做的事情之一,今天人们在阅读这部史料之余,不知能否体味到这位老编辑的辛劳与苦心?

而罗叔叔留给我最深的印象,是他对朋友的真诚及对历史的尊重。

他有一首诗题名《你的泪花》,写他和曾卓伯伯去上海的医院探望生病的胡风先生,虽然相对无言,但是他:

> 用眼睛等待眼睛
> 终于等来了
> 那慢慢渗出的
> 温润的亮光
> 你的嘴唇微微翕动
> 像默默地咀嚼着什么
> 不是声音打破沉寂
> 是那眼神屈曲的光
> 让我听到了
> 你心底的波澜

这正是惊涛骇浪过后心灵间的沟通。

化铁叔叔是1949年之前罗飞叔叔在上海认识的朋友,他们曾经一起写诗,一起编刊,一起纪念鲁迅先生。化铁叔叔被卷入"胡风集团"案后多年不知音讯,朋友们都以为他已离世。一日,罗叔叔突然接到化铁的来信,立即挥毫写下纪念诗句:

> 我相信你会归来
> 而今,你竟归来了——
> 从转青的荒野
> 从与旷古的文物为伍的地层

喜悦之情溢于言表。因为化铁叔叔就职于非文化单位,日后罗叔叔就经常给他寄去各种文学资料,助他恢复写作。

最让我感动的是罗飞叔叔对阿垅老伯的友谊。

上海刚刚解放,罗叔叔就给阿垅老伯介绍了一份工作,虽然半年后阿垅调往天津文联,但去之前他们在上海有过一段可以聚谈读书心得的时光。他记得中华人民共和国建立初期,好书难觅;记得阿垅老伯那时努力学习马恩列斯的文艺理论,在随身的小本中笔录了不少摘文;他听过阿垅谈对高尔基文学回忆录的感悟,阿垅不赞成机械地提出文艺问题,认为某种人物不是能不能写的问题,而是怎样写的问题;罗叔叔看过阿垅老伯《略论正面人物与反面人物》一文,赞同他当时的观点。该文1950年刊发于《起点》文学月刊第2期。几天后(3月19日),一位署名史笃的打棍子文章出现在《人民日报》上,抨击阿垅"歪曲和伪造马列主义"。两天后《人民日报》又刊登了阿垅违心的检讨,而他为自己辩诬的数万字的文稿,却被退回。几年后,关于"胡风反革命集团"的三批材料进一步断言:"阿垅在他那篇文章里,歪曲和伪造马克思的著作,把特务文学作为'范例'和'方向'来向读者推荐。"历史的真相淹没在历史的烟尘中。

三十年后,"胡风集团"案和阿垅本人都获得政治平反,但罗飞叔叔内心却一直不能平静,他认为政治问题的平反不代表理论问题的平反,当年史笃对阿垅挥舞政治大棒的历史真相并不被世人知晓。

经过长年的潜心研究,2006年,罗飞叔叔在《粤海风》杂志发表了《为阿垅辩诬——读马克思恩格斯合写的一篇书评》的长文,文章指出史笃(蒋天佐)向阿垅发难,是从指责阿垅在《略论正面人物与反面人物》一文中引用的译文有错误着手的,他说阿垅的引文没有摘引完全,认定阿垅是故意隐瞒某两句,因而指控他"歪曲和伪造马列主义"。对此罗飞叔叔明确指出:"实际上,阿垅抄录外村史郎的日译本的中译摘文时,只是认为没有(所谓"最后两句"——引注)对作者的介绍,马克思(实际是马克思、恩格斯)的观点已经是完整的,如果再继续抄录后面大段的文字,就进入另一个讨论议题了。"罗飞叔叔在文中还提出十分重要的历史参考事实:1947年版的(也就是史笃写文所依据的那本)马克思、恩格斯论文艺的英译本(*Kar Marx and Frederik Engels：Literature and Art*,由刘慧义中译,1953年5月由五十年代出版社出版,书名为《马克思恩格斯原著选集·文学与艺术》),就没有所谓被阿垅"隐瞒"的句子。此外,1936年版的马克思、恩格斯论文艺的法文选本〔法译本原书名为:*Sur là Littérature et l' Art*,编选人为J.弗莱维勒(Jean Fréville),由王道乾中译,1951年1月(上海)平明出版社出版,书名为《马克思·恩格斯:论文学与艺术》〕也是如此,它们的摘文起讫都与阿垅引用的摘文起讫一样。罗飞叔叔终于替阿垅老伯说出他想说却没有可能说的话了,此时离阿垅老伯被构陷时日,已过去五十六年。

对于历史问题,罗叔叔认为"有些问题说说清楚很必要,至少留下资料也好"。他认为写史要"处处实事求是,以事实为基础,当会立于不败之地"。他说:"我当责编(编有关史料),至少可以加强它的可'信任'度,对读者不负责任,我不干。"

对读者负责,对历史负责,不仅是罗飞叔叔的个人秉性,更是他留给后世的精神遗产。

半生教书育人,半生为人作嫁的罗叔叔为社会编辑出版过很多好书,而热爱新诗的他自己仅留下两本诗集,一本名《银杏树》,一本名《红石竹花》。他说他不敢轻佻地走近诗,有时一首诗要写上几年才定稿。著名文学评论家石天河先生认为他的诗作富有艺术情趣和哲理,另位评论家朋友高嵩说:"在罗飞的诗里,有真实的时代感应,有真实的罗飞自己,有严肃的艺术经营。"

上半年和罗叔叔通电话时,听说他手头还有一部自编诗集与一部自编文集压在手里,在狂追经济利益的今天,不知道是否还会有仁人义士来帮罗叔叔出版这两部诗文?

2017年7月

徐南铁

罗飞先生与《粤海风》

罗飞先生是《粤海风》敬重的作者,他承受历史苦难而矢志不渝,在展示自己才华的同时,展露出强大的精神力量。

2016年春,我收到罗飞先生的第一封来信。生于20世纪50年代的我,对于胡风事件的了解其实很浅,罗飞先生的名字此前甚至没有听说过。当时我正主编《粤海风》,这本杂志在我手上改版,高张文化批评的旗号,立志为文化做点事,所以对罗飞先生的文章很有兴趣。

罗飞先生的第一封信如下:

南铁先生:

新春好!去年十一月邵燕祥兄曾将拙作《读马克思恩格斯合写的一篇书评——为阿垅辩诬》一文寄您,不知是否收到?如收到是否刊用,盼给一个信息。如不用,可否拨冗掷还?如刊用,可否让我看一次校样?因为个别地方可以斟酌得更妥当一些。特别是原打印稿20页第14行开头"1939"为"1839"之误,必须改正。特写此信,请予代改为祷!

　　祝

编安!

罗飞

06.1.30

罗飞先生用的是宁夏人民出版社的信笺纸,信后附上了他在上海金山区亭林镇的住址。当时我主编《粤海风》这本杂志已经十年了,却依然只有我自己唱独角戏,只不过外聘了一个财务人员兼编务,所以没有办法处理手写稿,只好烦请老先生设法发电子文本来。于是有了他的第二封信:

南铁先生:

您好!收到您2.26来信,谢谢您!

收到信前已接你们编辑部小刘同志电话,遵嘱已将原稿以电子邮件形式发至贵刊编辑部。因为限时太急。又因我住处无电脑,请我儿子在市区办公室发出。因系原始稿件,舛错之处均未做改动。我已电话与小刘同志联系,请负责的编辑帮忙按照由邵燕祥兄所转寄之文本核正一下。我今年一月卅日更正之内容(即20页14行1939改为1839)已经改正了。

总之,烦请您给予关注尽量能够不致出错。因为这是史料性的文章,非常麻烦了,很感谢您。特别是能够给予较多篇幅,更使我感谢!我曾请小刘同志寄我一至二本样刊一读,因我尚未读到过贵刊也。不知寄否?

您和贵刊有什么需我办的事请来电或来信,不必客气。

祝

编安!

罗飞

06.3.4

文章在《粤海风》2016年第二期刊出,整整12页。我认为"辩诬"需要高调,就将正题改为《为阿垅辩诬》,而把"读马克思恩格斯合写的一篇书评"作为副标题。罗飞先生在稿件的重点词句下面很老派地加了着重点,但是如今的报刊都不兴这个,对此我作了删除处理。

收到样刊后,罗飞先生来信:

南铁先生:

您好!三月初与编辑部小刘电话联系后,曾蒙您惠赠去年《粤海风》全年和今年一期的刊物,非常感谢。二期刊物出后寄赠的样刊亦已收到。也谢谢!编刊之困难我很能理解,如此长文承情照顾实在不易。每期卷首大作均先拜读,得益良多。

不知您业余读些什么书?不知您是否已有《我与胡风(增补本)》?附上该书封面缩影,如没有,我当寄上,因为我手上尚存有多本。

知您事忙,不多打扰了。

祝

编撰双安,并候全家好!

罗飞

06.04.07

我给他回信之后,他又给我来信,并寄来几本书。信是这样写的:

南铁先生:

接读4月18日大札,蒙过奖,我的字实在汗颜。以后如有拙作,当送请指正。

昨挂号寄上书一包,内有《我与胡风(增补本)》(上下两册)一套。又戴光中著《胡风传》一册。不日当可收到。

近日与王元化先生在电话中提及拙作《为阿垅辩诬》一文,他对贵刊有好的评价。去年他曾读到过几期贵刊,后来因搬家,今年再未见到,我已将今年二期样刊送他一册。

他嘱我附笔向你致意问好,并附告他的近址,如可能,他愿意读到贵刊。

需我办什么事盼来信,不必客气。

王元化先生近址是:(编者略)

祝

编撰双安!

罗飞

2006.4.28

先生的下一封信写于二十天之后——

南铁先生：

读五月十一日大札。雅致的笺纸上拜观先生书作，有清气扑面之感。先生所办刊物很有可读之文，承赠刊，当逐期拜读。

承询是否多要几本刊发拙作杂志，我以为不必了！谢谢。有些年轻学者需要用时，可以从贵刊网址上下载。前蒙寄赠贵刊 2005 合订本，我还想读 2004 年合订本。不知是否也是先生主编？（总之，如内容一般则请勿寄。）冒昧相询：您从何时开始接编？如您从 2005 年接编，则以前不必寄了。很同意先生高见：书刊只有在需要者手中才实现价值。所以上次事先求得先生同意时方寄，即是此意。以后如有需要，可来信。

贵刊为胡风案件刊发长文均已拜读，以后我如有拙作当奉请指正。

前信曾附上王元化先生近址，不知是否见到？来信未提及，故有此一问，望谅！

附上地址一份，请交小刘同志，供便于寄发稿酬之用。

恭祝

编安！

罗飞

2006.5.18

那些年，在给尊敬的长者写信时我常常用毛笔，写在宣纸制作的漂亮信笺上。得到先生的夸赞，自然很高兴。

我主编《粤海风》的时间是 1997 年至 2014 年，共十八年。进入罗飞先生视野时，我已经主编了十年了。在我接手之前，《粤海风》走的是地摊文学路线，是我将其改版为文化批评刊物。这才有了邵燕祥的推荐，有了罗飞的稿件，有了众多关心胡风事件的学人们的一批文章。

罗飞先生这篇文章发出即有反响，《粤海风》当年第 6 期就刊发了吴永平的《阿垅"引文"公案的历史风貌》。关于胡风的话题，《粤海风》可能是 20 世纪 80 年代以来刊发文章最多的杂志。在罗飞先生知道这家杂志之前，《粤海风》就刊发过邵燕祥的《不可逃避的沉重阅读——初读胡风"三十万言书"全文》（2003 年 5 月）、韩三洲的《胡风三十万言书的伤害》（2003 年 6 月）、郭铁成的《舒芜——为什么是经久未衰的话题》（2005 年 5 月）、牛汉的《叹息就是我的歌唱》（2006 年 2 月）等。刊发罗飞先生文章之后，又发表了绿原先生的女儿刘若琴的《不在花瓶酒杯中》（2007 年 2 月）及《与黎辛先生不同的历史叙事》（2011 年 2 月）、周正章的《胡风事件五十年祭》（2005 年 3 月）及《我观阿垅的〈南京血祭〉》（2008 年 1 月）、王丽丽的《深刻睿智而又敏感正直——绿原先生印象》（2010 年 3 月）、方非的《舒芜：被出卖的命运》（2010 年 3 月）、谢刚的《重审胡风对"讲话"的认识与态度》（2012 年 2 月）、秋石的《牛汉："务请站在史家的立场上"》（2013 年 6 月）、杨学武的《胡风为何没入党》（2013 年 2 月）及《胡风为何不"投降"》（2014 年 4 月）、魏邦良的《舒芜：聪明的怯懦者》（2014 年 4 月）等。其中 2011 年一共刊发了 10 篇相关文章。这些文章有长篇也有短制，有批评也有掩饰，其中不乏针锋相对。

罗飞先生在一封长信中，谈了他对办刊物的一些看法，十分中肯并令我辈认同。从他的来信中，也知道曾经被历史耽误的他十分珍惜时间。

南铁先生：

您8月1日的信早收到，因天气太热，加之在忙几本书的读校，迟复为歉！

如果愿意读诗，以后如有可寄者，当再寄。手上正在编校者为文丛，内收燕祥一本，绿原一本，何满子一本，阿垅一本。我自己一本正集稿。大致明年初北京书市上面世。出后当寄奉。

诗集出版难，故我尚有一些已发小诗未编辑出版。绿原诗《春泥里的白色花》收有几首，如需读，我可请他寄给您。您来信承询值得邮赠刊物的友人，我想如方便请寄绿原一份（地址另附）。何满子先生他已有你们的赠刊，谢谢了！其他友人我以后再说，因为有的同志太忙，寄去不看，徒然浪费。

王元化先生我已与他电话联系，他说已经收到赠刊，嘱我向您致谢意！并告我：他周围有不少朋友建议他阅读贵刊。他近日因夫人刚去世，且眼睛不好，未写信致意，嘱我一定向您表示谢意。从这情况看，我过去未见到贵刊是因我僻居宁夏，孤陋寡闻。

您前寄赠贵刊合订本，我已大致翻阅多篇，内容确甚丰富。我读过的几篇，感到很有价值，得益良多。您的卷首我基本都拜读，但因天热，尚未全读。

刊物乃"杂志"，有"杂"的必要。对立观点的好文章，我以为可以发，但不可放松"质量"。拙作请你仔细把关，不可勉强，千万千万。邵建先生既是贵刊朋友，请你权衡，如不发拙作我也没有什么意见。我最近又看过邵建先生刊于《书屋》和《随笔》的文章。《书屋》（2004，2期）《动物上阵》一文有两万多字，也是反对"骂"人的，最后一句："在新世纪文化建设的方向上，本文写到这里，也就剩下四个字：回到'胡适'。"他把鲁迅目为"鲁文化"，就是"骂"人。把"胡适"认为"胡文化"。观点不同这是一回事，可邵君的《动物上阵》写得也似嫌匆忙。一开始一个小题《从"鸟"字说起》，把骂人的话中文"鸟"也作为"动物"，似欠妥当。

你工作太忙望多保重。我感到办刊，人不宜多。我在过去编过一个《女作家》季刊，因人少而调进几位，反而增加了困难。原因是那种体制中，能进不能出，万一意见不一，反而互相纠缠不清，消耗精力，因之，要增加人员必须慎重。办法是依靠社会力量。能为贵刊写稿者，大致有一定水平，因此，编辑同志对稿件可尽量不去改动，重点在于校对人员要高质量，杂家才行。于今办刊，确实十年以上能够维持下去，不易不易。特别能有此水平，不易不易。

至于发行力度不够，我考虑，贵刊的读者对象所限，不会成为畅销刊物，但从王元化口中得知还是有不少人在阅读中。我的那篇"为阿垅辩诬"文，很有几位研究阿垅者从网上下载的。

如有什么需要帮助之处，请不客气来信。

又，我曾让阿垅之子陈沛从天津寄你一本《垂杨巷文辑》给你，不知你收到否？

总之，再说一声：拙作发稿前再审阅一次，如不行，万勿勉强！祝

编安！

罗飞
2006.8.18

罗飞先生是个认真的人，写信也像写文章，会在想强调的文句下面加着重号。此信中的"万勿勉强"几个字，就是加了着重号的。

此信里面说的文章,指的是发在《粤海风》2007年第1期的《〈后虬江路文辑〉校读后记》。本年的第6期有邵建的《五卅运动中的胡适》,不知罗飞先生有没有注意到。

罗飞先生保持着老一辈文化人的热心和仔细。按他的嘱托,我给绿原先生家寄去了杂志,他的女儿刘若琴给《粤海风》几次投稿,并介绍来其他人的有关文章。王元化先生则寄来他题签的新书《人物·书话·纪事》。

2007年没有收到罗飞先生的文章,但是收到他的《文途沧桑》一书。书中收入《为阿垅辩诬》和《阿垅〈后虬江路文辑〉校读后记》(发在杂志上的标题没有阿垅之名)。他在扉页的题签:"南铁先生存正,书中有长文两篇在您主编的《粤海风》上发表,多承关照,深表感谢!志之以为纪念!"并钤印。我应该也给他寄过我的著作,却因岁月漫漶,已经记不起来是什么书了。

2008年年初,罗飞先生又有文稿寄来。他在来信中说:

> 南铁先生:
> 　　新春好!收到岭南美术出版社出的鼠年台历,极精美,谢谢!
> 　　我编了一部《丘东平文存》,已读完校样,估测今年上半年可出。我写了"校读后记"一文,寄上求正。如《粤海风》可用,望先通知,我再设法请人把电子版发给编辑部。如不便采用,望寄还。
> 　　祝新的一年里,贵刊愈办愈好!
> 　　祝
> 全家好!
>
> 　　　　　　　　　　　　　　　　　　　罗飞
> 　　　　　　　　　　　　　　　　　2008.1.14

我在主编《粤海风》期间,同时担任了岭南美术出版社社长兼总编辑。2009年的台历是我亲自策划并写文本,配以鼠形象的剪纸,很受欢迎。

罗飞先生关于丘东平文存的校读后记,发在《粤海风》2008年第二期。虽说是"后记",却也是一篇万字长文,概述并评说丘东平的生平和创作。2011年,罗飞先生又在《粤海风》第6期发表了《阿垅的"骂人"与遗著的"洁本"》。面对那桩并未远去的巨大历史冤案,他一直将"正视听"作为自己晚年的责任,并以此告慰逝者。在我心目中,罗飞先生不但是一个才华横溢的诗人、评论家、理论家,还是一个勇者,一个充满担当精神的强者。

办一份杂志,可以结交许多志同道合的朋友。可惜我生性不喜欢主动去跟人来往,所以跟作者大多都只是文字之交。出差到一个城市,我不会主动联系《粤海风》的作者,老是担心别人没空,怕打扰别人。所以与罗飞先生结的也只是文字缘,尽管在书信上认识多年,很有熟识感觉,其间也数度到上海,却仍未曾谋面,实为遗憾。通过几次电话,全是罗飞先生打来的,说话也多是寒暄和问事。不过我记得他的声线,经过西北风沙磨砺的江南语音。

我从"百度"上搜索"罗飞",在屏幕上翻到第二页靠后,才见到一条属于他老人家的。排在前面的多是文艺作品中的人物和同名的演员之类。感慨之余我暗自祝福:但愿时光不会忘记他,就像不会忘记文艺界那场灾难一样。

论述·金传胜考据文录

金传胜

瞿景白与瞿坚白史料钩沉*

由于种种原因,瞿门三烈士(瞿秋白、瞿景白、瞿坚白)的生平都还存在许多有待考索的谜团,其中瞿景白与瞿坚白的原始文献实际得到留存的尤其稀缺,致使相关论著资料对他们的介绍有不少莫衷一是或语焉不详的地方。笔者平时在查阅民国报刊时,陆续搜集到了一些与瞿景白与瞿坚白有关的文献史料,可以稍稍弥补这一遗憾。兹不揣谫陋,特介绍于此,并略作考证与解读,以期有助于对瞿门三烈士的进一步研究。

一、瞿景白的童话《夏夜》

瞿景白比瞿秋白年幼七岁,1923年被大哥带到上海大学就读,从此瞿景白跟着瞿秋白走上了革命道路。可以说,在瞿秋白的弟妹中,要数瞿景白与秋白的生平联系最为频繁,前者受后者的影响最为直接。瞿秋白在主编《新青年》季刊时,曾在1923年12月20日的第2期上,编发了瞿景白的短诗《知心》,此诗作于1923年9月20日,"以彩蝶与花儿的对话,反映了甜美外表与心里痛楚的巨大反差"①。而紧跟其后则刊载了瞿秋白自己的新诗《飞来峰和冷泉亭》(初刊1923年7月20日上海《民国日报·觉悟》),形成了兄弟诗作的有趣"对唱"。瞿氏兄弟的诗歌同时亮相于一个刊物上,应该是绝无仅有的一次②。这当然是瞿秋白特意编辑的结果,体现了兄弟怡怡的一片亲情。

1924年8月31日,著名的上海《民国日报·觉悟》副刊还曾在"小说"栏下刊登署名"瞿景白"的《夏夜》,这篇作品迄今似乎尚未受到研究界注意。实际上,与其说它是一篇小说,不如说是一篇童话故事。它作为瞿景白存世的唯一一篇叙事类作品,实具有珍贵的意义。全文如下:

夏　夜

　　光明他去了。他仍是恋恋不舍,在西山的顶巅频频回顾他所曾经照拂过的儿子。他觉得他儿子的前途很危险,不禁伤心,身体微微颤动,终于痛哭了。鲜艳姣红的血泪,在他的脸上流泄,互流到小溪里,溪里的水都红了,滴下,到树枝上,叶儿上,树和叶立刻被他所燃烧,发出热烈的火光。他虽然悲哀,恋恋地不舍,但是终不能久留,含着泪从西山背后隐去了。

---

* 本文得到扬州大学"语文教育课程群教学团队(培育)"项目、江苏省2018年"双创计划"、扬州市"绿扬金凤计划"的资助。金传胜(1988—),男,安徽芜湖人,扬州师范大学文学院讲师,文学博士,主要研究方向:中国现代文学。

① 中共上海市普陀区委党史研究室编:《瞿秋白与名人往事》,北京:中国社会出版社,2012年,第249页。

② 丁言模:《瞿秋白与〈新青年〉》,载瞿秋白纪念馆编:《瞿秋白研究13》,上海:上海社会科学院出版社,2005年,第252页。

光明虽决然去了,但因舍不得爱子,只是慢慢地,慢慢地走去。

黑暗喜极了,爬上东墙,一只眼巴巴地望着光明的项背,一只眼偷偷地瞧着那光明的儿子。光明去一步,黑暗便爬上一些。光明的影子都不见了,黑暗便突然跳到光明的儿子的身边,伸出了毛黑的臂膊,攫取光明的儿子。

光明的儿子,昏昏的一事不晓,没有知道他的父亲的走,和血泪的横流;也没有知道黑暗在东墙的窥视。等到他觉得被人家拥抱而格格磔磔的怪笑声叩击他的鼓膜,他才抬起头来看,才知道的他的父亲已经走了,自己给一个嘻着嘴露着钩样的牙,满面乌黑的横肉闪动着的人捉住了。他心里不觉焦急,但是不敢号叫,不敢反抗,只是暗暗地流泪,抖索着倒在黑暗的怀里,如依着亲爱的母亲;但黑暗却在吮他的血了。懦弱呵! 光明的儿子。

风——光明的兄弟,知道了他的侄儿被黑暗所攫取,于是急急地奔跑,送这个消息给他侄儿的小朋友。

头一个他遇见的——他侄儿的小朋友,是树。他编了一支曲子——很凄切的——叙述他侄儿的危险,唱给树听。树儿只是摇他的头,表示没法。

风只得急急地又跑,第二个遇见的他侄儿的小朋友,是蛙。他立刻告诉蛙,他的侄儿怎样了。蛙听了,急得不得了。但是也没有法子,只是鼓着腮大哭大叫。

风没法,立刻再跑,第三个遇着的他侄儿的小朋友是人。他即刻表演他侄儿的苦境给人看,并夹些凄凉的歌调。人却说:"你来的好极了,我感激得很! 我正在热得不得开交呢。"风听了这样的话,号淘①痛苦地去了。

风见他侄儿的朋友如此的懦弱,无用,冷酷,他再不去找他们了。他转身急急地跑去,跑到他兄弟——光明那里,他的兄弟急得满面通红,但是不能退回来救他的爱子。光明没法,派了他手下的军官——星星——们回来救他的儿子。

星星们来了,看着他们的小主人,被黑暗紧紧地拥抱着,也是没有法子。只有流着他们银色的泪,唱着他们惨怆的歌调。歌道:

"小主人,

你不能活了,

死了!

我们的主人也必急得痛哭,流尽他的血,

哭死!

也死了!

我们于是也将失去职业,

饿死!

死了!

咳! 都要死了!

大家的命运都从此绝止了!"

狡狯的闪电,他——黑暗的好友——知道了一切。非常欣悦,不住地在黑暗的周围舞蹈,庆祝黑暗的成功,博得一杯的馂馀。

一九二四,七,十,杭州。

---

① "淘"应作"啕"。

这篇童话以拟人化的手法,表现了黑暗与光明两方阵营的较量。光明、黑暗、树、蛙、星星、闪电等自然物象俱被赋予了鲜明的人格特征,象征着不同的性格。光明之子的懦弱、光明的无奈、黑暗的阴险、风的侠义、树的无能、人类的冷酷、闪电的狡狯,诸多人格化的形象都给我们留下了深刻的印象,使读者在受到感染之余,转而进入社会层面的思考。

这篇作品虽然描绘的是虚构中的场景,实则却渗透了初入革命道路的瞿景白对于社会现实的冷静思索与深刻剖析。复杂的现实生活,残酷的政治斗争,经作者的摄取、提炼与创造,以一种艺术化的手法反映与呈现出来,可童话的世界并未完全切断与真实世界的联系与沟通。因此,这篇童话体的小说,既反映了童心未泯、爱好文艺的青年瞿景白的丰富想象力,又显示了一位革命青年敏锐的社会洞察力,蕴含着较强的现实针对性与政治倾向性。作者既痛斥了攫取、吞噬进步力量的黑暗势力及其帮凶,又讽刺与批判了在黑暗势力面前畏首畏尾的懦弱无能之辈,召唤着面对黑暗不妥协、不屈服的战斗精神。联想到瞿景白1929年10月在公开反对王明等人宗派活动中离奇"失踪"的不幸境遇,我们不禁感慨系之,唏嘘不已。

二、瞿坚白的生平史料与一首佚诗

在涉及瞿坚白的相关资料中,对其生平的介绍并不丰富,存在诸多语焉不详之处,盖因第一手文献十分稀少。笔者在两份民国杂志上找到了与瞿坚白有关的几则珍贵史料,对于了解与研究瞿坚白具有极为重要的学术价值。

第一份杂志名为《淳安教育》。该刊由淳安县教育局编辑发行,属于地方教育刊物。该刊第1期(1932年10月出版)主要登载总理遗像遗嘱、民国教育宗旨、摄影插图、弁言、论著、法规及章则、计划及方案、本县最近教育概况及本局现况、全县学校及社会教育机关一览、本局职员暨各种委员会委员一览、第一届县辅导会议、附录等栏目与内容。

图一

其中,《摄影插图》一栏中刊载了瞿坚白的一幅相片,下注"第一课课员瞿谷生"(图一)。王铁仙先生的《母亲与瞿坚白烈士的姐弟情谊》一文讲述了瞿轶群与瞿坚白的姐弟情谊。文中这样写道,当瞿轶群得知瞿坚白牺牲的噩耗后,"从此她只剩下了对坚白长长的思念,此外还有一张坚白1935年摄于宁波的照片,她一直妥善保存,这也是坚白舅舅唯一存世的照片。现在由我保存着"①。这张相片笔者自然无缘寓目,但既是"唯一存世的",则各种资料上能够看到的瞿坚白小像应都是同一个来源——瞿轶群、王铁仙所藏照片。而《淳安教育》上刊载的,似乎是同一张。那么,此帧照片最迟应拍摄于1932年,而非1935年。次页还刊载了一幅"本局全体职员摄影"(图二),瞿谷生位于第一排左二,徐肇宗位于第一排正中。这张照片当摄于1932年,它改变了此前瞿坚白仅有一张照片存世的现状,从而为我们留下了青年瞿氏的珍贵影像。

---

① 王铁仙:《母亲与瞿坚白烈士的姐弟情谊》,《常州日报》2016年4月3日。

图二

同期《本局职员暨各种委员会委员一览》内的《淳安县教育局职员一览》中,则记录了瞿坚白的个人简介,如下所示:

职别	姓名	别字	年龄	籍贯	到差日期	通讯处
第一课课员	瞿谷生	坚白	二一	江苏武进	二十年三月	杭州板桥路八号

这则材料虽较简短,却有助于我们掌握与厘清有关瞿坚白生平的一些重要信息。

第一,关于瞿坚白的生年,多有分歧。主流是1911年说(王铁仙、羊牧之),少数持1912年、1913年、1914年等多种说法。既然1932年瞿氏为二十一岁,那么可推断出他应生于1911年或1912年(因民间有以虚岁计龄的传统),1913年与1914年两说皆不确。

第二,此前学界仅知道,瞿坚白跟随三哥瞿景白的同窗徐肇宗,到浙江淳安、嘉善、镇海等地的县教育局当雇员谋生。根据上面的材料,我们不难确定,瞿坚白是于1931年3月来淳安,担任教育局第一课课员的职务,当时的淳安教育局局长正是徐肇宗。《本县最近教育概况及本局现况》中显示,该局内部组织共分三课办事,第一课"处理统计、编辑、文牍、庶务、会计事宜",类似于文书工作。或许,瞿坚白就参与了《淳安教育》杂志的编辑工作。

至于通讯处"杭州板桥路八号",应是瞿坚白四伯父世琥的家庭住址。因母亲自杀身亡后,瞿轶群曾带弟弟景白、坚白投奔至杭州伯父家,过着寄人篱下的日子。

据瞿轶群回忆,瞿坚白聪颖好学,爱好文艺,虽只读到小学毕业,却善写文章,有时会以"谷生"为笔名,在报刊上发表一些剧评与诗文。可惜这些作品多数已佚失。1998年《瞿秋白研究》第10期上登出了瞿坚白生前战友张新铭保存四十多年的瞿氏诗文,包括散文诗二首、杂感三则和致张新铭的一封信。这些文字让我们看到了瞿坚白的文学才华,及其抗战时期的真实心境,具有极高的文献价值。

笔者在1935年10月15日《镇海保甲》第6期上找到了一首署名"瞿坚白"的《秋意》。该刊系半月刊,由镇海县政府秘书室编辑,镇海县政府发行,属于地方行政刊物。由于1932年至1935年间,瞿坚白确曾跟随徐肇宗到过浙江镇海县任职,具体时间与职务则尚不清楚。因此,《镇海保甲》上出现瞿坚白的诗作,完全是合乎情理的。现将此诗抄录如下:

秋　意

万树森疏,西风又紧,
拥落叶如潮做奇响。
独那月亮儿静悄悄地,
万籁中,自放灵光。

虽有些纤云薄翳,
原不碍,原不碍,
他自有那果毅沉潜的力,
待些须,依原是光华万丈。

渗透了,渗透了,
那宇宙的奥秘,
一任它秋意萧萧,秋云黯黯,
我只笑,笑君空攘攘。

　　这首诗虽称不上是一部圆熟精美的作品,却充溢着一种昂扬乐观的基调。作者以"秋意"为题,但没有在"秋意萧萧,秋云黯黯"的描写上低吟徘徊,一扫"自古逢秋悲寂寥"式的惆怅与哀伤。西风渐紧拥落叶,本来是凄清之景,作者却联想到海潮奇响,实令读者心潮澎湃。万籁中"虽有些纤云薄翳"遮蔽月光,作者却乐观地等待着霁月"光华万丈"的胜景。全诗以眼前之景抒发心中情怀,展露了一位热血青年身上"果毅沉潜的力",蕴含了其对光明未来的美好信念。正是由于性格坚韧,疾恶如仇,瞿坚白在得知瞿秋白被敌杀害后,毅然决定秉承哥哥的遗志,踏上了革命道路,最终献出了自己年轻的生命。

金传胜

梁漱溟1929年山西讲学活动考*

梁漱溟一生曾四游太原。其中首度是1922年1月,"应阎锡山、赵戴文邀聘作讲演,住太原约一个月"①。讲学的内容辑成一册《梁漱溟先生在晋讲演笔记》,由山西省教育会杂志临时副刊印行,现收入《梁漱溟全集》第四卷。第二、三次均在1929年。一为春季,旨在考察山西村政,盘桓约一个月,后写有《北游所见纪略》一文述之。一为秋季,因阎锡山嘱王鸿一邀梁漱溟入晋一谈,梁复访太原,后有《记十八年秋季太原之行》记之。梁氏1929年的这两度山西之行,目的不尽相同,但都伴随着讲学活动。他应邀在不同场合发表了一些公开演讲,对山西教育文化界产生了积极的影响。然而,以上两文及《梁漱溟传》《梁漱溟评传》等对梁漱溟1929年在晋省的讲学皆语焉不详。笔者根据新发现的史料,着重对梁漱溟1929年在山西的演讲活动进行梳理与考证,以期还原历史,裨助于梁漱溟研究。

一、1929年春的考察与演讲

1929年春,梁漱溟由粤北上,经南京晓庄、江苏昆山、河北定县,至山西太原,沿途考察农村状况。《北游所见纪略》一文便集中介绍了山西村政的实施情况。对于梁漱溟访晋,当时的山西新闻界给予了热情的关注。太原《来复》周刊便对梁氏的行踪多有报导。该刊创办于1918年,由来复报社编辑,实为阎锡山所创洗心社的社刊,故直接为阎锡山的政治统治而服务。早在1922年梁漱溟赴晋讲学时,《来复》就曾连续刊发《梁漱溟先生来晋讲学》《梁漱溟先生讲学续志》等文,对梁漱溟在山西的讲学情形加以跟踪报道。1927年还连载过梁氏1922年在北京高等师范所讲的《评谢著阳明学派》。可以说,该刊杂志与梁漱溟渊源不浅。

1929年3月31日,《来复》第530号刊载《梁漱溟先生莅晋汇志》,全文如下:

> 我国著名学者梁漱溟先生,比年以来,居住广州,参加岭南各省建设事业,于中国之地方自治,尤特加精密之研究。去年曾有极精粹之论文一篇发表。近为实地考察各省地方自治情形起见,于月前自广州首途北来,取道上海南京,转至天津北平,并赴河北定县著名模范村之翟城村考查。考察完毕,于三月二十四日来晋,下午四钟安抵省垣,下榻第一招待处。山西省政府特派民政厅邱厅长亲往招待一切。闻自

---

* 本文得到扬州大学"语文教育课程群教学团队(培育)"项目、江苏省2018年"双创计划"、扬州市"绿扬金凤计划"的资助。

① 中国文化书院学术委员会编:《梁漱溟全集》第六卷,济南:山东人民出版社,2005年,第557页。

广州偕同梁氏北来考察者，尚有同志伦国平、周用、杨遂良、尚曼君、梁君大、冯炳奎、马毓健等七人，均住第一招待处。本报编辑内政部秘书长曾望生君，与梁氏为多年好友，特往招待所访问，畅谈许久，曾君特送简单素菜一席，为梁氏洗尘云。翌日（二十五日）由交际处处员赵佩珩，引导梁先生及伦国平周用杨遂良尚曼君梁君大冯炳奎马毓健等，面谒辜参谋长、杨代主席、村政处陈处长及民政厅邱厅长。二十七日梁先生乘军署汽车赴河边村访问阎总司令，由内政部曾秘书长望生陪同前往。到河边村后，阎公特派张秘书汉三至汽车站欢迎，并备轿车一乘代步。梁先生未乘车，遂相偕步行里许至阎宅。先由梁交际处长汝舟招待，旋阎公出见，与梁先生握手道契阔。随冥备午餐，席间谈话甚多，宾主欢甚。饭后又叙话良久，梁先生起辞，拟当日返省。阎公坚留不放行，云关于村政及政治领教处尚多，务请屈住一宿，藉可畅谈。晚饭后，阎公来谈村政，约二小时，彼此交换意见甚多。二十九日早九钟，阎公特命河边村张村长偕川至中学曲校长同至梁先生处谈话。阎公亦至，与梁先生续谈村政改良办法，备极细密。午饭后始命备车，梁先生起辞。阎公送至门外，珍重握别。当命曲校长代送至车站，仍由曾君陪同返省。闻梁先生拟自今日起，偕同广东同人，开始赴外县乡村实地参观云。（省垣）

此则报道记录保存了不少历史细节，颇具文献价值。首先我们可知梁漱溟于1929年3月24日来晋，下午四时抵达省会太原。与梁氏同行考察的，尚有伦国平、周用、杨遂良、尚曼君、梁君大、冯炳奎、马毓健七人。其次可窥梁漱溟与山西政界尤其是与主政者阎锡山的往来情形。

梁氏此度太原之行，考察村政之余，亦有演讲发表。4月7日的《来复》第531号刊《梁漱溟先生在党政学院讲演补志》，记载了梁在太原党政学院所作演说的大意：

> 四月三日下午三时，党政学院请梁漱溟先生在该院第一教室讲演。由乔教务主任介绍后，先生登坛讲演。略谓诸君来到这个特种学校里，当然是要求点实际的学识，准备将来在社会上服务。但是要达到这个目的，第一先要怀疑，由怀疑而发现问题，然后才能得到解决的方法，否则绝不会得到活的、有用的学识。譬如研究政治的人，便要发现政治的实际问题，研究教育的人，便要发现教育的实际问题等语。末复对于地方自治提出三个重要问题，并附带的对于山西村政加以批评，说理透彻，言辞恳切，虽经二小时之久，而听者毫无倦容，全场为之肃然。至其讲演全文，闻已由学员刘大方黄廷科当场记录，整理后，将载于该院之《党政半月刊》以饷素之钦仰梁先生者云。（省垣）

据上文可知，梁漱溟于1929年4月3日下午在太原党政学院发表演讲，历时两个小时。演讲中，梁氏告诫学子们要有怀疑的精神，由怀疑而发现问题，然后才能找到解决问题的方法。又对山西村政提出了自己的意见。讲演全文由刘大方、黄廷科两人记录，揭载于太原党政学院主办的《党政半月刊》。可惜笔者并没有找到这份刊物，无法对此次演讲进行更多的评说。

二、1929年秋的讲学活动

梁漱溟作于1945年的《记十八年秋季太原之行》一文专门记述1929年秋"第三度游太原事"，但一些史实仍比较模糊。如时间上，因年深日久，梁氏已然无法确判："此行确期,不复省忆,但记似于太原度中秋。"①关于此行中的讲学活动,几乎未见忆及,相关史料有待补充。

1929年9月22日,《来复》第555号《政教述闻》栏目载有《梁漱溟连日讲演志》：

> 哲学家梁漱溟先生,莅晋一节,已载各报。兹闻国师校赵校长于十七日下午二时请在该校讲演。届时先生乘车前往,讲"学术"二字。(该校有笔记将在国师月刊发表)在场者有赵校长及教职员学生等千余人。讲毕偕赵校长参观该校仪器室、图书馆、学生自修室、教室布置及各斋舍等。后又至大运动场,略加参看。至五时乘人力车返寓云。又梁氏在国师讲演后,赵校长复请于十八日下午二时,为并大师生作一次之讲演。届时听讲者达千余人。先生特就幼年研究人生问题,继研究东西文化,及近年研究乡村自治问题之动机,详细讲述。意谓:现在之中国,须先建设乡村,而后始建设一巩固之国家云。(省垣)

按,文中的赵校长即赵丕廉,字芷青,号麓台,山西五台人,1882年生。早年入同盟会,从事革命活动。1922年接任山西省立国民师范学校校长,后又任山西教育学院院长、并州大学校长等职。期间延请知名人士执教,革新改进教育,为山西现代教育事业做出了较多贡献。由于他同时执掌山西国民师范学校和并州大学,故而特意邀请梁漱溟在两所学校接连发表公开演讲,并参观校园。其中9月17日下午在山西国民师范学校讲"学术",演讲记录稿刊于该校校刊《国师月刊》。次日下午对并州大学师生亦有演说。

根据上文提供的线索,笔者在南京大学图书馆翻阅了山西国民师范学校的校刊《国师月刊》,于1929年9月出版的第2期上找到了梁漱溟9月17日的演讲全文。该文题为《梁漱溟先生讲演词》,由王书良、任步青、乔梅共同记录。兹将全文照录如次:

> 本月十七日本校邀请梁漱溟先生讲演。首由赵校长介绍,略谓:梁漱溟先生现已来到山西,他的学问道德已是名满天下,他在社会上的地位当然很高;他的心志,处处着眼在民间——乡村教育的问题上。我们国师的教员学生,负乡村教育之责任很大,但如何尽这责任,怎样能走入正确的道路上去,却未曾深刻研究,前途的方针,许多都待指导。今天乘梁先生的允许,来作讲演;他定能给我们指出条很好的道路。
>
> 梁先生旋即登坛讲演,其词如下:
>
> 在民国十年的时候,我来贵校一次,在那时所遇到的同人同学,今天也许不在座了! 现在二次来此,还是同诸位开始见面。至于刚才芷青先生所推重的地方,我实在是不敢当。
>
> 说到民间"乡村教育",兄弟最近二三年来,得确注意于此,不过今天我所讲的,不关于此,本来我很不愿意做讲演,在同学们,天天在教室里听讲听的太多了。不但是同学们,就是社会上各界的人,也听讲听的太多了。因为现在各种集会和各样宣传,在我们想象中,大家都有一种倦意——就是听讲听的太多了! 本来社会愈进化,愈交通,便越能刺载,而中国的学说变化很多,意见不一,像这样紊乱,所以在许多听讲的人,不免要听的耳朵聋了,心乱了,脑筋也疲乏了! 在这时候,我来还要做讲演,似乎觉得无味,所以大家最好先要静默一下,让每个人的心思活动活动,因为听得道理太多,没有自己心思的活动,考虑,是很不好的。尤其今天是中秋节,各校都放了

---

① 中国文化书院学术委员会编:《梁漱溟全集》第六卷,济南:山东人民出版社,2005年,第558页。

假,本该大家休息,以活动心思,是不该来讲演。不过昨天同芷青先生会面,允许今天来讲,所以我也无法推辞了!

我们知道人类本是讲话的动物,这是他的特点,在他种生物虽也能发出有意义的声音,如他们每逢得了食物或遭了危险的时候,而发出"欢呼"或"惊呼"同类的声音,但是说不到讲话。他们浓厚的情调:如哺乳类及青蛙等所发出的声音,仅能把很简单的符号传出而已。至于人类的讲话,不单含有感情,并含有深刻的道理。是很复杂的,智识的符号。就是在平常冷静的时候,也含有许多道理,可以表现出来。这样的符号,是对于社会上一切最有关系的。我们可以严格的说,只有人类才会讲话。虽然人类是会讲话的,但我以为人还是少讲话的好。我们中国古人,常劝我们少说话如"敏于事而慎于言""纳[讷]①于言而敏于行",他们反对巧言者流,对于刚毅木讷[讷]之类的人,是十分赞许,这都是要教人少说话。所以我们应当少说话,少讲道理,虽是好话,也以少说为妙。古人说:"古者言之不出,耻躬之不逮也。"就是说我们尽管好好去做,千万不要只说好话而不能做好事;因为多说好话,是一个人堕落的起始。但人类是特别善于说的动物,语言文字,从人类才有了,所以人的困难,在"能语而不能默"就是说人类已经不会"不说话了!"纵使口不发声,但心里无时不在想着许多事情无时不在默默地说话。近代美国行为派的心理学家说的很明白,就是说:"思想是没有声音的语言,语言是发出声音来的思想。"二者没大分别,只是思想不发于外,而语言却发于外,人的声音可以不发,但说话的工具:口、舌、喉咙、音带等,当用思想,无不在那里微微地作动。

方才说过人是很难以不说话的,就是话[说]人很难以心里不想事情,须知不发声音,不谓之默;真正的"默",是口里既不发声,心里又不思念;但又不是脑筋昏冈及睡眠般的状态。像这样不不②想不昏不眠的清静的时候,是人最难做到的,我我③自己年纪本不算大,我所交遇的人够得上"默"的,只有广东李任潮(李济深)先生。本来"默"这件事,在我自己是不能的,我顶好口里不发声音,但心里不能够没有思念的,这可算是我的缺憾。不过我总期望我自己:虽不能固执地不说话,但是我要少说话。今天既来贵校,便不能不讲话,所以我把"学术"二字,拉来讲一讲:

"学术"是由人类讲话的能力而产的,人类有了讲话的能力,和运用文字的能力,才产生了学术。这种能力,就是智慧。因为人类求生的时候,要运用智慧,所以才产生了学术。我们知道学术的产生,是一个很大的问题:人类怎能产生了智慧?怎能造成了经验?……这些学术,都是很深的问题,很大的问题。如果把他分类底作成许多题目,每一题目,都可作成一部书研究。不过我今天不讲这些深问题,只讲普通的话,大家就容易了解的。

我以为一切学术,都是解决问题;没有问题,便不能有学术。这两句话,很是简单浅明,盼望大家注意,在这里我劝告大家的是:少听讲少读书,而多用自己的心思;要把心思多用在问题上,少用在道理上。我可以决定大家将来是有学问的,如果大家留心书本,我就很失望大家难有学问的成就。要是留心问题,并求所以解决的方

---

① [ ]内为校理后的正字。具有时代特色的语言皆保持原貌。
② 此处衍一"不"字。
③ 此处衍一"我"字。

法,学问自然就来了。不然的时候,学问便难以成功,即使成了也是假的学问。我们须知问题有两种区别:一种是自然现象和社会现象等,我们不明白他,因而发生疑问,要求了解他,明白他,一种是当我们遇着困难,好比山河阻隔的时候,便发生问题;要想解决这问题,只有想办法,确实底去做,此二问题之不同,是显而易见的,是"纯理的学问";由第二问题生出来的是"应用的学问"。前者如生理学,后者如医学;前者可谓之"学",而后者可谓之"术"。此二问题有本末之比较,前者是根本的学问,便是智慧;至于应用的技术,是在根本学问之后。西洋有句话:"我们怎样制服自然界,便是我们依从自然界来制服自然界"。也就是说我们了解自然界以后,才来制服自然界。我们明白生理病理之后,才能够治病。也如我们明白物理之后官制造一切对象似的。这种本末很多,人都明白。在现在的学术界上都知道了,但我还有个本末问题,是现在学术界所没有,西洋人所不曾留意的。就是"我自己为本,而对面的一切为末"。我觉得学术界中问题无大小,应当有本末,西洋的学术,多研究在对方的(即眼前的)一切,都以自然现象及社会现象做对象而研究,这"对方"的一切,固然不能说不是学问;但在学问中,可算是末了。什么是根本的学问呢?就是"了解自己"。

我们知道学问是明白一切了解一切并对一切有办法的东西,但现在学术界中,对方的一切问题,都明白了,了解了,有办法了,而对于自己本身却不明白,不了解,毫无办法。我觉得这是人类的一种耻辱。西洋学术的长处,是把"学""术"二字划分开:学是学,术是术。就如"医学"和"医术"是很好的例。中国的医学是没有真正科学的,是"学""术"混淆,而不能分开的。不过对于了解自身,算是有所成就——即中国的学问是谈人生的;看成"我为本""物为末"这是中国学术的长处。而西洋呢,却对于自身没有了解,何以说他对于自身没有了解?我们知道在现在学术界中,有一种最纷乱的学术,是心理学。现在心理学的派别最为复杂,因之这种学说最冲突不过,冲突到简直没有研究的一定对象和一定方法。甲派主张这样,而乙派偏要主张那样,但不知心理学究竟是讲什么的?像这种冲突,在旁的学问里是没有的。

心理学所讲的:"人"是什么东西,"人"究竟是怎么样?他惟一的想明白的就是"人"。西洋的学术,虽然发达,但其缺点,是不明白"人是什么东西"。不了解"人"究竟是什么东西,这是我敢断言的学如果心理学无一定的标准①,所以关涉人事的一切学问,皆无办法。因为一切学问都是建筑在心理学上,当心理学进步的时候,其他学问也跟着要进步。我们知道心理学最关系于人事问题。如教育社会法律等都是建设在心理学上,现在心理学没有办法的时候,教育社会法律也就没有办法了!其他一切学问,都可以此类推。我以为一切学问,都在了解对方,而心理学则在了解自己。这话问题最大,心理学家也许是不承认。在这短时间内,我是不能细说的,这里我可以说——

西洋现在的学术,对于自身不了解,是一个大缺点,但在人类的文化史上,大概不能不如此的。为什么呢?在我自②对于人类文化的解释:人类文化到现在,还在"人对自然问题"之下。什么时候才能走脱这个问题呢?就是在社会经济问题解决

---

① 此句不通,疑有讹误或脱漏。
② 此处疑脱一"己"字。

以后,才能告一段落,到解决以后才到了"人对人的问题"的时候,人类才感觉到自身底空虚,这时才会反求诸己,才能够清心静气地了解自己,"对我"的经验,才能渐渐地有了。

我以为现在人类文化还没有发展到第二阶段——即人对人的问题——在最近的未来,是中国文化复兴的时候——即在社会经济改革以后——这里我可用最后结束的几句话:

我们大家知道单有"术",不算做学问,因为这种解①"对他"有了办法而对自己没有办法。所以我们应当了解[解]自身,由了解自身而解决一切问题,才能有了确实的学法,才能生活于世间而做世间的事情,如此才能算是学术。所以我说单有术是不能成为学问的。

1922年,梁漱溟曾在山西国民师范讲演《中国民族今日所处之地位》,故《学术》是时隔七年后梁漱溟第二次在该校演说。查万年历,当天确系中秋节(即"中秋节"),与梁漱溟"似于太原度中秋"的回忆相符。

值得注意的是,与此篇演讲稿同期还发表了该校国文教员张敦圃的讲稿《评释梁漱溟先生此次的讲演词——在本校文艺研究社讲》,以及"六年一班 王书良"(系记录者之一)的《梁漱溟先生讲演后的感想——献给我亲爱的同胞们》。张文尝试为学生们解读梁漱溟的演讲,"因为梁先生的讲词,词理深奥,不但同学们听了觉得难懂,就是教职员们也不易解"②。梁氏曾在演讲中劝青年人少读书,多研究问题,故张敦圃特意指出梁的意思"是专指不会读书者而言",提醒听讲者不要误解,而应把书读活,做"善读书者"。王书良的文章结合社会上存在的不良现象,对梁漱溟的演讲提出了自己的理解,最后劝告有为的青年们要遵循梁先生的教诲,要自省、自悔、自洁、自勉、自安、自重、自律、自新,"好好的了解自己修养自己"③。

梁漱溟9月18日在并大的演讲亦留有记录稿,以《梁漱溟先生在并大讲演词〈中国民族之前途〉》为题,分两次刊载于9月29日、10月6日《来复》第556号、第557号,记录者不详。为保存史料,亦将全文转录如下④:

我很抱歉赵校长芷青先生要我担任些功课,但事实上不能如命。因为已经有人约我往别处去,故不能久留太原,不能与各位多盘桓。就昨天我在国师讲演,也没有甚么很好的题目。不过把我自己对于"学术"二字的见解略说一些。我最近留心乡村问题,昨天未曾说及此点。今天我想在这方面谈谈,但是详细的不容易讲出。因为若要详细讲这个问题,非两三个月不能完毕。片段的讲我还不愿意,恐怕大家也不容易得益。故今天仍不研究乡村问题。然至少总得提出大体方向,请大家参考。至于详细处,等等写成一本书的时候,再向大家请教。我今春由并回平,将考察的山西村政,已在平说过。很多的人,问我为何忽然研究乡村问题,留心村政。他们平素以我是研究哲学的人,忽然留心村政,有些奇怪。此实在对我太隔膜。如果知我平时的为人,决不奇怪我今日留心村政。我并非是研究哲学的人,进一步说,我根本上并不是研究学问的人。

---

① 此处疑有脱漏。
② 张敦圃:《评释梁漱溟先生此次的讲演词——在本校文艺研究社讲》,《国师月刊》第2期,1929年9月。
③ 王书良:《梁漱溟先生讲演后的感想——献给我亲爱的同胞们》,《国师月刊》第2期,1929年9月。
④ 原刊为句读形式,整理时酌加标点。

这是我很老实的话,并不是矫情立异。我从来并没有研究学问的念头。我在广东中山大学讲演过(如何成功今天的我。)就是说明我原不讲学而如何以后被大家误会,认我作学问家。这是我绝对料不到的。刚才说过我不是研究学问的人,尤其是不喜悦博学。若说我是博学者,若说完全看错。当我十九岁至二十几岁的期间,有一种人生问题到我心上来,让我没有法子,能看不见他,常常令我烦闷。我因为辞决①人生这个问题,才去探讨些古人今人哲学一类的书。后来把这个问题辞决了。及至民国七八年间,又有一个问题到我心上来,就是西方文化与东方文化冲突的问题。西方文化的思潮,以民国七八年为最盛时期,几乎逼迫东方文化没有立足之余地。我是代表东方文化者。这并不是我自夸博学。所以这个问题,逼我尤急。印度中国又都是这样。所以我不能不求解决。十年前最刺激我的说是东西文化问题,所以我不能不去研究。研究的方法,也不过是参考各种书籍而已。这个问题,几于令我十多年在烦闷之中。后来到了能解决的时候,我演讲成一本书,叫作《东西文化及其哲学》。我这个书的结论,就认为在最近的将来中国文化有莫大的进展。现在又有刺激我的问题到来,就是中国民族之前途,中国民族究竟有没有前途?我们天天年年看见他一天比一天糟,眼看得没有办法。中国民族到底是有办法没有?若无办法,中国人就算完了。若有前途,不能不与中国文化相连前进。如果认为中国文化有前途,将在最近未来一定复兴。有没有前途,是一个事实。若无事实,则中国文化不能实现,而中国民族亦无前途。若中国文化有前途,中国民族亦当有前途。这些问题,我们不要说空话,先求目前事实。我经过三五年的烦闷,一方面认为中国文化有前途,一方面去又找不着他的路径,几乎让我失去从前判断上的信仰。我对各派的主张,都不满足,因为他们都不能解答我的烦闷。十五年冬,至十六年光景,我自己的正面主张,渐渐的有了。我的主张可以说是"乡治",这就是中国民族的前途。现在编着,出版后再请大家看。内容曲折太长,一时不能讲完。我现在先将大体结论,举出少许说给大家,作一个参考。中国所受的痛苦困难的,已经几十年了。我从小的时候,就说过这个问题。(中国要亡)(中国要瓜分)这问题大约有六七十年。而有先知先觉者,提倡自救运动,也有好几十年了。像孙中山先生所说,余致力革命凡四十年。在自救运动上,大约可分为两期。(一)前期的自救运动,(二)后期的自救运动。前期运动是从中国民族感受西洋侵掠,件件都不胜人。此时自救运动,就是学堂。至同治光绪变法维新,大约都叫洋务或时务。光绪宣统年间,有主张立宪的,革命的,政治改革。其思想的目标,即近代国家。在眼前引诱我们的就是日本。日本因变法成为近代国家,与英法德美站在同一水平线上。那时留学日本者,就有数万人之多。此时中心思想,就是欧洲近代的思想。民国初年还是这样。以后不同的方式,自救运动从欧战停止以后,世界大有变化,中国人的思想,从此亦大变化。此时中国人的刺激就是西邻俄国。民国十三年,容共连俄,就是具体的表现。至十五年,在这时间分为两样,学欧洲就是学帝国主义,容共连俄就是打倒帝国主义。我认为中国人的自救运动,都不是正当路子。这些都是受外面的刺激,并非从自己拿出来的。西洋近年来,亦有这些变化。开首是制造帝国主义,后来是打倒帝国主义。近世史前半期是制造帝国主义,后半期是打倒帝国主义。可是后来的打倒,就是跟从前的制造

---

① "辞决"疑为"解决"。

产生出来的。共产党马克思的主义,由此而出。人家有前后的不同,我们也有前后的不同,然都是些盲动。这是最大的错处。要我自己的新生命,绝不能离开自己固有的精神,向外找寻。现在中国所有的全是些西洋货。不过过程中,犹有两点的进步。一点是超脱了国家主义,一点是注重到经济方面。民国最初成立的主张,全在改革政治,对于经济毫不注重。那是因为民生主义提倡太早,孙先生或者眼光在此。然一班人都看不到后来。后来国民党容共,虽然不对,然注重到经济较前为进步。现在中国民族的改革,必先要解决经济问题。中国问题包含三方面,就是"文化""政治""经济"。罗素游历中国后之著作,所先发表的一个意思,就是他很爱护中国的文化。中国文化若亡,虽国家能富强起来,他也不愿意。中国文化若能存在,政治经济无论若何解决,他都愿意。他这话完全是把文化政治经济分裂开,殊不知这三个问题,是不会分的。解决这三个问题,又必须先解决经济问题。

经济不解决,要想解决政治,那都是空说。我主张生产与分配要同时解决,文化与政治要同时解决。解决中国民族问题,必从乡村入手。先求乡村新生命,然后再求国家新生命。中国文化到底是什么。单书本是绝对不成,最好研究中国历史与西洋历史的不同处,比较西洋经济何以发达甚速,中国经济何以迟顿。这是我最后希望。

梁漱溟此次演讲的大旨是回顾自己研究乡村问题的由来,重点讲述了自己近年来"研究乡村自治问题之动机"。我们知道,梁漱溟的名著《乡村建设理论》虽正式出版于1937年,但他在《自序》中写道"这里面的见地和主张,萌芽于民国十一年,大半决定于十五年冬,而成熟于十七年"①。也就是说,1929年在并州大学发表《中国民族之前途》这一讲演时,梁漱溟已经基本形成了"乡治""就是中国民族的前途"的主张和"大体结论",并已开始酝酿《乡村建设理论》的写作。所以他才会在演说中作"现在编著,出版后再请大家看"的预告说明。而《中国民族之前途》这一讲题后来正成为《乡村建设理论》一书的另一名称。所以,此文可谓是梁漱溟关于乡村建设与"乡治"理论的预先演绎与公开申说。该演说稿应未经梁氏本人审定,个别内容可能有记录者主观演绎的成分,故而不排除存在舛误或失实。但总体而言,该文对于研究20世纪20年代末的梁漱溟思想仍有一定的参考价值。

结语

演讲是梁漱溟从事研究、教育与乡村建设的重要方式之一,既是他生平行藏的组成部分,也是其特殊样式的文化实践,何况他的不少著述便先有口头演说再凝练为书面文字。素有"梁漱溟研究第一人"之称的著名美国汉学家艾恺在《梁漱溟传》中有如下分析:"讲学提供了一条联络梁漱溟个人生活、教育思想和乡村建设之路的桥梁,同时围绕讲学的要旨,梁漱溟将构造他的文艺复兴和乡村改革计划。"②当然,由于演讲的特殊性,演说稿可能存在着文本散佚、信息缺失、记录不实等诸多的问题,需要一系列的勾稽、考索、覆按、辨析与研读工作。相比于1922年的山西之旅,梁漱溟1929年访晋期间的考察和讲学活动显然尚有史料发掘与阐释的空间。

---

① 中国文化书院学术委员会编:《梁漱溟全集》第二卷,济南:山东人民出版社,2005年,第144页。
② [美]艾恺著,郑大华等译:《梁漱溟传》,长沙:湖南出版社,1992年,第142页。

金传胜

萧珊佚文考述*

对于大多数人而言,萧珊首先是作为巴金夫人的身份而被熟知的。尤其是巴金的名文《怀念萧珊》,让萧珊的美好心灵与动人形象深深镌刻在了每一位读者的心中。巴金饱含深情的笔墨,也让人们不禁掩卷沉思,为这位善良、活泼、品格高尚的女性的不幸早逝而悲恸莫名、唏嘘不已。在这篇文章中,巴金说:"她比我有才华,却缺乏刻苦钻研的精神。我很喜欢她翻译的普希金和屠格涅夫的小说。虽然译文并不恰当,也不是普希金和屠格涅夫的风格,它们却是有创造性的文学作品,阅读它们对我是一种享受。"[①]萧珊的文学才华正是体现在她的著译文字中。2009 年,经巴金研究会精心策划,上海人民出版社推出了《萧珊文存》。《萧珊文存》不仅呈现了萧珊与巴金相濡以沫近三十年的家庭生活、人生经历与精神轨迹,而且展现了萧珊作为一位创作家、翻译家的杰出才华与艺术性情。负责策划、编辑《萧珊文存》的学者周立民先生在本书的腰封上说:"这本《萧珊文存》收集了这位有才华的女士的散文、随笔、书信和译文,是迄今为止作者最为全面的一本文集,也是对他们和那个时代的一个郑重的纪念。"书后还附有陆盛华的《萧珊年表》,为读者了解萧珊个人生平提供了便捷。

《萧珊文存》中收录萧珊写于民国时期的散文共计 6 篇。其中首篇《在伤兵医院中》原载于 1937 年 10 月 31 日《烽火》第 9 期,署笔名"慧珠"。《在孤军营中》《汽车中》《沪港途中——旅途杂记一》《在海防——旅途杂记二》《滇越路上——旅途杂记三》五篇均以"陈嘉"为笔名,1939 年至 1940 年间发表于《宇宙风》杂志。近日,笔者找到了两篇署名"陈嘉"的散文,其中一篇疑是萧珊的手笔,另一篇可确定为萧珊佚文。兹依发表时间为序,将它们整理介绍于此,以供学界进一步考证研究,既为保存现代文学文献,亦为纪念萧珊诞辰 100 周年。

一

第一篇"疑似佚文"题为《上海的救国运动》,刊于 1936 年 1 月 1 日上海《改造》月刊第 1 卷第 1 期(创刊号),署名"陈嘉"。该刊编辑者陶容,发行人张子夷,出版者署改造社,社址上海马浪路西城里九四号。该刊辟有现实相、世界动向、专论、批评之批评、研究和讨论、科学知识、小言论、转载、小说·诗歌、文艺理论等栏目。"主张以救国运动粉碎

---

* 本文得到扬州大学"语文教育课程群教学团队(培育)"项目、江苏省 2018 年"双创计划"、扬州市"绿扬金凤计划"的资助。

① 巴金:《怀念萧珊》,《萧珊文存》,上海:上海人民出版社,2009 年,第 8 页。

帝国主义加在中国人民身上的枷锁。仅出版两期即被国民政府查封。"①其中第1期还载有绀弩《一九三五年的语文运动》②、艾思奇《胡适也来挑拨离间》、胡风《文学上的民族战争》等重要文章。据胡风在《历史是最好的见证人》一文中回忆:"在提出这个口号(指"民族革命战争的大众文学"——引者注)以前,我应一个小刊物(记不起刊名)写的《文学上的民族战争》里面,举出了《八月的乡村》和《生死场》……"③这说明胡风文章是应本刊编者之邀而写。

之所以判定此文可能是萧珊所作,主要有如下几个理由。首先,陈嘉是萧珊最常使用的一个笔名。其次,据《萧珊年表》云,萧珊就读于初、高中期间,一直积极参加抗日爱国运动,曾加入由中共地下党学委领导的"读书会",险些被当局抓捕。从发表时间与文章内容可知,《上海的救国运动》当作于1935年12月24日至1936年1月1日间。当时的萧珊虽是上海南市务本女中(后转入上海爱国女中)的一名高中生,但作为学生爱国运动的积极分子,完全有可能、有能力写下《上海的救国运动》这类的进步文章,以文字为武器,为爱国救亡鼓与呼。文中所述"上海的救国运动"尤以学生界最为详备,完全切合萧珊彼时的身份。最后,因胡风是《改造》的撰稿人之一,笔者作了一个大胆猜测。据巴金《怀念胡风》可知,巴金与胡风是南京东南大学附中的校友,只是学生时代两人并无直接交往。1935年秋,巴金从日本回国后,开始担任文化生活出版社的总编辑,因为《译文丛书》的事情,与胡风相遇,此后两人渐渐熟悉起来。倘若1935年年底萧珊即已认识巴金④,那么她经由巴金结识胡风,进而一同为《改造》撰稿的可能性还是有的。当然,这一猜想还需更多史料的支撑。

为了便于学人进一步考证,兹将全文照录如下:

上海的救国运动

陈　嘉

自北平学生救国运动发生后,全国各地学生纷起响应,如天津、汉口、广州、长沙、上海等地学生,群集数千数万举行大规模之游行请愿,有的已经罢课,以表示其坚决之态度,有的虽未罢课,实际上,已陷于停课状态。这样广大的救国运动,是"九一八"以后的壮举。

继汉口广州之后,上海各大中学亦群起援助,首先是十二月十九日复旦、大夏、光华、法学院、暨南及其他大中学数千学生星夜冒雨向市政府请愿,继则是廿一日下午上海各界妇女之游行示威,至廿三日下午复有各大中学生三千余人占据北火车站,要求赴京请愿,廿四日晨则有数百学生及多数市民在南京路游行。至于齐集北站要求赴京之数千学生,卒因当局不允所请,运赴青阳港,停止开车,学生仍坚持自己的主张,自行开车前驶,大有不达到目的不再回沪之势。

目前上海的救国运动已普及各界,保障领土完整,行政独立,及不承认任何类似傀儡组织,反对汉奸卖国,已成为一般民众的共同要求。反之,当局虽容纳学生要

---

① 张宪文等主编:《中华民国史大辞典》,南京:江苏古籍出版社,2001年,第1022页。
② 此文以"叶籁士"为署名复刊1936年1月10日《读书生活》第3卷第5期。
③ 胡风:《胡风全集补遗》,武汉:湖北人民出版社,2014年,第476页。
④ 因巴金《怀念萧珊》一文中说:"她是我的一个读者。一九三六年我在上海第一次同她见面。"一般认为巴金与萧珊结识于1936年。

求,但并未实行他们的要求,同时,并未"保护"他们的晋京请愿,却"遣散"他们的救国运动。当此亡国之祸迫在目前的今日,救亡图存已为人民共同的要求,救国运动这决不是少数权势者所能阻止,而将成为最广泛最坚强的运动。

各学当局及御用学者,认为学生的救国运动,恐引起"外交纠纷",准备提前放假,以分散学生的力量,解消救国运动,学生救自己的国于"邦交"有甚么关系?"纠纷"未起,便老早诚惶诚恐的"忍让""退避"。过去的"不抵抗"丧失了东北四省不用说,整个华北也名存实亡,假如目前不力谋救国,则中国残余山河,又将属他人,救国是合法的行动,争取民族解放更是中国人民的唯一出路,而这一条出路,只有救国的人民用自己的力量去争取才能达到!

北平"一二·九"运动后,上海各界尤其是学生界积极响应,以停课、罢课、请愿及游行示威等方式,表达了抗日救亡的进步要求,反对"不抵抗"政策,反对汉奸卖国,争取民族的独立自由。上文旨在向社会公众介绍上海如火如荼的爱国热潮,以饱满的爱国热忱,表达了对于学生救国运动的全力声援,痛斥了懦弱无能的当局政府。作者认为在当前的政治情势下,中华民族面临着亡国灭种的危机,救亡图存已经成为广大人民共同的要求与呼声,是任何势力所无法阻挡的历史潮流。东北四省业已沦丧,整个华北名存实亡,则都是缘于"不抵抗"政策的实行。如果当局依然一意孤行,以忍让退避为能事,只会继续将祖国领土拱手让人。唯有力谋救国,同仇敌忾,方能挽狂澜于既倒,实现民族的解放。如果《上海的救国运动》确是萧珊之作,那么不仅可将她公开发表作品的时间前推一年,而且是青年萧珊爱国主义思想最直接最真实的体现与佐证。

二

第二篇佚文《在昆明的一个女生宿舍》刊载于 1940 年 12 月 1 日上海《中国与世界》第 5 期。本刊系综合性月刊,创办于 1940 年 7 月,主编师山、林憾庐,发行人林翊重。办刊目的在于"一方面对于国际情势,国家现象,观感所及,出以评衡,同时又一方面,作为战时埋头致力学术工作者发表的工具"[1]。设有论著、文艺、汇载、世界史料等栏。

主编之一的林憾庐是巴金 1930 年在福建泉州黎明中学时结识的好友,萧珊后来即通过巴金而认识林憾庐。1938 年,林氏与巴金、萧珊等一起从广州逃至桂林,一路上患难与共,莫逆于心。林憾庐接编《宇宙风》后,巴金不仅自己为它撰稿,而且鼓励萧珊也加入投稿者的队伍中,由此才有了《在孤军营中》等散文在《宇宙风》上的发表。经查,《中国与世界》上同样登发了署名巴金的多篇作品,如《〈伦理学〉中译本前记》《克鲁泡特金的〈伦理学〉》等。实际上,与《在昆明的一个女生宿舍》同期即揭载了巴金作于 1940 年 10 月的《昆明随笔二则》[2],且萧珊之文紧随巴金文后。因此,他们的文稿很可能是同时寄给林憾庐的。

《在昆明的一个女生宿舍》全文如下:

---

[1] 编者:《发刊词》,《中国与世界》第 1 期,1940 年 7 月。
[2] 含《静寂的园子》《狗》两则随笔。

在昆明的一个女生宿舍

陈 嘉

联大女生宿舍迁到南院了。南院原是一所破庙,作为一个本地中学的宿舍也有好些年了。几间大屋子,前面还有刻着"南天一柱""乾坤正气"等金字的横匾,走到屋子里边,还可以发现许多狰狞面目的泥佛。后来那所中学疏散到外县去,从远方流浪来的大学又把这所旧庙租了下来,作为男生宿舍的一部,而且把几间大屋子当作教室。泥佛用纸糊抹了,使人瞧不见它的面目的狰狞。横匾取下了,可是"南天一柱""乾坤正气"等名称却成了每间教室的专名词。现在女生宿舍搬到这里,和女生宿舍连在一起的总办公处也迁了过来,每间教室又变成各种不同的办公室。女生宿舍则散在几个院子里。抗战并没有把阶级观念打破,所以宿舍的好坏也以年级的高低来分配的。大四女同学的宿舍最好,大一的新同学却拥挤在一间有四五十只上下床铺位的"大统舱"里。(这间大寝室本来原是教室,现在床铺排列得和轮船上的统舱一样。所以同学们混称它为"大统舱"。)

人对于女生宿舍,也许会想到"富丽""堂皇"等形容词,可是这些形容词是随着炮弹毁灭了,现在我们有的仅是一所破旧的屋子。但是我们宝贵它,而且我们知道有多少人徘徊在这所破屋子的门口,要进也进不来。不过当我们搬到这里时,多少还是有点不惯,屋子实在太破了。

山城的气候的确可爱,夏天不会使人淌汗,冬天更不容易看到雪,太阳比任何地方都明亮,天也比别处蓝得美丽,时常有几朵棉絮似的白云在蓝空中漂浮。甚至在雨季中比在别处好得多,雨后即天晴,并不和江南的黄霉时节相像,绵绵地连下几天雨。

可是雨季总是雨季。我的宿舍是在"大统舱"右侧的小院子里,院里的小天井有一株古老的树,时常有松鼠在那里跳跃。天井那面并立着两间屋子,人住在靠里的一间。屋内图案似的放着四张有上下铺的床位。睡在上铺虽然不大方便,但不像在下铺那样受跳蚤臭虫的扰乱。我高兴能够找到一张上铺。可是有一天晚上,我在睡梦中觉得自己掉在大水槽里,又冷又湿,我害怕得要叫起来。睁开眼,屋子里只是黑黢黢的一片。我还以为是做梦,但是我听到下雨的声音。我赶快打开电筒。被上湿了一大块,连睡衣也湿透了。我用电筒向四面探照,照见雨水不停地从屋顶上滴下来。那天晚上我不能睡好,我怨天,我怨这间屋子。第二天才知道每间屋都有类似的情形。房子实在太旧了。不过现在我知道了防雨方法,每天晚上用油布雨衣等盖在被上,即使下雨,我也不会像掉在水槽里一样了。

总办公室处混杂在女生宿舍中间,所以各院子里常常有些男同学,和办公人员进出。这样一来,男要找女同学也方便得多。从前的女生宿舍是不准男生入内的,在女生宿舍门口就竖着"男宾止步"的木牌。后来这木牌失踪了,但是男同学们也只能在院子里高声叫唤他要找的女同学的名字。现在呢,男孩子都跑到女同学的屋子里来。有时早晨睁开眼睛,你会发觉有一个男孩子坐在屋子里,你又会想起昨晚将熄灯的时候,他还在屋里。你难免会再想:难道那个人一整晚都坐在这把椅子上吗?这种情形使得屋里其他的女孩子觉得太不方便。所以女生舍监出来干涉了,但是"干涉"并不能使这情形消灭甚至于减少!

七月份的贷金终于在九月中旬发给了。这消息也使穷孩子们兴奋一点。虽然十四元一月的贷金在"米要卖百余元一石,猪肉卖二元六毛一斤"的山城里不算什么一回事——学校内最便宜的伙食费尚要超过这数目!但是,这些钱究竟也能帮助人解决一些不大不小的难题。自从发给贷金的消息传出后,那天早上在发贷金的小屋子门口,便拥挤着许多男女学生,每个人拿着入学证和领贷金的单子。那天下午我从外面回宿舍的时候,在临近南院大门的文林街上,我听见一种气愤的声音,那是刚从南院出来的两个男同学口中发出来的。

"没有希望了,那个办事的人不是说已经被人冒领去了?我还以为领了贷金可以还你十块钱,谁知入学证一丢,贷金立刻被人领去!"那是较长的一个男学生说的,他的黄色学生制服的裤子上有一大块补钉。他叹了一口气,"明天我把那件冬天大衣出卖罢!"

"到了冬天怎么办?"

"到了那时再讲,谁还能顾到两三个月以后的事呢?而且你也不是有钱的人,你不能每月都替我付饭钱!"他们已经走远了,我再听不见他们的谈话。但是我心里很难受。人都有一颗知道耻辱的心,假使那个冒领贷金的同学经济稍稍宽裕的话,他也决不会为了十四元做出这种对不起人的事。我沉溺在痛苦思想中,但是一个叫声把我叫醒了。我仰头看,原来一个男同学刚从里面出来。我就顺口问他是否在找人。可是,我得到的是一句想像不到的回答。

"我在领贷金。"

我看了看他穿在身上的西服:灰色法兰绒上衣,黄色法兰绒的裤子,脚上还有一双黄色生胶的皮鞋。这个人,因为平日衣服穿得这末整齐,我们都叫他做"gentleman like"。

"怎么,你也领贷金?"我有点茫然了。

"为什么我不该领贷金呢?"他笑着说:"Miss X,我请你去南屏咖啡店吃西餐好不好!昨天晚上我和两个同学在那边吃饭,好极了。我到昆明后第一次吃这末好吃的西餐。而且并不算太贵,三个人才吃五十多块。"

南屏咖啡店,五十多元钱的西餐,领贷金,那个穿着破旧黄制服,裤子后面有补钉的瘦长影子又在我的脑中出现了。我不能说话,我只能苦笑地摇摇头。不等他再说话,我很快地跑进宿舍的院子里去。我觉得自己快要哭了。晚上我去别间屋子找一个同学,她没有在。和她同屋的那位小姐躺在床上,穿着一身粉色绸睡衣,爱娇地和坐在她的床边另一同学说:

"明天你替我把贷金领来。我请你到松鹤楼去吃中饭!"

学校里有许多没有钱吃饭的穷学生,可是这辈阔小姐阔少爷,居然也跟穷孩子们抢着领贷金,十四元一月的贷金!我对于"人心"真的有点不解了。

中国人对于节日特别重视,尤其是我们在江南生长的孩子。虽然对于流浪的女孩,"中秋"并不是一个愉快的日子,而且好些同学都为了想家在流泪,但是,中秋毕竟也给人带来了欢乐和生气。只是令人失望的是这晚上看不见月亮的影子。因此我没有兴致跟着朋友们去游大观楼,一个人早早地回到宿舍,在自己下面一张床上一躺。屋子里很静,除了在电灯下映出的自己影子外再没有别的人。我觉得有点寂

寞。正在这时同房的Y进来了。她看见我一个人躺在床上,便走过来拉我的膀子说:

"起来,我们一起到外面去,外面很热闹——月亮已经出来了。"

我随着她跑到外面的院子里,一个奇异的景象使我惊讶了。廿余对男女同学正在那里跳舞,中间放着留声机奏着舞曲。月亮的清辉成了很合式的灯光,照在每个人脸上。整个院子都成了银色。我虽然不会跳舞,但是我却被这情景感动了。我把身子倚在一颗大树上,望着被月光笼罩着的每个旋转的身子。

夜深了,我觉得有点冷,我应该回屋去加一件外衣。我经过另一个院子,那里有四株高大的桂花,香气袭人。我为它们吸引住了。便爬上高大的石台,想去采几枝桂花。但是我听见石阶那边有人在讲话。我便停止了动作,藉着月光,从桂花树的空隙处望见石阶上坐着一对年青的男女。他们背着月光,所以我看不见他们的脸。

"别说谎,你的眼睛明明告诉了我,你喜欢我,你现在还喜欢我,我知道你的眼睛是不会说谎的!"是一个男子的声音。他们决想不到有人站在桂树的石台上面偷听。

"也许我喜欢过你,可是这并不是爱!我只觉得有一阵风,一阵狂风,使我停不住脚步!"这是女孩清脆的声音。她停了一会,轻轻地笑了起来,她的垂到肩上的黑发在月光下闪耀着,微微地在飘动:"不过这时候早已过去!你看,现在还能够找到狂风的影子,或飞沙的痕迹吗?现在有的仅是明朗的天,和银白的月光!我还不了解生活,我只晓得我做过一些梦,不管那是空洞的,美丽的,反正它们都走了!你为什么还要拉着梦景不放手呢?"

"你就这样坚决?你真的不会后悔吗?"男子这样问道。

我听到了女孩清脆的笑声:"后悔,什么时候我后悔过?而且我们这样分手不是很好吗?我的印象留在你的心中永远是年轻的。世界上没有永久的梦!让这淡淡的影子留在我们的心头——你的心头,我的心头。"

月光显得更明亮,那女孩忽然转过身,现在我把那张脸看清楚了。的确是一个非常可爱的女孩,眼睛里正闪着光。但是那一张陌生的脸,我没有在同学中间看见过。我记起这几天有几个别校的同学寄住在我们这里,也许她就是其中之一罢!

"不过你允许我,以后别再来找我,也许明天我就会离开这里。我们这样分开不是很美丽吗?没有怨恨,没有厌倦,有的只是青春和欢乐!"女孩带着幻想的口吻说话。我仿佛读到了一首牧歌!恰恰在这时,我的皮鞋在石阶上一滑,使我的身子失去了平衡。我连忙立定,再往对面看,白玉一般的石阶上却没有一个人。远去了的脚步声音在这静夜里轻轻地响着,使我不致怀疑自己落在想像的幻觉里面。

一天早晨,我刚从盥洗室洗了脸出来,却看见一位同学正伏在床上悲痛地低声哭着。我望着她发愣,我向来不知道怎样用嘴去减少别人的痛苦,去劝慰别人,所以我站在这个自己平日相当敬佩的女孩面前,真有点不知所措了。忽然远远地传来一阵歌声"九一八,九一八,从那个悲惨的时候……"有人在唱《松花江》。我记起今天正是这个纪念日,我现在知道这个同学为什么痛哭了。她是东北人,在三年前,抗战刚发动的时候,离开了家,离开了每个熟悉的人,到自由的祖国来。她做过伤兵医院的护士,也在战地里作过服务员。她告诉我们,就在"九一八"那年,她的十六岁的哥哥自杀了,她那时虽然很小,可是这个悲惨的痕迹永远留在孩子的心中。后来她到这里来读书。她没法同家通音讯,只靠着十四元一月的贷金,而且还不能按时领到,她怎样能生活呢?所以当邮局招考邮务生的时候她便去投考,幸而被录取了。她要求邮局把她的办公时间改派在晚上,现在她每天晚上还要去邮局办公。她是一个沉默的女孩,不多讲话,宿舍里似乎根本没有这个人的样子。我从来没有看见她有过十分激动的时候。但是她对同学却很和善,所以我们大家都爱她。我听见人说过《松花江》的歌声常常会使她流泪。难道又是它在唤醒她的痛苦的回忆吗?我望着她,她的哭声似乎更悲惨了,把我的眼泪也引了出来。我不能劝慰她,我只好离开屋子。

院子里正下着细雨,天空满布着阴云。我怅然了:"天,你难道也为着几年前悲惨的日子流泪吗?"我木然站在院子里,也不知道雨打湿了我的衣服。"你傻了,站在雨天下干吗?"我回头,是同屋另外两个同学,手中拿着一只大口袋,笑着对我说:"今天群社的同学在大门口募捐,怕女同学们今天不大出街,所以叫我们进来募捐。你闲着没有事情,来帮我们罢!"也不等我回答,她们从口袋中拿出一个小包,告诉我里面有五十面白色小旗,印着"九一八,劝募寒衣纪念"等红字。她们的脸上正闪耀着青春的光彩,并没有失望和悲哀。

雨不知在什么时候停止了,我看见一片明朗的蓝天,天空中连一朵浮云都没有。我像抓住一个希望似的,快活地对她们说道:"我不怕,光明永远是我们的!"他们也许会奇怪我的回答,但是我看到的却是更灿烂的笑脸!

1939年暑假,萧珊考入昆明中山大学外文系,随后转入国立西南联合大学(以下简称"联大")外文系,为"一年级试读生",后又与刘北汜、萧荻(原名施载宣)等一同转入历史系,与王树藏(又名王育常)成为同学。此前学界对于萧珊联大期间生活情形的了解,主要通过巴金的追述,以及杨苡、萧荻、刘北汜等联大同学事后的回忆性文字。如萧荻《忆萧珊》记载,"萧珊初到昆明时,是和她的挚友王树藏借住在青云街沈从文先生家里"。后来,萧荻与刘北汜在钱局街金鸡巷四号租了三间房子,邀萧珊与王树藏等同租,"两男两女各住一间,中间的堂屋作为共用的起居室"①。刘北汜《四十年间——关于巴金、萧珊的片段回忆》一文中的回忆与萧文大体一致,然略有不同之处,即提到萧珊与王树藏最初是住在女生宿舍,后搬出与沈从文同住一院。文中写道:

> 女生宿舍在老西门内文林街上,借用的是昆华中学学生宿舍。原来是座庙宇,略经改建而成。庙里既供菩萨,也供关公。菩萨和石栏杆在敌机轰炸中被震倒。女生们的住处,古老而破旧,楼上走人,楼下落土,雨天漏雨,冬天进风。因为不好住,正好沈从文先生住的院里有空房,王育常早在逃难到汉口时便已和沈先生认识,她便和萧珊一起搬出女生宿舍,到沈先生同院二楼上一处很是窄小的房间里住下了。②

显然,刘北汜此处的回忆似乎更加准确,因为以上关于联大女生宿舍的描绘,与《在昆明的一个女生宿舍》一文可互相参证。可见,萧珊一文正是以她在联大女生宿舍里的生活体验为基础,从多个角度生动而细致地展现了抗战时期西南联大校园生活的丰富样貌。

---

① 萧荻:《忆萧珊》,《随笔》1984年第4期。
② 刘北汜:《四十年间——关于巴金、萧珊的片段回忆》,《百花洲》1983年第3期。

本文虽以"在昆明的一个女生宿舍"为题，实际内容却不限于宿舍生活，而是选取了作者在联大若干生活片段，实录了自己的诸多经历与见闻。文中涉及的学校生活，无疑是了解萧珊个人生平的第一手资料，更是研究联大历史不可多得的珍贵文献。无论是女生宿舍简陋的物质条件，贫困学生的度日维艰，还是青年男女的社交恋爱，青春岁月的欢乐活泼，抑或校园内的救亡活动，皆摄取了特定时期历史的一个横断面，从中既可看到个体的喜乐悲哀，又能体味社会时代的精神氛围。如文中所写作者参加群社于"九·一八"纪念日发起的寒衣募捐活动，既使历史过往免于湮没，又显示了萧珊一如既往的进步姿态与爱国情怀。无怪乎好友杨苡在《梦萧珊》中这样叙述："你喜欢接近各种各样的人，当然，你接近了'群社'，你们也有'冬青文艺社'的活动。"①周立民先生在评价《在伤兵医院中》等散文时说："这些见闻和印象，……以一个女性的细腻、敏锐和活泼，以生动的文笔，在对个人见闻的叙述中素描中国社会本相，是特定时期中国人和社会面貌的难得的文学记录。"②《在昆明的一个女生宿舍》一文亦可作如是评。

萧珊在记录这些生活片段之时，并不追求绝对的如实再现，而是捕捉具有典型性的人事与细节，凭借一颗爱憎分明的心，于清丽、朴素、从容不迫的笔触下，凝聚与蕴含了自己对于不同社会事象的思想倾向和褒贬态度。在实际生活中，她显得有些笨拙、木讷，不擅长言语表达，"向来不知道怎样用嘴去减少别人的痛苦，去劝慰别人"，可发生在周遭的每一件事情，都无法逃脱她的冷静观察与理性评判。她把美与丑、悲与喜都呈现出来，在看似散乱的行文中披露自己的意绪与观感，在经历了情感的一番波澜后，最终以积极乐观的调子结束全文。作者将记叙、描写与抒情、议论有机地结合，不作滥情的宣泄，亦不发空泛的议论，以有节制的文字尽量涵纳丰富的社会内容，实现主观情致与客观描摹的成功交融。于是，透过作者的质朴无华、清通有致的语言，我们能够切实感受到一个正直、高尚、追求光明的美好灵魂。

综上而言，新发现的这两篇文章有助于我们进一步认识与考察萧珊的人生轨迹与心路历程，具有较高的文献价值与文学价值。至于《上海的救国运动》的最终归属权，也期待学界能够最终解决。无论如何，将来《萧珊文存》修订再版时，至少应收入《在昆明的一个女生宿舍》一文。同时，若能将杨苡《梦萧珊》、萧荻《忆萧珊》、缪景湖《追忆亡友萧珊》、罗洪《怀念萧珊》、黄裳《萧珊的书》等友人或晚辈回忆萧珊的文字也附入书中，那就再好不过了。

2017.12.1

---

① 杨苡：《雪泥集巴金书简》，北京：生活·读书·新知三联书店，1987年，第109页。
② 周立民：《阅读它们对我是一种享受——谈〈萧珊文存〉》，《文汇报》2009年5月15日。

金传胜

女性主义视角下苏青的母性书写*
——以两篇佚作为中心

苏青是20世纪40年代上海文坛上与张爱玲齐名的著名女作家。尽管近年来多家出版社推出了《苏青全集》《苏青文集》等作品集,但民国报刊中依然散落着不少苏青的文学遗珠,亟待搜集与整理。连载于海派方型周刊《香海画报》第12、13期(1946年6月3日、10日)上的《一粒星》和通俗文艺刊物《海晶小说周报》第3卷第1至4期(1948年12月)上的《灰色的恋》,便是苏青的两篇佚文,很可能是中华人民共和国建立前苏青最后的小说创作[①]。它们延续了苏青描写现代都市女性在现实婚恋、社会生活中的物质困顿与精神挣扎的创作倾向。不难看出,《灰色的恋》虚构性较强,而发表时冠以"结婚十年续集之一"副标题的《一粒星》则具有较浓的自传色彩,是《结婚十年》与《续结婚十年》中一些情节的浓缩与"另写"[②]。

成为母亲,是大多数女性必然拥有的情感体验与现实经历,母亲身份因此是女性历程的一个组成部分。在现代女作家的笔下,母性、母爱不断被书写,成为女性主义文学中一个无法绕过的主题。对苏青而言亦是如此,从踏入文坛开始,"'母爱'始终是苏青笔下挥之不去的主题,'母性'始终是苏青心里割舍不断的情结"[③]。无怪乎与苏青一度齐名且私交甚笃的张爱玲曾说:"苏青最好的时候做到一种'天涯若比邻'的广大亲切,唤醒了古往今来无所不在的妻性母性的回忆,个个人都熟悉,而容易忽略的。实在是伟大的。她就是'女人','女人'就是她。"[④]在上述两篇佚作中,"母性情结"便占据着举足轻重的位置,勾勒完成了贯穿于苏青文学创作的"母性"图谱。本文尝试以这两部小说为中心,结合苏青的其他作品,以女性主义为研究视角,剖析、审视女作家母性书写的思想内涵与文学价值。

苏青早年曾入中央大学外文系学习,对西方女权思想并不陌生。随后在婚姻家庭上的坎坷遭际,使她对现代女性的命运处境既感同身受,又甚为关切。她曾发表《我国的女子教育》《第十一等人——谈男女平等》《女性的将来》等文,一方面从自身的现实体验与真切感受出发,对重男轻女观念、现代女子教育"男子化"等陈弊予以批评,另一方面呼吁

---

* 本文得到扬州大学"语文教育课程群教学团队(培育)"项目、江苏省2018年"双创计划"、扬州市"绿扬金凤计划"的资助。

① 苏青另有一篇小说佚作《梨园梦》,载1947年12月《艺文画报》第2卷第5期。

② 此处所谓的"另写"非就严格意义上的写作时间而言,因《续结婚十年》(自1946年9月1日连载于上海《沪报》)与《一粒星》脱稿时间不明,尚待考证。

③ 毛海莹:《试论苏青笔下的母性情结》,《宁波大学学报(人文科学版)》2005年第2期。

④ 张爱玲:《我看苏青》,于青等编:《苏青文集》(下),上海:上海书店出版社,1994年,第460页。

社会为女性的职业发展与价值实现提供条件,并给出了一些不乏前瞻性的看法。这些思考中也包括科学育儿观、现代母性如何建立等问题。与散文的直抒胸臆、畅所欲言不同,在小说创作中,苏青将母性主题融入平凡世俗的日常语境中,母性意识化作女性角色心灵世界的一个"暗箱",以现实与理想的冲突,反映了身兼不同角色的女性在面对各种社会关系时踯躅前趑的困境。

传统母性文化是父权制社会长期建构、形塑的一系列伦理规范与行为准则,它对女性提出了诸多苛求。父亲在家庭中处于主宰地位,对妻子的身体、情感具有专一权,女人在经济上依赖于男人,无偿提供性的服务与家务劳动,包括怀孕、生产与育儿,承担"相夫教子"的责任,以牺牲自我为代价,保障男人、孩子乃至全家的幸福。无私奉献、乐于牺牲,是传统社会炮制的母性神话。所以,在以父权价值观为导向的男权社会中,"母性的体验与性别特征的经验都受到男性趣味的引导"①。在小说《一粒星》中,母性即经历了由传统向现代的蜕变与成长。虽然传统的大家族已经解体(其影响尚在),而代之以现代小家庭,但"我"最初所期待的与封建家庭的经济模式并无二致,即由丈夫来供养妻儿。不料丈夫拒绝履行其作为"父亲"的角色,不能为"我"与孩子提供经济来源与物质保障,更谈不上情感上的慰藉,夫妻之间的矛盾由此产生并逐步升级。"我"企图扮演传统"贤妻良母"的希望宣告幻灭,为了自己与儿女的生存而不得不走入社会,实现经济上的独立。以此为契机,在追求与获得经济独立的同时,伴随着女性自我人格的觉醒与确立,以及母性意识的成长与转型。凭借一己之力,"我"终于不再乞食、仰仗于丈夫,并选择结束婚姻。离婚是"我"作为一位女性与母亲所迈出的最勇敢的一步,因为它意味着要面对男权社会的偏见与敌视,以及在经济上完全的自给自足。当然,离婚并不表示女性对婚姻制度的彻底绝望,假以合适的机会,她依然可能再度恋爱并渴望重进婚姻"围城"。这正是《灰色的恋》中的史蝶美所面临的境地。

《灰色的恋》中,史蝶美与前夫葛先生离婚后,后者将房子留给史蝶美与女儿,不再负担她们的生活费用,完全卸去了作为丈夫与父亲的责任。此后,季康年以一位"温柔体贴的中年男人"走进史蝶美的世界,为她带来了经济上的援助与肉体上的安慰。但史蝶美并不仅仅要找一个爱自己的丈夫,更需要一个爱孩子、负责任的父亲,而季康年显然无法胜任。况且他本是有妇之夫,史蝶美仅是他给自己的生活添置的乐趣,小云更被他视作多余。因此,这场恋爱从始到终都无法挥去一丝"灰色"的基调,史蝶美对此清醒而无奈。在她面前有两个选择:一是继续与季康年交往,做他的情妇;一是与他分手,另做打算。小说虽然指明史蝶美属于"知识阶级",季康年还称赞她是"一个很能干的女子",但作为一位曾毅然走出家庭的"娜拉",她并没有闯荡社会的勇气与决心,而是希冀着投入男性的怀抱,甘心做个职业太太,为自己和孩子谋求长久切实的幸福。通过这一角色,苏青着眼于女性自身的批判,再次思索女性人格独立与自尊自主的命题。不过,苏青对史蝶美的批评中又带着同情,她将自己的情感体验投射到女主人公身上,凝聚了自己对于女性命运的悲悯。同时,作者不避大胆骇俗的笔调,聚焦男权意识下女性兼顾母性(爱护儿女的天性)和妻性(被男性保护的欲望)的灵魂搏斗,两者"形成的心理张力,让女主人公时而伟大、时而卑劣,在'慈母'与'淫妇'(《杀子报》暗示的女性形象谱系)之间升腾沉

---

① [美]艾德丽安·里奇著,毛路、毛喻原译:《女人所生:作为体验与成规的母性》,重庆:重庆出版社,2008年,第36页。

沦,叙述的张力毕现,从而在凡俗的欲望中满溢女性的悲哀、困惑与无奈"①。

在苏青看来,只要离婚后的女性同时是一位母亲,她就不应以牺牲孩子的利益为代价来换取自身的幸福,直到一位同时给予"夫德"与父爱的男人的出现。具有反讽意味的是,在苏青的小说中,这一理想型的丈夫/父亲形象始终缺席。在《续结婚十年》中女主人公怀青如此说道:"然而世界上哪有这种理想的男人呢?他们都是胸襟狭窄的,他们都是思想陈旧的,他们不能无目的地爱一个白胖聪明的好孩子,除非他能自信这个孩子身上有他自己的血统关系存在。唉,多愚蠢的想法呀。一只极细致的精虫,能够决定极慷慨的父爱与否,真是太笑话了。"②《一粒星》中的丈夫、《灰色的恋》中的葛先生与季康年似乎在验证这一事实:男性可能连亲生骨肉都可弃之不顾,更何况对没有血缘关系的孩子呢?苏青把悲剧归之于男人的"胸襟狭窄""思想陈旧",也似乎看到了这背后根深蒂固的封建血缘血亲观念。她洞悉传统"父性"的虚伪、不可靠,予以讽刺与嘲弄,这是难能可贵的。其实,理想型丈夫/父亲形象在文本中的缺席,恰恰折射了其在作者潜意识领域的在场,反映了苏青非激进色彩的女性主义观③。她在批判、否定男权文化与父权意识的同时,依然将家庭想象与设置为女性幸福的港湾。她所期盼的不仅是健全的女性主体,也包括完满的男性人格;既探索着现代母性的建构,也呼唤着现代父性的来临。

《续结婚十年》里的怀青最后获得了儿女的监护权,而《一粒星》中的儿子小元则最终被丈夫以寻找财产继承人为理由夺走,给"我"留下了无尽的痛苦。"父权制的核心是独立的家庭单位,它们由财产和让自己的财产被子孙们继承的欲望组建起来。"④由于父子关系尚存,即使家庭单位已经消解,丈夫要求财产的顺利继承就仍具正当性、合法性。对此,作为母亲的"我"毫无办法,"因为母亲无论她与她的孩子有多强大的情感纽带,并没有力量超越那种可能挑战父权(血统与继承随父方)的关系"⑤。从《结婚十年》《续结婚十年》到《一粒星》,苏青不断地把切己的一段生活经历形诸文字,这绝不是文思枯竭式的自我复制,而恰说明了她对"母性"的无法忘怀与反思,及对男性威权的持续抗议。她一边谴责、讨伐了作为父权制代表的"不是爸爸的爹爹",一边以"不是姆妈的母亲"⑥来深深自责、忏悔。在强固、威严的父权体系的钳制下,母亲永远是无力的一方,似乎只能以眼泪来表达申诉、反抗与控告。而在现实语境中,泪痕未干的苏青却不忘以笔为武器,完成了《一粒星》对《结婚十年》《续结婚十年》中相关情节的不同叙述,以及对以血统观念、经济制度为支撑的菲勒斯中心文化的更为集中、深入的批判。"泪在我的心头,笔在纸上飞爬",这何尝不是苏青从事创作的真实写照呢?

在父权价值观的笼罩下,旧俗的因袭、现实的制约、社会的羁绊加之女性本身的怯弱,母性由传统走向现代的过程披荆斩棘、障碍重重。苏青弃绝了宏大的主题叙事,立足于女性个体的日常经验与生命体味,以自己的创作呈现了一个过渡时代中现代女性/母性意识破茧而出的艰辛过程。她接受过"五四"新文化,但与同时代的许多女性一样,无

---

① 金传胜:《苏青佚作〈灰色的恋〉解读》,《中国现代文学研究丛刊》2015 年第 8 期。
② 苏青:《续结婚十年》,于青等编:《苏青文集》(上),上海:上海书店出版社,1994 年,第 326 页。
③ 参看杨洁:《苏青的知识女性观探析》,《陕西师范大学(哲学社会科学版)》2014 年第 4 期。
④ [美]艾德丽安·里奇著,毛路、毛喻原译:《女人所生:作为体验与成规的母性》,重庆:重庆出版社,2008 年,第 60 页。
⑤ 同上书,第 59 页。
⑥ 小说后以《不是爸爸的爹爹和不是姆妈的母亲》为题再刊于《香海花》1949 年第 1 集。

法完全割断传统礼教的脐带,追逐新思潮的同时也被旧文化所熏染,在新旧思想的夹击下,时常会陷入理想与现实、激进与保守的彷徨不安中,甚至在男性霸权的威逼利诱下苦闷无措、裹足不前。这种女性/母性成长的阵痛与艰难在《母亲的希望》复调式的对话中已见端倪,更鲜明地反映在《一粒星》《灰色的恋》这两篇佚作中。"新式女人的自由她也要,旧式女人的权利她也要"[①]的苏青自然有其人格上的弱点,然而凭借真诚坦率的文字,她记录下了现代知识女性对自我命运与未来出路的深切观照与积极思索,这正是其对于现代女性文学史的一大意义所在。

附:

灰 色 的 恋

一

史蝶[②]美有一个小小的温暖的家,家里除了她自己外,还有一个八岁的女儿小云,与禁不住婆婆与丈夫打骂而私逃出来做女佣的阿月。

她们住在一幢上海顶普通的石库门房子里,过着安安静静的生活。这房子的主人原来姓葛,他就是小云的父亲,自从三年前与她离开以后,便把这幢房子过户让给她了,她与小云一直住到现在。

小云是一个很乖,很听话的孩子,身体未免娇弱些,但是,如果要她多见点太阳,面颊也许就会红润起来的。可惜史蝶美不能这样做,因为这小小的家需要有人照管,同时也需要有人在内才得继续保持温暖。

这几天史蝶美似乎有些心事。每天到了黄昏时候,她总是怔怔地呆望着天空,像在沉思什么似的。过后又是一声叹息,于是她对着小云微笑了,问她肚子饿不,一面自己捻亮电灯,关照阿月把夜饭搬出来。

小云柔顺地开始用匙挑饭吃,她的眉尖微蹙,眼睛望着她母亲,似乎表现出一种无言的困惑,意思像在说:"别人家都是欢乐热闹的,为什么我们要如此寂寞呢?"可是史蝶美却不注意她,只是默默地继续想自己的心事。

她的心本来像静止的湖水般,是他,季康年,那个温柔体贴的中年男人,微笑着把它吹起了粼粼春波。

二

这时候阿月捧上一碗热菜来,是葱煎发芽豆。她发牢骚道:"真是的,这半个多月来,连米都买不到。小菜场里什么也没有,我今天瞧见东角落里有一大堆人挤着,后来又排队,写号码,我想总该是买肉或黄鱼的地方罢? 就赶紧轧上去抢,谁知道,唉,到头才看清楚了,竟是卖发芽豆咸菜的,这也值得叫人家排上大半天的队?"她气愤愤地说下去,只有小云呆呆听着,而女主人却仍旧毫无被感动的样子,未免有些失望,想着自己做女佣的委

---

① 张爱玲:《我看苏青》,于青等编:《苏青文集》(下),上海:上海书店出版社,1994年,第468页。
② 前三节中"蝶"原作"济"。错、衍、漏字分别以【】[ ]〔 〕表示,具有时代特点的用法予以保留。

屈,便又掉转话头,感慨自己的身世起来了。

她恨恨地说:"我呀,都是给那个老不死害的!我家里本来又不愁吃,不愁穿,却被那个老不死的埋怨我不会养小孩,逼着儿子去找向导。天晓得,我又不是生来白身人,怎么不会养小孩呢?都是那个老不死想出来的好主意,家里一塌刮子只有这么大的一个亭子间,却还要领个十六岁的外孙女来作伴,叫我们夫妻俩睡在床上,那个老不死的自己同外孙女却打地铺并头睡在我们床脚边,这可算是成啥体统呀?夜里只要我偶然转个侧,她便要骂人了,说是:'半夜三更,放着尸不挺,又要闹什么鬼花样?'我只不过分辩了一声:'人家右边头颈骨睏也睏酸了,就转一个侧,这也算是犯罪吗?'她听了便拍着地板骂:'还敢再回嘴!你是一个臭女人,天天吃现成饭,一觉睏到大天亮,睏到太阳晒屁股,我的儿子却没有你这般好福气呀,他是不到五更就要到鱼市场里去抢货的,我只有他这么一个独养儿子,是我辛辛苦苦做了廿多年娘姨才把他带大来的,总不成让你这臭货给吵死了?'说得她那个宝贝儿子醒了,不管三七廿一,伸手拍【啪】的就打我一记耳光。我是甩散头发,预备不吃他家饭了,一骨碌就爬起来,身上只穿一套单布衫裤,跑到小姊妹屋里……你做廿多年娘姨又有什么稀奇?我照样做给你看!我出身娘家也是好好的,老子自己种田,我哥哥……"

史蝶美听她把话说得愈来愈远了,恐怕没有个尽休,便抬起头来对小云道:"这碗发芽豆烧得很烂,你多吃些吧。"小云点点头,不忍辜负她母亲的好意,只得伸手去抓了一颗,勉强吞下去。史蝶美瞧着惊问道:"怎么?你不爱吃这个吗?还是身体不舒服?"小云起初摇头不语,后来给她母亲逼问不过,这才眼泪汪汪说是喉咙痛了。

三

史蝶美这可着了慌,把念念不忘的季康年一切都抛到九霄云外,阿月自然更不敢出声。

霜降已经过去,快要到立冬的节候了,本市却发生流行症——伤寒与白喉。史蝶美天天看报,自然知道这个消息,于是她赶紧洗了手,把小云拖到电灯光下,叫她张开口来,仔细照看她的喉咙。只见她右边扁桃腺肿胀,还有一瓣像发芽豆屑似的东西黏贴在上面,漱口也去不掉,于是她就疑心小云果然患白喉了。

她想起她还有一个舅母住在本市,表兄与其母同住,是学西医的,自己另外有一个诊所。她不知道表兄的诊所在什么地方。平日她也不大同舅母家里人来往,因为她当初跟丈夫闹翻时,舅母总是避麻烦,不愿得罪她的丈夫。后来她独居了,带的又是一个女孩,舅母料定她永无翻身之日,自然更加不愿意同她亲近了。

却说这次她本想打电话到舅母家,直接找表兄谈话。想想舅母乃是个多心又刻薄的人,夜间打电话给表兄,希望表兄能立刻来看视一次,将来给舅母知道了,不要以为自己是在借题勾搭她的儿子吧?而且说明请表兄出来看一次也不好,舅母是小气的,自己既不便马上挂号付出诊费,不是又要惹她们担心自己会揩亲戚家的油吗?想来想去不得主意,还是姑且先打一个电话给舅母,告诉她这件事,看她怎样吧。

舅母回答的声音是冰冷的,史蝶美可以想象得到她的布满浓霜般面孔。她说喉咙毛病是要紧的,顶好送医院;不过她也不能代作主张,因为她又没有亲眼瞧见小云的情形究竟怎样,一切都由史蝶美自己决定好了。至于表兄呢?他此刻恰巧不在家。而且他是学普通内科的,对于喉症也没有什么研究。最后舅母冷言冷语地表示她的意思是不愿儿子替亲戚家看病,自己多费精神还不必说,医好了又不能向人家要钱,不医好还要给人家埋怨。

史蝶美手里握着电话筒,不觉听得呆了,她一时简直说不出话来。对方似乎有人在询问舅母什么事情,舅母厌烦地告诉那人说是葛家的小云病了,那人似乎又对舅母说了些什么话,于是舅母就不高兴地"喂"了一声说:"你表兄说是仁美医院离你家不远,是教会办的,他们还有一个隔离医院,你若是要去末,可以先打电话去问一声。"史蝶美这才知道表兄其实是在家里,只不过不愿多此麻烦,也许是舅母不准他多此麻烦,这才推说不在家的。她顿时气得手足冰冷,却又不得不忍气吞声的请问舅母,这仁美医院的电话号码多少,因为她家的电话簿遗失了,到别处去打听又得多耽搁时间。

舅母似乎更不耐烦地说一声:"电话号码吗?——等一等!"等了许久,她这才朗声念了出来,大概是表兄在旁边查明白了,叫她告诉史蝶美的。

史蝶美身边没有铅笔,只好默记着,只听得对方[面]舅母的冰冷声音又问:"还有什么事吗?"史蝶美唯恐忘记这电话号码,便也不肯多讲,只简单的回答一句:"没有了。"对方就把电话挂断,声音很重,史蝶美这才想起还漏掉对舅母说一句:"谢谢你。"大概是舅母又动气了。

以后她就再没有打电话到舅母家去报告过什么,舅母家里也没有打电话来问过什么,他们仍旧是如此不相关的。

四

蛾眉月淡淡地描在灰色天空上。

史蝶美叫小云穿上一件旧棉袍,告诉她说要送她进医院了,小云吓得只发抖。

她牵着小云的手,急急走到巷堂口喊三轮车。"到栖霞路仁美医院,几角钱?"她问车夫说。

但是车夫却听不明白,说是到什么地方呀?她恨得跺脚了,大声嚷道:"到栖霞路!仁美医院,听见了没有?"接着又解释:"仁美医院,在栖霞路,离这里很近的。——要多少钱呀?"

车夫这才似懂非懂地点点头,说道:"一元二角钱。"

她冒起火来了,一面拉着小云往前走,一面恨恨地骂:"真是胡说八道!这些路要讨一元二角钱,你是今天第一次做三轮车夫的吧?"

车夫从后面追上来,说算是一元钱吧,要不要随你。史蝶美本来还想不理他,看看小云哭丧着脸,实在跑不动了,附近又没有别的车辆,只得忍气答应,坐在车上一声不发。

她开始恨起季康年来。

在他俩开始结识的时候,他分明对她说过,他以后要像一个负责的医生一般,细心治疗她的"一颗受伤的心"。但是现在她抱着这颗受伤的心在茫茫黑夜里奔走,季康年可能替她分担些忧苦吗?

铁一般的事实摆在眼前:小云不是他的女儿;而她,史蝶美也并非他的正式妻子。

他的发妻还存在着,而且已经是有儿有女的了。"我对你唯一抱歉的地方是不能同你结婚,"季康年常常吻着她说,"但我心坎里总是当你正式太太一般看待的。"

做一个男人的正式太太别无其他好处,就是男人肯对她负责。史蝶美也曾做过人家的太太,只可惜她那时候太年轻了,太勇敢了,似乎并不知道有人对她负责之可贵,却一心想得到爱,殊不知道男人对于女人的爱的真假,乃是从他给与她油盐柴米或香水鲜花上面区别出来的,像目前这般情形,油盐柴米都买不到了,谁还有这般心思买了香水鲜花来送她,就是有人肯送,她也不见得便乐于接受呀!季康年假使是真爱她的,为什么不替她弄些柴米呢?他说他自己家里也没有米,最近还向别处借了五斗,然则他又为什么不肯替史蝶美借几斗呢?说什么当她正式太太一般看待,这不是明明的分出轻重来了?

想着想着,就到了仁美医院,她只好把抱恨季康年的心收起,丢给车夫一元钱,然后搀着小云走到医院大门口。

五

整个的医院矗立在黑暗中,她瞧着不禁害怕起来,犹豫片刻,也只得伸手去钦【揿】电铃。

"谁?"里面有人大声问。

"对不起,这里是仁美医院吗?我们是来看病的。"她急切地说着,口气近乎央求,这时候她又一心想起小云的白喉,而把其余的事情忘了。

门开后,门房指着远处灯光所在,叫她们自己去挂号。

史蝶美拖着抖得更厉害的小云,一步一颠往里走,小云走得很慢,几乎跨不开脚步,史蝶美不禁又恨起来,一面恐吓她说:"你不要性命吗?早些不进去打针,过一会儿就来不及了。"小云委屈地加紧脚步,她的眼里含着泪。

挂号室的门是虚掩着的,她们推门进去,一个穿卫生衫裤的青年工人,正浓睡未醒。史蝶美喊:"喂,请你快起来,我们是来挂号的!"

他揉了揉眼睛,这才不高兴地瞧她们一下,又想睡熟了,史蝶美急道:"喂,我们是患白喉呀,请你快替我们挂号吧!"

青年工人只得又睁开眼来,恶狠狠地问道:"白喉!你怎么知道它是白喉!你看过医生吗?"

"还没有看过医生呀,"她说:"请你快起来替我们挂号吧。"

"没有看过医生,你〔为〕什么就知道它是白喉呢?"

"我看见她的喉咙右边有白点,所以凭常识判断,心里想一定是白喉。"史蝶美不离她的知识阶级本色,而同青年工友掉起文来了。

青年工人叱责道:"你既然知道它是白喉,〔为〕什么不早些来看医生呢?"说毕,伸一个懒腰,仍旧没有起床的意思。

史蝶美这可真急了,她恳求地说:"谢谢你,请你起来给我们挂个号吧。对不起,我们吵醒了你,但是我们也没有办法,这是急病,起先我们不知道……"

青年工人想想再不起来也没有办法,只好懒洋洋地下床,披了一件毛巾浴衣,拎起电话筒,等待片刻,又"喂"了几声,似乎对方没有人来接,他便重重的把话筒直搁下去,一面喃喃骂:"断命医生不知到哪里去了,半夜三更的,叫我又有什么办法呢?"正想再去睡时,却见一个穿白外套的外国医生出来了,他就指着医生对史蝶美说:"喏!拉医生来了。"史蝶美如遇救星般,把小云拉上前去,告诉这个外国医生说她患白喉。医生领着小云进诊室去了,史蝶美也跟进去,只听见青年工人在外面大喊道:"你不要去,快来挂号呀。号还没有挂过,就想进去吗?"

史蝶美转身跑过来,急急问他多少钱,他看了一下价目表,这才慢吞吞答道:"急诊挂特别号,八角钱。"

史蝶美打开皮包,取出一元金圆券给他,他也不来取,只慢慢儿说:"这里没有找头,你拿角票出来。"

但是史蝶美也不愿多些麻烦,你说没有找头便不用找啦,快些给我挂号单。青年工人徐徐说道:"这可不行。我们一向是规规矩矩的,从来不肯多收钱。等歇外国人晓得了,又要吃排头。你快些拿出角票来吧。"

史蝶美没奈何,只得心慌意乱地在皮包内掏摸角票,数来数去还少五分钱,只得央求青年工人通融些,让她把这一元算了八角钱,青年工人这才开恩似的收下去了,还说这是你自己情愿的,等歇勿要在外国人面前瞎讲。史蝶美再也不理会他,匆匆奔进诊室去。

外国医生给了她一张写满外国文的字条,叫她领着孩子到梧桐路隔离病院去。"梧桐路近来西,路是一眼眼,隔离病状。小囡白喉很危险,快去!快去!"他操着呆板的上海话告诉史蝶美,并且和蔼地抚摸一下〔小〕云的手,微笑道:"勿用怕,会好底。"

六

夜已深了。

仁美医院的门口连一辆车子也不见。史蝶美牵着小云的手,心里直发急。她呆了片刻,只好再进医院去问门房,门房不耐烦地告诉她说隔离病院在梧桐路,走出大门向左走,到第一条马路再靠左转弯,角子上就是了。

史蝶美没奈何,就问小云可走得动吗?小云冷得瑟缩成一团,点点头,讲不出话来。

于是她们娘儿俩就一脚高一脚低的往左走去,第一条马路到了,她们迟疑片刻,又向左转弯。

那是一条黑黝黝的路,树木遮道,路灯稀稀落落的,吐出淡黄光。史蝶美不禁心慌起来。她想起盗匪。假使……假使在这条路上遇见了歹人,那可又是怎么办呢?

她想起女人原有被保护的快乐,假使这时候,他挽着季康年的臂膀,缓缓地走着,讲着话,这又该是多么恬美的景象呀!有他在身旁,有一个可靠的男人在自己身旁,她觉得就是遇到意外也可以忍受。她就是不能孤孤单单的在黑暗中走,还牵着一个小云,这累人的小病女孩!

后面似乎有脚步声过来,她更用力捏牢小云的手,小云也显得紧张起来了,频频回首望,一步一颠的,她的小心灵中似乎充满了恐怖与惊慌,只依赖着妈妈,往后看了一次又回头望着妈妈的脸,史蝶美不禁恼怒起来了。

"走路末就是走,看些啥东西?"她轻轻呵斥着说:"小云,快些走,这夜里……路上没有人……快些走!"

但是小云忽然扑倒在地上了。史蝶美急忙把她扶起来,发现原来是她的皮鞋带子没结好,绊倒了,只好咬着牙齿替她扣牢带子。

后面的脚步声愈来愈近了,是一个中年男人,口衔香烟,工人打扮的。史蝶美低下头去,只管自走路,那工人模样的男子望了她们几眼,也就去远了。

黑黝黝的道路像是无穷尽的,远处有犬吠声,史蝶美在惊慌之余,就不免感到凄凉。她生存在这个社会上,就仿佛是孤军应战,如今似乎已弹尽援绝,快要完结了,假使小云竟一病不起……

说起小云的病,她又集中思在梧桐路上,好容易角子上的隔离病院是找着了。她又敲门,说明来意后,有一个女佣人模样的人领着她们进内。

她付出了十天的住院费,外加医药费三十元,还签了一张倘然病人不测,与院无涉的志愿书,明天还要去找一家铺保,种种手续完毕以后,小云便给牵进病房去了,史蝶美被阻留在外,眼看着她自己的唯一亲人离她而去,也许以后就死在医院里面,永远不能活着出来了,她不禁流下泪来。

一个伤心的母亲,终于不得不离开她的病着的孩子,她如今真是孑然一身了。

七

回到自己家里,她觉得卧室显得特别宽敞而寒冷。她怕见阿月询问的眼光,只冷然说声:"妹妹住在医院里了,你去睡吧。"阿月不敢开口,只得快快归寝。

她想打电话告诉季康年。但是季康年现在自己家里,他此刻也许早已拥着他自己的妻酣然入梦了,把他吵醒来,说是如此如此,他的回答将如何呢?也许他只含糊应一声"唔",怕被自己的妻知道。他的妻子也许会问他这么晚了,电话是谁打过来的,他生怕她要抢着来听,拍【啪】的就把听筒挂上了,这时候史蝶美又该作何感想呢?也许,他会敷衍慰她几句,说是孩子病了既已送进医院,不久就会好的,叫她不用担心。但是她听了这几句空泛的安慰话,就能真的不担心了吗?她需要切实的安慰,她希望他能够马上跑到她家里来,伴着她,哄着她,偎依着她同睡,可是他却万万做不到的!

那就是一个女人与有妇之夫相恋的痛苦,男人虽然爱她,却决不肯放弃自己的妻,他的爱是不公平的。

最后她又想到了钱。医院里的人告诉她说要她自己买配尼西林,限价货是买不到的,黑市却也不知道在那里,而且价钱一定很贵的,她明天得打电话到季康年的写字间里,叫他设法办货,自然还得设法①钱。她虽然恨他,却是不得不向他要钱!

她觉得不好意思,一会儿又觉得这有什么不好意思,这些责任他总应该负的,而且大概也不至于不肯。

她还是需要那个季康年的。

八

季康年的写字间气派一络,史蝶美瞧着也非常称心。平日她轻易也不上这儿来,怕的是给人家指指点点,不好意思。因此写字间里的人也不大认识她。

"请问……有一位季康年先生在这儿吗?"她怯怯地问。

"啊,季康……你是找经理!你贵姓?"茶房扎量着她。

她说姓史。茶房就进去了,过了片刻,又出来陪她进内,她心中暗怪季康年的架子太大,不急急亲自出来迎迓。

进了经理室,只见一个身穿浅灰色派力斯长衫的女人坐在那面。她的脸是扁形的,淡黄色,额上满是皱纹,头发虽然已经齐耳剪掉了,但是下面瘦瘦削削的,分明是一双小脚。

季康年站起身来招呼史蝶美坐下,他的态度非常不自在,停了片刻,就含糊介绍那个女人道:"这是我的太太。"顿了一顿,又向那个女人说:"这位是史……史先生。"

---

① 此处疑脱漏一字,待考。

史蝶美听了不觉怔了,他为什么不喊她"史小姐"而要说是"史先生",这不是明明在向太太表示自己是拿史蝶美当作男人一般看待的,是营业上往来的朋友,而与其他不相干吗?

一切一切太出于她的意外,史蝶美只呆笑着不知如何说法才好。

九

"你今天……有什么事吗?"季康年开口问。

她说:"也没有什么。我是路过这里,顺便来拜访你的。史太太也在这里,真是巧极了。"

季康年朝着那个女人笑道:"史先生难得到这里来,她是一个很能干的女子。"说了,又向史蝶美解释道:"我太太也是不大出门的,今天她来拿钱,要去剪两件旗袍。"说完,便取出一叠钞票亲自放进那女人的皮包里,意思像在催她走,但是那女人却坐着丝毫不动。

"够了吧?"他问她。

她说:"还有小米要买二磅绒线哩,这几天东西又在涨了,我老早讲要买的,你总是推三阻四。"

季康年不忍烦地皱一下眉毛,说绒线隔天我会替你们买来的,今天你先去剪旗袍吧。又说:"金凤公司的货色还好,价钱也不贵,回头叫阿三拉你到那边去。"阿三是他家的三轮车夫,史蝶美也知道的。

毕竟是做人家的太太幸福,丈夫给了钱,还要替他设想得周周到到,史蝶美心里只想告诉他关于小云患白喉的事,老是没有机会出口。

那个女人恶狠狠的说道:"我自己买不惯东西,你陪我去吧。"

季康年望了史蝶美一眼,便对那个女人说:"我此刻还有一些事情,最好你自己去吧,我叫阿三送你去。"

那女人冷笑一声,只自不动身,史蝶美低下头去,望见她的一双小脚上还穿着真丝的淡黄短翻袜,不禁打了一个恶心。

"我也没有什么事情,"她对季康年说,"那末再会了。"

季康年就说一同走吧。于是那个女人也站起来,划着八字脚步下楼,季康年一面招呼史蝶美,一面却也照顾着太太——不肯让她落后。

他替史蝶美喊了一辆黄包车,自己却坐上自己的车子陪太太买衣料绒线去了,史蝶美向他们道声"再会",一路过来,虽然满街都是熙熙攘攘的行人,却觉得总都与她不相干的。

十

她仿佛觉得小云已经完结了,直挺挺地躺在隔离病院里,瞪着眼睛咽气。

没有钱,没有一个共患难的人,她,史蝶美虽然心刚气傲,却也忍不住滴下泪来。

她想起自己正在少女时代,多少男人为她而癫狂,哀求她,愿意为她而奉献一切,但是她却眼高于顶,认为求学最要紧,把所有的求婚青年都拒绝了。但是后来呢,遇到葛先生,小云的爸爸,她终于毁灭了青春之梦,委屈地过着柔顺的主妇生活。小云的出世更加使她忘记了一切,她是宇宙愈来愈狭小了。仿佛普天之下就只有她母女俩相依为命的生活,但是,如今却连唯一的亲爱的孩子也将弃她而去了,茫茫前途,她又将何处找归宿呢?

是的,她又记起季康年曾对她一再表示过,他俩之间的爱情只余一个累赘,那就是小云,见到了小云,季康年就不免想着她的往事,她曾做过葛先生的太太,而他,季康年已得不到她的处女之身。现在……现在小云假使不幸而去世了,这于他俩的爱情前途不是更好吗?

想到这里,史蝶美忽然惊醒过来,她恨自己为什么会怀这种不良念头。她记得小时候在庙里看戏,有一出淫妇谋杀亲子的戏,叫做《杀子报》,多凄惨呀,她为什么会想到小云的不幸上头去呢?

假使季康年是真爱她的,他会知道她的苦衷,除了小云,她在世界上是再无可留恋的了,而且离婚也不是她的过失,而葛先生之不负责任,更不是她的罪过,她没有什么要求季康年的,只想他能保护自己同小云,季康年又〔为〕什么要如此量窄,甚至于不能容忍一个小女孩子呢?

她不是容忍到了极底吗?亲眼瞧着季康年与他的太太双双出去,而且他在太太跟前绝对不肯承认自己与她的关系,这是怕得罪他的太太呢?还是怕被社会上人士攻击?一个人既然恋爱了,就不能畏首缩尾,也不能允许第三者参加,既然怕得罪自己的太太,又何必同她谈恋爱呢?

季康年恐怕也是靠不住的,她的心冷了,没有钱,没有一个同患难的人,小云住在医院里快要死了,史蝶美想到这里就禁不住心痛欲裂。

十一

阿月轻轻推进门来,说是医院里有电话来。

史蝶美心头乱跳,只觉得一阵腿软,再也无力下楼。

唉,小云要是真的死了,她是连埋葬费都无着落的,这事情可又将怎么办呢?好好的一个小女孩,昨夜还跟着她在黑暗中奔跑的,如今还不到一天工夫,竟自一瞑不视了,多伤心呀,她的泪直流下来,流个不停,阿月情知不妙,也撑不住哭了,两个人直哭得泪干气咽。

最后还是史蝶美想起电话还没有听过了,自己也没有勇气下楼,就叫阿月去问一声啥事体吧,阿月下去了,史蝶美愈想愈难过,又忍不住大哭起来。

一阵脚步声跑上来了,史蝶美知道是阿月来通知她小云死讯,便昏了过去。许久,只觉得耳畔有人在低低唤喊,这是惊慌的,温柔的男人声音,史蝶美早已听得熟悉了,她微微睁开眼来,果然瞧见季康年伏在她的身上。

她猛地跳起身来,大喝:"滚开!滚开!我不要你靠近我。"

季康年呆了,以为她是神经错乱,便示意阿月帮忙动手把她按在床上,她哭着用脚乱踢他道:"我不要再见你的面,我永远不要再见你了。"

季康年忍不住问她为什么呢?她气呼呼的指着阿月道:"你说!你说!"

阿月告诉她说是自己下楼时医院打来的电话已经挂断了,不知道他们要说什么话,季康年这才知道她是为着小云的病着急,便安慰她说:"你且静静休息一会吧,我下楼打电话到医院去替你问问看。"史蝶美听见小云未必死,也就安静得多了。

医院里叫她自己买配尼西林,要赶快,季康年觉得义不容辞,就叫史蝶美安心等着,自己出去替她设法买了来,黑市价钱很贵,但是季康年并没有说些什么。

他陪着她同到隔离病院去看小云,他们隔着玻璃窗瞧见小云仍是睁着乌灼灼的眼睛朝他们笑,他们也都微笑起来了。

十二

在归来的途上,他俩各人想着各人的心事。

史蝶美觉得这个世界上要是没有了季康年的太太,而小云又是自己与季康年养的,这又该是多么称心的一回事。季康年觉得这个世界上要是没有小云,而自己太太又能宽宏大量,让她与史蝶美常聚在一起,这就快乐得多了。

她怪季康年为什么老不肯得罪他的太太,假使他肯极端冷淡她,不理她,她竟一怒而离婚去了,岂不是好?他常说不能同自己正式结婚,乃是此生最遗憾与抱歉的事,但是这遗憾与抱歉乃是人力可以消除的呀,而他,季康年为什么不肯做呢?

季康年也想小云不过是一个无足轻重的女孩子,而且对于她是一个累赘,对于自己是一种麻烦,假使她竟死去或归还给葛家了,岂不是干净爽快吗?他与史蝶美两个都不算老,将来正可以再养三男四女的,而她,史蝶美为什么老要恋恋不忍放手这个孩子,甚至于得罪他也〔在〕所不惜的呢?

他不能理解女人的心,而她也不能了解男人的心。

他们互相怨恨起来了。

十三

不过他还是给了她一些钱,劝她好好保养自己身体,孩子的病是不要紧的,既然交给了医院,医院方面自然要负全部责任。

她在口头上也答应了,而且感谢他的好意,但是他去了以后,她又记起那个女人来了,他此刻该是回家温存自己太太去了吧?该是在对太太撒谎说是到医院去瞧了一个别的白喉病人过了吧?他的太太一定会劝他以后千万不要多去,免被传染等等。唉,恐怕季康年真个会听信这女人的话,而以后就不敢再陪她去瞧小云的了。

她又后悔不该把自己孩子孤零零地放在医院里的,就是要死也得死在家中呀,假使小云死了,自己即使活着又有什么意思,还怕什么传染不传染呢?

季康年以后真的没有陪她再去瞧过小云,不过常给她用费,她的心里只恨他,虽然表面上仍装作感激的样子。

十四

小云居然痊愈出院了,同时限价也取消,街上百物杂陈,要买什么有什么的,就是价钱却贵了十多倍。

季康年是不在乎这些钱的,他买了一大包吃食到她家里来,说是送给小云的,小云羞怯怯地喊了一声:"季伯伯。"他勉强拉了一拉孩子的手,就转向史蝶美说:"你现在该可以放心了吧,近来消瘦得多了呢。"

史蝶美高高兴兴的回说不妨,一边亲着小云的脸,仿佛不知道该对她如何爱惜才好。季康年瞧着不顺眼,伸手抓了一把糖果给小云,就叫史蝶美跟他到房里去。史蝶美没奈何,只得跟他进去了,问他有什么事。他笑道:"没有什么事情呀,近来你老是惦记着自己的女儿,没有心思对待我,现在总该好了吧。"她听说就笑着向前,在他的颊上吻了一下说:"不要吃醋,我的乖乖。"

　　季康年这可冲动起来了,双手捧住她的脸,接连狂吻,最初还想到喉菌还可能传染的事,最后连什么都忘了,仿佛宇宙之间就只有热与爱,她与他,什么噜苏的事情都是与他们不相干的。

　　小云吃了几块糖,等候着妈妈久不下来,便忍不住唤喊一声。这唤喊可首先惊醒了史蝶美,她答应一声说:"哦,我来了。"季康年也就不禁想起他的太太,那个女人曾叫他买些东西早回家哩,而且他还有别的事,不得不向史蝶美告别。

　　史蝶美直送他到大门口,他去了,连影子都消失,天空一抹浅灰色,他们的恋爱也不过如此。

金传胜

苏青集外文述略*

——兼谈"后沦陷"时期苏青的散文创作

1943年,苏青的成名作《结婚十年》开始在《风雨谈》上连载,次年推出单行本,成为市民读者争相购阅的畅销书。苏青虽以小说成名,但她的散文创作在数量上更为可观,在质量上也成就不俗。她在20世纪三四十年代的散文创作先后结集为《浣锦集》《饮食男女》《涛》《逝水集》等。新时期以后,重新问世出版的各种苏青文学作品集里的散文小品就多选自这四本散文集,其中收罗最为完备的当属上海书店出版社1994年的《苏青文集》,下册的散文卷共收录苏青散文一百余篇。步入新世纪后,学者李楠、毛海莹等先后发现了苏青的一批佚作,包括小说《九重锦》、散文《记苏曾祥医生》,乃至苏青的中学习作等。笔者在平时的研究中发现苏青的集外文尚有不少,亟需整理出来,以便丰富学界对苏青生平与创作的认识,推进海派文学的研究工作。

一、苏青集外文概况

所谓作家的集外文,对在世的作家而言,是指其尚未结集出版的文章;对已故作家而言,等同于佚文,即在其身前没有被收入作品集,后人也未予以整理、发掘的篇什。不过,某些研究者在使用"佚文"或"集外文"的说法时似乎不够严谨,如苏青的《一张熟悉的脸孔》《一个梦》曾分别被收入《涛》和《逝水集》中,因而严格意义上并非集外文或佚文。据笔者的统计,苏青的集外文迄今至少有三十余篇。其中又分两种情况:一种是学界已经披露但一直未见辑入苏青作品集的文章,另一种是笔者检得、未见前人著录的作品。其中,属于第一种情形的主要有《结婚以后》《男盗女娼》《我天天做着男人的事》《女人的心》《开门七件事》等小品文①,虽见于各种研究论著,但一般读者难窥原文全貌。而笔者发现的苏青集外文共有三十一篇(首)②,以散文居多,亦有旧诗、译文和小说,具体见下表1所示:

---

* 本文得到扬州大学"语文教育课程群教学团队(培育)"项目、江苏省2018年"双创计划"、扬州市"绿扬金凤计划"的资助。

① 《结婚以后》,《语林》附刊小册甲,1945年7月15日;《男盗女娼》,《大光》第1期,1946年3月14日;《我天天做着男人的事》,《大光》第2期,1946年3月21日;《女人的心》,《申报·自由谈》1947年12月14日;《开门七件事》,《七日谈》第2期,1949年1月8日。《从缠脚谈起》(《申报·自由谈》1947年12月4日)一文被收入李树文主编《走进昨天(第1辑)》,改革出版社,1991年,第131—133页。

② 其中《秦淮杂诗》内含两首诗,《女人的话》有三篇同题随笔。1945年苏青曾主答《光化日报》"读者信箱"栏目,答复文字未计入本目录。

表1 苏青集外文目录

排序	篇名	报刊	日期	署名
1	荣归①	《四中季刊》第7期	1930年12月18日	冯和仪
2	识字运动与民众教育	《四中季刊》第8期	1931年6月10日	冯和仪
3	法西斯蒂理想中的群众	《小评论》第1期	1939年6月5日	冯和仪
4	英国人学习省吃俭用	《天下事》第3卷第2期	1941年12月	Helen Cumming作,冯和仪译
5	轧电车问题	《全面》第1卷第2期	1943年8月10日	苏青
6	晚菊(其二)②	《平铎月刊》第4卷第1号	1943年11月20日	冯和仪
7	秦淮杂诗(二首)	《平铎月刊》第4卷第2号	1943年12月20日	冯和仪
8	女人的话	《文协》第1卷第2期	1943年12月	苏青
9	观《天外笙歌》	《东方日报》	1944年11月1日第2版	苏青
10	我的新书	《东方日报》	1944年12月17日第2版	苏青
11	关于《朦胧月》	《东方日报》	1944年12月18日第2版	苏青
12	致《力报》函	《力报》	1944年12月25日第3版	苏青
13	我与"平价米"	《海报》	1945年3月10日第3版	苏青
14	献花	《香海画报》第3期	1946年4月1日	苏青
15	女人的话(两篇)③	《万宝》第1卷第1期	1946年5月	鱼月
16	午夜独思	《沪风》第6期	1946年5月10日	苏青
17	一粒星④	《香海画报》第12、13期	1946年6月3日、10日	苏青
18	失窃记	《香雪海》第1期	1946年7月31日	苏青
19	黄昏怨⑤	《香雪海》第3期	1946年8月14日	苏青
20	百合汤	《青年生活》第4期	1946年8月16日	鱼月
21	电车上下	《导报》	1947年4月16日第4版	苏青
22	中山陵上拆烂污记	《导报》	1947年4月24日第4版	苏青
23	挂号处的舞弊	《导报》	1947年4月27日第4版	苏青
24	看报谈	《远风》第2期	1947年5月1日	苏青
25	谁是选民？	《小日报》	1947年11月23日第2版	苏青
26	市立图书馆所见	《小日报》	1947年11月24日第2版	苏青
27	出身所在	《小日报》	1947年11月27日第3版	苏青
28	梨园梦	《艺文画报》第2卷第5期	1947年12月	苏青
29	女人与照片	《女性群像》第1期	1948年	苏青
30	灰色的恋	《海晶小说周报》第3卷第1至4期	1948年12月	苏青
31	忆杭州	《江南》第7期	1946年(？)⑥6月10日	苏青

① 1931年3月28日再刊《中央日报·青白》第448号,署"和仪"。
② 原诗共有两首,第一首后见于《续结婚十年》"最后的安慰"一章。
③ 亦以"女人论"为题刊于《十日画报》第1卷第1期,1946年6月28日,署名"苏"。
④ 亦以"不是爸爸的爹爹和不是姆妈的母亲"为题刊载于《香海花》1949年第1集。
⑤ 并未刊完,后载于《青年生活》第6、7期合刊,1946年10月1日,署名"鱼月"。
⑥ 原刊未查到出版年份,据创刊时间推定,或为1946年。

其中,《荣归》《识字运动与民众教育》是苏青在浙江省立第四中学读书时发表的文章。此前学者毛海莹已经发现了苏青学生时代在《四中学生》《四中季刊》上发表的《破除迷信》《异端思想》和《享乐主义》三篇文章。《识字运动与民众教育》《荣归》也写于同一时期。《识字运动与民众教育》与上述三篇都是论说性的文章,文学性较弱,而《荣归》则是一篇短篇小说,可谓是苏青真正意义上的文学习作。小说叙述了一位从戎六年的军人武敦满怀兴奋地荣归故里,他一路幻想着故乡的美景和亲人们的由衷欢迎。但是当母亲、妻子向他索钱,得知他身无分文时,短暂的喜悦骤变成了不悦与责备。小说虽篇幅不长,但是文笔细腻,人物形象通过心理、语言、神态等描写得到了妥帖的刻画,显示了少年苏青已渐成熟的文学才能。尤其值得注意的是,小说所传达的物质压倒精神、现实生存与经济要求使理想情怀遭遇幻灭的主题,与苏青后来的文学创作是一脉相承的。

《小评论》是苏青与丈夫李钦后1939年创办的综合性刊物,后因缺乏经验、经营无方,仅出版两期便黯然收摊。可能由于稿源不足,仅创刊号上就刊载了苏青的三篇文章:《挑断脚筋之类》(署"甲三")、《买大饼油条有感》(署"苏青")、《法西斯蒂理想中的群众》(署"冯和仪")。最后一篇政论文是苏青集外文,犀利地讽刺了法西斯主义独裁者对群众的思想言论自由的恐惧。另据现有材料,"甲三"与"禾人"①一样,都是苏青仅使用过一次的笔名。

《英国人学习省吃俭用》《轧电车问题》《秦淮杂诗》《女人的话》等著译发表于上海沦陷时期。由于《英国人学习省吃俭用》是一篇译文,《晚菊》(其二)和《秦淮杂诗》是旧体诗,属于苏青的"副业"写作,所以没被作者收入后出的作品集中。《轧电车问题》《女人的话》两篇随笔则不知是何原因,也成为苏青的集外文。其中《轧电车问题》一文以幽默的笔调,把关注点放在普通市民日常生活中的"出行"上,以娓娓道来的笔触慨叹作为职员轧电车的不容易,并从自己的经验出发,叙述尴尬遭遇,传授注意事项。从文章的内容("鄙人现在机关中做的原是高等职员"等语)来看,此篇当作于苏青担任汪伪上海市政府专员期间。《女人的话》告诫那些没有社会背景的女性们,如若不能做好吃苦准备,最好还是"苦挨在家里不要出来"。作者惨痛地指出,大部分走进社会追求光明的"娜拉"们都吃尽苦头,饱受折磨,少数妇女的取得成功则"都是建筑在自己的血泪上,而且还是靠偶然机会"。至于这篇文章散佚的原因,或许跟其最初登在为日伪张目的汉奸刊物《文协》②上有关系。

从《献花》到《灰色的恋》等作品是苏青抗战以后的文字。由于苏青沦陷时期与汪伪政府的暧昧关系,此时她面临着来自多方面的压力,在"文化汉奸""文妖"等罪名的攻讦之下,苏青的个人生活与文学生涯遭受重创。《天地》《小天地》的相继停刊,《山海经》杂志的破产,失去了传播媒介的支撑,苏青的写作与发表空间受到限制。她在1947年写的《关于我——〈续结婚十年〉代序》中这样说道:

又有某新出的夜报叫我写文章,我因为前车之鉴,便预先声明笔名不改的,他们当时说:"好极了,我们正想借大名号召哩。"不料号召之后又引来一大串骂,该报的上峰慌了,又同我商量换笔名,我的回答是:'文章可以不写,笔名不可更换。'结果又与他们闹得不欢而散了。还是我所深恶痛绝的小报不怕我的名字,又肯出较大稿

---

① "禾人"是《买大饼油条有感》1944年在《天地》再次发表时的署名。
② 《文协》系中日文化协会上海分会会刊,而苏青曾任该会秘书。

费,我为了生活,也就替他们效劳了……①

此番夫子自道大体符合实情,但也不可尽信。一是苏青所高调宣称的"行不更名坐不改姓"并未完全贯彻到底。就在应潘柳黛之邀在《新夜报·夜明珠》连载小说《九重锦》之后,她便开始启用"鱼月"这一笔名发表文章。除了刊登在《新夜报》上的《月下独白》,以及陈子善先生披露的《今报·女人圈》上的多篇随感②,笔者发现的《女人的话(两篇)》《百合汤》诸篇都是以"鱼月"为笔名发表的。此外,苏青对上海小报的态度并非一成不变的"深恶痛绝"。《看报谈》这篇集外文便足以透露,与张爱玲一样,苏青也是小报的忠实读者之一。她虽对海派小报有批评,认为"小报作者笔锋非不犀利,吐语非不典雅,终因其识见多平凡,气度多偏狭,故文章价值未免逊色",但毕竟还是觉得"小报作品的好处在于'文如其人'及'注重现实';编辑的好处则在于'五花八门'"。或许确有些无奈,"为了生活"而不愿放弃写作的苏青最终选择接受小报界伸来的橄榄枝,于是小报借苏青之文名吸引读者,苏青则靠小报获取经济收入,双方可谓是可取所需,实现了互惠共赢。

当然,虽然海派小报(包括小报的变种方型周刊)的市民读者众多,但由于小报数量庞大,承载的信息量过于驳杂,且非专门的文艺刊物,故苏青的短篇随笔便湮没在小报的海量图文中,传播效应十分有限。于是这些刊载在海派小报与通俗文艺期刊上的作品,便成为苏青至今散佚不为人知的集外文了。

二、"后沦陷时期"苏青的散文创作

目前搜集到的苏青集外文大多数均发表于抗战结束后,属于"后沦陷时期"的创作。其中《一粒星》《梨园梦》《灰色的恋》是短篇小说,其余诸篇都是散文随笔。仔细分析这些散文,可大体分为两种:一是关于作者自己、亲友人生经历或社会遭遇的文章,如《午夜独思》《失窃记》《百合汤》等;一是研讨社会现象尤其是关涉女性话题的论说,如《献花》《从缠脚谈起》《女人的心》之类,以及《今报·女人圈》上的诸篇散文。随感《午夜独思》是作家针对《前进妇女》《时代日报》等报刊上的责难与攻击文章所做的。面对"文妓"的帽子,苏青并不否认自己对于女性性话语的言说,但声明此与卖淫、贞烈等问题无涉,所以自己"'文'则有之,'妓'则只好奉璧也"。她还不忘讽刺那些装腔作势、名为女性大众服务实则捞取个人利益的妇女运动领袖,在愤懑的同时亦流露出无奈之情,反映了当时苏青的真实心境。《黄昏怨》动情叙述了姨母和母亲两位女性的人生故事。姨母是传统型的女子,心灵手巧,天性善良,却因遇人不淑而凄然离世。母亲是一位聪明有才的女性,但父亲赴美留学归国后与妓女同居,母亲从此备受冷落。父亲病逝后,她皈依我佛,过着呆板、狭窄的生活。该文与1947年的《归宿》相类似,一则为姨母、母亲等上一辈女性的不幸遭际立此存照,寄寓了深切的同情,一则也表达了作者对自我命运的隐隐忧虑与困惑。

1946年7月19日下午,苏青的一只手提篮在家中被盗,全部损失约三百余万元,《失窃记》《百合汤》便详细叙述了其住处遭窃的经过,以及财产受损后作家的痛苦心情。后来,此次遭遇亦被写进《续结婚十年》里。有意思的是,方型周报《香雪海》在刊登《失窃记》的下一期上出现了一篇《苏青的反犹太人主义》,作者署"横转逃",很可能系小报文

---

① 苏青:《关于我——〈续结婚十年〉代序》,于青等编:《苏青文集》(下),上海:上海书店出版社,1994年,第447—448页。

② 参见陈子善:《"女人圈"·〈不变的腿〉·张爱玲》,《东方早报》2015年6月21日。

人黄转陶化名所写。该文交代《今报》编辑部同仁相约聚餐，刚遭失窃的苏青一改自己的"犹太作风"，执意要将两万元交予临时会计黄次郎，后者最终只肯收下四千元。所述细节不但证实了苏青失窃的事实，而且是其曾参与编辑《今报》的有力佐证[①]。

这些描写作家自己或亲人生活经历的篇章，对于研究抗战胜利后苏青的社会境遇、个人生平具有参考价值。而《献花》《女人的话》《从缠脚谈起》《女人的心》《娼妓心》[②]等文则延续了苏青自登上文坛后一直关切的女性话题。抗战的胜利，本应是属于全体民众的福音。但苏青却在胜利的喜悦氛围中看到了一些社会乱相，在社会宏大的奏鸣曲中听到了一些不和谐的杂音，洞悉了男权意识的无处不在和女性解放的任重道远。如《献花》在胜利后由年轻女子向政府大员献花这一人们司空见惯的现象中，敏锐地觉察到女性变相被男性消费的"潜规则"。《女人的话（一）》替被人不耻的"娼妓姊妹"说话，大胆指出"别说与娼妓称姊道妹不足为我们女界之耻辱，就是自命为'堂堂男子汉'的，何尝不奴颜婢膝，口口声声喊某种女人（大都是不纳税的或包身的娼妓）为'干妈'？"面对这样犀利的质问，那些甘为人役的男子们怎能不如芒在背？《女人的话（二）》则从钱锺书的小说《猫》出发，评论萧伯纳关于节制生育的建议和延安的《婚姻暂行条例》，体认到女性在建构母性与实践母职上的艰难。《谈拍花案》[③]从失身受辱的女人们事后均选择沉默的社会事实中指出"似乎男女间性的平等的理想还渺茫得很"，呼吁人们抛弃陈旧的"贞操"观念，以保护女性的切实利益。

苏青既对社会上根深蒂固的男权中心意识进行讽刺，也批评了在都市女性身上存在的物化观念和拜金倾向。她发现，妇女解放运动当前面临的一大难题是：某些女性对通行的男权文化不仅不拒斥，反而将其内化为自己的价值体系，人格陷于异化之境。《女人的心》《娼妓心》两文即对都市女性怀有的"娼妓心理"予以揭露、警醒与批判。前文回顾了西方妇女运动的发展史，重申了女性的受教育权和就业权。然而"因为公共厨房与托儿所之缺乏，女人还得负起职业与家庭的双重责任"，现实中的情形是"职业妇女在婚姻方面很受打击，同时在事业方面也不容易得到成功与安慰"。社会大众视女人依赖男性为正统，而一些女人则抱着卖淫心理，甘愿做男人的附庸，"既可获得性的满足，而又可解决经济问题"。后文提醒那些将爱情换取物质的女性，这只会增加男人的优越感和主导权，导致"女人空有娼妓之心，往往反因此而使得男人不肯负责，连做一个安安稳稳的太太，权利都丧失了，更不必说是'自由独立的女性'"。《王国英之流》[④]一文明确告诫广大女性："女人专想靠人不是办法，想靠不义之财来过奢侈生活尤不是办法。"可以说，苏青的睿语时至今日依然具有启发意义。

这些紧跟时代脉搏所作的切合女性现实处境的思考，延续了苏青之前对"后五四"时代女性现代性困境的揭示。不过毕竟时过境迁，在"后沦陷"这一特定时期，苏青的女性意识已然不再那么纯粹。《男盗女娼》将"拼命把所谓汉奸的财产来充私"的"一部分渎职的接收人员"称作"盗"，"假慰劳盟军之名而赚美金的吉普女郎"被视为"娼"。作者为

---

① 综合小报文章《苏青高就，苏红代替："青红帮"打进晶报》（有丁，《香海画报》1946年第12期）及陈子善先生的研究，笔者认为苏红曾协助苏青编辑《今报·女人圈》。
② 载《今报·女人圈》1946年7月31日，署名"鱼月"。后以《十个女人九个娼妓心》再刊于1949年2月《香雪海周报》第1卷第5期。
③ 载《今报·女人圈》1946年6月21日，署名"鱼月"。
④ 载《今报·女人圈》1946年6月16日，署名"鱼月"。

"娼"正名,意在贬"盗",认为"卖淫与卖文卖艺或卖其他什么的比较起来实在也没有什么不同的,因为都是靠自己的能力换饭吃,只要对方情愿,初未碍着众人什么事。倒是趁火打劫的强盗最可恶,毫不费力而坐地分赃的强盗太太最令人不服"。苏青的潜台词似乎是卖淫卖文都不可耻,而那些在道德上自抬身价,以严惩汉奸的名义来牟取私利的"正人君子们"实则与趁火打劫的盗匪无异。《我天天做着男人的事》为胜利之初那些无端被骂的女性抱屈,对职业妇女被社会嘲笑、毒骂与造谣深表同情:"人们在胜利之初是骂汉奸,后来则骂与他们有蛛丝马迹可寻的女人,后来则索性专骂女人了,因为骂女人就不免牵涉色情或秽亵之类。"作者的深层动机是表明自己在沦陷时期卖文谋生的不得已,为其彼时所受到的指责、辱骂抱冤辩白。因为沦陷时期的不光彩历史,"后沦陷"时期的苏青在重新为女性群体发言之时,有意无意地不忘倾吐苦水,为自己辩诬,试图证明自己清白无辜,对外界的指摘、辱骂、攻讦表示反感、愤懑与抗议,从而将切己的政治诉求掺杂在了其女性主义话语的传达中。于是,"后沦陷"时期苏青散文中的女性主义思想便成为一种语义混杂的存在。

附[①]:

女 人 的 话

女人的话,掉起文来便是"妇人之言",据刘伶说是"慎不可听"的。但刘伶毕竟是晋代的一个醉鬼,瞎三话四,由他去吧。活在现时代的清醒着的男女们总不会同他一样见识,因此我便斗胆在此,说几句女人要说的话。

不幸身为女子,便该吃苦;不知吃苦之为应该,便要更苦。试看一个从黑暗家庭里跑出来,想在社会上找些光明的女子,谁又不是吃尽了苦头没人怜惜,直到磨折死了才给你个"猫哭老鼠"?假如再有痴心少女以猫的眼泪为可贵而甘愿作鼠,那才太不懂道理,阴魂合该投入枉死城去。最上算的到【倒】是那批出来了又回去的识时务的娜拉:出来的时候是先知,年青貌美,逗人爱,落得风头出个十足;回去的时候也不失为先觉,纵使已经年长色衰了,也可以藉先前的历史及地位帮丈夫做些事,值得人家尊敬。

女子们若不能做到这点,我想最好还是逆来顺受的苦挨在家里不要出来,即使公婆丈夫小姑小叔吃掉了你,也要像专制时代犯人上堂挨板子一样,一面给人家高打血肉横飞,一面直着喉咙"喊大老爷高升",或是嘶唤"南无大慈大悲救苦救难观世音菩萨"之类。不过这也需要声明,你要使他们知道你唤观世音菩萨之目乃在于替他们求慈悲,叫菩萨来解除他们因虐待你而发生之麻烦,否则他们便会火上加油,更加给你苦吃,看你所喊的菩萨究竟能救你否?真的,一个女人在家里吃苦,便是谁也不能救的,因为假如男的想救你便犯某种嫌疑,而女人呢,不是同病相怜自己都解决不了,便是"女子天生该苦论"的信徒认为此种事情不应当管,再不然碰到这般等于转变的女界先知先觉,先讥笑你太会忍受压迫;再叹息你没有能力图自强,像她们先前所做过的事情一样;最后觉得你真的跃跃然想蠢动了,便神经过敏地想到你背后一定有什么男人在替你撑腰,因而断定你们的家庭失和原来还是你自己不好,而可惜你的丈夫尚不能把乾纲振得十足也。况且俗

[①] 考虑到篇幅问题,此处仅辑录五篇,校理文字随文以【】标示。

语说得好:"清官难断家务事",说不定明天你倒自己妥洽了,我又何苦多是非来,因此我敢说一个女子在家庭中受苦,是最不容易得到同情或救助的。所以女人最好能有宗教般信仰,相信自己是该苦的,而且相信女性该永远苦下去,这才能够死心塌地的守在家中等"死而后已"。

但是不幸西洋人终于喊出男女平等的口号来了,几个幸运的女儿本来已经绫罗珠宝要什么有什么的,这会见了新鲜的平等玩意儿,那里会有不要求之理?于是布衣剪短发,终于领导起妇女运动来,她们本来有的是"身份"与"资格",干几次妇女运动以后更加增高了她们的身份资格,于是她们便凭这项资格嫁得一般比她们更有身份的男人,她们得意了,但她们生来便是该得意的人,出来是为求乐,不是避苦。因在家中吃不过苦头而出来的女人,却万万不可与此辈相比。千万不要以为她们喊了几声"自由""平等""独立"之类便得意了,我们不妨也喊喊看。要知道她们原有难得的"背境",就是不喊自由平等,也是十分快乐幸福的。至于独立,哼,女人要真个经济独立便够苦!

要知道"独立""依赖"之反语,一个女子要自谋生活,说是不依赖某一个或几个男人则可,说不依赖任何男人则不可。一切谋生的地方都由男人把持着,就是主持人也是女性的话,则此女性必为男人之所容也可知,她的思想恐怕也是与男人们同鼻孔出气的。故一个因家庭中吃苦而跑出来的女子必定在社会上也吃苦,因为她没有背果【景】,没有撑腰的人。现在世界上根本没有独立这回事,更不要说自由平等了。

老实说,女人到社会上来,到底还是要依赖男人的。不过这里面究竟有了个选择,你可以尽可能的去选一个或几个较合式的男人去依赖,不保在家中般只有一个父亲,一个丈夫,或几个有限的儿子。那个给你依赖的男人,肯给你依赖,其中当然也有原因。他究竟是选中了你的貌?看中了你的才?还是另有作用呢?这可要研究一番。假如你得能在社会上立足的原因是因为美貌或有其他什么可供人利用,那末你恐怕很快的便会立不牢跌倒去,或是遇见什么危险之类;假如你自以为有才,或者可以说有能力的话,那末你就等着瞧吧,你会因此而吃尽苦头。

一个有才女子之不能为社会所容,乃是极明显的事。因为这个社会乃是男人的社会,不平等的社会,残酷的社会,男女因为不平等,男人使【便】瞧女人不起,残酷地给你苦吃,直到你吃不住苦跑了出来,他们当然巴不得你在社会上失败,好知难而退的乖乖儿受他们压迫欺凌。假如你在社会上一试之后,居然能力和男子差不多,或许还要使他们感到"堂堂男子,不及妇人"之耻,于是他们便老【恼】羞成怒了,想尽方法来中伤你,破坏你。而且一个人不够,还要联合许多人来跟你作对;其间若有能力高强的男性认为这样是不必要的,或竟,稍稍帮助你一些,他们便会加他帽子,说他喜欢拥护女人。拥护女人当然是不好的事,于是那人避嫌引退了,破坏工作便算完成。若照他们这般破坏者心思,最好那人不仅避嫌而已,还要表明心迹跟着他们一块儿来中伤你,那才开心。所以女子做不好事情,是女子没有能力;而事情若是做得好了,却决非女子有能力之故,而是因为女子占便宜,所以才有另一批拥护她的人帮她成功。

圣人说:"女子无才便是德",现在我很想替他改三个字,变成:"女子无才较为福。"年青的姊妹们,请不要羡慕银幕或舞台上的赠赠①红星,不要羡慕政治、科学或文学界中的鼎鼎大名的妇女了吧,她们的成功都是建筑在自己的血泪上的,而且还是靠偶然机会,

---

① 疑为"熠熠"之误。

至于大部分的在社会上追求光明的女性呢？则是多数给磨折死了，而且死得默默无闻。一个成功的男人可以得到家庭的安慰与家人的崇敬，而一个在事业上成功的女性，恐怕还在她事业成功之前，单已把家庭幸福给毁灭了，丈夫儿女都离开，还那儿来的安慰？那儿来的崇敬呢？

我就是这么一个想追求光明，却又不能成功，正在备受责难与磨折的人，一年以来衣食都靠写稿维持，整天到晚写，写，写，把自己健康都写掉了，如今什么都没有，名与利，安慰与快乐，……一切都似乎与我漠不相关，眼前所谓唯一事业的便是编什志，但谁又知道什志前途是祸福呢？

献　　花

当胜利之初，几乎每个政府大员尤其是盟邦将军抵沪时，总有一番热烈欢迎之表演，其中最引起人注意的节目厥推献花。献花通常总是由一个年青女子来干的，名义是代表什么团体或全体人民向被欢迎者致敬，于是被欢迎者也向她握手致谢。这礼节的起源，倒没有考证过，大概总是向欧美学来的吧。至于献花者为什么多选女子呢，这则是因为被欢迎者多为男性之故，根据异性相吸原则，往往总是派女子出来献花，以娱嘉宾。

嘉宾所喜爱的女性，当然是年青漂亮的，故献花的小姐得从漂亮的队伍里找，遇到欢迎盟军之际，更须选择富有洋气味的。漂亮的女性，若是她的职业是妓女，则似乎有些不大雅相，舞女尚可充数，但毕竟身价不够高。电影、戏剧明星之流则是太招摇了，故而负责办理此项差使的妇女运动领袖辈，往往挖冷门，从阔小姐身上转念头，盖一则可以对被欢迎者表示格外崇敬之意，二则又可以讨好这批小姐，她们平日深恨抛头露面的机会太少，一旦闻此宠召，无不欣然色喜，引为此乃荣宗耀祖的美举也。

呜呼，我愿女人们，此后能接受人家向我们献花，不要一趟趟跑飞机场火车站，以及轮船码头，专门向人家献花。

女 人 的 话

（一）从"娼妓姊妹说起"

据说本届三八节有一条标语，写的是"改善娼妓姊妹们的生活！"于是引起某一位作家的嘲笑，认为既有"娼妓姊妹"，何不也来个"强盗兄弟"呢？

其实"强盗"那里可以同"娼妓"相提并论？娼妓是合法的，政府向她们收捐；强盗却是不合法的。此其一。强盗以暴力劫夺人财物，害人自利；娼妓则是以肉体换取人财物，虽也利己，却不害人——即害人也害于无形，而且往往是被害人心甘情愿的自投罗网，不得与前者相提并论。此其二。

娼妓之所以受人责备，原因当然是卖淫。一个人在穷的时候，可以出卖自己所有的衣服，可以出卖自己所有的书（那是顶风雅而凄恻的事），却不能出卖——不，就事实而论应该说是出租，供人租用若干时——自己身体的某部分，这是中国的旧有道德观念，叫做"贞节"。但是"贞节"与否是一回事，"卖钱"与否又是一回事，一个女人尽管可以与人滥轧姘头而不取分文，甚至于倒贴，不知社会对她们赞美呢？唾骂呢？还是不理不睬？据我所知道,在革命热骤升之际,凡一切反礼教的行为都是值得赞美的,故卓文君跟司马相如情奔,就被推为勇敢的女性。其他诸女的较大胆行为,也被惊奇,赞美,而至于崇拜。但是不久就不行了,因为革命已经成功,治国平天下的道德是应该保守一些的,若大家天天嚷革命,妻子革丈夫的命,儿女革老子的命,不怕在下者也要革在上者的命吗?故重振国民道德,维持社会风化就从男女问题入手,而女人尤有"国之妖孽"之嫌,理合使之服膺新生活运动,不烫发,不什么什么的,一言以蔽之曰:不准诱惑男人。此后对于妖娆如昔,乐于勾引男人的女子,则一律加以唾骂,并百般嘲嘘,什么"骚"啦"怪"啦,一切坏字眼都搬出来,满想打击她们一下。不料时髦的女人们大都是不看书报的,骂她她不闻,结果轧的自轧,贴的自贴,君子们只好叹一口气,不解这类"贱女人"何以如此乐于让人玩,而且连"交换"也没有,这一时期的人们心理似乎是娼妓犹可恕,新女子更不堪过问了。于是娼妓才又吃香起来,当初纷纷效女学生妆的妓女,知道男人鄙夷新女子了,赶紧还我初服,一律妓女服装起来,此时可算是妓女们反而不屑与良家妇女为伍的时期。

后来——直到现在———般女学生及其他善女人们看看不服气,也就顾不得降尊纤贵的,索性与她们争一夕短长了,于是就妖妖娆娆的全身仿效起妓女打扮来。当然这也就没有什么难为情,男人欢喜妓女式打扮,女学生便学妓女;男人喜欢女学生打扮,妓女就学女学生,其为讨男人的欢喜则一。为什么要讨男人欢喜呢?因为一则可以满足"爱",一则可以满足"物质"。男人同样也想讨女人欢喜,也打扮得像个洋鬼子似的,以壮观瞻,就是不大好意思向女人开口要钱,这是男人的吃亏之处。男人吃了这项亏,心所不甘,就想出种种侮辱女人的话,说是:"大爷有钱娘儿们就得服侍我。"不知道枕席之上究竟是谁替谁在效劳?好像乾隆皇帝某次把一个回族的酋长太太逼奸了,自己想想未免给她玷污龙体,给臣下知道了笑话,故次日上朝时便索性老着脸皮打个哈哈道:"某酋顽强抗命,罪在不赦,昨夜朕已把他的女人糟蹋了。"好像奸宿敌人的老婆也是一种对敌人的刑罚似的,这是多么可怜的解嘲。

究竟"糟蹋"与"爱"的分别在那里?男人们自己心中应该是雪亮的,还不是一样的对某个女人表示喜欢而已。所不同者,无非是女人之身份地位有别。男人对于一个身份高贵的女人,自然只好口口声声的说"爱"或"神圣的爱"之类;对于一个身份远逊于自己的女人,觉得"爱"她有些不值得,一面又忍不住不喜欢她,只好出之于"糟蹋"一途。其实在女子方面,照我替她们打算,与其口惠不实不至的"爱",毋宁又被喜欢又得到钱的上算。

试观目下最得意的女子,除父母修来富贵双全者外,那一项职业比得上"卖淫"的?不要羡慕某女伶有每月一千万元包银的进益,假如这个世界不是男人的世界,恐怕她再多飞几次媚眼也挑不起同为女性顾客的喝彩声来。所以妓女们比较起来还是老实的角色,不知道巧立名目避捐,也不知道以艺术为号召来抬高自己身份,使男人在同一事情上,不说"糟蹋"而说是"爱"。

在目下"唯利是图"的时代,只要有钱便可赢得别人的尊敬与羡慕。别说与娼妓称姊道妹不足为我们女界之耻辱,就是自命为"堂堂男子汉"的,何尝不奴颜婢膝,口口声声喊某种女人(大都是不纳税的或包身的娼妓)为"干妈"呢?

(二) 绝代佳人

在《文艺复兴》创刊号里,有一篇钱锺书的小说叫做《猫》,谓李太太漂亮而无儿女,朋友们背后就说她真是个"绝代佳人"。这"绝代佳人"四个字,在此时此地听起来,真令人感触万端。前月报载萧伯纳评论印度节制生育之建议称:"余认为妇女,不论其为印度人与否,皆不愿生育。余之建议,以为除非男子至少能交出二千磅作为保证金,妇女将不为其生育。用此方法,则人口过剩问题即可自行解决。"若萧氏此建议竟被妇女界普遍采用,则除了大富翁外简直养不起孩子,而际此"善者必穷"之现状下,"佳人"之不免"绝代",殆可谓是必然趋势矣。

其实在两性配合方面说,女的并不比男的吃亏,而且照大体上说起来,还是男人替女人效劳的地方多。女人第一吃亏的就是要养孩子,这是很不容易有补救办法的。

记得在四月二日的上海时代日报上,曾有过一段《母性保护在延安》的文章,据说那边的《婚姻暂行条例》,是儿童本位的,"责任感"乃是延安人对于婚姻的中心见解。譬如说"女方在怀孕时期,男方不得提出离婚;具有离婚条件者,亦须于女方产后一年,始能提出。"这是对于母性成为弱者时候的特殊保护。又如他们规定:"非结婚所生之子女,与结婚所生之子女,享受同等权利,不得歧视,经生母证实其生父者,政府得强制其生父负责教养。"这样一来,据说可以使青年男女——尤其是男方——知道做父母的严肃责任,认真克服他们的性的游戏。

不过我总觉得一件事情要等到法律来制裁,强迫其履行责任,总有些麻烦。假如说私生子吧,若这个男人居然不负责任,须女子三番五次上公堂告他,不知道延安法庭的手续怎样,就此时此地而论,总是很啰苏的。譬如那个男人竟是穷光蛋,则按照打官司"不怕凶,只怕穷"的原则,女人更是没法奈何他,结果除非自己硬起心肠来把孩子丢了,否则吃亏还是在于女人方面的。

至于怀孕期间不得离婚问题,听听似乎很合理,但仔细考虑起来,离婚固然离不成了,但他既存心遗弃不难天天给你颜色瞧,不会使孕妇更动气吗?说来说去还是女子顶吃亏的。

看 报 谈

我每天早晨出去,总要站在附近报摊前借读十几份报,其中自然小报居多。假如发现有趣味耐读的文章,便把这张报纸买了回去,待傍晚浴后,躺在睡椅上,再细读消遣。我觉得小报作品的好处在于"文如其人"及"注重现实";编辑的好处则在于"五花八门"。这样一篇一篇的读过去,有工病善愁的痴男怨女派,有哭穷诉苦潦倒文人派,有大吹法螺的魁派,有胡说八道的小抖乱派,有自作多情的洋场才子派,有忸捏作态的美女派,有口口声声以骚坛领袖自居的元老派,有动辄以莫须有之事而陷人于罪的恶讼师派……什么什么都有。而且其取材尤多着重于现实方面,过去如防空壕啦,户口米啦,都会当作时髦问题而被挖苦嘲笑过,虽然有时候也常谈论某女人的胭脂或另一女人养孩子等不相干的事。

在目前,看大报不过是找广告,至于消息是家家差不多,而社论则又一律是不足道的。——不是没有写社论的人才,是不敢写,不能写,没有背境的人如何可以说公道话;有背境的又如何能够说公道话呢!而且报酬又薄,作者实在也犯不着,故近来各大报上除若干篇官样文章外,也就再找不到什么东西了。幸而价钱卖得便宜,订户日得一份,不是顺手摊开包东西,便是聚起来论斤卖给收旧货的,价钱倒也并不吃亏,因此二个原因,销路总算有增无减。

但小报却是给人看的。人们一面瞧不起它,一面仍天天热心买。好像大爷出钱逛窑子般,虽然不崇拜娼妓,却照样同她搂着玩,于是有心人说:小报销势既如此大,何不把它们好好地整顿一番,提高水准,用以当作教育民众的工具呢?此点恐难做到恰好。盖小报作者笔锋非不犀利,吐语非不典雅,总因其识见多平凡,气度多偏狭,故文章价值未免逊色。鲁迅生前也常骂人,但其立论必出发于正义感,故能成为伟大的作家。非如现代某等人似的只要别人误触及他一根毛发,便【便】要破口骂人家的祖宗十八代;而若或有人赏他吃一顿节约菜,则歌功颂德千言不休了,故谈其所作丑态百出的文章徒令人作呕耳,连消遣都谈不到,况艺术乎?

可哀的是一般庸众每以耳为目,把淫妇双乳燃烛脐插香,今天出来游四门啦之类的说者当作舆论权威看待,则其思想上的"缠足"恐必愈裹愈紧,总必至于歪曲到不能动弹为止,于文化前途真是不堪设想的。

女人与照片

不久以前有一位朋友从美国回来,带了一卷原色软片,说是要替我拍照。自己因为不是"美人",所以对于此道向来不大感兴趣。除了拍身份证照片以及毕业照相等等外,轻易也不大愿意上照相馆。理由很简单,一则是因为没有这些闲钱,二则是摄影师太噜苏麻烦,一会儿叫你把脸仰高些,一会儿又要叫你微微露出笑容来。……至于请朋友们拍照呢?我总觉得应该多识相一些,不要太糟蹋人家宝贵的时间、精力及软片,所以结果是不大拍照。越是不大拍照的人,拍起照片来越是不会姿势自然而令人满意的。

话说那次从美国回来的朋友要替我拍照了,他说:"这软片是连人的肤色及衣服颜色都能够照上去的,很好玩。"我迟疑片刻,毕竟也欣然同意,于是就到中山公园去。正是春天的时候,千红万紫,在和煦的阳光下开放着。朋友嫌我所穿的衣服颜色太素净,那是一件单纯无花纹的淡清绸旗袍,我很喜爱它,听了朋友的指摘似乎有些出乎意外。但是这又有什么办法呢?我没有花花绿绿的衣裳,朋友只好替我拣五色缤纷的美丽背景了。"这种照片印出来是很漂亮的,"朋友说,"与天然颜色一样,完全一样的。"

因此我很担心这类软片将不受爱美的太太小姐们所欢迎,女人拍照片,目的要拍得美,与她本身像不像倒在其次。尤其是本身有欠缺的地方,照片拍出来便越不像越好,有一位很胖的小姐,她在床头所悬的照片仍是拣了一张一些也不胖的,她很得意,然而我却不经意地问出一声:"这是谁呀?"真抱歉,她的回答是悻悻然的:"你真是——连我都不认识了吗?"

所以女人最好不必拍照片,只要自己到照相店里细心去拣选,假使你是羡慕白光的,就不妨把白光的照片买了来挂在床头,一下子就算是自己的玉照了。假使有人问:"这是谁呀?",你就不妨予以白眼一瞪道:"你真是——连我都不认识了吗?"

这次杜鳌先生开"女性群像展",我恰巧逗留在青岛,不及躬逢其盛。假使我能够到场参观一下的话,我就可以马上断定他的成败——只要我看起来满眼是陌生人的照片,那就是说一个也认不出来的,都是美人,那么他定将被捧为大艺术家、大摄影家,每张画上定购的红纸条儿定能贴满,生意兴隆,岂不懿欤盛哉!

要是不,即只好赞颂他的做事真实了,就是把一样东西摄成像一样东西,换句话说,就是替一个女人拍出照来像这个女人。就恐怕这样不太受人家欢迎,中国人哪有几个肯买满腮胡子的高尔基像,而不去欣赏娇滴滴会唱"我家小妹……"的绍兴女戏子芳容的呢?

论 述

李振声

外来思想与本土资源是如何转化为中国现代语境的?

——以刘师培所撰《中国民约精义》为例

一、学术定位

朱维铮教授1998年三联版《刘师培辛亥前文选》(李妙根编)"导言",对他1990年复旦版《刘师培论学论政》(也是李妙根编)"序"文作了较大幅度的增补和改写。如"注七"条指出钱玄同为《刘申叔先生遗书》所撰《左盦年表》谓刘师培1903年至汴(开封)参加会试落第一说有误,并引《光绪朝东华录》《清实录》及《清史稿》中有关记载,坐实刘师培只可能于壬寅八月(1902年9月)赴汴准备参加会试,他是到了开封后忽然得知此科会试已延期至丙午(1906年),遂大失所望而归,并非"下第"而归。此事看似不大,牵涉面却非小,按"下第"说,刘师培后来到上海投身反清革命,直接起因系科场失意而衔恨清朝所致,但现在事实背景既已有所调整,原先视作理所当然顺理成章的解释,就未必是那么回事了,至少也得作些调整才是。像这种细小的地方,其实倒是很能见出功夫的。同时也证实了学术研究的一般规律,即后来者居上,后出者转精。不过,既称一般规律,就得允许有例外。朱撰"导言"一开头对刘师培研治学术和借学以论政这两大块所作的一个比喻性评判,是他对此前"序"文中语原封不动的保留:

> ……略窥(刘师培)那串脚印,便会发现,属于纯学术的一行,特色是"不变",而属于藉学论政的另一行,特色则是"善变",并且是倒行式的变化。二者的反差如此分明,令人不禁以为此人的两足,踵尖位置似乎生来是互倒的,因而在各走各的路。

用踵尖互倒、各走一端的喻象,来指称刘师培学术与论政之间的巨大反差,这样的比喻显得机智而漂亮。朱维铮对自己这一喻说大概也颇为满意,故而后来也一直不觉得有改动之必要。但倘若质之于当年竭尽心力参与编纂《刘申叔先生遗书》的钱玄同,按我的印象,他很可能未必会以这一比喻为然。我们只要稍稍翻读一下钱撰《〈刘申叔先生遗书〉序》及《总目说明》便不难明悉,在钱氏眼里,刘师培借学术以论政、即学术与政治直接纠结在一起的这一块,前后变动甚巨自不待言,即便是纯粹的学术,也不是那么铁板一块,同样也有前后期的明显变化。刘师培的论政干政与学术生涯,并不是截然两分的,而是大有关联。钱玄同只肯称赞和欣赏刘师培的前期学术,以为此期的学术"对于学术思想,最能综贯群书,推十合一,精义极多","陈义并皆审谛"云云,而对于刘师培的后期学术,钱玄同则明言,理应另当别论。

经学和小学一直是传统学问中最吃重的两大板块,钱玄同为此特意标举出刘师培在经学和小学方面前后颇有睽违的地方,从而对其前后期的学术做出截然不同的评判。

经学方面，钱玄同认为刘师培的前后相异主要表现在："盖刘君前期解经，喜实事求是，喜阐发经中粹言，故虽偏重古文，偏重左氏，偏重汉儒经说，实亦不专以此自限也。逮及后期，笃信汉儒经说甚坚。"

小学方面，刘师培早期揭橥的三义（"就字音推求字义""用中国文字证明社会学者所阐发古代社会之状况"及"用古语明今言，亦用今言通古语"），钱玄同则以为足以为"今后治小学者宜奉为圭臬"者。借用库恩的说法，即均带有"范式"（paradigm）的意义，足以为后来者开出门径、立下规矩。

概括起来说，钱玄同认为刘师培的学术，"前期以实事求是为鹄，近于戴（震之）学，后期以笃信古义为鹄，近于惠（栋之）学；又前期趋于革新，后期趋于循旧"，对其前期学术的评价明显高于后期。

由此可以想见，在钱玄同心目中，刘师培的学术思想与其政治思想的依存关系至为密切，两造之间根本难分难解。刘师培前期学术之所以创获殊多，显然是得到了投身于民族革命的激情及其开阔的思想视野的有力奥援，按照钱氏的说法，那便是"刘君识见之新颖与夫思想之超卓，不独为其个人之历史中最表彰之一事，即在民国纪元以前二十余年间有新思想之国学诸彦中亦有甚高之地位"，也即是在他更名为"光汉"的这一时期。同样的道理，刘师培的后期转向污浊不堪的政治思想立场，则显然对他后期的学术也造成了很大的牵累。

钱玄同1938年3月1日致书郑裕孚书里对此解说得十分清楚。在这封书信里，钱玄同对自己之所以不佩服刘师培的后期学术的原因作了相当诚恳的反省。钱玄同扪心自问，是不是因为常人通常难免的"因人废言"，即因刘氏晚节有亏，导致了自己对其晚期学术的低看一头，甚至将其学术价值也一并抹杀了事？但扪心自问的结果，是他觉得自己在这个问题上大可释然，他明白自己在这一点上很清醒。钱玄同坚信自己的低看绝非出于所谓"因人废言"，而是基于事实，事实是，刘师培后期一塌糊涂的政治思想立场，严重导致了他学术思想的萎缩及见解和方法上的守旧，从而造成了他后期学术的不足为观。以下所引，即是钱氏这封书信里的原话：

> 少读其文，固受其影响，然自申叔于戊申（引按，1908年）冬回国以后直至己未（按，1919年）冬作古，此十余年中，弟对于申叔之学，说老实话，多半不同意，非因其晚节有亏，实因其思想守旧，其对于国学之见解与方法，均非弟所佩服也。

那么，刘师培的学术生涯，究竟是前后保持一贯，并不受其政治思想立场的改道更辙而发生重大的变化？还是与政治思想立场密切相关，互为依存，并随其离奇乖张的变化而存在前后期的明显差异？我对这个问题的看法是，两相比照，当以钱说为是。也就是说，比前述朱维铮的比喻足足早了六十余年的钱玄同的分析，更值得信服。

按钱玄同的归纳，刘师培的学术著述，"最精要者有四事：一为论古今学术思想，二为论小学，三为论经学，四为校释群书"。其中"论古今学术思想之文"，几乎皆作于前期。刘师培的那些不仅在他个人历史上最值得表彰，即使放在有"如雷雨作而百果草木皆甲坼，方面广博，波澜壮阔，沾溉来学，实无穷极"的中国现代学术的"黎明期"，即放在民国纪元前二十余年间，有着大批颇有新思想、新激情的国学诸彦中间，也一样难以遮掩其夺目光彩的"新颖"识见和"超卓"思想，便大多体现在这类"论古今学术思想"的著述里。其中撰成专书的，主要有《国学发微》《周末学术史序》《两汉学术发微论》《汉宋学术异同论》《南北学派不同论》及《攘书》和《中国民约精义》。就撰著时间而论，又以后面两种著述为时最早。对这两种著述的撰著背景，钱玄同也在《〈遗书〉序》中作有简要说明：

> 自庚子(1900)以后，爱国志士愤清廷之辱国，汉族之无权，而南明巨儒黄黎洲先生抵排君主之论，王船山先生攘斥异族之文，蕴埋已二百余年，至是复活，爱国志士读之，大受刺激，故颠覆清廷以建立民国之运动，实为彼时最重要之时代思潮。刘君于癸卯年(1903)至上海，适值此思潮澎湃汹涌之时，刘君亦即加入此运动，于是续黄氏《明夷待访录》而作《中国民约精义》，续王氏《黄书》而作《攘书》。

这两种著述通常被看作姊妹篇，均属"预流"之作，即都是对蔚然汇成清末思想主流的民族革命思潮所作出的有力反应、参与和推促。在钱玄同心目中，刘著《中国民约精义》无疑是挟黄宗羲《明夷待访录》之势、锋芒直指千年君主独裁、张扬民本民主的一部大著作；刘著《攘书》则赓续王夫之《黄书》，旨在鼓动国人取径种族认同和种族革命以推翻清朝统治。出于集中精力的考虑，本文专就《中国民约精义》展开讨论，《攘书》姑且存而不论。

二、问题的提出

有关《中国民约精义》编撰缘起及写作出版日期，著者在该书序文中已经作了交代。好在序文不长，不妨干脆移录在下边：

> 吾国学子，知有"民约"二字者，三年耳。大率据杨氏廷栋所译和本卢骚《民约论》以为言。顾卢氏《民约论》，于前世纪欧洲政界为有力之著作，吾国得此，乃仅仅于学界增一新名词，他者无有。而竺旧顽老，且以邪说目之，若以为吾国圣贤从未有倡斯义者。暑天多暇，因搜国籍，得前圣曩哲言民约者若干篇，篇加后案，证以卢说，考其得失。阅月书成，都三卷，起上古，迄近世，凡五万余言。癸卯十月，以稿付镜今主人。主人以今月付梓，来索序。仲尼有言：述而不作。兹编之意，盖窃取焉。叙《中国民约精义》。
>
> 甲辰四月下浣。

此书编撰于癸卯，即1903年夏。成稿前后仅一个月。甲辰年、即1904年5月初版。查上海图书馆所藏该书初版本，书末版权页上署明，著者为"侯(按，系'仪'字之误)征刘光汉、侯官林獬"两人，"上海棋盘街中市镜今书局"发行，"国文书局"代理印刷。由于著者与出版人均作古逾久，此书著作权究系何属，似已无从彻底厘定。1934年至1938年间，钱玄同协同武宁南桂馨的实际代理人郑裕孚氏倾力编印《刘申叔先生遗书》，此书被收录在《遗书》中，未见有过任何的犹豫，当时应该还有不少知情者和当事人在世，也不见有人出来就此表示过异议，因而视刘师培为此书主撰者或著作权所有人，应该是当时知识界学界所公认的一件事。林獬(1873—1926)，字少泉，福建侯官人，曾任《杭州白话报》主笔，后与蔡元培等人在上海创办《俄事警闻》，又主办《上海白话报》。刘师培未至上海前，即已与林獬有文字之交，到上海后，则肆力为《中国白话报》撰稿。林獬长刘师培十一岁。刘师培在林獬主编的《中国白话报》上发表歌谣《昆仑吟》时，林獬曾特加"附识"，对刘师培的才情出众倍加推崇：

> 余既从事《中国白话报》，乃征歌谣于刘子申叔，申叔为撰《昆仑吟》，起草凡二

小时而罢,是一部二十二史,是一部民族志,其富于历史知识,种族之思想,字字有根据,而复寓论断于叙事中,吾恐大索吾国中求一如刘子者,不可得矣!浅学小生妄逞口说,翻检一二东籍、三数报纸,靦然谈种族、论改革,以刘子之眼,视之殆野马尘埃矣!①

翻检《刘申叔先生遗书》中由钱玄同"独任编次"的、刘氏原本散见在各家报纸杂志上和家藏手稿中的四卷《左庵诗录》,不知何故,这首曾被林獬推重为抵得上一部民族志或一套二十二史、有着开阔的历史视野和种族革命激情的《昆仑吟》,却并未见有收录。不知是否因为出于该作终究只是属于对俚俗不雅驯的民间歌谣的改编,尚算不得个人独创性的典雅诗作的考虑,故而未能进入编次者的视野,或者还是因为出于另外的原因?可惜我们已无从起编次者于地下,当面向他讨问究竟。林獬后来还曾与蔡元培、刘师培一起为营救反清志士奔走,遭到清廷嫉恨,而不得不暂避日本,这期间,刘师培也曾有《岁暮怀人》一诗遥念他:

> 著书不作郑思肖,拭剑偶慕吴要离;
> 纷纷蛾眉工谣诼,蜩鸠安识鲲鹏奇。②

诗中的郑思肖,是宋元之际有气节的文人,别号所南,曾将记述南宋亡国之痛及异族入侵暴行的诗文手稿集为《心史》,埋藏于枯井,直至明崇祯年间始为疏浚旱井的苏州承天寺僧人掘出。刘师培该年稍早些时候所写的一组《甲辰年自述诗》,在记述自己所著《攘书》十六篇的情形时,也提到过此人:"□□□□□□□,□南作史瘗井沈,攘社著书百无用,书成奚补济时心。"文字虽已残缺,但第二句显然用的是所南心史的典故。无独有偶,后来陈寅恪《广州赠别蒋秉南》七绝二首之二"孙盛阳秋海外传,所南心史井中全",也曾援用此典喻指内心的沉痛。要离一典,则出自《史记·刺客列传》。看来,林獬、刘师培当时所参与的、甚至包括过激的暗杀行动在内的反清活动③,遭到清廷嫉恨自不待言,即便是在同一阵营中人那里,也不乏有误解和訾议,作为当事人,心情自然不会舒畅,甚至相当压抑,故而刘师培才会在诗里劝慰林獬,要他不必介意那些流言。且不说后来刘师培跻身筹安会发起人之列,堕为"帝制遗孽"时,林獬也正好在袁氏总统府秘书任上,因而同声附和撰表劝进,并被袁世凯委为参政院参政,及至袁氏帝制败落后,蔡元培、陈独秀等昔日故旧,如何"对于申叔先生之交谊始终不渝,不以其晚节不终而有所歧视"(钱玄同1936年7月5日致蔡元培信中语),设法将其延入北大教席,而林獬又是如何回心转意、返回报界重作冯妇的,但在编撰《中国民约精义》的1903年,林獬的资历和名声都远在初出茅庐的刘师培之上,这一点应该是没有疑问的。在这样的情形下,此书的主撰人如果本不是刘师培(光汉),而在署名时却堂而皇之地列居第一,这么做,于情于理都该是说不通的。

《中国民约精义》一书依据杨廷栋由"和本"(即日译本)转译的卢骚《民约论》(今通译为卢梭《社会契约论》),从中国古代典籍和先哲著述中遴选出六十二家,以《民约论》

---

① 见刘光汉《昆仑吟》后林獬的附记,《中国白话报》第四期,1904年1月31日。
② 《警钟日报》1904年10月24日,署名光汉。
③ 1904年冬,刘师培曾参与万福华谋刺王之春事件。参见蒋慎吾:《同盟会时代上海革命党人的活动》,《逸经》第26期,1937年3月20日出版。另外,刘师培还于是年加入蔡元培等组织的"暗杀会"。

作为准绳,逐一参证比较和论析评说,旨在证明中土古来即已有足以与西方近代民约思想相亲相契,或略加梳理便可以彼此汇通的思想资源的存在。虽然它们在中国固有思想著述中往往只是一鳞半爪或片光吉羽,从未发展成为较为完整的思想观念体系,但至少可以向世人证明,民约思想之于中国并非空穴来风,中土历史中既已隐潜有民约论的若干基因,那么,对其重新加以发现、开掘和梳理,无疑将成为近代中国回应、传播及实践卢梭民约思想的一个极为重要的内在契机。

那么,《中国民约精义》一书是如何引述卢梭以诠释和印证所谓本土的民约论思想资源的呢?这些引述、诠释和印证又在何种程度上是贴合卢梭的,抑或相反?著者刘师培既然无法直接阅读卢梭原著,因而不得不有所借径,那么他所借重的又是怎样的途径?该书序文中虽已有所交代,刘师培所借重的是由日译本转译的汉译本,但并没能交代清楚,这种重重转译的路径,可靠性又会是个什么样子?

换言之,出现在刘师培思想学术视野里的"民约论"究竟会是个什么样子?其与西方近代由卢梭所揭橥和确立的民约论之间的契合度究竟如何?如多有出入,那么这些出入主要会在哪里?我们凭什么才能证实,汉语古代思想中的确存在着民约论的因子,或者相反?这种参证比较,依据何在?可信度又如何?以及,我们又该如何予以证明?诸如此类,都是亟待回答的问题。

三、对一个反差现象的解释

进入具体讨论之前,有一个反差性现象也很值得注意。

在前引《〈刘申叔先生遗书〉序》对《中国民约精义》所作概述里,钱玄同显然更为关注的是该书与本土思想资源之间的关联,至于它与外来思想之间的那层关联,以及这样的关联在该书中本该占据的位置,则都被钱玄同缩略在了他的概述之外,几乎只字未提。而事实上,正如钱玄同在好几个场合都曾准确分析过的那样,刘师培思想学术前后期存在着很大的差异,也正如他所说,"刘君之学,近世所稀有"①,这样一个不世出的学问家,其前期的思想学术显然不会如一介抱残守缺的恂恂陋儒那样局促,而应该是有着相当开放的视野和胸襟的。从《攘书》《古政原论》《中国历史教科书》中对"中国文明西来说"这一国际性学界观点的采纳,到《周末学术史序》率先将混沌不分的中国古代学术努力作现代学际分科的处理,以及《小学发微》将西方近代社会学导入中国传统的小学研究领域,使得后者不再滞泥于传统治经津梁之一隅,而被提升至异常阔大的思想学术空间之中,以致连向来自视甚高的章太炎也大表推服,引为同道②……都足以表明,在对待外来思想方面,刘师培并不缺乏吞吐吸纳的能量,更毋须再去提及人们所熟知的他那段狂热鼓吹社会主义、无政府主义的历史了。

《中国民约精义》显然有两个构成来源,这一点是毋庸置疑的。外来思想资源虽然大多只是以双行小字的"夹注"方式现身在"案语"之中,几乎不占正文篇幅,但实际上却有着更为主导、并且提供范式的地位和意义。事实上,刘师培在自序中已经说得相当直白,

---

① 钱玄同1935年3月9日致郑裕孚书函中语。《钱玄同文集》第六卷,北京:中国人民大学出版社,2001年,第218页。

② "大著《小学发微》,以文字之繁简,见进化之次第,可谓妙达神诣,研精覃思之作矣。下走三四年来,凤持此义,不谓今日复见君子,此亦郑、服传舍之遇也。"见《章太炎再致刘申叔书》,《国粹学报》第一年第一期。

促成他去汉语古代思想世界中寻波讨源,对相应的本土思想资源做出梳理,从而证实卢梭"民约论"并非人世间的孤思独想的,其最初的动力并非来自他处,恰恰是来自这些外来资源。正是亟欲改变国内知识界只是将"民约论"援为谈资,对其实质却根本茫然无知的现状,尤其是痛恨一班以"吾国圣贤从未有倡此义者"为由,视"民约"为异端邪说的"竺旧顽老",这才有了刘师培发愤编著此书的冲动。设想在与卢梭这部"于前世纪欧洲政界为有力之著作"邂逅之前,撰著《中国民约精义》的冲动即已自发地萌生在了刘师培的心胸之间,肯定是不切实际的。

不过,这些都还只是撰著人刘师培当时直接所能意识到的一面。实际上还有另外一些层面,却未必是他当时所能意识到的:撰著《中国民约精义》,一方面旨在努力从传统汉语思想资源中,重新发现和开掘一种有效的正当性的论证资源;另一方面,卢梭民约思想的介入,却又意味着汉语思想知识的一次重大调整和修改,意味着对一种社会制度的正当性的论证,正在逾越传统的汉语思想资源的边界,开始揽入欧洲启蒙运动以来的社会思想的视野,意味着需要从西方知识资源中去找寻社会制度的正当性的论证资源。这样的论证,实际上是在转换、甚至颠覆论证的逻辑结构。表面看来,支持社会制度正当性论证的知识资源俨然来自中国古代思想自身,但实际上,如果要人们相信这些思想资源,即这些被遴选、援引到这本书里来的中国古代思想,能够足以担当得起为社会制度的正当性作出论证的使命,那么很关键的一点,就是须得有个交代,即这些思想资源何以具备这样的资格? 其自身的正当性又体现在什么地方? 但现在的情况却似乎并非如此。从《中国民约精义》编撰体例所提供给人的直观印象来看,与其说是这些被遴选和援引的中国古代思想,在诠释过去、设计现在和想象未来这几大精神面向上,真有多么的高明和卓越,并由此而拥有了不受具体时空限定的普适性质,还不如说,仅仅是因为它们可以从外来思想资源那里得到程度不等的印证和认可。也就是说,勘定这些本土思想资源的正当、有效性的标准,并非来自它们自身,而是来自外部,来自外来的思想资源。与外来资源相比,中国古代思想实际上处在一种被印证、被证实的被动地位,它们的价值和意义也由此而不可避免地带有了被赋予的性质。

外来思想资源为刘师培的政治想象和所期待的政治体制转型提供了合法性的支撑。可以这么说,《中国民约精义》的问题意识本身,即产生自18—19世纪的西方知识系统。情况正像余英时所指出的那样,刘师培在撰著《中国民约精义》时,往往是以中国文化史上与西方现代文化价值相符合的成分作为中国的国粹,"表面上好像是要发掘并保存中国固有文化的精华,实质上则是挖掉了中国文化的内核,而代之以西方的价值"①。

如果说,作为直接的当事人,因缺乏反思所必须的间距,刘师培对自己所面临的这一处境一时还无从获得清醒的意识和自觉,这种情况尚属情有可原,迨及日后钱玄同为刘师培整理、编集遗著之时,这中间差不多已经拉开了三十多年的间隔,自然该有比当事人清晰、自觉的观察才是。但情况却并非如此。如前所述,钱玄同在《〈遗书〉序》中也依然只是一味将《中国民约精义》看作是对本土资源,尤其是黄宗羲《明夷待访录》一脉的承传。明明是两方面的构成,并且外来构成那部分又是更为主导的,钱玄同却何以偏偏只是强调本土构成的这一块,而对外来资源的作用却按下不表、视而不见的呢? 这不是很蹊跷,很耐人寻味吗? 我们知道,"历史"本身是不会直接呈示的,所谓历史真实,除非通

---

① 余英时:《论士衡史》,上海:上海文艺出版社,1999年,第21页。

过叙述和象征，否则便无异于康德所说的"物自体"，是我们所无从得知的。我们所看到的历史，总是经由某个叙事者按照某种叙事方式所叙述出来的历史，也就是说，我们和历史之间的联系，总是通过叙事象征才得以建立。而一个新的叙事视角总会促成一个新的叙事者的生成，从而使叙述呈现出多元的特征。但这并不是说叙事者天然拥有可以任意编织历史叙事的权利，事实上，在历史叙事者身上始终交织着时代风气、叙事者个人意愿和历史本身之间的相互制约和作用。于是，叙述一段历史，无形之中也便成了叙事者梳理其与所置身的现实以及所要处理的历史之间的错综复杂的关系的一个过程，成了叙述者、现实、历史之间的一场博弈和互动。20世纪30年代后期的钱玄同，在编纂刘师培遗著之际，对外来思想资源在刘著《中国民约精义》中所占居的位置和所发生的作用的疏忽或遗忘，无论是出于有意还是无意，都可以读解为是某种更为深在的时代风气在历史叙述者钱玄同身上的投影。这一现象本身便是20世纪30年代后期中国思想学术风潮趋向的组成部分。

不必追溯得太远，即以1895—1920年这一被思想史家特别看作具有"转型"①意味的时段为例：前有梁启超高倡"新民说"在先，后有陈独秀"三大打倒"、胡适建立"新国语"、周氏二兄弟批判"国民性"及"五四"一代拥戴"赛先生""德先生"推波助澜于后，他们无不都是在致力于将西方近代民族国家个人观念、政经体制和思想学术悬为理想鹄的，急切加以援引，以求补救和缓解中国内部的巨大危机和压力。但这一局面不久之后便开始发生了微妙的偏移。这里面固然有思想史自身内在逻辑的一面，诸如出于自身调整的需要等原因，但外缘性的因素，即李泽厚所说的"救亡"对于"启蒙"的压抑的那层因素②，似乎更难绕过。

我只是想说，当冯友兰承续着"五四""中西文化论争"的余绪，将"中西"问题的提法创意性地置换成为"古今"问题的时候，很可能就连自己也未必意识得到，这一置换实际上是在将现代性问题中的地域"空间"差异及其由此引发的焦虑，内化成了中国自身内部的"时间"问题③。进入20世纪30年代后期，对中国近代以来思想学术轨迹的描述，主流性的看法与其说是继续将其解释为是对西方挑战所做出的回应，毋宁说正在逐渐倾向于看作是对传统资源的不懈寻索。不妨拈出前后两部同名史著作番比较：一为梁启超20年代为清华国学院亲炙弟子和南开学子开课的讲义《中国近三百年学术史》；一为钱穆30年代的北大讲义《中国近三百年学术史》。前著认定清代学术与明末二三十年间所发生的某种新变大有关系，而明末学术新变中很重要的一点，则"为中国学术史上应该大笔特

---

① 张灏：《转型时代在中国近代思想史与文化史上的重要性》，见《张灏自选集》，上海：上海教育出版社，2002年，第109—125页。
② 李泽厚：《启蒙与救亡的双重变奏》，《走向未来》创刊号，1986年；收入氏著《中国现代思想史论》，上海：东方出版社，1987年。
③ 冯友兰1982年接受哥伦比亚大学授予其博士学位的《答辞》中追述说，他是在20世纪30年代撰著的《中国哲学史》中才"含蓄地指明，所谓东西文化的差别，实际上就是中古和近代的差别"。但据陈来辨证，冯友兰"以东西为古今"的"新解释"的实际生成时间要早于这一追述："冯友兰早在1920年已开始怀疑当时流行的单一的'种类'的解释，向往'等级'的文化解释；1922年他已经把两种解释结合起来；1923年完成的论文打破'东西'，相当程度上放弃了种类的解释；1924年至1926年博士论文的英、中文本出版，他不仅已打破'东西'，而且亦拈出'古今'，显示出，二十年代前期冯友兰文化观念的趋势是从'东西'向'古今'转变，而在二十年代中期这一转变已基本完成。"陈来：《冯友兰文化观述评》，见单纯等编：《解读冯友兰（学者研究卷）》，深圳：海天出版社，1998年，第130—132页。

书者,曰:欧洲历算学之输入"①,尽管考证学依然根深蒂固,但在梁启超看来,"'学术活动之中枢',已经移到'外来思想之吸受'"②。这样的看法,在后面的钱书中则已遍寻不着。如果说钱穆在他写于卢沟桥事变前半年的《中国近三百年学术史·自序》中,还在为他的致思路向和学术取径颇感压抑和忧愤:

> 今日者,清社虽屋,厉阶未去,言政则一以西国为准绳,不问其与我国情政俗相洽否也。扞格而难通,则激而主全盘西化,以尽变故常为快。至于风俗之流失,人心之陷溺,官方士习之日淤日下,则以为自古而固然,不以厝怀。言学则仍守故纸丛碎为博实。苟有唱风教,崇师化,辨心术,觋人才,不忘我故以求通之人伦政事,持论稍稍近宋明,则侧目却步,指为非类,其不诋诃而言揶揄之,为贤矣!

那么,到他撰写《国史大纲》"引论"时,这种压抑已一扫而尽。正如此期陈寅恪毅然放弃其独步天下的梵文、西域文字及佛典译本的研究,开始究心于南北朝隋唐体制的演变,背后实际隐含着有裨于治道的特殊考虑:中国近百年社会变动之急剧与内政受外力影响之巨,适可与社会变动同样急剧异常、与外族交接之频繁及受外民族之决定性影响的唐代形成比照③,无论是钱穆的《中国近三百年学术史》《国史大纲》,还是陈寅恪的《隋唐制度渊源略论稿》《唐代政治史述论稿》,它们撰著的动机中都不约而同地掺入了将中国巨大的存续和变革的动力和根源,不容置疑地归位于本土历史和思想内部的考虑。而嗣后陶希圣等人为蒋介石代笔撰写《中国之命运》,以及延安"新民主主义"对"民族化"的强调……20世纪30年代末至整个40年代,思想文化与政治风气更是明显地呈现出一种向中国社会内部探索并寻求依托的倾向。饶有意味的是,作为后起之秀的钱锺书,其在牛津提交的学位论文 China in the English Literature of Eighteenth Century(《英国十八世纪文学中的"中国"》),里边也明确有所申言,中国文化的高度和谐在18世纪曾被西方视为不可企及的范本,其在西方人眼中的失势乃是18世纪之后的事情。

确实存在着这样一层巨大的"向内转"的思想、学术和心理背景。钱玄同《〈刘申叔先生遗书〉序》对《中国民约精义》中外来资源至关重要的作用的有意无意的遗忘或疏忽,足以证明这一背景和风气的沾溉之广及其对于历史记忆(彰显/遮蔽)的有力控驭,即便是钱玄同这样的"五四"巨子,曾经为催生新文化而不惜以偏激的姿态排击旧文化的性情激烈的人物(一度曾力主将中国思想文化独一无二的承载体,即中国特有的文字一并予以废止,改用拉丁化拼音字母),也不得不在无形中受到时代风气的左右,于此也就不难照见时势移易人心力量的强大。

四、刘师培所能读到的《民约论》译本

近代思想史家王汎森指出,近代中国的启蒙是个连续体,并非"五四"一次新文化运动所能完全承担,至少晚清戊戌前后一场范围广泛的思想译介运动,已为后来的新文化奠定下了最初的新的"文化基层建构"(cultural infrastructure),而晚清戊戌前后中国"思想资源"及"概念工具"之变化,则与明治日本也有更为直接和根本的一层关联,此期中国

---

① 《梁启超论清学史二种》,上海:复旦大学出版社,1985年,第99页。
② 同上书,第125页。
③ 石泉、李涵:《听寅恪师唐史课笔记一则》,见张杰等编:《追忆陈寅恪》,北京:社会科学文献出版社,1999年,第266—270页。又,陈氏《唐代政治史述论稿》一书开章明义:"种族问题为李唐一代史事关键之所在。"

对西洋近代思想和知识的大规模引介,基本上是由一群不怎么通晓西洋文字语言的留日学生所担纲,并大多经由日文译本转译后引入的,以致在戊戌前后的中国思想文化中染有明显的"日本因素"的色彩及印记,差不多要等到20世纪20年代,即随同英、美留学生的纷纷占据中国思想文化界各路要津,此一局面才有了根本的改观。①

仅以政治思想领域为限,明治日本的自由民权运动、无政府主义及社会主义,都曾对刘师培的政治思维产生过深刻的冲击和影响。激发刘师培《中国民约精义》一书撰著冲动的卢梭 The Social Contract,即是经由日人译本转译过来的译本。而以"民约论"对译 The Social Contract,最初也是出自日本明治学者、思想家中江兆民(1847—1901)的手笔。明治十五年(1882)元月,中江翻译并附有要义解释的汉文译本《民约译解》卷之一由佛学塾出版局出版(译稿则完成于明治七年,即1874年),此处的佛学塾并非指佛教经典讲习所之类,明治日本称 France 为佛兰西(佛也可写作仏,为日文汉字中的简体),故而是指日本明治年间专门研习近代法兰西思想学术的民间学会、学社或学舍性质的机构,与佛教风马牛不相及。中江氏出身下层士族,抱负不凡,曾赴法留学,译本甫一出版即风靡一时,为译者赢得了"东洋卢梭"的美名。因为是汉译,不存在阅读障碍,故戊戌前后至辛亥革命前后,国内书局多直接拿来翻印。据日本知名中国近代思想史家岛田虔次氏的有心寻索,翻刻或翻印本计有以下四种之数:

1.《民约通义》,单行本,洋一角。见载于1898年年初刻成的康有为《日本书目志》末尾"大同译书局各种书目"广告。

2.《民约通义》一卷,法戎雅屈娄骚著,日本中江笃介译,上海译书局,单行本。见载于光绪二十五年三月(1899年春)刊行的徐维则《东西学书目录》。

3.《民约通义》,单行本,法儒卢骚著,未署译者及出版者名,实为中江兆民《民约译解》卷之一的翻版,只是略去原译本的"叙""译者绪言"和"著者绪言",保留了所有的"解"。

4.《民约论译解》,为中国同盟会机关报《民报》第26号(署1910年2月巴黎出刊,汪精卫编)作为附录,除"叙""译者绪言""著者绪言"外,全文加以收载,局部文字稍有修正。后有编者按:"中江笃介有东方卢骚之称,殁后,所著《兆民文集》今年十月八日始发行,取而读之,甚服其精义。中有《民约论译解》,凡九章,特录之以飨读者。"②

中江《民约译解》卷之一为卢梭 The Social Contract 第一卷之译解,稍后,The Social Contract 第二卷的前六章汉文译文,以《民约译解》卷之二之名连载于明治十五年(1882)八月至明治十六年(1883)九月出版的《欧美政理丛谈》12至46号,该刊因此而与1871年出版的中村敬太郎所译的《自由之理》(On Liberty)及福泽谕吉的《劝学篇》,同被视为此期日本知识人中最为流行的三大读物。The Social Contract 第二卷既未译全,后面的第三、第四卷也均付阙如。复旦学者邹振环在他谈论译著之于近代中国之影响的一本专书里所谈到的,黄遵宪、梁启超、黄兴、张继、邹容、孙宝瑄、柳亚子等人对于卢梭《民约论》的接触和称道,大体上便是基于中江以汉文所译的《民约译解》卷之一。③

---

① 王汎森:《"思想资源"与"观念工具"——戊戌前后的几种日本因素》,《中国近代思想与学术的系谱》,石家庄:河北教育出版社,2001年,第149—164页。
② 岛田虔次:《中国での兆民受容》,见《中江兆民全集》月报2第1卷,东京:岩波书店,1983年。
③ 邹振环:《影响中国近代社会的一百种译作》,北京:中国对外翻译出版公司,1996年,第134—139页。

但这个译本似与刘师培无直接关系(虽然不能说没有间接的关系,详后)。刘师培与卢梭《民约论》发生交接的译本另有来源。还在中江汉文译文《民约译解》卷之一以未刊本形式在明治时代民权家们手中辗转传递、抄写并倍受珍重的1878年,坊间即已有服部德的卢梭《民约论》日译本刊行在先。到1883年1月,又有原田潜的《民约论覆义》单行本出版。据日本研究者考释,原田译本从重要译语到文义解释,基本上是仰承的服部译本,所谓"覆义"也主要是"覆"服部之译"义",即对服部的翻译、理解重新加以斟酌、澄清和商榷,力求回到原著本身。原田译本对刊行于前一年的中江译本也并不是置之不顾,原田本实多有受惠于中江汉译本之处。据上述研究家称,比较而言,原田本的"第一编"之所以得以避免了服部译本中的"思想之混迷","完全可以说是后者(引按:指中江译本)的功绩"①。刘师培所读到的《民约论》译本,正如他在《中国民约精义·序》中所言,"大率据杨氏廷栋所译和本卢骚《民约论》以为言"。而杨廷栋所依据的和本(日译本),即是前面提到过的、主要仰承服部译本而来的原田译本。专治近现代中日之间译书史的香港中文大学谭汝谦所编著的皇皇巨著《中国译日本书综合目录》②中作有如下著录:

路索民约论
(法)Jean Jacques Rousseau(路索)(著)
(日)原田潜(译);杨廷栋(重译)
上海　作新社　1903(光绪29)
再版　线装;日译本书名《民约论覆议》,1883(明治16)年刊;
中译本又有上海文明书局版

该著录将日译本的书名记作《民约论覆议》,原田译本原名则为《民约论覆义》,文字稍有出入。另外著录中所说的"中译本又有上海文明书局版",我怀疑很可能就是这个线装再版本。与谭先生一样,杨译初版本我也无缘亲睹,是不是线装也就不得而知,我在东京东洋文库看到的,也即是《综合目录》所著录的这个线装再版本,后面版权页上提供有较《综合目录》的著录稍稍详细些的记录:

光绪二十八年十一月印刷
光绪二十八年十一月发行
光绪二十九年九月再版

路索民约论
定价大洋六角
译者　吴县杨廷栋
印刷者　文明书局印刷所
发行者　吴县　杨廷栋
发行所　作新社

---

① [日]井田进也、松永昌三:《中江兆民全集》第一卷"解题",见《中江兆民全集1》,东京:岩波书店,1983年,第295页。
② 谭汝谦主编、[日]实藤惠秀监修、小川博编辑:《中国译日本书综合目录》,香港:香港中文大学出版社,1980年。

发行所　开明书店

从再版本版权页看,杨译单行本初版于光绪二十八年,即 1902 年,翌年再版,文明书局只是再版本的承印者(初版本的承印者是不是它,待考),发行所应为作新社和开明书店(此开明应与后来叶圣陶等人经营的开明无关)两家,故著录版本时,宜以两家并举。初版本的"初刻民约论记"(相当于译者前言),仍为再版本所保留,对译书的缘起、经过及读者反应的预测均有记述。鉴于庋藏此书的图书馆或研究机构不会多于三五之数,研读者查寻起来颇不方便,故特将全文移录于下:

> 民约之说,泰西儿童走卒莫不蒙其庥而呕其德,亚东之国则倏乎未之闻也。日本明治初年,亦尝译行公世。第行之不广,迄今索其古本,亦仅焉而已。若夫汉土人士,则尤瞠乎莫之解矣。良可悲哉! 岁庚子,尝稍稍见于译书汇编中。既有改良之议,且谓疏浚民智。宁卑之无甚高论,遂辍此书,不复续刻。呜呼! 天之靳民约论于吾中国者,何其酷也。译者又卒卒鲜暇,不能终其业,负海内望者亦甚久。今并力营之,书始成。从此茫茫大陆,民约东来。吾想读其书而乐者有之,惧者有之,笑者有之,痛哭者有之,欢欣鼓舞者又有之,丑诋痛詈者又有之。吾唯观其后而综其比例之率,而觇吾中国旋转之机,斯以已耳。论旨如何,则天下万世,自有不可没之公论在也。光绪壬寅译者记。

初刻译记中提到,译稿最早曾在庚子年(1900)的《译书汇编》上刊载过一部分,这与刘师培 1903 年所撰《〈中国民约精义〉序》开头所讲的"吾国学子,知有'民约'二字者,三年耳。大率据杨氏廷栋所译和本卢骚《民约论》以为言",时间上大体吻合。但《译书汇编》这本"留学生界杂志之元祖"(冯自由《革命逸史》中语)创刊于 1890 年年底,杨译《民约论》除刊载于这份创刊号之外,还分别载于 1901 年间出版的该刊第二、四、九各期①,因而严格说来,这部分译文应是分别刊载于庚子、辛丑年间,并且主要是分别刊载于辛丑年(1901)。杂志的编辑兼印行人署名为日本人坂崎斌,发行所为东京麴町区(今属文京区)饭田町六丁目二十四番地,销售处计有上海大东门内王氏育材书塾、上海市北抛球场广学会、苏州玄妙观前文经楼书坊、香港九如坊南张存德堂、横滨山下町二百五十三番清议报馆。第二期出版时,发行点除有所调整外,还有大幅增加,除上海两家依然,苏州改为庙堂巷东来书庄,并新增无锡崇安寺三等学堂、芜湖宁渊观南岸晋康煤炭公司、香港荷里活道聚文阁、香港文武庙直街文裕堂、香港上环海旁和昌隆、新嘉坡衣箱街天南新报、台湾台北府大稻埕六馆街二十一番户良德行;日本的发行点则调整、增加为东京神田区表神保町东京堂、东京神田区今川小路二丁目一番地博爱馆、大阪川口三十二番地镒源号、神户荣町三丁目中外合众保险公司。《译书汇编》所刊译著多属政治、法律学科,兼及经济、历史、社会、教育等,不及文学。第一、二期所刊书目计有:

政治学	美国	伯盖司
国法泛论	德国	伯伦知理
政治学提纲	日本	鸟谷部铣太郎
社会行政法论	德国	海留司烈

---

① 邹振环:《影响中国近代社会的一百种译作》,第 136 页。此处暂从邹说。我所能见到的《译书汇编》是台湾吴相湘主持的影印本,仅存第一、第二、第七和第八期,杨译《民约论》第一编(第一卷)九章即分别刊于第一、第二期。

万法精理	法国	孟德斯鸠
近世政治史	日本	有贺长雄
十九世纪欧洲政治史论	日本	酒井雄三郎
民约论	法国	卢骚
权利竞争论	德国	伊耶陵
政法哲学	英国	斯宾塞尔
理财学	德国	李士德

已译未刊的书目据第一、二期所刊预告,则还有英国斯宾塞尔《政治进化论》《社会平权论》《教育论》,弥勒·约翰《自由原理》,万迈尔《自助论》;德国伯伦知理《政党论》;法国鲍罗《今世国家论》、阿勿雷脱《理学沿革史》、尼骚《欧洲文明史》、卢骚《教育论》;美国勃拉司《平民政治》、威尔孙《政治泛论》、吉精颜斯《社会学》、如安诺《教育论》;日本久松义典纂译《泰西革命史鉴》、陆实《国际论》、有贺长雄《国法学》、福泽谕吉《文明史之概略》《时事小言》、坪谷善四郎《明治历史》、加藤弘之《加藤演讲集》、中江笃介《法国革命前事略》等。译介的规模和抱负,足以证明前引王汎森对戊戌至辛亥期间留日学生之于中国文化思想界从"思想资源"到"概念工具",所起担纲作用的考评,洵非无据。

杨廷栋,吴县人,1898年3月抵东京留学,系南洋官费生。派遣留日学生本是清季维新变法所颁布的正式国策之一。1889年这一年间,南洋、北洋、湖北、浙江陆续派出留日官费生64人。南洋捷足先登,同行数人中,还有无锡人杨荫杭。二杨均是1900年成立于东京的留日学生最早的社团"励志会"成员,并属该会的激烈一派,《国民报》和《译书汇编》即由这批激烈派所发起创办。不过,杨廷栋实为激进派中较稳健者,与力主反清的民族革命活动家并非一路,政治立场上更倾向于立宪;杨荫杭曾一度参与反清民族革命,后转向支持立宪;故台湾学者张玉法《清末的革命团体》一书中将二杨等"励志会"四会员列入"立宪派"。学成返国后的杨廷栋主要在家乡参政议政。胡适收集的丁文江传记材料中,有一份刘厚生的《〈丁文江传记〉初稿》,该稿第六节即记有这样一段文字:"辛亥革命,江苏省的独立,拥戴程德全做都督,是杨廷栋等一般苏州人的主动。"①杨荫杭则历任江苏、北京等地高级司法官,1919年辞官南返,次年入《申报》馆任主笔,并开设律师事务所,他在20世纪20年代写下的大量时评,近年已辑为《老圃遗文辑》出版发行。顺便一提,后来名盖文史学界的钱锺书,即是他女婿。又据谭汝谦《中国译日本书综合目录》,除《路索民约论》外,杨廷栋另译有《女子教育论》(成瀬仁藏著,与人合译,上海作新社,1902年版)和《政教进化论》(加藤弘之著,上海出洋学生编辑所,又有广智书局本)。后两种译书影响甚微,无法与杨译《路索民约论》相提并论。

五、自西徂东:几个译本的参读比较②

卢梭民约思想,此前虽随法国大革命无远弗届的声威,及梁启超等得风气之先者的揄扬,已为晚清知识者所风闻,但对其完整的研读,则无疑尚需有待杨廷栋译《路索民约论》的出版。刘师培的《中国民约精义》即是受其直接感召,有意识地重新梳理、阐释中土

---

① 剪贴于《胡适日记》1956年3月12日条,见《胡适日记全编》第八卷,合肥:安徽教育出版社,2001年,第422页。

② 本节有关数种译本的参读、比对和讨论,得到我指导的博士生狄霞晨的诸多帮助,特此说明并致谢忱。

思想,尝试从中发现和挖掘中土自身的民约论思想资源的一次思想学术实践①。

这部五万余言的著述,对杨译《民约论》直接引用达九十二次,间接引用两次。就引用频率言,第一编"总论"为最高,第一编共九章,每章均有引用;第二编"论立法"和第三编"论政府形式"次之;第四编"论巩固国家体制的方法"引用最少。值得注意的是,刘师培所引《民约论》,与杨译大部分均有字句上的出入,标注引用章节也时有讹误。按理说,抄录原文讹误不该如此普遍,较为合理的推测只能是,刘师培对自己过目成诵的记忆力极为自信,上述情况应与他写作时完全是凭信记忆在驱遣引文直接相关,再加上成稿时间匆忙仓促("阅月书成"),又值溽热"暑天",因而结撰和校对不免都留下诸多粗疏的痕迹。不妨先略举一二,以窥一斑。

第一,目录与正文的编次,标识各自为政,并不统一。上海镜今书局甲辰年五月初版《中国民约精义》,编次目录称"篇",如"第一篇"为"上古","第二篇"为"中古","第三篇"为"近世",而书中正文的边页则标记为"卷一""卷二""卷三"。

第二,标明所引述话语的出处卷帙,时有错讹。如《中国民约精义》卷一"管子"条中云:"重法律,故重主权;重主权,故重操握主权之人,而君位之尊由是而定。(《民约论》卷一第十五章云:主权云者,不可假于他,不可移于外,秩然有序,寂然不易,恒藏于公意之中,而又不可少有动摇者也。卷四第一章云:主权者,所以定一国之趋向,而非可让于他人者也。卢氏亦最重主权。)"②查核杨廷栋译《路索民约论》,卷一(应为"第一编")止于第九章,并无十五之数。经比勘,这段话实为第三编第十五章"代议士"中语。卷二"陆子"条"案"语谓:"盖陆子之学,以自得为主(如云'今人略有些气焰者,多只是附物,元非自立也。若某即不识一字,亦复须还我堂堂的做个人'是);以变法为宗(如言'祖宗法自有当变,使所变果善,何伤于国'是);与卢氏斥君主守旧法者相近。(《民约论》卷四第十二章云:今日所改之法律,明日行之即不见其益者,比比然也。又谓:用一法而概万事,奉古训而贱今人,致亘千百年不见美善之政体。则卢氏非以法律为不可变明矣。与陆子略同。)"查杨廷栋译《路索民约论》,卷四(应为"第四编")仅有九章,复查,始知此处所作间接引述者,实出诸杨译《民约论》卷三(应为"第三编")第十一章"政体之命数"。杨译原文为:

> 治国之道,不由法律,而由立法之权,故法律宜改。今日所用之法律,明日行之,即不见益者,比比然也。但每有君主,见可废之法而心好之,不能终废,且护之唯恐不力。譬有一法,用之一事而效,遂执以概诸万事而谓无不宜者。人民又不知不识,默然相许。又如崇奉古训者,即今日之所崇奉,亦莫不根于古训。盖由习闻夫古今人不相及之说故也。亘千百年,不见美善之政体,复何足怪。是以君主非崇奉古法,则其法必朝更夕改,日进于善而不已。国家又恒以新权力授诸其法之中。然则国家苟立法之权,则必不能保其生命。亦可知矣。

又,《中国民约精义》卷三"戴震"条,"案语"称扬戴震力主天理即存在于人欲之中,

---

① 刘师培在《中国民约精义》中使用的是"卢骚",而非"路索",其引杨译时,均言《民约论》,而非《路索民约论》,可见受《译书汇编》时期杨译本影响更深。但《译书汇编》仅翻译《民约论》第一、二章,第三、四章直至单行本《路索民约论》发行才出现。刘师培引文当然也涉及《民约论》第三、四章。看来,刘师培编纂《中国民约精义》时,对杨译的《译书汇编》与《路索民约论》两个版本都有所参阅,故本章引用时,涉及《民约论》前一、二章,译文以《译书汇编》杨译为据,涉及第三、四章,译文则依据杨译单行本《路索民约论》。

② 引文中括弧内的文字,本为原文中的夹注,为便于排版起见,此处特用括弧加以标记。下同。

情欲之外别无义理的思想,可与卢梭《民约论》中的言述及王船山的思想相通,进而分析宋儒力主情欲之外别有义理之类的说法,实难摆脱以权力之强弱定名分之尊卑的嫌疑,并由此下一断语:"此大乱之道也。"他还追根溯源,指出"戴氏此言,本于《乐记》",随后援引《民约论》中语,以表明《乐记》,当然,更主要是为了表明"本于《乐记》"的戴震思想,可以在卢梭《民约论》那里得到印证:

> 推《乐记》之旨,盖谓乱之生也,由于不平等,而不平等之弊必至人人不保其自由,争竞之兴,全基于此。(《民约论》卷五第二章云:夫群以内者,各谋一己之利,汲汲不遑,置公益于不顾。又强凌弱,众暴寡,朋党相倾,各倡异议。于是一群之内,无复有所谓公意者矣。与《乐记》同。)

但问题是杨译《路索民约论》以"第四编"终卷,并无卷(应为"编")五之数。起始我猜测可能引自第四编第二章"发言权",但比照之下,觉得间接引语与本文之间距离过大,正感到失望沮丧之时,习惯性地朝前稍稍一翻,不觉眼前一亮,有了,确为第四编,但不在第二章,是在第一章中,原文为:

> 夫群以内者,各谋一己之利,汲汲不遑,置公益于不顾。又强凌弱,众暴寡,朋党相倾轧,各倡异议。于是一群之内,无复有所谓公意者矣。一群之内既无公意,则民约不可以久矣。国家衰亡之期,亦指日可待。当此之时,物议纷纷,虽有高论奇说,亦与群涣无补者矣。

杨译《民约论》系线装书,由于标明书名卷次的字样,均印在版心中缝的右侧,故而遇到前后两章交替的地方,有时就不免容易发生混淆。此处刘师培之所以会将本属杨译《民约论》第四编第一章的文字错会成第二章文字,原因即出在本属前页版心处标明书名卷次的"路索民约论第一章可毁损者不得为公意"字样,装订后被折叠在了为视线所不及的上半页,而次页版心处的"路索民约论第二章发言权"字样则朗然可见,故致有将第一章文字划归到第二章头上之误。

以上便是《中国民约精义》撰著者在引述杨译卢梭《民约论》时所留下的因成稿仓促、难免粗疏的若干缺憾。当然还有译本自身所存在的问题。如前所述,《民约论》自西徂东,从卢梭到刘师培,至少经历了四种语言(法文、英文、日文、中文)、五重意义的解读(卢梭、原田潜所参照的英译本、原田潜、杨廷栋、刘师培)。每一种文本的背后都承载有不同的文化背景,每个译者(或引者、转述者)又都有着不同的立场和倾向,翻译风格也有直译和意译之别。这一重重转译的旅程,究竟在多大程度上贴合或者说还原了卢梭的本意?又在多大程度上发生过意义的流失、曲解、误解或增添?

而在《民约论》抵达中土的整个译介史上,最具影响力的译本,除上述杨廷栋译《路索民约论》外,至少还须提及马君武的《足本卢骚民约论》与何兆武的《社会契约论》。杨廷栋《路索民约论》居有首译之功,曾风靡一时,歆动士林,自不待论。从1900年到1918年,近二十年间,有识之士无不争相研读,希望从中找到促成社会政治体制根本转换、实现救亡图强目标的原理。但杨译毕竟辗转假手于日译,与卢梭原著终不免多了一层间隔。通法文、英文的马君武,当年就是因为对此颇致不满,这才有了直接从法文原著并参酌英译本,改用浅近文言,重新译出《足本卢骚民约论》(中华书局1918年)之举。马译前后再版八次,而嗣后杨译也便渐渐淡出世人视野。何兆武译《社会契约论》(商务印书馆1963年)为现今通用读本,因而流传也最广。何译曾分别于1980年、2003年作有修订,第三版至今已重印达二十八次之多。对于原著精神，何译理解最为透彻，用的又是精准、畅达的现代汉语，译述自然比前面两个译本清晰明了，因而本节在对刘师培所引杨译与杨译原文及杨译与原田译本加以参读比对时，将频繁征引何译本，自在情理之中。

卢梭《民约论》终将在这场理论旅行中被刻上怎样的独特印记？这里的独特，是指包括日译和汉译在内，当然更主要的是刘师培，他们在译述或引述、申论的过程中，是如何将自己的现实和思想的焦虑投射在了卢梭的身上的？卢梭《民约论》中最为基本的思想结构是否将因此而被遮蔽？以及受到何种程度的遮蔽？一种注定将在中土被"重构"的卢梭民约论，将会以怎样的面目出现在世人面前？下文则是对其自西徂东的思想旅程中所发生的若干偏移的略加检视和解析。

《中国民约精义》卷三第三编"近世"部分，对章学诚《文史通义》"原道"上篇中沿袭自董仲舒"道之大源出于天"一说颇不以为然："案：章氏所谓'道之大源出于天'，据董子之遗文，其说大误。"其所引以作为印证的，是杨译《民约论》卷二第六章中一节话语："若谓人性之善，托之于天，则一国之利害得失，俱非人间应问，以听冥冥之操纵。五尺童子，亦笑其为荒诞矣。"①然而，这段引语并非杨译原文，与杨译有出入。

杨译原文："人之好善，出于天性，虽未结民约之前已然矣。但人人好善之性，独不藉民约之力。世之学者，遂倡为人性之善源出于天之说，而奉天为至善之真宰。呜呼！是亦妄也。体国经野，自有常道。若以人性之善托诸于天，则一国之利害得失，俱非人间应问之事。不设政府，不立法律，不饮不食，不作不息，群一国之人，方屏足仰首，以听冥冥中之操纵。试执此说语之五尺童子，亦莫笑其荒诞。"②

杨译"五尺童子，亦莫笑其荒诞"，在刘师培引述中被改写为"五尺童子，亦笑其为荒诞矣"，意思恰好相反。不过，就杨译上下文细加斟酌和审度，则不难发现，其实本是杨译遗漏了一个否定字。该句本应为："试执此说语之五尺童子，亦莫不笑其荒诞。"刘师培显然是依据杨译的上下文作了必要的修正。

不妨参读以下几种译本：

何译："事物之所以美好并且符合秩序，乃是由于事物的本性所使然而与人类的约定无关。一切正义都来自上帝，唯有上帝才是正义的根源；但是如果我们当真能在这种高度上接受正义的话，我们就既不需要政府，也不需要法律了。"③英译："All justice comes from God, who is its sole source; but if we knew how to receive so high an inspiration, we should need neither government nor laws."④何译译义与之吻合。表面看，这句话似乎是说，如果以上帝（天）作为正义的来源，那么政府和法律就都是不必要的了。但从整个语境加以寻思，卢梭想说的是，正义来自上帝（天）其实是无济于事的，因为只有政府和法律才能保证正义的实现。因为在卢梭看来，人世间理性的普遍正义就是法律。法律权利和义务的约定是人们遵守正义的法则，如果不是这样，没有法律约束，只是守着空洞的正义或道德，将无法避免"小人"不遵守正义，从而造成坏人得益而正直的人却身陷不幸的局面。也就是说，这里表面上是在肯定天意，其实却是在否定天意，故而上述刘师培的理解更加

---

① 刘师培：《中国民约精义》，刘师培著，万仕国点校：《仪征刘申叔遗书》第四册，扬州：广陵书社，2014年，第1752页。
② 杨廷栋：《民约论》，《译书汇编》，1901年第4期，第42页。
③ [法]卢梭著、何兆武译：《社会契约论》，北京：商务印书馆，2016年，第45页。
④ [法]Jean Jacques Rousseau, [英]科尔译：《The Social Contract》，上海：世界图书出版公司，2014年，第21页。

切近卢梭本意。

原田潜日译本此节为:"夫れ人の行の善にして道を守る所以のものは本然の性善に因るものにして人の契約に係るものに非すと雖も政治社会の事物に接して良好を得る所以のものは獨り民約に因らすして何ぞや世の学者或は云ふ凡そ正道なるものは上帝の人類に附與せる所にして上帝は正道の本源なりと政治社会の正道に於ける豈に此説を用ゆへけんや吾人政治社会の良好を保有するも果して之に上帝に稟有したるものとせは吾人は國家の得失を擧けて上帝に委任して政府を要せす法律を設くるに及はさる可し是れ豈に國家の組織に反せるものと云ふを得へけんや。"①其中并无"试执此说,语之五尺童子,亦莫不笑其荒诞"一类文字,那么,这些话语显然系由杨廷栋在翻译时所植入的他自己的评述语了。

中江译本此节则为:"凡事之善良而合于理者,本自如此,非待人之相约而后为然也。明神照临乎上,为众善之源。则设令为人者,常得直禀于神,以处事、所为而莫不得于正,而政与律例固无所用矣。今未能如此,则是律例竟不可废也。凡事之得于正者,远迩一理,无有不同,以其出乎人之良智也。然是物亦未足赖以为治,何也?我之于人,能听良智为善,人之于我,或未能然。是治道云德云,以其无显罚,有履焉者,有不履焉者。而善人履之而常自损,恶人违之而常自益焉,则何足以为治也?故曰:为国者,道德之不足恃?而必相约立例规,违则有罚,夫然后义与利相合,而所谓道德,亦得以行其间矣。"中江译本虽未完篇,但由于他浸馈既久,学殖深厚,对卢梭民约论题旨和思辨的把握,在同时代日本知识人中首屈一指,因而于原田潜译本,确实裨益良多。

《中国民约精义》卷二第二编"中古"一节论及张载,认为张载《西铭》中的一段话语看似与民约论无所关涉,但如果顺着他的思路延伸开去,还是可以从中发现若干民约论思想因素的:

> 案:横渠此语虽与民约无关,然即其说而推之,可以得民约之意。《民约论》谓:"天然之世,利己为首。究其终也,相援之心必较利己为尤甚。"(卷三第二章)诚以非相援不能合群、非合群无以立民约,民约不立,国于何有?故横渠此语虽出于孟子之推恩,然与卢氏相援之说若出一辙。居中国而谋合群,其惟发明横渠之旨乎?

参读杨译可知,刘师培所引之语并非是对杨译原文亦步亦趋的引述。杨译:"天然之世,所志不同,利己为首,相援次之。若夫君民利害,则几置诸不闻不见之地。"②意为天然之世,利己是第一位的,相援在其次,至于君民利害,则被排至最微末的位置。刘师培虽也认为天然之世利己是排在第一位的,可随后又紧接着补充说:"究其终也,相援之心必较利己为尤甚。"③结合其对张载的评述,可以推知他在这里讲的"究其终也",指的是"人造之世"的情况。只有在社会契约得以确立的"人造之世",相援才会被推置于利己之前。虽然表述相对模糊,但若仔细研读其前后文,还是能够领会其意的。这表明刘师培对于杨译《民约论》的熟谙程度,已经臻达可以脱逸译本原文而直接加以发挥的境地。

在论列《荀子》中有关话语时,刘师培借重杨译《民约论》卷一第四章中"人民之于政

---

① 佛国戎雅屈娄骚原著,日本原田潜译述覆义:《民约论覆义》(春阳堂1883年版),东京:信山社(影印版),2011年,第97页。又,原文中的假名均为片假名,为便于阅读,本章引述时均改为平假名。
② 杨廷栋:《路索民约论》(4卷),上海:文明书局,1902年,卷三,第4页。
③ 刘师培:《中国民约精义》,刘师培著,万仕国点校:《仪征刘申叔遗书》第四册,第1709页。

府也,顺政府者固听其自由,逆政府者亦听其自由"①这句话,以强调人民推翻政府的正当与合法时,他更倚重的则是"逆政府者亦任其自由"这部分。而这句话其实是杨廷栋根据原田潜日译本所做的一个引申。何兆武译本更接近卢梭本意:"因此,要使一个专制的政府成为合法,就必须让每一个世代的人民都能作主来决定究竟是承认它还是否认它。"②英文本中对其中的"政府"一词本带有"arbitrary"(专制的)的限定,而原田潜及杨廷栋译本中则均未有这样的限定。英文本中"to accepet or reject it"(承认政府还是否认政府)只是意志上的,而杨廷栋将其译为"逆政府"则是将这种意志上的态度扩大到了行动上。到了刘师培的语境中,更是直接把"逆政府"与(商)汤、(周)武革命勾联起来,因而卢梭原意中的"否认政府"也便被升级为"倾覆政府"。比较而言,中江笃介对这句话的翻译更为忠实:"然则专断为政者,若欲其权之少有合道,当听国人,及其成长更事仍奉其上与否,并任意自择之"③;原田潜译本则为:"故に政府に於ても亦た然り其人民をして成长するに及んて其政府に奉仕するも従顺せさるも自由に任すへし。"④(故于政府亦然,追人民长成,侍奉、顺从政府与否,当悉听其尊便。)

在《民约论》的翻译与引述的旅行中,可以看到诸如此类的微妙而又有趣的意义迁延:卢梭原意相对客观;到了原田潜处,有意无意地被省略去某个至为关键的限定词"专制的";到杨廷栋,更是成了"逆政府者亦任其自由",不仅让卢梭的"否定政府"升了一级,而且还让其独立成句;最后,到了刘师培,直奔杨廷栋做过若干变异的所在而去,论证汤武革命的正当合法并以之抗衡传统所谓"弑君"的理念。而刘师培也未必清楚,自己所援引的卢梭话语,经由多重转译,已与卢梭原意有所偏离。好在卢梭《民约论》里确实也有"倾覆政府"这层意思在,故而此处也还不能算是"过度"阐释。

倾覆政府自然需要民众揭竿而起,此时此际,君主与人民的关系也就需要重新加以界定。刘师培在论及《易经》时认为,《易经》的宗旨在于君民一体,以证明《易经》时代中土便已有了民约论思想。在他看来,《周易》以"位"为主,但君位与臣位并不固定,并无君尊臣卑一说。并引《民约论》卷一第七章中"君主背民约之旨,则君民之义已绝"⑤,认定民约才是确定君民关系的根本法则,如果君主背弃民约,那么也就意味着他不再具有君主资格。杨译原文为:"若夫君主妄逞己意,而与民约之旨相背驰,则君民之义既绝。"⑥刘师培略去了杨译中的"君主妄逞己意",强调的是"君民之义已绝"。何译本中则并无此语:"但是政治共同体或主权者,其存在既然只是由于契约的神圣性,所以就绝不能使自己负有任何可以损害这一原始行为的义务,纵使是对于外人也不能;比如说,转让自己的某一部分,或者是使自己隶属于另一个主权者。"⑦英译本为:"But the body politic or the Sovereign, drawing its being wholly from the sanctity of the contract, can never bind itself, even to an outsider, to do anything derogatory to the original act, for instance, to alienate any

---

① 刘师培:《中国民约精义》,刘师培著,万仕国点校:《仪征刘申叔遗书》第四册,第1676—1677页。
② [法]卢梭著,何兆武译:《社会契约论》,第12页。
③ [法朗西]戎雅娄骚著,[日]中江笃介译并解:《民约译解卷之一》,佛学塾出版局,见《中江兆民全集1》,东京:岩波书店,1983年,第84页。
④ 佛戎雅屈娄骚原著,日本原田潜译述覆义:《民约论覆义》,第21页。
⑤ 刘师培:《中国民约精义》;刘师培著、万仕国点校:《仪征刘申叔遗书》第四册,第1659页。
⑥ 杨廷栋译:《民约论》;《译书汇编》1902年第2期,第21页。
⑦ [法]卢梭著,何兆武译:《社会契约论》,第23页。

part of itself, or to submit to another Sovereign."①英译与何译意思一致。这里的"政治共同体或主权者"(body politic or the Sovereign)即杨译本中的"君主","与民约之旨相背驰"这一意思也有,而且更为具体地指出其表现:转让自己的某一部分,或者是使自己隶属于另一个主权者。但何译本与英译本中只有君主不能背弃民约这层意思,对背弃民约之后又会如何,则未曾有所提及。那么,杨译"君民之义既绝",又是从何而来呢?原田潜日译本中,此处为:"凡そ事は原因なけれは効果あることなきは一般の理なり今民約に依り事を公衆の決に取るは君主を立ち国家を成すの原因にめ君主国民をして其意志に従順せしむるは民約の結果なれは外国と盟約する如きも君主の私意を以て妄りに之を為すへからす若し外國と盟約すること民約の本源に背馳して君主の私意に出てたるきは社員即ち國民は其義務を擔任するに及はす又君主か自己の社会の権利幾部を減殺して外国に利益を与ふる如きは自から支体を分割して生命を危険にすることに異ならす"②(杨译:"天下之事,不有前因,必无后果。夫取决于众,推立君主,是为民约之因。人民之于君主,有应尽之责,是为民约之果。若夫君主妄逞己意,而与民约之旨相背驰,则君民之义既绝,应尽之责亦随之而灭。且君主之中,甚或有损本国之利以益他人者,是犹脔割肢体以饲邻里,宁有是理哉?")杨译省略了公然违背民约(诸如损本国之利以益他人这样的"与外国盟约")的具体事例,而译"国民无须再承担义务"为"君民之义既绝",则算不得随意发挥。从这句话的辗转翻译来看,原田日译本简省去了原文中君主背弃民约的具体表现,只留下"与外国结盟"这一条,然后添入自己对于君主背弃民约后国民处境的理解:无须再承担义务。杨译则在原田译本的基础上完全省略了君主背弃民约的实例,并将国民无须继续承担义务进一步提升至"君民之义既绝"。这么一来,到了刘师培处,便可以进而与汤武革命关联起来,成为推翻君主专制的合法性依据了。

《中国民约精义》卷二第二编"中古"部分,就程子《易传》中"天下涣散而能使之群聚,可谓大善之吉也"③一语,刘师培加以如下案语:

> 一国人民由散而聚,由分而合,群力既固,国家乃成。……即君主既立之后,威势日尊,欲夺民权,又恐国人合群抗己,乃创为愚民、弱民之策,以压制臣民,散民之群,孤民之势,使人民结合之力无由而成。故群体之散,不得不归咎于立君。吾观秦、汉以降,臣民结会之自由悉为朝廷所干涉,而人民之势遂一散而不可复聚矣。至于国家之作事,悉本于人主之阴谋,非本于人民之公意。小民悉服于下,敲扑鞭笞,一唯君命。及国家多难,人民复弃其固有之君主,以转事他人。《民约论》谓:"专制之君,无与共难。"④(卷三第六章)岂不然哉?故欲行民约,必先合群力以保国家,欲保国家必先合群力以去君主。盖团体不固之民,未有能脱专制之祸者也。

程子《易传》中这句话是说,能够使涣散的民心重新聚集在一起,世界上没有比这更好的事了。刘师培很欣赏这句话。因为在他看来,一个国家得以成立和维系,须得有赖于人民强固有力的聚合,即团结,而专制君主出于维持一己私利和威势之目的,势必需要创设

---

① [法]Jean Jacques Rousseau, [英]科尔译:《The Social Contract》,第10页。
② 佛国戎雅屈娄骚原著、日本原田潜译述覆义:《民约论覆义》,东京:信山社(影印春阳堂1883年版),2011年,第43页。
③ 刘师培:《中国民约精义》;刘师培著、万仕国点校:《仪征刘申叔遗书》第四册,第1711页。
④ 同上书,第1711页。

愚民政策，使人民重新沦为一盘散沙，终至失去团结一致、反抗专制的力量。对这样的君主，人民自然有权弃之不顾，另行选择和追随他人。卢梭不就曾在《民约论》里这样说过？专制暴君，无须再去和他一起共度患难。此处所引《民约论》中话语，即"专制之君，无与共难"云云，出自杨译本《路索民约论》卷三第九页，只字未改。原田日译本为："專制王者の通弊とする所のものは眼前の小利に走りて之を國家に適用せんと欲するに過きさるのみ。"①（专制君主之通弊，惟在竞逐眼前之小利，并欲以之适用于国家而已。）意在指摘君主只顾个人私利，无视国家安危之弊，而杨廷栋则发挥出了另一层意思：既然如此，那么，当国家处于风雨飘摇之际，人民自然也就不必再与君主共度时艰了。卢梭本意又是如何的呢？何译本中，与这句话最为接近的译文为："君主们就要偏爱那条对于自己是最为直接有利的准则了。"②结合上下文，何译本意为，君主以个人的利益置于国家利益之上，希望人民软弱、贫困，无法抗拒国王。英译本与之意思相同。何译、英译及原田译本所指涉的，均为君主对待人民之态度，君主把一己利益放在最前面，蒙骗欺压人民；杨译本显然转换了角度，指涉的是人民对于君主的态度；而刘师培进而发挥，推及国家危难之际，人民自可依据民约论，弃君主而去。这里，刘师培所理解和所依据的，其实已是杨廷栋在转译中作了过度诠释和发挥的所谓民约论的话语了。从一环环"添油加醋"可以看出，日译本、汉译本及刘师培，俨然对君主专制更为痛恨，亟待凭借卢梭民约论一举倾覆铲除之而后快，而这一意向在杨译本和刘师培《中国民约精义》中表现得尤为急切。

论列《论语》相关话语时，刘师培所下案语中有云："孔子言'民无信不立'，又言'信而后劳其民'，与卢氏所谓'君主下顺舆情，人民必爱而敬之'者（《民约论》卷三第六章），若出一辙。"③意谓君主与人民之间并非只有紧张对立一途，君主若能顺应民情，人民自然也会爱戴君主。所引证的卢梭话语，出自杨译《路索民约论》卷三第六章，原文为："人民之权力，即君主之权力，下顺舆情，人民必爱而敬之。"④原田日译本："人民の權力は即ち陛下の權力にして其最も大益とする所の者は宜しく人民をして畏敬せしめ。"⑤（人民之权力即是陛下之权力，最大之利益者，须得使其敬畏人民。）但卢梭原意并不在规劝君主。何译本此句为："一个政治说教者很可以向国王说，人民的力量就是国王的力量，所以国王的最大利益就在于人民能够繁荣、富庶、力量强大。然而国王很明白这些都不是真话。"⑥英译本此处为："political sermonisers may tell them to their hearts' content that, the people's strength being their formidable; they are will aware that this is untrue."⑦英译与何译意思相同。从何译本可以看出，所谓君民一体乃是政治说教者对君主的规劝，不过是一种美好但却虚妄的设想，其实君主不仅不会听信这样的说辞，并且还希望人民永远软弱、贫困，无法反抗自己，因为这才是君主实现私利的保障。通过比对可以发现，卢梭原意旨在揭露君主虚伪、君主专制制度的不足凭信；而原田潜、杨廷栋、刘师培则对君主专制制度的改善似仍抱有某种程度的幻想。

---

① 佛国戎雅屈娄骚原著、日本原田潜译述覆义：《民约论覆义》，第199—200页。
② 卢梭著、何兆武译：《社会契约论》，第91页。
③ 刘师培：《中国民约精义》；刘师培、万仕国点校：《仪征刘申叔遗书》第四册，第1672页。
④ 杨廷栋译：《路索民约论》卷三，第9页。
⑤ 佛国戎雅屈娄骚原著、日本原田潜译述覆义：《民约论覆义》，第199页。
⑥ 卢梭著、何兆武译：《社会契约论》，第90页。
⑦ [法]Jean Jacques Rousseau，[英]科尔译：《The Social Contract》，第44页。

《中国民约精义》三卷第三编"近世"部分，刘师培撷取王昶《答吕青阳书》中一节话语，称赏"王氏知贡税起于相报，盖深知权利、义务之关系者，与（黄）梨洲《明夷待访录》一书可以并传久远矣"。王昶在书信中说的是，上古时圣贤作君主，将佚乐归之于民、忧劳归之于己，十分辛劳，所谓"贡""税"，最初本是人民对君主的一种报答。君主既有应尽之义务，即也有应享之权利。刘师培认为王昶这样解释"贡""税"的起源，与《民约论》卷二第四章中"民约之中，所允为君主之财货、自由及一切权利，则君主皆可举而用之"①（引自杨译《民约论》卷二第四章，只字未改。）的话语若合符节。刘师培引杨译的这句话，何译本译为："主权权力虽然是完全绝对的、完全神圣的、完全不可侵犯的，却不会超出、也不能超出公共约定的界限；并且人人都可以任意处置这种约定所留给自己的财富和自由。"②英译本："We can see from this that the sovereign power, absolute, sacred and inviolable as it is, does not and cannot exceed the limits of general conventions, and that every man may dispose at will of such goods and liberty as these conventions leave him"③，与何译本意思相同。

此处杨译似与何译又有较大差异：第一，杨译本中的"君主"对应的是何译本中的"主权权力"（the sovereign power）。"sovereign"一词英语中有两层含义：一是"主权的"，二是"君主"；译为主权权力似可涵盖君主，但不如君主一词含义明。第二，何译本同一句话中也有两层意思：一是肯定主权神圣不可侵犯，同时又限定它不得逾越社会契约框架；二是指出在社会契约面前，每个人的权利和义务都是公平的。而杨译仅保留了第一层中的一半意思，即肯定君主权利的这一半。原田日译本为："國民たるもの此契約に由て君主に讓與しくる其財貨及ひ自由の權は舉けて之を用ふるうを得可。"④（杨译为"民约之中，所允为君主之财货、自由及一切权利，则君主皆可举而用之。"意思未有偏离。）这就是说，卢梭本意中所具有的两层意思，在原田手中即已被挤压和缩减过。卢梭本无特意强调君主权利之意，而在原田潜、杨廷栋这里，却有了凸显君主权利之重要的意思。到刘师培，他在认同王昶上古君主忧劳多于欢乐的说法的同时，又暗中加了一层递进：既然君主比人民承担了更多忧劳（义务），那么君主也理应享得比常人更多的权利，只是这种权利应限定在社会契约所规定的范围之内。我们虽不便确定卢梭完全没有这样的意思，但至少在这句话中卢梭并未言及此意。在卢梭看来完全不足凭信的君主专制，在中、日译者的语境中，评价却似乎有了可以松动的余地。卢梭要求限制君权，强调每个人权利与义务的平等，在中、日译本和刘师培这里却蜕变为强调君主可拥有比常人更多的权利，而在杨译本及刘师培据以所作的申论中，这一迹象似乎较日译本尤为明显。

《中国民约精义》卷一第一编"上古"部分，辑录《春秋榖梁传》"隐公四年"中"卫人立晋"故事，认为颇能体现以多数人民之意立君的民约论精神，并引《民约论》中话语加以印证。此处所引，为杨译本第一编第五章《论契约为立国之基》中语：

> 设未有帝王以前，而人民不致缔结契约，则安得有选举帝王之事？当众人相集之时，公举一人为帝王，众意佥同，则可。苟百人中有十人之意不自适，则百人者亦

---

① 刘师培：《中国民约精义》；刘师培著、万仕国点校：《仪征刘申叔遗书》第四册，第1728页。
② 卢梭著、何兆武译：《社会契约论》，第41页。
③ ［法］Jean Jacques Rousseau，［英］科尔译：《The Social Contract》，第19页。
④ 佛国戎雅屈娄骚原著、日本原田潜译述覆义：《民约论覆义》，第85—86页。

何得以数之多寡强人以必同哉？凡相集决事,固取决于数之众寡为最公。然此非相约于先不可。要之,未有帝王以前,无人民之契约。则既无昔日之帝王,又无今日之国家。将长此猱猱狂狂至不可纪极之年代,犹然洪荒初辟之日也。契约一日不结,则国家一日不立。故曰立国之基始于契约也。①

原田潜日译为:"假りに帝王を選挙する以前に未た国をなすの契約なしとする時は何に由てか帝王を選立することを得んや衆人相會して皆同意にして一人の異論を生せさるいは可なりと雖も若し不幸にして百人既に帝王を欲するも十人は猶ほ之を欲せさるえは百人の者何に由て十人をして強ひて多数同意の論に従はしむることを得へき乎凡そ衆人相集りて事を議するに同意の多寡を以て決するは實に是なりと雖も然れも此事は豫しめ約するに非れは得へからす然るに今未た国を成ささる以前えは民庶相ひ契約することあるなし故に同意の多寡を以て事を決することを得さるへし然らは則ち帝王を立つる前に於て必す一事同意に定むる所ありて相互相循守するのことあらさるへからす是れ余か論することを願ふものにして契約を以て国をなすと云ふに外ならす。"②

对比参读,可知杨译大致保持了原田日译本的语义,文句修辞上则有所参差。

中江译本此处则为:"假为其自与君之前,未有邦乎？吾不知其何由得成自与之事也。众相会,咸皆同意而无一人自异,则善。若不幸百人欲之,则百人者何由得行其议邪？众相约议决事者,必较持议多寡,固是矣。然此亦非予有约不可,而未有邦之前、无有约之类也。是知民之议立王之前,更有一事咸皆同意所定者,此正余所欲论之也。何谓也？曰相共约建邦是也。"中江译文相对古奥。"其自与君"云云,意为"(人民)把自己奉送给国王"。从原田此节译文的后半部分看,基本上是对中江译本的亦步亦趋。

何译本此处为:"事实上,假如根本就没有事先的约定的话,除非选举真是全体一致的,不然,少数人要服从多数人的抉择这一义务又从何而来呢？同意某一主人的一百个人,又何以有权为根本不同意这个主人的另外十个人进行投票呢？多数表决的规则,其本身就是一种约定的确立,并且假定至少是有过一次全体一致的同意。"③既未言及"君""帝王",并且也非陈述句,而是反问句,以强调约定之重要。中江译本中本是保留了这一反问句式的,看来是原田译本率先将反问改为陈述,并由此而影响了杨廷栋译本的。何译本此句"选举"的对象在后文中再次出现时,又被译作"主人"(与英文本中的 master 对应),也并非专指"帝王"(国王)。如此看来,先是原田日译本将原文中的反问句改为陈述句,重点被从约定之重要上挪移到了选举时众人意见之重要上,然后又加入"帝王"(国王)这一限定,致使本来指涉较为普遍的选举,变成对君主专制的一种专指。也就是说,刘师培所引《民约论》中话语,在卢梭原著中其实并非针对君主专制制度,重点是在强调民约之重要,并非专为申论以多数人民之意立君这一原则。

《中国民约精义》卷三第三编"近世"部分撷取章学诚《文史通义·原道》中话语,赞赏章学诚颇能明悉"君由民立"之意。章氏原话为:"天地生人,斯有道矣,而未形也；三人居室,而道形矣,犹未著也；人有什伍而至百千,一室所不容,部别班分,而道著矣。"立国

---

① 杨廷栋译:《民约论》;《译书汇编》,第 17 页。
② 佛国戎雅屈娄骚原著、日本原田潜译述覆义:《民约论覆义》,第 32 页。
③ 卢梭著、何兆武译:《社会契约论》,第 17—18 页。

之本始于合群,合群之用在于分职,分职之后立君,这一顺序与柳宗元《封建论》中的说法不谋而合。"群"由人民集合而成,没有民就没有群,没有群就没有国,没有国就没有君。天下没有离开民而能成立的国家。刘师培引杨译《民约论》卷一第五章中"未有帝王以前,先由人民立缔结契约"语,认定章氏话语与卢梭话语颇为相符。但此处刘师培引以为据的杨译似与何译相差较大。杨译:"未有帝王以前,先由人民立缔结契约,集合人民,此立国之始基也。"①何译:"在考察人民选出一位国王这一行为以前,最好还是先考察一下人民是通过什么行为而成为人民的。因为后一行为必然先于前一行为,所以它是社会的真正基础。"②何译与英译相一致:"It would be better, before examining the act by which a people gives itself to a king, to examine that by which it has become a people; for this act, being necessarily prior to the other, is the true foundation of society."③

无论何译还是英译,全句中均未出现"缔结契约"及"立国"的义项,卢梭本是强调人民的集合是形成社会的基础,在时间顺序上要先于国王。形成社会并不等于立国,人民集合也不一定缔结契约。那么,这两重意思又是从何而来的呢?中江兆民译"形成社会"为"建邦"("与其论民之所以与于君也,不若先论邦之所由以建也,建邦之事,势必在自与之前,则论政术者当托始于是也。"④);原田潜译本中则出现了"国"与"契约"这两个关键词("故に帝王を推挙する以前に先つ人民を集結し國をなせし契约の如何を研究せさるへからす乃ち契约を以て眾人相ひ集結するは國を為すの基礎なり。"⑤,意为:推举帝王之前,当先行集结人民,共同探讨立国须据何种契约,故以契约集结民众,乃立国之基础。)杨译本即脱胎于此,但略去了其中"当先行探讨须据何种契约建国"这层意思,直接将其改写为陈述句。从原文到日译本,日译者将不太肯定的句式改为肯定的陈述句,并将"形成社会"改为"建邦""立国",又增入"缔结契约"这层意思;由日译到汉译,杨廷栋完全保留了日译者所增入的"立国""缔结契约"这层意思,并且语气更趋肯定。

吕留良《四书讲义》中,对三代以下君主只管自己私利、不顾臣民公益,深恶痛绝,多有抨击。刘师培"案"语称:

> 晚村之所嫉者,人君之自私也。因为三代下之君主皆遂一己之私谋,不顾臣民之公益;以为非人君之道。其说与卢氏合。

并引杨译《民约论》卷一第六章中语加以印证:"如君主、人民相合为国,则君主之所利,即人民之利也;人民之所利,亦君主之利也。君主、人民之间,断无利界之可分。"⑥然而,卢梭的本意似乎并非如此。

何译本中这句话是这样说的:"(一旦人群这样地结成了一个共同体之后,侵犯其中的任何一个成员就不能不是在攻击整个的共同体;而侵犯共同体就更不能不使得它的成员同仇敌忾。)这样,义务和利害关系就迫使缔约者双方同样地要彼此互助,而同是这些

---

① 杨廷栋译:《民约论》;《译书汇编》,第17页。
② 卢梭著、何兆武译:《社会契约论》,第17页。
③ [法]Jean Jacques Rousseau,[英]科尔译:《The Social Contract》,第7页。
④ [法朗西]戎雅娄骚著,[日本]中江笃介译并解:《民约译解卷之一》,佛学塾出版局;《中江兆民全集1》,第89页。
⑤ 佛国戎雅屈娄骚原著、日本原田潜译述覆义:《民约论覆义》,第32页。
⑥ 刘师培:《中国民约精义》;刘师培著、万仕国点校:《仪征刘申叔遗书》第四册,第1742页。

人也就应该力求在这种双重关系之下把一切有系于此的利益都结合在一起。"①

英译本:"Duty and interest therefore equally oblige the two contracting parties to give each other help; and the same men should seek to combine, in their double capacity, all the advantages dependent upon that capacity."②

从何译本看,卢梭所强调的是君民互助、利益结合,而非杨译本中的君民同利、利益不分。君民同利强调的是君主与人民的利益相同,因此君主就不该拥有高于人民的利益;而君民互助则未必,是可以允许有君主利益高于人民利益这种例外的情况出现的。杨译这样理解,也是源于日译。

原田潜对此句的翻译为:"即ち君主は相ひ聯合してゝして後ちに成りたるものなれは君主の利たする所は國民の利なり國民の利とする所は君主の利なり決して君主と國民と利を私して相ひ界するふなく。"③(意为:君主乃民众联合而成,君主之利益即国民之利益,国民之利益即君主之利益,君主国民之间,绝无私相以利益分界之理。)

参读比对可知,杨译对原田日译本还是忠实的。这就是说,卢梭原意在原田日译中即已出现了被改动的迹象:君民互助被拔高为君民同利。在申论君民互助这一点上,中江汉译本显然更贴合卢梭本意:

"(民约既成,邦国既立,有侵一人而望无害于国,不可得,况有侵国而望无害于众人乎?国犹身腹也,众人犹四肢也,伤其心腹而无羸其四肢,有是理乎?故凡与此约者,其为君出令,与为臣承命,并不可不常相共致助。是故义之所在,而亦利之所存也。为君出令,能不违于义乎?为臣必享之利焉。为臣举职,能不背于道乎?为君必获之福焉。君云臣云,初非有两人也。)夫国合众而成,则君之所利,必众之所利,无有相抵。"④

原田潜身处的明治初期,正是日本民权高涨的时代,维新人士努力借助西方理论以限制君权、提高民权,这一点与晚清颇相类似。

社会契约论是建立在人人自由、平等的信念基础上的。刘师培在《中国民约精义》特别看重人民的自由权利,甚至为此不惜向其一向所尊敬的王夫之发难,因为在他看来,王夫之对于君、民的看法与卢梭民约论思想相去甚远:

> 案:船山之说,于立君主之起原言之甚晰,但于立君主之后则仅以通民情、恤民隐望之君,而于庶民之有权尤斥之不遗余力。(如《通鉴论》卷二十一云:"以贤治不肖,以贵治贱,上天下泽,而民志定。泽者,下流之委也,天固于其推崇也。斯则万世不易之大经也。卷八复以天下之权移于庶人为大乱。")与卢氏民约之旨大殊。卢氏以人权赋于天,弃其自由权者即弃其所以为人之具。故人之生也,以能之自存为最要。能知自存则不受他人干涉,而一听己之所欲为。(见《民约论》卷一第二章)是人民之权不可一日放失也;已放失,则不可一日不求恢复者也。(《民约论》卷二第八章云:"自由之权操之于己,不可放失。放失之后,不可不日求恢复之道。")今船山之旨,即以伸民权为大非。……

---

① 卢梭著,何兆武译:《社会契约论》,第23页。
② [法]Jean Jacques Rousseau,[英]科尔译:《The Social Contract》,第10页。
③ 佛国戎雅屈娄骚原著、日本原田潜译述覆义:《民约论覆义》,第44页。
④ [法朗西]戎雅娄骚著、[日本]中江笃介译并解:《民约译解卷之一》,佛学塾出版局;《中江兆民全集1》,第94页。

所引杨译《民约论》卷二第八章中语"自由之权,操之于己,不可放失。放失之后,不可不日求恢复之道"①,与何译本似有出入。何译本为:"人们可以争取自由,但却永远不能恢复自由。"②英译本:"Liberty may be gained, but can never be recovered."③杨译本鼓励失去自由的人们积极争取恢复自由,而何译则是自由一旦失去,即永远无法恢复,意思完全相反。那么,究竟哪个才是卢梭的本意呢?不妨先检视一下原田潜的日译:"夫れ人は自由を得へし人は决して自由を复すへからす。"④(人当获得自由,而绝无恢复自由之理。)杨译虽多忠实于原田,但在这句话的翻译上却出现了偏离。他将原田"绝无恢复自由之理"译为"已放失,则不可一日不求恢复者也"。那么,杨译何以会有这样的游离呢?略知卢梭民约论的人都清楚,卢梭认为自由与平等乃是人与生俱来的权利,社会契约就是用以保障这种自由和平等权利的,卢梭自然不会真的相信,自由一经丧失便无望重新获得。这里其实是他引自俗语中的一句话:"自由的人民啊,请你们记住这条定理:'人们可以争取自由,但却永远不能恢复自由。'"⑤引用此话是想提醒人们,自由来之不易,不可轻易放弃,一旦放弃,便须经由艰苦斗争方有可能重新获得。如此看来,上述意思相背反的两种翻译,就各有其道理了。何译、英译和原田日译均为直译,而杨译则为意译,掺入了他自己对于卢梭的理解。

在法律与立法权之间,卢梭认为立法权最为根本,法律则是公意的行为,人民可以根据需要改变法律。刘师培正是依据于此,在论列陆九渊时,认为其学问以自得为主、以变法为宗之意,可与卢梭斥责君主守旧法相通,并引杨译《民约论》卷三第十一章中两节话语作为印证。何译本中,这两句话为:"过去的法律虽不能约束现在,然而我们可以把沉默认为是默认,把主权者本来可以废除的法律而并未加以废除看做是主权者在继续肯定法律有效。"⑥"人们愿意相信,唯有古代的意志的优越性才能把那些法律保存得如此悠久;如果主权者不是在始终不断地承认这些法律有益的话,他早就会千百次地废除它们了。这就是何以在一切体制良好的国家里,法律不但远没有削弱,反而会不断地获得新的力量的原因;古代的前例使得这些法律日益受人尊敬。"⑦英译本为:"Yesterday's law is not binding today; but silence is taken for tacit consent, and the Sovereign is held to confirm incessantly the laws it does not abrogate as it might. We must believe that nothing but the excellence of old acts of will can have preserved them so long: if the Sovereign had not recognized them as throughout salutary, it would have revoked them a thousand times. This is why, so far from growing weak, the laws continually gain new strength in any well constituted State; the precedent of antiquity makes them daily more venerable."⑧此处卢梭其实是在强调立法权之重要。在他看来,国家存亡系于立法权而非法律本身,只要人民拥有立法权,便能给古老法律带来新的力量,而古老法律并非一定有害无益。

---

① 杨廷栋:《民约论》;《译书汇编》,1901年第9期,第51页。
② 卢梭著,何兆武译:《社会契约论》,第57—58页。
③ [法]Jean Jacques Rousseau, [英]科尔译:《The Social Contract》,第27页。
④ 佛国戎雅屈娄骚原著、日本原田潜译述覆义:《民约论覆义》,第124—125页。
⑤ 卢梭著,何兆武译:《社会契约论》,第57—58页。
⑥ 同上书,第113页。
⑦ 同上。
⑧ [法]Jean Jacques Rousseau, [英]科尔译:《The Social Contract》,第56页。

刘师培引文对杨译虽有所更改，但出现上述偏差，责任却不在他。因为杨译即已有否定旧法之意，并将政治体制问题归咎于对旧法的维持。原田潜译文又是如何的呢？"今日の施法は之を明日に用ひて更に益する所なかるへし。"①（杨译："今日所用之法律，明日行之，即不见其益者，比比然也。"）"喻へは一度用ふる所ありて出來したる者は總て之を平常に用ひんふを欲し敢て之れを廢止するふを欲せす人民も亦た不知不識以て默許するか如きものなり世人の上古の法典を敬信して之を今日に遵奉する所の者は蓋し又上に說く所の理に根據し且古法の永世に遺傳存在する所以の者は畢竟古人の意志の今人に優りたる所あるに依るとの偏信より生せし者なり宜なるかな政體の擧からさるふ。"②（杨译："譬有一法，用之一事而效，遂执以概诸万事而谓无不宜者。人民又不知不识，默然相许，又如崇奉古训者，即今日之所崇奉，亦莫不根之于古训。盖由习闻夫古今人不相及之说故也。亘千百年，不见美善之政体。"）此处杨廷栋汉译对原田潜日译本还是颇为忠实的。显然，否定旧法、主张变法维新之意，先是出现在了原田潜的日译本中。而卢梭民约论的确本含变法之意，故而原田日译虽有"捕风捉影"之嫌，却也不算纯属"无中生有"。

《中国民约精义》中，刘师培认为卢梭的自由说与孟子的性善说、王阳明的良知说有相通之处，那么他又是如何做出这番比较或比附的呢？先来看刘师培是如何将王阳明的良知说与卢梭的自由说关联到一起的。刘师培认为，卢梭视守护自由为人生一大职责，并引杨译《民约论》卷一第四章中语为证；他还认为自由与生俱来，良知也是；自由无所凭借，良知也无所凭借；因而可以说良知即是自由权。在刘师培看来，王阳明虽并未发明民权之说，但从他的良知说可以推导出自由平等之理。

刘师培此处所引杨译为："人之暴弃自由权者，即暴弃天与之明德，而自外生成也。夫是之谓自暴自弃。"③原田潜日译则为："且夫れ人生天賦の自由の權を拋棄して顧みさるものは自から天與の明德を拋棄するものなり又自から人類の外に出るものなり斯の如きもの之を自棄自暴と云ふ。"④何译为："放弃自己的自由，就是放弃自己做人的资格，就是放弃人类的权利，甚至就是放弃自己的义务。"⑤何译本与科尔英译几乎字字对应："To renounce liberty is to renounce being a man, to surrender the rights of humanity and even its duties."⑥它们应该是最接近卢梭原意的。那么，在重重转译中究竟发生了怎样的意义迁移呢？

第一，何译本中的"放弃"（即英文 renounce 之意）在杨译本中为"暴弃"。"暴弃"有粗暴（草率?）放弃、自暴自弃之意，比中性的"放弃"多一层贬义。原田日译中本为"拋棄"，由杨廷栋径改为"暴弃"。第二，何译本中"做人的资格"（对应英文 being a man），杨译"天与之明德"，系来自原田日译中的"天與の明德"（中江译本则为"为人之德"）。刘师培在引用并解释此句时，似乎觉得"天与之明德"一语过于保守陈旧，遂改作"为人之具"，反倒更切近卢梭原意。第三，杨译"自外生成"云云，在整个句子中

---

① 佛国戎雅屈娄骚原著，日本原田潜译述覆义：《民约论覆义》，第243—244页。
② 同上书，第244页。
③ 杨廷栋：《民约论》，《译书汇编》，1902年第2期，第13页。
④ 佛国戎雅屈娄骚原著、日本原田潜译述覆义：《民约论覆义》，第21页。
⑤ 卢梭著、何兆武译：《社会契约论》，第12页。
⑥ [法]Jean Jacques Rousseau，[英]科尔译：《The Social Contract》，第5页。

似显得唐突,与何译中"放弃人类的权利"也对应不上;此处显系译自原田"自から人類の外に出るものなり"一语,但却是误译,因为原田此处本是"自外于人类"之意。参读中江译本,则更清楚,中江此处译文为"自屏于人类之外也"①,也即"放弃人类的权利"的另一种说法;第四,杨译"夫是之谓自暴自弃",源自原田"斯の如きもの之を自棄自暴と云ふ"。然而何译与英译本中均无此意,中江译本为"若然者,谓之自弃而靡所遗"②,与之庶几相近。几大译本各有不同侧重,然而均强调自由权利之重要;刘师培则强调自由权利与良知说的相通处,即在于"与生俱来"与"无所凭借",这两者均由杨译本引申而来,却为何译本中所无。

刘师培又称王阳明良知说源于孟子性善论,并依据《民约论》卷二第六章中话语:"人之好善,出于天性。虽未结民约之前,已然矣。"③认定卢梭也有性善说,可与孟子性善说、王阳明良知说相通。良知由上天赋予,每个人的良知都是相同的。既然上天给每个人的良知是相同的,尧、舜和普通人的良知也是相同的,因而也就无从区分等级。

何译本中,此句则与性善论无所关涉:"事物之所以美好并且符合秩序,乃是由于事物的本性所使然而与人类的约定无关"④英译本为:"What is well and in conformity with order is so by the nature of things and independently of human conventions."⑤杨译"人之好善"同样来自原田日译。原田译文为:"夫れ人の行の善にして道を守る所以のものは本然の性善に因るものにして人の契約に係るものに非すと雖も。"⑥(人之所以行善守道,盖因其本然性善之故,与社会契约之有无本不相涉。)显然,原田将主语由"事物"暗中换成了"人",并由此而散发出孟子性善论的味道。儒家文化本是东亚的共同资源,原田潜精于汉文,翻译时有意无意地动用了孟子性善论这一现成资源,似也情有可原。这么说,是原田潜率先将卢梭视为性善论者,刘师培则进而将其与王阳明良知说挂上钩,卢梭遂由此而被东亚译者本土化了。将王阳明良知说与卢梭自由说并置,并认定卢梭同样持有孟子性善论,难免有牵强附会的嫌疑。但这种附会并不能归咎于刘师培一人,转译过程中的日译、汉译者应该都是其中的推波助澜者。

以外来思想重新发现并激活中土思想资源,刘师培也许并不是第一个在这样做的,但《中国民约精义》无疑是这一思想学术实践中最不便轻易错过的为数不多的著述之一。《中国民约精义》作于1903年,是年刘师培十九岁。此书并非是对经典和诸家学说的一味附和与致意,而是将它们放置到《民约论》的面前重新评判,以卢梭之是非为是非,对《尚书》《礼记》《大学》毫不留情,对孟子、荀子、庄子、朱熹、章学诚等诸家学说也都有辩难,即便是刘师培素来敬仰的学者,只要其学说中有与《民约论》不相称合者,刘师培同样也会不留情面地直斥其非。他在序言中说这是本述而不作的书,但其实是既述又作。

---

① [法朗西]戎雅娄骚著、[日本]中江笃介译并解:《民约译解卷之一》,佛学塾出版局;《中江兆民全集1》,第84页。
② 同上。
③ 杨廷栋译:《民约论》;《译书汇编》,1901年第4期,第42页,只字未改。
④ 卢梭著,何兆武译:《社会契约论》,第45页。
⑤ [法]Jean Jacques Rousseau,[英]科尔译:《The Social Contract》,第21页。
⑥ 佛国戎雅屈娄骚原著,日本原田潜译述覆义:《民约论覆义》,第96页。

表1 卢梭民约论思想与中土思想关系表

书/人名	与民约论的关系	评价
《周易》	《易经》之旨,不外君民一体。可证其时已有民约论因素。	肯定
《尚书》	可觇专制之进化:上古,国政悉操于民;夏、殷,则为君民所分领;降至周初,欲伸民权,不得不取以天统君之说("天视自我民视,天听自我民听")。	中性
《诗经》	诗之旨,在于达民情。	肯定
《春秋左氏传》	春秋政体往往有三代之遗风:"郑人游乡校而论执政",非下议院乎?卫人立君,非民选乎?怀公朝国人而问,非国之自有参政权乎?	中性
《春秋公羊传》	最重民权,讥刺世卿,世卿即西人所谓之贵族政治。	肯定
《春秋穀梁传》	"卫人立晋"故事与《民约论》以多数人民之意立君之旨相符。	肯定
《国语》	人人有议政之权责,此本民约之基本原则。后世君权渐尊,舆情遭遏,民不能尽言,而后有"防民之口甚于防川"之讽焉。	中性
《周礼》	以伸张民情为本。	肯定
《礼记》	1.《礼运》篇"大道为公"有泯灭人己权界之嫌,与民约论不符。 2.《大学》篇"财散民聚"说,虽有合乎天下之财亦为人民共有之财的民约论精神之一面,但也有混淆人民共有之财产为君主私产之另一面,后者与民约论相违。	否定
《论语》	1. 孔子抑君主之尊、重执政之权,与民约论相符。 2. 孔子重民权,与《民约论》相符。	肯定
《孟子》	以政府为君、民交接之枢纽;又以"民为贵,社稷次之,君为轻",为诸子中主张限抑君权最为激烈之一人;惟斥责墨子"兼爱"为"无君",有违民约思想。	褒过于贬
《尔雅》	释"林""烝"二字为"君",二字皆含有"众"义,可引申出"君为民立"之意。	肯定
《荀子》	力证汤、武革命正当、合理,与民约论"人君既夺人民之权,人民亦当挟权力与君主抗,以复其固有之权"之旨相符。	肯定
《老子》	察理至深,明于富贵无常、君位无定之理;又言君德必以卑下为基,启贤君谦让之风,斥愚主自尊之念,以为专制君主戒;均可与民约论相通。	肯定
《庄子》	1. 贱视君主,把专制君主比作盗贼。 2. 以自然为宗,欲废除人造自由,恢复天然自由,似与卢梭之意相悖。	褒贬兼有
杨子	杨朱狭隘利己主义有悖于民约精神。	否定
《墨子》	称天制君,即尊民抑君。	肯定
《吕氏春秋》	吕览之意,以立君所以利民,远胜荀子立君所以制民之说,最合民约精神。	肯定
《管子》	重立宪、斥专制,以主权为唯一不可分者,甚合民约之旨。	肯定
《商君书》	1. 流为专制,遏抑民权。 2. 商鞅之法,最合西人"君主无责任"之意。	有褒有贬
《鹖冠子》	"以博选为本",虽于私天下之时而寓有公天下之道,但也有与民约论不相洽处。	中性
许行	其说虽近于民权,然而,1. 不知分工之义; 2. 欲去除政府执政者,而政府乃立国之枢纽; 3. 欲去除阶级、分职,举国平等;似是而实非,皆与民约论有所不合。	否定
《韩诗外传》	君主专制下人民生活之实录。	中性
董仲舒	"以天统君"之旨与民约之旨相合。	肯定

续表

书/人名	与民约论的关系	评价
司马迁	太史公作《史记》,其微旨有四:一、美能让;二、伸民气;三、刺谀佞;四、不以成败论人;有嫉恶专制、隐寓民约之意。	肯定
刘向	刘向《说苑》知人君为国家之客体及圣人重民命、伸民情之微旨,合于民约论。	肯定
班固	《白虎通》以"王"为"天下所归往",以"君"为"天下所归心",近于本末倒置,与民约论不符。	否定
王符	论上古君主,合民约之旨;然"君为天立"说,则大误。	有褒有贬
杜预	杜预《春秋释例》深明君不叛民、断无民叛君之道理;小儒不明顺逆之理,托言《春秋》,适足以背离《春秋》之旨。	肯定
张实	张实《大宝箴》儆戒人君:"闻以一人治天下,不闻天下奉一人。"颇与民约之旨相符。	肯定
柳宗元	柳宗元《封建论》知封建非圣人之意,乃是"势"使其然,与民约论相符;然而,以天子既立,然后一天下,则非是。符合民约论之说法当是:天下会一,然后立天子。	有褒有贬
陆淳	上古,非贤非德,莫敢居君位;三代以下,公天下易为家天下,大负人民委任之初心。故陆淳《春秋微旨》斥之。	肯定
张载	《西铭》虽无关涉民约语,然作引申,可与民约论相合。	肯定
苏洵	《仲兄文甫字韵》释"群"曰:"圣人所欲涣以一天下者也。"意为圣人希望趁人民涣散之机而一统天下。最背民约之旨。民群之聚散,本于民群之自然,圣人固无权使民聚散。苏洵所言,与专制君主防民、愚民之策同调。	否定
苏轼	苏轼《上皇帝书》主张国是当本于人心,似颇符合以人民为国家主体之旨。苏轼上此书,本欲以所谓民意民心,反对王安石新政。而荆公所力行之新法,也终因民间频兴谤谰而归于失败。刘师培显然同情王安石,故对苏轼有所质疑,认为有时立法徒顺民心,未必真是在为人民负责。	有肯定也有质疑
苏辙	《龙川别志》中,但知不使民议政为非,不知与民议政之权同样也非是。天下本人民之天下,"通下情"本为人民应享之权利,非系于君主特别之恩。	有褒有贬
程子	《易传》以天下涣散而能使之群聚为莫大之善,颇符《民约论》"专制之君,无与共难"之意。	肯定
叶适	《君德》《治势》诸篇所议,似乎仅知君势之不可恃,不知君势之不可尊,失之不知民贵君轻、主权在民之旨,误认主权为权势;《民事》篇"古者民与君为一,后世民与君为二",以明君主有教民、养民之责,岂知人民本为主体,本可决定自己命运,也可决定君主命运,"固无待民爱者哉!"	贬多于褒
陈亮	《王霸论》对历代君主之阴谋权术悉窥其微,有关上古之议论,则可与民约论所谓天然之世以质胜、人在之世以文胜者互相发明。	肯定
朱熹	1. 主张天下者,天下之天下,非一人之私,颇合民约论。 2. "天下之治出一人,天下之事必分任",是以治天下归于君主一人,则与民约论主权者之旨相背。	中性
陆九渊	力斥后世苛法滥用"典宪"名义为"无忌惮",合乎卢梭"本公意制定法律"之意。	肯定
王应麟	1. 王氏训"忠",悉合古义,一破下事上者、佣奴事主等缪解。 2. 告诫人君须得敬民、畏民,合乎民约论。	肯定

续表

书/人名	与民约论的关系	评价
吕坤	《呻吟语》论"理"与"势",可与卢梭"公意"与"权力"说相对应。但在吕,"理"与"势"尚为对待之词,至卢梭,则以"理"为"势"之母。	中性
王守仁	良知说与民约论天赋人权说相通。王阳明著书虽未发明民权之理,然即良知说推之,可得平等、自由之精神与原理。	肯定
王廷相	《答薛君采论性书》谓立法责罚当出于至公,而非出于一己之私;与民约论立法之旨唯当体现众人趋向、公理所存的说法正相符合。	肯定
李经纶	《谷平日录》"宇宙只一理,本公也。"一说,合民约论之旨,只是对君民公私之界分辨析犹有未精之处。当今君主窃取本非己有之物以为公,斥责人民自营之业为私,在此情况下,但论自私之蔽,又有何益?	褒贬互参
黄道周	《存民》篇论君主,力言"百姓存则与存,百姓亡则与亡"及"君有时而贱于百姓",与卢梭民约论同旨。	肯定
顾炎武	《日知录》力倡"天子一位"之说:君主本"为民而立",就"班爵"言,天子与公、侯、伯、子、男并无不同,均系为民效命之职;就"班禄"言,君、卿大夫、士也与庶人一样,无非"代耕之义";明白了上述道理,君主便不敢贱视人民而妄自尊大,君卿士大夫也不得厚取于民以自奉了。与《民约论》所言:"应尽之义务不可越其权限,君主若妄越其限,以济一己之私,则一国之中,人人可得而诛之。"若合符契。	肯定
黄宗羲	《明夷待访录》要而论之,所言为天下非为一姓也,为万民非唯一人也;以君为国家可体,非以君为国家主体也;以君当受役于民,非以民当受役于君也。其学术思想与卢梭同。本此意以立国,其必为法、美之共和政体矣。三代以来,公天下变为私天下,君民尊卑判若天壤,而梨洲独能以雄伟之文,醒专制之迷梦,虽奇说未行于当时,讵得不谓为先觉之士哉?!	高度赞赏
王夫之	《读通鉴论》于立君之本原言之甚晰,而于立君后,仅以通民情、恤民隐望之君;于庶民之有权,尤斥之不遗余力;均与民约论大殊。至其《尚书引义·说命》篇,言君位无常、民情可畏,最为沉痛,未始非儆戒人君之一法。	褒贬相参
唐甄	《潜书》"抑尊""格君"诸篇,虽为抑制君主,然犹有尊卑之见存焉;而斤斤于抑尊,衡以民约论君民平等之理,似失之矫枉过正。至于"治乱在君,于臣何有?"以一国治乱专责于君主一人,貌似抑尊,适足以奉尊。惟其引《春秋》弑君各节,重公理、轻名分,破儒、法拘泥之论,盖真能通《春秋》之义者也。	褒贬相参
李塨	李氏于君尊臣卑之说斥之甚严,非无识陋儒所能及。虽然,于古圣共天下之精义似犹有一间未达。	褒贬互参
吕留良	嫉恨人君弃公益、恣私欲,与民约论相合,然而,欲制人君自利之谋,莫如划定公私之界限,若徒泯公私之迹,其言虽美,于事无补也。	褒贬互参
胡石庄	《绎志》"圣王""圣学""吏治"诸篇,力言裁抑君权,诚为万世不易之论。然主权在民,君本无权,安所用其裁抑?至其言"所从者,民之所共;所忧者,民之所拂;所怒者,民之所恶;所乐者,民之所欲",尤得民约之旨。	褒多于贬
全祖望	《经史问答》卷二谓,《洪范》中"惟辟作福"数语虽本无助君主挟威福以驭人之意,然后世却易于流为专制之私,故全氏引申叶水心诘问箕子之义而力斥之,可谓具疑经之识矣。全氏之诘箕子,即卢梭诘哥鲁智斯之意也。	赞赏
戴震	宋儒以"理""欲"截然对立,又以权力强弱定名分尊卑,尊者以理责卑、长者以理责幼、贵者以理责贱,虽无道理也是对的,卑者、幼者、贱者以理相争,虽有道理也总是错,以致在下者无法以天下之"同情""同欲"有所诉求,通达于在上者,而上者一味以"理"责下,以致下层以理获罪者不胜指数,此即为"以理杀人"! 戴震认为"理者,存乎欲者也"。欲、情、知是天赋人性,人欲并不可怕,也不邪恶,追求人欲满足是正当之人性要求。欲、情、知三者条畅通达,才是人生理想之状态。孔门"恕"字精义,赖此仅存。	肯定

续表

书/人名	与民约论的关系	评价
王昶	深知权利与义务之关系，与民约相符。	肯定
魏源	《古微堂内集·治篇》云："天子自视为众人中之一人，斯视天下为天下人之天下"；又云："天地之性，人为贵。侮慢人者，即侮慢天也"；实为公理大明、古学渐重于今世之一表征。	肯定
龚自珍	《平均》篇有鉴于三代之后平均之说无闻，利归一姓而害及万民，因欲谋贵贱之均平，更筹贫富之划一，其识卓哉！	高度赞赏
章学诚	1. 章氏谓"道之大源出于天"，与民约论不符。 2. 谓"道形于三人居室"，知立国之本始于合群，合群之用在于分职，分职既定然后立君，殆能识君由民立之意欤？	褒贬互参
戴望	戴望注《论语》"泰伯篇（巍巍章）"、"卫灵公篇"（吾之于人也章）力申天下非天子所私有，故国家之利害悉凭国民之公意之义，盖深得孔子之旨矣。与民约论合。	肯定

由上表1可知，另外还有两点似也可稍加留意：第一，涉及《春秋左氏传》《公羊传》评价时，因《公羊传》更重民权，故而更获刘师培青睐，并进而对公羊学家董仲舒、魏源、龚自珍、戴望的学说，一概多加褒扬；《左氏传》则仅以中性评述语一笔带过，并未因为自己的家族以累世研究《左传》而闻名学界，就对其格外垂青。第二，《民约论》对无政府主义基本持以否定，《中国民约精义》中有关许行的评价完全是负面的，似应与此相关。迨及刘师培日后信奉无政府主义之际，他对于许行的评价也便有根本的改变。东京时期的刘师培即高度认同许行的"并耕"说，赞赏其为利民之举，认为人人劳作，有利平等①。这种前倨而后恭的截然不同，一方面表明了刘师培思想之"多变"，另一方面也可见出外来思想资源对于其思想的影响，实未可小觑。

若干余论

《中国民约精义》由六十一个小标题组成，梳理中国上古、中古和近世典籍与思想家著述中话语，与卢梭《民约论》中有关话语相挂钩和对接，形成某种可供参证比较的关系，并以"案语"方式，对其视为堪与卢梭民约论中话语相对应的中土历代先贤的话语，分别加以甄别、评述、阐发和引申，以力证中土不乏民约论思想，从而使原本为中国思想学术所陌生的话语系列得以克服种种阻力，较为顺畅地进入中国近现代语境之中，进而为建构新的、真正具有近代意义的中国社会政治体制，提供积极有效的思想资源。

《中国民约精义》始终以"主权在民"为准衡，并据以甄别、考量和评判中土思想资源，这表明刘师培对卢梭民约论的核心理据之所在还是相当清楚的，不过，从中土思想资源之中搜寻或抽绎出某些概念或片言只语，以与外来思想学说相对应和印证，这种比勘、汇通、申论的尝试，是否有脱离具体语境之嫌？说得更直白些，刘师培这么做，是否会有随意措置时代和语境，即，将中西、并且是古今的不同的思想知识系谱混为一谈的危险呢？

1898年12月23日，在旅日华商资助下，梁启超在横滨创办他亡命日本期间的第一份报纸《清议报》，从1899年8月出版的第25期开始，梁启超以"饮冰室自由书"为题开

---

① 申叔：《人类均力说》，《天义》第三卷，1907年7月10日；刘师培著、万仕国编：《刘申叔遗书补遗》，第709页。

辟专栏,1905年,《饮冰室自由书》单行本由上海广智书局出版。梁启超在《自由书》中即认为,孟子话语中所体现的仅仅是民本思想,与西方近代民主政治或者说民权思想之间,有着根本的差异:

> 或问曰:孟子者,中国民权之鼻祖业。敢问孟子所言民政,与今日泰西学者所言民政,同乎？异乎？曰:异哉异哉！孟子所言民政者谓保民也,牧民也,故曰"若保赤子",曰"天生民而立之君,使司牧之"。保民者,以民为婴也;牧民者,以民为畜也。故谓之保赤政体,又谓之牧羊政体,以保、牧民者,比之于暴民者,其手段与用心虽不同,然其为侵民权则一也。①

严复也曾明确指出西方民主为中国古代所无。光绪二十二年(1896),梁启超撰就《古议院考》,遍引先秦及汉代典籍制度,力言议院之意在中国"于古有证",严复对该文颇不以为然,并于翌年驰书相质,直言"中国历古无民主,而西国有之"②。严复坚持西方自由民主观念的独特性质,并用以审视中国传统中自由、民主因素的严重缺失。1895年,严复在天津《直报》发表著名长文《救亡决论》,批评"于古书中猎取近似陈言,谓西学皆中土所有,羌无新奇","于是无端支离,牵合虚造,诬古人而厚自欺,大为学问之步蓰障"。那么梁著《古议院考》,在严复眼中,应该正坐此病。

民主,或曰民权,主张主权在民,主权属于全体人民,它既不可转让也不可分割,体现按社会契约(即民约)原则建立起来的公意本身,君主或统治者的统治权,不过是人民委托其体现、执行和保障自己权利和自由的被委托方,其统治权的合法性只能是来自民意与听从民心,一旦公意遭到背弃,人民享有的主权遭到冒犯或被委托者篡夺,人民就有权随时撤换冒犯和篡夺者,收回自己的主权。而中土古代诸如孟子的"民贵君轻"说,则是"民本"而非"民权"。民本虽倡以民为本,但以民为本者又是谁呢？当然是君主。民本概念基本属于统治范畴,强调的是统治者对民的态度,至于统治者或统治权的合法性及其来源,这一问题是不在民本的视野之内的。民本论既主张主权在君,那么,从民本显然是走不到民权的路上去的。

然而,颇为吊诡的是,殆及梁启超嗣后放弃了他在《古议院考》中的看法,在《自由书》《论中国学术思想变迁之大势》等著述中对严复的批评意见多有采纳之时,严复却开始转而倡导起了中土传统中多有与西方近代价值相契合的资源,并据以针砭梁氏。严复后来对《老子》的评点,针对的即是梁启超对老庄道家的贬抑,辩称黄、老之学与西方的自由、民主并不凿枘,中土传统中多有可与近代西方价值彼此沟通的话语:"夫黄、老之道,民主之国之所用也,故能长而不宰,无为而无不为。"③而老子的"小国寡民",所谓"君不甚尊,民不甚贱",也正是孟德斯鸠《法意》中所称说的民主境界④。又说老子"执大象,天下往,往而不害,安平太"中的"安",即具有"自由"之意⑤。还认为庄子、杨朱的学说多与

---

① 梁启超:《自由书·保全支那》,影印本《饮冰室全集(专集之二)》,北京:人民出版社,1982年,第252—253页。
② 此处所引,系梁启超《与严幼陵先生书》中对严复驰书质疑之话语的复述,严复原函今已无可查考。参见《饮冰室合集》(第一册),北京:中华书局,1989年,第108页。
③ 严复:《〈老子〉评语》;《严复集》,北京:中华书局,1986年,第1079页。
④ 同上书,第1091页。
⑤ 同上书,第1090页。

西方"个人主义"相通。①

《中国民约精义》尽管冒有错置时代与语境的极大风险,更稳妥的做法,似乎应该着重探讨,同样存在于(如果有这样的存在话)中土和西方的民约思想,各自具有什么样的个别形态,并以这种中土和西方话语本身的差异作为讨论和研究的对象,就它们的异同展开论述,将其放置在复杂的清末民初时期的思想史环境中加以定位,诸如此类,但纵然如此,刘师培的这一思想学术实践,至少还是在以下的层面上,为后来者们提示了可供进一步思考的空间和话题:

其一,刘师培《中国民约精义》实际上是一种贯通的实践,里边的概念和修辞结构,体现的不是思想和知识学上的绝对的"新",当然也不存在绝对的"旧",而是不同来源的文本和不同思想及知识体系之间的融会和类同。这种贯通和融会涵盖了古/今、中/西等重大范畴。就古/今范畴而言,他对呈现在中国典籍文本中的本与源进行了系统的追溯和梳理,将原先零散分隔,或自成系统,彼此之间未必相容的知识,在"民约论"的名义下作了再编制,重新聚合起来,体现了传统考据学所看重的那种追求再现知识的"源"和"流"的关系和注重知识发展历史的思路和方法,这方面他则有千百年中国学术传统垫背,加上家学渊源的熏染和支撑,自幼寝馈其间,最熟悉门径的所在,应该说驾轻就熟,得心应手。

正如前面已有所述及的那样,刘师培曾经尝试过把他所熟谙的文字训诂之学与斯宾塞的社会学观察相挂钩、打通,为此特意撰写《论小学与社会学之关系》一文,共梳理出三十二则以阐明"西人社会学可以考中国造字之原"的原委。这是用西学来证明中学。他还写有《论中土文字有益于世界》一文,换了个方向,是用中学去印证西学,即以中国文字的涵义来证实西方社会学的考察。章太炎赞同和佩服刘师培援引西方进化论理解中国文字演变的尝试,并因此而将刘师培引为自己思想学术上的畏友。刘师培还曾计划撰写出两种著述,力求打通中西两大思想学术系统之间的隔阂,虽然这一工作最终未能完成,但毕竟留下了"发凡""起意"的两篇长文:一为《国学发微》;一为《周末学术史序》。从中似也不难窥见他的初衷和总体构想的大致格局。在前一种研究中,他处处征用西方自古希腊、罗马以来至近代的哲学、宗教、学术上的种种观念,以阐明、映发中国经学等诸学的"合于西儒"。在后一种研究中,则把中国古代思想、学术史拆开后重新加以编制,分别挂靠在欧洲近代知识分类和学术建制系统的名目(诸如心理学、伦理学、社会学、宗教学、政法学、计学)之下,共计有十六个类目之数。也就是说,刘师培早已在要求着与西方思想学术系统的互相沟通,力求在一种相关的、彼此参照的视野中对中国思想学术作出梳理、分析和评判,在学科分际及其命名等方面,他很坦然地接纳了西方的建制,诸如此类的迹象,都足以表明他的研究并非乾嘉考证学的自然绵延,这一点是很清楚的。只是需加谨慎观察,这样的打通,究竟可以在何种意义及怎样程度上,真正达成中、西思想学术范畴的融会贯通?

虽然我们无从认定刘师培是旨在使中土传统的"民约"思想资源在近现代复活或被激活的第一人,但他肯定是如此集束式地将传统资源与外来语汇与欧洲近现代思想世界中的"民约论"直接发生关联的第一人。我们从刘师培后缀在前人论说后面的评述性文

---

① 以上参见黄克武:《自由之所以然——严复对约翰弥尔自由主义思想的认识与批判》,上海:上海书店,2000年,第211—220页。

字即"案"语,尤其是其中属于"夹注"的那部分文字,不难得知,他实际想要强调的,是本土已有思想知识与新来思想知识的参照互证,强调不同文化中知识的可贯通性。或者不妨干脆可以说,他不把民约论看作是来源单一的思想知识,而是看作在不同来源的基础上,存在相似相类和交流沟通的可能性。这样,《中国民约精义》通过对两种话语系统的并置、参照、交糅和穿插,寻求的不再是知识的外在根源,而是旨在揭示出不同知识系统之间内在的同源性,一种超越人种和地域限定的内在知识起源,即不同知识体系之间平等交流的内在基础,从而力求整合原本处于彼此分隔状态的思想知识,并用以扩大中国思想文化资源的内存,从而使得传统中的资源变得富有包容性,并终至促成一个急遽变动的时代与诉求变革的社会政治和心理之间的积极互动。中土传统也好,欧洲思想也罢,都不只是局部的,区域性的,它们都是世界历史的一部分。由于中国近代化的被动、后发性质,处在当时近代化即是欧美化、西方化的风潮之下,欧洲知识代表了普世的意义和价值,被视作当时世界的最高水准,故而刘师培此举实际上也便具有了将中国纳入世界历史的意义。这份为时仓促的研究,虽然留下了诸多粗疏的痕迹,但他竭尽其所能寻求和发掘中国传统思想中的"民约论"资源,将之转化为一个重要的文化生产场域,产生了清末民初的重要知识论述,由此涉及的问题和提出的一些应对方案,不仅意在否定民约思想中国"匮乏"说,而且还把问题引到了一个在西方既成民约论框架中无法抵达和包容的,因而更具有包容性的层面,也就是说,他在揭示和指认"民约"在中国特有的历史关联域的同时,其实也便意味着他正在揭示和指认出西方"民约"理论同样存在着的地域性和历史特殊性。

刘师培在《中国民约精义》中所下的一番整合功夫,目的与其说是要是糅杂不同体系的知识并使之一体化,不如说是在求得多种知识实践系统的再度流通。显然,在刘师培眼里,对"民约"的理解并非一个解决陌生问题的陌生系统,而是解决早已存在的同一问题的不同方式而已。看似不同的思想系统和知识概念,其实是并存、并立和互相关联并彼此印证的,也就是说,与其把民约论想象为欧洲思想的专利并仅仅源自欧洲或西方,毋宁去想象它始终有着不仅仅是单一的思想文化体系,而是有着多种起源、语言和结构。这样,对于最初将民约思想译介到东土及中国来的东土和中土的近代知识人来说,他们的译介就并非像后来的研究者所描述的那样,仅仅代表卢梭"民约"思想在东土及中国的"开始",不是的,他们的译介只是表明,"民约"这个在古老中国其实早已存在并一直绵延不绝的知识领域,由于他们的译介,由先前被遮蔽被埋没的地层浮出了地表,或者说,再度唤起了人们对那些曾被压抑、掩埋的思想文化的记忆。民约思想不再只是近现代中国思想文化中翻译使用的外来话语,不再只是单纯的西方思想,而是业已成为近现代中国社会思想文化的内在构成。中国内部的思想基质,至少是一部分思想基质,同样有理由成为中国现代历史叙述的起点,我们完全可以用中国自己的思想资源来表述中国的历史经验,并对近代中国所遭遇和承受的巨大而又全面性的政治、经济、军事及思想文化的危机和压力做出积极的反应。这样的思想学术实践,与章太炎下大功夫诠释庄子《齐物论》,从而对当时相当流行的那种将"中/西"范畴视同"文/野""新/旧"范畴,即将地域差异直接置换为文明等差序列的看法提出严厉批判,是颇有异曲同工之处的。

其二,在迄今为止的中国思想史研究中,即使是在同属于较为看重本土内部资源的研究者中间,如果稍加辨析的话,还是不难发现,在方法论取向上,他们仍然存在着不容忽视的差异。一种是对古今中外思想之间存在着相通的内在逻辑持以深信不疑的态度,并带有原理主义倾向,认定原理贯穿古今,不受时间空间因素的限制,始终都是有效的,如果把这一倾向贯彻到处理内部资源的层面,那么相比较而言,似乎更带有内部发展论的色彩,即把传统资源看作思想兴起和变迁的最为关键的动因,更致力于从本土历史中去发掘对于今天而言仍然有效的思想价值,即把中国古代思想看作中国现代精神的源头,至少是微妙地将古代资源作为向现代过渡的津梁来看待,因而提倡与古代思想对话,甚至不反对用今人和外来的概念去求得沟通的渠道,立场重在对传统资源的利用,强调古为今用。另一种取向则相对显得谨慎,他们认定古人的思想与现代思想、外来资源和本土资源之间,并没有一条现成的可以直接对接的通道,因而强调的是将思想放在当时当地的背景下去寻求理解和诠释,认定许多重要的思想概念都是从很具体的目的出发的,都是为了应对具体的问题而提出的具体的解决方案,落实到处理内部资源的层面,虽然也重视与古人对话,但却不赞成将古人的思想拿来现代化,希望还古人的思想以本来面目而不仅仅是现代或外来思想体系的投射,主张重新评估必须严格地建立在重返历史现场的基础之上。

  后者的审慎无疑是有道理的,但也须得有度,否则也有可能陷溺于绝对。除非这样的假设能够成立,即人类社会是由许多相互独立隔绝的历史世界组成,它们的历史轨迹完全不可通约。但这样的假设是很难成立的。事实上,任何历史都不可能自我封闭、仅仅处在孤立的历史渐变之中。社会制度、习俗和文化的重要改革与变化,多是在历史的交换、流通和迁徙中促成的,即便是在现代之前,世界也始终是彼此关联着的世界,不同文明的独特性,并不能被看作是已完成的自律性的世界的全部根据。而古今思想之间,自然也存在着彼此相互维系的内在谱系,否则我们也会因此而永远失去弄清古人思想真实涵义的机会,那么,否认这种内在维系的存在,岂非等于是在自断通向古人思想的通路?不过,相对于较为审慎的后一种取向而言,前一种取向在处理古代思想的过程中,易于模糊和丧失必要的历史定位的弱点,似乎也格外引人注目。

刘智毅

天下秋肃，笔端春温：试论民初五四小说的潜在抒情
——兼及对清末民初短篇小说的一点探讨

一、视阈界定：关于民初五四小说及其潜在抒情

民初五四小说本身是一个需要界定的范畴，它指的是五四小说家在辛亥革命后至鲁迅发表《狂人日记》前（1911—1918）创作的小说作品。提出"民初五四小说"这一概念，是为了便于标示此一类小说在各个方面的独特性。从创作主体上看，民初五四小说的作者群体相当窄小，仅仅指鲁迅、周作人及叶圣陶等少数几位既在五四前进行过小说创作，又在后来的五四运动中开创并引领了中国新文学的小说家。从创作时间上讲，民初五四小说存在的时间非常短暂，只有前后短短七年多，而且可谓"以鲁迅始"（1911年冬写作《怀旧》），"以鲁迅终"（1918年5月4日发表《狂人日记》）。就文本内容形式而言，民初五四小说基本上都是文言短篇作品，文风严肃，笔调深沉，殊异于同一时期广为流行的鸳鸯蝴蝶派小说[①]。由于作者和风格的缘故，这一类小说有别于同时代的其他作品，反而较接近于后来的五四新文学，更像是五四小说家在前五四时期的尝试发声，因此称之以"民初五四小说"应不为失当。

民初五四小说容纳的具体文本其实屈指可数，主要包括鲁迅的《怀旧》(1911)、周作人的《江村夜话》(1914)和叶圣陶的短篇小说集《穷愁》（创作于1914—1918年的十五篇短篇小说）。为这区区十余篇小说专设名目似乎多此一举，但放在当时的文学环境，甚至放在整个中国现代文学史的发展脉络上，民初五四小说所体现的"先锋之先锋"性却是格外罕有。近年来，已有很多学者对这一文本群域的形式叙事做出了研究。本文则尝试从潜在抒情的角度，对《怀旧》等几篇民初五四小说展开读解。

王德威在讨论陈世骧、沈从文、普实克的"抒情论述"时，尝试给"抒情"下了一个模糊的定义："一种文类，一种主体想象，一种文化形式，一种审美理想，一种价值和认识论体系。"[②]以此为基础，"潜在抒情"或可理解为创作主体想象、形式、审美、理想的被压抑和反压抑。王小波关于"文革"时期"潜在写作"的名言大家耳熟能详："我们年轻时都知道，想要读好文字就要去读译著，因为最好的作者在搞翻译。"[③]诚如研究者所指出的，潜在写作不仅反抗"时代共名企图制造的大一统局面"，也抵制着"人类认知体制的单一偏

[①] 以下简称"鸳蝶小说"。
[②] ［美］王德威：《现代性下的抒情传统》，《复旦学报（社会科学版）》2008年第6期。
[③] 王小波：《我的师承》，见《王小波文集》（第二卷），北京：中国青年出版社，1999年，第4页。

执倾向"①。民初五四小说的潜在抒情亦可以之类比:它并非主要来自时代共名对作家个性的压抑,也不特指作家个体对于社会政治的逆反。相反,对抒情造成压抑,又不断遭到抒情反抗的,主要是前五四作家自身对抒情滥调的有意识规避,对严肃话语的无意识突出。② 不同于苏曼殊小说等纯浪漫主义作品,或《玉梨魂》等"革命+爱情"乃至以爱情消解革命的鸳蝶小说,民初五四小说主要关注对社会问题的批判③。严肃的色调导致作者/叙事者的主观情感往往冷静且引而不发。同时由于对现代创作技法的生疏,作家在缝合强烈抒情和严肃叙事时,常常不得不对前者作出裁剪,以保证作品的格调"非不庄严,非不崇大"④,不至沦落到通俗小说之流。文学的抒情性是其与生俱来的品质,但到了民初五四小说中,抒情只能以潜在的方式完成它的文学职能,这不能不说和晚清以来小说工具性增强、文学性减弱的趋势有关。19世纪中期,陈森在其长篇小说《品花宝鉴》的序言里,隐约谈到小说与抒情之间的联系:

> 部赏余文曲而能达,正而能雅,而又戏而山谑,遂屡嘱余:为说部,可以畅所欲言,随笔抒写,不愈于倚声按律之必落人窠白乎?⑤

到1872年,蠢勺居士在译著《夕昕闲谈》的序言中也如是说:

> 予则谓小说者当以怡神悦魄为主,使人之碌碌此世者,咸弃其焦思繁虑,而暂迁其心于恬适之境者;又令人之闻义侠之风,则激其慷慨之气;闻忧愁之事,则动其悽惋之情;闻恶则深恶,闻善则深善,斯则又古人启发良心、惩创逸志之微旨,且又为明于庶物,察于人伦之大助也。⑥

至此,文人们仍然强调中国文学抒情传统与小说文体的结合。但在1895年傅兰雅贴出的《求著时新小说启》中,优秀小说的标准已经简化为有利于革除时弊:

> 窃以感动人心,变易风俗,莫如小说……请中华人士愿本国兴盛者撰著新趣小说,合显此三事(鸦片、时文、缠足——引者注)之大害,并袪各弊之妙法。立案演说,结构成篇,贯穿为部。使人阅之,心为感动,力为割除。⑦

到了20世纪初的严复、梁启超那里,小说基本上只剩下工具理性的价值。如陶佑曾所言:

> 欲革新支那一切腐败之现象,盍开小说界之幕乎?欲扩张政法,必先扩张小说;

---

① 刘志荣:《潜在写作:1949—1976》,上海:复旦大学出版社,2007年,第17页。
② 如格非所言:"生活在今天的小说家,正如其他艺术家一样,他们所受到的威胁不仅仅来自于社会主体政治的影响——这种影响很久以来一直受到小说家们的反复追问、怀疑、思索和反抗,同时更为严重的威胁是来自集体意识本身。"(格非:《小说叙事研究》,北京:清华大学出版社,2002年,第112页)来自集体意识的困扰,应是古今文学家的共同难题。
③ 尽管周作人说:"著作的不依社会之嗜好所在,而以个人艺术之趣味为准……勿复执著社会,使艺术之境萧然独立,斯则其文虽离社会,而其有益于人间甚多。"(《小说与社会》,见张菊香、张铁荣编著:《周作人年谱(1885—1967)》,天津:天津人民出版社,2000年,第104页),但他们的作品具有很强的社会性,却是不争的事实。下文提到的叶圣陶致顾颉刚信也是一个证明。
④ 鲁迅《摩罗诗力说》。
⑤ 石函氏《品花宝鉴序》,转引自黄霖、韩同文编:《中国历代小说论著选》(上册),南昌:江西人民出版社,2000年,第574页。
⑥ 蠢勺居士:《夕昕闲谈小序》,同上书,第621页。
⑦ 傅兰雅:《求著时新小说启》,引自1895年5月25日(光绪二十一年五月初二)《申报》。

欲提倡教育,必先提倡小说;欲振兴实业,必先振兴小说;欲组织军事,必先组织小说;欲改良风俗,必先改良小说。①

陶祐曾(安化)是清末民初文学实践相当丰富的文学批评家,连他都尚且如此推崇小说的社会工具角色,则无怪梁启超等人会无视小说作为一种文学形式的自然属性了。"新小说"强调把小说当成改造社会的工具,这已经是学界的共识。但可能为人忽略的是,从小说的文学性上讲,小说界革命对小说工具性的单向凸出,本质上是对小说文学一脉抒情传统的外力打断。革命、主义、国民教化、思想启蒙……凡此种种有关于社会问题的现实因素,在把小说从文人游戏提高到"有用文学"的同时,似乎也矫枉过正地压抑乃至抹除了小说文学中本应有的主观抒情②。尽管辛亥革命的惨淡引发了鸳蝶小说对新小说的激烈叛逆,但这次"打断"产生的冲击余波,还是蔓延到民初五四小说家群体那里,继续维系着社会性对抒情性的压伏。只是,这种压伏在民初五四小说中已经不太稳定,抒情毕竟在小说文学中暗流涌动,慢慢复活。虽然读者透过民初五四小说文本,往往看不到作者内在的情感世界,但是无情总被多情扰,作家自身的情感书写,是很难被严肃话语刻意抹掉的,只是因其潜在性而显得更加隐秘。所以,若要讨论民初五四小说中的潜在抒情,我们或许应该从一些非直接关情的因素入手。

二、塾师形象与小说家的抒情:从《怀旧》说起

在今天看来,《怀旧》无疑是一个已被解读但尚待读解的文本。早在1967年,普实克就已经注意到这篇写于《狂人日记》之前的小说,并将其推举到中国现代文学之"先声"的地位③。普实克对于这篇小说的研究,主要是从情节结构的开创性入手的,认为《怀旧》在形式上打破了传统短篇小说难以跃出的话语框架,从叙事学的层面首开中国现代文学的先河。这显然是一种"解而读之"的观察方法。诚然,《怀旧》的文本形式是在整个中国现代小说史上都非常值得探讨的话题,毕竟在它以前,我们尚未见到哪部短篇小说作品能把弱化的故事情节、缓慢的叙事节奏和虚拟的人物场景缝合到一起,并产生如此别样的表达效果。但是,《怀旧》终究不是一次小说实验,仅仅聚焦于文本语言、形式的先锋性,是否可能妨碍我们对其文学意义的全面发掘?普实克自己就曾认为:"每一部艺术作品取决于三个互相联系、共同作用的因素:作家的个性、最广义的现实性以及艺术传统。"④如果说形式上的研究已经充分论证了《怀旧》与中国小说艺术传统的辩证关系,那么对作家个性和文本现实性的探究,或许是这篇民初五四小说尚待"读而解之"的重要话题。

普实克研究思路的一个明显误区,是把《怀旧》当成同时代文学语境下前后无着的孤本。事实上,随后出现的周作人的《江村夜话》、叶圣陶的几部文言短篇,在许多方面都有与《怀旧》进行对读的空间。将《怀旧》置于这样一个民初五四小说的文本群域下,或许

---

① 陶祐曾:《论小说之势力及其影响》,转引自陈平原、夏晓虹编:《二十世纪中国小说理论资料》(第一卷),北京:北京大学出版社,1989年,第228页。
② 《读新小说法》:"即论文章,新小说之感人也亦挚矣。"但这主要是"令人"生情,而非作家主观抒情。
③ [捷]雅罗斯拉夫·普实克:《鲁迅的〈怀旧〉——中国现代文学的先声》,参见乐黛云编:《国外鲁迅研究论集(1960—1981)》,北京:北京大学出版社,1981年,第465—471页。
④ [捷]雅罗斯拉夫·普实克著,李燕乔等译:《普实克中国现代文学论文集》,长沙:湖南文艺出版社,1987年,第83页。

有利于展开对它们的了解。

不妨单从"塾师"的形象塑造入手。《怀旧》《江村夜话》和叶圣陶的《瓮牖颛梦》（1914年年底）都在小说中设置了一个乡村冬烘的角色，分别是"秃先生""先生"和"李某"。鲁迅和叶圣陶对塾师极尽讽刺之能，前者写秃先生不学无术，崇富媚权，在谣言面前故作镇定却又慌不自己，后者戏拟李某在清廷覆灭后自立为王，代行天讨的闹剧。小说对秃先生和李某形象的处理都比较简单，甚至略有脸谱化的嫌疑：衰老、丑陋、自以为是、不识大局。然而细读文本，秃先生和李某简单表象的背后，其实暗含着某种深重的危机性和焦虑感。两篇小说都制造了一个旧秩序发生松动的背景（"长毛"造反和清廷覆灭），李某对此的反应是：

> 有君斯有国。国而无君，如含生之丧其元，乌可存全？故言民国，实非通论……实告君辈，予曩梦龙入我室，恍惚间，又觉高居宸殿，临对百僚。故日来颇湛然深念，天殆以大命畀予躬，予必无负而可。

李某的话很容易让我们联想到当时正愈演愈烈的复辟风潮。"有君斯有国"的观点，显然是影射同时期前后某些支持复辟的言论①。耐人寻味的是，叶圣陶不仅让李某表达对帝制的拥护，甚至还让这位塾师亲自领导了一场称王自立的笑局。小说的主旨当然是对时局的嘲讽，但也许是出于无意，作者似乎同时也流露出对士大夫文人"庙堂意识"②的否定。"君国一体"客观上讲是李某等旧式文人的"正信"③，拥立帝制反对民国的"反动行为"，其实也是其文人信仰使然。相比于大多数阿Q式的社会个体（如他的追随者们），李某对于辛亥革命无疑有更强烈的感受力和更积极的参与性——尽管这种感受和参与都是逆向的，但他毕竟看到了这场革命的危机并加以利用。叶圣陶赶尽杀绝的挖苦，在批判李某反动面的同时，也否认了他作为一名"调解者"和"建立共识者"④拥有这种感受力和参与性的必要。同样，在《怀旧》中，当听说"长毛"造反，即将来犯时，秃先生发表了这样一番议论：

> 此种乱人，运必弗长，试搜尽《纲鉴易知录》，岂见有成者？……特特亦间不无成者。饭之，亦可也……

读过这段话，我们马上会联想到《祝福》中"大骂新党"的鲁四老爷，但发生联想的原因却很值得思考。李某和秃先生诚然是因为站在社会变革的对立面而成为反讽的对象，然而不妨假设，如果秃先生在农民起义面前表现出接受的态度，对革命采取迎接的姿态，是不是就可以免除被批判的困窘？如果李某纠合村民攻打县城，不是为"朕维行天之讨"，而是反抗官府响应革命，那么他的结局还会不会是原文中令人哭笑不得的下场？统观五四作家们后来的文学创作，恐怕答案是否定的。秃先生如果支持革命，他最后将扮演的角色也只会是赵太爷；李某就算动机纯洁，也至多是王金发一类的人物。之前产生的联想

---

① 如《袁世凯承认帝制之咨文》："我皇帝倘仍固执谦退，辞而不居，全国生民，实有若坠深渊之惧。"见孙曜编：《中华民国史料》，台北：文海出版社，1966年，第331页。

② 庙堂意识，以及下文提到的岗位意识，悉借自陈思和：《知识分子在现代社会转型期的三种价值取向》，见《犬耕集》，上海：上海远东出版社，1996年，第1—17页。

③ 鲁迅《破恶声论》。

④ 此处借用萨义德的提法。见[美]爱德华·W·萨义德著，单德兴译，陆建德校：《知识分子论》，北京：生活·读书·新知三联书店，2002年，第25页。

实际上证明,"塾师"反面形象的形成,原因不在于他们固守或接受的思想观念落后于时代,而在于他们企图否认局外人的身份并介入现实格局的行为本身。"小说的反讽是对世界脆弱性的自我修正。"①在作家笔下,"塾师"却是一个没有自我修正力的脆弱群体。无论乡村塾师们怎样企图越界发声,履行他们自以为有的家国义务,都无法突破"秃先生—鲁四老爷"的封闭流变框架而成为正面的实践主体,相反倒会因为士大夫在社会变革当口理应展现的主动性而被治以罪名。

但反过来,对于那些安分守己、保持缄默的塾师,小说家也没有给予优厚的回报,而是将其描画为知识分子中的"零余者"。闻宥②在《塾师现形记》中描画冬烘胡氏,竭力渲染其贫苦相和滑稽相,意在表现迂腐无能的乡村塾师在"体制变幻"之际的狼狈境遇。与李某趁乱称王不同,胡氏虽然因为塾师职业而贫困潦倒,却没有谋求自身身份改变的意愿,而是保持着坚定的岗位意识。但即使如此,作者对他的态度却并没有因此更见宽容,无非是从刺其可恶可恨到嘲其可笑可怜。胡氏的形象延续到五四文学中,就变成了《白光》里的陈士成,其面对的结局更加残酷可悲(死亡)。周作人在《江村夜话》中塑造的"先生",可谓是众多"塾师"形象中难得非反面的一个。小说没有情节,描写的是南方水乡几个农民和渔夫的傍晚闲聊。文中的"先生"只是这场对话的一个旁听者,和蔼、亲切、不摆架子,很自然地与村民怡然共乐("先生大笑,二农亦笑""先生复大笑"),在听闻地主的恶行后还表现出愤怒和正义感。但小说的复杂性恰恰落实在先生的愤怒中。听说豪强子弟仗富欺人后——

  先生怒曰:"则先籍其田八百亩。"
  乙(农人——引者注)曰:"彼与当路皆稔,先生又胡能籍之?"
  先生益怒,额上血管暴涨,面赤过耳,吐气休休然……

在小说的人物群像里,先生是唯一对社会丑恶有感性反应的人。愤怒说明先生良知未泯,但愤怒的戛然而止,似乎又意味着小个体无奈地与大现实达成共谋——这样一来,小说中可爱、和蔼、有良心的先生,反而类似于鲁迅笔下"似乎要下泪",却无力作为的聪明人③。再比较一下胡氏痛批新式教育时的神情:

  时而摇首布腔,作读八股文状;时而拍案顿足,作太息痛恨状;时而嘘气,以舒其孤愤;时而高呼,以衬其宏议。

不难看出,无论是正面的"先生",还是反面的胡氏,当自身价值观与外部世界发生龃龉时,他们所能做的仅仅是通过自我弱化来保持与外界的粘黏。用柏林的话讲,他们无力在自身以外的地方完成"自我实现"(self-realization)④。此种借"自残"建立的与外部世界的联系,到了陈士成的身上被扭曲得无比畸形:"他忽而举起一只手来,屈指计数着想,十一,十三回,连今年是十六回,竟没有一个考官懂得文章,有眼无珠,也是可怜的事,便不由嘻嘻地失了笑。"而他最后的惨死,意味着这样不稳定的粘黏必然是要崩塌断裂的。如此一来,"塾师们"似乎陷入了某种内外交困的窘局,不论是主动向外运动,还是独

---

① [匈]卢卡奇著,张亮、吴勇立译:《卢卡奇早期文选》,南京:南京大学出版社,2004年,第49页。
② 闻宥(1901—1985),南社诗人。1917年发表《塾师现形记》,署名闻野鹤。
③ 鲁迅:《聪明人和傻子和奴才》。
④ [英]以赛亚·柏林:《两种自由概念》,http://www.douban.com/group/topic/2681509/。

善其身向内收缩,都无法实现主体的历史化、社会化,只能以边缘的、徘徊的姿态滑向自我沉沦。塾师们走出困境的唯一正路,似乎只有文学史给全体知识分子提供的通用方案,即接受革命思想,在革命中改造自己。但对于民初五四小说中的塾师而言,走上这条道路的机遇还远远没有到来。他们身上的悲剧性因素越是悬而未决,他们从滑稽可怜相中放射出来的危机性、焦虑感就越是深重。

同时涉及"塾师"话题,当然可以说是一种凑巧,但从仅有的几篇民初五四小说上看,塾师形象恰又是塑造得最生动、最成功的。作家对塾师近乎无隔膜的角色触感,比之其他人物要鲜明、切近得多(如叶圣陶在塑造阿松、王根生等贫苦人形象时,总不能摆脱怜悯的俯视视角,对于李某的细节描写却逼真得宛如同人)。这种贴近叙述的实现,同作家与塾师在身份方面的相似性是分不开的:双方都是知识分子,都共存于知识分子与时代变革的对话结构中。需要强调的是,同为社会的知识阶层,鲁迅、周作人、叶圣陶与他们笔下的塾师,事实上只是一个群体的两个不同分支:小说家们更靠近于广义的"口岸知识分子"(intellectuals in treaty port cities)[1],他们包括新式教育接受者与留学生;塾师则属于封闭的乡村知识分子群体。但从口岸知识分子的立场反向观察乡村知识分子,这里面包含着整个中国近代文人群体自我审查的过程。不应忘记,从王韬、邹弢到鲁迅、周作人,近代新型文人群体并非横空出世,其在成长早期必然要接受旧式知识分子的影响,甚至因此与之发生不可割离的关联[2]。

当后来者展开对前在者的挞伐时,批判的对象与其说是独立于外部的"他者",毋宁说是与自身纠缠不清的"他我"。小说家们赋予塾师的危机和焦虑,更像是对自我危机和自我焦虑的表达;小说家们在冷静讽刺塾师的同时,某种意义上也传达出发于自身的不安。

1909年6月,鲁迅从日本回到中国。在归国后至辛亥革命前的一段时间里,鲁迅的精神状态从他的书信中可见一斑。1911年4月12日,在寄给许寿裳的信中,他写下了这样一段话:

> 越校甚不易治,人人心中存一畀或……希冀既亡,居此何事。三四月中,决去此校,拟杜门数日,为协和译书,至完乃走日本,速启孟偕返……倘一思将来,足以寒心,顾仆颇能自遏其思,俾勿深入,读《恨赋》未终而辍声作……迩又拟立一社,集资刊越先正著述,次第流布,已得同志数人,亦是蚊子负山之业,然此蚊不自量力之勇,亦尚可嘉。若得成立,当更以闻……[3]

写这封信时,鲁迅正在绍兴中学堂任教员兼监学,从信中可以读出他此时的绝望和苦闷。倘翻阅鲁迅在这一时期的书信日记,会发现失落惘迷几乎无处不有[4]。从归国前后一段时间的经历来看,鲁迅的苦闷恐怕与他身份的"后退"有关。留学日本——尤其是《浙江潮》与《河南》时期——的鲁迅,是意气蓬勃、发挥辉光的新型知识分子,但回到"没有一

---

[1] 这里借用柯文提出的概念。见欧德良:《晚清"条约口岸知识分子"的地缘成因——兼及对西方中国近代史研究两种理论模式的商榷》,原载于《苏州大学学报(哲学社会科学版)》2010年第2期。
[2] 可参见周作人著,止庵校订:《知堂回想录》(上),石家庄:河北教育出版社,2002年,第26—29页。
[3] 鲁迅:《鲁迅全集》第11卷,北京:人民文学出版社,2005年,第345—346页,110412。
[4] 如1912年5月13日"午阅报载绍兴于十日兵乱,十一犹未平。不测诚妄,愁绝,欲发电询之,终不果行",7月19日"云范爱农以十日水死。悲夫悲夫,君子无终,越之不幸也"。见《鲁迅全集》第15卷,第2、11页。

些活气"的中国执鞭,并经历数次风波后①,他对自我的身份认同骤然坠落到类似于"乡村塾师"的水平。当王韬一代文人从"乡村"走向"口岸"时,他们的豪迈激情很容易向外展现②;但当鲁迅从"口岸"乃至更远的世界反退回"乡村"的时候,某些不能用"爱国热情"屏蔽的苦闷却无从外显,反而转化为知识分子对自身"告别乡村"之彻底性的怀疑(所以才会生出重出国外,"乃走日本"的念头)。此时的鲁迅更像是一名"返乡流亡者",承受着与边缘、与中心、与远方、与故乡都格格不入的抵触感——这样的处境,本质上与塾师们动弹不得的窘况实为相同。鲁迅面临着两重困境:一是如何确立自身与乡村知识分子之间的断裂;二是在无法证明这种断裂的情况下,如何避免陷于塾师们"内外交困的窘局"。关于前者,鲁迅的方案是创立越社,办《越铎日报》,延续在日本时的实践热情;而至于后者,鲁迅却没有,也不可能有立即的现实解决办法③。如此一来,《怀旧》中乡村塾师秃先生所负载的危机和焦虑,是否也可以从另一层意义上,理解成这一时期鲁迅"苦闷的象征"? 这里绝非指鲁迅把秃先生当作自己的投影,而是想说明:鲁迅能将秃先生的困境描画得如此深刻,其背后必然不能缺失来自个体生命感受的强烈代入感。《怀旧》里渐次展开的秃先生形象,潜藏了鲁迅深沉的主观抒情。小说中这么多的人物,只有秃先生和鲁迅有着共同的阶层属性(知识分子)④,但鲁迅放弃了与之达成合谋的可能。如果再考虑到《祝福》中作者对"我"的疏离,《孤独者》中"我"与魏连殳最后的分裂,我们不难想到,同为知识分子,鲁迅对秃先生的拒斥本身抒发着指向自我的愤怒和悲哀。

虽然如此,作者的抒情却不像《狂人日记》那样笔无藏锋。在行文过程中,鲁迅似乎在有意对情感的喷薄采取压抑。读者可能注意到小说开头结尾几处景态的素描:

> 桐叶径大盈尺,受夏日微瘁,得夜气而苏,如人舒其掌。
>
> 我走及幌山,已垂暮,山巅乔木,虽略负日脚,而山跌之田禾,已受夜气色较白日为青。
>
> 雨益大,打窗前芭蕉巨叶,如蟹爬沙,余就枕上听之,渐不闻。

在周作人《江村夜话》中,牧歌式的诗化描写更是极尽渲染:

> 骤雨初过,天色转为嫩蓝,微微似有日光,映岸柳溏蒲上,蒸作异色。空中西倾,有霞如绮锦,光彩灿烂,射日脚作互斗状。

而到了《祝福》,景态描写却变成了:

> 灰白色的沉重的晚云中间时时发出闪光,接着一声钝响,是送灶的爆竹;近处燃放的可就更强烈了,震耳的大音还没有息,空气里已经散满了幽微的火药香……我在蒙胧中,又隐约听到远处的爆竹声联绵不断,似乎合成一天音响的浓云,夹着团团

---

① 1910年12月21日,鲁迅在给许寿裳的信中提到"一遭于杭,两遭于越","一遭于杭"即是指学堂教员学生驱逐夏震武的"木瓜之役"。见《鲁迅全集》第11卷,第338页,101221。

② "见所未见,闻所未闻,一切奇迹瑰巧,皆足以凿破天机,斩削元气,而泻造化阴阳之秘。"见王韬:《弢园文录外编》"自序",沈阳:辽宁人民出版社,1994年,第1页。

③ 证据是,鲁迅自1909年至1918年的十年间,基本处于沉默状态。尽管此一时期的鲁迅在文学上的实践并非真空,但他对于知识分子身份职能的回避,却是不争的事实。见鲁迅:《呐喊·自序》;又见王晓初:《"沉默的鲁迅"及其意义——从越文化视角透视》,原载于《文学评论》2010年第1期。

④ 这里应当注意,鲁迅出生于典型的士大夫文人家庭,而且一生都不曾有过阶层的移转。因此,他对于旧式知识分子的批判,应不如后来的无产阶级文学家那样理所当然地出于阶级立场。

飞舞的雪花,拥抱了全市镇。

通过对比可以看出,《祝福》的环境描写与文本主题的表现是相配合的(乐景写悲情),但在《怀旧》乃至《江村夜话》里,美化的背景却与严肃的文本主题没有关涉,甚至还对后者构成消解。恬静的乡村环境与强烈的人物情感形成冷热对比,外部的诗意冲淡了发自作家主体的抒情。周氏兄弟(包括叶圣陶)做出这样的文本处理,与民初五四小说家对"严肃抒情—庸俗滥情"矛盾的警惕有关。① 但即使如此,作家仍没有干脆取缔小说的抒情性——民初五四小说的潜在抒情,只是把抒情的重心,从外在的内容涵义、直观形象,转移到了潜在的情感意志本身而已②。从某种意义上讲,这种内向转移不仅让民初五四小说的抒情性避免了泯然众人的尴尬,而且使其抒情的强度深度得到了加强。民初短篇小说中,涉及社会问题的严肃作品汗牛充栋,但并不是所有这类作品都堪称五四文学的前身。一大原因是,五四小说对于社会问题的批判,往往不是简单基于理念(不论是抽象的政治思想还是寻常的民间伦理)去作批评谴责,而是在批判中无处不在地投散出作家深沉强烈的主观情感。换言之,民初五四小说之独特,在于它并不用社会政治理念的强力去打断"文学内在的'艺术内核'"③,而是把情感的表达作为审视一切社会现象的基础。可以说,正是对作家情感的收放抒压,构成了民初五四小说区别于同时代其他严肃作品的标志。

三、民初五四小说与鸳蝶小说对抒情传统的"殊途同归"

陈平原从三个角度描述了民初"雅文学"向"俗文学"的转变,即作者由启蒙思想家和社会活动家转变为卖文的文人,读者群从学习求新者转变为消遣自娱的小市民,创作动机从国民启蒙转变为经济创收。④ 此一描述很准确地反映了当时最普遍的文学事实,但也有可能造成某种模糊:民初小说的创作主体,究竟是堕落成文章贩子的启蒙思想家,还是一群与早期新小说家没有关联的职业文人;民初小说的接受主体,究竟是原先就不读雅文学的下层群众,还是也包括阅读趣味发生转变的精英读者;民初小说的创作动机,在赚取稿费的同时是否也排斥社会启蒙。这些问题的存在本身说明,仅从宏观的表面特征出发,很难对民初小说中雅俗两派的深层联系有全面的了解。诚如柏林的洞见:"每个人和每个时代都可以说至少有两个层次:一个是在上面的、公开的、得到说明的、容易被注意的、能够清楚描述的表层,可以从中卓有成效地抽象出共同点并浓缩为规律;在此之下的一条道路则是通向越来越不明显却更为本质和普遍深入的,与情感和行动水乳交融、彼此难以区分的种种特性。"⑤民初小说中最"不明显"却最具有本质意义的,应当是藏伏于其中的五四潜流。新文化运动后叱咤风云的五四文学家,在民初的文学语境下处于怎样的生存状态?他们的小说创作与文本接受,与当时的创作主体和接受主体形成怎

---

① 详见陈平原:《陈平原小说史论集》(中册),石家庄:河北人民出版社,1997年,第712—716页。
② "为了表现发自内部的行为和行为所在的唯一的存在即事件,需要调动语言的全部内含:它的内容涵义(词语表概念)、直观形象(词语表形象)、情感意志(词语表情调)三者的统一。"(《论行为哲学》,见[苏]巴赫金著,晓河等译:《巴赫金全集》(第一卷),石家庄:河北教育出版社,1998年,第33页。
③ [苏]B.H.沃洛希诺夫撰,吴晓都译:《生活话语与艺术话语——论社会学诗学问题》;引自李辉凡等译:《巴赫金全集》(第二卷),第78页。
④ 见陈平原:《陈平原小说史论集》(中册),第707页。
⑤ [英]以赛亚·柏林著,潘荣荣、林茂译:《现实感》,南京:译林出版社,2004年,第22页。

样的关联?在雅俗文学互相流变的过程中,他们究竟是专属于雅文学阵营,还是处在居中的位置?考察以上问题,或许将助我们对民初小说"难以区分的种种特性"有所认知。

在民初发表过作品的重要五四作家,主要有鲁迅、周作人和叶圣陶,其中叶圣陶的经历尤其特别。叶圣陶是五四时期重要性仅次于鲁迅的作家,然而他在五四之前的文学经历,却似乎显示出与五四相背离的一面。不妨关注一下他在1910年至1915年间的日记,从中可以看出他这一时期所参与过的文学实践。如下表1所示①:

表1　叶圣陶日记所见民国初年叶圣陶的文学实践

时间	阅读作品或刊物	创作作品
一九一〇・十一月	《芥子园・梅谱》《牡丹亭》	
一九一〇・正月	《茶磨山人诗》	
一九一一・二月	《经学外抄》《英文汉诂》	
一九一一・三月	《桃花扇》	《感愤》五律二首
一九一一・四月・初三日	"购今年第三期《小说月报》"	
一九一一・五月・十五日	《唐伯虎集》《少年杂志》	
廿二日	抄《南社》第一集诗文词	
廿九日	《东方杂志》	
一九一一・六月・初六日	《养生论》	
十九日	《英文汉诂》	《西湖游后缺憾诗》
廿四日	抄《民立报》所登《亡国奴传奇》	填《忆秦娥》
一九一一・闰六月・十七日	《张苍水集》	
廿四日	《投笔集》	
一九一一・七月・廿六日	《小说月报》	
一九一一・八月・初三日	《小说月报》	
初七日	《小说月报》;抄《佛学剩言》	
廿六日	抄《佛学剩言》	
廿七日	《小说月报》(备注一)	
一九一一・九月・初二日	《小说月报》	
十一日	《东方杂志》	
十五日	《文选》	
十八日	《文选》	
十九日	《小说月报》	
廿二、三日	《社会报》	
廿四日	《小说月报》中的"笔记"	

---

① 日记内容取自《叶圣陶集》卷十九(叶至善、叶至美、叶至诚编,南京:江苏教育出版社,2004年)。1912年前的"月份"记录有旧历新历之别,本表1均从叶圣陶日记原文所记。

续表

时间	阅读作品或刊物	创作作品
廿七日	《妇女时报》	
三十日	《投笔集》、《桃花扇》	
一九一一·十月·初一日	《民立报》《天铎报》《申报》	
初三日	《著作林》	
初五日	抄《民立报》所登诗20首	
二十日	《民国报》	
一九一一·十一月·初七日	赞《民国报》所登《研究共和政府论》；读《民报》	
一九一二·一月·五日	《天铎报》	
廿一日	抄《佛学滕言》	
廿二日	抄《佛学滕言》	
廿三日	《民立报》《时报》	
一九一二·二月·十四日		题《寄感》诗
十五日	《教育杂志》全年刊	
廿七日		与顾颉刚讨论无政府主义，对政府表达反感
一九一二·六月·九日	购《小说月报》第三期	
十四日	《楞严经》	
十六日	购《东方杂志》第12号 购《教育杂志》第2号	
一九一四·七月·二日	收到徐枕亚一书	为《小说丛报》撰稿
廿一日	（备注二）	
廿五日	（备注三）	
一九一四·八月·二十日		《孤宵幻遇记》
廿九日	（备注四）	
三十日	读毕《孽海花》，读章太炎《齐物论释》	
一九一四·九月·一日		重撰应千遗译《黑梅夫人》
二日	读《十字军英雄记》，评价原著和译文	
三日	《三国志·关羽传》（备注五）	
四日	《平等阁笔记》《化度寺碑》	
七日		草创《浮沉》
八日		《无告孤雏》
十四日	（备注六）	
十五日	（备注七）	

续表

时间	阅读作品或刊物	创作作品
十六日	《红楼梦》	草小说约数百字
十八日	《大乘起信论》	《飞絮沾泥录》
廿二日	《庄子》	
廿四日	（备注八）	
廿六日	《招魂》	
三十日	诵《周南》《召南》，圈点《史记》，读《离骚经》	
一九一五·四月·十日	购《小说月报》	
廿三日	点《文史通义》两篇	
廿九日	购《教育杂志》	

（备注一："与岷原闲谈。谈及近时文学，都慷慨淋漓，气象万千。余以为此时者，直当驾乎古人之上。古人虽有名留久远者，比之此时之著作，自当有别，盖亦风会趋势使然耳。"

备注二："曩我著《穷愁》一篇投《小说周刊》，今得其酬报。"

备注三："晨起誊昨夜所撰小说《博徒之儿》，未已。"

备注四：租得《孽海花》。"罗数十年之掌故，呼民魂以归来，洵是能手，允称名著。近日稗官之书充塞乎书肆，类皆鄙俗恶陋，去《孽海花》出世之期才十年耳，其相叛离已如天壤。吾观中国艺事皆今弗如昔，时愈近则艺愈下，如循轨路堪以追索，正可叹也。"

备注五："头晕目酸。"

备注六：早晨"餐已，握管作小说，以之售去亦可得微资。文而至于卖，格卑已极。矧今世稗官，类旨浅陋荒唐之作，吾亦追随其后以相效颦，真无赖之尤哉。"

备注七："既而续撰昨之小说，信口开河，唯意所之。"

备注八："握管草小说，饭后少顷，一篇告终，题之曰《戒性》。"）

从日记里不难看出几点：第一，叶圣陶在这一时期的阅读范围基本限于古典哲学、古代文学以及《小说月报》①等鸳鸯蝴蝶派刊物，对域外小说的涉猎较少；第二，他从事文学创作，很明显是迫于生计，卖文为生②；第三，日常生活中叶圣陶所展现出来的文学兴趣，更类似于传统士大夫文人，比起写小说挣稿费，他更喜欢读古书修身，吟诗赋怡情。如此看来，叶圣陶似乎扰乱了民初文学"雅俗并存"的简单格局：一方面，他确乎显示出相当高雅严肃的阅读趣味，既反感当时量多质劣的通俗文学，也对自己的商业化写作有所限约③；另一方面，他在日记里所记录的阅读活动又分明表现出很强的消闲目的，每每是下班后、就寝前读佛读报，偶尔翻看《小说月报》一类的非严肃文学期刊。同时，他受当时流行文学的影响明显。细读《穷愁》中的一些作品，鸳蝶小说的文风套路都清晰可见（如1914年6月发表的《玻璃窗内之画像》，与周瘦鹃发表于1914年底的《画里真真》，从情节到语言都极为类同；又如《灵台艳影》，包含了旧式文人笔记中才子、妖狐、美人、梦幻等诸多元素）。同一时期，周作人的阅读生活也展现出几分鸳鸯蝴蝶派的消闲色彩，此处摘

---

① 此时沈雁冰尚未担任《小说月报》主编。

② 顾颉刚在《穷愁·序》中写道："直到三年秋间受挤去职之后，他方始有了闲暇，努力发展，所苦的，他受的经济逼迫更厉害了，他只得做了许多短篇小说投寄《礼拜六》及《新闻报》等。"见叶至善、叶至美、叶至诚编：《叶圣陶集》（第一卷），南京：江苏教育出版社，1987年，第202页。

③ 他在1914年写给顾颉刚的信中说："吾今弄些零用，还必勉强写几句。然吾却亦自定宗旨：不作言情体，不打诳语……吾决非愿为文丐者也！"同上。

录他在写作《江村夜话》之前一段时间的日记①：

  1914年3月12日：上午在教育馆购《玉梨魂》《孽冤镜》各一本，皆近时流行小说也。

  20日：晚阅《玉梨魂》。

  4月13日：上午往中校上课，出至大街，买《小说月报》第十。

  4月27日：上午出校至大街，买《前尘梦影录》《颜氏家训》《扪掌录》各一部，《中华小说界》第四号一本。

  5月4日：买coco一罐，《小说月报》十一号一册。

  5月22日：上午至大街买归那丸一瓶百粒，又《小说月报》十二，《小说界》五各一册。

  6月8日：至大街买《小说月报》五卷一号。

叶圣陶、周作人后来成为五四新文学名副其实的奠基者，而他们在民初频繁接触通俗读物的阅读经验却似乎表明：尽管有严肃高雅的审美标准，五四作家们并非自缚高阁，对鸳蝶小说采取一概的排斥；而今天被称为五四新文学的文学样态，其从民初向五四推进的过程，也并非如以往所认为的那样，是"万事俱备，只欠东风"。不是一两个严肃作家写出两三篇严肃作品，在无数鸳蝶小说中固守本色，然后一经五四运动放大就成为了五四新文学。事实可能正好相反：至少在短篇小说领域，关涉社会批判、思想启蒙的严肃文学，和部分思想性、艺术性都皆有可观的鸳蝶小说紧密联系，频繁互文，共同构成五四新文学的原初形态，经过内部的磨合与五四运动的催化，最终成为今天意义上的五四文学。而产生粘合作用的，是两种文学对于"抒情性"的不约而同的"回归"。潜在抒情一方面划清了严肃小说中"五四"与"非五四"的界限；另一方面又使民初五四小说与当时的鸳蝶小说实现了一定的拟合。1915年11月，王钝根发表小说《心许》，以第一人称叙述一位少女对邻家男青年康保罗的暗恋。后来康保罗投身革命，在刺杀将军时重伤身亡，小说也在"予"的悲痛中结束。一个月后，周瘦鹃即发表《私愿》，与《心许》互为酬唱，虚构续写了康保罗对梁昙影（"予"）的一段独白。这两篇鸳蝶小说都紧密结合辛亥革命的重大社会问题，《私愿》甚至构造出革命压过爱情，革命实现爱情的语境（康保罗屡称梁昙影为"东方贞德"，并希望"取彼敌人血，同醉珊瑚杯"，把革命作为完成爱情的方式）。但作品绝没有因此变成《痛定痛》《新论字》之类的革命标语，相反，小说最可贵的地方恰在于作家喷涌迸射的主观抒情：对爱情的赞美，对家国天下和儿女情长矛盾的挣扎，对感情的艰难追求和艰难反制……这些基于作家主体想象的审美，构成了文本内在的感染力。同时期还有相当多类似的鸳蝶小说，它们与民初五四小说在情感书写上达成了微妙的响应。虽然前者的抒情是显性的，后者的抒情是潜在的，但就文学自身所承担的抒情职能而言，两者都可以视作对自"小说界革命"以来中国叙事文学被打断的抒情传统的一种回归。民初五四小说与部分优秀的鸳蝶小说，在抒情方面存在紧密的黏合，两者共同构成民初文学中抒情传统的回复，并由此成为五四新文学的重要品质：宏大社会性与主体抒情性的统一。

---

① 日记内容取自鲁迅博物馆藏：《周作人日记（上）》（影印本），郑州：大象出版社，1996年，第491—508页。

四、从"小说"到"短篇小说"再到"民初短篇小说"

按照学界的通常惯例,研究者在讨论开始前有必要对研究对象作出定性和细分,以确保分析思路的连贯严谨。仅就中国文学研究而言,此种惯例在古典与当代文学的探讨中似乎已显多余,因为无论是时间的断代,还是文体、派系的区分,这两个时代都已具备相对稳定可靠的标准,研究者也已习惯忽视为对象给出证明和说明。然而,当研究进入到近代文学,尤其是"清末民初小说"领域的时候,这种惯性的合理性却是需要质疑的。仅从字面意义上看,"清末民初小说"似乎表述得相当清晰:即产生于清朝末年和民国初年的小说文学。但静言思之,且不论"清末"究竟以鸦片战争还是甲午战争为肇始,"民初"究竟以五四运动还是北伐战争为终结,历史学界尚存有巨大争议①;单就"小说"这一名词来讲,由于忽略因时代殊异而潜存的概念误差,我们凭借今天的小说定义对那段时期诸多"叙事文本"展开的理解,可能已经造成某种意义上的"误读"。本文无意推翻"清末民初小说"此一沿用已久的表达习惯,但同时也认为,审视基于不同视点而产生的"误读",对于我们深入理解"清末民初小说"乃至整个近代中国文学史,确是有所价值的。

问题开始于1895年5月英国传教士傅兰雅举办的一次"时新小说竞赛"。关于此次竞赛的始末详情,中外研究者已多有探考,这里不再赘述②。然不妨详细讨论一下比赛的一处细节。1895年9月18日,傅兰雅的时新小说征集活动正式结束。经过整整半年的评选,次年3月18日,傅氏在《万国公报》第86期和《申报》上刊登出征文活动的获奖通知《时新小说出案》。在这份原应表彰优秀作品的文告里,傅氏出人意料地首先对参赛小说提出了批评:

> 当蒙远近诸君揣摩成稿者,凡一百六十二卷,本馆穷百日之力,逐卷批阅,皆有命意。然或立意偏畸,述烟弊太重,说文弊则轻;或演案希奇,事多不近情理;或述事虚幻,情景每取梦寐;或出语浅俗,言多土白;甚至词意淫污,事涉狎秽,动曰妓寮,动曰婢妾,仍不失淫词小说之故套……更有歌词满篇,俚句道情者,虽足以感人,然非小说体格,故以违式论。又有通篇长论,调谱文艺者,文字固佳,惟非本馆所求,仍以违式论。③

从批语中不难看出,傅氏(包括王韬等评委在内)对于"时新小说"的要求,事实上要高于他在《求著时新小说启》中提到的笼统说法。傅氏批评或曰否定参赛作品的标准有二:其一是文本的内容,包括立意、情节和语言;其二是文本的形式,即文告里所说的"小说体格"。离题海淫等主旨硬伤自然无足多论,值得我们注意的,是傅氏把"违式"也纳入了淘汰细则。而奇怪的是,在《求著时新小说启》一文中,傅氏虽详细规定了内容方面的评判标准("浅明为要""雅趣为综""毋尚稀奇古怪"),甚至专门强调作品应具有明确的时代感("务取近今易有"),却单单没有解释"小说体格"这一最基本的文体要求。连同题目在内,文告只三次提到"小说",而且没有对"小说体格"做出任何界定(仅要求用章回体,"结构成编,贯穿为部")。傅氏在此显然不是大意马虎,一种可能的解释是:在英国人傅

---

① 为了便于表述,本文中的"清末民初",在时间维度上暂约定为从1840年鸦片战争到1918年鲁迅发表《狂人日记》其间的七十八年。
② 具体可参阅[美]韩南著,徐侠译:《中国近代小说的兴起》,第147—161页。
③ 周欣平主编:《清末时新小说集》第一册,上海:上海古籍出版社,2011年,第10—11页。

兰雅的主观感受里,"小说"(novel)在当时中国文人中已经是具有普遍标准、不言自明的基本文学概念。就像西方文学家能分清"epic""essay""prose"和"novel"的区别一样,中国文人也应该可以清楚地区分叙事诗、议论文、散文和小说。对于征文比赛,傅氏很担心中国文人在思想语言方面不能摆脱因袭的沉疴,却没有考虑到,在最基础的概念问题上,晚清文人群体所公认的"小说体格",与自己熟悉的西方文类系统尚且存在相当的不兼容。比赛结果也充分否决了傅氏的臆想:他在收到大量良莠不齐的"标准小说"的同时,还收到数量可观的道情、弹词、歌词甚至时论(从整理出版的 150 篇参赛作品的题目上看,其中仅有获奖及未获奖小说 56 部,其余 94 篇均为议论文章。在议论文章中,还有 30 篇以"小说"冠名,其中 10 篇为"时新小说",13 篇为"鸦片时文缠足小说")。如此颇有闹剧色彩的结局,不能全归咎于中国参赛者水平有限,态度不恭。这或者可以理解为,当一位成长于西方悠久叙事文学传统中的外国人试图用"小说"一词与中国文人发生对话的时候,"叙事文学(novel)"与"小说"之间意义上的误差足以造成会错意的困窘。

傅氏的遭遇实际上一直延续到当代西方汉学界甚至中国本土的研究者。西方汉学家在解读晚清文学(literature of the late Qing Dynasty)的过程中,要面对比中国研究者更多的难题,其中之一就是概念的转译。单就小说研究而言,在汉语词汇中找到"novel"的对应词,是西方汉学家将欧美小说理论代入中国文学系统的首要障碍。浦安迪很早就提出过"novel"与"小说"的英汉转译问题:

> 中国明清章回体长篇小说并不是一种与西方的 novel 完全等同的文类,二者既有各自不同的家谱,也有各自不同的文化功能……中国早期的近代翻译家如严复和林纾这一代人,经过苦心"格义",把 novel 译成"小说",在当时实在是不得已的权宜之计。后来随着时间的推移,"小说"不仅成为今天 novel 的约定俗成的译名,而且在读者心目中渐渐潜移默化地变成了 novel 的同义词……我在 80 年代以前的英文著作中,往往采用 MingQing full-length xiao-shuo(明清长篇小说)或者 The extended vernacular prose fiction(明清长篇白话散文虚构性叙述文体)暂加借代。①

浦安迪遇到的问题,反过来给中国研究者这样一个提醒:研究中通行使用的"清末民初小说"术语,似乎仅来源于我们不假思索的默认与接受。"中国文学活动语境中'小说'这一概念的使用者往往忽略了或者没有足够地意识到它与西方叙事文学发生、发展及传播的过程,以及它与这一汉语概念本身。"②"novel"作为西方符号系统中一种关于"虚构"和"叙述"的指代,从词源上讲并不与汉语的"小说"构成充分的对应,但经过清末民初,尤其是五四以来长达一个多世纪的默认,今天的"小说"已经被逆向赋予了西方文类中"novel"的全部内涵。如此说来,今人反复研究和讨论的"清末民初小说",在当时的语境下只是一个迫不得已的代用词。倘若遵循与晚清文人们的"同时代视角",我们会发现,至少在一个时期里,他们对"小说"一词并没有"novel"的认识,或者说,晚清文学创作者们没有形成今天意义上的小说概念③。假设此一推断成立,我们在不加分析地用"小说"来描述和解释晚清一系列文学实践活动时,就很难避免像傅兰雅一样发生对文本与作家

---

① [美]浦安迪讲演:《中国叙事学》,北京:北京大学出版社,1995 年,第 25—26 页。
② [德]莫宜佳著,韦凌译:《中国中短篇叙事文学史》,上海:华东师范大学出版社,2008 年,第 296 页。
③ 晚清中国文人对小说的认识显然偏于感性,基本上没有文体和题材的科学分类意识,这从当时各种各样、纷乱驳杂的"小说"名目中可见一斑。见表 2。

的误解。这里绝非想对"novel"的翻译史详加考据，或质疑、动摇以往建立在"晚清小说"基础上的研究成果，而是想从这个问题中推导出一条可能的逻辑：我们现在所熟悉的"小说"文类，近则渐趋成形于梁启超的"小说界革命"，远则要追溯到文艺复兴时期的欧洲文学，总之是一个形式上源自中国，本质上却属西方，后来又被刻意中国化的术语。它同19世纪中后期晚清文人及其文学活动的关系，实在是一个需要详细论证的话题，应不能如我们今天所做的，把"小说"一词直接安放在整个晚清。虽然学界已经普遍认识到，"小说"概念在晚清事实上经历着一个从零散走向集中的趋同过程，中国文学传统里定义模糊、无所不包的"小说"文类，逐渐在读者/作家有意无意的阅读、翻译和创作中被蒸馏，合拢成对"叙事文学"的感性共识。但问题在于：其一，这里的感性共识仍旧显示出"中国式的开放"，与"novel"的结合紧密程度远低于五四后的现代文学，而对此我们仅有意识却没有定性分析；其二，我们对于趋同过程的描述始终是含混不清的，没有办法标注它的各个历史节点，也因此丧失了准确把握、建立坐标的可能①。由此造成的阅读困境是，尽管明知在清末民初使用"小说"这一提法需保持足够的严谨，但"混沌"的文学景观却迫使我们暂时放弃对理论概念的执着，只能顶着"小说"之冠名，强行闯入一个驳杂的文学世界。这种不严谨，纵然是出于无奈，却是我们在研究清末民初小说之时必须坦率承认的学术违规。

做出如是一番无用陈述并非无稽之举。它表明，"小说"在整个清末民初都处于一个"双重转译"的过程：一是中国文学分类法与西方文学体系的互译；二是传统文学与现代文学的互译。而借本雅明的说法，"一切翻译只不过是与语言的陌生性质达到一致的权宜手段。解决这种陌生性质的瞬间和终极而非暂时和权宜的办法仍然是人类能力所不及的"②。既然无法清楚描述这个过程，那么以"混沌"的视角观察清末民初的文学景观，就反而获得了方法论上的合理性——尤其当研究视野拓展到短篇小说领域中时，模糊的文学史恰好为标定短篇小说作为文学系统的独立性创造了可能③。一个事实是，今天我们所接受的清末民初文学史，基本上是由中长篇小说搭建起来的。尽管近年来已有研究者关注并整理了清末民初的短篇小说，但以短篇小说为主体的文学史体系却迟迟难以建立。其中原因，或在于我们主观上有意回避"混沌"格局，不承认短篇小说在晚清文学框架下的独立地位，一直致力于将短篇小说塞进现有的清末民初文学史叙述话语，以致造成某种破坏性的附会与拼合。举个例子，吴趼人在其长篇小说中通常是以主张改良维新示人的（如1908年《新石头记》的第二十六回和第四十回），但在短篇小说里，他又分明表现出相当的革命倾向（如1907年《查功课》里写学生私下阅读《民报》）。如果仅依赖长篇小说书写文学史，那么吴氏政治思想的复杂性就难免被破坏了。在事实上，短篇小说

---

① 一个有趣的现象是，在七十多年的时间里，"小说"受到的批评几乎没有发生什么改变。见表3。
② ［德］瓦尔特·本雅明著，陈永国、马海良编：《本雅明文选》，北京：中国社会科学出版社，1999年，第284页。
③ 普实克在讨论清末民初中国文学革命时，曾提出："作家ednesday要对一切传统形式进行重新评价，同时建立起一个新的形式体系。占据最重要地位的至少是表面上非常自由的文学形式——短篇小说和长篇小说。"（见［捷］雅罗斯拉夫·普实克著，李燕乔等译：《普实克中国现代文学论文集》，长沙：湖南文艺出版社，1987年，第87页）普实克分述"短篇小说"与"长篇小说"，而不是统称"小说"，显然是意识到两者间有着难以统一的特性。本文则尝试进一步说明，至少在民初的文学环境下，短篇小说与长篇小说实属为相对独立的两种文学系统，强调"断裂"比强调"联系"更有利于进入对短篇小说的研究。

与长篇小说之间的断带一直是存在的①,特别是在清末民初这个复杂时期。第一,短篇小说在文体意义上比长篇小说更难界定。把《金瓶梅》《红楼梦》归为长篇小说(章回说部)并无困难,但把士大夫文人的笔记,篇幅短小的稗史、传奇乃至有情节结构的传记等与"小说"若即若离的文体纳入短篇小说,则容易引起争议。第二,即使放宽文体标准,短篇小说在数量上也足以"淹没"可以计数的长篇小说,在如此浩繁的文本群域中进行选择性强调,其难度之大可想而知。第三,由于篇幅,中长篇小说的创作需要作者预先有全面的构想,在思想情感上通常显得深谋冷静,情节的虚构性也较多受制于客观现实;而短篇小说则多情难自抑之作,对主观情绪的抒写往往是非冷静的,虚构也常常盖过写实因素(游戏文章尤其如此)。在文学与现实历史的互文中,短篇小说囿于情感的可变,时时表现出思想的动摇和繁杂。通过短篇小说与长篇小说反映出来的,可能是截然不同的两个世界。因此,较之长篇小说构成的清末民初文学史,短篇小说呈现出更难以克服的模糊和粘稠,但同时也预示着另一种文学世界存在的可能性。如果忽视短篇小说与长篇小说之间的事实断裂,仅因为"同作者""同时代"等原因而横加关联,那么,清末民初短篇小说中某些潜在的独特性就难免被遮蔽。

20世纪80年代以来,已经有研究者关注到清末民初短篇小说的重要价值并加以探讨。其中,陈平原、杨义等学者的学术成果尤其具有开拓性,可以说代表了近代小说研究的最高水平。本文的许多观点,无非是拾了前辈的牙慧而发。值得注意的是,尽管研究思路不同,两位学者都专门把"民初小说"抽离出来单独分析,而不是在清末民初的大框架下把"民初"一笔带过。这表明,他们意识到民初小说不是一个可以溶解于清末民初文学的溶体,以辛亥革命切割文学史的做法有其学术必要。民初(1911—1918)诚可谓中国文学从晚清进入五四的窗口期,而填充这一窗口期的,恰恰是上文反复提及的短篇小说:李伯元、吴趼人、刘鹗、曾朴等晚清长篇小说巨匠在辛亥前后或去世,或改行,长篇小说的创作就此进入低谷;林纾则自1912年年底开始,在《平报》"铁笛亭琐记"和"践卓翁短篇小说"专栏上连续发表短篇小说(包括古体笔记)②,创作和译作同时开展;包天笑、徐枕亚、周瘦鹃、李定夷、刘铁冷等鸳鸯蝴蝶派小说家集体发力,创作了大量主题各异的短篇小说;《礼拜六》《小说月报》等主要刊登短篇小说的文学杂志也相继问世。这段短暂的无名时代③,衔接着中国近现代文学最重要的两个时期,对它的理解,直接关涉到晚清与五四之间的历史关系:我们究竟是把五四看成对晚清的否决,是把两者视为连接着的两个端口,还是在新的意义上,再次强调五四对于晚清的断裂,很大程度上取决于我们对民初文学的看法。而又因为短篇小说在这一时期引领着中国文学从内容到形式上的种种改变,因此对民初短篇小说的探讨,或将深化我们既有的文学史观。

包括陈平原等学者在内,大多数研究者对民初文学的看法是负面的,因为黑暗的政治和商业化的思潮反映到文学上,变成了民初文坛消遣自娱、浮华绮丽、诲盗诲淫的堕落文风④。即使考虑到同时期部分严肃小说的存在,也不过给出"雅俗并存"的朦胧评语。

---

① 可参读[意]阿·莫拉维亚:《短篇小说与长篇小说》;[英]乔·艾略特等著,张玲等译:《小说的艺术》,北京:社会科学文献出版社,1999年,第207—213页。
② 《林纾年谱简编》,见薛绥之、张俊才主编:《林纾研究资料》,福州:福建人民出版社,1982年,第36页。
③ 此处借用陈思和的观点。详见其《献芹录》,上海:复旦大学出版社,2009年,第235页。
④ 如杨义《中国现代小说史》(第一卷)"民初小说的蜕变、逆行和新追求",陈平原《二十世纪中国小说史》"回雅向俗——礼拜六的消闲说"。

换言之,民初的严肃小说与通俗小说是相抗撷的两种文体。作为五四文学在前五四时期的潜流,严肃的短篇小说是抵抗着堕落文风而顽强自生,并最终爆发于五四的。此种观点虽系主流,却值得展开充分的探讨。之前所说,清末民初的文学景观是混沌的,但混沌当意味着黏着而不是碎片化。在民初发声的主要小说家中,除去林纾(1852年生)、包天笑(1876年生)以外,绝大多数是同一代人①。他们共同成长于19世纪晚期的社会环境下,对中国传统文化和域外文明有类似的接受史——很难想象,仅仅是文学趣味和个人才华方面的个性,就可以涂抹掉他们"文学成长史"的共性。另外正如研究者们注意到的,像恽铁樵、周瘦鹃等人也曾创作过颇有水平的严肃作品(《工人小史》《真假爱情》)。这一方面可以佐证"雅俗并存"之格局,另一方面却也隐约构成了自我消解:既然作家可以在严肃小说和鸳蝶小说之间跨界,那么"雅""俗"文学的鸿沟也许并不如我们所认为的那样鲜明。同时,在民初这个无名时代里,不同文学群体的交互对话往往自由而平等。后来的五四文学家们,此时与鸳鸯蝴蝶派文人们同处在一个对话场域,这意味着民初的鸳蝶小说同样构成五四作家阅读史的一部分(像叶圣陶在步入文坛前,就曾大量阅读《小说月报》(1921年前)和《东方杂志》等鸳鸯蝴蝶派刊物)。在谁都没有掌握话语权的时候,五四文学家"自守纯洁"的排他意识是否真的如此强烈,鲁迅所言的"实利离尽,究理弗存"②到底是自我标榜还是实验主张,其实都难辨明。如此一来,雅俗文学的对峙分割似乎显得没有意义,倒是两者之间可能具有的联系和互文,应该被我们重视和重提。本文所论述的潜在抒情,只是民初五四小说与部分鸳蝶小说之间联系的方式之一,不足以描述整个清末民初短篇小说世界的"历史的脉络"和"互文的脉络"③。但如果能完成对两种脉络的梳理,那么中国近代文学的总体图景,又将会呈现出怎样复杂深邃?

五、结语:从零开始,复归于零④

清末民初文学——特别是清末民初小说——的整体面貌,往往在外观上呈现出比古典文学和现代文学更为难以梳理的"复杂"。倘遵循文学反映论的逻辑,"复杂"的根源在于产生清末民初文学的时代。就像李鸿章在《筹议海防折》中所说的,晚清的时代标签是"数千年来未有之变局",一个"来"字把晚清与它之前的中国历史两相分开,格外突出前者之"变"与后者之"不变"。中国历史长期陷于"本身没有表现出任何发展和进步"的超稳定循环⑤,而晚清却是目前为止对这种循环的唯一打破。晚清以后,新的秩序(不论政治经济还是文化)开始重建,历史逐渐从它的断裂带上自我缝合,走向另一种层面的稳定与循环。要之,中国社会在清末民初所炸裂出的复杂性,要远远超出其之前之后的任何时期。如今对于这一时期文学的研究,很大程度上依赖甚至依附于对当时社会复杂性的共识。

然而,"一门艺术的历史的意义与简单历史的意义是相反的。一门艺术的历史以其

---

① 如鲁迅、刘铁冷(1881)、周作人(1885)、徐枕亚(1889)、李定夷(1890)、叶圣陶(1894)、周瘦鹃(1895)。
② 鲁迅:《摩罗诗力说》。
③ 汪晖:《声之善恶:什么是启蒙?》。
④ 见朱伟:《接近阿城》;转引自王晓明主编:《二十世纪中国文学史论》(下编),上海:东方出版中心,2003年,第372页。
⑤ [德]黑格尔著,潘高峰译:《黑格尔历史哲学》,北京:九州出版社,2011年,第222页。

个性特点,而成为人对人类历史之非个性的反动"①。文学反映论的单向度思维,在讨论文学与时代的激烈互动时,其局限性往往盖过了适用性。近年来,学界存在一种倾向,即为中国文学寻找到某种"不假外求"的观察视角,尝试从文学本身——而不是从经济基础、阶级政治、社会史乃至哲学思想——出发,去解释文学与非文学的外部对话,解读文学与文学的自我沟通。这种对文学反映论的局部消解,事实上反身强化了文学与时代的联系,肯定了从"文学反映时代"向"文学创造时代"转变,由文学史产生社会史的可能。本文无意过多讨论抽象的文学理论,在此仅想说明:在研究清末民初文学,努力建立或接受一套清末民初文学史的时候,我们极容易陷入某种先验的文学反映论,以致在阅读单个作品时,我们的关注点总是集中于搭建现实与文本之间的"双向投射",即文本反映了怎样的现实,哪些现实(包括各种文学理论)迫使文本做出这样的反映。至于创作者,我们更关心其出身于什么环境,处于怎样的政治格局,经历过哪些社会变动,从事怎样的经济活动。而之前提到此一时期社会的复杂性,偏偏为此种"求诸外"的理论假设准备了足够多的史实证明,让我们能轻易获得对清末民初文学的种种非文学解释,并因此满足于同样非文学的价值估值。阿英认为,"晚清小说是小说史上一大发展,无论从哪一方面看,为社会所重视,收得政治的艺术的效果亦颇巨大,上承《聊斋》、《儒林外史》,经外国文学熔化,发展为五四文学张本。另一线则堕落"②。这种"堕落"自然是相较于社会的进步而言的,但它如何在文学内部得到相应的描述,恐怕是阿英本人都难以回答的问题。"人类只有知道应该朝着什么方向前进,才可以谈论进步"③,而文学恰恰很难明确其前进的方向。文学数千年来的演变,与其说是向前"发展",毋宁说是向外"拓展"。在一个不适用进化论的体系里面,我们是否应把关注的重心放在坐实文学各条"拓展路径"的内涵与关联,而非急于用文学以外的坐标班排座次,或者改换新天?也许,对"晚清—民初—五四"的非文学因素进行归零,是今天我们重新从文学的零点出发,拓展出那个时代文学之无穷变数的一条可行通路。不妨借鲁迅的诗作结——

我有一言应记取,文章得失不由天。

表2　晚清三份小说期刊目录条目表

新小说	小说林	月月小说
历史小说	历史小说	历史小说
侦探小说	侦探小说	侦探小说
写情小说	写情小说	写情小说
奇情小说	奇情小说(11)	奇情小说(4)
科学小说	科学小说	科学小说(4)
社会小说	社会小说	社会小说

---

① [捷]米兰·昆德拉著,余中先译:《被背叛的遗嘱》,上海:上海译文出版社,2013年,第17页。
② 阿英:《略谈晚清小说》,参见《阿英文集》,北京:生活·读书·新知三联书店,1981年,第907页。
③ [美]弗朗西斯·福山著,黄胜强、许铭原译:《历史的终结及最后之人》,北京:中国社会科学出版社,2003年,第8页。

续表

新小说	小说林	月月小说
		虚无党小说
哲理小说		哲理小说
		国民小说
游戏文章		滑稽小说
		诙谐小说(12)
劄记小说		劄记小说
政治小说	外交小说(11)	理想小说
		侠情小说
		奇侠小说(21)
冒险小说		冒险小说(9)
	军事小说(2)	航海小说(3)
	家庭小说(5)	家庭小说(6)
		寓言小说(7)
		警世小说(12)
法律小说		立宪小说(10)
		苦情小说(10)
		教育小说(10)
语怪小说		疑情小说(18)
广东戏本		历史传奇(12)
粤东班本		中国侦探(15)
		杀人奇谈(23)
		心理小说(19)
		侦探言情小说(21)
传奇		传奇
传奇小说		传奇小说(8)
	短篇	弹词小说(8)
	短篇小说(12)	短篇小说

备注：括号中数字表示该条目自此一期开始出现。如《月月小说》"航海小说(3)"表示自第3期起，《月月小说》目录中出现"航海小说"条目。

112

表3　清末民初对"小说"的批评语摘录

时间	出处	批评语
唐代	《隋唐嘉话·上·并序》	多闻往说,不足备之大典,故系之小说之末。
19世纪50年代	《儿女英雄传序》	稗史亦史也,其有所为而作与不得已于言也,何独不然?然世之稗史充栋折轴,慊心贵当者盖寡。
1874	《儒林外史序》	惟稗官野乘,往往爱不释手……至或命意荒谬,用笔散漫,街谈巷语,不善点化,斯亦不足观也已!
1874·6·17	《申报·论创行议院事》	古籍无及于近事者,小说家言无益于政治者。
1875·4·21	《申报〈遁窟谰言〉广告》	为近来最新之说部……足于汉唐诸小说家齐驱……
1875·5·19	《申报〈儒林外史〉广告》	儒林外史一书,虽系小说,而诙谐之妙,叙述之工,实足别开蹊径……
1875·9·13	《张明经记暑》	以上系汉友所述,论者论者谓荒渺稽似,近小说家流,不知按其言,则信疑参半……
1878·4·15	《新书出售 本馆告白》(《申报》广告)	尔来小说书几于汗牛充栋,然要其大旨有三,曰儿女风情,曰英雄气概,曰神仙法术。但每书中总多淫亵之词,而少劝惩之意……
1880·2·15	《新印绘芳录出售本馆主启》(《申报》广告)	章回小说总不脱才子佳人窠臼……
1881·9·24	《朱批第一才子书》(《申报》广告)	《三国志》一书,虽小说,而未尝不可以观。
1881·12·14	《新印野叟曝言出售》(《申报》广告)	《野叟曝言》一书,体虽小说,文极奇谲……
1888·5·27	《新出古今奇闻》(《申报》广告)	即妇孺亦能寓目,诚稗史小说中未有之书……
1889·4·1	《重印风月梦告成》(《申报》广告)	虽仿章回小说,而其遣词命意,诚有非率尔可以操觚者……
1889·4·1	《弭患说》	草寇之流多被小说所误……
1895	《熙朝快史序》	且夫今之所谓小说者亦夥矣!非淫词艳说荡人心志,即剿袭雷同厌人听睹,欲求其自抒心裁,有关风化者,盖不数数觏矣。
—	傅兰雅	大多数中国小说,"不过是超出可信度限制或与魔术有关的奇迹的记录";"这个国家充满废纸般的小说,文人们虽然经常看这些小说,但当然,表面上还得绝口不提。"(转引自《中国近代小说的兴起》,第135—136页)
1907	《论小说与改良社会之关系》	此风一开,而新小说之出现者,几于汗牛充栋,而效果仍莫可一睹,此不善作小说之过也。
1909	《说小说》	中国旧有之小说,汗牛充栋,然佳者实不及千分之一。除十余种著名之作外,皆无意识,不堪卒读者也。然此等我辈所视为不堪卒读之小说,正下流社会所视之若命者,而小说之毒遂由此深中于社会矣……虽有新小说,仍为此等恶小说所中梗,无丝毫利益也。

续表

时间	出处	批评语
1915	《告小说家》	吾安忍言！吾安忍言！其什九则诲盗与诲淫而已，或则尖酸轻薄毫无取义之游戏文也，于以煽诱举国青年子弟，使其粲黠者濡染于险诐钩距作奸犯科，而模拟某种侦探小说中之节目。其柔靡者浸淫于目成魂与窬墙钻穴，而自比于某种艳情小说之主人者。于是其思想习于污贱腥臊，其行谊习于邪曲放荡，其言论习于诡随尖刻。近十年来，社会风气，一落千丈，何一非所谓新小说者阶之厉？
1919	《今日中国之小说界》	中国近年来小说界似乎异常发达。报纸上的广告，墙壁上的招贴，无处不是新出小说的名称。我以为现在社会上做小说的如此之多，看小说的如此之盛，那一定有很多好小说出现了。那知道我留心许久，真是失望得很呢！

文 献

雷　强

傅斯年手札八通

　　1913年，袁同礼考入北京大学预科，结识同学傅斯年，自此成为一生好友。傅、袁二人的行谊，学界对20世纪20年代中期以后的情形颇为熟悉，如台北"中研院"历史语言研究所出版的《傅斯年遗札》即提供了极为丰富的史料文献，供今人研究。但就二人早期的交往，迄今为止并未有太多踪迹可循，着实可惜。袁同礼哲嗣袁清先生藏有傅斯年书札八通，笔者得其授权代为整理，遂能些许填补空缺。

　　以下各信均由傅斯年本人毛笔撰写，但只存信稿正文部分。整理者按撰写时间依次排序，其中第一封信为1918年撰写，其余七封皆为1919年所作。前两封信除引号外，傅斯年未作标点，由整理者代为断句，另外六封的标点符号则皆按傅斯年本人所注标识。插入处以上标小字表示，无法辨识处皆以□标识。

一

守和学兄：

　　一年未见，渴想殊甚。上星期日承枉驾相顾，弟竟以事不在，至歉也。弟拟择一天气和暖之日往贵校一行，以□□□藉作观光，惟时期未能预定耳。弟等组织一月刊杂志，定名曰"新潮"，第一期准于明年一月一日出版，届时当以奉赠。此请
道安

弟斯年　顿首
十二月九日

　　按：由《新潮》创刊日期可知此信写于1918年12月9日。1916年夏，经王文显介绍，袁同礼进入清华学校图书馆工作，因其校址在北京古都城外，故傅斯年有"一年未见"之说。信纸为北京大学消费公社制。

二

守和学兄：

　　久不晤，未审起居佳胜否？今□敝志"新潮"定于本月十一日印就，弟已嘱敝校出板部寄赠吾兄一份，寄贵校图书馆一份，贵校学报一份，想二三日内可以收到。同社中嘱弟转托吾兄在清华代为销售，未审可否？如无不便之处，当寄上若干册，或由图书馆代售或由兄托别□代售均可，其价目则照印费折合每册大洋二角。谨此奉托，敬候回示。即请
日祉

弟斯年　顿首
一月八日

按：此信写于1919年1月8日。袁同礼入职清华学校图书馆后，常受师友之托代售书刊，袁清先生所藏书信此类函件颇多。查《新潮》创刊号初版原刊可知，该刊编辑者为新潮社、发行者为国立北京大学出版部、印刷者为财政部印刷局，定价每册三角。该刊出版日期注为1919年1月1日，而由此信可知实为一月中旬印制完毕。傅斯年代售之请，只求按印刷费销售，可见其意欲扩大刊物知名度，并不以利润为重。国立北京大学用笺。

三

守和学兄：

　　两信并悉。承允代售，感谢感谢。兹先以赠阅者三本送上。其代售之廿册，容于明日印刷者全数送来时，再行寄去。

　　兄在密勒评论中所作之文，能将敝志内容略为述说，当更感谢。此请

日安

弟斯年
一月十三日

按：此信写于1919年1月13日。"密勒评论"即《密勒氏评论报》（*Millard's Review of the Far East / The China Weekly Review*）。袁同礼在北京大学预科学习时英文颇为出众，曾历任预科文学会英文部编辑长、英文部部长，而傅斯年则为国文部编辑长。查《密勒氏评论报》，并未刊登过有关《新潮》（*The Renaissance*）的介绍评论，亦无署名为"T. L. Yuan"的文章。国立北京大学用笺。

四

守和学兄：

　　初二日寄上一明信片，未知收到否？《新潮》已寄上四十三册；三册系赠者，四十册则托售者。第一期业已售罄。

　　评哲母士书需用否？至于哲母士之其他著作，弟近以需用之故，业向日本购买。但寄到或须一月以后也。

弟斯年
二月七日

按：此信写于1919年2月7日。信中"明信片"似非指前一封信，因一月十三日为腊月十二，"初二"似指二月二日（正月初二）。而"第一期业已售罄"超乎笔者所想，由前信可知创刊号一月中旬始印就，至此信时不满一月就已售罄，盖其原因不外乎两方面，一是极受欢迎，二是初版印数颇为谨慎。就笔者所知，1919年12月《新潮》第一卷已印至第三版，印刷者改为亚东图书馆（上海五马路棋盘街西首），该所亦为《新潮》的总发行所。"哲母士"者应指威廉·詹姆士（William James），美国心理学家和哲学家。《新潮》创刊号中，傅斯年撰"去兵"一文，曾提到詹姆士；1919年1月16日，傅斯年撰"译书感言"，后刊于《新潮》第一卷第三号，其中提及张东荪约其翻译詹姆士《实用主义》（*Pragmatism: A New Name for Some Old Ways of Thinking*, 1907）一书，可见此时詹姆士对傅斯年的影响。至于傅斯年从日本何处购买图书，实不可考，如丸善书店等皆有可能。国立北京大学用笺。

117

五

守和我兄：

两月不见，想你的很！我久有往清华园快谈几天的意思，只是没有时候。近来在济南住了几乎一月（五月廿九—六月廿二），回来又要（留学）考试，又要搬家，所以总没有工夫。

现在我考留学录取了。八月中旬往英国去。又要好几年不能见面！平日在京！不觉得什么；一旦要出中国，觉得许友戚友同学都不愿远远离开；所以我近来心里老实不畅快。

我治装的事，请你帮忙指导！并请给我一信！

朱一鹗、陈邦济近来同我造了许多谣言；而我平素因意气太盛，所得罪的同学，就去竭力传播。上海方面有许多素不相识的人替我辩白，却是始料所不及的。朱、陈二公的德行手段，我算领教了。

弟斯年
六日

按：此信应写于1919年7月6日。时傅斯年考取山东省官费留学第二名，将赴英国留学。信中第二段之"许友"似为"许多"，应为傅斯年笔误。查《国立北京大学历届同学录》，可知朱一鹗为浙江东阳人，1916年入北京大学预科，1917年至1919年学习商业；陈邦济为浙江义乌人，1916年入北京大学预科，1917年至1919年学习采冶[①]。"谣言"之事，似与傅斯年五四运动时"思想激进"有直接关系，而目的或为阻挠其出国放洋，上海方面的友人不可考。该信前三页为国立北京大学用笺，最后一页为普通红栏信纸。

六

守和吾兄左右：

昨承枉顾，失迓为歉。弟曾于两星期前上兄一函，略述弟之近况，弟赴济之行，与日前朱一鹗、陈邦济诬我之事，并托兄介绍裁缝，末附弟近中住处。今观兄所留字，想此函遗失矣。

弟现以山东省费赴英留学。行期尚不能定。因船票买不到也。治装一事，即须着手。请兄将清华常照顾之裁缝介绍与我！（以工资廉者为宜。）

弟拟往贵校一游，未识方便否？再敝姻长侯先生与同乡夏先生欲观光清华园，未审清华园中有旅馆之类否？（以不扰兄为归。我可扰兄，彼二君若往贵园而非扰兄不可，则不往矣。）一切请示复！余面谈不尽。

弟现寓西四牌楼北，沟沿西，拣果厂十三号，侯宅。

弟斯年
廿二

前承招游，感谢感谢！

按：此信应写于1919年7月22日。"两星期前上兄一函"应即六日之函，并未遗失，只是住处信息并未留存至今。"姻长侯先生"似指侯延爽（1871－1942），字雪舫，幼年在私塾念书，后来追随傅斯年之父傅旭安。傅旭安去世后，侯延爽为报答师恩，将傅斯年与傅斯岩兄弟二人的抚养与教育当作自己的责任。1908年冬傅斯年随其前往天津，后入天津府立中学堂

[①] 五十周年筹备委员编：《国立北京大学历届同学录》，北京：国立北京大学出版部，1948年，第54、254页。

读书。夏先生者,不可考。"拣果厂"现为北京市西城区金果胡同。普通红栏信纸。

七

守和吾兄左右:

奉手示,敬悉一是。承赐书册,谢谢!招游极感!侯、夏两先生因暑热,前议作罢,并嘱弟代道谢意。弟往贵处之先,当以电话奉闻也。一切面谈,即颂

暑安

弟斯年
廿七日

按:此信应写于1919年7月27日。普通红栏信纸。

八

守和吾兄:

我小病不断,迁延了三十多天。虽然不是什么爬不起床的病,不过旅行是办不到的了。所以不曾往清华,劳你垂询,惭愧得很。

我从来不曾往清华园去过。清华是我久要参观的,风景好的地方又是我最要游的;所以在去国之先,必然以往游清华为快;更可以和老兄久谈。只是阻于生病,真令人发恨了。

现在连接家里三四封信,俱说,我的内人生病很重,而且还有许多家事牵联,须得早日回家。我现在决定九月一、二日赴济。清华之游,只好暂搁了。对你很惭愧,而且心里颇不畅快。不过我还要回京的,在家住上四十日就回京,由京赴上海。船票还不甚定,大约是十二月里。我回京后,必然再找老兄,畅畅快快的谈几天。

你送我的那本书,可以等我回京时交我。若现在寄来,便先睹,尤其好了。

自从五四运动以后,中国的新动机大见发露,顿使人勇气十倍。不过看看过去的各般动机,都是结个不熟的果子,便落了。所以我所盼望的,还是思想界厚蓄实力,不轻发泄。清华学生的 sociability 实在是改造中国的一种好元素,若再往精深透彻上做上几步便可为学界之冠。你是清华的职员,又曾是大学的学生。若把大学的精神输进^{清华},或者青出于蓝而青于蓝了。——这是你的责任。

我回想我这六年大学,简直不成一回事。读书做人都太惭愧了。在分科时恨预科,现在又恨分科时。我立志要把放洋的那一天,做我的生日。半年《新潮》杂志的生活,说了许多空话。以后当发奋读书,从学问上的 abc,一步一步做起!我回想以前,颇有些对你抱愧的地方,但是毕竟是最好的朋友,希望以后精神上时时会通!

其余等我回来见面再谈罢!

弟斯年
八,廿六

按:此信写于1919年8月26日。对其解读,可参见耿云志《傅斯年对五四运动的反思——从傅斯年致袁同礼的信谈起》[①],笔者不再赘述。新潮用纸。

[①] 耿云志:《傅斯年对五四运动的反思——从傅斯年致袁同礼的信谈起》,《历史研究》2004年第5期。

史料·苏雪林专辑

宋尚诗

译者前言:《中国现代小说和戏剧》的意义

一

苏雪林的《中国现代小说和戏剧》是《中国现代小说戏剧一千五百种》的一部分。夏志清写《中国现代小说史》的时候,在前言里专门提到宋淇送他的这本书非常有用①。司马长风则称该书"是一本相当有用的怪书"②。它由三部分构成,第一部分即是《中国现代小说和戏剧》(Present Day Fiction & Drama In China)③,第二部分是赵燕声的《作者小传》(Short Biographies of Authors),第三部分是善秉仁写的《中国现代戏剧一千五百种》(1500 Modern Chinese Novels & Plays)。其中第三部分占该书的绝大部分,约有70%,主要为书目提要。该书的三位作者均使用英文写作,善秉仁在"前言"有言:"出版这本书,我们寻着两个目的。一个是保护青年人不受恶性阅读的潜移默化的荼毒,另一个目的则是向外国民众介绍中国现代文学。"第一个目的突出了该书的道德教化和宗教色彩,第二个目的解释了该书为何用英文写作。事实上,这两个目的奠定了该书的学术价值,其学术价值又主要地表现为史料价值,以及为后代学者在相当"醇熟"的中国现当代文学研究领域提供一个独特、新鲜的切入视角,这一点容后文细说。

要搞明白《中国现代小说和戏剧》在苏雪林的新文学史著作中的序列位置及其特征,又不得不提及她的另外两本相关著作:《新文学研究》和《中国二三十年代作家》。这三本书的时间先后顺序为《新文学研究》(1934年由国立武汉大学印刷)、《中国现代小说和戏剧》(1948年)、《中国二三十年代作家》(初版为1979年,再版为1983年)。

先说《新文学研究》。苏雪林在1979年为自己的《中国二三十年代作家》作序时回忆道,1932年"在国立武汉大学担任新文学这门课程,上课时也有简单的讲义发给学生"④。这里的"讲义"指的就是《新文学研究》,可见,该书是对新文学的共时性的研究,同时其

---

① 夏志清:《前言》,《中国现代小说史》,上海:复旦大学出版社,2005年。
② 司马长风:《稀奇古怪一部书》,《新文学丛谈》,香港:昭明出版社,1975年,第115页。
③ 目前,一些提及该书的研究文献对它的命名是不一致的:有的译为"现代中国小说和戏剧",有的译为"当代中国小说和戏剧",有的则是"中国当代小说和戏剧",这些名称其实都是可以的。从字面意义来看,同时考虑到苏雪林的写作时间,将 present day 译为"当代"似乎更为妥帖,但是考虑到目前的学科惯例(即以1949年为界,之前称为"现代",之后则为"当代"),这里姑且将它译为"中国现代小说和戏剧","现代"作为"小说和戏剧"的定语,放置在"中国"之后。
④ 苏雪林:《自序》,《中国二三十年代作家》,台北:纯文学出版社有限公司,1983年2版。

语体色彩带有讲稿的风格。而出版于20世纪70年代末的《中国二三十年代作家》则是在《新文学研究》的基础上完善而成。

那么《中国现代小说和戏剧》位于什么样的位置？对比《新文学研究》，会发现，由于写作时间的优势，它考察了20世纪三四十年代的文学现象，比如一个伴随时局而出现的作家群：东北作家群——就在《中国现代小说和戏剧》中占有重要分量。这在《新文学研究》中是没有的。而更晚的《中国二三十年代作家》中对"东北作家"的论述则承继了《中国现代小说和戏剧》的相关章节。

另一个突出特点是，相比《新文学研究》，《中国现代小说和戏剧》更加简约，可算作是一部简明文学史。正如前文所言，《新文学研究》作为上课讲义，具有鲜明的授课痕迹，内含大量的文本细读（而以作品论为代表的文本细读是苏雪林文学批评的鲜明特点①），《中国现代小说和戏剧》则显得相对精当、骨感，虽也有文本分析，但都在必不可少处而为之，整体篇幅大为精简，其总结的意味很明显，反映出她已经具备了文学史家的眼光，这或许体现了作者身处1948年时的史的自觉，译者赞同丁增武的判断，即"她此时的写作显然已经具备了学术研究的品格"②，的确如此，下文还会提及此点。

二

这里说一说迄今发现的对该书的评价。

20世纪60年代中期，香港龙门书局曾翻印过《中国现代小说戏剧一千五百种》，译者这样评价："苏雪林教授写的《当代小说和戏剧导言》，把近几十年来新文学的历史作一总结。苏教授对于中国文学有深刻的认识，她把这几十年来新文学的源流派别，都说得了如指掌，是一篇很有价值的文章。"③

曾经翻译过该书部分章节的译者平明作出这样的评价：请把本文当作一篇入门资料阅读。由于本文作者的政治见解所限，而没有把抗战时期在陕北赤区发展起来的文学加以介绍。除此之外，作者的介绍较为全面，资料也十分宝贵，与作者政治见解不同的作者，亦能给以充分的篇幅介绍。作者的批评判断未必人人同意，但作为史料来参阅，确是十分珍贵。④

夏志清在《中国现代小说史》中批评《中国现代小说戏剧一千五百种》"'提要'部分编得实在太差了"的同时，称赞"苏雪林那篇导言写得很内行"⑤。所谓"内行"，指的当是同行间的惺惺相惜之感，更主要是从写作方法、观照视角方面而言。捷克汉学家米列娜也做出类似的比较，即批评《中国现代小说戏剧一千五百种》的同时，称赞苏雪林的《中国现代小说和戏剧》："除了由著名评论家苏雪林撰写的部分内容外，司合尼斯（善秉仁）对

---

① 周海波曾将三十年不同范式的作家论主要概括为"综合宏观的茅盾体"，"印象批评式的沈从文体"，"闺秀与学者气的苏雪林体"。而苏雪林体的意义在于推动了现代文学批评从单一的"作品论"走向综合的"作家论"这一进程。参见周海波：《论三十年代不同范式的作家论》，《山东社会科学》1997年第2期。20世纪30年代末的苏雪林批评已经显示出"综合"的走向，这为她四十年的史论做了起步的准备。
② 丁增武：《苏雪林与中国现代文学》，合肥：安徽大学出版社，2013年，第173页。
③ 转引自刘丽霞：《近代来华圣母圣心会士对中国现代文学的评价》，《中国现代文学研究丛刊》2011年第2期。
④ 参见李辉英：《从〈烽火岁月里的小说作品〉说起》，《三言两语》，香港：文学研究社，1975年。
⑤ 夏志清：《中国现代小说史》，第317页。

那些小说和戏剧所作的调查报告毫无学术价值。"①可见,《中国现代小说戏剧一千五百种》并未获得统一的认可,褒贬不一,但是对苏雪林的《中国现代小说和戏剧》几乎都是好评。

三

本译本所依据的版本来自谢泳和蔡登山主编的"中国现代文学史稀见史料"系列②。在"中国现代文学史稀见史料"前言,谢泳写道:"这里搜集的有关中国现代文学史研究的三种史料并不特别难见,但在事实和经验中,它们的使用率并不高。"

的确如此,仅就苏雪林的《中国现代小说和戏剧》而言,很少进入中国现当代文学研究领域的视野,虽然研究者经常感叹该领域的几乎每块"石头"都被摸过。译者在着手翻译该书时检索苏雪林在中国内地出版的著作与文集,均未提到该书;有关苏雪林的相关回忆文章也少有提及该书。这是译者着手翻译该书的最大必要性。如前所述,20世纪60年代中期,香港龙门书局曾翻印过《中国现代小说戏剧一千五百种》,但内地一般研究者不易见到。2011年"中国现代文学史稀见史料"再版后,一方面或由于台版书的缘故,另一方面由于其用英文著述,依旧没能广泛进入研究者的视野。

《中国现代小说和戏剧》出版时间在1948年,这意味着它占据了一个较好的总结新文学的时间据点,它可以较为完整地对中国现代文学做一个总结,并对作家作品做一个相应的估量;这份"总结"和"估量"有意思之处在于,在那一特定的历史节点,共时地看,苏雪林拥有"客观"的最大可能性,一方面因为中国现代文学落幕于1949年,苏雪林可以自由地、最大范围地筛选、评述研究对象,同为概观和述评,这相较于诞生于20世纪30年代的文学史,如伍启元的《中国新文化运动概观》、吴文祺的《新文学概要》和王丰园的《中国新文学运动述评》,无疑有着更大的来自时间方面的客观优势;更重要的原因在于1949年天地玄黄,政统易代,中华人民共和国时期的新文学史著无论内在肌理还是外在修辞,受制于意识形态的原因,已经有了根本的质的变化;研究主体的心态和当时的研究环境也有了根本的质的变化。正如谢泳所言:"在完全自由开放的心态下,苏雪林对中国现代作家的分析和判断,有可能更接近真实的阅读感受而较少受其他因素的干扰,这种同时代人平视同时代文学的研究,对后来的中国现代文学研究是一个有益的坐标,……更有重新观察中国现代作家文学史地位的意义。"③

它在当下的被发掘,其宝贵之处在于,它给研究者又提供了一个完全不同的政治、文化、社会生态下的"文学史"标本——时间无法退回,1949年又是一个有如此深刻影响的分界线。而历时地看,处于1948年的苏雪林相较于当下的我们而言,毕竟还是一个"当局者",与"现代文学"缺乏一定的时空距离,获得超越比较难,苏雪林回忆20世纪30年

---

① 米列娜:《欧洲的中国现代文学研究》,《国际汉学》(第十五辑),郑州:大象出版社,2007年,第201页。
② 该系列由台北的秀威资讯科技股份有限公司陆续出版,因同属一个系列,为了完整起见,也为了广而告之,方便其他研究者的使用,这里有必要介绍一下该系列包含的其他几种稀见史料,除了上文提到的《中国现代小说戏剧一千五百种》,它还包含如下几本书:善秉仁的《文艺月旦·甲集》和文宝峰的《新文学运动史》(Histoire de La Litterature chinoise modern)。前者原是用法文写作,名为《说部甄评》,后译成中文,名为《文艺月旦·甲集》;后者亦用法语写成。明兴礼的《新文学简史》,苏雪林的《新文学研究》,陆永恒的《中国新文学概论》。
③ 谢泳:《苏雪林的线装本讲义新文学研究》,《现代中文学刊》2016年第1期。所引的这段话论述的对象本是20世纪30年代的《新文学研究》,但同样适用于写作于1948年的《中国现代小说和戏剧》。

代身处新文学语境的这段话或可作直观的说明：

> 至于新文艺,则自五四到我教书的时候,不过短短的十二、三年,资料贫乏,而且也不成系统;所有作家都尚健在,说不上什么"盖棺论定";又每个人的著作正在层出不穷,想替他们立个著作表都难下手;而且关于他们作品的批评也不多,每个作家的特色都要自己去揣摩,时代与作品相互错综复杂的影响,又须从每个角度去窥探。①

研究者身处其中,研究主体的情感、经验上的一些因素会在研究对象上洇开,或许因其当事者的爱憎和对某些文坛事件的熟稔,使文本具有较强的可读性,但这对于一部文学史而言,还是会造成轻微损害。文学史的研究对象越靠近文学史家所生活的年代,其"史"的品性也就越低。因此,该书所持有的观点的"客观"经由时间的游廊,在逐渐"贬值"。但由于苏雪林亲身参与那一时期的文学生态,她的见闻,她的感受,她个人和同时代人的情感、心理反应——这一切综合而成的品质又会对当下现当代文学史研究者带来新鲜的研究视角和观点的冲击,质言之,该书流露出的历史现场感却经由时间的易逝而散发可贵的史料气息,在逐渐地"升值"。

四

具体说到《中国现代小说和戏剧》,读者请不要把它当作理论著作而抱有相应的预期,也不要期待里面出现"深刻的"剖析。正如前文所说,该书的学术价值更在于其史料价值,打个比方,这与中国现代文学中大多数文本一样,如果采用精英主义的保守观点,即使是现代文学最优秀的作家,其文本文学性的价值也并不能令人满意。显然苏雪林也意识到了这一点,她在导论中如是说:

> 本导论所言及的作家及作品并未根据一个严苛的标准来筛选,因为新文学也只不过三十年的历史,其成就也相对贫瘠,令人遗憾。如若以某种精英主义的标准来淘汰,那么留给我们讨论的对象也所剩无几了。

它们更大的价值在于超文本性,即溢出"本职"的综合性价值;同理,若把苏雪林的这本小书当作曾被时代层岩覆盖过的标本,或许得到更大的兴味。更何况,这小书可以称为"标本的标本",因为它本身的论述对象就是诸多"现代文学文本"。

《中国现代小说和戏剧》基本理清了中国现代小说和戏剧的发展脉络。谢泳在《"中国现代文学史稀见史料"前言》中说:苏雪林的论文有很重要的学术史意义,比如她对鲁迅在中国现代小说史上的开创性地位有正面的评价,对老舍、巴金的文学地位也有较高的评价。对新兴的都市文学作家群、乡土作家群、北方作家群等,都有专章叙述,中国现代文学史上有地位的小说家和剧作家基本都注意到了。本书叙述中国现代小说,苏雪林第一个提到的就是鲁迅,她说无论什么时候提到中国现代小说,我们都必须承认鲁迅的先锋地位,这个见识体现了很远大的文学史眼光。

下面,译者就翻译过程中遇到的诸多细节,谈一谈苏雪林这本小书的特别之处。

首先,与谢泳在前言中提到的"优点"相对应的是,该书不仅注意到中国现代文学史上"有地位的小说家和剧作家",还提到了更多陌生或相对陌生的名字。比如,在论述完

---

① 苏雪林:《自序》,《中国二三十年代作家》。

穆时英时,苏雪林说:

> 早在穆时英成名之前就已经有一批热衷于"都市文学"的作者了。在这里,我们提及如下几位:张若谷、傅彦长、朱应鸥和曾虚白。

在论述中国现代戏剧时,又专门辟出一节评论"一些更年轻的剧作家"。查阅这些作家的资料会发现,虽然他们被苏雪林选入《中国现代小说和戏剧》,但并没有引起后代研究者的注意。这些陌生或相对陌生的名字有两种可能性:一种是他们被时间淘汰,其作品经不起时光的检验,因此越是后世的文学史越不可能记录这些活跃于当年的作家,质言之,淘汰似乎是理所应当的;另一种可能性则是出于各种原因,他们中的优秀者确被遗漏或掩盖了(出于何种原因被遗漏或覆盖了?)。如果是第二种可能性,其价值更大,不容笔者赘述。那么,如果是第一种可能性,是不是意味着现在再打量这些二三流作者,是对精力和时间的浪费呢?

宇文所安在《盛唐诗》中的这个观点一直是笔者认可的优秀文学史理所应具的素质:"不能将盛唐诗歌时代等同于李白和杜甫,……文学史并不能包括主要天才的全部,较为谨慎的做法是将天才安置于基本背景之下。"[①]如果这个"基本背景"构成了天才的幕布,那这幕布恰恰是那些流行于时代,被同时代人熟知却随着时间流逝逐渐消失在后世文学史中的二三流作家。后代们或许永远无缘那些与天才们共同起舞的二三流作家。就好比我们这个时代,排在大众阅读畅销榜首位的或许是奇幻小说、心灵鸡汤、励志文学,但百年后、千年后,经过时间的汰洗,它们早已烟消云散,百年后的读者可能永远无法想象引领我们这个时代大众阅读风尚的作品面貌。善秉仁在该书的前言也明确地提到了这一点:

> 某些精通文学的中国朋友看到我们引用一些丝毫没有文学价值的作家作品时感到异常震惊。对此,我们回复道:作为道德教化,我们并非因其文学价值来审视作品,而是因为它们作为公众读物的存在。

"它们作为公众读物"的存在意义看来被编者留意到了。这些作家进不了文学史,但是如若理解甚或尽可能地还原那个时代的文学风貌,离不开这些被时间忽略了的作家们。因为一个时代最优秀大脑的思考与修辞往往是超越了那个时代的历史背景的,他们是异峰突起,甚至不完全属于那个时代。而后世文学史的编排者却通过自己的"方法论"和"思想体系"将经典作家恰如其分地、有条不紊地编排进时代的轨道中去,文学的交通似乎从来没有出现过绕道超速,一切都是合理和温柔的。而实际上,那些并不经典的作家或许真的对那一时代人们的精神图景产生过作用。

如果把李白、杜甫比喻成盛唐时代的巨鲸一般的存在,那么可能会有更多的小鱼小虾在海洋中灵活自在地游动。同样,在苏雪林这本文学史概述中,我们可以看见那些逐渐消失的作家与作品。但这并不意味着研究者要转而钻研那些二三流作家,他们并非目的,而是手段。宇文所安在《盛唐诗》中表达了如何利用那些非经典作家来理解天才作家以及那个近乎平均值[②]的真实的文学时代:"后代读者往往满足于李白和杜甫的这一形象,但是,同时代诗歌的背景却使我们对李白和杜甫有了殊为不同的眼光,这种眼光使我们看出他们的独创性和本质程度。……因此,我们的目标不是用主要天才来界定时代,

---

[①] 宇文所安:《导言》,《盛唐诗》,北京:生活·读书·新知三联书店,2004年。
[②] 这一说法受黄平的《炼金,追风或捕鱼:关于文学批评》启发,见《上海文化》2017年第1期。

而是用那一时代的实际标准来理解其最伟大的诗人。"①苏雪林的这本书或许给我们提供了这样的机会。

苏雪林在这本作品中会对一些年轻作家流露出赞扬之情,比如在论述中国现代小说时,专列出一节写"当下的年轻作家们",其中包含了碧野、路翎、田涛和丰村,以及"新作家群"和"新兴作家群":

> 仍要提及另一批作家——他们的名气虽不及前面提到的前辈作家,但是未来属于他们。

前文也提及了苏雪林在论述中国现代戏剧时也提到年轻剧作家。在论述东北作家群时,还提及了二十多岁的作家张煌,并寄予了很大的希望与关注:"由于作者还未到三十岁,我们有理由期待他创作出更多更好的作品。"其中有一部分作者的确消失了,比如,"当下的年轻作家们"提到了碧野、路翎、田涛和丰村,"新作家群"则有梅林、荆有麟、荆荃麟、程造时、蒋牧良、司马文森、艾明之、钱锺书、冯至和宋霖。很明显,有些曾与钱锺书、冯至、路翎并列的作家的确消失了:不论在后来的文学史还是每年呈几何级数递增的学术论文中,都少有提及他们——这就构成了一个很有意思的话题:是苏雪林的眼光出了问题?假设苏雪林并未全部"看走眼",那留给后世研究者的课题又增加了,即出于怎样的文化机制或意识形态使那些可能优秀的作家消失不见了?这些都是潜在的学术增长点。

这里,再提一个生动的例子。苏雪林论到"彭芳草"时,说他"作为一个散文作家,彭芳草直接承袭鲁迅传统——尤其在批评社会陋习方面,他对鲁迅的摹仿成功到乱真的地步。但也恰恰因此,作者并未做出什么具有原创性的贡献,其作品可算作鲁迅的'回声'"。彭芳草在晚年回忆到这一细节,陈子善的《彭芳草自述生平及其他》有较为细致的记录:"认为我学习鲁迅文笔可以乱真,但内容不能超其范围。这使我愧不敢当。"②彭芳草位列"鲁迅后期门徒"首位,占据了该书有限字数之一席,但却被当今大多数研究者忽略,再次可见该书对当时文坛形态的保存之功。

五

另外,苏雪林在这部小书中有几个观点——不管正确与否——都值得专门拎出来,因为它们的确对"常识"构成非常明显的冲击和震撼。事实上,文学学科也很难说观点的"正确"或"错误"。比如,一个很细小的例子,她会把剧作家宋之的与老舍合作的戏剧《国家至上》中的主人公视为"新文学运动以来中国农民的两个成功典型之一,另一个是鲁迅的阿Q。后者是南方无业游民的代表,而张师傅则代表着北方小农"。该观点是对的还是错的?很难说。这在当下看来,似乎是不可思议的,但苏雪林就这样稀松平常地表达了这个观点,这或许就是前文提到的"在场感"的表征,它可能是劣势,也可以是优势,但最大的意义还是给时下的研究者提供更多的可能性。

虽然苏雪林在该书提到鲁迅在艺术上的先锋地位,取得的文学成就,但苏雪林也"贯彻"了她一直以来的反鲁立场③,相信对她有了解的读者可能并不太吃惊,比如,在这本书

---

① 宇文所安:《导言》,《盛唐诗》。
② 见陈子善:《彭芳草自述生平及其他》,《鲁迅研究月刊》1988年第6期。
③ 集中表现苏雪林对鲁迅的态度与评价的是这本书——《我论鲁迅》,台北:传记文学出版社,1979年。苏雪林在《中国二三十年代作家》的前言中自己也曾提示读者如若要进一步了解她对鲁迅的看法,可参阅她的《我论鲁迅》。

中,她对鲁迅进行了比较刻薄的心理分析,(而对现代作家进行种种刻薄的心理分析,在20世纪90年代才成为现当代研究者的时髦做法),称鲁迅为虐待狂和受虐狂,这种评价当属苛评,也未必符合实际。苏雪林有她自己的政治立场和价值立场,他对左翼作家的评价一直比较低,比如对以萧军为代表的东北作家群的评价:

> 除了端木蕻良,这些作家都学识不精,从行文中可以判断,他们急于雕刻从未见过的特殊人物,措辞充满缺陷和句法错误,思绪毫无逻辑可言。

这种表面上的对文学性的精英主义坚守,(比如她把文笔优美的端木蕻良排除,而他恰恰不受左翼主流力量欢迎),实际上潜藏着她的政治偏见。当她具体评价萧军时,言辞的苛刻令人咋舌:

> 据传《八月的乡村》在出版前得到过鲁迅的洗刷润色,如果这是真的,那么鲁迅逝世后,萧军作品的缺点确实增加了:不可思议的谬误、语法上的缺陷等等,使其后期作品令人难以卒读。尽管他才疏学浅,但由于他是坚定的左翼作家,因此其作品得以被成批翻译成俄语,从而获得国际声誉。由此我们可以发现,支持左翼是扬名立万的终南捷径。那么可想而知,它对那些有抱负的文学青年的吸引力有多大。萧军只是共产主义政策在文化领域所取得的可怕成功的一个小小案例。

这段掺杂了对共产主义文化政策的批评,以萧军为起点,最后落脚到那个时代文学与政治的关系。"文学与政治",这对疯狂扭结在一起的混体幽灵一直捕捉着作为知识分子的中国现代作家,苏雪林自然也是其中一员,在中国现代文学史著作中论及政治,我把它看做一个正面的动作,这也符合苏雪林文论的一贯理路,也是她的操守①。不过,当我们读到苏雪林的评价萧军的这段话时,也应不要忘记在整个现代时期,共产党以及共产主义的意识形态始终处于在野和非法的状态。"支持左翼"和"终南捷径"到底能否联系起来,还是需要文学研究者和历史学者进一步的条分缕析。

苏雪林的这种态度会令读者想起夏志清的《中国现代小说史》,夏志清对以鲁迅为首的左翼作家也充满偏见,但是有一点似乎一直被人有意无意忽略:夏志清激赏张天翼——这也是夏志清对这类批评的防卫借口。按年龄来说,苏雪林是夏志清的前辈,巧合的是,纵令苏雪林如此苛评左翼,她却在这本小书里不吝笔墨激赏吴组缃,似乎到了吴组缃那里,作者的文笔刹不住闸了:

> 吴组缃是最杰出的现代作家之一。尽管作品临近战前才进入公众视野,但作者显然已具备很强的写作能力。他对乡土题材的驾驭已超越一批老作家,如鲁迅、茅盾、叶圣陶和王鲁彦。

在20世纪30年代的《新文学研究》中,苏雪林就留意到了吴组缃,并将他安排在《描写农村生活的青年作家》中压轴出场,说吴组缃比之先进作家鲁迅、茅盾、叶绍钧、王鲁彦"并无多让",而在此本书中升级为"超越"②。她这样评论吴组缃的《鸭嘴捞》:这部小说之所以极具说服性和可信度在于作者本人就是村中一员,故而相当熟悉方言和极具地方特色

---

① 在《中国二三十年代作家》的《自序》中,苏雪林曾言:除每一个作家的文艺技巧外,于他们的人生观和政治见解也颇有剖析。要知道文艺家的思想见解,关系着这半个多世纪政治的变迁,是不可忽略的。

② 原文为 surpass。

的民风民俗,整部小说灵动起来,在作者神奇的笔下,人物的言谈举止如此逼真,而将虚构升华,赋予作品伟大气象。

除去吴组缃这一个例,苏雪林对同为左翼的姚雪垠的高度评价多少也出乎意料,在不惜笔墨地分析完姚雪垠的几部作品后,她如是说:

> 凭借这些作品,姚雪垠上升为当代作家中的佼佼者。他没有坠入那些追求所谓"客观"的作者们在种种"记录"中滋生的干枯、致命的琐碎里去,也没有因十足的浪漫气息而变得暧昧和缺乏意义;他采取了一条中间道路,将浪漫精神融入到严谨苛刻的严肃技巧之中,呈现出的结果是清晰明丽,颇具可读性。

更有意味的是,苏雪林借姚雪垠呈现了左翼内部的纷争(姚雪垠与胡风之争)。这让读者意识到,左右之争固然鲜明,但"左"也并非铁板一块,它不是固化的、凝固的,其中充满了流动的复杂性,对其做本质主义的绝对理解是危险的:

> 即使在共产主义作家阵营内部,胡风也是一个例外。除了他个人的喜恶之外,他不承认任何规则,这或许可看作著名的共产主义口号"民主"和"言论自由"的一个绝佳案例。

从这段文字看,胡风是占有话语权的绝对优势的,但它流露出的胡风的性格似乎已经预见在1949年后胡风与周扬之争的种种情境,在那次争斗中,胡风在话语场的位置变化了。

虽然苏雪林在这本小书中对左翼颇有苛评,但是其态度之暧昧和复杂也往往令读者两难,比如把最高的评价给了这样一批"新兴创作者们",可以看出苏雪林破除执见的努力和文学史家的魄力:

> 他们都是左翼力量的同情者,即使不支持共产主义阵营,至少也有左翼倾向,否则绝不会被纳入新文学阵营中去。作为一个大的群体,个人成就不一,但是从整体来看,相较于发轫于五四新文学运动的那一批作家来说,他们更少地受古典文学传统的限制,而具有一个更新的世界观,能更好地把握素材,他们写出了迄今为止最接近胡适博士所谓的真正的"新文学"作品。

苏雪林将古典文学传统看作一种"限制",这反映了她作为一个新文学写作者对文化传统的基本态度和立场,这种态度在《中国现代小说和戏剧》多有流露。

在分析冯文炳的小说时,苏雪林这样说:"俄国文学和欧洲一些弱小民族文学也浸染着冯文炳。他的作品主要围绕着普通人的生活,给读者带来一种类似俄国文学中'含泪的微笑'之感。作者显然受到了鲁迅《呐喊》集中《孔乙己》的影响,实际上,《呐喊》所辐射的影响体现在冯文炳的诸多篇章之中。"历来诸多研究论文关注废名与周作人、沈从文的承袭关系,他们之间的那种冲淡、恬雅、幽静的内在风格的确是显而易见的。但苏雪林却注意到了废名早期小说与鲁迅《呐喊》之间的联系。

当诸多文学史论及"京派"与"海派"时,似乎对这两个概念拿来即用,鲜见追本溯源。苏雪林有这样的论述:"京派"与"海派"的说法来源于中国旧戏的区分。"京派"强调唱法和动作技巧,保留了典雅和精准的传统优点(traditional excellencies);而"海派"则以呈现戏剧的机械装置(mechanical devices)著称,一部戏可以设置多得不可思议的动作,或充满目不暇接的瞬间移动(比如《狸猫换太子》)。这种相当上不了台面的方法(rather disreputable methods)不断刺激着观众,反而让他们频频鼓掌,于是传统戏剧彻底消失。

论述到新感觉派时,施蛰存与穆时英在苏雪林文学史概要中所占的篇幅与评价和当下文学史也不尽相同:在上述几位中尤其值得细说的是穆时英。这位集多种才华于一身的作家可以在不同的写作气质之间游刃有余。……穆时英是新感觉派最成功的大师,都市文学的先锋作家,在这一层面上,他可以比肩保罗·莫朗、克莱·刘易斯,以及日本作家横光利一和啯口大学。苏雪林对穆时英的高度评价还是令人有些惊讶。

而在"都市文学的作者"中,苏雪林专门提及了曾氏父子,即笔名为"东亚病夫"的曾孟朴和他的儿子曾虚白。在一本新文学史著作中提及晚清的著名旧文学作家曾孟朴的确是苏雪林的特色首创和一贯坚持(苏雪林后期的《中国二三十年代作家》承继了这一点)。在 20 世纪 30 年代《新文学研究》中,苏雪林并没有论及曾孟朴,可见,《中国现代小说和戏剧》在这一点上是递进和补充,在 40 年后的《中国二三十年代作家》中,苏雪林这样解释她的选择:

> 也许读者奇怪本书系以叙述五四后新文学为主,怎么将一位旧文学家也拉进来凑一脚?不知曾氏固系旧文学家,但也头脑新颖,眼光明确,早已认识新文化及新文艺关系中国前途的重大,于是他也就变成了一位新人物了。民国十七年,他与他的公子曾虚白在上海开设真善美书店,所发表的一篇宣言书,宗旨正大,态度真挚,可谓直承五四运动的道统,与胡适诸公,一南一北,互相呼应。①

我想,苏雪林的这番言论和思路对相关包括专治晚清文学在内的研究者具有一定的启迪价值。

苏雪林在本书中对一些作家的评价直截了当,颇具个性深度。虽然相较于《新文学研究》,该书具有三言两语勾勒时代肖像的史论气象,但其笔法却不是春秋曲笔。当她认为某位作家某部水平较低,会直接说出不值一读之辞。这确与苏雪林的性格有关,但也算作真诚的一种。其中也多有精彩之论,给译者留下深刻印象的是论述洪深时,将他曾经的学习瓷器工艺经历与遣词造句、谋篇布局相联系,言"并不期待其作品拥有狂风暴雨式的激情与灵感,它们事实上就是精心打造的手工制品。他从未飞翔,但却在一步一个脚印地创作"。不得不说,评价相当生动准确。

也是在翻译这部作品的过程中,笔者才意识到太平天国对现代剧作家会有如此重要的影响,好几位著名剧作家以此事件为资源进行创作:阳翰笙的《李秀成之死》和《天国春秋》,阿英的《洪宣娇》,欧阳予倩的《忠王李秀成》,陈白尘的《石达开的末路》。何以太平天国会有这么的吸引力和影响力?苏雪林在该书中做了一点解释,但并没有深入剖析。几位剧作家笔下的太平天国有什么相同与不同之处,不同之处又反应了创作主体怎样的心态?而这样的心态如何折射作家对时代的认同和叛逆?都是值得进一步深入研究的。

六

前文也提到,该书有着较为浓厚的自觉的宗教意识,而苏雪林本人也是天主教徒,在当时的天主教界颇受关注,所以她和善秉仁的交往与合作也很自然。而该书也因此具备一个明显的倾向,这与苏雪林的价值观有很大关系,即"道德理想主义",尤其体现在她对

---

① 苏雪林:《中国二三十年代作家》,第 373 页。

鲁迅、郁达夫、张资平的评价上。苏雪林曾在20世纪30年代的讲稿里有言：粪土里生不出美丽的花，下流淫猥的脑筋里，也产不出高尚纯洁的文学，所以文学家的品格不能不注意培养了。这是她对"今后新文学的希望"。这种观点的倾向以及"自觉的宗教意识"或许是这本文学史概论最特出的地方，鲁迅的例子在前文已经提过，这里有必要再举两个典型的例子。

当评论苏青的作品时，苏雪林会加上这样的"导语"：她大胆描写女性的心理和性生活，吸引到了那些感官刺激的寻求者，但袒露过于直白夸张，经常损害到作品的品格，使其降格为一种下流读物。

提及天主教的先驱作家张秀亚：尽管她在新文学运动时还没有被认可为一名作家，但她的几部作品已初露才华。天主教文学在中国还处于早期阶段，鲜有支持者，我们寄希望于这位年轻的先驱作家，她的贡献或许不该被忽视。

作为一本文学史概述，在字里行间流露出某种温情，笔者认为还是较为难得的，考虑到这种"温情"加诸左翼作家艾芜，让读者意识到，苏雪林除去作家、学者的身份，更是一个有温度的个体：艾芜出身农民，没有接受过更好的教育，甚至有传言说他曾经当过"男仆"，以此谋生。故而我们很欣慰地看到白话新文学的兴起，让一个如此卑微的个体成为一名有尊严的现代作家。

七

苏雪林的这本书，戏剧和小说各占一半篇幅。众所周知，戏剧在各版本的文学史中，始终是边缘的"弱势"文体。这也突显了该书的可贵。如丁增武所言，该书的戏剧部分搭建了一个中国现代戏剧历史发展的基本框架。其对现代戏剧发展脉络的梳理是从剧作家着手的[①]。在翻译本书的戏剧部分时，笔者也在不断地查阅资料，"跟踪"笔下的较为陌生的名字。其中，很想在此专门提及这个名字：胡绍轩[②]。苏雪林较为概要地提及他的贡献：他的《当兵去》可被看作是战时兴盛的"街头剧"的滥觞。作者采用一种新的表演手法：作品在街头铺演，观众与演员之间没有明确的界限，剧情在观众的眼前自然展开，产生很大的鼓舞力量。笔者好奇胡绍轩采取何种的"新的表演手法"，故而查阅相关资料。得到的结果不仅相当令人吃惊，也给人一种会心一笑的欣慰之感。胡绍轩的这种做法几乎可看做是先锋实验剧作的先驱，同时也是当下大都市不时出现的"快闪"的雏形。似乎难以想象胡绍轩的这种原创性诞生于抗日战争千钧一发的紧迫时刻，但实际上，他有着相当的艺术自觉，并做了很多的理论阐释，比如他严格区分"街头剧"与"街头演剧""街头群众剧"的区别。他理想的街头剧是"凡在舞台剧外演出的戏而观众并不知那是在演戏的戏剧，就叫做街头剧"[③]。质言之，街头剧并非是在街头上演的剧，最重要的是观众并不知道已经置身于观看这一权力关系之中。于是，这就打破了装置的界限，同时突出了

[①] 丁增武：《苏雪林与中国现代文学》，合肥：安徽大学出版社，2013年，第167页。

[②] 说来也巧，在查阅胡绍轩文章时，发现直到1993年，（苏雪林于1999年去世），苏雪林还与之有通信。胡绍轩的《现代文坛追思录》中有三篇与苏雪林有关：《百岁文学家苏雪林先生记》《读〈苏雪林晚年思故乡〉有感》《沉痛哀悼苏雪林先生辞世》。胡绍轩反复向读者说明，苏雪林对鲁迅的态度是：反鲁迅之为人，赞鲁迅之作文。此外，在1982年胡绍轩即在《长江日报》上写过《寄语台湾苏雪林》，1989年在《文史杂志》上写过一篇《怀念台湾老作家苏雪林》，他应当是改革开放后最先怀念苏雪林的大陆作家之一。

[③] 胡绍轩：《街头剧论》，《现代文坛追思录》，重庆：重庆出版社，2000年，第165页。

影响和教化的效果,类似润物细无声之感。比如胡绍轩在《街头剧论》中这样生动地写道:

> 如果我们事先挂一个牌子或由另一个人报告,我们今天演什么戏,然后叫那个演员扮饰的难民去到围着的人的中间哭诉,向他们说出敌人的暴行,那么,这就不是街头剧而是"街头演剧"了。①

可以看出,胡绍轩抵达一个更高级的摹仿境界,将戏剧的优势发挥到极致,升级经典现实主义小说中的拟真效果。胡绍轩还再三强调,街头剧并不限于街头,可以在山坡、茶馆、桥头、路阶……胡绍轩在20世纪90年代还出版一系列文坛追思录,涉及郁达夫、田汉、苏雪林、郭沫若、袁昌英、曹禺等一批文坛名宿。其戏剧理论集中在1940年出版的《战时戏剧论》。同时他还在40年代出版过《中国新文学教程》。

该书还藏有诸多或讽刺或温馨的幽默细节,也有不经意间流露出来的对时局的看法,更有一些上文没有尽数列出的对常识的突破性结论。这些精彩之处都等待读者自己发掘。

最后,再交代一下相关译本的事情。赵燕声在与孔另境的通信中"首次披露"苏雪林女士的《中国现代小说和戏剧》由北大教授蒯淑平先生译成英文②。但《中国现代小说和戏剧》则以英文面目,作为《中国现代小说戏剧一千五百种》的长篇导论传世。至于其中文原文在哪里,尚未知晓,此乃憾事。这便意味着,所有对它的翻译,在事实上,都是一种浪费的迂回。我期待苏雪林中文原文的被发掘。

就目前来说,已有几种对《中国现代小说和戏剧》的片段的翻译。为了给读者提供更全面的参考和对比,现做出如下罗列。首先,该书最浓墨重彩的一节《鲁迅》就已有中文版行世。余凤高发表于1983年第7期的《苏雪林攻击鲁迅的另一则材料》包含了该节。丁增武的《苏雪林与中国现代文学》一书,附录了《鲁迅》和该书的结语部分。除此外,据林骁的考证,一位叫平明的译者将"中国现代小说"部分从"晚近作家"一节起,翻译成中文刊登在报纸上③。目前译者只发现如上译本。此次应当是《中国现代小说和戏剧》首次全文译出。

笔者在翻译此书和写作本篇导论时,翻阅了林骁的硕士学位论文《西方天主教神职人员对中国现代文学史的贡献——以善秉仁与文宝峰为例》与丁增武的《苏雪林与中国现代文学》两部扎实严谨的作品,它们给我提供了很切实的帮助,也是目前极少数的相关研究成果,的确起到了为后来研究者铺平道路之效用。笔者也希望这次翻译和这篇导论也能起到相同的效用,可以让更多的研究者更方便地读阅苏雪林的这本小书,也由衷希望该书能发挥它应有的价值,以尽到绵薄之力。

---

① 胡绍轩:《街头剧论》,《现代文坛追思录》,重庆:重庆出版社,2000年,第166页。
② 孔海珠:《法国神父善秉仁的上海之行》,《新文学史料》2007年第3期。
③ 林骁:《西方天主教神职人员对中国现代文学史的贡献——以善秉仁与文宝峰为例》,厦门大学中国现当代文学硕士学位论文,2011年6月。

苏雪林 著 宋尚诗 译

中国现代小说和戏剧

导 论

中国历来视小说与戏剧为艺术之小道,它们在文学的正统效用面前无尊严可谈,并且不在艺术殿堂占有一席之地。比如,《四库全书》不包含任何白话小说。尽管小说家被归为学者和哲人一类,但其被收录的作品限制为用文言写成的笔记、回忆录以及小品文。虽然词曲与诗被视为纯文学中的单独一类,但它们仅指那些具有真正诗意价值的作品,而许多在明清颇为流传的元代白话戏剧和传奇,在此种曲高和寡的分类中抬不起头。

但时至清末,我们被西方猛烈冲击,以至于本民族的极端自满自恋开始日益沉沦。我们开始正视"蛮夷"文明的优越处,并将其注入本民族的意识之中。在刚开始的时候,缺点在于我们的学习只停留在西方文明的器物层面,之后,才慢慢意识到其精神与文化也是值得研习的,于是才开始研究其政治理论、社会体制,以及伦理道德原则。但文学却始终处于视域之外,这源于以文学与修辞著称的民族的隐秘心态:即使我们在其他方面无法达到外族之高度,但说到文学嘛——我们依旧无与伦比。

晚清,林纾流露出某种态度上的转变,在精通外语的合作者的帮助下,他将五十多种欧洲小说翻译为文言文,虽然这其中不乏二三流之作,但确有一些文学精品。林纾曾断言沃尔特·司格特和狄更斯作品之结构、叙事堪比司马迁和班固。不过这也许出于推销欧洲文学而作出的浮夸之语,以加强其翻译作品的价值。作为一个守旧派,他心理未必这么想,而那个时代的旧派文人更甚。

梁启超高度重视小说之用,他作《小说与群治之关系》,鼓吹欲新一国之民,须新一国之小说。然而,他并不重视小说的文学本体价值,只是将其视作宣传之手段。他也关注中国戏剧,曾尝试创作两种剧类,其中包括他办《新民业报》时提倡的"新罗马传奇"。在其中,黄发碧眼之西人被强行安插在中国传统戏剧之中,试图传达的是19世纪西方理念,其唱腔又是15、16世纪的中国传统戏剧形式。于是,文辞虽不乏美感,但整体呈现的气质却颇怪异。于是,两种剧类的实践都虎头蛇尾。

在中华民国成立之初,还有两种戏剧社团出现,它们是春柳社和进化团。他们用白话俗语创制编排了一系列作品,但迫于传统戏剧的强大势力,未得支持和响应,很快偃旗息鼓。这两个社团的剩余人员迫于生计制作旧戏,曾经提倡过的新戏也沦为"文明戏",所谓的"时尚"新戏或"改良剧"苟延残喘,在上海和北平痛苦地挣扎生存。由于其形式不亚于旧戏,也令人失望。

此类小说和戏剧革新并未真正更新文学的状态直到"五四"学生运动①的爆发。归功于巨大需求的推力和知名学者如胡适、陈独秀的热情推荐,白话文取代了占领统治地位长达千年的文言文。直到此时,一度沉寂的小说和戏剧不仅入主封闭的传统文学圈,还成为独领风骚的两大文体。

鉴于本导论所限,无法详细检阅中国现代文学革命的细部,比如白话文学文体的成长与发展,以及对它的争论和反对;也没法提及与本导论主题距离较远的当代诗歌、散文、论文、小品以及文学批评。我们只能取鸟瞰的视角来审视五四新文化运动至今的小说及戏剧之诞生和发展。②

本导论所言及的作家及作品并未根据一个严苛的标准来筛选,因为新文学也只不过三十年的历史,其成就也相对贫瘠,令人遗憾。如若以某种精英主义的标准来淘汰,那么留给我们讨论的对象也所剩无几了。

本导论的编排方式是基于不同作家的类别而言的,由于作家们写作主题和风格具有起伏与发展的诸多可能性,这种方法或许并不能令人满意。但是此方式也有其必要处,因为如果类似一锅粥搅在一起的论述而不具体分组,那么呈现出的风貌必将松散且混乱。

中国现代小说

鲁 迅③

每当提及中国现代小说,鲁迅始终是一位无法绕过的先锋。尽管他所有最具价值的贡献只体现在区区两本小说集《呐喊》与《彷徨》中,但这已足够证明他是中国现代文学最值得尊敬的作家。当《狂人日记》在民国七年(1918)发表于《新青年》时,其形式、主题、内蕴,以及表达的思想观念都如此卓越耀目,震撼了那一时期的年轻人,解绑了他们的思想束缚,进而促使他们采取新的言说方式。之后,《阿Q正传》横空出世,发表于《晨报副刊》。小说中这位男主人公只是绍兴乡下的无业游民,然而经过鲁迅的艺术处理,却神奇地表征了中国人气质的典型。作品风格鲜明活泼,机智风趣,征服一大批读者。

---

① 在该书中,凡提及"五四",原文均为"May 4th Student Uprising",直译为"五四学生运动"。但显然本书大部分所指的是"五四新文化运动"。这是两个不同范畴的概念。前者为一个发生在1919年5月4日的群众政治事件,而后者则泛指1919年前后兴起的具有启蒙性质的新文化运动。不过,为了遵照原文,故翻译时,一律直译为"五四学生运动"。苏雪林在《中国二三十年代作家》中专章论述过"五四运动":"五四运动是个爱国运动,原不限于文学及新文化。但其后与文学运动合并了,成为文学革命的代辞了。它与法国18世纪浪漫主义的兴起,和德国的狂飙运动,倒有些类似之点。"这是苏雪林对"五四运动"的理解,读者可同时参考周策纵和胡适对"五四运动"的诠释。此二位学者对"五四"的看法构成两种不同典型。周策纵:《五四运动史》,北京:世界图书出版公司,2016年。胡适:《"五四"运动是青年爱国的运动》,收入《胡适全集》第22卷,合肥:安徽教育出版社,2003年,第807页。胡适:《中国文艺复兴运动》,原载于1958年5月5日台北《新生报》,该文没有被收入大陆版本的《胡适全集》,可参见姜义华主编:《胡适学术文集·新文化运动》,北京:中华书局,1993年,第284页。在该版本中此文有删节。

② 苏雪林所列举的几个未能详细讨论的问题在她的《新文学研究》和《中国二三十年代作家》这两本书中有进一步的讨论。《新文学研究》是苏雪林1932年起在国立武汉大学的授课讲义,而《中国二三十年代作家》则是苏雪林在台期间,在前者讲义的基础上完善而成,里面有细致的文本分析,以及一些新文学理论问题。读者可参阅这两本书。

③ 苏雪林写有《我论鲁迅》一书,读者如若有兴趣进一步探索,可参看苏雪林:《我论鲁迅》,台北:传记文学出版社,1979年。

除上述两篇小说,这两本作品集中还有如下秀异之作:《风波》《故乡》《社戏》《孔乙己》《祝福》《肥皂》。它们显示出作者刻画乡村的特长,故事大多数人物均取材于作者的故乡绍兴,全部人物几乎都栩栩如生,令人信服。

在他逝世前,《故事新编》出版,这是一部取材并改编自中国历史寓言故事的小说集。然而,其主题轻率油滑,这或许透露出鲁迅这一时期创作力的下滑。

评价鲁迅,不能忽略其一批忆及旧时旧事的散文作品——无论在技艺还是态度上,它们都与短篇小说位于同一艺术水准。这也意味着,鲁迅在散文与小说两种不同文体方面,具有同样强大的原创性。其散文风格精准有力,可贵的是,作者在表现出思想的深刻性的同时,也能做到艺术上的唯一性。

鲁迅的笔被称作"解剖刀",一把针对人心的解剖刀。它诊断人的灵魂,探及读者内心幽暗处,并深挖时刻被遮蔽的人性弱点,毫不妥协。鲁迅始终认为作为整体的抽象的人性是以"恶"的面目示人的,他对个体性亦不信任——即使其中有相对较好的,也只是伪善者。

很难在他的小说或其他文章里发现和睦浑厚、博大昌明的气象或真正的利他主义(altruism),相反某种强烈的冷酷凶狠却俯拾即是:字字像恶毒的诅咒,句句像狞厉的冷笑。

他将自大者置于显微镜式的拷问之下,揭示其腐朽动机,在看似不经意间以尖刻的文笔驳倒一个人,令其陷入预先隐含的陷阱之中,这一切都表现出鲁迅"绍兴师爷"的典型面目。

基于他童年身处环境的困厄,以及自身的特质,鲁迅有一种迫害狂(sadist)的特质。他的某些思想观点,还有对某些体验(或某些事物)的病态感受(feeling unhealthy elements)都说明上述论点。在鲁迅那里回荡着现代中国的病态思维方式。

出于政治原因,他被左翼力量视为偶像,被加冕为当时的思想领袖和伟大的文学导师。当鲁迅于民国二十五年(1936)逝世时,各种形形色色的宣传以他的名义充斥于全国文学圈——若把所有夸张的悼词汇集起来,会多达百万字。一群青年人把这位颇具文才但"世界观"(原文为德语:Weltanschauung)不健全的神经官能症患者视为东方圣人,对他的膜拜一点不亚于古典时期的伟大人物孔子。

鲁迅的追随者

最早在文风和主题上受鲁迅影响的,有王鲁彦、许钦文、冯文炳和黎锦明。

王鲁彦

早在二十年前①,王鲁彦就得到过沈雁冰(茅盾)的赏识。他的代表作有《黄金》和《柚子》,这两篇作品证明作者在心理描摹方面以及在表现农民和小资产阶级生活方式上所具有的优秀能力。他的作品笼罩着故乡宁波的原生气氛,生动地呈现了宁波人的性情。王鲁彦的故事具有细腻敏感的质地,蕴含幽暗和神秘的压抑感——近似爱伦·坡的风格。然而,作者正值人生中贪图享乐的年纪,同时又是一个尚属幼稚的现实主义乡土写作者,因此这种神秘主义的风格行之不远。不过,他的行文措辞却言简意赅,可以看出是经过训练的。不幸的是,王鲁彦于抗战后期死于桂林,否则,他会对新文学运动做出难

---

① 这里应当指1928年。

以计量的贡献。

许钦文

许钦文是一个多产的作家,他已出版十余部短篇小说集。当他的首本书——《故乡》出版时,鲁迅说:"我常以为在描写乡村生活上,作者不如我,在青年心理上,我写不过作者。"而且,鲁迅还把自己的一篇短篇小说解释成"拟许钦文"①。既然文坛老宿鲁迅都有某种程度的"模仿",那么这位作家的作品自然值得我们研读。

许钦文的大多数有趣的故事都与爱情有关,展现五四学生运动后过渡阶段的青年人的心理状态。《赵先生的烦恼》即是其中的佼佼者。

冯文炳(废名)

第一本故事集《竹林的故事》是他的最好作品,它呈现了作者对乡间生活的深刻感受。俄国文学和欧洲一些弱小民族文学也浸染着冯文炳。他的作品主要围绕着普通人的生活,给读者带来一种类似俄国文学中"含泪的微笑"之感。作者显然受到了鲁迅《呐喊》集中《孔乙己》的影响,实际上,《呐喊》所辐射的影响体现在冯文炳的诸多篇章之中。

他的后期篇章——主要诞生于笔名"废名"之下——并不如其早期小说。《桃园》《桥》《莫须有先生传》均是一些混沌暧昧(ambiguous)的尝试,越出作者早期文学风格之轨。

黎锦明

这位作者执着于描述湖南西南部的本土部落风景。他的风格较之于王鲁彦和许钦文,要更加强劲些。作者本人就带有湖南人的那种顽强勇敢的劲儿。

黎锦明的最重要作品是《马大少爷的奇迹》和《一个自杀者》。

黎锦明的一部分作品值得读者细读,而另一部分则弃之亦不可惜。

鲁迅的后期"门徒"(later disciples)

彭芳草

彭芳草的主要作品有《管他呢》《厄运》和《落花曲》。

高长虹和高歌

高长虹与其弟高歌都是鲁迅的忠诚追随者,后来与他分道扬镳,是时他们创办了"狂飙社",开启一个新的文学运动。不过,他们仍然处于鲁迅巨大的"影响的焦虑"之中。

高长虹写出各式各样的作品,而高歌的主要作品只有《野兽样的人们》。

这一时期,两位广受欢迎的汪姓作者(汪敬熙和汪静之)要被提及,不过他们并没有在文学生涯上有持续性的进展。

汪敬熙的作品中,《雪夜》应当受到注意。它是一本由9篇短篇小说组成的作品集,包含《砍柴的女儿》和《瘤子王二的驴》,其风格自然松畅,与王鲁彦和废名相似。

汪静之是五四新文学运动中的一位新诗诗人。《耶稣的吩咐》《父与女》和《翠英及其夫》在他的一干作品中最为有名。《翠英及其夫》对农妇有深刻的描摹,呈现出一幅极感人的乡间农民生存困境之画。

---

① 指鲁迅自己的作品《幸福的家庭》。

文学研究会

文学研究会诞生于五四学生运动,其许多成员是著名小说家。

叶绍钧

早先时候,叶绍钧出版了七八部短篇小说集,如《隔膜》《未厌》《脚步》《城中》《线下》和《火灾》。他还是著名长篇小说《倪焕之》的作者。

叶绍钧早期深受陀思妥耶夫斯基的影响,喜欢选择那种被压抑的主人公,并引导读者于污垢和丑行之间发现美。有意思的是,他本人却常被他观察到的实际社会陋习所"征服",于是我们看到在他的许多创作中,受到格外强调的反而是生活中更灰暗的一面。但是,他风格之纯粹会让我们"忽略"写作主题中那令人压抑的特质。

许地山,笔名落华生

他的主要作品是《缀网劳蛛》和《春桃》。

在作者的早期作品中,我们会发现字里行间充满了东南亚热带异域原住民的生活景象。他旨在创造一个具有异国情调的神秘氛围,而且也确实有很生动的呈现。后来作者模仿旧式文学传统中夸张的简约性(simplicity),以至于他的作品产生了一种静止感(immobility),这是创作的退化。

王统照

他的主要作品有《春雨之夜》和《山雨》。

早期作品有种未经加工的粗糙感,许多原材料没有经过思维熔炉的充分锻炼。故事均过长,导致其内部没有很好的持续性。仅《山雨》是一部20多万字的杰作,反映了北中国乡村的破产。

谢六逸

谢六逸在日本接受的高等教育,他一回国就尽力拓展其日本文学的趣味与爱好。作者擅长描写儿童故事,并出版了九部相关小说集。以下几本值得特别关注:《水沫》《母亲》《范集的犯罪》。

郑振铎

以"郭源新"为笔名,他出版了《取火者之逮捕》,该小说取材于普罗米修斯的故事,表达了作者关于阶级斗争的观点。风格别具一格。

还应提及《桂公塘》——相当成熟的历史寓言故事。

茅盾

"文学研究会"中最伟大的作家非茅盾莫属。他的长篇制作包括《幻灭》《动摇》和《追求》——构成《蚀》三部曲。此外还有《虹》《路》《三人行》《子夜》。他的短篇小说应当被提及的有《野蔷薇》和《春蚕》。

茅盾是一位试图向读者揭示时代精神的作家。《蚀》三部曲以1926年国民大革命为背景,故事叙述到南京国民政府的成立为止。作者运用科学分析的方法,检视社会现象,以及处于动荡混乱时期的所有阶层的心理过程(mental processes)。

《子夜》的主题是处于帝国主义和战争夹缝中的国民经济的溃败,并审视了"诚信交易"(honest trade)在其中的宿命式结局。

《春蚕》《林家铺子》和《秋收》有关农民的破产与城市商人带来的贸易压迫。

在抗日战争期间,茅盾写出了《霜叶红似二月花》的第一部,作者将其放置在一个错综复杂的背景之下。遗憾的是,我们至今还未看到第二部的诞生。

《走上岗位》讲述的是工厂在战争期间迁往内陆的故事,也展示了其中的每个个体如何以自己的方式在抵抗侵略中作出贡献。

茅盾是拥有广泛影响力的左翼作家,每一本作品几乎都会以某种方式鼓励、促进阶级斗争。他拥有宏阔的设想、才情与力量来实践预设的写作抱负。他的主要目标旨在还原"真实的历史场景",更确切地说,是他所倾向的某种结局——资本主义的必然倾塌和共产主义的必然胜利。

不幸的是,太多的新文学写作者都受这种政治学说的影响。

世界范围内(两种势力的)最终撕裂和分野还没有呈现出来,但在中国我们却早已用十年的频仍动乱和流淌着的滚烫鲜血感受到它的影响,历史上还没有任何时刻会像当下这样聚焦于此①。以茅盾为例,他自觉肩负起这样的责任。然而无论如何,作为一个文学家,茅盾或可算作文学巨擘、当下文学运动的领导者,尽管过去他自觉让鲁迅承担这一角色,自己位居第二位,而现在又让位于郭沫若——这种自我的消隐只会引起我们的钦佩。

拥有巨大影响力的独立作家:巴金

在"文学圈"外,另一个当代作家应该得到我们的审视,其声誉和成就一点不亚于茅盾,他就是巴金。巴金早期深受无政府主义思潮之影响,在他的很多作品里,可以寻到虚无主义的影子。既然无政府主义拒绝一切原则,认为所有当局都将人类的生活拉回到同一条死亡水平线上,那么这种思潮是共产主义理念中一支具有剧烈破坏性的力量——无政府主义会自然导向虚无主义。这种态度在巴金的处女作《灭亡》展露无遗。男主人公杜大心令读者想起阿尔志跋绥夫《工人》中的男主角。他与阿尔志跋绥夫的另一个人物——萨宁也有类似之处。

巴金也以弘扬"恨"的哲学而闻名。不过,其"恨"源于"爱"。他有一腔热情,拒绝屈服于各种"限制"的奴役,并赋予笔下人物极强的浪漫个性。他的热情让作品如同一泓清泉冲刷着人们的心灵。

在抗日战争之前,巴金出版的主要作品有《灭亡》《海行》《海底梦》《光明》《复仇》《家》和《爱情的三部曲》。战争爆发后,他出版了《春》《秋》《火》《憩园》和《寒夜》等。

巴金与沈从文和张资平都算多产型作家。但是巴金即使以一个很高的频率出版作品,也不会给人一种粗制滥造之感。

创造社

另一个与"文学研究会"并驾齐驱的文学社团是"创造社"。其中最著名的作家有郭沫若、郁达夫和张资平。

郭沫若

郭沫若首先是一个诗人,但他兴趣广泛,于是我们看到他同时还创作出戏剧、小说和

---

① "此"按照原文,指的是上文的"撕裂和分野"。

杂文。不过,他的其他作品并不与诗歌享有同等价值。他以鲁迅的《故事新编》为范本,制作出诸如《一个昏君的末日》《孔子绝粮》等作品。在这些尝试中,郭沫若稍显故作聪明而失却了鲁迅的智慧。他的回忆和个人生活事件构成了两部自传性作品《黑猫》和《橄榄》——给人一种粗糙幼稚之感。

郁达夫和张资平却是创造社中真正的小说家,尽管他们的作品文学性不高,但由于呼应了当时读者对一种新文学风格的期待,因而广受欢迎。

郁达夫

1921年,郁达夫的小说集《沉沦》一经抛出,便即刻遭到文学圈的强烈抨击,唯周作人赞赏其"开创者"的价值。于是,凭借这位文学界名宿的推荐,作者欣喜地发现自己几乎一夜成名了。

接下来郁达夫又出版了短篇故事集《寒灰》《鸡肋》《过去》《畸零》和《敝帚》,以及小说《迷羊》《他是一个弱女子》。

"性"几乎是郁达夫创作的唯一主题,由此可预知其作品中流露着欲望的躁动以及色情病态的想象。小说主人公多半是作者的自我投射,而与社会现实相去较远,因此难以激发读者广泛的同理心。郁达夫本人也因作品的色情、敏感和颓废而多受指摘。他还将"性"与另一主题"贫困"相关联,表现失业带来的苦痛、绝望、不满、悲观和疾病。小说主人公往往沉迷于鸦片、酒精、赌博和抢劫,是下等酒吧和妓院的常客。阅读郁达夫的小说,读者会不难发现他不善经营情节,作品只是他个人生活碎片的拼贴与堆砌。然而,作者本人无意掩盖这一切,相反他似乎满意于将私人轶事向公众敞开——也恰恰是这种特点让他的作品流行开来。

郁达夫有两位热情的追随者:《孤雁》的作者王以仁,以及《他乡人语》《双影》和《乌鸦》的作者叶鼎洛。而这两位写得都比郁达夫更好。

张资平

张资平是另一个创造社小说家,他以擅写三角、四角爱情故事著称。他的文学生涯起始于1922年。出版小说如下:《冲击期的化石》《最后的幸福》《天孙之女》和《上帝的儿女们》;以及一些短篇小说集《雪之除夕》《爱的焦点》等30本——除一两本例外,大多都是爱情小说。实际上,作者本人的情爱纠纷也从未停止,且大多是陷入三角、四角恋爱。他小说的人物与郁达夫的类似:所有主角(尤其女主角)都具有心理和生理的病态。作者常常狭隘地、毫无克制地描写男性的欲望——或许这还不算糟糕,真正糟的是,他并不擅长此事。主题上太多的类似给读者一种片面单调的印象,只需读他的一本小说就足以领会其他作品了。也正是在这个意义上,张资平仅仅是个"流行作家"而已。

在张资平之前,公众已经领略过平江不肖生,作品有《留东外史》《江湖奇侠传》;徐枕亚——《玉梨魂》《雪鸿泪史》;李涵秋——《广陵潮》;以及"礼拜六"的领袖周瘦鹃。而张资平之后,镁光灯则投射到张恨水的作品上——《啼笑因缘》《春明外史》。

这些作者的风格都承袭旧文学衣钵。尽管张资平自认是一个严肃的新文学作者,但实际上他却在迎合读者最粗邪的欲望,刺激读者的官能——他的作品只能愉悦那些挣钱之余消磨时光的人们。然而无论如何,最终的局面令张资平十分满意,因为他做到了名利双收,甚至一干枪手以他的名字炮制自己的小说。

战前传闻他是滑稽愚蠢的"兴亚建国会"①头目。战时,他加入了南京的日本傀儡政府,后作为所谓"文化合作者"被全民唾弃。

成仿吾

成仿吾也是"创造社"的中流砥柱。他著有《流浪》——一部带有自身经验的短篇小说集。不过,他更为人熟知的身份是该社团唯一的理论家和批评家。

创造社的边缘成员

这里要提及的有叶灵凤,早期在上海美专接受教育,当下很多出版物的封面都是他设计的。他出版了《叶灵凤小说集》和《女娲氏的余孽》。周全平是《梦里的微笑》和《楼头的烦恼》的作者。华汉著有《活力》《两个女性》《十姑的悲秋》。潘梓年出版过《离婚》《曼英姑娘》和《爱的秘密》。郑伯奇则有《宽城子大将》,像许多其他社员一样,他从日本留学归来,也是创造社里极具活力的一员。

还有一些成员需要被提及:滕固、金满成、华中、邵洵美、章衣萍、孙席珍。这些作者无不着迷于肉体之爱,而忽略了现实之苦,颓废感荡漾而出。也许他们可以称为郁达夫的门徒,不过前者的写作技巧要远远超越后者。

太阳社

与"创造社"结盟的是"太阳社"。它的主要成员是蒋光慈(也作蒋光赤),曾在苏联学习,又编辑过《太阳月刊》《拓荒者》等杂志,极力鼓吹作为"新兴文学"的普罗文学。

蒋光慈创作一大批小说、诗歌、散文和苏联文学翻译。他的以下小说值得一提:《少年漂泊者》《鸭绿江上》《短裤党》《菊芬》《野祭》和《露莎的哀怨》。

蒋光慈作品风格粗野暴烈,没有丝毫艺术气质,但是作为革命文学理论的提倡者,他获得了相当一批拥趸。

钱杏邨与蒋光慈共同编辑《太阳月刊》,钱杏邨也是普罗文学的提倡者,他本身也是一位批评家。这二位一度是鲁迅的敌对者,然而,当他(们)发现新文学的发展趋势与导向后,改变了对鲁迅的态度,同时为迎合读者的需求做出了妥协。因此,他们掌握了那一时期的文学话语权。

钱杏邨攻讦鲁迅的第一篇文章是《死去了的阿Q时代》,它的出现引起了热衷于文坛八卦的好事者的兴趣。钱杏邨的主要成就领域是批评和戏剧,不过他也创作出一部颇有名气的小说《义塚》。

太阳社的其他成员有:杨邨人——《失踪》和《狂澜》的作者;洪灵菲——《归家》《转变》和《流亡》的作者;龚冰庐,著有《黎明之前》,反映了青岛工人们的生活,还著有《炭矿夫》,内容翔实具体,令人信服。作者由自身当过"炭矿夫"这一经历而创作出小说,正为当时的流行理论提供了一个绝佳案例,即普罗文学本就应该是被普罗大众自己创作出来的。

孟超也在《太阳月刊》上发表过作品,他的作品基于"悖反冲突"(conflict of opposites)的理论,即以戏剧性的方式描写青年人的灵魂上的情爱渴望与革命牺牲之间的痛苦挣

---

① 原文为"Shanghai literary group",直译为"上海文学会",实际指的是日本以驻上海领事馆为后台的"兴亚建国会",这是一个以文化为幌子的特务组织。

扎。仅这一个主题,便使得其作品广为流行。但是孟超经历了在社团中的起起伏伏——太阳社的负责人仿佛一团肆无忌惮的野火,其炽热的盲视无法宽容异见,并对其施加怒火和中伤。不过正由于该社团如此强制性地推销他们的文学观,太阳社在那一时期对普罗文学的"贡献"的确很大。

另有两位作者必须被提到:柔石(真名:赵平复)和胡也频。

柔石写有《旧时代之死》和《希望》。他不仅是新文学运动的参与者、贡献者,也是共产主义运动的实践者:1931年,他被国民政府逮捕,并与胡也频、李伟森、殷夫和冯铿一并被执行死刑。

胡也频是著名作家丁玲的丈夫,作品有《活珠子》《三个不统一的人物》《圣徒》《到莫斯科去》。

一个新的群体

接下来要讨论的这些作家,独立地形成了一个新的群体,他们与文学主潮或远或近,但近年来都享有很大的影响力。

沈从文

在1916年或1917年,沈从文甫一出现,就受到热情欢迎。他写出了包括《入伍之后》《月下小景》和《边城》等在内的约16本作品。它们主题涉猎很广,可分为以下几类:军旅生活、湘西民族和苗族的生活、普通社会事件、童话、佛教及旧传说的改作。

以南方的苗族部落为主题,沈从文集中呈现了原始民族自由放纵的生活和无拘无束的爱;再加上对湘赣一带交界处壮美景色的描写,浮现出诗情画意的无穷神秘魅力。对于久困于文明重压下日渐疲乏麻木的灵魂而言,他笔下的风物与景致不啻为一种优美、无边界的逃逸性想象。

作者声称自己的作品是明白易懂的,但不可否认,他时常迷失于繁复的描述之中而使中心理念变得模糊不明。作者没有受过高等教育,也称不上博学,然而他那丰富的意象储备以及超强的联想能力,使其仅凭想象就足以填满整块画布,或让淙淙清泉从干涸之石中流出。他以异常敏锐的直觉来捕捉稍纵即逝的瞬间,其观察在脑海中还未成型之前,一切早已从笔端清新流利地娓娓而出,丝毫不被预设的主题所困。不过,他偶尔为了迎合读者而添加的一些荒诞细节,也给作品造成了一种粗糙和轻薄之感。

沈从文还是《大公报·文艺副刊》的编辑,投稿者多来自北京,故其风格又被称为"京派"。"京派"与"海派"的说法来源于中国旧戏的区分。"京派"强调唱法和动作技巧,保留了典雅和精准的传统优点(traditional excellencies);而"海派"则以呈现戏剧的机械装置(mechanical devices)著称,一部戏可以设置多得不可思议的动作,或充满目不暇接的瞬间移动(比如《狸猫换太子》)。这种相当上不了台面的方法(rather disreputable methods)不断刺激着观众,反而让他们频频鼓掌,于是传统戏剧彻底消失。

这对概念,其实并不与新文学运动完全契合。对一些颇具才华和原创性的作者(如穆时英)而言,被称作海派仅仅是因为他们生活在上海,风格各异的城市构成他们的作品背景。人们对"海派"望文生义,形成了一种偏见,这当然是不幸的。

另一方面,尽管沈从文领导下的"京派"并不能完全符合他们倡导的理念,然而他们确实形成了自己的特点——只要翻一翻战前的《大公报·文艺副刊》就知道了。沈从文的作品的确给读者一种特定印象。他的主要追随者有李广田、何其芳、卞之琳、萧乾、常风。此外,一些围绕在《文学杂志》(朱光潜主编)周围的更年轻的作家(如林蒲和汪曾祺),也都受沈从文的影响。

老舍

老舍是中国现代作家的幽默主将。不过,他的早期作品,如《老张的哲学》《赵子曰》尽管也能逗人一笑,但总流于某种模棱两可的琐屑和肤浅(prevaricating triviality)。《猫城记》同样是一部失败之作。只有《二马》《离婚》《骆驼祥子》《牛天赐传》值得推荐。

抗战后期,老舍着手写作鸿篇巨制《四世同堂》,目前虽只完成一部,但就其质量来看,可以预知它将是一本具有极高价值的综合性佳作。

老舍独立于当下作家群,充满着民族情感,不苟同于那些肤浅的普罗文艺和红色左翼作家。种种迹象可从《二马》和《离婚》中窥见,而《猫城记》中的民族情感体现得更加明显。老舍意识到刺激强大的左翼力量是并不明智的,他最终逃过了来自对方的直接攻击。

抗战刚开始,作为文协的核心成员,老舍原本想消融左右两派作家剑拔弩张的局面,带来和平,但由于"左派"占数太多,他始终处在被"围困"的状态,并最终导致自身的"左倾"。

就当下现实主义的定义而言,老舍还是趋于保守的。他特别强调人物的塑造,对女性主义和离婚等社会问题有自己的见地。作品幽默,虽偶有愤世嫉俗却又不同于鲁迅——并不冰冷且杀伤力也不大。相反地,他是温暖慷慨的。在鲁迅的笔下,没有一个人是仁慈的,而老舍则创作出诸多令人心生喜爱的角色,以至于给读者这样一种印象:这些主人公们不是生活于现代世界,而是生活在老式浪漫的旧岁月中。

张天翼

最像老舍的作家是张天翼。他对北方方言的运用炉火纯青,作品机智幽默,可以说继承了老舍的衣钵。他的《鬼土日记》令读者想起老舍的《猫城记》,二者都讽刺中国社会的颓败面。张天翼的技巧是多面的,但他一般只抓住一些简单有力的主题来勾勒故事的框架,去粗取精。然而,其缺点也如老舍一样,尽管作者见多识广(width of his outlook),他也会沉溺于繁杂暧昧的琐碎之中,正如前文所说,这也是老舍的毛病。万迪鹤甚至将这一倾向推向极端,在此不值一提。

施蛰存

施蛰存是一个相对晚出却星光熠熠的作家。就美学观点来看,他不及新文学阵营中的许多前辈作家。施蛰存兼文体作家、心理小说家、新感觉派作家三种身份于一身,但主要擅长于心理分析。他创作了大量小说,用现代的心理分析手法来剖析其主人公,比如《将军底头》,生动描绘了充满性意味的双重人格冲突。其美学风格很容易让人想起唐朝的李商隐和李贺,而独异于其他早已吸引年轻读者的文学流派。仅从这一点来说,他就值得我们的注意。不过,施蛰存的美学也绝不是"象牙塔"式的,他仍然可以用粗疏的线条勾勒出一个不同凡响的故事,而且也会有意识地去表现受压迫者的贫困生活。①

---

① 该句具有转折意味,但何以"用粗线条勾勒故事"构成了与"象牙塔"之间的转折?译者陷入了困惑。在此录入原文:But he is by no means to be considered an aesthete in an "Ivory Tower", as he can also obtain an effect by sketching a few broad lines, and he also shows an interest in the poorer and oppressed classes.

施蛰存最富影响力的作品当属《夜叉》《魔道》《凶宅》，均具有迷幻魔怪气息，往往把读者引向鬼怪，这一点非常像爱伦·坡。后来他开始改写古典小说，并且要比之前提到的许地山成功。在遍地都是无产阶级文学的环境里，这种尝试令人印象深刻。

抗战前夕，施蛰存主编《现代》杂志，主张作者有选题的自由。他声称自己保持中立，不左不右，只是"第三种人"。但是不容异见的左翼作家又怎能容忍"第三种人"的存在呢？于是，施蛰存遭到了左翼文人的恶毒攻击而突然陷入倒霉的不确定性（hapless condition of uncertainty）之中。他主编的《现代》自然也像其他区别于无产阶级运动的文学杂志一样，独立性岌岌可危，最终难免被迫停刊的命运。

一个少数群体

以下作家的文章经常见诸当代出版物：杜衡、戴望舒、靳以、穆时英、刘呐鸥。

杜衡的主要作品有《怀乡集》和《漩涡里外》。

来自东北的靳以，主要有《青的花》《虫蚀》《渡家》，作品包含了对傀儡政权"满洲国"的描写。

在上述几位中尤其值得细说的是穆时英。这位集多种才华于一身的作家可以在不同的写作气质之间游刃有余。比如，从精雕细琢的工匠式作品摆荡到充满生活气息和繁复动作的冒险故事中。《南北极》可归入后者：人物无不是海盗、土匪、绑架者、赌徒，以及作为绅士的法外之徒（gentlemen who evade the law），行为充满暴力；小说散发的越出法轨的不羁之情委实刺激。而另一类小说则有《公墓》《白金女体塑像》——很难想象它们出自《南北极》的作者之手。在这些小说中，身居上海等大城市的主人公们谈吐不凡，话语结构复杂，语义繁复，其文本达成的效果令人联想到立体派（cubism）。

穆时英是新感觉派最成功的大师，都市文学的先锋作家，在这一层面上，他可以比肩保罗·莫朗、辛克莱·刘易斯，以及日本作家横光利一和喱口大学。

穆时英很赞佩刘呐鸥的《都市风景线》，二位惺惺相惜，彼此影响。他们的命运也相仿，上海陷落后他们都加入了傀儡组织，穆时英很快就被暗杀了，而刘呐鸥至今生死未卜。

都市文学的另一位作者是黄震遐，写有《大上海的毁灭》。他想象力十分丰富，在描摹城市生活的方方面面时显得才华横溢。

都市文学的作者

早在穆时英成名之前就已经有一批热衷于"都市文学"的作者了。在这里，我们提及如下几位：张若谷、傅彦长、朱应鸥和曾虚白。

张若谷是天主教徒，毕业于震旦大学法律学院，擅长描写家庭生活。《波希米的人们》是他倾注心力的一部作品，该小说涉及文学圈上层人士的奇闻异事，然而并非成功之作。不过作为老上海人，作者对城市的各种掌故拿捏到位，又是"都市文学"的推广者，因此值得关注。

曾虚白是晚清著名作家曾孟朴的公子。后者以笔名"东亚病夫"创作了《孽海花》，因而闻名于世。1928年，父子俩在上海成立"真善美书店"，积极倡导新文学运动。曾孟朴写有自传体小说《鲁男子》，而曾虚白写有《德妹》《魔窟》和《潜炽的心》。

徐蔚南与当下知名的张若谷曾是同窗，写有《奔波》和《都市的男女》，均为都市文学力作。

徐霞村写有充满异域情调的《古国的人们》和《巴黎生活》,尽管它们不能被视作正式的小说文体。他与张若谷、傅彦长、二曾和徐蔚南可以看作是同一类作家,受曾孟朴的提携与领导(其年龄资历自然导致他的领导地位)。徐霞村深谙法语,向中国读者介绍了很多法国古典作品。要说"几乎所有深受法语文学浸染的年轻作者都视其为领袖"也并不夸张。

另有两位在法国接受高等教育的作家值得一提:李劼人向中国读者介绍了福楼拜和都德,并写有小说《同情》。李青崖将莫泊桑译成中文,他自己的小说《上海》,在措辞和情节上都与莫泊桑相像。

罗黑芷,湖南人,写有《春日》和《醉里》,可以看出其小说经过了精心架构与精雕细琢。穆木天也是一位法语专家,他翻译了很多巴尔扎克的作品,也写了不少小说与散文。

回到都市文学

徐訏这位作家的作品在上海的各色书店随处可见,一部《鬼恋》让他在成为畅销作家的同时又在文学界"博得"恶名(notoriety)。他是一个标准的土生土长的上海人,不了解城市以外的任何环境。他的感官被爵士乐、狐步舞、鸡尾酒、埃及烟草、八气缸豪车、女性时尚、摩天大楼、璀璨的霓虹灯所充斥。他用笔将这些声色犬马的世界传达给另一端的读者。

徐訏还是一位诗人,他在诗歌中把渺远的浪漫情怀与小说里剧烈的感官放纵结合起来,从而深深吸引着大城市中的红男绿女。

《鬼恋》一举博得战时上海和内陆读者的喜爱,正如他所有的其他作品一样,《鬼恋》轻浮又颇具娱乐性,正好可以打发读者茶余饭后的消闲时光。徐訏也是《西风杂志》《人间世》《宇宙风》等杂志的主要作者,但从纯文学角度来看,他的作品不具备相当的文学价值。

女作家们

自五四学生运动始,一大批女作家涌现出来。其中最有名的无疑是冰心,她属于《晨报副刊》的作者群,也是文学研究会的重要一员。冰心"爱的哲学"广为人知,与巴金"恨的哲学"恰好构成对位,在这个意义上,可以认为她续接了托尔斯泰和泰戈尔的伟大传统。另外,这位女作家翻译了很多泰戈尔的诗歌。在她自己的作品中,强调最多的是"母爱",这也是诞生于"五四"之后的《超人》的中心主题。这部作品的风格清新流利,可爱自然,富有诗意。尽管女性特质过于直露,但也不失为一部杰作。

《寄小读者》是一系列书信集,彼时冰心还是留美学生。该书是儿童绝佳的精神食粮。

黄庐隐是冰心的同代人,也是五四学生运动后出现的女作家。她的早期作品有《海滨故人》《灵海潮汐》《象牙戒指》,这些作品展示了庐隐流动自然、热情洋溢的文风,尤其吸引了一大批女学生。

她去世之前加入了中国青年党,并以十九路军的抗日活动为故事基点创作《火焰》,不幸的是,小说还未完成,作者就死于难产。

陈衡哲是庐隐的同代人,曾留学美国。作品集《小雨点》兼具散文和小说的特点,文体较暧昧。抗战期间,她创作长篇小说,反映战时糟糕黑暗的状况——广泛的腐败、投机倒把、官商的囤积居奇……而这一切都加深了知识阶级的悲惨处境。

冯沅君,笔名淦女士,写有短篇小说集《卷葹》和《劫灰》,它们描写了女性无所顾忌大胆袒露内心的温暖爱情,尽管她的作品出现在对女性的限制已经部分瓦解之后,但是她那感兴浓烈的抒情精神仍然绽放光彩。《春痕》由五十封情书组成,记录了一个女孩儿从爱情的萌芽到订婚长达数月的情爱轶事。冯沅君浸淫于古典文学传统,因此在行文措辞或叙述结构上,其风格恰如一些明清著名作家的小品。

陈学钊著有《南风的梦》《忆巴黎》《寸草心》,均由速写和散文组成,她与丁玲在当时都身处中国的红色区域。

陆晶清是《素笺》的作者。这本作品包含了她写给生命中十个过往男性的情书,感情真挚,文笔细腻、坦率,颇具可读性;既可以被看作散文也可视为小说,其形式全由作者独创,这是它的主要特质。她还写有一部小说①,由《和平日报》系列发表,其主题是重庆战时图景。她的写作态度严谨郑重,不轻易诉诸笔端。

陈沉樱,梁宗岱的夫人,在战时出版作品有如下:《某少女》《夜阑》《喜筵之后》和《女性》。作者将主人公们的脆弱敏感描写得惟妙惟肖。

林淑华,陈西滢的夫人,写有《花之死》《小哥俩》和《女人》,均为短篇小说集。人们经常把林淑华与凯瑟琳·曼斯菲尔德相提并论,其合理性在于前者有意识地模仿这位英国女作家,并且她也为凯瑟琳·曼斯菲尔德作品中那种漫不经心、半遮半掩的微妙心理所征服。

丁玲,这位著名的共产主义女作家,凭借《梦珂》和一些发表在《小说月报》上的作品而成功俘获了一批读者。其他作品有:《在黑暗中》《自杀日记》《一个女人》《韦护》《水》和《母亲》。《在黑暗中》处理了一个底层中产阶级女性的变态心理经验,笼罩着虚无主义气氛,充满感伤,浮现出一种令人不适的"世纪末的病态"(原文为法语:maladie de fin de siècle)。

《上海之一,上海之二》已充分表现出作者对共产主义的同情,但是她还未将主人公限制为工农。直到1933年《水》的出现,丁玲终于成为"大众文学"的鼓吹者,作品风格有力、洪亮、成熟和精确,而且她显著的原创性成功吸引读者的注意。她是沈从文的朋友,并被后者影响,但她的写作更强壮有力,作品结构更精细,迸发无限活力,内容也更贴近现实。

谢冰莹,因出版《从军日记》闻名,该作品后被改编为《一个女兵的自传》。其他作品有《在火线上》和《梅子姑娘》。《梅子姑娘》洋溢着热情活力。寻求新的感官刺激的读者尤喜爱谢冰莹,因为作者主要处理的对象就是纷乱战场上的暴力与动荡。

陆小曼是徐志摩的妻子。她与丈夫合著戏剧《卞昆冈》。《爱梅小札》由夫妻二人的情书组成,风格清新典雅。作为城市居民,她对城市生活的洞察可谓透彻,常常不经意间就呈现出城市细部的方方面面,这赋予她作品某种原创性,一如《皇家饭店》所展示的那样。近作《无题集》也有相似特质。

罗洪,作家朱雯的妻子,也是一位特点鲜明的短篇小说家,主要作品有:《春王正月》《孤岛时代》和《鬼影》。她的作品风韵刚强有力,情节精心编织。

---

① 苏雪林并未说出这部小说的名字。

苏青原名冯和仪,战前在《宇宙风》等杂志上发表了很多幽默风趣的文章,其中就有《涛》和《结婚十年》。她大胆描写女性的心理和性生活,因而吸引到了那些感官刺激的寻求者,但过于直白夸张的袒露,经常损害到作品的品格,使其降格为一种下流读物。

封凤子,战前就因处女小说《无声的歌女》出名。该小说情节曲折,风格清新别致。她的作品总会让我们想到作者在《画像》中的自我形象的描绘:那本是晶莹的眼睛,却漾溢着一层雾似的忧郁。她凝神地望着不可知的远方,……她似乎漠视了许多人的存在,甚至也漠视了她自己。

张秀亚,一位天主教作家,尽管她在新文学运动时还没有被认可为一名作家,但她的几部作品已初露才华。天主教文学在中国还处于早期阶段,鲜有支持者,我们寄希望于这位年轻的先驱作家,她的贡献或许不该被忽视。

萧红,来自东北,1931年伪满洲国事件发生后来到内陆,受到鲁迅的提携与支持,成为知名作家,与萧军和后来的端木蕻良关系密切(intimate friend),她死于战时香港。《生死场》是她的代表作,故事发生在伪满洲国事件不久后哈尔滨郊区的村庄中,讲述了一对夫妇之间的悲欢离合以及他们由日军侵略而逐渐复苏的爱国热情。① 她的另一部代表作是《狂野的呼喊》。萧红的作品普遍要比萧军的更有力度。

罗淑,马宗融的妻子,虽已过世,但却因作品《生人妻》而被铭记。小说异常深刻细致地分析了一个女性在丈夫还活着的情况下被迫再婚的心理。

郁茹,受茅盾提携赏识,在战时创作出《遥远的爱》,塑造了一个为民族国家牺牲个人家庭的新女性形象。这本书在重庆发行,一时间"洛阳纸贵"。

葛琴,邵荃麟的夫人,写有小说《狂》和《葛琴创作集》。

我们还应介绍安娥(剧作家田汉的夫人)和著名记者子冈(徐盈的夫人),她们二位均在当下杂志发表过很多作品,但均未独立成册出版。

晚近作家

现在我们来按时间顺序评价一下涌现于1937年之后的作家。

最受关注的当属《大公报》文艺副刊的作者群。其中一个主要作者是萧乾。他是沈从文的好友,并接替沈从文成为《大公报》的文艺编辑。战争期间,萧乾任教于伦敦大学东方学院。主要作品有《梦之谷》。近期出版厚重之作《人生采访》,该书为他在《大公报》上的文章结集,聚焦于海内外重大严肃事件,很受欢迎。

第二位作家是西南联大的李广田。他擅长创作家庭题材的散文和特写。短篇小说集《金罈子》值得一提。战后出版的小说《引力》具有原创性,广受好评。

徐盈,因人物研究而闻名,出版作品《前后方》,短篇小说集《向西部》和《汉夷之间》。

老作家群

再来看一看于战时发表一些重要作品的老作家。

陈铨,留德归国的学者,现任教于国立武汉大学。他的第一部小说《天问》诞生于新文学运动的第一个十年。战时他出版另一部作品《狂飙》。

---

① 苏雪林对《生死场》的概括和解读与当下主流解读已经完全不一样了。原文为 In it a peasant man and his wife are depicted, with their sorrow of separation and joys of meeting again, together with the awakening of their patriotic shaken into activity by the Japanese invasion.

徐仲年，留法归国的学者，现任教于国立中央大学。他曾将维克多·雨果引进国内。战时写有《双尾蝎》，最近出版小说《火中莲》。

王平陵是《文艺月刊》的编辑和《送礼》和《湖滨秋色》的作者。

崔万秋，留日归国的学者。战前他绍介大批日本文学，战时写有《第二代》，旨在描绘战争前夕大城市居民的生活景况。另外，还写有作品《新路》。

臧克家，著名诗人。临近战争结束，又荣膺小说家身份。他的小说集《挂红》广受好评。

熊佛西，著名剧作家，战时在自己的杂志《文学创作》上发表小说《铁锚》，塑造了一群积极投身于战争，保家卫国的年轻人，呈现了战争各方面的生活场景，字里行间洋溢着爱国热情和大无畏精神，小说十分精彩，仿佛打开了未来世界之门。他对题材的处理令人耳目一新，颇具原创性，不愧出自老作家之手。

熊佛西的其他作品有《铁花》，可看作《铁锚》的续集。

擅长描写乡村生活的作家们

战前有一批作家尤擅表现乡村生活，如沙汀、徐转蓬、魏金枝、吴组缃和艾芜，其中后两位是他们最杰出的代表。

沙汀在战前出版作品《法律外的航线》，语言精致，但没有中心主题，人物只是失去个性的类型而已。战时沙汀写有长篇小说《淘金记》和《困兽记》，中篇小说《闯关》和短篇小说集《呼号》。《呼号》抵达作者创造力的顶点，人物原型基本取材四川乡村，比如秘密结社组织(secret society)的成员，村社的首领，乡中长者，以及小学老师。方言赋予作品地方色彩，但作者还是没能摆脱那种泛泛而论(generalization)的缺点。他的全部作品中，仅有《淘金记》真正提供了令人信服的四川金矿中的生活图景，原因就在于作者真正扎根于那种生活，为写作做足了准备。徐转蓬和何家槐分别描绘了甘肃和浙江的乡村生活。后者在战前停止了文学创作，徐转蓬虽然在继续，但可惜他的人物肤浅无力。这部分折射出作者实际生活体验的匮乏。

姚蓬子和戴望舒是两位象征主义诗人。前者最近加入了普罗文学阵营。战前他热衷于描绘农夫生活，但始终没能创作出令人信服的作品。而他的《浮世绘》和《剪影集》则流露出其放弃短篇小说创作的倾向。

魏金枝在战前创作出战争小说《白旗手》，然其《奶妈》则是一部失败的乡土小说。

吴组缃是最杰出的现代作家之一。尽管作品临近战前才进入公众视野，但作者显然已具备很强的写作能力。他对乡土题材的驾驭已超越一批老作家，如鲁迅、茅盾、叶圣陶和王鲁彦。

小说《一千八百担》在《文学季刊》甫一发表，读者眼前即为之一亮。批评家们击掌称赞《西柳集》中的《黄昏》和《天下太平》。读者经由这些小说走入破败消亡的中国乡村，体味村民悲惨的生活处境，而作者试图告诉读者这种凋敝是受帝国主义武力经济侵害的后果。

在战时，吴组缃创作了《鸭嘴捞》（后改名为《山洪》）。"鸭嘴捞"是安徽山谷中的一个小村庄。战争初期，村民面对战火和肆虐杀戮，竟置若罔闻无动于衷，直到灾难迫在眉睫，才有所行动，而一旦被唤醒，村民们爆发出的力量又令人刮目相看，无论是在金钱还是在人力上，都倾其所能。这部小说之所以极具说服性和可信度，原因在于作者本人就是村中一员,他相当熟悉当地方言及民风民俗,因而能够使整部小说活起来,不仅人物的言谈举止逼真,连虚构也显得自然并得到了升华,从而赋予了作品伟大的气象。

艾芜在战前就已出名,但是他最重要的作品全部诞生于战时,主要有《童年》《故乡》和《荒地》;中篇小说《春天》和《江上行》;以及长篇小说《秋收》和《丰饶的原野》。代表作品《秋收》,描写了军民之间的合作,已被陈白尘改编为戏剧。艾芜缺少吴组缃的才智,但是观察力更佳。其简单的乡土故事有特定的受众群,他出身农民,没有接受过更好的教育,甚至有传言说他曾经当过"男仆"①,以此谋生。故而我们很欣慰地看到白话新文学的兴起,让一个如此卑微的个体成为一名有尊严的现代作家。

欧阳山,原名罗西,广东人,战前他曾创作了《玫瑰残了》和《桃君的情人》等十余部作品,但后来便销声匿迹。

王西彦的名字听起来像是王鲁彦的弟兄,但二人其实并无关联,然而他作品的风格却与王鲁彦一样纯净而精确,简约却引人联想,又充满力量。他的长篇小说《村野恋人》揭示了战争的本质以及战时村庄的种种变迁。王西彦还出版了《古屋》和《乡下朋友》两个作品集。

徐杰,在战前已创作颇丰,并且以乡土作家的身份闻名。他与王鲁彦和废名一起被视为鲁迅的后继者。战前作品有《惨雾》《暮春》《椰子与榴莲》《火山口》和《飘浮》;后续创作出《胜利以后》。

聂绀弩和欧阳山都取法于鲁迅,前者尤擅针对社会事件的讽刺素描。战时他与夏衍合编《救亡日报》和其文学副刊。聂绀弩的短篇小说集采用现实主义创作方法,鲜活灵动。左翼阵营称赞它具备撼动时代意识的能力,堪当大师之作。

师陀,之前的笔名为芦焚,最初以散文家的身份闻名,其虚构作品有《结婚》和《果园城记》,均为感伤情调的简约作品。

丽尼,原名郭安仁,湖北人,深受巴金影响,翻译过契科夫、屠格涅夫和纪德的许多作品。

东北作家群

另一个广为人知的青年作家群是"东北作家群"。他们都于伪满洲国事件爆发后迁居中国内陆,都受到鲁迅的赞助和扶持;因此他们自然而然地成为鲁迅的"猎犬"(his pack of hounds),听从指挥,伺机而动,也自然而然被归为左翼作家阵营。

其中最出名的作家有萧军(有时也被成为刘军和田军)、萧红、端木蕻良、李辉英、罗峰和舒群。除了端木蕻良,这些作家都学识不精,从行文中可以判断,他们急于雕刻从未见过的特殊人物,措辞充满缺陷和句法错误,思绪毫无逻辑可言。

他们作品的价值在于:提醒我们受到日本和伪满洲国联合压迫的东北正存在着怎样的惨状。于是,东北作家群不仅获得了当下政治家的同情,而且受到了文学界的短暂关注。

萧军的代表作是《八月的乡村》,作品展示了伪满洲国事件后的东北乡村如何抵抗日军的侵略。其他作品有《羊》《江上》《绿叶的故事》和《第三代》。据传《八月的乡村》在出版前得到过鲁迅的洗刷润色,如果这是真的,那么鲁迅逝世后,萧军作品的缺点确实增

---

① 此处原文令译者些许费解:It has even been rumoured that he has earned his living as a "boy".

加了:不可思议的谬误、语法上的缺陷等使其后期作品令人难以卒读。尽管他才疏学浅,但由于他是坚定的左翼作家,因此其作品得以被成批翻译成俄语,从而获得国际声誉。由此我们可以发现,支持左翼是扬名立万的终南捷径。那么可想而知,它对那些有抱负的文学青年的吸引力有多大。萧军只是共产主义政策在文化领域取得成功的一个小小案例。

端木蕻良是东北作家群中最成功的一位。无论写景还是状物,他的作品总是那么细致而精确,就如同中国画中一丝不苟的工笔风格。他也喜爱对仗和诗意的重复,以致文章修辞有种用力过度的修饰之感。端木蕻良无疑充分吸收了古典文学传统的营养,但也没有盲目模仿之。而是凭借其才华和想象力,使作品展现出了令人惊叹的原创力。他创作出一批短篇作品如《风陵渡》《科尔沁旗草原》①和《憎恨》,长篇有《大江》和《大地的海》。

李辉英创作出反映东北人民抵抗日军侵略的《松花江上》。作为一个土生土长的东北人,他对内蒙东部草原一带非常熟悉,战时创作出非常成功的《石老幺》,其男主人公就是抵抗日军侵略的游牧者。

罗峰,大连人,著有作品集《小说五年》。

舒群,战时创作出有关朝鲜的短篇小说《海的彼岸》。

骆宾基,是一位多产的作家,在战前就已出名,著有长篇小说《图们江》和《边陲线上》。其中篇小说《一个倔强的人》,聚焦于战时上海附近的农民游击日军的活动。他还写有短篇小说集《北望园的春天》和《混沌》。骆宾基是一位活跃的共产主义者,后因当局宣布共产党不具合法地位而被捕。

张煌是一位留日归国的学生,战时在桂林创办杂志《创作月刊》。他最喜欢写东北,尤其是写"暴露日军暴行和地下党抗日活动"的主题,并以此闻名。以北平为背景的代表作《花嫁》,极具浪漫性。他也创作出短篇小说集《饶恕》和《浮华篇》。由于作者还未到三十岁,我们有理由期待他创作出更多更好的作品。

孙陵,在战时与张煌一起在桂林合编杂志《自由中国》,二者的声誉齐头并进。孙陵的主要作品《大风雪》讲述战时哈尔滨底层人民的生活,《突围记》记录了河北襄阳和樊城的一系列战役。无论是孙陵还是张煌,在战前都还是默默无闻的。他们二人虽然被归入东北作家群,但不像这个圈子里的其他成员,他们太年轻而没有受到鲁迅的个人影响。

新兴创作者们

现在我们将要介绍一批由不同年龄作家组成的新兴作家群,他们之所以被归为一类,是因为直到战争的较晚时期,其作品才开始出现。当然,他们都是左翼力量的同情者,即使不支持共产主义阵营,至少也有左翼倾向,否则绝不会被纳入新文学阵营中去。作为一个大的群体,个人成就不一,但是从整体来看,相较于发轫于五四新文学运动的那一批作家来说,他们更少地受古典文学传统的限制,而具有一个更新的世界观,能更好地把握素材,他们写出了迄今为止最接近胡适博士所谓的真正的"新文学"作品。

姚雪垠

第一个被讨论的应该是姚雪垠,土生土长的安徽人,战争甫一爆发,他就加入游击

---

① 《科尔沁草原》是长篇小说。

队,作品自然充满了战争元素。他的处女作《差半车麦秸》发表于《文学阵地》,立刻收获关注,至今仍被视为最好的战争小说。中篇小说《牛全德与红萝卜》讲述了游击队中的二把手牛全德与出身农民外号叫"红萝卜"的士兵之间的对立,个人彼此之间的厌恶被战争的凶险化解,而产生同志友谊,及至最终的救命之恩。对牛全德的描写是写实主义的,没有半点夸张,读者可以清晰地看到个体在战争中的成长甚或重生,从一个毫无责任感的无赖转变为能为他者性命赴汤蹈火之人。姚雪垠的人物是令人信服的——我们相信有这样的个体存在。该部作品不仅仅是中国旧传奇中俗套的冒险故事,文本中突出的个人主义行为可被视为技巧上的一次跃进。

《春暖花开的时候》讲述了游击队中男男女女的故事。《戎马恋》是年轻长官与护士之间的爱情故事。《长夜》观照的是北中国乡村令人发指的生活境遇。《新生颂》则聚焦于当下战争孤儿的命运。上述四个作品都是长篇小说。

凭借这些作品,姚雪垠上升为当代作家中的佼佼者。他没有坠入那些追求所谓"客观"的作者们在种种"记录"中滋生的干枯、致命的琐碎里去,也没有因十足的浪漫气息而变得暧昧和缺乏意义;他采取了一条中间道路,将浪漫精神融入严谨苛刻的严肃技巧之中,呈现出的结果是清晰明丽,颇具可读性。

自姚雪垠参军之后,他就受到共产主义作家胡风尖酸刻薄的攻击。胡风显然对姚雪垠令人艳羡的声誉感到愤愤不平,对此姚雪垠就事论事做出回复,并感受到某种委屈,因为他本人就是一个左翼力量的支持者。但胡风是一位从不妥协的人物,毫不动摇地用笔来审判别人。如果这个可怜的受害者试图自保,那么胡风将判处他"死刑",也就是说用他刻薄的文笔加速对方的灭亡。即使在共产主义作家阵营内部,胡风也是一个例外。除了他个人的喜恶之外,他不承认任何规则,这或许可看作著名的共产主义口号"民主"和"言论自由"的一个绝佳案例。

战时的另一些作家

战争期间涌出了如下一批年轻作家:

东平,一位活跃的军人,最终牺牲在战场。战争中的真实催迫着他的写作。他创作出短篇小说集《第七连》。

刘白羽和周而复的写作都关乎红军,从作品来看,他们一直与八路军一起生活。刘白羽写有《幸福和太阳》和《心灵的故事》,后者反映了东北战场的生活。

吴奚如是一位军官,在战争初期出版作品《肖连长》。

谷斯范以旧小说的风格创作出《新水浒》,讲述了太湖边上一群土匪抗击日军侵略的故事。他的作品贴近现实,有种蛮力与动感。他与张恨水可归为一类作家,很难想象作者没有相关的实际体验可以写出如此有生命力和说服性的土匪生活。

当下的年轻作家们

碧野,四川人,多产作家,作品表明他是一个浪迹天涯之人。某一时刻,作者在叙述内蒙乌兰不浪的宏阔旷野,另一时刻,他又定格于南海渔民在惊涛骇浪下的动作。他笔下的风景在北国乡村与广东村落之间快速切换;叙述对象既有冒着枪林弹雨抵抗敌人、浑身烙满战争创伤的年轻人,又有四川南部平静却充满厌倦的皮艇船手,他用精准、流动的语言,有力地击中这一切。这位年轻的作者,创作生涯刚开始,就拿出了七部杰作:《肥沃的土地》《风砂之恋》《没有风的春天》《湛蓝的海》《奴隶的花果》《黄泛》和《远方》——上述作品全部是长篇小说或具有相当长度的中篇小说。

路翎,战时创作出《饥饿的郭素娥》,该小说迅速受到左翼文学界欢迎。之后创作出如下作品:《求爱》《青春的祝福》和《财主底儿女们》。路翎虽然是一个没有完成中学教育的工人,但这无法遮蔽其文学才华,他尤擅暴露人性、分析生活,为读者呈现深刻的心理分析。刘西渭(即李健吾)如是评价路翎的《饥饿的郭素娥》:"路翎先生让我感到他有一股冲劲儿,长江大河,旋着白浪,也可带着泥沙,好像那位自然主义大师左拉,吸引人的是他的热情,不是他的理论,因为说到临了,他最不善于在他的作品中运用他的理论。路翎先生没有那种坚定的理论,但是,他有继承的概念派给他的文字,特别是副词或者形容词,往往显得他的刻画机械化,因而刺目……他有一股拙劲儿,但是,'拙'不妨害'冲',有时候这两股力量合成一个,形成一种高大气势,在我们的心头盘桓。"①

路翎在上海尤其受欢迎,这座城市给予他特别的关注。

田涛,其长篇小说《潮》颇受读者喜爱,《沃土》反映了北中国备受压迫的普通百姓的生活。另有短篇小说《希望》。

丰村是一位新兴的但在当下文学界颇有影响的作家,有作品集《烦恼的年代》。

新作家群

仍要提及另一批作家——他们的名气虽不及前面提到的前辈作家,但是未来属于他们。

梅林,创作出讽刺当下腐败现象的《疯狂》,另有一本短篇小说集《婴》。

邵有麟和邵荃麟,通常被认为是兄弟俩。前者写有充满浪漫情调的作品《间谍夫人》,后者写有《宿店》。

司马文森,创作出一大批长篇小说和中篇小说。但由于共产主义的政治限制,作品很难在中国内地发行出版,仅有《烟苗季》出版于桂林。

程造时,创作出长篇小说《地下》和《沃野》,后者拥有成百上千的人物,但却没有特定的主题。

蒋牧良是一位农人,因而他更加关注农民生活。在战前他已创作颇丰,但是直到战时发表的《夜工》才使他声名显赫。

艾明之写有短篇小说《饥饿的时候》和长篇小说《雾城秋》。

钱锺书,长篇小说《围城》颇具原创性,流露出强烈的作者趣味。

冯至,其历史寓言《伍子胥》深得批评家赏识,被称为一部诗意之作。

宋霖,作品《滩》处理的主题是战时困境下的中国内陆工厂的挣扎,值得一读。

无名氏

在本文的结尾,我们需要谈到一位在各方面都与徐訏具有可比性的作家,其作品也布满上海的各色书架。原名卜宁,笔名无名氏,作品直至战争后半期才出现,从作品来看,他深受小仲马的影响。他也如徐訏一样多产,主要作品有《一百万年以前》《海艳》《露西亚之恋》《火烧的都门》《龙窟》《北极风情画》《塔里的女人》和《野兽》。由于无名

---

① 参见李健吾的评论文章《三个中篇》,这篇评论文章除《饥饿的郭素娥》还分析了穗青的《脱缰的马》和郁茹的《遥远的爱》。

氏并不处理当下工农问题、阶级压迫等灼热的现实题材,也没有抱持令人熟悉的共产主义式的现实憎恶,而仅仅将希望注入未来,因此他不被视为严肃作家,仅适用于那些小资产阶级茶余饭后的消闲。

中国现代戏剧

前　言

我们现在来讨论一下新文学运动中诞生的戏剧作品。当语言变革成为新文学运动中的首要问题时,中国戏剧的现代化需求也被提上了议事日程。傅斯年的《戏剧改良各面观》、欧阳予倩的《予之戏剧改良观》、胡适的《文学进化观念与戏剧改良》,均对中国旧戏提出苛评,并具有相当的攻击性。胡适用白话文创作《易卜生主义》和《戏剧终身大事》——这是具有建设性的工作。至此之后,这种戏剧范式流行起来,易卜生的《鬼》和《玩偶之家》在中国院校的上演相当成功,反响剧烈;萧伯纳的《华伦夫人的职业》也在上海被搬上舞台。

早期的先驱者们

陈大悲是在中国舞台上推广现代戏的先驱者之一。他提倡"美学戏剧",希望它可以取代所谓的文明戏。这一主张获得蒲伯英的热烈支持,但是他们二者都不具备现代戏剧艺术的理论支持,只是改编或模仿西方或日本的戏剧。随着戏剧这一文体成为迫近的社会问题的载体,它们遂被纳入新文化运动的视野。但当时的戏剧包含了大量的道德说教式对话,而且没有遵循戏剧的和谐法则(the rules of dramatic harmony)。以陈大悲为代表的先行者们采用的是传奇剧的设备(这其实也是他们改革文明戏的常用手段),于是这些戏剧均充斥了自杀、威胁、绑架、射杀、突兀的启示和忏悔等剧烈的情节内容,试图借此来吸引观众。

另两位在这一时期活跃的戏剧家是欧阳予倩和熊佛西。

欧阳予倩的戏剧生涯始于春柳社,后将注意力转向传统戏剧并成为一名青衣。欧阳予倩的创作具有娱乐性,也从属于文明戏——但颇具特色的《潘金莲》除外。

熊佛西是一位喜剧创作者,尤擅创作《洋状元》和《喇叭》这类作品,他也沉迷于创作闹剧如《艺术家》,这些戏剧虽获得短暂的成功,却无法拥有永恒的价值。不过,他后来创作于抗日战争初期的作品有了很大进步,《赛金花》和《袁世凯》比他的早期作品更能经受住时间的考验。

郭沫若的《三个叛逆的女性》以"三部曲"的形式演绎了古代著名女性王昭君、卓文君和聂嫈的故事。其结构松散,语言鄙俗,历史人物只是作者表达自我观念的传声筒,演员与其说在表演,不如说是在向观众发表演说,因此这些尝试不能被视为历史剧,而应被视为道德剧或宣传而已。

战时,郭沫若创作出基于历史故事的《屈原》《高渐离》《虎符》《南冠草》和《孔雀胆》。这些作品都摆脱不了郭沫若剧作的通病。在《屈原》中,这位伟大的中国诗歌之父成了作者自身的象征,从而导致屈原的人物形象过于实际,失去了应有的浪漫光环。不过,《孔雀胆》却因活泛灵动的人物角色、恢弘阔大的构想和布景而广受欢迎;该剧的男主人公段功在原典中本是一个勇士,却戏剧性地被塑造成了一个容易上当受骗的傻瓜,并且情节的转折仅仅简单地依托于毒药和谋杀等外部推力，因之批评家认为尽管郭沫若试图在一个宏大的背景下创造出莎士比亚的风格，但他其实仅仅创作出一个平庸的传奇剧而已。

"创造社"中另一位需要被提及的重要成员是王独清，无论在诗歌还是戏剧上（尤其是戏剧），他都是郭沫若的模仿者。作者声称作品《杨贵妃之死》和《貂蝉》是历史剧，但是它们实不过亦步亦趋于郭沫若的《三个叛逆的女性》，并且绝对地劣于后者。

《现代评论》剧作家群

围绕于《现代评论》的剧作家有：丁西林、袁昌英和徐志摩。

丁西林有《丁西林独幕剧》，陈西滢如是评价："这些独幕剧的结构非常的严谨，里面几乎没有一句话是废话，一个字是废字，它们的对白，也非常流利和俏皮。这许多是谁都承认的。可是，许多人就只承认这许多。他们不知道剧中人专说俏皮话，是因为他们不能说别样的话。他们不是些木偶，作者借他们的嘴来说些漂亮话。他们都有生命，都有思想，只是他们的思想与平常的中国人不一样。他们是一种理想界中的人，可是他们在理想世界，比我们这些现实的世界中还生动，还灵活。也许他们是几百几千年后进化的中国人。他们的理智比我们强，他们的情感也多了几百几千年理智的熏陶，成了一种——要是有这样的一个名字——理想的情感。"①他的《一只马蜂》《瞎了一只眼》《妙峰山》和《等太太回来的时候》等作品印证了陈的评断。

袁昌英写有《孔雀东南飞》，以及其他由六篇独具匠心的戏剧作品。"孔雀东南飞"是中国古典叙事诗的名字，它激发了不止一位中国现代戏剧家的创作，而袁昌英的作品是其中的佼佼者。剧中的焦母（男主人公的母亲）取代兰芝（男主人公之妻）成为主人公，这使该剧与其他以此故事为蓝本的剧作区别开来。它为一个陈旧的故事赋予现代感——作品根据弗洛伊德的理论来解释焦母对儿媳的憎恶，用一种非常动人的方式呈现了焦母由儿子婚后对她的疏离感而带来的不快，婆媳之间的个性冲突极具戏剧张力。

在战前，袁昌英已经写出五六部如《笑》和《春雷之夜》之类的作品，只是它们没有结集出版。

战时袁昌英创作出五幕剧《饮马长城窟》，然而它只能算作一种宣传品。

诗人徐志摩去世之前曾与他的妻子陆小曼合著《卞昆冈》，根据余上沅的说法，谓富于意大利戏剧气氛："从近代意大利戏剧里我们看得见诗同戏剧的密切关系，我们看得出他们能够领略人生的奥秘，并且能火焰般把它宣达出来。……在有意无意之间，作者怕免不了《死诚》和《海市蜃楼》一类的影响吧。……其实志摩根本上是个诗人，这也是在《卞昆冈》里处处流露出来的。我们且看它字句的工整，看它音节的自然，看它想象的丰富，看它人物的选择……"

余上沅本人并不是《现代评论》的剧作家，但是他的写作风格与之类似。他在匹兹堡的卡内基大学求学时对西方戏剧有专门的研究，翻译了很多著名的欧洲戏剧。个人的原创作品有《上沅剧本甲集》，内含三部戏剧。另外还有《回家》《塑像》和《兵变》，其中《塑像》的情节编织得复杂多变，但遗憾的是它相当生硬，不够自然。

顾一樵同样也不属于严格意义上的《现代评论》作家群，尽管他与之联系紧密。顾一樵与左翼阵营相对立，可被视为一个民主主义作家。他的《岳飞及其他》，包含《岳飞》

---

① 参见陈西滢的《新文学运动以来十部著作》。

《荆轲》《项羽》和《苏武》四部作品,在这些作品中,顾一樵试图呈现这四位角色的英雄品质,从而激发我们的民族感情,但遗憾的是,作者没有足够的艺术力来达到这一目标。

另一位先驱者

向培良是狂飙社的主要成员之一,他组建了该社团的戏剧小组,并创建剧院,在中国南部巡回演出,远至厦门,他也由此成为一位民族戏剧的推广者和强烈的民族主义者。其作品有《沉闷的戏剧》《死诚》和《不忠实的爱》。

一些成功的剧作家

仍有一些剧作家不能被归为任何团体,但他们的成功引起了我们的注意。

杨荫深创作出同样基于《孔雀东南飞》改编的作品《磐石与蒲苇》,它生动描绘了男女主人公之间的爱情,以及双方母亲的恶毒。他的另一部三幕剧《一阵狂风》是根据流行的爱情故事"梁山伯与祝英台"改编而成的。

顾仲彝是学校业余戏剧的推广者,他相信中国的戏剧改革需发轫于校园。在战前,他曾计划三年内创作出十部适宜在校园内演出的戏剧作品,《刘三爷》就是其中之一,作者非常生动地刻画了一位体贴的北方绅士,该剧非常成功,给观众留下了深刻而持久的印象。

他的另一些作品(《皆大胜利》《七尊菩萨》《我爱》和《天亮了》)虽取材自异域资源,但改编非常熨帖,在形式和内在均做到了彻底的本土化。

袁牧之写有作品《爱神的箭》《玲玲》和《两个角色演的戏》。

侯曜的处女作《复活的玫瑰》有关自由恋爱的主题,它的发表不啻于向受孔教束缚的刻板的传统家庭关系中投了一颗炸弹。《山河泪》讲述朝鲜独立运动,并呼吁支持所有受压迫民族。其他作品有《顽石点头》和《春的生日》。

女剧作家黄白薇,写有作品爱情浪漫剧《琳丽》,她持守的艺术观是"为艺术而艺术"。该作甫一发表,就受到陈西滢的高度评价,并被他列为当代中国十部最具创意的杰作之一。作者也因此收获声名。然而该作能否担当这种程度的评价,还是值得怀疑的。她的后续作品如《打出幽灵塔》,甚至还不如早期作品。

新文学运动中的主要戏剧家

我们现在应该探讨一下那些在新文学运动中踊跃的戏剧家们。他们的作品以鲜明的特点在新文学运动中脱颖而出,值得我们在此评述。

田汉

在这一部分,第一个该被探讨的就是田汉———一个才华横溢的剧作家。自五四新文学运动爆发,他就被人熟知,并一直保持着良好的声誉,战前他创作出五六部作品。就目前来看其创作水平没有下降。

作者夫子自道,文学生涯经历三个阶段:在第一个阶段,他信服"为艺术而艺术",创作出《湖上的悲剧》和《名优之死》,剧中人物都很梦幻,仿佛不食人间烟火,居住在一个远离现实、充满诗意的美丽世界。

第二阶段,剧作家开始成为一个社会改革的呼吁者,这一改变见诸如下作品:《苏州夜话》《江村小景》《获虎之夜》《第五号病室》和《年夜饭》,它们均反映了人间"战争"的邪恶——家长包办婚姻,以及对弱势群体的压迫。

在第三阶段,田汉的共产主义情怀变得更加明显,这一阶段的代表作有《顾正红之死》《战友》《一九三二年的月光曲》和《暴风雨中的七个女性》,在这些作品中,作者抨击了资本主义,并煽动阶级斗争。

田汉的作品有种高度感染力,能将作者的观念植入观众脑海:据说《湖上的悲剧》在广州上演时引起了一些不幸的恋人们的自杀,他的一些反映社会问题的戏剧也极具煽动力。作为共产主义的宣传手段,田汉戏剧的重要性可以与茅盾的小说媲美。他的戏剧结构经过精心构造,甚至一些小的细节都是精挑细选的,用杜甫的一句诗来说,最好的艺术是:

美人细意熨帖平,裁缝灭尽针线迹。

田汉是一位可以驾驭各种对话类型的大师,在主题方面,他的选择时而严谨、时而幽默、时而严肃,兼具刺激性和感染力,是悲剧的、诗意的和雄辩的。然而他的主要缺点在于流于道德说教。

创作于战争前夕的《秋声赋》被洪深推荐为"反映战争的十部代表作"之一。

战时,田汉试图改编中国古典戏剧,尽量地保留传统形式和对话。该类型作品包括《江汉渔歌》和《新儿女英雄传》。最近,《大公报》发表了他的《武则天》。

田汉也发明了一种戏剧,叫"新戏",他的《丽人行》是一个榜样。他深谙现实主义手法,但是他骨子里的浪漫情怀却驱使他放弃擅长的原创性工作,而去从事改革中国旧戏的实验。然而,田汉除了提炼中国旧戏的语言措辞,并没有在其他方面对其有任何提升,而这些实验反过来将他的天才限制在陈旧的风格之中。他的改编不能说是成功的,从整体来看,相较于旧戏的本来面目,它们反而没有什么特点。田汉在这个方向的实验,是对那些热衷于对所谓传统进行"现代化提升"的人们的一种警示。

洪深

洪深与田汉并称为现代戏剧的"双子星"。在战前,洪深写有作品《贫民惨剧》《赵阎王》《五奎桥》《香稻米》。战时他写有《包德行》《飞将军》《女人,女人》《鸡鸣早看天》和《黄白丹青》。

洪深作品的主要优点在于其细心构架的情节。他曾经在俄亥俄大学学习瓷器工艺长达三年,后朋友劝说他去哈佛大学学习艺术,作者自己曾言"那三年的学习使我的写作手法严谨细腻,当我构架一部戏剧时,仿佛在制作一件瓷器作品,我不得不将脑海中的各种思绪汇集起来令其各就其位"。既然洪深采取这种方法,我们就并不期待其作品拥有狂风暴雨式的激情与灵感,它们事实上就是精心打造的手工制品。他从未飞翔,但却在一步一个脚印地创作。

洪深同样擅长大舞台布景的戏剧创作。《赵阎王》是他戏剧作品中的特例,因为它所包含的戏剧人物寥寥。不过《五奎桥》却是一部包括二三十个人物的戏剧作品,《香稻米》甚至更多。然而这些人物却得到作者体贴细心地塑造和安排,并充分地将剧情戏剧化以吸引观众的注意力。洪深始终能够掌控自己的作品,几乎所有人物都对整体效果有所贡献。

他将人物塑造得非常出彩,比如《赵阎王》中的主人公——军人一样的言行举止极具说服力。在《五奎桥》和《香稻米》中,观众跟随作者的引导,自发地就会憎恶房东们和那些堕落的上层人士,鄙视他们谋害他人的诡计,这些人压迫着劳苦大众,却又冠冕堂皇、巧舌如簧,这实际上与中国习语"杀人不见血""笑里藏刀"很相似,《五奎桥》的主人公是这类人物的典型。

洪深的校友马彦祥,也应在此节提及。他创作出作品《国贼汪精卫》。

曹禺

曹禺,原名万家宝,在战前声名鹊起。凭借旷世才华和有力的艺术表现,他成为我们这个时代的代言人。他的出现使田汉、洪深先后苍白淡去。《雷雨》《日出》《原野》构成"三部曲",前两部在战前中国的主要城市上演过,所到之处掌声雷动。曹禺受异域艺术的影响(不限于古希腊),这一点在他的作品中有明显的体现。比如《雷雨》,试图聚焦旧时代中的顽固势力对新生力量的扼杀,以及传统家庭体系的全面坍塌,在其中他真实深刻地呈现出了人性那微不足道的努力与命运的困境斗争这一震撼性的悲剧效果。

在《日出》中作者直接将光束投向放荡、颓废、腐败、欺诈、独裁等负面元素,从而预言了资本主义社会的迫近的溃败。《原野》的主题则是复仇,非常悲惨、动人,给观众留下强烈的印象。

曹禺的技术无疑是出类拔萃的,但是作品的人物、事件、对话过于复杂,观众在对作品意义紧追不舍的同时也往往筋疲力尽,比如《雷雨》轻轻松松地容纳了三、四部普通戏剧的容量,其细节辐射出的复杂性可想而知。

《北京人》和《蜕变》诞生于战时,前者反映了旧家庭的解体——两代人同处一个屋檐下,新的时代精神在年轻的一代中间应运而生。剧中的曾皓代表中国旧文化,而"北京人"则象征着共产主义,传达的理念与左翼作家们并无二致。曹禺坚信中国的旧秩序必将瓦解,取而代之的则是共产主义。

《蜕变》是一部宣传剧,讲述军队医院是如何从累累腐败之中进化成一个高效率机构。剧中主人公秦院长和梁护士尤其生动,被视为抗战模范。

李健吾

李健吾的艺术技巧正好与曹禺相反:曹禺的剧作都异常复杂,而李健吾的戏剧则有粗线条般的简约。他的对话使用清一色的北平方言,呈现出通畅自然却充满活力的效果。他用字极其简约,没有一个字是多余的、错置的。李健吾的作品不会像曹禺的剧作那样有即时的刺激性,他的艺术力量往往是在作品的表面之下,静水深流。不过那些慧眼识珠的读者还是会感受到他的作品中所蕴含的巨大张力。

李健吾战前的作品有《这不过是春天》《以身作则》《母亲的梦》《梁允达》等,战时出版作品有《不夜天》(署名西渭)《袁世凯》《阿史那》。

中日战争爆发后的剧作家及其作品

现在让我们来检视一下战争期间中国戏剧的发展。一位左翼作家[①]有言,当代中国戏剧经历了四个阶段,而最辉煌耀眼的阶段就在战时。这是有据可证的:其他的文体虽然也有可确知的进步,但是却不能与戏剧的突飞猛进相提并论。这并不难解释:智识阶级确信戏剧的力量可以激发和引导公众舆论,因此将其视为一种民族解放的工具。除此

---

① 苏雪林并未说出这位左翼作家的名字。

之外,那些战时被围困在内陆的人们也迫切需要娱乐。所有的娱乐方式都是受欢迎的,无论是旧戏还是白话新剧、音乐还是电影,戏院总是爆满,不管票价如何。于是那些在战前因制作成本问题而被忽略了的莎士比亚类的戏剧,此时被搬上了舞台,成功引起观众的注意,甚至那些战前写作其他文体的作家们也都染指戏剧,而对于新兴的戏剧家们而言,这是一个展现他们才华的天赐良机。

战前不久,新文学运动提倡"国防文学"这一理念,"国防戏剧"也随之产生,于是尤兢和张泯的反映北方义勇军活动的戏剧应运而生。

战争全面爆发后,北平和上海沦陷,剧作家们随着大潮涌入内陆,在政府的帮助和鼓励下,成立了十个"抗敌演剧队",他们四处巡演,面向士兵、农民、乡镇村落中的各色居民,宣传强烈的爱国主义,"街头剧"和"人民剧",比如《放下你的鞭子》《往那里逃》《路》和《扫射》颇具影响力,《飞将军》《八百壮士》和《国家至上》也有强烈的爱国情感。

1941年春,调查显示那一时期的剧作高达120种。它们处理各种各样可以想到的主题:军民团结一致抵抗外敌,应征入伍,地下抗敌活动,敌人臭名昭著的暴行以及他们的傀儡政府,间谍活动,以及对投机者的惩罚……社会非理智的一面也被暴露无遗,腐败低效的官员也借由戏剧这一文体受到了批评,传统礼教家庭体系也难以幸免;纯粹的历史剧虽然也有,但这些历史剧更多的影响是对当下灼热问题的掩盖。

戏剧多在城镇演出,也经常被校园中的戏剧社团搬上舞台。文本被印刷出来在各大小书店售出,无数读者相互传阅,因此,戏剧的魅力上升到了前所未有的高度。这一时期可被视为中国戏剧的"黄金时代"。

现在我们就探讨一下这一时期或稍早出现的剧作家们。

夏衍

夏衍,原名沈端先,茅盾的同代人,他的作品直到战前才出现,《赛金花》有些类似曾孟朴的作品,讲述的是一位义和团运动时期享有国际名声的交际花赛金花。作品风格紧凑流畅,人物性格稳定,这些都表明该剧出自一位卓有经验的写作者,精心设置的对话令人想起那一时期知识者们的谈笑风生。这部作品理所当然大获成功,作者本人也备受称扬。

在战时,夏衍创作出《天上人间》,标志着他创作力的巅峰。该剧讲述的是战时中国空军的英勇行为以及他们的家庭问题,所涉主题极具现实性,它所采用的粗线条勾勒、省略细枝末节的手法,引导了那一时期的戏剧风尚。

《愁城记》反映了日据上海时的众生相。《心防》讲述了知识分子面对日军占领时的心理抗争,该剧被洪深选为"反映战争的十部代表作"之一。《法西斯细菌》的主人公是一位细菌学家,该剧讲述了他作为难民的种种历险。《水上人家》的主题是怀乡——那些战争难民被迫迁徙到内陆而怀有对家乡的深深怀念,该剧的冷色调导致它并不经常被搬上戏台。《离离草》讲述在中国北方的佳木斯人民如何帮助志愿军抵抗日军的侵略。《芳草天涯》有关爱情、婚姻和家庭之间的冲突。

夏衍还与于伶和宋之的共同创作出《草木皆兵》,该剧反映上海的地下反抗活动和敌军随之而来的报复,构思精良,在当时颇为流行,广泛上演。

夏衍戏剧给人的总体印象是不饰雕琢,在温和的表面下藏有强烈的情感,赋予主题明显的道德感,触动人心。

阳翰笙

阳翰笙,笔名欧阳华汉,"华汉"是作者在第二时期的创造社所采用的广为人知的笔名。在战前,他出版《地泉》,由如下三部作品组成:《深入》《转变》和《复兴》,后称"华汉三部曲"。

阳翰笙作为一个戏剧家出现,其才艺在战争期间得到最大限度的发挥,作为四川人,他非常熟悉川藏边境的种种情况,并在《塞上风云》中有所表现。该部剧讲述了一对汉蒙异族情侣的爱情纠葛,以此来象征两个民族之间的对抗。该剧还有另一戏剧元素,即日军间谍的种种诡计,间谍甚至无耻到假扮喇嘛,以此监视当地群众,且长达十年而未被发现。最终剧中各方分歧终于消融,联合起来共同抗敌。该剧以粗线条编织,成功地传达了一个有力量的故事。

阳翰笙也对四川有名的秘密团体(secret society)较为熟悉,《草莽英雄》就与同志会活动有关,女主人公时三妹是清末秘密团体的一员。从剧本呈现来看,作者非常熟悉此类组织的细节。

《李秀成之死》和《天国春秋》均反映太平天国运动。后者的女主人公是傅善祥——首位通过太平天国科举考试的女状元。该剧围绕着一个三角恋情编织起来:她和情敌"西王"之妻洪宣娇为了"东王"杨秀清而争风吃醋,这一情爱纠葛最终演变成太平天国内部的最大斗争。该剧氛围异常热烈,甚是吸引观众,所到之处掌声不息,它与《塞上风云》同是阳翰笙的代表作。

对于《李秀成之死》,作者自己如是评论:"通过描绘太平叛军围困南京,我想提醒人们,1937年我们的首都被日本攻陷。"将太平军视为民族英雄,该观点与国父孙逸仙一致。但是考虑到这部戏剧所散发的整体氛围,将土匪和叛军李秀成视为豪杰,作者似乎内心想到的不是南京,而是江西瑞金的陷落:共产党曾占领过该地,并将其定为红色首都,后又被国军驱逐。从这一点我们可以看出,共产党在任何时刻都未放弃在任何环境下的政治宣传。

共产主义政治宣传

战争伊始,共产党曾宣称要与国民党精诚合作,共同抗敌,文化界(共产主义文化圈)也将自己整合进"全国文艺协会",宣称团结各个层面、各种观点的文人,共同进行民族自卫这一伟大事业。然而事实上,各种争论斗争从未停止,左翼作家也一直在公开或隐蔽地传播共产主义理论。阳翰笙的戏剧只是其中的一个案例而已。

阿英

阿英,他更多以笔名"钱杏邨"而为人熟知,写作所涉题材甚广。他不仅是剧作家,也是评论家,还是一位专攻南明和晚晴的历史学家。阿英因熟稔民间文学和以音乐伴唱的旧传奇而闻名。

阿英久居上海,以下是他的代表作:《群莺乱舞》《满城风雨》《五姊妹》《桃花源》《夜上海》《春风秋雨》《不夜城》。

阿英又用笔名"魏如晦"创作出如下历史剧:《海国英雄》《明末遗恨》《洪宣娇》《杨娥传》。在这些戏剧中,阿英体现了一位专治明清史的历史学家的专业素养,戏剧细节严谨可靠。

宋之的

宋之的在战前创作出作品《武则天》,尽管它已经过别人之手润色过,但依旧异常青涩。战争伊始,他与包括张泯和阿英在内的十五位剧作家合作创作《卢沟桥》。不久后独立出版了《自卫队》(又名《民族光荣》)。

在随大潮迁入内陆之后,宋之的的写作技法有了长足的进步。他与老舍合作创作《国家至上》,该作被洪深列为"反映战争的十部代表作"之一,评论家经常将它与《蜕变》相提并论。该剧主人公"张师傅"是一位功夫教练,在他的影响下,当地汉人和家乡的伊斯兰教徒开始亲密合作。"张师傅"这一人物形象,被认为是新文学运动以来中国农民的两个成功典型之一,另一个是鲁迅的阿Q。后者是南方无业游民的代表,而张师傅则代表着北方小农。

宋之的的另一部作品《鞭》(也作《雾重庆》),反映了重庆混乱的秩序和污浊的社会状态。这部作品在内容和风格上都经常被读者拿来与老舍的《残雾》作比。后期作品《邢》同样有关抗日战争这一主题。

后来为了纪念戏剧活动家应云卫四十岁生日,宋之的与于伶和夏衍共同合著评论《戏剧春秋》,回顾了自"文化戏"开创以来的整个戏剧界。这部书的出版可以说是焦虑时代的一个异常动人的时刻。

宋之的还是《草木皆兵》的作者之一(另两位作者是夏衍和于伶,该作品已被作为夏衍的代表作)。

他的另一部戏剧是《祖国在呼唤》,反映了知识阶层的回归:他们曾在香港寻求庇护,最终随着战争的爆发而涌入祖国内陆。

欧阳予倩

欧阳予倩是一位资历很老的剧作家,早在五四运动之前就是中国戏剧的改革者。他鼓吹旧戏改良,并建议戏剧应包含白话对话。虽然他自己的作品只是"文明戏"的一种,但是他本人却颇具影响力,因为他总能捕捉新文学运动的最新情况。在战前,他担任一个旧戏公司的管理者,经过不断地考察调研,并最终成为一名新戏的提倡者。

早在战前他就创作出戏剧《潘金莲》,和白话戏剧《泼妇》《回家》。

他与田汉一起热情推行旧戏改良工作,并在桂林发现了一位颇有才艺的女演员,于是为她量身定做《梁红玉》,故事中的原型便是南宋将军韩世忠的夫人梁红玉。该戏大获成功,可视为对旧戏的一次最成功改编。

在欧阳予倩的原创性作品当中,《忠工李秀成》应该被提及,该剧与阳翰笙的《李秀成之死》截然不同,它对观众有着更强的感染力,被视为是一部更好的作品。

吴祖光

吴祖光在国立戏剧学校任校长室秘书,作品在战前就已有知名度。他写有作品《文天祥》(又名《正气歌》)。因国民党官方提倡"本位文化",所以像文天祥和史可法这样的历史人物,经常出现在书本当中,以此与政府政策相一致。但是若将历史主题作为当下的文化消费,其复杂性和困难度可想而知,比如,郑振铎就曾围绕文天祥创作《桂公塘》,却不能被视为成功之作。这一困难留待那些试图染指历史题材的所有剧作家去跨越。然而,吴祖光的作品构造得十分精密,开篇的合唱由着衣黑白的两位演员共同演绎,这个版本的《正气歌》令人耳目一新。

吴祖光的处女作《凤凰城》反映东北游击队的抗日活动,主人公是著名的游击队领袖赵彤,该剧多次成功上演。

吴祖光是一位卓有才情的戏剧家,左翼力量试图把他作为重点对象拉拢进入共产主义阵营,而他在持续强大的压力下,也没能成功地保有自身的独立性。

吴祖光最成功的作品是《风雪夜归人》,情节围绕北平一对男女演员展开,然而由于该剧大量的左翼倾向的对话,因此在战时并没能被搬上舞台。

他的另一部作品《少年游》有关北平学生地下活动以及他们迁徙内陆过程中所遭遇的历险。《牛郎织女》顾名思义,一个旧传说的改编。《捉鬼传》写于战后,是作者一部尤为著名的讽刺作品。

杨村彬

杨村彬是国立戏剧学校的教授,有过导演经历,以擅长调度众多演员的复杂场面而闻名,尤其是在历史剧方面——反映明末女勇士的剧作《秦良玉》就是很好的例证。《清宫外史》"三部曲"更好地突显了作者的这方面才华,慈禧太后与光绪皇帝之间的权力角力是该剧的主题。第一部《光绪亲政记》被认为是最优的,在其中我们能看到很多耳熟能详的历史角色,如李鸿章、翁同龢、寇连材、李莲英,它之所以成功并不仅因为其历史剧的体裁,也因为宫廷戏在中国有其独特的类别。《光绪亲政记》的演出过程是复杂的:布景、服饰等巨细靡遗,且都至关紧要,该剧的对话也十分具有可信度,能令人想起那一时期的贵族的交谈方式,如果从这一点来看,那么它比同类型的反映元朝的戏剧胜出太多,后者的宫廷对话如同村野交谈。《清宫外史》"三部曲"的唯一缺点在于作者并没有完全掌握宫廷复杂的礼俗与形状,因此他的人物有时会因缺乏预期中的华贵典雅而被方家挑剔。

袁俊

袁俊,原名张骏祥,他是最早一批留美专攻戏剧的中国学生,可以这样说,他的戏剧理论要比他的戏剧实践更好;反过来讲,相比其剧作家的身份,他是一位更好的理论家。袁俊创作出如下一批作品:《好望角》《美国总统号》《山城故事》《边城故事》和《万世师表》。

《边城故事》是为战争而作的宣传剧,该剧围绕政府以黄金换取外汇这一需求展开。政府在开采四川东部金矿的过程中遇到了诸多困难,比如方法原始、设备落后、矿主行为不羁,还有那一区域的当地居民和土著部落所形成的阻力等,而这一困境被一位走马上任的年轻总指挥成功缓解,他卓有才干,雷厉风行,刚毅诚实,不畏艰难,不遗余力地说服不同阶层的麻烦制造者与政府合作,力主引进先进设备,采用新方法,最终使金矿开采成为一个欣欣向荣的业务,为抗敌战争做出很大贡献。总指挥这一形象可视为作者的理想形象,可与曹禺的《蜕变》中的梁院长归为一类。我们当然不能说诸如此类的公务员并不存在,但是这些理想人物还是遭到左翼作家的猛烈抨击,他们如此评论《蜕变》:"我们并不否认他们的存在,这些人或许普遍存在,但问题在于,这些有才之士服务于什么样的政府呢?他们实际上需要更好的条件来克服遇到的困难,来攻陷腐败而不被腐败攻陷,在这一点上,作者是沉默的。"左翼对于《边城故事》也持相同态度。

袁俊的另一代表作是《万世师表》,该剧讲述了一群身处乱世的教育者们,克服个人生活条件的匮乏而积极投身教育事业的故事。主人公仍然是一个理想化的人物——一位令人动容的模范教师。而人们也愿意相信,比起政界,此类理想人物确实更有可能出现在教育界,因此《万世师表》获得了较好的口碑。该剧一直持续在学校上演。

陈白尘

陈白尘是一位专业的戏剧作家,创作生涯始于战前的《风雨之夜》和《归来》。但是他是以战时的作品而闻名的。其作品往往紧扣主题,在诸多纷扰的动作当中,"场景调度"却有条不紊。他的作品分为喜剧和闹剧两种类型,其中最好的是《魔窟》(也作《群魔乱舞》),故事围绕一群上海的恶棍展开,这群乌合之众欣喜于上海的沦陷,因为只有这样,他们才有机可乘加入傀儡政府。在战时,这部剧非常流行,被称为杰作,但是它却不如作者的《秋收》有着长久的生命力。《秋收》(也作《大地黄金》和《陌上秋》)被洪深列为"反映战争的十部代表作"之一。该剧在描绘军民团结合作获得丰收的情景时,有着精致而令人愉悦的笔致。

《乱世男女》与老舍的《残雾》有诸多相似点,它们均反映了战时内陆的不堪状况。

《结婚进行曲》改编自作者早期作品《未婚夫妇》,它是一部娱乐性极强的喜剧,上演之处皆充满欢声笑语。《大地回春》的中心人物是一位工厂厂长,他不遗余力地将工厂迁往内地,并源源不断为战争提供补给。但不幸的是,工厂准备重新开张的第一天就遭到了敌机的轰炸,不仅工厂遭毁,厂长本人也失去一条腿,但是他并未灰心,仍然英勇地进行他的工作,直到工厂再次正常运转。他的意志品质和爱国情怀非常动人。而他的儿子则与他形成鲜明对比,前者只沉湎于自己的个人情爱关系,没有足够的意志力来承担压力和困厄。当工厂恢复正常,机器再次运转,这位英勇的厂长在病床上高呼"中国万岁!"在剧作的结尾,拨云见日,光芒穿过层层浓雾,照耀着充满希望的未来。该剧每次上演都能引来观众热烈的掌声。

战时诞生的《胜利号》讲述了战争胜利后,内陆难民的返乡之旅,该剧的三幕都发生在船上的一个包厢里。政府将战时的工人遣返回家,一等舱留给他们使用,于是我们看到了如下一批人的聚集:裤子上有条巨大裂缝的大学教授、跛足的士兵、工人、工头和公务员。场景也在舷窗后面切换。这是一次人性不同层面的聚集与交汇,复杂性也应运而生。其虽为一部闹剧,但是在令人忍俊不禁的表层下,藏有发人深省的深义。《胜利号》写于战时的最困难时期:——通货膨胀愈演愈烈,人们承受着巨大的压力,仅有的希望就是战争赶紧结束,重返家乡。它之所以大受欢迎,也许可以从那一时期观众的精神状态和心理预期得到解释。《升官图》顾名思义是对官僚作风的讽刺,作品采用讽刺与漫画的艺术手法。《石达开的末路》又名《大渡河》,与阳翰笙的《李秀成之死》和欧阳予倩的《忠王李秀成》同属一个类型。《卖油郎》又作《悬崖之恋》,系作者近作,以战时重庆为背景,讲述了富商和音乐专业学生的爱情故事。

于伶

于伶在战前用笔名"尤兢"写作,在戏院度过的童年是他经历的奇特之处。日据上海前他已收获些许名声,日据期间改用笔名"于伶",以免在上海引起注意。

以于伶这一笔名他创作了《夜光杯》——一个主人公克服家庭顾虑的爱国故事,这部剧在那一时期非常流行。

《女子公寓》反映了女工问题,该戏的十四个角色全部为女性。

《花溅泪》是一个悲喜交加的上海故事。《夜上海》被洪深列为"反映战争的十部代表作"之一,讲述了上海夜生活的挣扎与竞争,以及那时的地下活动。《长夜行》勾勒了战时中学老师的生存图景。

于伶的杰出代表作是《杏花春雨江南》，故事发生在战后的长江南部、曾经的日据区，讲述当地人们的观念随着战争结束而呈现出了相应的改变。该剧技巧尤为完善，因而赢得了戏剧评论界的许多赞誉。

于伶还创作出如《大明英烈传》等一批历史剧。

沈浮

沈浮多写闹剧。《金玉满堂》写了一个四川家庭在战争中大发国难财，后被政府盯上，堵了财路，最终灾难降临的故事。《重庆二十四小时》反映了战时重庆的悲惨苦难的生活。《小人物狂想曲》围绕英雄马龙的一段心灵成长史展开，他起先是一位在前线英勇杀敌的将士，负伤退役之后与老同学来到重庆，并得到中学母校校长的庇护。然而马龙在那里并不开心，整日借酒消愁，多亏朋友千方百计鼓励他，又从北平接来他的亲眷，才最终帮助他走出颓废，逐渐过上了正常的生活。而曾经的战争经历以一段旋律的形式留在马龙的脑海中，于是他开始集中精力将之谱成乐曲，并取名为《小人物狂想曲》，以抒发对战争胜利的期待。此曲经过中学校长的批评指导和作者的反复修改，终获成功。这就是标题所要表现的主题内容。然而，令读者意想不到的是，与这一主题同时编织起来的还有一个"爱情阴谋"——这部剧的另一个重要人物是与马龙同来重庆的老同学，他发了笔战争财，摆脱了他的老婆，并谋划杀害待他亲密无间的老师等，这些情节都为该戏增加了可读性。

一些更年轻的剧作家

徐昌霖，一位卓有成就的年轻剧作家，他的创作生涯在战后刚刚开始。在塑造人物方面，徐昌霖能力卓越，作为一个现实主义者，他可与沈浮相媲美。徐昌霖创作出《重庆屋檐下》，将知识分子与商人并置考察，在那些一心想发战争财的人的对比下，老实人的优良品质被突显出来。《黄金潮》反映了金价暴涨以及随之而来居民日用品的通货膨胀。《秘支那风云》有关缅甸战役。

张泯在战争前夕凭借三幕剧《我们的故乡》和《黑暗中的笑声》声名鹊起。这两部戏都关注日军侵略下中国乡村的损毁以及人们对日军暴行的反抗。这是一个普遍流行的话题，因此它们大受欢迎。张泯的另一部戏是《战斗》。有评论指出，这部戏的缺点在于结构过于松散，作者以巨大的热情将剧情打开，但随之而来的失控导致一个并不理想的收尾。

周彦曾经在河北定县的农民中间推广戏剧，这一经历可能与熊佛西[①]有关。写有作品《桃花扇》和《朱门怨》，后者展示了一个旧式家族的颓落。

舒湮以历史剧闻名，其中最好的作品是《董小宛》和《陈圆圆》。

周彦和舒湮两位作者在这一节谈到的作家中许是最为成功的。若想在历史剧或历史小说方面有所作为，那么对古老历史的熟练掌握显然是必须的。那些老学究虽然拥有此类丰富的知识，但却不屑于创作纯粹娱乐性的作品；而那些新文学创作者则又在知识方面有所欠缺，在这种不幸的僵局中，我们非常幸运地看到至少有两位年轻的写作者将我们古老的历史以一种流行的方式铺展开来，而且没有太偏离古典传统。

下面几位作者我们应当简要地提及：

---

① 熊佛西曾在河北定县组织过农民戏剧实验巡回剧团。

洗群,写有一部非常有趣的作品《飞花曲》;姚苏凤,写有作品《之子于归》;鲁觉吾,作品有《黄金万两》;以群,写有《四姊妹》;王震之,其剧作《流寇》被洪深列为"反映战争的十部代表作"之一;潘子农和洪谟合作有讽刺官僚作风的《裙带风》。

国民党剧作家

一些来自国民党的剧作家也在此提及。

王平陵,写有《女优之死》和《情盲》,前者较为出名。

张道藩,写有《狄四娘》,还有其他四部改编自外国作品的戏剧。

王进珊,写有《日月争光》,男主人公的原型是陈其美——国民党元老之一,该剧流露的爱国主义情怀令人感动。

胡绍轩,一位新戏提倡者。战争伊始,他创作《当兵去》,该剧可被看作是战时兴盛的"街头剧"的滥觞。作者采用一种新的表演手法:作品在街头铺演,观众与演员之间没有明确的界限,剧情在观众的眼前自然展开,产生很大的鼓舞力量。

胡绍轩的另一部作品是《我们不做亡国奴》,该剧采用一种旨在激发观众道德感的技巧:一位演员试图发表演讲,剧幕就此拉开,但是突然他的演讲被一个哨声打断,而这个哨声才是这部戏剧真正开始的标记。在这出戏中,表演与演讲交替出现,观众与演员的界限再次消弥。胡绍轩将这一技巧命名为"合成的宣传剧"。

这种技法也曾出现在田汉的《丽人行》当中,很难说清楚是田汉有意识地取法于胡绍轩,还是他们不约而同地创造出这种方法。

他的另一部作品是基于蒋介石的《中国之命运》创作的《否极泰来》,这部剧的价值在于其教育性的内容。

陈铨,写有《野玫瑰》《蓝蝴蝶》《金指环》。其中第一部作品将爱情故事和间谍故事融为一炉,整部戏发生在一个叛徒的家中,因其强烈的浪漫情调、精细的构思和充满诗意的对话而成为戏院的畅销剧目。剧中的叛徒叫王克敏,因为作者沉迷于尼采哲学,他将这位主人公设置为一个具有疯狂意志的政客。然而可以想见,由于作者的国民党身份,他的作品得不到文学界左翼力量的支持。陈白尘以"青光"的笔名在《时事新报》副刊上撰文《糖衣的毒药》抨击该部作品包含强烈的叛徒意识。洪深和夏衍也加入其中,对陈铨猛烈抨击。

总　　结

诞生于中日战争之后的戏剧大致可以分为以下几类:

1. 大量的战争剧;
2. 历史剧,如《孔雀胆》和《陈圆圆》;
3. 基于中国旧戏改编的作品,如端木蕻良的《红楼梦》,朱彤的《郁雷》和赵清阁的《冷月葬诗魂》,以上作品均改编自《红楼梦》;
4. 改编自外国作品的戏剧,如陈铨的《金指环》和田汉、夏衍合作的《复活》。

风暴与重压(Storm and Stress)

当下中国沸腾不息的喧哗观念,在前文已经做了一个较为简洁的探索。"现代文学运动"作为一个整体,是令人困惑的,这与过去几十年的中国政治运动如出一辙。多重力量催逼着我们,把我们拽向不同的方向,其最终结局难以令人乐观。正因为面临的问题如此庞大,才导致现在的一筹莫展。然而至少有一些作家,有勇气面对这些难题,在前面章节提到过的一些作家也已经在中国更年轻一代读者所钟爱的小说和戏剧领域里崭露头角。

可以根据"文学运动"内在的分野将当下程度不同的困境分为两个方面。在1930年"左联"成立以前,文学运动表现为语言的斗争。只要旧的古典文风仍然被珍视为一种秘密准则,那么大众文学就难以立足。如果文学革命没有同时将知识权延伸至那些正在新式学校里学习读写知识的学生阶层那里,整个革命将毫无意义。我们不得不创造一种新的语言形式,来表述这个时代的思想矿藏,这一巨大的使命突然降临到这个民族身上。

不过,1930年以后意识形态的问题,比语言问题受到了更多的关注,因此我们进入一个革命文学的时代。谨慎言行者公开谴责那些极端主义者在这一阶段的种种行状,但是仍有些作家获得由衷的钦佩和赞扬,他们是这样一些人:以冷酷剖析无论是自我的还是民族的弱点为傲,他们不屈不挠地坚持对个人权利毫不动摇地捍卫,面对人生的苦难和沧桑绝不退缩,而且,坚持毫无物质目的的写作——毕竟在当下中国差不多已经没有作家能靠写作来维持生计。

对于外国友人来说,最后一个事实不可忽略:在一个农业国家,农民已经因为一连串的战争走向了破产,工业体系溃不成军,贫弱不堪,交通通讯要么分崩离析,要么销声匿迹,所有知识阶层的文化生活成为一种奢华——而这恰是值得我们不惜一切、全力以赴去追求的。对文学的忠诚弥散在我们呼吸的每一缕空气中,此乃我们对儒家文化去粗取精后,持有的历久弥新的部分。

然而,在当下很少有写作者像关心社会改革那样专注于自己个人艺术风格的形成。易卜生在中国的流行证实了这一点,假设萧伯纳独具的英式幽默没有超出一般中国读者的理解力,那么他在中国也将拥有大批拥趸。有自由选择自己人生伴侣的权利,只在少数受教育者那里得到勉强的承认;在这样的国度,婚姻始终是个难题。妇女要从旧时代的附属地位中解放出来;同样,孩子们也想从专制的家长权威中解放;大众呼吁免费受教育的权利;以及工人要求获得政治权利——这些维多利亚式的难题与自由恋爱的追求,无政府主义者的癫狂以及政府本身对法律和秩序的肆意破坏纠缠在一起。

现代中国作家被加冕了众多头衔。这包括无神论者、唯物主义者、实证主义者、理性主义者、虚无主义者、不可知论者、迫害狂、怀疑论者、自由思想家,以及群氓。然而他们确实出于一种单纯的热爱,或被内心燃烧的升华人性的灼热欲望驱使写作。他们的理想主义出自本能并且毫无意识,他们所提出的解决方案通常强烈地脱离现实且缺少一种克制的美德,这令人悲伤。

然而,这所有的咆哮和尖叫,以及乌合之众的莽撞和涣散,这所有正在遭受的苦难——并不应该被视为一种旧文化垂死时的剧痛,而应是一种新文明分娩前的阵痛,某种有价值的事物就要诞生。

善秉仁　著　宋尚诗　译

附录：《中国现代小说戏剧一千五百种》前言

出版这本书，我们寻着两个目的。一个是保护青年人不受恶性阅读的潜移默化的荼毒，另一个目的则是向外国民众介绍中国现代文学。

当某些没有宗教背景或缺乏良知的"自由思想家"们翻开这本书时，他们也许会耸起肩膀，以示不屑；然而，讽刺的是，如果他们自己孩子的精神幸福受到威胁，他们首先参阅的或许就是本书。

这本书首先服务于富于责任感的教育从业人员和家长们。我们远不敢妄称自己有权提供某种审查标准，所希冀的只是去实践作为教育者的那份责任。

我们不遗余力追寻的第二个目标是向公众介绍中国现代文学的概况以及对它的赏鉴。如果不认真研读一个民族思想家们的作品，不去研究公众的阅读趣味，那就无法真正理解和认知这个国族的真价值。

中国古典文学已然闻名遐迩，且不乏相关资料。然而，现代文学却没有这份荣誉，我们看不到关于它的严谨的综合性研究。除去一些基本论文，我们能发现的只有 Rev. Father 和 H. Van Boven 的几本研究书目。作为严肃著作，尽管它们不能提供相关完整信息，但依然能够帮助那些想要深入探究中国现代文学的读者们。

关于该主题也有中文研究，但它们只为我们所知，并不能完全满足国外评论家。通常，它们不够连贯，在文学研究方面也不够客观，而对现代文学运动的研究尤其如此。

我们不敢虚夸本书将填补这方面的沟壑。它包含了对现代文学的总结，一些作家传记性的简短素描，以及 1500 种小说和戏剧的简评，出版它，我们只不过做了一个基础探索。我们希望这本书能够抛砖引玉，为汉学家做出更加综合、更具批判性和更为深刻的研究提供帮助。

我们必须要指出的是本书中的评论并不取文学视角来观照作品。我们相信，阅读一部作品将使读者明白众多写作者的文学价值，尽管这种判断来自阅读整本书后的总体印象，而不是基于分析而得。再单独强调一遍，我们的评论不致力于文学方面的批评。

某些精通文学的中国朋友看到我们引用一些丝毫没有文学价值的作家作品时感到异常震惊。对此，我们回复道：作为道德教化，我们并非因其文学价值来审视作品，而是因为它们作为公众读物的存在。不过，我们也会对卓尔不群的作者网开一面，并对那些过于庸碌的作家作品不置一词。

熟悉我们法文或中文出版物的读者或许会讶异，本书中每篇评论开头，没有迹象表明我们将谈论的书归为哪类。这个省略是有意的。它们统一出现在本书的末尾,在那里所有被本书评论过的书目汇聚成一个书单,并附带其道德观方面的价值等级。那些打算仅把本书当做实用参考的读者将会满载而归。

很难说我们主编自己已经阅读完这个书单上的所有书目。事实上,只有约一半书实实在在地经我们的手,相当多的合作者负责剩下一半。然而,我们的读者可以确信所有相关人员都尽心尽力地完成了他们的任务。本书以外语写成,而且是一门非常难理解的外语,我们并不敢自诩绝无谬误,如果有热心的评论者提供给我们更好的评价,我们时刻准备修改自己的判断。你们也许会注意到本书的某些判断与法文版不尽相同,因为我们与优秀的读者交换意见后,又做出了相应的修改。

我们未能达到某些读者的期望,他们或许会说:"这本书不够完备",或"我手头的这本书怎么没有被收录"。我们深知这种疏忽,然而,这又确实情有可原,因为本书牵涉到的作品实在难以穷尽。倘若上帝赋予我们足够的生命力和耐性,假以时日,我们会另出一部,以作补充。

我们也收到了两种相悖的异议。一种是"你们过于严苛了",另一则是"你们真是够宽纵的"。针对这两种评价,我们统一回复:力所能及,尽力而为。我们将青年人的道德健康牢记在心,这是我们工作的标准和向导。当然,我们的判断也并非的评。

来自好心读者的另一异议必须要提及。他们说正是由于我们的这项工作导致"某些年轻人被不堪之书所吸引"。但是,处于当下大都市,本类文学书籍所顺便提到的那些信息远非他们通过更便捷的方式所获得的可比。为了向教育者推销该书而绞尽脑汁寻找理由,就没有必要了。不必多言来自最高道德权威的天主教皇这句话:"这些富有教育意义的作品提示老师和家长某些作品中暗含的道德和宗教的危险,它们值得赞扬。"

在前言的最后,我们感谢众多合作者的精诚努力。

首先,我们要向著名的天主教作家、武汉大学文学教授苏雪林女士表以敬意。读者诸君自会对她为本书所写的导论的价值做出相应的判断。她为读者介绍了中国现代作家及其作品,却隐去了自己在其中占有的重要位置。我们熟悉她的作品,它们显出艺术的精致,风格的优美以及情致的高贵。公平言之,我们必须承认她在现代文学中所处的令人艳羡的地位,以及她给青年带来的富有教益的影响。

我们还要对中法中心的赵燕声先生表以温暖的谢意。赵燕声先生工作孜孜不倦兢兢业业,我们愿他前程的每一步都顺心遂意。他为本书所写的作家传记梗概相信会得到文学爱好者的由衷感谢。

还要特别感谢毕业于牛津大学、时任北大教授的合作者蒯淑萍女士,她为本书提供了宝贵的建议①。

最后,我们还要提及本书的许多审阅者,他们的工作得以促成本书的出版。这份工作是枯燥乏味的,我们对其付出心存感激。在神父助理中,我们要特别提及Visountess de Kermadec和李铭琛博士。真的难以一一尽数神父助理所付出的全部努力。然而,在耶稣

---

① 蒯淑萍女士将苏雪林的中文翻译成现在面世的英文。至于苏雪林的原文在何处,至今不明。

会、方济会以及普爱堂的众多审阅者中还要特别提到 Hofbauer Potveer 教父和 Jos. Hemeryck 教父。

  总而言之,我们希望本书能为当下中国青年的道德重建添砖加瓦,并促进我们所生活的尘世之间的相互理解。

北平,圣约瑟节,1948 年 3 月 19 日

善秉仁

怀仁学堂

北平牛排子胡同二号

海外汉学专辑

杨 振[①]

主持人按语

承蒙段怀清教授不弃,交予组建中法文学文化交流专栏的任务。此次非常荣幸邀请到台湾中研院中国文哲研究所彭小妍教授、法国新索邦第三大学外语学院、比较文学研究中心张寅德教授、美国芝加哥大学比较文学系苏源熙(Haun Saussy)教授,与笔者一起组建专栏。三位受邀教授均为中国现当代文学、中外比较文学领域的重要学者,他们开阔的学术视野与深厚的文本解读功力让我们领略到中法文学文化交流如何能够引起我们对于哲学、翻译学、文学与文化研究理论一些基本命题的思考。笔者在此谨基于个人理解做一些总结,以期抛砖引玉。

感情究竟属于身体还是心灵? 共存于笛卡尔笔下和王家卫电影《2046》中的机器人意象为这一抽象问题的回答提供了具体化契机。彭老师指出,笛卡尔并非如传统认知所言,将感情泾渭分明地划归心智而非身体,这与王家卫在《欲望三部曲》中对感情的再现不谋而合。这一再现与作为电影母题之一的记忆紧密相联。这里的记忆包括电影主人公自己的记忆,观众对于电影主人公形象的记忆,以及作为整个人类存在境遇象征的记忆。时间流逝,人往前走,人却既无法逃离个体记忆,也无法跳脱前人总是为爱恨所苦的命运,于是人成为"情动"的承载者。"情动"是心智无法控制,作用于身体的感情。王家卫通过让演员和场景以变奏形式反复出现,交替使用未来主义和史诗型音乐等手法,凸显记忆的无法抗拒性,制造出"情动氛围"。电影中的种种肢体语言,也许可以被视为"情动"为身体而非心智主导的隐喻。

张寅德教授剖析陈季同法文书写所反映的文化心理,对华人法语写作现象进行探源。张老师指出,陈季同在《黄衫客传奇》中通过中国古典篇目通常缺乏或忽略的设置,让心理现实主义超越民间传奇,使得传统情景交融模式在与心理分析的结合中得到重塑,却又在小说结局处显示出在传统表现形式与现代观念间摇摆不定。陈季同希望用法语写作扭转中国在西方的负面形象,有时却流于自我粉饰,用一种被歪曲的现实代替另一种被歪曲的现实。陈季同对于法国文化颇有微辞,却在反思中法文化差异时不失理性,倡导深刻观察与体验他者文化。受中国"大同"思想与西方社会主义影响,陈季同认为种族、社群和国家的差异与冲突应当让位于人道主义,呼吁国族文学融入世界文学,认为中国文学有需要向欧洲文学学习之处。这些观念在当时得到的共鸣有限,却为多年后的文学革命埋下伏笔,以至于陈季同如今被视为中国新文学先驱。张老师指出,陈季同

[①] 杨振,巴黎索邦大学(巴黎第四大学)文学博士,复旦大学外文学院法文系副教授。研究方向:民国中法文学文化交流。

的个案告诉我们,如今的华人法语写作亟需在流行观念与文化主义教条之外重新自我定义。

苏源熙教授的文章让我们看到,徐志摩对波德莱尔《死尸》一诗的译介,如何引发对于翻译伦理问题的哲学思考。表面上以爱情为主题的《死尸》一诗,隐藏着对亚里士多德模仿论的重写。亚里士多德认为纯粹形式不灭。在其理论框架下,消化、暗喻、繁殖、信息论等话语均强调要从不同事物中看到共通之处,建构一个纯粹形式作为结果。波德莱尔虽然也宣称叙事者能够"永葆着爱的形姿和爱的神髓",并在一定程度上再现了亚里士多德理论的男性主义色彩,却不强调保存纯粹形式作为结果的重要性,而是大篇幅展示尸体溃烂、被消化的过程。作者将亚里士多德模式和波德莱尔模式解读成两种不同翻译伦理的隐喻:前者认为纯粹形式可以存在于不同载体中,如此,将忠实视为翻译目标是有意义的;后者则认为纵使"爱的神髓"能够被保存,原有胴体之灰飞烟灭却是不争事实。就像翻译,即使原作的所指能够传达,其能指所依赖的语言体系也早已被破坏殆尽。不过翻译可以是一种再创造,就如《死尸》一诗所言,蝇蚋蛆虫分解腐尸,就像逆向的艺术创造过程,将原图蜕变成草稿———一张全新的草稿。徐志摩对《死尸》的译介,就像对其进行"分解、腐朽和选择性吸收",没有产生亚里士多德模式下因消化活动得到再生的自我———即与原作神似的译作,却让原作者及其所影射的古代作者变得不可辨识。这种远离原意的译介,却可以从翻译伦理角度被视为对波德莱尔真正意图的深层回应。

笔者在1933年《文学》杂志创刊号刊登的纪念蒙田的文章中发现梁宗岱与傅东华、《文学》编者群乃至整个左翼文学阵营存在分歧。梁宗岱拒斥左翼作家对文学社会功用的强调,坚持认为文学的根本目的是制造诗意,文学家要与外部社会拉开距离,倾听和再现自己的内心世界。笔者以梁宗岱对蒙田的译介为出发点和落脚点,通过重构梁宗岱与《文学》杂志的关系,及其对蒙田、罗曼·罗曼、瓦莱里和陶渊明的译介过程,说明梁宗岱如何在文学译介活动中表达对左翼文学观的抗拒和对自己诗学观的坚守。

专栏前三篇文章由外文译成中文。我们有幸邀请到以下三位译者:复旦大学中文系硕士研究生王一丹,复旦大学中文系毕业、巴黎高师文化迁变研究中心博士研究生齐悦,复旦大学外文学院英文系硕士研究生张梦。译者与原作者及笔者就部分细节的理解问题进行了多次讨论,力求译文忠实清顺。

苏源熙（Haun Saussy） 著 张梦 译

翻译与死亡

翻译即肉体的死亡。

模仿论

模仿论和作者身份是两个存在已久的关于文本生成和阐释的学说，为了语言的自主性取代它们成了现代主义文学创作和文学理论的共同目标。"任何文本都是由种种引文镶嵌而成的，任何文本都是对其他文本的吸收和转化。"这句话常被视为对翻译的注解，揭示了翻译长期以来对反思写作的本质至关重要。当一部作品正在被翻译，距离"毁谤"就不远了：译作应忠于原文并代其发声，不免招致滥用的骂名。翻译甚至被视为对艺术模仿论的曲解，模仿对象从人或现实变成了文本（柏拉图、亚里士多德和贺拉斯认为模仿人或现实是诗歌的目的）。理想状态下，阅读遵从模仿论的译文应当与阅读原始文本感受相似，毕竟译者所"说"的只是对原始文本的如实报道而已。倘若翻译偏离模仿论的条例约束和原始文本的从属地位，开始为自己发声，一切就显得不合时宜了。译文是否有权质疑原文文本的主导地位？也许是有的，当"原始"文本引诱它这么做。波德莱尔一首诗歌的早期中译本就展示了这是如何发生的。

"译菩特莱尔诗《死尸》的序"
徐志摩，1924

> 这首《死尸》是菩特莱尔的《恶之花》诗集里最恶亦最奇艳的一朵不朽的花。翻译当然只是糟蹋。他诗的音调与色彩象是夕阳余烬里反射出来的青芒——辽远的，惨淡的，往下沉的。他不是夜鸦，更不是云雀；他象是一只受伤的子规鲜血呕尽后的余音，他的栖息处却不是青林，更不是幽谷，他象是寄居在希腊古淫后克利内姆推司德拉圻裂的墓窟里，坟边长着一株尖刺的青蒲，从这叶罅里他望见梅圣里古狮子门上的落照。他又象是赤带上的一种毒草，长条的叶瓣像鳄鱼的尾巴，大朵的花象开满着的绸伞，他的臭味是奇毒的，但也是奇香的，你便让他醉死了也忘不了他那异味，十九世纪下半期文学的欧洲全闻着了他的异臭，被他毒死了的不少，被他毒醉了的更多，现在死去的已经复活，醉昏的已经醒转，他们不但不怨恨他，并且还来钟爱他，深深的惆怅那样异常的香息也叫重浊的时灰压灭了。如今他们便嗅穿了鼻孔也拓不回他那消散了的臭味！……

> 我自己更是一个乡下人，他的原诗我只能诵而不能懂；但真音乐原只要你听：水边的虫叫，梁间的燕语，山壑里的水响，松林里的涛声——都只要你有耳朵听，你真能听时，这"听"便是"懂"。那虫叫，那燕语，那水响，那涛声，都是有意义的；但他们

各个的意义却只与你"爱人"嘴唇上的香味一样——都在你自己的想象里;你不信你去叫住一个秋虫,一只长尾巴的燕,掬一把泉水,或是攀下一段松枝,你去问他们说的是什么话——他们只能对你跳腿或是摇头:咒你真是乡下人!活该!

所以诗的真妙处不在他的字义里,却在它的不可捉摸的音节里;它刺戟着也不是你的皮肤(那本来就太粗太厚!)却是你自己一样不可捉摸的魂灵——象恋爱似的,两对唇皮的接触只是一个象征;真相接触的,真相结合的,是你们的魂灵。我虽则是乡下人,我可爱音乐,"真"的音乐——意思是除外救世军的那面怕人的大鼓与你们夫人的"披霞娜"。区区的猖狂还不止此哪!我不仅会听有音的乐,我也听听无音的乐(其实也有音你听不见)。我直认我是一个干脆的 Mystic。为什么不?我深信宇宙的底质,人生的底质,一切有形的事物与无形的思想的底质——只是音乐,绝妙的音乐。天上的星,水里的泅的乳白鸭,树林里冒的烟,朋友的信,战场上的炮,坟堆里的鬼磷,巷口那只石狮子,我昨夜的梦……无一不是音乐做成的,无一不是音乐。你就把我送进疯人院去,我还是咬定牙龈认账的。是的,都是音乐——庄周说的天籁地籁人籁;全是的。你听不着就该怨你自己的耳轮太笨,或是皮粗,别怨我。你能数一二三四能雇洋车能做白话新诗或是能整理国故的那一点子机灵儿真是细小有限的可怜哪!生命大着,天地大着,你的灵性大着。

回到菩特莱尔的《恶之花》。我这里大胆地仿制了一朵恶的花。冒牌:纸做的。破纸做的,布做的,烂布做的。就象个样儿;没有生命,没有魂灵,所以也没有他那异样的香与毒。你尽闻尽尝不碍事。我看过三两种英译也全不成;——玉泉的水只准在玉泉流着。①

译诗:

  我爱,记得那一天好天气
  你我在路旁见着的那东西;
  横躺在乱石和蔓草里,有
  一具溃烂的尸体。

  它直开着腿,荡妇似的放肆
  泄漏着秽气,沾恶腥的粘味
  它那痈溃的胸膛也无有遮盖,
  没忌惮的淫秽。

  火热的阳光照临着这腐溃,
  化验似的蒸发,煎煮,消毁,
  解化着原来组成整体的成分,
  重向自然返归。

  青天微粲的俯看着这变态,

---

① 原载 1924 年 12 月 1 日《语丝》周刊第 3 期。

仿佛是眷注一茎向阳的朝卉,
那空气里却满是秽息,难堪,
多亏你不曾昏醉。

大群的蝇蚋在烂肉间喧哄,
酝酿着细蛆,黑水似的汹涌,
他们吞噬着生命的遗蜕,
啊,报仇似的凶猛。

那蛆群潮澜似的起,落,
无餍的飞虫仓皇的争夺;
转象是无形中有生命的叹息,
巨量的微生滋育。

丑恶的尸体。从这繁生的世界,
仿佛有风与水似的异乐纵泻。
又像是在风车旋动的和音中,
谷衣急雨似的四射。

眼前的万象迟早不免消翳,
梦幻似的,只模糊的轮廓存遗,
有时在美术师的腕底,不期的,
掩映着辽远的回忆。

在那磐石的后背躲着一只野狗,
它那火赤的眼睛向着你我守候,
它也撕下了一块烂肉,愤愤的,
等我们过后来享受。

就是我爱,也不免一般的腐朽,
这样恶腥的传染,谁能忍受——
你,我愿望的明星!照我的光明!
这般的纯洁,温柔!

是呀,便你也难免,艳宛的后!
等到那最后的祈祷为你诵咒,
这美妙的丰姿也不免到泥草里,
与陈死人共朽。

因此,我爱呀,吩咐那越趄的虫蠕,

> 它来亲吻你的生命,吞噬你的体肤,
> 说我的心永葆着你的妙影,
> 即使你的肉化群蛆!

同化

波德莱尔的原诗与徐志摩的译诗兼序言之间的关系似乎违反了翻译的模仿准则,但若更加仔细地审视模仿这个概念,结论可能大有不同。

"模仿"这个术语对亚里士多德《诗学》的读者而言并不陌生,几乎是其科学专著中的一种普遍范式(倘若非要用一种抽象的语言来描述它,我们称之为普遍存在的)。例如人体消化食物的过程:食物中的各种混合物质通过咀嚼、分解,最后有选择性地被血液吸收;人体只会吸收那些能够维持体热的同类成分,而将食物残渣排出体外。相似地,知觉活动也可以解释为感觉器官感知与其本质相同的事物。眼睛易于捕捉形状和颜色,因为它潜在地与被感知对象的质料相似。也就是说,眼睛既受到外部对象的形式影响,又能够通过自身重现这一形式。耳、鼻、肌肤也是基于这些感官的生理机能来接收和再现感觉的,但仅限于这些感官。知觉通过形式而非质料层面的分解、吸收来"消化"目标对象。通过对更古老的修辞术语——"暗喻"的认知性再定义,亚里士多德将这种思维模式扩展到了语言学领域。暗喻有助于在两个不相关事物中"看到同一性",它不再是词与词之间的关联,而是一种知觉活动和同化行为。是的,暗喻是一种行为。如果我说阿喀琉斯(Achilles)是头雄狮,并不是说他拥有狮子的血肉之躯,而是指他的活动、他的能量与狮子的活动拥有相似的感知形式。在知觉过程中,感官会受被感知对象的影响而与后者拥有短暂的相似性,在此基础上知觉的形式被提交给大脑进行进一步的净化和消化。(在某种程度上,把头脑视为消化器官并不完全是一种修辞。亚里士多德认为人的心灵同胃一样靠热量运作。)当头脑像暗喻或模仿那样把两种不同的输入物看作是相似的,它便为这些事物临时创造了一种"形式的形式",一种对它们之间相似性表示尊重的标记。这一信息提取方式构成了我们所谓的学习和模仿。不仅仅是作为可以思想的动物,也是作为生物的我们,总是在吸纳需要的东西而排斥其余事物。

这种器官隐喻似乎并不能为我们所处的信息时代提供些什么。在当今时代,身体、自我、物质对文化、经济和政治的掌控早已被即时数字信息传递(而非类比型信息传递)取代。一个人收集到的信息不是单一的,而是可复制的,能够在各种不同译码或程式中实现自身,并且在不同物理形态和媒介间的传播中保持不变。一些人认为信息具有道德中立性;其他人认为它是一项基本权利;还有一些人强调信息交流的自由。有些人把我们的性格描绘为可以被下载到电脑上、复制到新机体的信息集群。正如凯瑟琳·海尔斯(Katherine Hayles)所言,"信息可以脱离载体而存在的意识形态"已经从20世纪40年代控制论的诞生绵延至今。

克劳德·香农(Claude Shannon)在其1948年划时代的论文中写道:"通信的基本问题是,在一点精确地或近似地复现在另一点所选取的讯息。"复现,意即表示、再制定、模仿。"信息"暗含了模仿的可能性以及传输的挑战性。它从一个载体被传送到与其本质相似或相异的另一载体(比如一个电话号码可以从号码簿上抄写到一张纸上,然后念给某个人听,再由这人在脑海里记下并随后按下按键),而任何信息载体的其他属性则仅仅是附带的。当然了,信息载体可能会有误导性:假设我用黑墨水来标记想要被拨打的号码,用红墨水标记永远不要拨打的号码,号码本身并不能承载所传达的信息,而需要某种进一步的标记。但是,这种标记不必与原始信息中的相应记号完全一样,只要指出二者之间的不同点即可。

正如香农发现的那样,人类接收和传播信息的渠道非常广泛。即便每隔一个字删除文本内容(比如波德莱尔的《死尸》),该文本的易读性可能也不会受到很大影响。冗余信息防止了信息缺失,因为随着消息传播过程中错误频出,信息的准确度就下降了。或许我们可以预先判断收到的消息中哪些是信息、哪些不是,但是这些判断也可能会受错误或误解的影响。

使用文学语言的人从来不能确信什么是信息,什么是噪音或单纯的载体。当达达主义者们和俄国先锋派诗人开始摆弄字体,他们声称自己呈现给读者的这些可复制的艺术品拥有一种毋庸置疑的独特性。雨果·鲍尔(Hugo Ball)在他的17行诗《商队》("Karawane")中每一行都使用了一种不同的字体。如果你把它翻译成像日语这样印刷字体有很大差异的语言,或是大声朗读,就得考虑原诗中的这种字体差异性如何找到对应表达。这里假定读者已经把字体当作诗文信息的一部分,而不仅仅是修饰(事实上,鲍尔的这首诗经常被打印成同一字体)。作为一名文学读者,你要准备好接收惊喜,或如克劳德·香农可能说过的那样,信号运载容量的扩充。

常言道,"诗乃翻译中失去的东西"。诗歌拒绝释义,拒绝消减到只剩信息价值。若想用刚才的术语来解释这句话,先得抹掉一些熟悉的词义联想。当一首诗被翻译成英语或汉语时,我们通常会说原诗的形式,即诗的格律、韵脚、词序等将被抹去,只有诗的实质或内容得以存留。但是从诗歌的价值、作诗的辛劳来看,以及从亚里士多德的角度出发,能够被翻译的只有形式,而非诗的内容本身这种说法则更加准确。人们对"形式"一词常常感到疑惑,因为它同时出现在两组对立关系中:形式与内容;形式与物质,并且含义完全不同。让我们校正这些术语,以便看清亚里士多德的形式质料说(包括知觉、消化、模仿)和包括指导大多数翻译的信息内隐理论(信息即意义)在内的当代信息论之间的类比关系:把"形式/内容"中的"形式"看作"具体化","内容"看作"主题";"形式/物质"中的"形式"理解为"形式"。因此我们可以说,任何精准或近似直译的东西都实现了译诗的形式,而任何忠于不同版本(甚至是原诗)措辞的东西则被视为诗歌的质料。这实际上是把文学用语中原本称作"内容"的部分叫做"形式"。而这种术语名称的对调将会带来许多好处,比如明晰。

亚里士多德的学说和信息论之间不仅仅是类比关系,更展现了一种谱系特征。"信息"一词起源于中世纪,最初是用来阐释亚里士多德的一个学说。《炼狱篇》的第25首中,但丁问罗马诗人斯塔提乌斯为什么脱离躯壳的灵魂有面容和表情,甚至呈现出变胖或变瘦的样子。斯塔提乌斯解释说当灵魂飞跃到来世:

> 等到在那边的空间里安定下来时,
> 它把自己成形的力量向四边辐射,
> 在形状和数量上与活的身体相同;
> ……
> 因此在这地方,那四周的空气
> 变为那灵魂印在上面的形状,
> 灵魂就赋有这种成形的潜在力;

……①

死亡和翻译为验证"信息效力"(virtute informative)(演变自斯塔提乌斯的"virtù formativa")或者说"信息价值"提供了机会。但丁的科幻小说中,灵魂在它所占据的空间之外为自己打造了一个身体,一个虚拟的身体。信息传送畅通无阻:这一模仿是完美的,不受天电干扰地将身份诠释为表象。任何从事不同语言翻译的译者都会嫉妒这种完美。如果一首法文诗可以自发地"印刻"在英国或中国的空气中,并且在那儿重组自身的形状,不是很好吗?如果上帝也从事翻译,建立起整个宇宙,使身份的重建不受空间和物质的阻碍,人类将不再需要图灵测试来检测结果。但是根据我们惯常的经验,诗歌的个性(不同于电话号码)与它们实现自身的物质条件有关,失去那些条件也就失去了诗歌本身。尽职的从业者会发现翻译是一种低忠诚度的迂回。

异乐

徐志摩自谦自己的译诗《死尸》是"糟蹋",是原诗被丢弃的下脚料;是冒牌的恶之花,"就象个样儿……你尽闻尽尝不碍事。"言下之意似乎翻译是不可能的,诗的风格完全是个人化的。在译序的结尾,他写道:"玉泉的水只准在玉泉流着。"

尽管徐志摩承认翻译很大程度上听天由命,依赖运气,他并不否定诗的个性早已确定。《死尸》是波德莱尔《恶之花》诗集里"最恶亦最奇艳的一朵不朽的花",散发着最强烈的"异臭"。奇怪的是,徐志摩把这异臭和19世纪的欧洲直接联系了起来,观察它对别人的影响而不是自己去亲身经历。这至少是部分事实。徐志摩没有读过《死尸》的法文原诗,而是依靠词典和先前的英文译诗来阅读波德莱尔。他先是承认,"他的原诗我只能诵而不能懂",继而又为自己辩解:"但真音乐原只要你听……你真能听时,这'd听'便是'懂'……诗的真妙处不在他的字义里,却在他的不可捉摸的音节里;他刺戟着也不是你的皮肤(那本来就太粗太厚!)而是你的魂灵。"这话听上去像是对那些无法探知诗歌真义之人的一种补偿:含义对诗人的创作而言无足轻重。徐志摩把自己阅读波德莱尔的经历与"诗的真妙处"归结于音乐的非语言层面。瓦格纳崇拜者和颓废派将这种音乐性推崇为其他一切艺术追求的境界。这篇译序可能会让不知情的中国读者误以为徐志摩所谓的翻译只是他自己的创造。(事实上,尽管忽略了很多概念间的关联,并且误导读者把诗的主题想象成人类,而非动物死尸,徐志摩的译诗仍不失为准确的改写。)徐志摩一方面鼓吹"听"便是"懂",借由"听"读者可以直接阅读波德莱尔;另一方面他似乎难以超越自身语言的边界,在汉语书面语中使用英文术语"mystic"以及外来语"piano"对应的上海话音译词(披霞娜):这些对大多数读者而言恐怕只是无意义的"音乐"词汇或者纯粹的声音。(排字工人将"Mystic"误打成"Mystu",由此可以看出这个信号的接收存在困难。)就像撒谎者被迫用更大的谎言去掩盖之前的谎言,徐志摩把波德莱尔的诗歌抬高到了音乐的地位,否定了诗歌独有的语言特色(这一特色无法被其译者欣赏),并且声称不仅是波德莱尔的诗歌,自然界、人类生活、乃至整个宇宙都只是音乐。这里他借用了公元前4世纪的哲人庄子所言——"天籁地籁人籁"。在这样一个包罗万象的语境下,不同语种(比如法语和汉语)之间的差别似乎变得微乎其微。徐志摩试图为自身公然的无能为力开

---

① [意]但丁著,朱维基译:《神曲》.上海:上海译文出版社,2007年,第336页。

脱,同时他的译序又最恰当地引用了波德莱尔:"异乐"(étrange musique)是《死尸》中最引人注目的比喻之一。"音乐"——这个在不同语言和意义下多次重复的术语,连接了三个文本:波德莱尔的原诗、庄子的比喻,以及徐志摩融合二者的新文本。前两个文本在某种程度上相互关联,为当前文本中所谓的"神秘主义"提供了依据。这种重复是否以某种方式构成对波德莱尔原诗中定义的"异乐"的模仿?

就像徐志摩的辩白式序言一样,波德莱尔的诗歌充斥着渣滓和残余物。《死尸》以"我爱,记得……"开头,召唤爱人回想在野外郊游时遇见的可怖场景——烈日之下,一具不知名的、腐烂的动物尸体(奶牛?马?)四周爬满了食腐动物。这首诗是及时行乐主题的一种残酷变体(较为温和的版本有龙沙(Ronsard)的《美人,让我们去看那玫瑰花》和《当你老了,在夜里,烛光摇曳》)。叙述者提醒"我"的爱人终有一天,"临终的圣餐礼之后",她也会变得像这腐尸一样,并吩咐她告诉那些趑趄的虫蠕,他的心"永葆着爱的形姿和爱的神髓"。这里传达的信息很奇怪,相当于让女子告诉虫蠕她自己或她的身体是渣滓,是糟粕,是他所爱的"形姿和神髓"偶然的载体。在波德莱尔那里,"形姿和神髓"被保存在他处,并且不可磨灭。《死尸》的叙述者很难想象波德莱尔会拥有不坏之身,他一定预料到自己也难逃同样的命运。因此当他说已经保存了爱人的本质,这里的"我"是诗中重复出现的纯粹的语言学记号,而非传记中那个于1867年中风不愈而亡的"我"。"我"作为一系列成功复制的成品继续发声:从手稿传递到印刷品,从一个印刷版本传递到另一个印刷版本,相继在抄写员、编辑、排字工人、照相胶版印刷工、译者和读者手中流转;他们识别出一种形式上的模仿,并将其重新打造成传递链上最新的链环。形式克服了不断重复的信息熵而取得某种不可思议的一致性,这让我们有理由相信波德莱尔仍然在对我们言说。

《死尸》把"形式"与"残料"的分离看作一个消化的过程而非一对类别。诗的臭气不容忽视:"臭气是那样强烈,你在草地之上,好像被熏得快要昏倒。"火热的阳光照临着死尸(哈姆雷特称之为"就像神亲吻腐尸"),蝇蚋和蛆群潮澜似的在它四周起落,仿佛赋予了它一种奇妙的新生命:"好像这个被微风吹得膨胀的身体,还在度着繁殖的生涯。"尸体的腐败被类比成信息的衰退、消除和遗忘。诗中的明喻展现了这只动物是如何失去它独有的全部属性,回归到原始的粗略草图:"形象已经消失。"(注意这里使用了未完成时态来表示进行中的、未完成的动作)奇妙的是,消除被叙述为一种逆向的创生:"就像对着遗忘的画布,一位画家单单凭着他的记忆,慢慢描绘出一幅草图。"这种非线性叙事时间(同样参见于《天鹅》里建筑地盘被塑造成古老的废墟)提出了一个观点:动物尸体的腐败正是艺术品的新生。作为讲话者的"我"——受惠于印刷机而不断复制再生的人像素描,难道不是另一个这样的"草图"吗?动物肉体的腐朽预示着结尾处蛆群所受的警示:神髓将永存不朽。究竟神髓是因腐朽而生,还是为抗拒腐朽而生?

波德莱尔对腐朽的矛盾叙述中暗含了一个隐喻,引发了徐志摩对翻译的思考:"丑恶的尸体,从这繁生的世界,仿佛有风与水似的异乐纵泻。又像是在风车旋动的和音中,谷衣急雨似的四射。"蝇蚋和蛆群腐蚀尸体的喧嚣声就像流水和风(自然界的两种无机物质)的乐响,又像谷物过筛的声音。风与水是干净的、清爽的,使读者从前面诗节中的腐烂场景暂得舒缓。然而,簸麦子的蓬勃意象提醒我们食腐动物以腐尸为食,就如同我们以小麦为食。食腐动物筛选、挑拣、分离腐尸,就像我们去除食用谷物的谷壳那样。昆虫和收割庄稼的农夫做着同样的工作,如同诗人从腐败中保存"形式"。这条以"异乐"为起始点的明喻链消除了害虫的食物和人类食物的两极对立,并将之相对化。以草图为终结而非起点的艺术创造过程是奇特的,这种奇特与音乐的奇特如出一辙(至少从19世纪的标准来看)。伴随着动物转化成食腐动物的食物的声音对我们而言是噪声,对一些耳朵而言却是奇妙的乐响。对徐志摩而言这是奇妙的乐响,是超越功利的军事目的(救世军的那面怕人的大鼓)与对资产阶级虚荣心的满足目的(你们夫人的"披霞娜")的音乐。

不只是从波德莱尔的诗中,徐志摩声称从万事万物中听到了音乐,即庄子所言"天籁,地籁,人籁"。通过引用早期道家的哲学专著,徐志摩把《死尸》挪用到了很久以前的本土语境中,并赋予了波德莱尔一种独特的中国声音。但究竟什么是"籁"呢?

庄子作品中一个虚构的人物——子綦,在回过神来后抒发了一段玄妙之论:

> 子綦曰:"……女闻人籁而未闻地籁,女闻地籁而未闻天籁夫! ……夫大块噫气,其名为风。是唯无作,作则万窍怒呺。而独不闻之翏翏乎?山林之畏佳,大木百围之窍穴,似鼻,似口,似耳,似枅,似圈,似臼,似洼者,似污者;激者,謞者,叱者,吸者,叫者,譹者,宎者,咬者,前者唱于而随者唱喁。泠风则小和,飘风则大和,厉风济则众窍为虚。而独不见之调调、之刁刁乎?"
>
> 子游曰:"地籁则众窍是已,人籁则比竹是已。敢问天籁。"
>
> 子綦曰:"夫吹万不同,而使其自己也,咸其自取,怒者其谁邪?"

叙事者又继续说道:"喜怒哀乐,虑叹变慹,姚佚启态;乐出虚,蒸成菌。日夜相代乎前,而莫知其所萌。已乎已乎!旦暮得此,其所由以生乎。"

这三种"籁"是广阔的、杂乱无章的音乐会的不同章节。这场音乐会是庄子对宇宙不同部分相互作用的一种想象。人籁指竹制乐器吹出的乐声;地籁是充盈天地间的风吹拂林木发出的声音;而所谓天籁,就是其他一切事物根据自身的形态发出各种不同的声音,不论我们是否听见。庄周及其后学认为,能够听到"天籁"的人脱离了人类愿景和欲望的局限,站在了一个对大多数而言"奇特的"立场。例如,当子来奄奄一息时:

> 其妻子环而泣之。子犁往问之,曰:"叱!避!无怛化!"倚其户与之语曰:"伟哉造化!又将奚以汝为?将奚以汝适?以汝为鼠肝乎?以汝为虫臂乎?"

当子舆身患丑疾:

> 曰:"伟哉夫造物者,将以予为此拘拘也!曲偻发背,上有五管,颐隐于齐,肩高于顶,句赘指天。"……
>
> 子祀曰:"女恶之乎?"
>
> 曰:"亡,予何恶!浸假而化予之左臂以为鸡,予因以求时夜;浸假而化予之右臂以为弹,予因以求鸮炙;浸假而化予之尻以为轮,以神为马,予因以乘之,岂更驾哉!"

这些虚构的道家超人认为,面对死亡和腐朽这样的苦境,甚至自身的消亡,正确的态度是要保持愉快而专注的好奇心。"至人无己":正是心中无我让他们得以无利害得静观,聆听万事万物吹拂而过的"音乐",并随之而变。

徐志摩借用庄子在音乐上的见解,把波德莱尔一同招揽进来。但这究竟何意?是说庄子像波德莱尔吗?还是把波德莱尔比作法国的庄子,亦或庄子是中国的波德莱尔?波德莱尔与子犁、子舆所体现的泰然自若截然不同:他毫不讳言对动物腐尸的厌恶,把腐朽的场景细致入微地呈现在同伴和读者的面前,并且骄傲地宣称对虫蠕的来之不易的胜利。我们越是费心从这种比较中得出结论,越是一无所得。徐志摩本人似乎也无意作一个延展的、实质性的比较,不论是将法国高蹈派诗人比作无为的道家,还是将两位作家归入诸如物质主义或自然主义的同一阵营。"异乐"和天籁的巧合只是一闪而现的灵光,在不相关的事物中"看到相似性",是一种不同文化间的双关语。我们从这偶然的碰撞中既看不出什么,也追寻不到什么。波德莱尔和庄子就像在电梯里偶然相遇的熟悉的陌生人,互相脱帽致意而后各自离去。

好吧,避免了一场无果的问询。然而仅此而已吗?徐志摩在他不可译的译诗中将波德莱尔与庄子并举,或好或坏地连接了"异乐"和"天籁"的命运。我们仍然会忽视徐志摩的译诗,认为他的语言是单纯的记叙式语言;而那篇译序,从诗人的角度来说,是对思想的思考,是通由一系列行为(或者示意动作)完成的述行语。与隐喻一样,行动所包含的不仅是一种认知内容(如果我称你为雄鹰,即使这一说法不切实际,它仍留下一个额外产物,即奉承的行为)。把庄子和波德莱尔结合在一起的隐喻也留下一个额外产物。或许没有人先于波德莱尔的《死尸》把苍蝇的嗡鸣描述成"音乐"。"异乐"的说法一定曾被当成反语或讽刺,被视为对整个《恶之花》写作计划的高度概括:于万事万物中都听到音乐是最低级堕落的表现。翻译的读者接受理论告诉我们,只有事先熟稔柏拉图、奥古斯丁、但丁、帕斯卡尔以及他们的价值尺度,波德莱尔才是可译的、可以对抗和颠覆的。但徐志摩无需复制"中国波德莱尔"的存在所需的这些条件,就能实践其"翻译即挪用"的理念。徐志摩预测出"忧郁"与"理想"之间的距离,在此基础上把波德莱尔的讽刺回译为庄子有关"天籁"的寓言,展现了对波德莱尔与庄子之间差异性的极度漠视,借用"至人无己"的形象,超越波德莱尔原诗的讽刺意味。

徐志摩引证"天籁"作为波德莱尔"异乐"的一种可能性注解,可谓一举多得。如前所述,他成功地把波德莱尔挪用到了有关音乐、王权和宇宙观的中文语境中,在这里反抗仪式、审美或道德上的区别不再被视为一种卑劣的行为,而是一种超越。庄子寓言的讽刺对象——那些仪式专家们认为音乐是对秩序井然的宇宙的一种想象,近乎巫术般地为秩序井然的社会树立了典范:基调被牢固地建立起来,和声按时奏响,并行不悖。对他们而言,音乐的感染力使之有别于单纯的噪音。庄子发出了不一样的声音,将噪音也视为一种音乐。他把精通礼仪者的秩序观归入了一个更为广阔的概念:噪音即秩序,将其还原为声音本体论的一个无足轻重的子集。

徐志摩借庄子回应了波德莱尔的诗歌:要像庄子的发言人理解死亡、病痛、残疾,以及其他任何引发恐惧和厌恶的事情那样去理解波德莱尔。《恶之花》呈现出一种尼采式的姿态:它要求读者能够超出对部分经验的是非判断。对人类观念毫无信心的相对主义者将在波德莱尔的诗歌里找到许多胡言乱语,第一个废话就是诗人从腐朽中拯救"形姿和神髓"。但至少这样一个人将会是波德莱尔在中国的可能读者——一个从未有人声称过的角色。

首先,"异乐"和天籁共同迎合了徐志摩提出这个说法的言语行为。这篇译序的作者就像蛆群、打谷者和饿狗那样,挪用现存语料库(更准确的说应该是腐尸的一部分),吸收一小块养分满足自己的需要,丢掉剩余部分。徐志摩的翻译并非是一种对等,而是挪用;他也无意于在独立、分离的个体间建立新的身份,而是将这些东西分解、再回收利用。我们倾向于在暗喻和信息模式下理解翻译,将其视为用另一种语言来表达相同含义的重构活动。(20世纪20年代的上海作为重构波德莱尔的大背景本应提供理想条件。)作为暗喻的翻译忽略了,或者说有些看似聪明的暗喻型翻译无耻地利用了语言系统化的、安排有序的特征:法语中的术语 A 有含义是因为它与无穷多的其他术语相关联,而在汉语中很难找到拥有所有这些类比关系的一个术语 X。用术语 X 来翻译术语 A 损伤了索绪尔的语言本体以及双方语言的想象空间。然而,翻译发生了而且是必要之举:这个光荣的索绪尔本体也是由先前各种如徐志摩的大胆隐喻那样看似别扭、具有冒犯意味的借用、注释和"滥用"(词形误变)行为组成的。倘若我们把翻译视为消化和腐坏的过程,那么它所处理的对象就不是可传递的完整形式,而是一片零碎的、但是紧紧依附于赋予它们主要含义的语境的语言实体的粘性粉体;即便我们努力重建一个完整、清晰的"信息效力"(virtù informativa)体系,我们对这些零星碎片的咀嚼和吸收仍然是不超然的。消化不像是暗喻的替代选择。更确切地说,同化吸收是消化的最后阶段,而撕咬、消化、有选择地摄取共同组成了一个闭环:先是提喻,然后是转喻,最后是隐喻的挪用。这种挪用是"看见同一性"、发现整体中的关联的条件。

我们可以像解读波德莱尔诗歌叙事那样,将徐志摩特立独行的翻译和评论解读成引证型、物质型或消化型翻译模式的象征,这一模式改写、颠倒了暗喻和知识的一个重要模式,即亚里士多德模式。在此模式下,我们通过发送和接收"形式"实现与世界的往来。亚里士多德把知觉和知识描述为同一模式下的消化过程。但是有一个阶段超出了消化,斯塔提乌斯在《炼狱篇》中的发言再次为我们提供了参考:

> 精美完善的血是干渴的血管
> 所不能喝尽的,却留在那里,
> 就像你留在桌上要搬去的佳肴;
> 它于是在心脏中获得一种潜在的
> 力量,将生命赋予人的身体各部,
> 就像流过血管变成身体各部的血。
> 再经过精炼后,它流到不说出来
> 比说出来较为合适的那个地方,
> 然后借自然器官滴在另一人的血上。①

但丁从大阿尔伯特(Albertus Magnus)、托马斯·阿奎那(Thomas Aquinas)、阿维森纳(Avicenna)和阿威罗伊(Averroes)处吸收了许多亚里士多德的学说。这几行诗不仅浓缩了这些哲思,同时也是对但丁的散文《飨宴》第 49 章中一些段落的改写。"根据亚里士多德的观念,食物只有通过一系列变形分解或消化才能让自身变得可吸收,继而转化为身体的成分。"消化活动把食物吸收进血液。男性血液中过剩的精食经过进一步的"烹调"转化为了精液。精液虽与血液相同,但拥有更高程度的"信息效力",能够使女性经血中不连贯的物质转化为一个新生命。(亚里士多德认为男人提供了新生儿的形式,而女人仅仅提供了质料。)在《飨宴》里,男性对后代的贡献被比作在蜡或金属的表面打上印记,一种不掺杂物质传递的、纯粹的形式赋予。也许有人会说子宫是一种知觉器官,像眼、耳那样从外部接收形式,并以作为父亲仿制品的孩子的形式储存起来。亚里士多德在解释有性生殖的形成和原因时暗示道:"对于处于正常发育阶段的生命体而言,最自然的行为

---

① [意]但丁著,朱维基译:《神曲》,第334页。

就是繁衍一个与自身相像的生物。为了这个目的,在其本性允许范围内,它将分享永恒和神性。这是一切生物生存的目的。"斯塔提乌斯借用亚里士多德的学说来解释生活在炼狱的人的"类生命体",宣称只有上帝才能创造灵魂——显而易见,这是中世纪的阿奎那对亚里士多德学说所作的一种嫁接,目的是为灵魂不朽与肉身复生腾出空位。

这是中世纪的信息论。阐释灵魂与胚胎、肉体的关系正是"信息"一词得以创立的原因,同时也是认为信息可以被远距离传送而不失本真的当代信息论的一种预示。让我们把这个理论的平行部分放在一起来看。知识的学习者或生产者,像胃消化田间的产物那样来消化理解的对象。暗喻和消化是同化、分解、筛选异物并使之成为自我一部分的过程。正常情况下(尽管与现实有很大出入),繁殖可以看作是已经实现的自我"召集"大量非自体,并在上面刻印自身形象的过程。用不那么明显的神学术语来说(只是不那么明显),暗喻实际上与标准的男性人格相似,都可以看作灵魂-信息、或者身份-信息的传递过程。自我掌控消化,就像上帝和父亲掌控灵魂那样。

《死尸》讲述的则是肉体腐烂的故事,是自我变成他者的故事:完全实现的生命体堕落为一张草图和一股恶臭,身份和作为暗喻基础的"同一性"纷纷瓦解,物质被偷走的同时形式也便消亡了。这是物以类聚的颠倒。《庄子》中的疯子和圣人提醒我们这仅仅是他者,或者说许多他者自我形成的过程:个体不再是其自身必要的、不变的参照系,可以变成像公鸡、弩上的弹子、老鼠的肝、或虫子的腿一样的东西。《死尸》并非真的拒斥暗喻性的消化模型,毕竟诗中的"我"尽管实质上简化为一串重复信息,仍然自称"永葆着爱的形姿和爱的神髓",这点是诗中的动物残骸和女人所不能表达出的(也是对亚里士多德从未真的脱离这些前提的另一种暗示)。《死尸》只是换个方向,展示消化的过程而非消化的完成。它试图把"无我化"的过程翻译为死后"本体"的草图。这首诗的关键是两种时刻的关联性。(遗憾的是,徐志摩的译诗更多地呈现这两种时刻的对比,因而表现出爱伦·坡式的阴郁的哥特风格。)说话者耐心又细致地研究有关腐败的"异乐",从而弥补性地跳跃到信息领域,而这个领域中的自我不会腐烂。"对美的探索是艺术家败北之前发出恐怖叫喊的一场决斗。"①尽管这句话搁置了我们对美的大部分期望,我们必须承认《死尸》的结尾描绘的正是波德莱尔笔下的艺术家如何"恐怖地哀鸣",最终放弃了与物质的斗争。庄子笔下的道家贤者长期受天籁熏陶,超然世外,至少在寓言层面不断转化,直至变成虫子的腿。他们既不为己辩护,也不采取任何一种观点。而波德莱尔的诗完全是在歇斯底里地支持一种观点。徐志摩的译序确定了它的自我诊断;即一篇"神秘主义的"译序:它似乎要消解任何有限视角,宣称一个看起来疯狂而伟大的新见解。"无一不是音乐"这一空洞的宣言很容易被改述为"无一不是某种东西"。

徐志摩将庄子和波德莱尔相结合,由此制造出"异乐"。他的译序就是有关异乐的一个例证。徐志摩从19世纪法国高蹈派那儿摘取一小块碎片,同公元前4世纪中国原始主义的一个小片段一起烹调,从而使翻译、比较文学和阅读呈现为一种分解、腐朽和选择性吸收的过程。波德莱尔在写作《死尸》过程中也曾对彼特拉克体的抒情传统做过同样的拆解和吸收。重写、翻译或引用耗尽了它们所消化的材料。这也许是瓦尔特·本雅明(Walter Benjamin)所说的——译文是原文"后来的生命"(afterlife)?如果真是这样,徐志摩的重写就不是他赋予不朽性主题以个人化形式的问题,而是让亚里士多德、彼特拉克、

---

① [法]夏尔·波德莱尔著,钱春绮译:《恶之花 巴黎的忧郁》,北京:人民文学出版社,1991年,第382页。

波德莱尔和庄子在一定程度上都变得无法辨认的过程。在徐志摩的重写过程中,消化活动无疑发生了,但却没有促生一个新我,至少没有促生一个强我,它催生的是一个不同于原始死尸但受其喂养的自我的"全体"(monde)(徐志摩将其误译为"群众"(crowd)):"全部都是音乐"中的"全部"(everything)。20世纪的中国,新的白话文学尚在建构中,勇于创新的年轻作家们都在为国家意识打造新的"身体",此时"异乐"的提出不失为一种堕落的、有可能产生反效果的选择。同样奇怪的是我们竟然能够在其中听到音乐——一种疏离的乐响。

"等待他们的传译员"

第一次大流放期间,居住在莫斯科的奥西普·曼德尔施塔姆(Osip Mandel'stam)写了如下几行字,也许是一首诗,也许只是诗的草稿:

> 鞑靼人,乌兹别克人和涅涅茨人
> 和整个乌克兰民族,
> 甚至伏尔加河畔的德国人
> 都在等待他们的传译员。
>
> 也许就在这一刻,
> 某个日本人正把我
> 翻译成土耳其语
> 且看穿我的灵魂。①

"他们的传译员"?是指那些能把从前独属于鞑靼人、乌兹别克人和涅涅茨人的文学宝藏变成世界文学一部分的译者吗?不,就像贺拉斯和普希金那样,曼德尔施塔姆心里有更狂妄的图景。普希金过去模仿贺拉斯《颂诗集》的第三卷第三十首,而曼德尔施塔姆正在呼应普希金的《纪念碑》。他们在等待着能够翻译曼德尔施塔姆的译者,也许此刻一个日本人正把他译成土耳其语。

贺拉斯认为文学不朽("不完全死去")依凭的是罗马帝国和拉丁语永不败落,而普希金则把它归于俄罗斯幅员辽阔。曼德尔施塔姆一举超越了他们二人:他将借由翻译继续活着。我们可以想象一个日本人用日语翻译一个俄国诗人的难度之大,而这个日本人现在却要把他译成土耳其语,简直不可思议!不仅如此,这一非俄裔的译者正在用非母语的土耳其语"看穿我的灵魂"。

我们幻想中的翻译经常假定一个前提性的唯我论框架。只有我对自身的思想活动有知晓的特权;也只有理解我的语言的人能够获知我的想法;译者的天赋在于让其他不同的语言社群能够理解这些表达的想法。受此框架影响,译者往往被期待把外来语本土化——听取他者的话语,并且"朝向自身"来翻译,也就是说,让外来语变得熟悉。曼德尔施塔姆所宣称的借由翻译永垂不朽,则呈现了一种截然不同的立场:译者把自身话语"朝向他者"输出到遥远的涅涅茨人、乌兹别克人的社群;在想象的可能世界中,作为他者的日本人正在把它们译入另一个他者的国度——土耳其。尽管,或者说由于存在这些以同

---

① [俄]奥西普·曼德尔施塔姆著,黄灿然译:《曼德尔施塔姆诗选》.南宁:广西人民出版社,2015年,第178页。

心圆的方式不断向外拓展的距离,这样的译者还是能够直达诗人灵魂。软禁的最佳对策是像用无线电那样广播自己的主体性,从原本立足和熟悉的地方走出去。这也是曼德尔施塔姆面对自身险境的回应,神秘而陶醉。

"翻译即肉体的死亡。"但是不要用它来交换一个脱离肉体的精神形式。我们从翻译中获得了一个不同的身体,一系列不同的身体。外来语打破本土话语方式,在一系列模仿所构成的异乐声中将其拆解,另作他用。现有的翻译理论充斥着自我和他者、主要和次要、主导与附属的两极分化,以及源自文学所有权和文学特性观念的伦理焦虑。事实上,它们对于我理解类似于徐志摩对波德莱尔的那种翻译并没有多大帮助。搁置这些所谓的对立,我发现徐志摩的翻译对原诗的拆解正是对原文意涵的准确回应。徐译在中文世界中实现了原诗的美学构想,特别是在译者最偏离诗人可能希望表达的意思,即译者显得最不负责任的段落中,译者对原诗美学构想的实现显得格外完美。"翻译伦理"是一种食人以自给的伦理吗?如果能从翻译的日常话语跳脱出来,也许它会告诉我更多。

后记

我写这篇文章的时候误以为徐志摩的《死尸》译诗是最早的中译本。幸而杨振博士细心求证,指出徐志摩的译诗兼译序只是民国早期翻译和阐释波德莱尔的系列文章之一。参见杨振:《波德莱尔在中国(1920—1937):最初的翻译与评介》(《Baudelaire en Chine (1920—1937): premières traductions, premières exégèses》),《巴别塔—多元文学》(*Babel-Littératures plurielles*),总第39期,2019年第1期;文雅:《波德莱尔在中国的最初接受》(《La Première Réception de Baudelaire en Chine》),《波德莱尔研究年刊》(*L'Année Baudelaire*),2017年第21期,第195—207页。这些研究向我们展示了翻译、阐释、挪用、改写甚至误读之间的松散界限。

彭小妍 著 王一丹 译

王家卫的《欲望三部曲》
——机器人、眼泪和情动氛围(affective aura)①

感情(Affect)与非主体性(nonsubjectivity)

王家卫"《欲望三部曲》"的最后一部《2046》(2004)中,机器人流下了泪水,让人不禁联想到笛卡尔的机器隐喻。关于这一隐喻,普遍的理解是:思维与激情(passions,包括情感、感受和记忆)是心智(mind)的功能且受制于心智;而身体,与心智区隔,是一个生物机器,由大量的神经元、肌肉、骨骼、血管、静脉和其他部分组成,是它们驱动着身体活动,犹如"机器人"(automaton)②。寺田玲(Rei Terada)将笛卡尔称作"范式型作者"(paradigmatic author),因为其身心二元论遗留给情感哲学(philosophy of emotion)的难题,至今仍争议不休:情感是主体性的还是非主体性的?③一般认为,根据笛卡尔的机器隐喻,机器人具有人类身体的外形,却没有心智与主体性,因此机器人不可能流泪。如果电影《2046》显示机器人会悲伤,就等于在说,情感是非主体性的,完全不受心智控制。

笛卡尔的机械隐喻,的确为情感哲学提出了一个重要问题。保罗·布鲁姆在2004年仍然认为,我们都是笛卡尔的后裔,"二元论观念塑造了我们看待人造世界与自然世界的方式","我们直觉的二元论倾向,构成了我们感知他人的基础"④。尽管大部分科学家早已摒弃了身心二元论,但它仍深植于当代心理学的思考中,正如莉莎·费尔德曼·巴雷特(Lisa Feldman Barrett)和克里斯汀·A.林德奎斯特(Kristen A. Lindquist)所说:"情感理论的一个要旨,是身体与心智在本质上是不同且分离的实体,二者在情感反应发生

---

① Peng, Hsiao-yen, "Wong Kar-wai's *Mood Trilogy*: Robot, Tears, and the Affective Aura," in Peng Hsiao-yen and Ella Raidel, eds., *The Politics of Memory in Sinophone Cinemas and Image Culture*: *Altering Archives*[华语电影与影像文化中的记忆政治:另类档案]. London and New York: Routledge, 2018, pp. 131-141.

② 机器隐喻是笛卡尔哲学中反复出现的主题。在其未完成的论文《论人体》(La description du corps humain)中首次提出。一般认为,此文撰写于1647年。参见 René Descartes, "La description du corps humain et de toutes ses fonctions"(《论人体及其功能》), in *Œuvres de Descartes*(《笛卡尔文集》)(Paris: Léopold Cerf, 1897-1913), v. 11, pp. 223-90;另参"L'ordre des questions de physique"(《物理问题的次序》), in George Heffenan ed. and trans., *Discours de la méthode: pour bien conduire sa raison et chercher la verité dans les sciences* (1637)(《方法论的实践:理性的真谛及科学真理的追求》)(Notre Dame, IN: University of Notre Dame Press, 1994), p. 78. 关于作为心智功能的情感,参见" Les passions de l'âme"(1649)(《心灵的激情》), in *Œuvres de Descartes*, v.11, pp.291-497.

③ Rei Terada, *Feeling in Theory: Emotion after the "Death of Subject"*(《情感理论:"主体之死"以后的情感》)(Cambridge, MA: Havard University Press, 2001), p. 3.

④ Paul Bloom, *Descartes' Baby: How the Science of Child Development Explains What Makes Us Human*(《笛卡尔之子:儿童发展科学如何解释我们为人的条件》)(New York: Basic Books, 2004), p. xiii.

时彼此影响。"①有别于身体影响心智或心智影响身体的理论,他们提出"身体化的情感"观点,主张"身心反复来回互动的相互关系",由此便逐渐脱离了笛卡尔二元论。他们的基本观点是,具有感觉运动能力的身体可以塑造心智,而心智也能塑造身体。但是在研究中,他们更强调身体对心智的塑造作用;并且坚信情境和脉络对理解情感也至关重要。② 另一位持相同看法的专家是米歇尔·马耶赛(Michelle Maiese),她认为"情感是'身体化的意识'(embodied consciousness)的一种范式",并认为"情感被身体化在人的行动系统中……尤其是透过整个身体被感受到"③。

要有效理解笛卡尔的机器隐喻的两难,可重新考察这个问题:情感是主体性的还是非主体性的?这个隐喻真的意味着情感受控于一个无所不包的心智和主体性吗?寺田玲指出,尽管笛卡尔的身心二元论看起来泾渭分明,但他却把激情置于"臭名昭著的松果腺"之中,因此而使问题复杂化了。松果腺在大脑内部,却又不受心智控制。寺田玲从后结构主义和解构主义的视角切入这一话题,说明为何笛卡尔的机器隐喻成为情感哲学中纠缠不已的问题:

> 笛卡尔区隔了情感(passion)与理性(reason),又将情感与统一的心智相连,然后基于心智统领情感的能力,把主体性交给了心智。对笛卡尔而言,灵魂与身体唯一的区别,是思维的功能。思想分主动和被动两种。被动的思想便是感情。虽然笛卡尔将感情归为思想,感情也就因此属于灵魂,但感情只是位于思想和灵魂之中,而非思想和灵魂的组成部分……感情是一种极其特殊的思想,以至于几乎无法被涵盖在"思想"的范畴中……对他[笛卡尔]而言,松果腺是感情在解剖学上的对等物。松果腺位于"大脑最深处",却不仅仅是大脑的一部分,而是象征着大脑中可能存在的一个自治区,一个大脑中的梵蒂冈城……感情被放逐到从事思想的灵魂的楼上,既是受限的也是危险的……晚近女性主义研究特别强调这个观点,显示男权主义视角下的心智范型既包含又放任情感,而驱动情感和情绪的是非主体性的动力。④

在此,寺田玲把松果腺喻为大脑中的"一个自治区,一个大脑中的梵蒂冈城",意味着对笛卡尔而言,位于松果腺中的感情,既是心智的一部分,又独立于心智。所以笛卡尔把松果腺定义为身心之间的连接点,没有它,身心就是功能各异且彼此分离的实体。但是寺田玲认为,作为心智重要功能的情感,却显然是被"非主体性的动力"所驱动的。为了展示这一问题的复杂性,她区分书中所使用的术语,但有时这些区分难免有些模糊。"感情"(feeling)是一个概括性术语(umbrella term),既包含了心理状态下的"情绪"(emotion),也包含了生理官感上的"情动"(affect)。其整体研究主旨在说明,德里达和德勒兹等理论家宣布"主体之死"后,在后结构主义时代情感是否可能?其研究的暗示相当

---

① Lisa Feldman Barrett and Kristen A. Lindquist, "The Embodiment of Emotion"(《情感的身体化》), in Gün R. Semin and Eliot R. Smith eds., *Embodied Grounding: Social, Cognitive, Affective, and Neuroscientific Approaches* (《论身体化:社会,认知,情动,与神经科学进路》), (Cambridge: Cambridge University Press, 2008), p. 238.
② Ibid., pp. 237 – 262.
③ Michelle Maiese, *Embodiment, Emotion and Cognition* (《身体化,情感与认知》), Hampshire, UK: Palgrave Macmillan, 2011, p. 1.
④ Terada, *Feeling in Theory: Emotion after the "Death of Subject"*, pp. 8 – 9.

惊人:"假如我们是主体,我们就没有情感。"①

《2046》中落泪的机器人,就凸显了情动无所不在的能量,亦即情感非主体性的面向。电影一步步呈现,所有角色,无论男女,情感上都被某种超越自我的能量所驱使着,而这种能量强大到连心智也无力控制。这就是情动氛围,它既掌控了机器人也掌控了人类,超越了主体性和思想的力量。

记忆与强迫重复

影片中,长相是王靖雯(王菲饰)的机器人,在经历了极度悲伤的几天后,才掉下泪来。那时,她透过记忆之洞,发现自己曾拒绝和男友 Tak(木村拓哉饰)私奔日本。流泪的机器人强调记忆的不可抗拒之力:理应没有心智的机器人,输入悲伤记忆的程式后,也可以"感觉"到人类的情感。尽管它的悲伤变成眼泪要耗费更长的时间。流泪意味着记忆萦绕盘桓,难以排遣,正如字幕显示:"所有的记忆都是潮湿的。"

机器人流泪的场景,说明身体是记忆的所在,而其非人类的身体因此而联结了影片中所有泪水涟涟的女性们,包括苏丽珍(张曼玉饰)、露露(刘嘉玲饰)、王靖雯,还有神秘的黑珍珠(巩俐饰)。因此身体、女性、眼泪和记忆,同属一体。

《欲望三部曲》中,记忆的力量是个重要的主题——也许是最重要的。三部曲的第二部,《花样年华》(2000)结尾,周慕云(梁朝伟饰)孤身旅行到柬埔寨,探访佛教寺院的遗迹。在残垣断壁上,他找到了秘密之洞。依照习俗,他对着洞口倾吐自己对有夫之妇苏丽珍难以启齿的爱恋。在《2046》中,这个秘密之洞再次出现,但却是在未来主义的情境下。在通往2046的火车上,王靖雯附身的机器人受到 Tak 怂恿,向一个巨大的洞口凝视,它镶嵌在一面五彩缤纷的塑料墙壁上。Tak 的画外音说,洞里含有生命所有的秘密;人们对着这个洞口吐露爱的秘密记忆。《2046》结尾,周慕云的画外音把其写作经历——或其生命——比作一辆列车上的旅程,"只有一个目的,就是找回失去的记忆",凸显了这列火车(名为2046)的象征含义。这辆通往2046的列车,也是记忆的列车。它带着旅客前往未来,那里保存着消逝的记忆,让人重温旧梦。所以未来即过去,过去即未来:生命是一场永无休止的重复,是一辆驶向过去的列车,而连接着过去与未来的,或者说使二者边界模糊的,正是记忆。因此记忆之洞也就是生命秘密之洞。

生命的无限重复是《欲望三部曲》中一个突出的母题。记忆之洞所显示的真理就是:生命是周期性的循环,世间男女总是在爱与不爱间来回挣扎。每一段爱情故事都如镜子般映照着另外一段故事,也映照在其他的爱情故事中。周慕云看起来像是风流浪子,就像三部曲首部《阿飞正传》(1990)里的男主角旭仔一样,但其实是永远在寻找失去的爱。尽管沿途有暂时性的替代品,但是,像苏丽珍、露露、王靖雯,或者黑蜘蛛,每一个女人都不过是同一个女人的翻版而已;她们永远无法取代那个不可企及的女人。因此看似风流的浪子,实际上是在自我折磨,每一位替代者都重新揭开失去的爱所留下的伤疤,于是失去的爱,用弗洛伊德的话来说,就成为心理上永远的(psychically prolonged)伤痛。因此,电影中弥漫着无法排遣的忧郁。依照弗洛伊德的说法,忧郁"与其说是心理病症,毋宁说

---

① Terada, *Feeling in Theory: Emotion after the "Death of Subject"*, pp. 3-4.

是生理病症";它深陷无意识之中,意味的是自我的迷失。①

关于王家卫的《重庆森林》,大卫·波德维尔(David Bordwell)曾有如下的评论:

> 尽管《重庆森林》的情节依赖偶然的邂逅,使人觉得结构松散,但其剧情建构的基础,却是场景微调与常规变奏的重复出现。这种循环的结果是角色与情景的比较,因此因果关系变得不是那么重要,重要的是爱情的一致或差异的对比。②

这段评论也完全适用于王家卫的《欲望三部曲》。但我认为取代传统因果叙述逻辑的,不仅仅是"爱情的一致和差异的对比",而是情动氛围,即身体化的情感(sentiments)所形成的氛围。随着这种新的电影语言的形成,情境的重复与变奏正逐渐取代因果逻辑,而电影的主要目的,也就不再只是讲故事,而是诉说生命的"真相"。因此,《2046》荧幕上不断出现谚语式的字幕。

字幕是《2046》在视觉呈现上的独特设计,它告诉观众这部电影在说什么,而且指导观众该怎么去思考这些问题。类似的字幕通常用于无声电影中。《2046》开头,我们看到第一个字幕:"所有的记忆都是潮湿的。"这一声明奠定了整部电影的基调,电影中所有的女人和Tak都流泪了,而Tak又是周慕云的代言人。因此所有被记忆折磨的人,都注定要悲伤。紧接着出现的字幕交代了故事时间的推进:1966年、1967年、1968年和1969年的12月24日。1969年,周慕云回到新加坡,徒劳地寻找黑蜘蛛。而他初次见她,是在1963年。接下来的字幕继续交代时间:一小时后、十小时后、一百小时后、十八个月后等等。字幕的使用,使我们注意到《2046》与无声电影的类似:两者都强调音乐和身体展演(bodily performance),而非对话。

在《欲望三部曲》中,王家卫通过一幕幕精心设计的角色扮演,凸显出情境的重复与变奏。例如,两幕场景中苏丽珍让周慕云扮演自己的丈夫,质问他是否与其他女人有染;还有两人试图还原各自伴侣出轨的情景,轮流扮演先开口的一方;以及在饭店里,他们让对方为彼此选择自己伴侣最爱的菜肴,借此获知对方伴侣的喜好。③类似的角色扮演,提醒观众注意电影的虚构性质。毕竟,情动氛围不过只是幻影,它通过屏幕上身体化的情感而产生,作用于观众的想象与记忆。

错综复杂的重复与对比网络,无疑有助于情动氛围的产生。终其《欲望三部曲》,大多数角色往往由同一位明星扮演,重复出现,如同一场角色扮演游戏。他们每次出场,都有相同的名字,但外貌迥异(只有张曼玉在三部曲中都饰演苏丽珍),抑或身份不同(梁朝伟在第一部中扮演一个身份不明的角色,但在二、三部中都饰演周慕云;刘嘉玲在第一部

---

① 在《哀伤与忧郁》(Mourning and Melancholia)(1916)一文中,弗洛伊德将忧郁症(一种病态)与"一般的哀伤感情"作了对比。他指出,哀伤作用于意识层面,而忧郁则位于无意识层面。见 Sigmund Freud, "Mourning and Melancholia," in *The Standard Edition of The Complete Psychological Works of Sigmund Freud*, volume XIV (1914-1916): *On the History of the Psycho-Analytic Movement*, *Papers on Metapsychology and Other Works* (标准版《弗洛伊德心理学全集》),第十四卷(1914—1916):《论心理分析运动史,超心理学论文和其他著作》, trans. James Strachey (London: The Hograth Press, 1953—1974), pp. 243 - 258。

② David Bordell, *Planet Hong Kong*: *Popular Cinema and the Art of Entertainment* (《香港星球:通俗电影与娱乐的艺术》)(Cambridge, MA: Harvard University Press, 2000), p. 283. 中译本参[美]大卫·波德威尔著,何慧玲译:《香港电影的秘密:娱乐的艺术》,海口:海南出版社,2003年3月第1版,第330页。译文引用中译本时有改动。——译者注

③ 对电影中角色扮演的分析,参见 Stephen Teo, *Wong Kar-wai*(《王家卫》)(Trowbridge, UK: The Cromwell Press, 2005), pp. 120 - 122。

中扮演歌厅舞女咪咪/露露,但在第三部中扮演一个机器人)。三部曲中,同一位明星熟悉的面孔和形体扮演着暧昧的相同(或不同的)角色,唤起了观众的记忆,创造出似曾相识(déjà vu)的感觉,而这正就是情动氛围:它是一种铭刻于我们身体与记忆中的身体化情感(embodied feeling)。尽管电影讲述的是20世纪60年代的香港记忆,但是通过重复或对比的角色所形构的明星形象大汇串,影片实际上作用于每一位观众的记忆机制。

角色的对比也加深了身体化的情感和角色扮演的感受。《2046》中出现的新角色,或保留前两部电影角色的某些特征,或与之相反。举例而言,一方面,王靖雯也像苏丽珍一样热爱文学,也帮周慕云写小说;二人不仅人物形象相似,所处的情境也相似。另一方面,虽然黑蜘蛛也叫苏丽珍,但是她看起来则完全是苏丽珍的反面:苏丽珍是一个谦和、保守的女人,感受到诱惑又害怕误入歧途,而黑蜘蛛却是一个赌徒和冒险家。这一切似乎说明,尽管生命不断自我重复,但是对有勇气的人而言,其他的选项也始终存在。然而,影片最终的结论却是,无论怎样面对生活,小心翼翼抑或大胆妄为,所有女人都心痛于男人的背叛:苏丽珍和露露/咪咪被旭仔"甩了",苏丽珍遭丈夫劈腿,白玲为周慕云所弃,黑蜘蛛受到旧爱记忆的折磨等。眼泪和痛楚中扭曲的身体,将她们在情动氛围中彼此连接起来。如前所述,一方面,即便是理应没有灵魂的机器人王靖雯,也会流泪,这证明了机械般的身体所铭刻的情动的能量;另一方面,周慕云(正如三部曲中的大多男性角色一样),虽然在电影中从未流泪,但也体认到自己与黑蜘蛛的相似,因为他也同样执着于逝去之爱的记忆,无法自拔。

要理解《欲望三部曲》中的重复逻辑,不妨借鉴弗洛伊德1921年《超越快乐原则》中所提出的"强迫重复"(repetition-compulsion)理论。[1]在这之前,弗洛伊德认为我们的心理经验受到"快乐原则"支配:任何不愉快的紧张状态都会自动消解,因为我们迫切需要释放紧张或是逃避痛苦、追求快乐。但是既然如此,为何在梦境中创伤经历会重复出现呢;为何儿童热衷于不断丢掷其心爱玩具(随后又捡回)的游戏,借此重现母亲离开他们的情景呢?为何人们好像被动地"不断反复经历同一件事情",从而看起来总是被迫面对同样的命运?(例如,一个女人先后嫁给三个男人,每一任丈夫都在婚后不久生病,她也就必须照料每一任丈夫直至其病故。)弗洛伊德推断,在快乐原则之上另有一个原则:"强迫重复"原则,它使我们不断地重复体验伤痛,驱动着我们不断经历同样的状况、遭遇同样的命运。[2]重点在于,我们被迫重复带来相同创伤的情境;而心智对于强迫重复却无能为力。换言之,强迫重复被身体化了,而我们只是受其驱使的机器人而已。就心理分析而言,如果人能用语言把无意识的东西带到意识层面,那么任何心病都可以治愈。但如果心病始终留存在无意识中,没有通过语言被理解,那么它就属于身体。

音乐:身体展演与对白

《欲望三部曲》融合了一系列元素,精心制造出情动氛围。就情动氛围而言,身体展演与电影音效比对白更为重要。音乐遵循的逻辑是重复与变奏,乃情动氛围不可或缺的

---

[1] Sigmund Freud, *Beyond the Pleasure Principle*(《超越快乐原则》), trans. D. J. M. Hubback (London and Vienna: The International Psycho-Analytical Press, 1922). 中译本可参见《超越快乐原则》,车文博主编:《弗洛伊德文集》第4卷,长春:长春出版社,1998年,第1—52页;及《超越快乐原则》,[奥]弗洛伊德(Freud, S.)著,里克曼选编,贺明明译:《弗洛伊德著作选》,成都:四川人民出版社,1986年,第190—223页。——译者注

[2] 同上。

成分。拉美音乐是三部曲的一个鲜明特色。在《阿飞正传》里,片尾那首撩人的主题曲《是这样的》由 Leurona-Lombardo Óflyne 原作,梅艳芳演唱。她沙哑、慵懒的嗓音赋予歌曲爵士乐般的感觉,告诉我们生命就"是这样的"。值得一提的是,影片中的角色常常随着拉丁音乐而舞动,运用身体展演,而非言语,来表达自我。

在《阿飞正传》中,露露首次遇见旭仔时穿着夜总会的白色演出服,衣服上满是流苏和配饰。露脐上衣和紧身短裤勉强遮住躯体,露出乳沟、手臂、纤腰和大腿。(电影中她总是穿着露肩洋装,只有被旭仔抛弃时例外。)与旭仔调情时,她摇曳生姿的躯体明确传递出性邀请的信号。旭仔的儿时朋友歪仔对她感兴趣,问她是做什么的,她让他调高收音机的音量,只以身体展演回答他。她伸展手臂,摇摆双臀,旋转扭动,诱人的双眼勾引着他,就像在夜总会表演时对观众抛媚眼一样——以展演的身体传递情意,正是这部电影独特的表演方式。

另一个让人难忘的例子,是旭仔用画外音讲述了一种传说中的鸟,它永远飞翔不倦,至死方休;此时画面中,旭仔播放了一张拉丁音乐的黑胶唱片,然后对着一面全身镜悠然起舞。他似乎是在用身体展演告诉我们,他自己就像传说中的那只飞鸟一样,将要一直寻欢作乐,直至命终。这是电影中一个不祥的时刻,预示着旭仔悲剧性的死亡。影片结尾,一位身份不明的赌徒(梁朝伟饰)正在准备夜晚出行。他精心打扮自己,此时撩人的拉美音乐再次响起。这位无名赌徒,在昏暗的房间里对着镜子梳头,房间里堆满了 20 世纪 60 年代的家具,充斥着"黑色电影"(film noir)的气氛。看起来,这个赌徒就是旭仔的化身。后者一生渴望从来不想要他的母亲,为此赌上了自己的生命,最终被一个寻仇的匪徒射杀。二人间的联系,正是通过音乐和身体姿态的视觉效果而建立的。三部曲的最后两部中,梁朝伟(饰演周慕云)的确承续了旭仔式的浪子生涯,四处留情,而他的身体姿态,作为旭仔精神的体现,也承载了弥漫三部曲的情动氛围。

从《花样年华》开始,作曲变得更加复杂。屏幕上的收音机里,传出熟悉的中国京剧唱腔和流行歌曲,营造出怀旧的氛围。电影的名字取自著名演歌双栖红星周璇演唱的一首歌《花样的年华》,这是她 1947 年的电影《长相思》的主题曲。[①] 苏丽珍远在日本的丈夫为她在电台节目里点播了这首歌曲,为她庆生,在那个年代,家庭娱乐全靠收音机和电唱机,电台点播曾风靡一时。周璇这首歌曲的开头,借用了《生日快乐歌》的一段旋律,作为副歌反复出现。苏丽珍沉默地守在收音机旁,全神贯注地聆听电台女主播宣报她丈夫的点歌要求,周璇的歌声随即响起。此时观众感觉到,苏丽珍永远不可能为了另一个男人而离开丈夫。

当周慕云和苏丽珍会面时,西班牙歌曲在餐厅中响起。《Quizás, Quizás, Quizás》(也许,也许,也许)一曲,由古巴作曲家法雷斯(Osvaldo Farrés)创作,由非裔美籍流行歌手纳京高(Nat King Cole)以爵士风格演唱。歌曲出现在周慕云的画外音之后:"如果有多一张船票,你会不会跟我一起走(去新加坡)?"荧幕上苏丽珍沉思不语,反复咏唱的歌词"quizás,quizás,quizás",衬托着她迟疑不决的痛苦脸庞。歌名无疑反映了两人暧昧之情的悬疑:他们到底会不会做爱?这个问题电影始终没有明说,但是观众和两位主人公却都心知肚明,两人一边不断受诱惑,一边又极力抵抗欲望。尽管电影是忧郁的,但是纳京高演唱的几首歌曲,包括"Te Quiero Dijiste"(我爱你,你说)和"Aquellos Ojos Verdes"(那

---

① Teo, *Wong Kar-wai*, p.119.

绿色的双眸)在内,带着轻快的舞蹈节奏,为片中的忧郁氛围增添了几许玩兴。

三部曲中有一种明显的影音呈现模式:身体展演总是与言语沉默相对应,而言语的沉默总是由响亮的音乐烘托出来。最明显的例子是《花样年华》的主题曲《Yumeji's Theme》。这首曲子创作者是日本作曲家梅林茂。曲中的玩兴与忧郁宛如二重奏,正契合电影中繁复的角色扮演所流露的半悲伤、半趣味的母题。在日语中,"Yumeji"(梦路)意为"梦境",显示爱的记忆不过只是幻梦罢了。背景音乐是小提琴、中提琴、大提琴和低音提琴的拨奏组曲(这种用手指拨弦的技巧通常用于爵士乐演奏中)。那愉悦的、重复的三连音拨奏引入小提琴的主旋律,与悲伤的记忆共鸣,直潜入人心。背景音乐似乎象征着求爱的欢愉游戏,主旋律则诉说失去之爱或不可能之爱的悲伤。听上去犹如两个无声之音彼此交谈,彼此牵动。这首别具一格的原创音乐总是随着张曼玉和梁朝伟在屏幕上出现而响起,尤其是在他们不交谈的时刻,例如两人频频在楼梯上擦身而过的著名场景,仅默默地相互交换目光,意味深长。

在这些重复的场景里,张曼玉饰演的寂寞妻子,成为令人炫目的肉体符号,她永远身着旗袍,色彩明艳的紧身中式长衫不断凸显其物质性,既禁锢又展示她的身体与欲望。她对周慕云——住在隔壁的寂寞丈夫——的爱慕,直到片尾始终是柏拉图式的。于是二人间未能满足的爱恋,呈现为"爱的氛围"(the mood for love),由目光、姿态、身体展演和物质性酝酿出的情动氛围。在大小提琴拨奏曲的伴奏中,男女主人公的身体不断移动,在通往出租屋狭窄的楼梯和走廊上擦肩而过。他们交错的身体,成为彼此渴慕的心理投射;那沉默弥漫的情意,深植于身体内部、又由身体散发,与循环往复的《Yumeji》曲调同步律动,意味着过去记忆的执着永不休止。

几次出租车里的场景,他们试探着触碰彼此的手时,她把头倚靠在他肩膀上时,同样的音乐反复出现。没有言语,但在荡气回肠的音乐中,静静的姿态和凝视的目光却更加透露他们对彼此的情意。也就是说,在电影中,沉默——与音乐、身体展演、和情动氛围息息相关的沉默——所扮演的角色,比传递思想的语言更为重要。[①]

在《2046》中,似乎有这个倾向:每首曲子都和一位特定的女性角色相连。原创音乐《黑暗战车》(Dark Chariot)第一次出现是在露露刚出场的时候。她在圣诞晚会上喝得酩酊大醉,被周慕云送回家后,躺卧在床上,因不忠的男友默默流泪。《黑暗战车》是佩尔·拉本(Peer Raben, 1940–2007)创作的一首钢琴曲。拉本是一位德国作曲家兼电影导演,尤以为宁那·华纳·法斯宾德(Rainer Werner Maria Fassbinder)导演的电影配乐而闻名。曲子的b小调由数码钢琴敲击奏出,伴随着偶尔传来的火车声、木管乐、喃喃人语和其他声音,营造出一种未来主义之感。《黑暗战车》的数码音乐与影片中科幻的幻象十分契合,而三首交响乐的音效又为影片中过去与未来的复杂辩证增添了一个史诗性的维度。其中梅林茂的《波兰舞曲》(Polonaise)和神秘园乐团(Secret Garden)的《慢板》(Adagio)都是专门为电影所作,加上佐治·狄奈许(Georges Delerue, 1925–1992)的《朱力恩和芭芭拉》(Julien et Barbara),完全吻合影片里充斥过去回忆的未来世界氛围,神秘

[①] 关于"身体修辞"(rhetoric of the body)与理性主义的对立,参见 Connie Hoyee Kwong, *Du langage au silence: l'évolution de la critique littéraire au XXème siècle*(《从语言到沉默:二十世纪文学批评的演变》)(Paris: Harmanttan, 2011)。作者由《庄子》中对语言的不信任开始讨论,接着阐述了"身体修辞"。她的论证延续了弗朗索瓦·于连(François Jullien)和毕来德(Jean François Billeter)等思想家的路径,这些思想家们重新发现了《老子》和《庄子》,把其中的直观智慧(intuitive wisdom)视作西方理性主义的对立面。

而不真实。

《慢板》一般在王靖雯出场时响起。影片开场，Tak 在用画外音介绍秘密之洞时，我们看见他与王靖雯交替出现，轮流窥探那个巨大象征符号的洞口或是静默地对着洞口诉说。我们一句话也听不到，只能看见他们身体的扭动。Tak 的画外音追问，当他邀请她跟他去日本的时候，她的答案也是个秘密，只对那个洞口吐露吗？《朱力恩和芭芭拉》则似乎是属于白玲的歌。这首曲子在《2046》首次出现，是周慕云和白玲在圣诞餐结束后一同乘出租车回家的时候。周慕云看起来已经喝醉了，把头靠在她的肩膀上。这一场景特地设置成黑白画面，像一张褪色照片，满载着早已忘却的记忆。这让我们想起《花样年华》中那幕出租车场景，当时是苏丽珍把头倚靠在周慕云肩上。随后，苏周二人的出租车场景又在黑白画面里重现，相同的音乐也再次响起。在这两个出租车场景中，人物同样坐在后座上，默默无语。此时电影配乐充斥于我们耳中，而男女主人公仅有的交流是身体的探索。

影片结尾，看着屏幕上由时间机器轨道、未来列车和半透明的城市建筑所组成的幻影，听着主题曲《波兰舞曲》，我们感到，对未来的向往不过只是对往昔的迷恋而已。正如 Tak 的日语旁白和周慕云的粤语旁白所言，每个去 2046 的人，都只有一个目的，就是找回他们失去的回忆。随着时间流逝，似乎所有人物都在奔向未来，但实际上他们却是在重复别人已然经历过的生活。因此电影努力想表达的是过去与未来的辩证：生命总是自我重复；生命终究不过是无尽的重复而已。惊人的言外之意即是：我们所有人，就像附身于王靖雯的那个机器人一样，就像《欲望三部曲》中的所有人物一样，都是情动氛围驱使下的机器人，迈向填满了记忆的未来，却只是重温旧梦。

参考书目

Barrett, Lisa Feldman and Lindquist, Kristen A.（2008）"The Embodiment of Emotion". In Gün R. Semin and Eliot R. Smith eds., *Embodied Grounding: Social, Cognitive, Affective, and Neuroscientific Approaches*. Cambridge: Cambridge University Press, pp. 237-262.

Bloom, Paul.（2004）*Descartes' Baby: How the Science of Child Development Explains What Makes Us Human*. New York: Basic Books.

Bordell, David.（2000）*Planet Hong Kong: Popular Cinema and the Art of Entertainment*. Cambridge, MA: Harvard University Press.

Descartes, René.（1649）"Les passions de l'âme". *In Works of Descartes*, v. 11, pp. 291-497.

Descartes, René. "La description du corps humain et de toutes ses fonctions". *In Works of Descartes*, v. 11, pp. 223-290.

Descartes, René.（1897-1913）*Œuvres de Descartes*. Paris: Léopold Cerf, v. 11.

Descartes, René.（[1637] 1994）"L'ordre des questions de physique". In George Heffenan ed. and trans., Discours de la méthode: pour bien conduire sa raison et chercher la verité dans les sciences（1637）. Notre Dame, IN: University of Notre Dame Press, pp. 62-83.

Freud, Sigmund.（1922）*Beyond the Pleasure Principle*. Trans. D. J. M. Hubback. London and Vienna: The International Psycho-Analytical Press.

Freud, Sigmund. ([1916] 1953-1974) "Mourning and Melancholia." In *The Stanford Edition of The Complete Psychological Worls of Sigmund Freud*, volume XIV(1914-1916): *On the History of the Psycho-Analytic Movement, Papers on Metapsychology and Other Works*. Trans. James Strachey. London: The Hograth Press, pp. 243-58.

Kwong, Connie Hoyee. (2011) *Du langage au silence: l'évolution de la critique littéraire au XXème siècle*. Paris: Harmanttan.

Maiese, Michelle. (2011) *Embodiment, Emotion and Cognition*. Hampshire, UK: Palgrave Macmillan.

Teo, Stephen. (2005) *Wong Kar-wai*. Trowbridge, UK: The Cromwell Press.

Terada, Rei. (2001) *Feeling in Theory: Emotion after the "Death of Subject"*. Cambridge, MA: Havard University Press.

张寅德 著 齐悦 译

华人法语写作探源
——以陈季同为例

二十年来,得益于媒体宣传的成功与研究机构的认可,华人法语写作受到更为广泛的关注①。尽管这是一个新兴领域,却也有着必须进行考古发掘的历史。由此看来,陈季同(1852—1907)是一位标志性人物,这不仅是因为他在"中法文学、文化关系史"②中所扮演的几乎被遗忘的角色,更是因为我们从其职业生涯及作品中所能得到的教益。这些教益让我们更好地理解一个正在扩展与重构的创造性空间所呈现的种种利害得失。

陈季同是驻欧、尤其是驻巴黎十六载的清朝外交官,同时也是八部法语著作的作者③。具有中国公使馆武将身份、以将军著称的陈季同将外交生涯与写作及社交活动相糅合。作为中介者,他那实说模棱两可的态度,既充满魅力,又令人无奈。在这方面,没有比亲历者罗曼·罗兰留下的记述更具启发性的了:

> 在索邦大学的大阶梯教室里,在法语联盟的会场中,——中国将军陈季同正在演讲。他身着华美的紫袍,贵族一般舒展在他的坐椅上。他有着饱满、年轻而愉悦的面庞和一副女演员的笑容,笑而露齿。但这是个健壮的男子,嗓音十分洪亮,厚重而清晰。这是一场来自一个高等人和一个高等种族的精彩演讲,妙趣横生,十分之法国化,却更具中国味。透过那些微笑与恭维话,我感到的是一颗轻蔑之心,他自视优于我们,将法国公众视作孩童。身为法语联盟成员,他在该机构组织的会议中却独辟蹊径,成功地嘲讽了部分赴华的法国人,抨击了在华宗教团体,挖苦了法语联盟在中国做的无用功并宣称法国永不能在中国以武力取胜。"你们的语言如同一位美貌的女子,优雅而面带微笑。她轻而易举地取悦了所有人,却不能说她想要讨人欢心"。简而言之,通过几次申明自己对法国的热爱,他给所有人上了一课。他屈尊将

---

① 为了解这方面发展现状,可参考论文《华人的法语写作与英语写作》(Francophonie et anglophonie chinoises),收入张寅德《比较文学与中国视角》(Littérature comparée et perspectives chinoises),丹尼尔-亨利·帕果(Daniel-Henri Pageaux)作序,巴黎:阿尔马丹出版社(L'Harmattan),2008 年,第 89—120 页。

② 孟华:"前言",载李华川:《晚清一个外交官的文化历程》,北京:北京大学出版社,2004 年,第 1 页。

③ 陈季同在 1884 至 1904 年间共出版八部法语著作:《中国人的自画像》(Les Chinois peints par eux-mêmes),巴黎:卡尔曼-莱维出版社(Calmann-Lévy),1884 年;《中国人的戏剧——比较风俗研究》(Le Théâtre des Chinois. Étude de moeurs comparées),巴黎:卡尔曼-莱维出版社(Calmann-Lévy),1886 年;《中国故事集》(Contes chinois),巴黎:卡尔曼-莱维出版社(Calmann-Lévy),1889 年;《中国人的快乐》(Les Plaisirs en Chine),巴黎:夏尔朋铁出版社(Charpentier),1890 年;《黄衫客传奇》(Le Roman de l'homme jaune),巴黎:G. 夏尔朋铁出版社(G. Charpentier),1891 年;《巴黎印象记》(Les Parisiens peints par un Chinois),巴黎:夏尔朋铁出版社(Charpentier),1891 年;《吾国,今日中国》(Mon pays, la Chine d'aujourd'hui),巴黎:夏尔朋铁与法斯盖尔出版社(Charpentier et Fasquelle),1892 年;《英勇的爱》(L'Amour héroïque),上海:东方出版社,"东方丛书"第 10 号(Imprimerie de la Presse Orientale, Série d'Orient, No. 10),1904 年。

法国——可说勉强——抬高到了中国的高度。他自称其所有努力都是为了"缩短这世界上最文明的两个国度之间的距离"——但他又特别指出了这两国之间差异毕竟是存在的！……"众所周知，中国是拥有最古老文明的国度……中文是传播最广的语言"，等等，等等。着迷的听众照单全收，并报以疯狂的掌声。①

这位年轻高师学生的日记指出了陈季同意愿的矛盾之处：凭借中国文化的优势，他在面对西方势力时表现出罕见的无畏，并转向一种反向的种族中心主义。他主张两种文明的靠拢乃至人类价值的普世性，却不因此脱离文化本位主义，仍倾向于认为中国是独一无二的。通过这场居高临下的演讲，我们得以一窥这些矛盾：它们潜藏在他的所有作品中，显现为一段独特的经历，一种文化主义的路数或完全乌托邦式的世界观。

陈季同首先是洋务运动的纯粹产物，该改良运动于两次鸦片战争（1840、1860）后应运而生。由此建立于1866年的福州船政局设有一所学堂，用以培养未来的工程师人才。陈季同十五岁考入船政局附属法语学校，即求是堂艺局前学堂，并在那里修读了以法语讲授的科学技术课程以及文科课程的。由中国政府公派赴法后，他又在巴黎政治学院（l'École des Sciences politiques）和巴黎法律学院（l'École de droit de Paris）继续修习国际法。他在19世纪70年代末开启外交生涯，并于1884年加总兵衔。娴熟的法语与社交天赋将他推向巴黎的诸多沙龙，莱昂·甘必大（Léon Gambetta，1838-1882）的引荐也在其中发挥了作用。与德纳男爵（Baron Thénard）、经济学家弗雷德里克·勒普雷（F. Le Play）及剧作家拉比什（Eugène Labiche）等不同人物的交往拓展了他的视野。中法战争（1881—1885）让他得以对祖国与东道国间的敌对状态抒发己见，直到1891年离开法国，由此而来的出版机会才被中断②。作为记者、报人和译者，他在返回中国后仍坚持担任中介者的角色：他的翻译作品中包括拿破仑法典和一本被遗忘的小说：贾雨（1854—1928）③的《卓舒与马格利》（1893年）。这部小说的翻译虽未能完成，却是目前可考的第一部从原文译介到中国的法语小说，比林纾（1852—1924）于1899年根据口述转译的《茶花女》（La Dame aux camélias）还要早一年。陈季同还特别将自己对法国语言和文学的热情传递给了《孽海花》的作者曾朴（1872—1935），而后者也是三十多部法语作品的译者。

陈季同在索邦大学的阶梯教室凭借滔滔雄辩大放异彩时，其名下已有三部出版作品，分别是《中国人的自画像》《中国人的戏剧——比较风俗研究》和《中国故事集》，虽然这位将军的朋友兼秘书蒙迪翁（Foucauld de Mondion）④曾追讨过前两部作品的著作权。陈季同的作品从一开始就反响不俗，其首部作品出版当年就再版六次，稍后于19世纪90年代被译成英语和德语。他翻译并改编自蒲松龄（1640—1715）《聊斋志异》中二十六个短篇的《中国故事集》则引起阿纳托尔·法朗士（Anatole France）的注意，在《时报》

---

① 罗曼·罗兰（Romain Rolland）:《乌尔姆路上的修道院》,《罗曼·罗兰高师日记（1886—1889）》（Le Cloître de la rue d'Ulm, journal de Romain Rolland à l'École normale(1886-1889)）,1889年2月18日,巴黎：阿尔班·米歇尔出版社（Albin Michel），第276—277页。

② 他在法国出版最后一部作品是在1892年，而其最后一部法文作品于1904年在中国出版。

③ 贾雨（Théodore Cahu）:《卓舒与马格利》（Georges et Marguerite），巴黎：欧朗多夫出版社（Ollendorff），1893年，发表于他主持的旬刊《求是报》（International Review）的第2至12期。

④ 蒙迪翁（Adalbert-Henri Foucault de Mondion，1849-1894）:《当我还是中国官员》（Quand j'étais mandarin），巴黎：阿尔贝·萨维纳出版社（Albert Savine），1889年。

(Le Temps)上为其撰写了一篇长评。①

陈季同真正意义上的文学作品是 1891 年发表的题为《黄衫客传奇——中国风俗》的小说。这部作品的灵感源于一篇唐传奇故事②,却应被看作是原创之作。故事围绕中举文人李益与艺妓小玉的相遇展开,后者是霍王与其宠侍的私生女,貌美绝伦。如同这类文体通常的套路,这段才子佳人式的爱情持续了三年,直到在男方母亲的阻挠下破裂。后者设法将自己的儿子许配给了一位他素不相识,而身世无懈可击的女子。这不得已的抛弃在年轻的女恋人看来,是致其于死地的背叛。一个黄衣人模样的幽灵让有罪的文人与他濒死的恋人得以重逢:小玉在咽气前判决她不忠的恋人在死前承受一番痛苦,而李益也未尝爽约,在以死偿罪后于九泉之下与她重聚。

这部长达 314 页的小说分为二十八章,是将中国故事转化为西方小说的改写和重构,而不仅仅是对浓缩在十几页中的原型作品的简单扩充。诚然,如同古希腊的隐迹纸,重写本从一开始就通过基本一致的叙事场域及人物名姓隐约透露了底本的痕迹。然而地点却有所改动:小说在时间上保留了原作中唐代宗"大历(766—779)"这一年号,却将当时的都城从长安(现在的西安)迁到了南京。作品一开场,这个由想象重构的空间就显得似是而非:南方都城的繁华与富庶,尤其是宴饮游乐之所的繁忙景象,显然属于 8 世纪以后的时代。这种转换让我们得以一窥作者对长江下游的偏爱,对他而言,这里的风景无疑最能吸引其目标受众。叙事图式中唯一的明显逆转是结尾:在唐传奇中,书生在小玉去世后幸存下来,同时陷入癫狂。这种疯癫使他抗拒所有他要再娶或遇到的女人,认为她们不忠而卑劣。陈季同的叙事中没有这种精神分裂式的厌恶,取而代之的是一个看似不那么悲惨的结局:因为这两位恋人自觉能够超越死亡,得到和解。然而这部小说拒绝大团圆式的结局。这与汤显祖(约 1585—1637)不同。汤显祖抓住这一主题创作了两部戏剧,其中包括最终由皇帝出面包办婚姻的《紫钗记》。在这一层面上,《黄衫客传奇》揭示了一种模棱两可的选择,在爱情受挫的传统表现形式和现代观念间摇摆不定。中西方剧目中不乏挑战生命与社会法则的永恒爱情:身为同窗而相爱、最终化蝶而永不分离的梁山伯与祝英台,正可与罗密欧与朱丽叶的传说相比较。但在彰显跨文化张力元素的叙事中,陈季同显得与众不同。

从一开始,题目中占据重要位置的"小说"(roman)一词就执意锚定了 19 世纪欧洲文学的场域。事实上,陈季同放弃了中国通俗文学的叙事法则,后者的特点是章回体以及带有口传文学印记的结尾句:"欲知后事如何,请听下回分解"。这些充满异域色彩的正规程式对当时汉学家的翻译作品而言则必不可少,例如 1826 年由雷慕沙(Abel-Rémusat)

---

① 法朗士(Anatole France):Contes chinois,《时报》(Le Temps),1889 年 7 月 28 日;转引自法朗士《文学生活》第 3 辑(La Vie littéraire, troisième série),巴黎:卡尔曼-莱维出版社(Calmann-Lévy),1932,第 69—79 页。如需查阅陈季同的译文,可参看李金佳的著作《〈聊斋志异〉在法语世界的接受(1880—2004),翻译的历史与批判研究》(Le Liaozhai zhiyi en français (1880-2004). Étude historique et critique des traductions),友丰书店出版(Éditions You-Feng Libraire & Éditeur),2009 年。

② 雷威安(André Lévy)译:《被辜负的爱·霍小玉传》(Un amour trahi. Biographie de Petit-Jade Huo),收入《古代中国爱情与死亡的故事·短篇杰作(唐 618—907)》(Histoires d'amour et de mort de la Chine ancienne. Chefs-d'œuvre de la nouvelle (Dynastie des Tang. 618-907)),巴黎:奥比出版社(Aubier),1992 年,第 123—247 页。

翻译、1864年儒莲(Stanislas Julien)再译的《玉娇梨》①。陈季同却选择欧式结构,将全书分为二十八章,并将每章冠以数字编号而非章节题名。其中有些片段专门描绘科举制度及婚丧嫁娶习俗,可见民族志式的描写在小说中仍然存在。但这些描写是作者为适应公众口味而作,明确暗示巴尔扎克式描写的副标题"中国风俗"(Mœurs chinoises)也是如此。此外,人物塑造也运用脾性刻画手法②,使得这些人物更为饱满立体。鉴于西方评论家对这一题材意见有所保留③,陈季同减少了部分情节及异域风情的环境描写以突出主要人物,让他们成为小说焦点。通过一系列在中国古典篇目中通常缺乏的设置,心理现实主义从此超越民间传奇。作品对话因而也是个性化的,与其他独白一起构成自由间接引语。对内心活动的自省突破了线性时间轴,穿插倒叙或投射,从而使嫉妒、怀疑和恐惧的呈现更为丰富。描写获得了一种新的叙事地位,既回应了现实效应又回应了心理机能,摆脱了服从于诗歌程式的传统惯例。由此看来,两位主角的相遇地金山寺以及他们在分别前游览的一处处庭园蕴含着一种前所未有的唤起联想的力量,如同词语换置④,将这些具有神性的地点变成几乎不可能实现的自由的象征。传统的情景交融模式在与心理分析的结合中得到重塑,相比之下,沈复的自传性叙事虽然在自然感情方面与陈季同小说相接近,却没有心理分析的内容。⑤

　　陈季同的小说表面上与欧洲小说投缘,意识形态立场却与之相悖,作者通过一种或多或少有倾向性的修辞表露一己异议。他在介绍中国文化时,对东道国法国的文化却有些苛刻。关于南京附近一座岛屿上的金山寺,他这样写道:"这是一座雄伟又优雅的建筑,从中找不到任何揪心的、死亡的悲伤,即我们走近那些欧洲修道院时的感觉——它们阴郁、沉闷的气氛以及毫无特色的建筑让人们有理由怀疑,自己是不是站在一座监狱面前。然而此地恰恰相反,从建筑的风格到四围的乡村,一切都笑意融融。"(第69页)基于否定他人的自我抬高并非孤例,而更为常见的是话里带刺,通过种种拐弯抹角的比较,悄悄转向母国文化的长处。这样就有"在上菜的间歇,宾客们要猜拳行酒令,这种游戏很像意大利的'划拳'(morra)。输者要罚酒一杯,幸好中国用的是小酒杯"(第24页);或论及

---

　　① 《玉娇梨,或表姊妹》(Iu-Kiao-Li, ou les deux cousines),雷慕沙(Abel-Rémusat)译,巴黎:莫达迪出版社(Moutardier),1826年,四卷;《玉娇梨,两个表姊妹》(Yu Kiao Li. Les deux cousines),儒莲(Stanislas Julien)译,巴黎:迪迪耶出版社(Didier),1864年,二卷。

　　② 该手法法语为Éthopée,来自古希腊文ηθολογια,是一种着重刻画人物性情的修辞手法。——译者注

　　③ 陈季同对某些译者-评论家的意见有所觉察,他在引用雷慕沙、吉亚尔·达西(Guillard d'Arcy)和儒莲时断定"(他们)都是翻译中国小说的,议论是半赞赏半玩笑"。至于阿纳托尔·法朗士(Anatole France),"他批评我们的小说,说:不论散文还是韵文,总归是满面礼文满腹凶恶,一种可恶民族的思想……"这些言论都由将军的弟子曾朴在其回忆录中记录了下来:《答胡适书》,收入《胡适全集》第3卷,合肥:安徽教育出版社,2003年,第807—809页。事实上雷慕沙断定"中国的小说是我们应该查看的优秀记录文字,而不仅仅是对地理书籍缺乏的补足"(《玉娇梨,或表姊妹》(Iu-Kiao-Li, ou les deux cousines)"前言",雷慕沙(Abel-Rémusat)译,莫达迪出版社(Moutardier),1826年,第一卷,第12页),同时又因这些故事中"人物描绘"的忽略及文人语言的矫揉造作而谴责它们。[《中国故事》序,戴维斯(MM. Davis)、托姆(Thoms)、殷弘绪(le P. d'Entrecolles)等译,雷慕沙出版,莫达迪出版社(Moutardier),1827年,第一卷,第5页]。至于法朗士,人们可以在对陈季同自己翻译的中国故事的评论中看到他的屈尊俯就:"在我看来,最近由陈季同将军出版的中国故事,比任何这类作品的现有翻译都更质朴自然",法朗士:《文学生活》,同前所引,第70页。

　　④ 法语为Hypallage,是一种构词上的修辞手法。——译者注

　　⑤ 沈复《浮生六记》(Chen Fou (Shen Fu), Récits d'une vie fugitive (Mémoires d'un lettré pauvre)),邵可侣(Jacques Reclus)译,巴黎:伽利玛出版社(Gallimard),"认识东方"系列丛书(Connaissance de l'Orient),1967年。此文本作于1808年,在1877年被发现并出版。

茶,"莲花在细瓷无柄茶盏中斟满香茶,茶汤碧绿,大家用中国的方式喝茶,也即不另加糖"(第21页)。在帮助理解中国猜拳游戏的同时,意大利的参照概念被"幸好"抵消了。这一强调词暗示了相对于罗马人的纵乐,中国的游戏是温和节制的。而"也即"一词则因对欧洲人,尤其是英国人的非正统喝茶方式的价值评判,具有了加倍的解释功能。自称对所有政治权衡都不感兴趣的陈季同,通过春秋笔法回击了引发鸦片战争的英国人:这场战争与他们因大量进口中国茶而造成的贸易逆差不无瓜葛。但毫无疑问,只有借助隐喻,这种入乡随俗的微妙游戏才能找到恰如其分的表述。苏州与杭州被称为"中国的伊甸园"(第148页)。这一表述与汉语里赞美这两城的民谚"上有天堂,下有苏杭"不无关系。但与中国之名联系在一起,这片《圣经》中的乐土就不明不白地加入了一场竞争:通过掌控与归化式的比较,苏杭二城将伊甸园汉化了。

这部小说以各种不同方式让人感受到了作者的跨文化立场。通过他的所有著作,这一立场呈现为爱国热情、文化主义趋向以及一种乌托邦式的普世主义构想。

首先若回归特殊的历史语境,陈季同的爱国主义不难理解。尽管感到中国文明受到了西方工业及军事力量的倾轧,这位外交官作家却愈加坚信其优越性。他和洋务派文人一样,认识到有必要向侵略者借鉴其科技层面的知识与手段,同时在本质上捍卫祖宗之法。这种以口号"中体西用"为特征的理念里确实存在着错觉,几十年后鲁迅在其名篇《阿Q正传》中指出其中的荒谬性,也算是通过文化补偿了一再出现的政治失误。但陈季同自觉担负起双重使命,其中也包括扭转那些广为流传、有损于中国的负面形象。18世纪的传教士与哲学家所创造的风景如画、道德清明的中国神话已然破灭,19世纪下半叶中央帝国的土地上肆虐着极度的野蛮与残酷。除了弑婴、裹脚及使用酷刑,西方人眼中的中国人还吃狗,并用"蛇蛋、烤蜥蜴招待客人"。陈季同指责这些耸人听闻的"游记",在他看来,这些内容是"想当然"或"幼稚"的,而不是"真相"[①]。针对这些贬低式的偏见,"重塑真相"的强烈欲望激发了写作热情。具有讽刺意义的是,这种写作自相矛盾,最终再次落入成见。提出用以反驳的理想化版本,实际上是用经过粉饰的自我呈现代替被歪曲的现实。正面对抗导致他为邪恶正名:他为最可疑的做法辩护,例如女性裹脚[②]或私刑:"在我们那里,丈夫当场抓获公然通奸的妻子时有权杀了她。这样就解决了离婚的问题。"(第54—55页)此例还一石二鸟,既谴责了欧洲对于通奸的宽松立法,又否定了小仲马对通奸妇女在中国受到惩罚的幻想:在被大象踩踏前会身受折磨,这种折磨适用于半

[①] 《中国人的自画像》前言,巴黎:卡尔曼-莱维出版社(Calmann-Lévy),1884年第4版,第3—4页。当时也有一些见闻录、游记以及媒体文章是关于"中国酷刑"的,在很大程度上让这一传说得以延续。就这样,除了卢多维奇·德·波伏娃伯爵(Count Ludovic de Beauvoir)讲述的耸人听闻的发现与英国旅行家伊莎贝拉·伯德(Isabella Bird)所描述的法院、监狱和行刑地,还有爱米尔·吉美(Émile Guimet)在《画报》(Illustration)周刊上的报告文章:配以一幅署名雷加梅(Régamey)的、描绘在广州刊行的版画,这位同名博物馆的创始人详细描述了在一个有着亭台花园、风景如画的环境里,行刑者对赌徒和海盗的拇指施以的酷刑。这是他在游览亚洲期间所亲历的。参见:卢多维奇·德·波伏娃:《环球之旅:爪哇,暹罗,广州》(Voyage autour du monde. Java, Siam, Canton),巴黎:普隆出版社(Plon),1869;伊莎贝拉·伯德:《黄金半岛与西特之路》(The Golden Chersonese and the Way Thither),伦敦:约翰默里出版社(John Murray),1883;爱米尔·吉美:《当代中国》("La Chine contemporaine"),《画报》(Illustration),1884年3月22日;转引自《插图大全·中国卷》(Les Grands Dossiers de l'Illustration. La Chine),巴黎,1987年,第43页。

[②] 《中国人的自画像》,第56—57页。

人马神喀戎(Chiron)的母亲菲吕拉(Philyre)①。

然而,重塑中国形象的愿望使他受到反击。事实上,他的随笔和演讲中随处可见以田园诗般的中国抗衡被妖魔化的中国的尝试。将中国理想化的核心举措,是描绘高尚的道德。政治制度在其间露出最友善的一面,具体体现为一位慈爱有加、爱民如子的皇帝。② 每天的生活在无忧无虑的欢乐中度过,充满小乐趣,民以食为天。幸福与和平得到保证,这要归功于一种完美的儒家伦理,它通过孝道等十分可靠的信条来规范每个人的行为。这样看来,《中国人的戏剧》既描绘了大众通俗娱乐,也揭示了统摄戏剧的道德教益。其中一篇针对《琵琶记》的评论指出"市民"剧中特有的破坏性激情与孝道这种"亲密情感"间的对立,后者表现为一位全心侍奉公婆的媳妇③。而《黄衫客传奇》中对李益的宽恕,也可以解释为孝顺的美德战胜了恋爱激情。

诗歌使伊甸园式的图景更加完美,以风景与诗歌为基础的传统文学程式具有双倍道德寓意。背景永远是江南景点,其中最突出的要数西湖的迷人景致④。这不禁让人怀疑是"小品文"的延续。这是一类极具诗意、感性而精致的短小文本,深受以往文人喜爱。山水小品《陶庵梦忆》的作者张岱(1597—1681)⑤即为一例。无处不在的古典诗歌时而成为作品整体的一部分:《中国人的快乐》中有 51 首诗,《中国人的自画像》中则有两章分别论述古典诗文与唐代诗歌。因为"我们和谐的诗句与深邃的情感一道"将对欧洲读者产生影响,他们"将对我们的文明有另一种认识:会爱上她的崇高与正义"⑥。陈季同致力于选取一些歌咏友情与爱情,或流放、别离之苦的诗歌名篇。他毫不犹豫地选用了德理文侯爵(le Marquis d'Hervey de Saint-Denis)翻译的若干首绝句,并处理了更长的诗篇,尤其是白居易(772—846)的《长恨歌》。他将这首长篇叙事诗改名为《爱》,并选择用法语重新诠释这首诗,以渲染恋爱情感的细腻、色彩的丰富与"风格的光辉"⑦。

在力求恢复 18 世纪"中国热"的同时,陈季同也继续反思致使中欧两大文明分道扬镳的分歧点。实际上,除了试图恢复与重塑中国形象,陈季同没少揭示这些差异。但在这一层面上,他逐渐从一种纠正性、甚至是颠覆性的观念转变为了一种虽为文化主义、但趋于冷静的观察⑧。他喜欢做类比游戏,例如把圣女贞德和木兰这样的传奇人物放在一

---

① 陈季同在《中国人的自画像》的"离婚"一节中引用了小仲马在《离婚问题》(la Question du divorce)中的表述:"在越南北圻和中国,不贞的妇女会受到菲吕拉看来无疑是非常合适的刑罚。的确,一位神是为了她化为马身。这样的刑罚之后,一只专门训练用来执行死刑的大象会用鼻子将那个女人卷起,举到半空再摔下,然后踏碎"。这段话意指女神菲吕拉(Philyre,半人马神喀戎(Chiron)的母亲)因与开辟之神克洛诺斯(Cronos)偷情,理应受到上述刑罚。陈季同引述此段,是为破除"中国存在着大象踩踏的刑罚"的误解。参见:小仲马(Alexandre Dumas Fils)《离婚问题》(La question du divorce),巴黎:卡尔曼-莱维出版社(Calmann-Lévy),1880,第 85 页;陈季同《中国人的自画像》,"离婚"(Le divorce),巴黎:卡尔曼-莱维出版社(Calmann-Lévy),1884 年。——译者注

② "中国的社会经济"(《L'Économie sociale de la Chine》),1889 年 8 月 12 日演讲;收入《吾国》,第 4 页。

③ 《中国人的戏剧》,第二部,第三章,"激情",第 77—94 页。对于这部高明(1307—1371)的戏剧作品,可参考《琵琶记》(Le Pi-Pa-ki ou L'Histoire du luth),巴赞译(trad. fr. M. Bazin),巴黎:皇家印书馆(Imprimerie royale),1841 年。

④ 《中国人的快乐》,第 90—91 页。《黄衫客传奇》,第 148—151 页。

⑤ 张岱:《陶庵梦忆》(Souvenirs rêvés de Tao'an),布丽吉特·德宝-王(Brigitte Teboul-Wang)据中文翻译,巴黎:伽利玛出版社(Gallimard),"认识东方"系列丛书(Connaissance de l'Orient),1995 年。

⑥ 《中国人的自画像》,"前言",第 8—9 页。

⑦ 同上书,第 249—254 页。

⑧ 由此他对中国人与欧洲人心理及行为的差异不再做价值判断,而是把评判权交给了未来。《巴黎印象记》,第 20 页。

起作比较。她们一个满腔热血,另一个肩负道德责任,女扮男装,代父从军。他还进行了一些更为系统的比较,例如对于欧洲和中国的戏剧实践,通过比较表演场所、布景及舞台效果,他能够指出"模仿"理念与激发公众想象力的象征机制之间截然不同①。与他以谢阁兰(Victor Segalen)的方式讽刺的"匆忙的游客"相反,他倡导观察与体验的好处。这让他部分地抛弃成见,甚至认可法国在某些领域的先进性,例如卢浮宫博物馆、国家图书馆与大众传媒。

皮埃尔·洛蒂(Pierre Loti)对两种文明间无法消弭的鸿沟感到悲哀,这与陈季同的差异比较不同。这位外交官作家的反思源于他"大同"或"天下一家"的梦想。当他看到一个法国人能够不带任何偏见、"如天衣之无缝"般地描述中国现实时②,便产生这一虔诚的愿望。他在乘坐热气球时也重申这一点,认为热气球"跨越国界和海关"。这一科学进步向他宣告了一个充满和解与团结的世界③。这个植根于中国古代思想④的全球统一构想,与其同时代国人的想法暗合。例如最积极的改良派思想家之一康有为(1858—1927),就以其乌托邦式的现代化改革方案而闻名⑤。但陈季同的灵感具有中国与欧洲双重源头。他表达了对新生的社会主义的好奇,同时指出自己更倾向于具有宏观调控与保护的"国家社会主义",反对无政府主义式的社会主义⑥。他将社会主义平等与周武王分封天下的做法联系起来,后者保证了财富分配中的"均衡"⑦。在全球大家庭的视野中,种族、社群的差异与国家间的冲突都让位于由情感与科学重新统一起来的人道主义。战争无法征服诗歌或对自然的感受,而科学的进步将战胜所有误解。即使在回到祖国之后,他仍葆有预言者的乐观精神。在1896年的一次地质勘探之行中,他在洋矿师的陪同下来到少数民族聚居的西南地区。为了表达人与"鬼"(特指外国人)的关系,他在一首诗中写道:"天下而今已一家。"在他们的情境中,相异性是可以对调的:在洋矿师、当地人和他自己之间,也可能轮到汉族人来扮演"外来魔鬼"的角色;而人和"鬼"能够"通过心灵沟通"⑧而彼此更加理解。

这份和谐离不开陈季同在进步理想推动下一并呼吁倡导的"世界文学"。"国族文学"应该汇入世界文学,因为即使是在文学领域中国也有所落后,需要迎头赶上。此外,欧洲人在文学上的优越感不也说明他们比中国更为先进吗?在中国局限于诗歌独尊的局面之时,小说与戏剧在欧洲盛行已久。因此为消除不平等、偏见、误解与分歧,文体革命及相互的译介必不可少。这些观念在当时得到的共鸣极其有限,几乎没有跨出熟人的

---

① 《中国人的戏剧》,第12—13页。
② (中文)"致潘若斯(Louis-René Delmas de Pont-Jest)的信(代序)",《珠江传奇》(《红蜘蛛》)(*Le Fleuve des Perles*(*l'Araignée rouge*)),巴黎:当图出版社(É. Dentu, Libraire-Éditeur),1890年,无页码:"谁谓天下非一家哉?"
③ 《巴黎印象记》,第130页。
④ "是故谋闭而不兴,盗窃乱贼而不作。故外户而不闭。是谓大同",《礼记》(*Li Ki* (*Liji*) *Mémoires sur les bienséances et les cérémonies*),顾赛芬(Séraphin Couvreur)译,巴黎:华夏出版社(Cathasia),第一卷,第七章《礼运》,第191—192页。
⑤ 《大同书》(1901—1902),上海:上海古籍出版社,2005年。
⑥ 《中国人的自画像》,第166页。
⑦ 《吾国》,第239页。
⑧ 陈季同:《人鬼吟》,收入钱南秀编《学贾吟》,上海:上海古籍出版社,2005年,第100—101页。

圈子①。今天,这些观念完全显露出它们的重要性:借鉴欧洲模式,必须推行文学改革,甚至将中国文学融入世界文学,所有这些提议为一个远远超前于时代的方案埋下伏笔。此时据胡适开启的文学革命,还有整整二十年。但是,人们越来越坚定地将陈季同视作新文学的先驱人物,不仅因为他的批判性反思,也因为他的文学创作。在某种程度上,历史学家倾向于将《黄衫客传奇》推为第一部现代中国小说,尽管它是以法语创作的②。

综上所述,陈季同的著作在本土主义与普世主义的憧憬间摇摆。他在其所处时代同时醉心于西方科学与本国传统,将法语作为传布本国文化的工具,构想着一个更美好的世界。他的作品凭借公认的语言天赋和真实的、对他者的好奇心,赋予了"他的鹅管笔"而非"他的毛笔"(他喜欢加以细分)一种迷人的力量与无可辩驳的启发性价值。但他在身份上的不妥协塑造了一个本质化、神化的中国,而由所谓"人性"支撑的、天下大同的梦想则催生了一种虚幻的、不包含任何权力关系的化合物。

重温往事会让如今的华人法语写作受益匪浅,因为语境的转换不总是会破坏镜像效应。在中国成为世界第二大经济体的时代,加速的全球化进程与无处不在的媒体一道,日渐压缩我们对异域的想象空间。除非关系被颠覆,否则征服或发现的时代似乎已经结束。在中国与西方的默契互动中,前者急于向全世界展现拥有千年软实力的国家形象,这也是其发展战略的一部分;后者则因经济上的限制而表现出合作意愿。华人法语写作亟需在流行观念与文化主义教条之外重新自我定义。我们同意一位以法语写作的年轻中国小说家西零对法语功能的追问。她通过作品中的叙述者自问道:"在全世界都努力学习我们的语言的时代,说一种外语究竟有何意义?"③这不仅是对世界巨变的简单提醒,或是针对舆论导向及空想诱惑的警告,作家略带讽刺的看法暗示着华人法语写作的使命:通过其富有创造力的个性以及与世界的联系,将这一对话延续下去。

---

① 曾朴:《答胡适书》,《胡适全集》第3卷,第807—809页。"我们在这个时代,不但科学,非奋力前进,不能竞存,就是文学,也不可妄自尊大,自命为独一无二的文学之邦;殊不知人家的进步,和别的学问一样的一日千里,论到文学的统系来,就没有拿我们算在数内,比日本都不如哩。我在法国最久,法国人也接触得最多,往往听到他们对中国的论调,活活把你气死。我想弄成这种现状,实出于两种原因:一是我们太不注意宣传,文学的作品,译出去的很少,译的又未必是好的,好的或译的不好,因此生出种种隔膜;二是我们文学注重的范围,和他们的不同,我们只守定诗古文词几种体格,做发抒思想情绪的鹄的,领域很狭,而他们重视的如小说戏曲,我们又鄙夷不屑,所以彼此易生误会。我们现在要勉力的,第一要不要局于一国的文学,嚣然自足,该推广而参加世界的文学;既要参加世界的文学,入手方法,先要去隔膜,免误会。要去隔膜,非提倡大规模的翻译不可,不但他们的名作要多译进来,我们的重要作品也需全译出去。要免误会,非把我们文学上相传的习惯改革不可,不但成见要破除,连方式都要变换,以求一致。然要实现这两种主意的总关键,却全在乎多读他们的书。"

② 严家炎:《五四文学思潮探源》,《北京大学学报》2009年第4期。

③ 西零(Ling Xi),《尖锐的夏天》(Été strident),阿尔勒:南方文献出版社(Actes du Sud),2006年,第41页。这一反思令人想起1992年法语国家大奖(Grand prix de la francophonie)的获得者阮恪炎(Nguyen Khac Vien)危言耸听的预言,他对越南作者法语写作的复兴发出了警告。1997年起,他在研讨会"法语空间中的法国与越南"(Le Vietnam et la France dans l'espace francophone)中就说道,"唯一有能力动摇英语作为第一语言的地位的将是中文……"多米尼克·沃尔东(Dominique Wolton),"亚洲"卷"前言",收入《法语世界》(Mondes francophones),法国思想传播协会(ADPF),外事部,2006年,第217页。在一部新近出版的越南作家的小说中,我们可以看到同样的反思。参见:顺(Thuan):《中国城》(Chinatown),巴黎:瑟伊出版社(Éditions du Seuil),2009年。

杨 振

从梁宗岱的文学译介活动看其与左翼作家的关系
——从《文学》中的蒙田谈起*

1933 年,蒙田诞辰 400 周年之际,《文学》创刊号发表了三篇文章:梁宗岱的《蒙田四百周年生辰纪念》,梁宗岱译《论哲学即是学死》,以及傅东华以伍实为笔名发表的一首打油诗:《四百年前和今日》。这首诗被镶嵌在梁宗岱的两篇文章之间,诗中蒙田的形象是反封建斗士:

> 四百年前的法兰西,尚被封建的遗灰笼罩;
> 好蒙田!本着怀疑的精神,运用自如的笔调,
> 将中古的神密和堡砦,一古脑儿轻轻打扫,
> 使人间重见天日,才发现自家儿也有个脑。
> 怎今日,我同胞,硬要把这时代的列车开倒!
> 君不见,诸侯们,一个个正忙着各自造城堡,
> 弥漫空中的,但有封建的黑暗,愚蒙,与残暴!
> 啊,安得有今日的蒙田,今日的蒙田何处找!①

梁宗岱似乎有意要反傅东华之言而行。他引用蒙田散文"致读者的话"说:

> 和长天,高山,大海及一切深宏隽永的作品一样,蒙田底《论文》所给我们的暗示和显现给我们的面目是变幻无穷的。直至现代,狭隘浅见的蒙田学者犹斤斤于门户之争:有说他是怀疑派的,有说他是享乐派的,有说他是苦行学派的……"让我们跳过这些精微的琐屑罢"②,如果我们真要享受蒙田底有益的舒适的接触和交易。"我所描画的就是我自己","我自己便是我这部书底题材"③,这是蒙田对我们的自白。④

傅东华赋予蒙田作品以社会价值,梁宗岱则将之比喻为"长天,高山,大海"。梁宗岱要介绍的蒙田,是"真正的人文主义者"⑤,是"广交善读,和蔼可亲的哲人,或者干脆只是人"⑥。梁宗岱选译的《论哲学即是学死》一文,也与社会主题完全无涉。我们在其中读到

---

* 本文为 2019 中国译协"傅雷"青年翻译人才发展计划项目"民国时期法国文学翻译与批评研究"和国家社科基金青年项目"法国文学在民国文学期刊中的译介"(项目号 15CWW008)的部分研究成果。
① 伍实:《四百年前和今日》,《文学》第 1 卷第 1 期,第 194 页。
② 此句原文为蒙田在《论哲学即是学死》一文中引的一句拉丁文诗。见 Montaigne, *Les Essais*, adaptation en français moderne par André Lanly, Editions Gallimard, 2009, p.100.
③ 这两句摘自蒙田散文集的《致读者的话》。见 Montaigne, *Les Essais*, éd. cit., p.9.
④ 梁宗岱:《蒙田四百周年生辰纪念》,《文学》第 1 卷第 1 期,第 194 页。
⑤ 同上书,第 193 页。
⑥ 同上书,第 194 页。

的是一个智者对于如何克服死亡恐惧而发表的妙语。举其中几句话为例：

> 我们为什么怕丢掉一件东西呢，如果这件东西丢后我们无从惋惜；而且，既然我们受各种式样的死的恫吓，——畏惧它们不比忍受其中的一种更难过么？
>
> 正如生把万物的生带给我们，死亦将带给我们万物的死。所以哀哭我们百年后将不存在和哀哭我们百年前不曾存在一样痴愚。
>
> 仅一度显现的事没有什么是可忧伤的。为这么短促的顷刻怀这么长期的畏惧是否合理呢？
>
> 死关系临死的人比关系死者实在更厉害，更锋锐，和更切要。
>
> 如果你活了一天，你已经见尽一切了。每日就等于其余的日子。没有别的光，也没有别的夜。这太阳，这月亮，这万千星斗，这运行的秩序，正是你的祖若宗所享受的，而且亦将款待你的后裔。
>
> 让位给别人吧，正如别人曾经让位给你。平等便是公道的第一步。①

如何解释傅东华与梁宗岱对于蒙田阐释的分歧甚至是对立？"长天，高山，大海""真正的人文主义者"和对死亡的思考之间是否存在什么关联？

《文学》是一份"左倾"期刊。创刊号中傅东华撰写的致读者的话表达了这份杂志的文学立场："我们只相信人人都是时代的产儿……我们'当然有一个共同的憧憬——到光明之路'。"②在该杂志每卷都有的社论和书评中，文学的社会意义多次被强调。举茅盾对于年轻诗人臧克家作品的评论为例。在茅盾看来，以下是诗人的优点：

> 全部二十二首诗没有一首诗描写女人的"酥胸玉腿"，甚至没有一首诗歌颂恋爱。甚至也没有所谓"玄妙的哲理"以及什么"珠圆玉润"的词藻。《烙印》的二十二首只是用了素朴的字句写出了平凡的老百姓的生活。③

茅盾同时指出诗人的问题：

> "人生"的真义到底是什么，……"美丽的希望"是怎样一个面目，我们的诗人没有告诉我们明白。……不"逃避现实"，是好的；然而只是冷静地"瞅着变"，只是勇敢地"忍受"，我们尚嫌不够，时代所要求于诗人者，是"在生活上意义更重大的"积极的态度和明确的认识。④

创作大众文学和用文学为社会发展指路构成了《文学》批评理念的两个重要维度。该杂志第 2 期发表了一份题为《文坛往哪里去》的征文启事，其中规定了两个主题：我们应当使用的语言和主题的积极性。对于第一个主题，《文学》编者的期待很明显：他们在努力构建大众语文学。傅东华认为，"'大众语文学'就是用净化了的代表大众意识的现实语言写作的笔头文学或口头文学"⑤。这份启事发表两年后，1935 年，梁宗岱出版了《诗与真》，其中一篇文章名为《文坛往哪里去——"用什么话问题"》。作者在文章开头

---

① 蒙田：《论哲学即是学死》，梁宗岱译，《文学》第 1 卷第 1 期，第 201—203 页。梁宗岱的译文忠实于原文。原文见 Montaigne, 《 Que philosopher c'est apprendre à mourir 》, dans Montaigne, *Les Essais, éd. cit.*, p.113-116.
② 唐沅等编《中国现代文学期刊目录汇编》，天津：天津人民出版社，1988 年，第 1517 页。
③ 茅盾：《一个青年诗人的"烙印"》，《文学》第 1 卷第 5 期，第 800 页。
④ 同上书，第 802—803 页。
⑤ 傅东华：《大众语文学解》，《文学》第 3 卷第 3 期，第 659 页。

的一个注中写道:

> 本文原是为上海《文学》征文作的一部分,为了某种缘因,没有登出;付印之稿,亦以散逸,幸而上半篇原稿犹存,今附载于此。还有下半篇"题材底积极性问题",原稿无从补缀,只好付诸阙如了。①

为何才在《文学》第 1 期发表过作品的梁宗岱,给杂志第 2 期投稿便会碰钉子?读了此文头几节,我们便明白梁宗岱的文章很可能遭到《文学》编者们的审查:

> "用什么话"和"题材底积极性"两问题底出发点其实只是"大众文学"问题底两面。……换句话说,文学是为大众的。
> 这理想,不消说,是很高尚的,这博大的同情心更值得钦佩。不幸事实与理想,愿望与真理不独往往相距甚远,有时甚且相背而驰。产生这两个问题的愿望,据我底私见,便似乎不免陷于这种不幸的情形。②

梁宗岱认为,艺术的目的在于揭示宇宙和生活的奥秘,捕捉瞬间即逝的灵感③。他对于大众理解一部成熟艺术作品的能力表怀疑:

> 文艺底了解并不单是文字问题,工具与形式问题,而关系于思想和艺术底素养尤重。什么宇宙底精神,心灵底幽隐,一切超出一般浅量的感受性与理解力的微妙的玄想不必说了。即极浅白的一句话,譬如,"他不喜欢你,因为你们不说同样的话",其中没有一个字不是大众所认识的,能够会意后半句是指"你们底意见不一致"的人有多少呢?④

文章结尾,他引用瓦雷里的话来说明文学与人民的关系:

> 梵乐希曾经说过:"有些作品是被读众创造的,另一种却创造它底读众。"意思是一种是投合读众底口味的,另一种却提高他们底口味,教他们爱食他们所不喜欢的东西。……与其降低我们底工具去迁就民众,何如改善他们底工具,以提高他们底程度呢?⑤

尽管与《文学》编者们的文学观有分歧,1934 年,梁宗岱仍在《文学》上发表了一首尼采的诗和两首波德莱尔的诗,其中一首是波德莱尔的《秋歌》。与教人们如何克服死亡恐惧的蒙田不同,波德莱尔在《秋歌》中被时间的流逝和死亡的逼近深深困扰:

> 我听见,给这单调的震撼所摇,
> 仿佛有人在匆促地钉着棺材。
> 为谁呀?——昨儿是夏天;秋又来了!
> 这神秘声响像是急迫的相催。
> ……

---

① 梁宗岱:《文坛往哪里去——"用什么话问题"》,《梁宗岱文集》第 2 卷,北京/香港:中央编译出版社/香港天汉图书公司,2003 年,第 51 页。
② 同上。
③ 同上书,第 52 页。
④ 同上书,第 56 页。
⑤ 同上书,第 58 页。

不过一瞬！坟墓等着！它多贪婪！
唉！让我，把额头放在你底膝上，
一壁惋惜那炎夏白热的璀璨，
细细尝着这晚秋黄色的柔光！①

  在这首诗中，我们完全找不到《文学》编者们所期待的积极向上的精神。这首诗的发表说明两个问题：首先，《文学》编者们有意识地对各种不同文学风格保持开放态度；其次，梁宗岱反进步主义的文学立场不仅在批评上，在翻译中也有所反映。

  不过，梁宗岱与《文学》的合作并不长久。1935 年 7 月，上海生活书店出版了傅东华主编的《文学百题》。该书版权页上注明为"文学二周纪念特辑"。在傅东华延请的一众作者中，我们没有发现梁宗岱的名字。特别值得注意的是，傅东华宁愿选择早已抛弃象征主义、转而拥抱左翼文学理论的穆木天来撰写"什么是象征主义"这一议题，也不请梁宗岱来主笔该文。而就在 1934 年，梁宗岱在北平出版的《文学季刊》上发表了一篇重要长文，题目即为"象征主义"。1935 年，梁宗岱也不再向《文学》杂志投翻译或批评文章。这一年，他在《人间世》上发表了如下译作：雪莱的《问月》《柏米修士底光荣》，歌德的《对月吟》和梵乐希的《水仙辞——第三断片》，批评文章则有《谈诗》②。此外，梁宗岱还在《文饭小品》第 4 期上发表了《论崇高》，在《东方杂志》第 13 期上发表了《歌德与梵乐希》。笔者发现，梁宗岱这一年在《文学》上发表的唯一文字，即是他与马宗融就莫里哀《可笑的女才子》一书题名翻译展开的论争。论争的焦点很简单：马宗融认为，此书名当译成《可笑的上流女人》，梁宗岱则坚持译作《装腔作势》，并认为马译"把该剧底永久性和普遍性抹煞了"③。马宗融是同情左翼作家的法国文学批评家，梁宗岱则根据"永久性"和"普遍性"原则对马宗融的文学观提出批评。

  在马、梁二人论战前，他们各自提到过莫里哀。马宗融认为，莫里哀之所以伟大，是因为他能够敏锐把捉和忠实反映时代生活④。梁宗岱则认为，莫里哀的伟大之处，在于他的作品"象征一种永久的人性"，并且"包含作者伟大的灵魂种种内在的印象"⑤。莫里哀出现在梁宗岱谈论象征主义的文章中，说明象征主义对于梁宗岱而言，是能够表达文学永久性和普遍性的文学理论。

  梁宗岱笔下的象征主义，与瓦雷里的名字密不可分。梁宗岱 1924 年赴欧留学，1926 年与瓦雷里相识。这之间两年中，他先在瑞士学法文，后到索邦大学听课。似乎梁宗岱与法国文学的初次接触并未让他找到什么精神的力量。所以他才会这样描述自己认识瓦雷里之前的心态：

    我和他会面，正当到欧后两年，就是说，正当兴奋底高潮消退，我整个人浸在徘

---

① 波特莱而：《秋歌》，梁宗岱译，《文学》第 3 卷第 6 期，第 1213 页。
② 见《人间世》第 15、17、21、26 和 27 期。
③ 梁宗岱/马宗融：《再论〈可笑的上流女人〉及其他》，《文学》，第四卷，第 2 期，408 页。
④ 马宗融：《从莫利耶的戏剧说到五种中文译本》，《文学》第 3 卷第 5 期，第 1066—1067 页。关于马宗融的左翼文学立场在其法国文学译介活动中的反应，可参考 Yang Zhen, La Littérature française et la littérature populairechinoise moderne vues par Ma Zongrong, in Muriel Détrie, ÉricLefèbvre & Li Xiaohong (dir.), Connaissance de l'Ouest — Artistes et écrivains chinois en France (1920–1950), Éditions Youfeng, 2016, pp. 121–132.
⑤ 梁宗岱：《象征主义》，《梁宗岱文集》第 2 卷，北京/香港：中央编译出版社/香港天汉图书公司，2003 年，第 67 页。原文作于 1934 年 1 月 20 日。

徊观望和疑虑中的时候:我找不出留欧有什么意义,直到他底诗,接着便是他本人,在我底意识和情感底天边出现。①

瓦雷里为梁宗岱打开了象征主义之门。在发表于1929年的《保罗哇莱荔评传》一文中,梁宗岱将哇莱荔视为象征主义诗歌的代表人物。他说,哇莱荔的诗并非诗形和哲学理念的简单叠加,其诗的意义"完全濡浸和溶解在形体里面","并不是间接叩我们底理解之门,而是直接地,虽然不一定清晰地,诉诸我们底感觉和想像之堂奥"②。在梁宗岱看来,象征主义诗歌的特性之一正是"融洽或无间",即"一首诗底情与景,意与象底惝恍迷离,融成一片",由此带来象征主义诗歌的第二个特性,即"含蓄或无限"③。梁宗岱这样阐释象征主义的这两个特点:

> 所谓象征是藉有形寓无形,藉有限表无限,藉刹那抓住永恒,使我们只在梦中或出神底瞬间瞥见的遥遥的宇宙变成近在咫尺的现实世界,正如一个蓓蕾蕴蓄着炫熳芳菲的春信,一张落叶预奏那弥天漫地的秋声一样。所以它所赋形的,蕴藏的,不是兴味索然的抽象观念,而是丰富,复杂,深邃,真实的灵境。④

"丰富,复杂,深邃,真实的灵境"不是简单的、与社会功利目的的达成与否紧密相联的喜悦或悲伤,而是更值得玩味、更为隽永的韵致。梁宗岱认为,要用具体的诗歌意象来传达这种丰富的意境,诗人必须做到其心灵与所描写的客观世界完全融合,亲密无间。在此意义上他认为,陶渊明的"采菊东篱下,悠然见南山"所表达的诗境,高于谢灵运的"池塘生春草,园柳变鸣禽"。因为谢灵运写这两句诗时,"始终不忘记他是一个旁观者或欣赏者",而在陶诗中,"诗人采菊时豁达闲适的襟怀,和晚色里雍穆遐远的南山已在那猝然邂逅的刹那间联成一片"⑤。借用梁宗岱的术语,我们可以说陶渊明更接近"宇宙的隐秘"。梁宗岱在谈如何感受瓦莱里作品的诗意时用到这一短语。他说:"我们应该准备我们底想像和情绪,由音响,由回声,由诗韵底浮沉,一句话说罢,由音乐与色彩底波阑吹送我们如一苇白帆在青山绿水中徐徐地前进,引导我们深入宇宙底隐秘,使我们感到我与宇宙间底脉搏之跳动——一种严静,深密,停匀的跳动。"⑥要做到这一点,我们首先要明白:

> 我们的官能底任务不单在于教我们趋避利害以维护我们底肉体,而尤其在于与一个声,色,光,香底世界接触,以娱悦,梳洗,和滋养我们底灵魂……当我们放弃了理性与意志底权威,把我们完全委托给事物底本性,让我们底想像灌入物体,让宇宙大气透过我们心灵,因而构成一个深切的同情交流,物我之间同跳着一个脉搏,同击着一个节奏的时候,站在我们面前的已经不是一粒细沙,一朵野花或一片碎瓦,而是一颗自由活泼的灵魂与我们底灵魂偶然的相遇:两个相同的命运,在那一刹那间,互相点头,默契和微笑。⑦

---

① 梁宗岱:《忆罗曼·罗兰》,《梁宗岱文集》第2卷,第192页。
② 梁宗岱:《保罗·梵乐希先生》,《梁宗岱文集》第2卷,第20页。
③ 梁宗岱:《象征主义》,《梁宗岱文集》第2卷,第66页。
④ 同上书,第66—67页。
⑤ 同上书,第66页。
⑥ 梁宗岱,《保罗·梵乐希先生》,《梁宗岱文集》第2卷,第22页。
⑦ 同上书,第77页。

然而在现实生活中,人们往往离诗意很远,因为:

> 不幸人生来是这样,即一粒微尘飞入眼里,便全世界为之改观。于是,蔽于我们小我底七情与六欲,我们尽日在生活底尘土里辗转挣扎。宇宙底普遍完整的景象支离了,破碎了,甚至完全消失于我们目前了。①

梁宗岱与左翼作家保持距离,原因正在于在前者看来,后者对文学社会功能的强调即是"在生活底尘土里辗转挣扎"、为生活中短浅的目的所束缚的表现。梁宗岱坚持认为,文学的最终目的是制造诗意而非成就社会功业,诗意的制造必然意味着作家要与外部社会拉开距离,沉潜入自己的内心,在内心的平静与满足中获得诗意美。1934年10月5日和10月20日,梁宗岱在《人间世》上连载发表了蒙田的《论隐逸》一文,文章法文标题为《论孤独》。蒙田在此文中论述了孤独如何使得人的内心得以真正的安宁。梁宗岱似乎有意借蒙田之口,指出好于进行社会活动者,往往会以为民众之名,行满足一己私欲之实。文章开头便写道:

> 我们且撇开那关于活动与孤寂生活的详细比较:至于野心与贪婪用以掩饰自己的这句好听的话:"我们生来不是为自己而是为大众。"让我们大胆诉诸那些在漩涡的人们;请他们抚心自问,究竟那对于职位,任务,和世上许多纠纷的营求是否反而正为假公济私。现在一般人藉以上进的坏方法很清楚地告诉我们那目的殊不值得。……和群众接触真再危险不过。我们不学步恶人便得憎恶他们。两者都危险:因为他们是多数而类似他们,和因为他们不类似而憎恶其中的大多数。②

这样的译文,显然与左翼作家倡导的大众文学理念背道而驰。其实梁宗岱早在欧洲游学期间,对于"左倾"革命和文学思潮便表示关注和一定程度的怀疑。在发表于1936年的《忆罗曼·罗兰》一文中,梁宗岱回忆了他与罗曼·罗兰在1931年9月18日的会面。其中谈到苏维埃政权时,梁宗岱写道:

> "这么一个大规模的实验,"我说,"实在是一种最高的理想主义,也是任何醉心于理想主义的人所必定深表同情的。不过我们文人究竟心肠较软,对于他们底手段总觉得不能完全同意。"
>
> "可不是!"他答道,"我对于他们底弱点并不是盲目的。我在最近给他们的一封信里曾经指出个人主义和人道主义不独和他们不悖,并且一个真正的苏维埃信徒同时也必定是真正的个人主义者和人道底赞助者。"
>
> 他从抽屉里找出那封信稿给我看。当我读到"……什么时候都有伪善者,在种种利益里,在种种旗帜下。你队伍里也有伪善者。这是一些尾随狮子的狼……"的时候,我深切地了悟他这思想上的新转变并非由于一种老朽的感伤的反动,像外间人所说的:他仍然用同样英勇犀利的目光去揭发他所同情的主义底症结。——唉! 这些尾随狮子的狼我们中国实在太多了!③

罗曼·罗兰似乎是怕梁宗岱不相信他说的话,专门把自己的私人信件拿给梁宗岱看。这封信确实存在,是罗曼·罗兰于1931年2月初写给两位俄国作家:费多而·格拉

---

① 梁宗岱:《象征主义》,《梁宗岱文集》第2卷,第71页。
② 梁宗岱:《论隐逸》,《人间世》第13期,第58页。
③ 梁宗岱:《忆罗曼·罗兰》,《梁宗岱文集》第2卷,第199—200页。

德科夫(Fedor Gladkov)和伊利亚·塞尔文斯基(Ilya Selvinsky)的①。七个月过去了,罗曼·罗兰仍保留着信的原件或复印件。更有意思的是,梁宗岱1931年在罗曼·罗兰家一读而过的信,到了1936年,竟然还能够几乎字句不差地复述出来,很可能他当时便做了笔记。可见早在1931年,梁宗岱便存心要从罗曼·罗兰处找到反驳"左倾"文学的根据。

梁宗岱并不认为《文学》的编委们是"尾随狮子的狼"。但他意识到,强调文学的社会价值与政治野心的实现往往紧密相联。政客型批评家进行文学批评可能带来的后果,就是文学性的丢失。这就是为什么,在《忆罗曼·罗兰》中,梁宗岱将"充满了'领袖欲'与'奴隶性'"的革命文学家和"我们文人"对立起来。

回到梁宗岱对蒙田《论哲学即是学死》一文的翻译。对死亡的思考是梁宗岱文学创作与批评的一个重要主题。梁宗岱母亲的早逝让他对死亡格外敏感。他于1924年出版的诗集便"献呈先母之灵"②。我们惊讶于诗人在如此年轻的岁月上,便对命运和死亡有如此深刻的感悟。举《散后》中几个片段为例:

> 命运是生命的沙漠上的一阵狂飙,
> 毫不怜恤的
> 把我们——不由自主的无量数的小沙——
> 紧紧的吹荡追迫着,
> 辗转降伏在他的威权里
> 谁能逃出他的旋涡呢?
> ……
> 死网像夜幕。
> 温柔严静地
> 把我们旅路上疲倦的尘永远的洗掉了③。

梁宗岱写这首诗时只有十九岁。在这个年纪上,他已经将死亡视为一种归宿。这就是为什么,他用了"旅路"一词④。三年后,在梁宗岱赴法求学期间,他开始把陶渊明的诗翻译成法文。1930年,他在巴黎出版了《陶潜诗选》。在"陶潜简介"中,他这样描述诗人:

> 为衣食故,他曾四度入世为官,但每次都因不堪拘束,以匆匆离去告终。
> 他决定归隐以度余生,抚琴弄诗,耕田种花。他尤爱菊花,此花与其名紧密相连。尽管生活清贫,他直至生命最后一刻,都保持头脑清醒,内心安宁,有临终前所作"自祭文"和"与子俨等疏"为证。他的作品流露出一种超越斯多噶主义的斯多噶式的乐观主义。这是因为,在所有诗人中,他的艺术和灵魂最亲近自然。⑤

面对死亡,陶渊明采取了一种顺应自然的态度:

---

① *Un beau visage a tous sens*, choix de lettres de Romain Rolland, préface de André Chamson, cahier 17, Paris, Albin Michel, 1967, p.313.
② 梁宗岱:《梁宗岱文集》第2卷,第5页。
③ 梁宗岱:《散后》,《梁宗岱文集》第1卷,第24—27页。
④ 游子和流浪者的形象经常在他这一时期的诗作中出现。
⑤ 梁宗岱:《陶潜简介》,《梁宗岱文集》第1卷,第151页。

纵浪大化中,	Embarquez-vous dans la vague d'éternité,
不喜亦不惧。	Sans joie ! sans crainte !
应尽便须尽,	Quand vous devez partir
无复独多虑。	— Partez ! Pourquoi vous plaindre?①

在上引段落中,梁宗岱将"大化"译成"永恒"(éternité)。他有意将死亡视作通往永恒的途径。如我们上文所指出那样,永恒正是梁宗岱借以对抗左翼文学观念的批评原则。在他看来,比起具有进步主义意识的对光明的呼唤,对死亡的沉思更能够赋予作品以永恒的价值。

在梁宗岱笔下,永恒的概念通常与自然联系在一起。梁宗岱所谓的"自然",不仅是实在的大自然,同时也是具有哲学意味的人的自然存在状态。这就是为什么,在陶潜诗法译本中,他用法文大写的"Nature"来翻译"归园田居"末句"复得返自然"中的"自然"一词②。如梁宗岱对陶渊明的介绍所言,皈返自然意味着为了"头脑清醒"和"内心安宁"而拒斥入世。这就证明了,梁宗岱在《蒙田四百周年生辰纪念》一文中,将蒙田作品比喻作"长天,高山,大海",很有可能为了反拨傅东华所塑造的蒙田反封建斗士的入世者形象。

梁宗岱将死亡、自然、永恒与宇宙这一概念相连接。在发表于1934年的《象征主义》一文中,梁宗岱翻译了歌德的《流浪者之歌》:

> 一切的峰顶
> 沉静,
> 一切的树尖
> 全不见
> 丝儿风影。
> 小鸟们在林间无声。
> 等着罢:俄顷
> 你也要安静。

梁宗岱说,这首诗"把我们浸在一个寥廓的静底宇宙中,并且领我们觉悟到一个更庄严,更永久更深更大的静——死"③。回归宇宙就像回归死亡、回归自然一样,是梁宗岱的一种文学理想。在梁宗岱创作于1923年的《晚祷》《星空》《太空》等诗中,宇宙化身为一个母亲或充满柔情的造物主,成为梁宗岱追慕的对象。如果说在这一时期,梁宗岱对于宇宙的感应更多来自诗人的直觉,到了写作"象征主义"一文时,与宇宙契合变成了一种自觉的诗学追求。对死亡的感知成为与宇宙契合,进而创造诗意的途径。梁宗岱这样解释歌德的这首诗:

> 从那刻起,世界和我们中间的帷幕永远揭开了。如归故乡一样,我们恢复了宇宙底普遍完整的景象,或者可以说,回到宇宙底亲切的跟前或怀里,并且不仅是醉与

---

① 梁宗岱:《形影神》,《梁宗岱文集》第1卷,第162—163页。
② 梁宗岱:《归园田居五首之一》,《梁宗岱文集》第1卷,第165页。
③ 梁宗岱:《象征主义》,《梁宗岱文集》第2卷,第74页。

梦中闪电似的邂逅,而是随时随地意识地体验到的现实了。①

至此我们可以看出,梁宗岱在《文学》创刊号上发表的关于蒙田的译介文章反映了他的诗学观:追求普遍性和永恒性。死亡、自然和宇宙成为这一诗学观的关键词。做一个像蒙田一样"真正的人文主义者",意味着回归人本来的存在状态,对于人的存在状态、人与自然、宇宙的关系有终极的思考。在某种程度上,梁宗岱将"人文主义者"与"诗人"等同起来。梁宗岱坚持认为,诗意的追求必然与文学上的功利主义相矛盾。文学译介活动成为梁宗岱表达自己的诗学观、反拨左翼文艺观的利器。

参考书目

1. 波特莱而:"秋歌",梁宗岱译,《文学》,III-6
2. 傅东华:"大众语文学解",《文学》,III-3
3. 傅东华编:《文学百题》,上海,生活书店,1935
4. 梁宗岱/马宗融:"再论《可笑的上流女人》及其他",《文学》,IV-2
5. 梁宗岱:《梁宗岱文集》第 1 卷,北京/香港:中央编译出版社/香港天汉图书公司,2003
6. 梁宗岱:《梁宗岱文集》第 2 卷,北京/香港:中央编译出版社/香港天汉图书公司,2003
7. 梁宗岱:"论隐逸",《人间世》,13 期
8. 梁宗岱:"蒙田四百周年生辰纪念",《文学》,I-1
9. 马宗融:"从莫利耶的戏剧说到五种中文译本",《文学》,III-5
10. Montaigne, *Les Essais*, adaptation en français moderne par André Lanly, Editions Gallimard, 2009
11. 茅盾:"一个青年诗人的'烙印'",《文学》,I-5
12. 《人间世》第 15、17、21、26 和 27 期。
13. Romain Rolland, *Un beau visage a tous sens*, choix de lettres de Romain Rolland, préface de André Chamson, cahier 17, Paris, Albin Michel, 1967
14. 唐沅等编:《中国现代文学期刊目录汇编》,天津:天津人民出版社,1988
15. 伍实:"四百年前和今日",《文学》,I-1
16. Yang Zhen, 《 La Littérature française et la littérature populairechinoise moderne vues par Ma Zongrong 》, in Muriel Détrie, ÉricLefèbvre& Li Xiaohong (dir.), *Connaissance de l'Ouest — Artistes et écrivains chinois en France* (*1920-1950*), Éditions Youfeng, 2016, pp. 121 – 132.

---

① 梁宗岱:《象征主义》,《梁宗岱文集》,第 2 卷,第 74 页。

年 谱

段怀清

邹弢著述编年初稿

1850年，庚戌年（清道光三十年），一岁

是年九月二十七日，出生①。先世居无锡让乡月台街②。先祖筠溪公、先父正峰公③"读而兼农"，"余从之耕"（《三借庐剩稿·诗剩》卷上"刊稿缘起"）。《三借庐集·自挽文》中亦云："幼起田间，赖先祖教以诵读，得识之无。"

有关无锡让乡，邹弢在《三借庐剩稿续刊·跋》中有不同说法。"吾乡居无锡县境东南三十八里。周先泰伯让国遁此，故名让乡，又名泰伯乡。荒陋朴古，向乏通才。历秦汉至元明，仕宦之贤者且不一见，况高士耶？"

后宅，位于鸿山路锡宅路交汇处。原为后宅镇驻地，现为鸿山镇驻地。据《咸淳毗陵志》载："元有天下，邹瑾始自华庄徙地（徐塘）。瑾五子，震、复、鼎、益、巽。孙十八，骥、骧、驿、驷、驯、骏、骈、骅、骢、骐等。名皆为马旁。时称徐塘十八马。或仕或隐，一门才盛。至明正嘉时，曾孙邹望，富甲吴中，宅第庄丽。未几荒废殆尽。"后明兵部司务邹明良（字康侯）于徐塘后面营造新宅，谓之后宅。现尚有南花园、月台街、香花桥等地名。《邹氏家乘》亦有记载。

秦云《〈浇愁集〉序》云："邹君翰飞，玉质内秉，金心外照。人来凤女祠前，家住梁鸿溪畔。白犬黄蜂之对，巧擅弱龄；落霞秋水之词，才夸绮岁。……敝朱詹之被，浑忘处贫；燃子瑜之柴，弥形好学。"

《三借庐赘谈》卷十一中，有两则述及邹弢家世及早年家事，一则为"述德"，另一则为"读书之难"。

"述德"一条云："大父生平慈善，勿肯占人便宜。庚申贼惊，一村皆毁于火，惟大年五叔祖家一厢屋岿然无恙。寇退，议重造。余家屋地最多，房族某易门前地一间，又于第三进西首僭地数弓。旁人皆怒，大父处之泰然，被难奇窘。族中两房党议，私卖余家屋前树，分钱用之。族伯希贤奔告，置若弗闻，但曰：树系祖宗物，传已百年。彼用此钱，非祖宗意也。有肇事者窃听之，故粉饰其词，以告族伯。某素无赖，登门辱骂，大父匿不出，其

---

① 《三借庐剩稿》有"酒丐六十五岁小影"甲寅夏自题，署明"产生于道光庚戌年九月二十七日"。舒昌森《调寄金缕曲》（《三借庐寿言》）中云：尚记投交，始问年龄。君生庚戌，我生壬子。

② 邹肇康《邹翰飞与泰伯市图书馆》一文称邹弢为无锡后宅人，"时无锡共分十七个市乡，后宅镇为泰伯市下扇"。按，邹弢出生地今为无锡市梁溪区鸿山镇。

③ 有关邹弢父亲及祖父情况，完整叙述文献少见，零星文字则散见于各处。在一札致同乡华蘅芳（若汀、鹅湖）的书函中，邹弢有"弢自长至节后，因家君多病回乡。"推测在邹弢设馆姑苏或初病沪上之时，其父仍健在。另据《邹氏家乘》及《无锡邹氏大统谱》记载，无锡邹氏自北宋迁居无锡，迄今已有1100多年。明清时邹氏在无锡当地已成望族。

212

下人如此。尝述古训，谓家人曰：读书不贱，守田不饥，积德不败，择交不悔。又云现在之福，积自祖宗者，不可不惜。将来之福，贻于子孙者，不可不培。"

"读书之难"一条云："余家素务农，至大父始读书，而因贫复贾。严君亦试数次，仍弃之。迨遭兵燹，家难频仍，堂上皆以显扬相勖。余年十六，以境塞，几去读，大父力持之。至十八岁，始来苏从师。是冬开笔即完篇。越二年，以正月初四应府试。时家无担石，告贷皆不允。大父身中仅储钱七文。徒步率余来城，向陆养和、戴菊人贾资斧。明年五月，应县试，入场后大父亦徒步先回。至蛮村雷电大作，雨随其后而终不及身。至家，始倾盆下，为不肖而遭此苦，今生终无以报耳。又先大母最怜余，馆苏州时，欲返必先有信至。期先大母依门以待，远见余回，必笑语相呼，来接余手中物。如余夕返，则彻夜拥衾不卧。俟余至，一扣门即来启扉，慈爱之深，思之呜咽。采芹之岁赴试，时先大母已患病。报捷至家，大喜，因少愈。余返，已十二月送司命之辰相见，各汍澜复执手笑，曰吾目瞑矣。是夕，欢而多食。遂复病。余日夕同卧起，药饵皆亲制。至明年正月二日，竟长逝。弥留前一日，尚谓余曰：善事父母，尔祖为尔大吃苦。我死须各体我心，孝敬侍之。余跪受教，至今回忆前言，声泪俱下。"

另，《三借庐笔谈》卷四"一得斋"一条，亦有关于家庭记载，云，"从叔祖元卿茂才（超曾）长厚忠诚，有潇洒想昆季五人，先生居四。其长兄竹溪明经，亦一代儒也"。

有关邹弢家世，迄今所见文献材料甚少，且所见亦零散不完整。《希社丛编第八册》（又名《希社中兴续编》）"杂俎"中一则为酒丐所撰，其中若干文字关涉邹弢家世："吾家敬斋叔，父应直，世重读，至叔尤勤奋。有特性，不喜科举，记性甚优。二十四史中，皆能略举其要。当时，桐桥头有竹斋者，余之族兄也。年与叔相若，亦喜读。每阅史书一册，必约期叙谈，各述所阅大旨。故叔于史书，所述如数家珍。尝评陈寿《三国志》，谓不系帝纪、不称魏书，而曰《三国志》者，寿系晋臣帝蜀。"

杂俎又一则云："吾族祖元卿先生超曾，弟兄无人，介入泮，名重一时，而公居最幼。号吟咏，多刻挚之思，惜稿皆散失，未窥全豹。……其长兄竹溪，以时文名，然诗亦平正。"

又，《三借庐集》"题词"中有族弟邹登泰题诗及注释，"诗书忠厚传先德（君祖云溪公，余之启蒙师也，忠厚长者，乡里称之。君父正峰公，通儒术，克传先德），稼穑艰难语老农（幼本务农）"。

自此至1866年离锡赴苏，邹弢在无锡凡十六载，幼受庭训，协助祖父、父亲耕作。

据《三借庐笔谈》第三册卷八"故乡风味"一条云："尝同王毓仙家健（初）叔、树堂弟论家乡风味，以银鱼为最。家之南二里许、新桥渡北五里许马塘桥，每春夏之交出是物。其鱼游时，头皆出水，土人用密麻布网之，所得无算价，甚廉。至贱时，斤不过二十文，多则五十余文。以鸡蛋和之，配以鲜笋，熬为汤，美甚也，他味但不能越宿耳。"

《三借庐剩稿续刊》"跋"，撰者为邹弢家侄邹鸿发。对于邹弢的成长环境及生平经历，文中有简单说明。兹摘录如下：

吾乡居无锡县境东南三十八里。周先泰伯让国遁此，故名让乡，又名泰伯乡。荒陋朴古，向乏通才。历秦汉至元明，仕宦之贤者且不一见，况高士耶？让清康乾间，振引文明，环乡之人，知以读书自奋，然科名虽显而文名不彰。惟族祖小山公一桂以工细丹青与浙之戴文节争胜。此外，则西庄桥之钱梅溪泳，在乾嘉时以书法游公卿间，著有《履园丛话》。此即余乡文献不得有第三人也。发捻以来，后宅一镇，屡有勉学之儒，而吾所居之三保三十四图，更为草昧，农工之外，甘于烟赌自愚。独翰飞伯出身草莱中,乃祖之提撕,能自奋起,知居乡之不能表见也,乃橐笔出门,初入报界,后游海军、鲁抚、湘学使名幕,性灵飚发,学术恢张,著作等身,名动中外。同时,瞻桥王毓仙大纶,笔墨可与颉颃,惜不永年。此外,则尘羹土饭耳。今吾伯年老归乡,续刊诗文两卷,命作题辞。鸿法读书不成,安敢雍门鼓瑟,特心爱附骥,不揣陋劣,用以俚俗之语,跋于简终,犹玉兔之精,附丽金乌之后也。侄鸿法谨。

1851年,辛亥年(清咸丰元年),二岁

1月,洪秀全、杨秀清所领导的"太平天国运动"爆发。

1852年,壬子年(清咸丰二年),三岁

是年,林纾(琴南)诞生。

是年三岁。从大父贺岁去苏州。《三借庐赘谈》卷六"江州生诞"一条云:"犹记游虎丘、观赛会、雨湿帽檐事。"

1853年,癸丑年(清咸丰三年),四岁

太平军攻占南京,改名天京,并定为都城,建立政权。

1854年,甲寅年(清咸丰四年),五岁

是年1月8日,严复诞生。

2月,曾国藩发表《讨粤匪檄》,"举中国数千年礼义人伦诗书典则,一旦扫地荡尽。此岂独我大清之奇变,乃开辟以来名教之奇变,我孔子、孟子之所痛哭于九泉",呼吁"凡读书识字者,又乌可袖手安坐,不思一为之所也"。

1855年,乙卯年(清咸丰五年),六岁

1856年,丙辰年(清咸丰六年),七岁

1856年10月—1860年10月,第二次鸦片战争。9月,洪、杨发生内讧,"天京事变"爆发。

1857年,丁巳年(清咸丰七年),八岁

《六合丛谈》(Shanghai Serial,1857.1-1858.1)于该年正月朔日创刊于上海,月刊。由英国来华传教士伟烈亚力(Alexander Wylie,1815-1887)主编,上海墨海书馆印行。

1858年,戊午年(清咸丰八年),九岁

英法联军攻陷大沽,《天津条约》签订。

康有为诞生。

九岁,曾随侍父雇舟游苏州虎丘之真娘墓侧。"怀古苍茫吊虎丘,斜阳一片迷芳草。犹记当年载酒来,胜游无数好楼台。"(《三借庐剩稿·诗剩》卷上)

1859年,己未年(清咸丰九年),十岁

1860年,庚申年(清咸丰十年),十一岁

英法联军攻陷北京,火烧圆明园。《北京条约》签订。

1861 年,辛酉年(清咸丰十一年),十二岁

洋务运动(亦称自强运动)开始。是年 8 月 22 日,咸丰皇帝病死于热河行宫。清政府设立总理各国事务衙门,简称"总理衙门"。

《上海新报》在上海创办。《本报谨启》称:"因上海地方五方杂处,各商贾或以言语莫辨,或以音信无闻,以致买卖常有阻滞。"而出版报纸"贵乎信息流通","可免经手辗转后宕延,以及架买空盘之误"。这也是早期西人在上海创办的中文报纸,多刊布商业信息。

咸丰辛酉年(1861 年),太平军至,居屋皆被焚毁。"辛酉,发匪至,焚其居。余年十二,不胜耕作之苦,然家贫,不能读。时受庭训,少进境。"(《三借庐剩稿·诗剩》卷上"刊稿缘起")

1862 年,壬戌年(清同治元年),十三岁

是年,京师同文馆建立。奏设同文馆学习洋文拟章呈览折中有云,"臣等伏思欲习各国情形,必先谙其语言文字,方不受人欺蒙。各国均以重货聘请中国人讲解文义,而中国迄无熟悉外国语言文字之人,恐无以悉其底蕴"。另有《同文馆章程六条》以为教学管理监督之条规①。

1863 年,癸亥年(清同治二年),十四岁

《三借庐笔谈》卷四"小说误事"一条,云,"余十四岁时,从友处借阅数卷(《石头记》——作者注),以为佳。数月后乡居课暇,孤寂无聊,复借阅之,渐知妙。迨阅竟复阅,益手不能释"。此或为邹弢阅读《红楼梦》之始。

1864 年,甲子年(清同治三年),十五岁

7 月,清军攻陷天京(南京),太平天国运动失败。

1865 年,乙丑年(清同治四年),十六岁

江南机器制造总局在上海创办。

1866 年,丙寅年(清同治五年),十七岁

被先祖带离家乡,至苏州投奔亲友。"十七岁,先祖挈余至苏,从钱乙生表叔,而愚甚,文格格不通。"(《三借庐剩稿·诗剩》"刊稿缘起")。又《三借庐赘谈》卷一"南钱草堂"一条云:余幼从钱乙生姻叔(国祥)游,即喜读其南钱草堂诗,辄手录之。另,《三借庐笔谈》第一册中亦录"南钱草堂"一条。其中有"辛巳秋,师复命辑入赘谈,因摘录如下。"

自此至 1881 年离苏赴沪,其间凡十五载,邹弢在苏州读书、中秀才、设馆授徒,与苏中及沪上文人交游往来、诗词唱和、著述送赠。

1867 年,丁卯年(清同治六年),十八岁

1868 年,戊辰年(清同治七年),十九岁

---

① 《同文馆章程六条》:一,请酌传学生以资练习也;二,请分设教习以专训课也;三,请设立提调以专责成也;四,请分期考试以稽勤惰也;五,请限年严试以定优劣也;六,请酌定俸饷以资调剂也。

1869 年,己巳年(清同治八年),二十岁

是年 1 月 12 日,章太炎诞生。是年 11 月,沟通地中海、红海的苏伊士运河竣工通航。

1870 年,庚午年(清同治九年),二十一岁

6 月,发生"天津教案"。曾国藩奉命前往处理善后。

与许鹤巢、汪燕庭、吴昌硕、吴荫培等人在苏州沧浪亭组诗社。吴荫培《三借庐集》"序"云:"余识翰飞,在五十年前。其时许君鹤巢、杭君禄庭、潘君麐生、汪君燕庭、吴君昌硕诸名士,组诗社于沧浪亭。翰飞年长余一岁,奔走其间,善读觉阿丈人之诗,及《有正味斋骈文》。吐语奇横,同人目之为花下流莺。"

撰《鳌峰俞吟香吴门百艳图序》。摘引如下:

> 夫才媛十二,请徵烟水新编伎乐,三千曾著,金台小录,考板桥之杂记,歌芝麓之传奇,莫不批简餐芸张机织,证前因于元子,记事珠圆,呼小字于红儿可人。玉輭而况名区素著胜迹犹存。莺花闹三月良辰,金粉丽六朝,艳品清溪,几曲花围白傅之祠,香土一堆,草没珍娘之墓。忆昔升平之盛,歌吹争传,士女丰昌,湖山明秀。笙歌七里,美人开欢笑之场;灯火万家,狎客启谦游之会。一时选车竞集、群屐争嬉。宋嫂聪明,调羹手妙;吴娘妙曼,卖曲人佳。团扇新歌,奏么铉而云驻;画船春水,划双桨以波圆。徽娇则浪掷青蚨,豪饮而高烧红烛。尔其章台马俊,野馆鸳痴,荡子骄奢,旁妻穷窕。微醺鸡舌,宛东陵第一之花溪;淡扫蛾眉,是南国无双之品图。芳容于扇底煞费痴情,题锦字于筵前,惯传密意,遂令三河年少一面心倾,不惜缠头,争来系臂,生涯是梦,……

《三借庐赘谈》中云:"余幼作客历馆胥门几及十年,所交亦众。惟趋炎逐热,俱非同心。独吟香一人,可共患难。""胥江五载同诗酒,山水轻狂结伴游。形迹胥忘逸兴长,携樽郊郭访斜阳。"

1871 年,辛未年(清同治十年),二十二岁

8 月,曾国藩、李鸿章联衔会奏《拟选子弟出洋学艺折》,称此为"中华创世之举,古今未有之事"。

开始学习作诗。"一旦豁然,即学诗。"(《三借庐剩稿·诗剩》"刊稿缘起")

1872 年,壬申年(清同治十一年),二十三岁

2 月 27 日,曾国藩领衔上奏,促请对"派遣留学生"一事尽快落实。并提出在美国设立"中国留学生事务所",推荐陈兰彬、容闳为正副委员常驻美国管理。在上海设立幼童出洋肄业局,荐举刘翰清"总理沪局选送事宜"。

3 月,曾国藩病逝。8 月,第一批留美幼童由上海出发赴美,开启了近代中国官派留学的序幕。

是年 4 月,《申报》创办于上海。

《瀛寰琐纪》(1872.11—1875.1)创刊,上海申报馆刊行,月刊。前后共出二十八卷。

《中西闻见录》(1872.8—1875.8)创刊,在北京出版,京都施医院编辑,编辑为美国人丁韪良(William Alexander Parsons Martin, 1827-1916)、英国人艾约瑟(Joseph Edkins, 1823—1905)。

1873年,癸酉年(清同治十二年),二十四岁

是年2月23日,梁启超诞生。

1874年,甲戌年(清同治十三年),二十五岁

《三借庐集》"群贤评语"有锡山秦缃业①评语:"甲戌秋,自西泠假归,读邹子翰飞大稿,见灵珠在握,妙笔欲仙,具三唐之隽思,撷六朝之神韵。吾乡自芙蓉山人而后,骈俪名手几无替人。得君始可继轨。"

1875年,乙亥年(清光绪元年),二十六岁

入泮,然尝十试秋闱,均遭弃。自此开始与友人交游诗词唱和,"时申报初行,遂与嘉兴孙莘田、杜晋卿等唱和,但吟稿不自收拾"②(《三借庐剩稿·诗剩》"刊稿缘起")。

另,《三借庐笔谈》卷四"沧江老渔"一条,中云,"时余初学吟,丈为详解,因渐识精微"。另,此处"沧江老渔",为金山浜医士袁沧渔(文焕),自号沧江老渔。"善谈,学问渊博,兼通诗画"。

馆胥江时,与俞吟香(达)③交游往来频繁。"余馆胥江时,君每日必来三四次相见,谓知己如吾两人,竟同胶膝,片时不见,辗转难安。余就试金陵行装,皆君一人料理,送至舟边,以袖掩泪,珍重两字不复能言。"(收《三借庐剩稿·诗剩》卷上)此为邹弢、俞达交游始,邹弢有"肺腑论交正十年,平生遭际共相怜"一句。邹弢另记此间二人往来事,"余解晚馆,每与君贳酒至南园沧浪亭野饮,寻场师钓叟酌酒谈天,兴尽而返"(同上)。另《三借庐笔谈》卷四有"俞吟香"一条云:"人谓得一知己可以无憾,余幼作客、历馆胥门,岁及十年,所交亦众,惟独吟香一人,可共患难。"足见二人交谊情深。

是年,考中金匮县秀才。

与葛其龙(隐耕)交游(见葛其龙《三借庐赘谈》序)。另《三借庐笔谈》"序"中,亦有相关文字:"邹子翰飞,吴中名下士也。十年前以书订交,所做诗词,已超出流辈,心焉企之。后就馆沪上,因得时相过从。见其著作日益进而尤长于骈体文。典丽裔皇,洋洋数千言,燕许手笔也。然翰飞富于才而穷于遇。当世卿大夫无非慕其名、爱其才者,而绝不闻一为推挽,至以卖文糊其口,可谓穷矣。去年冬,出其所著《三借庐笔谈》若干卷,索予一言序其端,将梓而行之。"葛序时间为光绪十一年(1885),推算二人结识时间,当为1875年前后。

《四溟琐纪》(1875.2—1876.1)于是年2月创刊于上海,月刊。由申报馆刊行。与《瀛寰琐纪》衔接。前后共出12卷。

1876年,丙子年(清光绪二年),二十七岁

是年在吴中,与吴中秦云(肤雨)、杭禄庭、王燕庭交游,始习四六骈文。"余幼喜词章

---

① 秦缃业(1813—1883),清代书画家。字应华,号淡如,江苏无锡人。道光二十六年(1846)副贡,官浙江盐运使,托病而归,旋卒。善书、画,著有《虹桥老屋遗稿》,编有《西泠销寒集》《西泠酬唱集》。

② 邹弢在《申报》之《寰宇琐记》第九卷"尊闻阁同人诗选"中发表《采莲词》,署名邹翰飞,时间为1876年,与邹弢在《三借庐剩稿·诗剩》"刊稿缘起"中所述相近。另有第十一卷中《题张少卿女士莲花合掌图》。

③ 俞达(?—1884),一名宗骏,字吟香,号慕真山人,江苏长洲(今苏州市)人。与邹弢为患难交。中年颇作冶游。后欲潜隐,而世事牵缠,遽难摆脱。光绪十年初夏,以风疾暴亡。达著有《青楼梦》六十四回,写吴中娼女,以慧眼识英雄于未遇之时,以嘲公卿大夫之盲目。所著尚有《醉红轩笔话》八卷、《吴门百艳图》《醉红轩诗稿》二卷、《花间棒》《吴中考古录》及《闲鸥集》等。

217

而不善骈体。自丙子在吴中交游秦肤雨、杭禄庭、王燕庭后,始学习四六,迄今四十年,共得八十余首。均灾于江氏之火。"(《三借庐剩稿·骈文剩》)另,《三借庐笔谈》第二册"茶磨山人"一条,辑录吴中三山人朱子馨(骨母山人)、王燕庭(茶磨山人)、秦肤雨(西脊山人)事迹诗文。

据《三借庐笔谈》第三册卷七"莫愁湖诗"一条云:"丙子秋,余赴金陵试。"

是年,《寰宇琐纪》第九卷"尊闻阁同人诗选"(缕馨仙史手编)录刊邹翰飞《采莲词》,第十一卷"尊闻阁同人诗选"(缕馨仙史手编)录刊邹翰飞《题张少卿女士莲花合掌图》。

7月7日,在《申报》发表《和王淑娟女史题红楼梦四美人画册》;7月26日,在《申报》发表《无题二首并叙》。

是年11月27日,《申报》发表《宫闺联名谱题词即呈缕馨仙史正可》,署名"梁溪潇湘馆侍者邹弢翰飞"。

《寰宇琐纪》在上海创刊,上海申报馆刊行,体例与《瀛寰琐纪》《四溟锁纪》相同。前后共出十二卷。

《侯鲭新录》创刊,山阴沈鲍山主办,上海机器印书局印行。体例与申报馆印行之《瀛寰琐纪》《四溟锁纪》《寰宇琐纪》相同。

1877年,丁丑年(清光绪三年),二十八岁

"丁丑上元后二日,女弟子瘦红馆主葛蕙生(珊玉)兰生(珂玉)两姊妹随其兄孕唐省亲光福,招游邓尉看梅,舟中分韵得气字"一诗(《三借庐剩稿·诗剩》卷上),另《三借庐笔谈》第一册"韵人韵事"一条,亦录其事。

是年春,以事至镇江,有王廉君来见。

《三借庐赘谈》卷三"幽梦影"一条云:"丁丑长夏无事,尝集名言,择其理之当者为《破睡尘》两卷。兹读天都张心斋(潮)《幽梦影》一书,大半与余相同,因择其言之尤当者录于左:……《水浒》是怒书,《西游》是悟书,《金瓶梅》是淫书。"

另,《幽梦影》一条尚录其中"全福""全人"之说。所谓"全人":"十岁为神童、二十三十为才子、四十五十为名臣、(瘦鹤曰:六十为耆英,或为隐士)六十七十为神仙,是为全人。情必近于痴而始真,才必兼乎趣而始化。方外不必戒酒但须戒俗,红裙不必通文但须得趣,梅边石宜古,松下石宜拙,竹旁石宜瘦,盆内石宜巧。凡在月下谈禅,则旨趣益远,说剑则肝胆益真,论诗则风致益幽,对美人则情谊益笃。藏书不难,能看为难;看书不难,能读为难;读书不难,能记为难;记书不难,能用为难(瘦鹤曰能化更难)。有工夫读书、有力量济人、有学问才力著书,均人生之福。"

《三借庐笔谈》第四册卷十"饭头山樵"一条云:"海昌杜晋卿茂才(求烜),别号饭头山樵,予神交也。丁丑岁介,扫花仙史孙莘田(熙曾)以所刊《饭头山房诗选》见赠。"

是年孙莘田借杜晋卿《饭头山房诗选》于邹弢,由是二人"双鲤往来,更行沉滗"。

《三借庐笔谈》第一册"乩诗"一条中云:"丁丑十一月,闻苏州桃花坞周姓家来一术士,能请乩。余屡侯始得见。"

是年12月3日,在《申报》发表《赠吴琴仙校书二绝》。

1878年,戊寅年(清光绪四年),二十九岁

《浇愁集》由《申报》馆刊印,邹弢序成于光绪三年。有关《浇愁集》,《三借庐赘谈》卷十二"芥航"一条,云:"余于丁丑岁作《浇愁集》。稿甫脱,即为坊贾携去。其中大半点勘

未精。书出重阅,颇不满意,至今悔之。黎芥航云书以轻传名作少,事因易处悔心多。颇得我心。"

是年8月12日,《申报》刊登《浇愁集》出版售书广告:"《浇愁集》一书,为梁溪邹翰飞茂才新著。大致仿吴门沈赘渔(起凤)①先生《谐铎》之例,而风华掩映似又过之。且其叙儿女之幽情,述鬼狐之异事,言之娓娓,能移我情。本馆因特取而印之,兹已装订齐全,于月之十六日即礼拜三日出售。每部四本,实价洋二角。诸君欲阅者,本埠则本馆账房及送报人处皆有发兑,外埠则统归经理《申报》人代售也。"

是年孟冬,秀水陈鸿诰②收到邹弢邮寄之三借庐文稿。"戊寅孟冬,客馆无聊,翰飞仁兄以三借庐稿邮示,拜读一过。见其叙事言情,曲而能达;扬葩敷藻,别具性灵。"

序俞达《青楼梦》,署名"梁溪钓徒潇湘馆侍者翰飞弟邹弢拜叙于吴门旅次"。全文如下:

> 振纸排愁,拈毫构恨,举生平之所历,贡感慨之所深。发挥性情,吐茹风月,每值春窗雨霁,秋夕灯明,把酒问天,踞床对月,栽笺一幅,聚墨十围。蜡烛高烧,记美人之韵事;胭脂多买,描妃子之新装。要知情浅情深,不外悲欢离合;莫顾梦长梦短,无分儿女英雄。而况槁木灰心,浮云作剧,追昔时之良觌,成此时之相思。枕破游仙,须补情天缺陷;珠怀记事,尚留色界姻缘。慨舞衫歌扇以全非,问断粉零脂其安在?此其《青楼梦》之所由作也。

评《青楼梦》。《青楼梦》中有邹拜林者,即邹生敬拜林黛玉者,与邹弢别号"潇湘馆侍者"同义。该人物形象,当亦以邹弢为原型矣。鲁迅《中国小说史略》一书中,将其列入《聊斋志异》后之各种仿写文言小说。

是年1月15日,《申报》发表《和花月吟庐主对雪诗仍用聚星堂禁体诗韵》,署名"梁溪潇湘馆侍者";另《题陈卓轩挺生珍砚斋图并引》,署名"梁溪潇湘待者邹弢翰飞";另《葛蕙生女史以无题四律嘱和即步原韵寄怀吴琴仙词史》,署名"梁溪潇湘馆侍者"。

3月1日,《申报》发表《赠汪凤宝校书兼怀凤丽仙》,署名"梁溪潇湘馆侍者";另《苏花柳记叙录呈缕馨仙史龙湫旧隐映雪生饭头山樵诸词林同正》,署名"梁溪潇湘馆侍者邹弢翰飞"。

3月20日,《申报》发表《贺新凉·再赠赋秋生并柬存恕斋主人正和》,署名"戊寅仲春梁溪潇湘舘侍者邹弢翰飞"。

5月30日,《申报》发表《满江红·再题陈卓轩珍砚斋图代徐佩之丈作》,署名"潇湘馆侍者邹弢"。

12月27日,《申报》发表《南北仙吕入双角题饭头山樵秋树读书图》,署名"戊寅冬孟梁溪钓徒潇湘馆侍者弟邹弢"。

12月30日,《申报》发表《题浇愁集寄赠邹翰飞茂才即乞赐和并政》,作者署名"梁溪杨殿奎叔赓甫草"。

12月31日,《申报》发表《大江东去·题杜晋卿茂才扁舟揽胜图录呈钧政》,署名"戊

---

① 沈起凤(1741—?),苏州人,字桐威,号赘渔,又号红心词客。著有《千金笑》《泥金带》《黄金屋》《曲偕》《偕铎》等。

② 陈鸿诰(?—1884),字曼寿,秀水(今浙江嘉兴)诸生。喜吟咏,年即冠,传其味楼花馆初集;书法仿金农,具有古趣,又摹其画梅,用干笔擦出,别饶韵致。晚岁橐笔日本,从游者甚众。著有《寒松阁谈艺琐录》等。

寅仲冬梁溪翰飞弟邹弢再题"。

1879年,己卯年(清光绪五年),三十岁

有《三十遣怀时馆苏州瓣莲巷叶氏》诗,推测此时在叶氏家馆。"儿怀秃笔偷涂纸,妻补寒衣预蓄冬。媚世无才休入俗,读书有暇亦兼农。"①此间邹弢家庭生活及处境可见一斑。

是年春,秦云(肤雨)自沪归,与邹弢细诉旅途见闻,对沪上文人葛其龙(隐耕)、姚芷芳等人多有谈及。《三借庐赘谈》卷六"寄庵诗钞"一条,云"上海葛隐耕孝廉,神交数年,未尝谋一面。间以诗函相投,颇获切磋"。此说与葛隐耕序《三借庐赘谈》所说一致。另,《三借庐笔谈》第三册卷七中有"海外诗人"一条,亦有相关交代:"己卯春闱,肤雨自沪归。与余细厘游情,因言承诸名流,如齐君玉谷、葛君隐耕、刘君拙庵、姚君瑞芳、杨君耀卿等。"

有《拟古寄长洲秦肤雨嘉兴褚二梅》:

空园耽幽寂,闭户慎居处。富贵任自然,何问穷途阻。行乐酌湘醴,狂歌拔剑舞。芳草满天涯,遥岑慕侪侣。美人隔春水,相思渺烟浦。握手证心期,空庭劳延伫。燕子入帘来,与人淡无语。斜阳媚晚晴,暝色催南户。微风吹园林,桃花落红雨。

有《胥江瓣莲巷喜沈酒舲过访》:

竟将凤契缔新欢,贶我云笺拱壁看。白社昔惊诗笔老,黄花今喜酒杯宽。谁教沈约浮踪泛,莫笑相如澈骨寒。尚有青蚨三百翼,留君一夕好盘桓。

是年,江建霞来访。有《元和江建霞茂才标初次过瓣莲巷见访并赠佳章赋答》:

年少翩翩况妙才,吟笺十幅手亲栽。花间订谱调琼尺,诗里吟香艳玉台。今雨三生团旧梦,冷烟一径访寒梅。谢君借我新词稿(承借纫香女士手批山中白云词),剪却愁根读几回。

《三借庐赘谈》卷一"侯翔千"一条云:"己卯秋试,道出梁溪,访吴念农秀才。"另卷六"沈同甫"一条云:"琴川沈同甫秀才,余己卯闱中旧识也。"

有《丹阳道中》诗:"惯作劳劳客,晓来惊不眠。荒鸡催远驿,残梦绕征鞭。斜月低于树,明河长亘天。最难回首望,亲舍白云边。"

有《怀敬斋健初两族叔》诗:"韶华如梦去骎骎,知己难忘感自深。有约绿杨舒倦眼,相思红豆透春心。梨花夜月吟难就,芳草东风信易沈。为语客中离别后,腰肢消瘦到

---

① 此诗中尚有"且安义命度华年"一句,推测邹弢家此时除在叶家设馆外,尚在苏州城外租种田地,故有"读书有暇亦兼农"一句。《三十遣怀时馆苏州瓣莲巷叶氏》全诗如下:

未必人间道不容,荒庐淡寂寄孤踪。儿怀秃笔偷涂纸,妻补寒衣预蓄冬。媚世无才休入俗,读书有暇亦兼农。日长睡起浑闲事,窗外浮云一笑逢。

且安义命度华年,郭外新租种秋田。问字泥人怜弟慧,典钗款客赖妻贤。功名难强休随俗,诗酒能安便是仙。丘壑逍遥谁管得,不须修到大罗天。

懒来漫顾凤凰饥,乐事空山恋采薇。好慰儿心亲饭健,久疏世事客踪稀。忧愁到底成支拙,旷达何须辨是非。圭角年来磨矿尽,惯闻鱼鸟淡忘机。

乐得优游自在身,海棠花下愿称臣。早储斗酒防留饮,笑摘园蔬当荐新。漫与人间争富贵,全凭我辈享清贫。百年过去须臾事,长作熙熙怀葛民。

商飙飒飒拂帘旌,小杜相逢意气倾。谈笑直须惊四座,聪明何许订双声。人间寄食甑犹冷,酒后论心剑欲鸣。秋夜重楼花月好,西窗剪烛絮离情。

而今。"

有《日本副岛种臣相国遥寄书来郤赠》诗:"大庇寒儒广厦开,高名落落继燕台。黄金持赠非关侠(君每年禄俸黄金片共三千叶,大半持赠贤士),青眼平生只爱才。何处上方栖凤鹤,却从下界望蓬莱。邹生空有从游想,瀛海难亲馨欸来。"另,《三借庐赘谈》第三册卷七有"海外诗人"一条,云:"己卯春闻,肤雨自沪归,与余细厘游情。……言日本相臣副岛种臣爱才下士,每岁以廉俸所入金片三千养文人,趋宇下者咸称广厦相公焉。"

是年春,《益闻录》在沪上创办。"本报每七日出二次,每张本埠取钱十文,外埠由代理者酌加寄费。除本账房出售外,各处天主教堂分发。本馆开设上海徐家汇",主编者李杕(1840—1911)。《益闻录》亦成为邹弢在《申报》外发表诗文最多的沪上中文报刊,主要刊发时间集中于19世纪80年代,署名分别为邹弢、翰飞以及瘦鹤词人,尤以后者署名发表诗文最多。此间邹弢还多与人在《益闻录》上诗词唱和,这些唱和者包括:

  笠泽鸥、蒿目、吟香子、饭头山樵、杨嘉焕、步云氏、癖懒山人、中州鹤立生、李汉东、杨次崖、梦畹生、茱晓霞、管士骏、冯纯寿、于湖藜照轩调烛使者、彭云台、白门啸湖氏、古吴潄经屡主、梦花生、彭汉英、瞿泖隐、两经沧海客、黄文达、古华雷泽渔僮闻远氏、尚湖渔隐、贺景章、舒昌森、刘希文、怀珠生、姚印诠、黄协埙、养真仙史、丁殿飏、俞钟诏、通波钓徒、倪朝芬、田砚丰、仓山旧主、洪雅娱、沈乃普、杨殿奎、驰闻远、梦花生、顾金题、朱景贤、彭汉英、俞锺诒、朱叔玮、李璋求、晋卿氏、菊生氏、顾耀楣、侯闻远、镜心甫、邹树棠、梅散人、余方、潘钟瑞、醉玉仙吏、徐伴琴、沈郎啸、徐子嘉、朱飞龙、凯旋老兵、慕真山人、徐邦逸、顾梅生

《东风第一枝:留别吹彻玉笙楼主人,即请郢政》,刊《益闻录》,1879年第3期,署名"梁溪钓侣翰飞氏稿"。这也是邹弢第一次公开使用"梁溪钓侣"别号。

是年5月5日,《申报》刊登海昌饭头山樵《题邹翰飞茂才潇湘馆侍立图录,请词社诸君均政》。题诗如下:

  红楼一梦太荒唐,儿女情深易断肠。有客闲愁消不得,愿来妆阁替焚香。一卷奇文莫认真,空空色色悟前因。如何尘世无知己,旷代同心属美人。岂竟温柔老是乡,闺中礼貌胜寻常。潇湘馆里春如海,却笑狂生未敢祧。披图我亦感情痴,绝世聪明绝世姿。安得天寒修竹下,比肩小立共吟诗。

6月5日,《申报》刊发禾郡陈鸿诰曼寿甫稿《寄怀诗六首》,其中有寄梁溪邹翰飞一首:"客踪寄吴市,砚田岁有秋。坐拥百城书,傲彼南面侯。拟携一尊酒,与子浇古愁。"

7月17日,《申报》登载《蝶恋花·咏团扇》,署名"梁溪瘦鹤词人未定稿"。

同日,《申报》登载《菩萨蛮·纳凉(为端木是清作)》,署名"梁溪瘦鹤词人潇湘馆侍者倚声"。

8月16日,《申报》登载《苍山旧主宠答惠函并题潇湘侍立图四叠前韵寄赐》,署名"潇湘馆侍者瘦鹤词人初草"。

同日,《申报》登载《四蒂莲为赏花馆主作》,署名"瘦鹤词人翰飞氏稿";《悼金桂宝校书》,署名"潇湘馆侍者瘦鹤词人倚声";《赠别李小宝词史》,署名"梁溪瘦鹤词人"。

11月4日,《申报》登载《怀龙湫旧隐,兼寄怀馨仙史、问梅馆主、赋秋生、苍山旧主、饭头山樵》,署名"瘦鹤词人翰飞氏稿"。

11月14日,《申报》发表《龙湫旧隐喜捷北魁赋此甲贺》,署名"瘦鹤词人弟邹弢"。

11月24日,《申报》刊发梁溪瘦鹤词人邹翰飞《秋夜怀人诗十二首》:

独夜青灯畔,思君费苦吟。西风游子梦,明月旅人心。落叶寒无影,愁砧碎欲沈。遥天芳讯隔,秋水渺江浔。(海昌饭头山樵)

离别经三月,梧桐叶又黄。客怀思旧雨,短鬓忆秋霜。萤点流光细,虫声绕砌凉。相思不相见,何处梦高唐。(鸳湖扫花仙史)

愁怀怅触后,好友忆仓山。绿水渺千里,白云深一湾。料应孤鹤健,定逐海鸥闲。几度临风望,蓬莱缥缈间。(钱塘仓山旧主)

曼老平安否,苍波为寄情。故人疏远札,孤客坐寒檠。撩乱愁千叠,凄凉笛几声。羡君清福好,风雅一门争。(令嗣季粲,诗笔甚佳,女公子亦工吟咏,而丹青更善,有米芾风焉。禾郡陈曼寿)

君泛西泠棹,吾催白下舟。论心曾对酒,分手又经秋。金井凉初堕,银河淡不流。相逢期莫定,谁与话离愁。(勾章存恕斋主)

耿耿不成寐,怀人独拥衾。黄花催客梦,红叶写秋心。窗破筛凉月,庭深瘦碧阴。秦淮分袂后,憔悴更难禁。(茂苑赋秋生)

遥闻君折桂,我更愧樗蒲。海上芳踪隔,吴江旅思孤。烟情凉×蓓,秋梦眷蘼芜。回首同赓唱,殷勤记得无。(海上龙湫旧隐)

寂寞秋宵永,怀君屡怆神。世皆逢丑鬼,天欲陋才人。意气还轻富,文章不济贫。何如黄菊对,日罄瓮头春。(长洲西脊山人)

月杵停瑶闼,愁来正黯然。风尖吹冷柝,露重湿苍烟。鹔鹴慵难舞,凤凰瘦可怜。缄书凭寄语,珍重菊花天。(海上缕馨仙史)

曲院人声寂,秋澄月满庭。寒烟偎树白,凉焰闪灯青。无语弹瑶柱,含情倚画屏。窗前梧竹籁,萧瑟不堪听。(海上嘘云阁主)

愁绝秋斋里,银釭惨淡红。飘零双鬓短,落拓两心同。惯说休文病,谁怜赵壹穷。苦衷难与语,惆怅对西风。(毗陵柳影词人)

十载吹箫客,违心恨不才。寒砧敲恨出,冷柝带秋来。怀远吟红芍,逃愁借绿醅。无聊谁慰藉,画角送余哀。(梁溪余成之)。

12月8日,《申报》登载《李小宝词史诗询近况原韵奉答》,署名"梁溪潇湘馆侍者瘦鹤词人稿";《丑奴儿·秋怨》,署名"梁溪瘦鹤词人倚声"。

12月11日,《申报》发表《乡闱报罢赋呈赋秋生兼慰缕馨仙史西脊山人柳影词人愿花常好馆主朵红仙侣》,署名"邹弢";另《满庭芳·题毕雄飞秋斋对菊图》,署名"瘦鹤词人"。

12月12日,《申报》发表《承心禅居士惠弹指词即步集中寄吴秋槎金缕曲原调原韵鸣谢即请柳影词人缕馨仙史赋秋生诸同人正和》,署名"瘦鹤词人邹弢翰飞"。

12月14日,《申报》发表《偕赋秋生访懒云山人即赠》,署名"瘦鹤词人邹弢翰飞"。

1880年,庚辰年(清光绪六年),三十一岁

结婚成家。

有《庚辰秋重修古真娘墓小亭落成喜赋》(《三借庐剩稿·诗剩》卷上)。

《三借庐赘谈》卷一(第20页)"吹玉生"一条云:"同邑王毓仙秀才,别号吹彻玉笙楼主人。余庚辰春所交友。三月来城,匆匆借得《浇愁集》原稿及《三借庐吟稿》数卷去。舟泊阊门,为胠箧者窃去,招求未获,至今惜之。"此乃邹弢早年著述之遗失。

据《三借庐赘谈》卷一"菊社"云:"庚辰秋九月,长洲姚芷芳、嘉兴杨南湖(伯润)、金君免痴,于海上豫园大开菊社。南湖首倡二绝句,一时中外诗人和者数百家。"

有《秋夜感怀》诗:

> 萧萧短鬓镜中愁,老大无成亦可羞。满地江湖悲失计,一帘风雨惨吟秋。山中遁迹思猿鹤,末路依人类马牛。懊悔年华轻掷去,当初花下误风流。

> 王孙穷饿复谁哀,刺灭风尘志渐灰。似我愁肠偏易结,向人羞口最难开。随缘有偶终多俗,媚世无力况不才。著意平情求旷达,可堪尘系上心来。

1月10日,《申报》发表《柳影词人过访廎斋兼承招饮赋此鸣谢并赠浦君玉黄晓生两谱弟》,署名"潇湘侍者瘦鹤词人";另《惜分钗》,署名"潇湘馆侍者瘦鹤词人";另《题幺凤词人返碗香手卷即和其自度腔原调原韵并序》,署名"梁溪瘦鹤词人邹弢翰飞"。

1月22日,《申报》登载《乳燕飞·三十初度自嘲》,署名"梁溪潇湘馆侍者瘦鹤词人稿";《锁窗寒·观韵香楼主画兰》,署名"潇湘馆侍者瘦鹤词人稿";《行香子》,署名"瘦鹤词人翰飞氏倚声"。

1月25日,《申报》发表《浣花仙史黄君晓生枉顾索句口占奉赠》,署名"瘦鹤词人翰飞氏稿";《可园居士杨君夙根遥赠佳章赋此奉答并怀心禅居士余成之录呈政可》,署名"梁溪潇湘侍者瘦鹤词人稿";《洞房曲为王渠生作》,署名"潇湘馆侍者瘦鹤词人稿"。

1月27日,《申报》刊发《沁园春·题潇湘馆侍者邹翰飞茂才潇湘侍立图》,署名"茂苑赋秋生芷芳甫倚声"。

2月5日,《申报》发表《锦缠道·世态炎凉交情薄幸悠怒冷眼空致殷勤鹿鹿庸才渐伤老大寒农冥想不禁泪与声吞也》,署名"瘦鹤词人稿";《台媚娘韵香楼即事》,署名"梁溪瘦鹤词人翰飞倚声";《满江红·南部烟花册即呈龙华小仙并乞诸大词坛郢政》,署名"瘦鹤词人翰飞氏稿"。

2月6日,《申报》发表《戎马书生自题从军图原韵介听松居嘱和再成二律》,署名"瘦鹤词人翰飞氏稿";《如梦令·怀吴琴仙李少卿两词史》,署名"瘦鹤词人戏稿"。

2月8日,《申报》发表《卖花声》,署名"瘦鹤词人邹弢";另《双红豆》,署名"梁溪翰飞氏"。

3月28日,《申报》发表《赠缕馨仙史》,署名"瘦鹤词人稿";《采桑子·春思》,署名"瘦鹤词人呈稿";《南乡子·元宵后一日同闲鸥子作》,署名"瘦鹤词人倚声"。

4月26日,《申报》发表《昭君怨·春日有怀赋此自遣》,署名"梁溪瘦鹤词人翰飞氏倚声"。

4月27日,《申报》发表《大江东去·题敬斋宗叔乘槎图》,署名"梁溪潇湘馆侍者瘦鹤词人邹弢"。

4月29日,《申报》发表《陈曼寿明经将有日本之行赋此赠别》,署名"梁溪潇湘馆侍者瘦鹤词人邹弢"。

6月6日,《申报》发表《凤栖梧题古香幽篁读书图》,署名"梁溪瘦鹤词人邹弢";发表《梦尾春》,署名"瘦鹤";另《承吹彻玉笙楼主思校三借庐诗词骈文稿选刊赋此鸣谢》,署名"梁溪瘦鹤词人弟邹弢"。

6月10日,《申报》发表《遣兴》,署名"庚辰春仲梁溪瘦鹤词人邹弢"。

6月13日,《申报》发表《简余成之并怀赋秋生饭头山樵吹彻玉笙楼主映雪生缕馨仙史》,署名"梁溪瘦鹤词人翰飞邹燮"。

6月22日,《申报》发表《乞俞调卿先生题潇湘侍立图即赠》,署名"瘦鹤词人邹燮";另《余春慢》,署名"庚辰花旦梁溪瘦鹤词人邹燮"。

6月29日,《申报》发表《浣溪沙忆事十解》,署名"梁溪瘦鹤词人邹燮"。

7月4日,《申报》发表《踏春访韵香楼主不遇》,署名"瘦鹤词人稿"。

7月11日,《申报》发表《承吹玉生点校拙著三借庐诗稿赋谢》,署名"瘦鹤词人";另《凤栖梧题古香幽篁读书图》,署名"梁溪潇湘馆侍者瘦鹤词人邹燮";另《怀缕馨龙湫赋秋诸同社》,署名"瘦鹤词人"。

8月10日,《申报》发表《久不获赋秋生书诗以询之》,署名"梁溪瘦鹤词人弟燮呈稿"。

8月14日,《申报》发表《武陵徐拙巷太守以大集诗词合钞寄示并赠二律兼惠多金次韵答谢》,署名"梁溪瘦鹤词人弟邹燮";另《题心禅居士集后》,署名"瘦鹤词人"。

8月27日,《申报》发表《沁园春·花间觅句小影》,署名"瘦鹤词人稿"。

8月28日,《申报》发表《题心禅居士稿即请诸大吟坛郢政》,署名"瘦鹤词人稿";《赠荷花村主曹晓云并怀柳影词人》,署名"瘦鹤词人稿";《蝶恋花·题借月轩主梅花小册》,署名"瘦鹤词人翰飞稿"。

10月20日,《申报》发表《秋夜感怀呈缕馨仙史龙湫旧隐尚湖渔隐》,署名"梁溪瘦鹤词人翰飞初草"。

10月31日,《申报》发表《秋夜感怀呈缕馨仙史》,署名"梁溪瘦鹤词人稿";《花月吟庐主及赋秋生遥赠佳章答谢一律》,署名"瘦鹤词人弟燮初稿";《齐天乐·再题清閟阁主琳琅新馆册》,署名"瘦鹤词人翰飞倚声"。

11月11日,《申报》发表《吊李烈妇姒姑》,署名"梁溪邹燮翰飞";另,《满江红·为盐城江烈女秀贞作》,署名"梁溪瘦鹤词人"。

11月15日,《申报》发表《愤言四律,送慕真山人、拈花微笑人并引》,署名"瘦鹤词人";《叠愤言韵,再赠拈花微笑人并送慕真知己》,署名"梁溪瘦鹤词人"。

12月3日,《申报》发表《月初得赋秋书知豫围》,署名"梁溪瘦鹤词人"。

12月12日,《申报》发表《寄怀龙湫旧隐即希诸吟长正疵》,署名"瘦鹤词人"。

1881年,辛巳年(清光绪七年),三十二岁

是年9月,鲁迅(周树人)诞生。

是年2月,族叔敬斋、芝汀,兄景山等邀祭忠公祠。"大雪数日,苦不能舒"(《三借庐赘谈》卷九"雪中玩月")。接赋秋生姚芷芳信,中有雪夜归里看月诗。另,《三借庐笔谈》第三册卷七"彭宫保题壁"一条云:"辛巳春,同陆养和丈暨大父游无隐庵(在范坟南)。"①

是年夏,曾赴太湖洞庭山游。《三借庐笔谈》第二册有"证缘"一条:辛巳夏,余访金逸香于洞庭山。

是年秋,"时馆苏州胥门西支家巷中陆氏"(见《新燕初巢羁入局促偶成四绝示俞吟香姚小坡》诗②)。

---

① 无隐庵,位于苏州天平山西南之天马山麓,又名无隐禅院。始建于明代崇祯年间。
② 双剪随风作势斜,呢喃空负好韶华。上林何处无乔木,偏到寻常百姓家。王谢堂空付劫灰,江南绝少好楼台。傍人门户终非计,何事年年作客来。破屋风帘未可罥,此身何日凤凰池。也知画栋雕梁少,暂补芹泥借一枝。春风旧梦渺如烟,来去难寻故主贤。重到可怜成惆怅,卢家少妇已当年。

秋,秦缃业(1813—1883)自西泠请假归道,出胥江。邹弢"登舟来访",两人一见如旧相识。弢以所著《三借庐赘谈》十二卷见示并索序。《三借庐赘谈》同郡秦缃业"序"云:"辛巳秋,(余)自西泠请假归,道出胥江①,君登舟来访,一见如旧相识,并以所著《三借庐赘谈》十二卷见示。穷搜博采,好学深思,可见道善情殷,爱心义切,足与《随园诗话》《秋雨庵随笔》著书抗争一席,而以其三借名者,盖谓岁月借于天,衣食借于地,身体借于亲也。"又,《三借庐赘谈》卷一"南钱草堂"一条云:"余幼从钱乙生姻叔(国祥)游,即喜读其《南钱草堂》诗,辄手录之。辛巳秋,师复命辑入赘谈,因摘录如下。"

有《辛巳岁暮感怀》诗:

> 可怜岁暮作羁人,自叹虞翻骨相屯。卅载光阴成惋惜,百年身世几因循。
> 唐衢惯揾穷途泪,庾亮难驱破釜尘。独有箧中诗一卷,孤灯重读转凄神。
> 有家莫返等无家,贫到无锥空自嗟。况是美人隔秋水,最难知己觅天涯。
> 壮心肯逐年华尽,乡梦还防梦影遮。一曲广陵同调少,痴情不敢诉梅花。
> 直把他乡作故乡,岁除心事更凄凉。怀才已恨饥臣朔,献媚还羞学谢娘。
> 天地有心穷俊杰,江湖无处纵疏狂。笑招司命同谋醉,值得千年睡一场。
> 腊鼓声稀爆竹催,可堪避债尚无台。聪明半为多情误,感慨俱从识字来。
> 每以疏慵违众议,疑将历练试真才。年时赢得毛锥秃,花下相思一例灰。

秋,离苏赴沪,入《申报》馆,任记室,并开始有意识存留手稿。"辛巳秋,至申江,为报馆记室。于是稍稍留稿。"(《三借庐剩稿·诗剩》"刊稿缘起")②文稿为同乡王毓仙借去,后被窃。"同乡王毓仙借余稿去,被窃于金阊舟中。"(出处同上)另,《春江花史》(署梁溪潇湘馆侍者戏编)卷一"陈玉卿"中云:"辛巳秋,余始来沪上,主《益报》馆笔政。"③

此为邹弢侨居沪上之始。对于清末民初之上海,邹弢在《三借庐赘谈》卷一"顾月卿"中云:"申江为华洋杂处之地,销金锅子。满地烟花,夹道青楼,大半庸俗。"

《三借庐赘谈》卷一"倪耘劬"一条云:"辛巳秋,余至申,晤司马于杨柳楼台如旧相识(司马为倪耘劬,张南山弟子,与沪上袁翔甫、葛隐耕、姚赋秋等唱和流连)。"

《三借庐剩稿·诗剩》中开始出现与早期《申报》馆文人群交游往来酬唱诗作,其中包括黄式权(协埙)、姚芷芳(赋秋)、袁祖志(翔甫)、钱徵(昕伯)、何桂笙(号"高昌寒食生",以号名)、蔡尔康(紫黻)等,有《与黄式权观傀儡戏》《袁翔甫杨柳楼台题壁》《四美轩与姚赋秋茗》《杨柳楼台与陈曼寿同作》《钱昕伯何桂笙过访以诗相投次韵》《题宫闱联名谱寄蔡紫黻》《次韵寄杜晋卿》《再次韵赠鸳湖孙莘田》等诗。

《与黄式权观傀儡戏》:

> 酒香花气薰春夜,春江风月真无价。醉眼惺忪不忍归,踏灯来趁良宵暇。天涯

---

① 胥江,位于苏州市吴中区,相传为春秋时吴国名将伍子胥主导所开挖,因得其名。

② 有关邹弢一家抵沪侨居时间,《十哀吟》题记中有不同说法,"壬午春,携内子谈至申,居浦西即董文敏瀼西草堂旧址也"。

③ 对于当时沪上文人入报业,初条件甚为简陋困苦(见海上漱石生《报海前尘录》),但对于新闻报纸的传播功能,当时邹弢等已有体会认知。在《三借庐笔谈》卷二"海上新乐府"一条中有"君不见昨宵官府论机枢,今朝已上新闻纸""海上新闻报不已,中西闻见一张纸。龙门货值传,监门流民图。所报一一信非诬,时而照水犀,时而尚方剑。一褒一贬,或隐或显。胡不以此报辰,所惜主之非其人。言者无罪闻者戒,日日新闻上街卖"。而对于报纸的这种信息传播功能,其实晚清官吏们的认识是有分歧的。光绪五年,张之洞在就中俄新订条约的上奏中即指出,口岸开埠之后,"消息皆通,边关难防"。

朋辈亦闲身,招我同为入座宾。绕室先陈鲛客锦,当筵乍布醉人茵。珠光闪动灯光绿,步障初开千眼属。木偶同牵织室丝,风琴恍奏蛮天曲。童歌高唱最情移,水怪山妖变幻奇。方见刑天持戚舞,又来魔女插花嬉。兽类何知亦好色,途遇佳人不敢食。到底天心最嫉邪,夜客乘球逃未得。须臾换影现当场,十色方交又五光。眼底繁华新富贵,镜中世界小沧桑。夜深人倦灯光冷,一霎欢娱如泡影。相逢总有散场时,棒喝当头发猛醒。行尸走肉遍当途,我辈衣冠气象孤。自笑依人同傀儡,一身颠倒不能扶。

《袁翔甫杨柳楼台题壁》:

笑结同心逐队游,绿杨深处共登楼。题诗我亦忘形迹,写出西风一片秋。申江大道画楼开,名士名姬日往回。络绎门前车马客,要揩青眼看花来。

《寄秦肤雨茂才云滁州》:

当日胥江旧雨联,等闲欢笑总因缘。疏狂入座三升酒,啸傲寻秋两屐烟。穷鸟无家偏易别,饥凰乞食问谁怜。何时买得西山地,料理吟筒作散仙。

《四美轩与姚赋秋茗》:

剪江一叶访君来,海国烟波倦眼开。绝代繁华销客恨,几人风雅角诗才。相期菊社同联句,笑向梅窗共举杯。我亦恨无如意事,英雄儿女两堪哀。

《杨柳楼台与陈曼寿同作》:

丝丝缕缕袅轻盈,一角楼台画不成。团扇青衫名士酒,香车宝马丽人行。当年菊社孤军入,隔院花枝百媚生。坐我秋窗明月下,缘荫深处暗吹笙。

《钱昕伯何桂笙过访以诗相投次韵》:

屏风何处貌江州,十载倾心伐木求。今古文章双绝笔,东南坛坫几名流。不羁须作行天马,无定还随狎水鸥。我独青衫来入队,也从香国事遨游。

另有《感怀》《宫怨》等诗,写作时间不详,推测在1880年后。

《感怀》:

十年长铗事堪哀,厌线劳劳志易灰。末路悲愁惟对酒,半生潦倒敢矜才。贫难累我真奇骨,命不如人亦弃材。欲把头颅赠知己,有谁领受捉刀来。

有《次韵寄杜晋卿》诗:

名士悲秋寄托深,衙官屈宋少知音。奇珍已老山中璞,绝响终焦案下琴。画角西风征士泪,孤灯夜雨族人心。年来拌得浮生误,浊酒何妨一涤襟。

从上述诗作所表达情怀来看,邹弢对来沪之后的处境并不满意,对未来发展的前景显然亦甚感忧虑不安。

据《三借庐笔谈》第三册卷七"杨柳楼台"一条,笔录袁祖志在沪上买地筑屋、一时恭贺唱和者众之事。"辛巳春,钱塘袁翔甫大令祖志于沪上北郊辟三弓地,高楼大道,跪地垂柳。对寓为西人花园。屋之后,悉曲院。月夕花晨,笙歌四起,致足乐也。"唱和者几百余家,邹弢亦有七古一章贺之。

有《袁翔甫大令祖志〈海上吟〉序》,全文如下:

  上海一隅,滨吴淞东北,本华亭地,广海缭白孤城陡青沙人聚烟,番舶列队来鲛奴于日下,宝载波斯,挂渔网于晴边;风腥晚市,带楼台而入画。合中外以开垣,垒废当年;沟没袁松之迹,潮流终古。浦传黄歇之名,固亦海内之胜区,寰中之险邑也。
  凡诗百首,汇为一编。今秋,余佣书海上,新驱款段来作寓公。挟琴剑以依刘,问山川而入晋。雪泥星饭,同住天涯;楚尾吴头,相逢地角。软红□翠,迷离白石之歌;破帽残衫,憔悴江州之影。徒慨韶年浪掷,壮志难雄。西风吹而莲幕寒,别绪抽而吟心涩。频商韵事,辱示瑶华。余披而读之,淋漓痛快。巧中物情,忠厚缠绵,无伤雅道,不禁叹风俗之变迁,人情之奢侈焉。夫江湖坦荡,尽可作缘,人物雍熙,无非行乐。产胭脂于北里,女有杨枝;萃金粉于南朝,渡喧桃叶。宋嫂之鱼羹亦妙,苏娘之油壁争传。天子风流,王孙豪侠。此固承平之快举,亦为游宴之佳谈。然而杜牧登楼,只消感愤,香山忆妓,但慨沉沦。彼夫欧推官见识于金钗,谢太傅浪陈夫丝竹。惟有才人落拓、名士豪华,题扇底以愁长醉垆头,而忧解妙伎搊筝之乐,羽衣吹箸之懽要,皆政事余闲,风流相赏,原非著述,何患狭邪?况乎南部留香,东风试影,才著枇杷。花下娇藏杨柳,阴中而浅笑,深鬋半是曼殊之选;偎红倚翠,无伤坡老之狂。兹则俗队庸庸,群雌粥粥,碑怜没字,夸富贵以骄人;狱设销魂,竞妖淫以结客。虽青裙翠袖,不无称意之花;歌板酒旗,或有寓怀之雅。而春宵问价,终非吾辈之游;俊侣张筵,大异前辈之乐。君乃闲躯,翰墨细志,辘轩运圆转之灵珠,写浮华之本色。腴分江鲍,锦雨迷离,曲谱齐梁,彩毫狼藉。嗟乎! 金迷纸醉,易消红烛之烟;斋冷人孤,愤揾青衫之泪。值此欢场潦倒,宦海飘零,空教热闹,于吟筒未许安排。夫茶灶此日,秋江卜宅,唱酬留朋辈因缘,何时故国买山哺,傲作神仙眷属。

《三借庐赘谈》卷五"眉心室"一条云:"余尝与黄式权瘦竹论近人诗。"时间大概亦在此间。

其间曾返里,并曾与姚赋秋相偕赴江宁"惜阴书院"拜谒薛慰农(时雨)师,成《清凉山谒薛慰农师(时雨)于惜阴书院时与姚赋秋偕》一诗①。

是年春,得秀水陈鸿诰(曼寿)介绍,访四明郭传璞②于沪上,出骈文以相质。(《三借庐集》"群贤评语",第1页)

2月18日,《申报》登载《为管秋初征题亡室潘孺人诗启》,署名"梁溪瘦鹤词人邹弢"。

2月19日,《申报》登载《送别赋秋牛至沪》,署名"梁溪瘦鹤词人弟弢";另登载《步杨南湖豫园菊社原倡韵》,署名"瘦鹤词人";另《倪思劬书赠联句兼惠雪鸿偶钞赋谢并赠》,署名"瘦鹤词人弟弢"。

6月6日,《申报》登载《赠日本副岛种臣学士》,署名"梁溪瘦鹤词人翰飞邹弢"。另

---

① 《三借庐笔谈》卷二"赋秋词"一条云:姚芷芳上舍(文藻),号赋秋生,诗词俱工,且少年玉貌,有不可一世之慨,为余题《潇湘侍立图》。

② 郭传璞(1855—?)清末藏书家、书画收藏家。字晚香,号怡士,浙江鄞县(今宁波)人。同治六年(1867)举人。光绪初以孝廉任文职官员,拜姚燮为师,后为浙东名家。遂工于骈文和词章之学。据《鄞县通志》记载,其收藏古籍和金石书画甚富,有"金峨山馆",编有《便查书目》,著录图书1400余种,在书目之后,附有《癸酉增置书目》《甲戌选存书目》《丙子置书目》《丁丑置书目》《戊寅增置书目》《馈赠友人书目》《金峨山馆法帖目录》等,可见其每年所收藏的图书,都有目录留存。

登载《忆陈曼老日本》,署名"瘦鹤词人弢",以及《徐笙大令风雅爱才心钦久矣先呈短句用达素并乞赐正》,署名"梁溪邹弢"。

7月8日,《申报》登载《古真娘墓在虎邱之山半,陈云伯大令尝同牡丹厅下琼姬小玉等墓并修之。兵火以来夷为荆棘,琼玉坟已不可寻,惟真娘墓犹留一碣于荒烟蔓草中。同人亢竹山等集赀修葺之,上筑半亭,适当其墓,行人拜吊,庶欣然魂之来归也。喜而赋此》,署名"梁溪瘦鹤词人翰飞邹弢"。

7月9日,《申报》登载《杨柳楼台题赠仓山旧主并乞郢政》,署名"梁溪瘦鹤词人邹弢"。

7月10日,《申报》登载《孤鸾·题吴烈妇周孺人劲节图》,署名"梁溪瘦鹤词人"。

7月23日,《申报》登载《烟窗谈萃千成喜赋两律录呈饭头山樵正和》,署名"梁溪瘦鹤词人翰飞邹弢"。同日另登载《寄怀龙湫旧隐》,署名"梁溪潇湘馆侍者瘦鹤词人"。

9月8日,《申报》登载《寄怀藜床旧主即步其见赠原韵》,署名"梁溪瘦鹤词人邹弢翰飞"。

11月10日,《申报》登载《游申杂咏》,署名"梁溪瘦鹤词人"。

11月12日,《申报》登载《游申杂咏》,署名"梁溪瘦鹤词人"。

12月13日,《申报》发表听涛轩主人杨耀卿《瘦鹤词人邹翰飞近爲西士延主〈益闻馆〉笔政喜投两律》:

  一隅滨海聚文星,盟主骚坛仰典型。化外衣冠穷发国,门前车马子云亭。谭穿天窟宵烯碧,吟瘦衫痕暮□青。应笑侏儒闻见隘,篷庐囚首但横经。

  香海珠尘策锦骖,阿谁春最占江南。待浇我亦能愁四(《浇愁集》,瘦鹤游戏之笔),不朽看还肯惜三(近辑《三借庐赘谭》)。鸿爪互留同地幸,兔豪欲秃乞灵憨。予厕船政探运局幕)。水邨萧瑟尊开未,风月相期共畅谈。

12月17日,《申报》登载《自申江返棹梁溪留别诸友》,署名"瘦鹤词人"。另,《乞雾里看花客作〈三借庐赘谭〉弁序,诗以介之》,署名"瘦鹤词人弟翰飞";另,《赠姚倩卿史即柬二爱仙人》,署名"瘦鹤词人";另,《寄饭头山樵》,署名"梁溪瘦鹤词人稿时寓益闻馆"。

12月21日,《申报》登载《藜牀旧主偕同陈君眉卿固邀捉醉,赋一律赠之,即请均正》,署名"梁溪瘦鹤词人弟寒妃稿";另,《冬至前三日买棹将返梁溪,忽急促持饭头山樵书至。千里故人,殷勤念及,良箴心佩,永矢弗谖,爰命从者,倚装稍待,戏用辘轳体答之,并呈雾里看花客、高昌寒食生》,署名"梁溪瘦鹤词人倚装走笔"。

对于邹弢刊发于《申报》之诗词著述,歙人汪定执(号允中,与邹弢从未谋面,而鱼雁畅通)在为邹弢七十寿言中云:"余年十四,习贾于吴门……每日服务之暇,则取《申报》而浏览之,尤喜所载诗词,爱不释手。先生初署名为梁溪瘦鹤词人。余每诵先生所作,便觉心折。稍长,得读大著《浇愁集》等小说,更距跃三百,曰是蒲留仙、纪晓岚复生也。"

《游徐家汇花园记》,刊《益闻录》1881年第122期,第243页,署名"瘦鹤词人翰飞初稿"。

《自申江返棹梁溪留别诸友》,刊《益闻录》1881年第131期,第299页,署名"翰飞"。

《中秋宴徐汇花园记》,署名梁溪瘦鹤词人,《益闻录》1881年第123期,第249页。

《申江纪游成五古一首录呈花月吟庐主赋秋生存恕斋主均政》,署名瘦鹤词人,《益闻录》1881年第124期,第257页。

《秋灯瘦影图题词》,署名"瘦鹤词人",《益闻录》1881年第126期,第267页。

《酒舲仁兄惠顾寓斋喜赠一律》,署名"梁溪瘦鹤词人",《益闻录》1881年第126期,第270页。

《陇西主人招游龙华赋谢并请敦正》,署名"瘦鹤词人",《益闻录》1881年第127期,第276页。

《海上跑马记》,署名"瘦鹤词人",《益闻录》1881年第127期,第274页。

《海上吟序为仓山旧主作》,署名"瘦鹤词人",《益闻录》1881年第131期,第297页。

《约同人消寒小集启》,署名"瘦鹤词人",《益闻录》1881年第133期,第309页。

自此至1923年离沪回无锡养老,邹弢在沪上侨居四十余载,这也是其生平著述最为重要的时期①。其间曾离沪赴山东临淄矿山、湖南江建霞学使幕谋生。另曾在沪上教会学校启明女校执教凡十七载。此间邹弢尤为重要的交游关系,即入门成为王韬弟子,王韬晚年在沪刊印大多数自己著述,均由邹弢担任校阅。

《三借庐笔谈》(四册十二卷),清邹弢撰,清光绪七年上海进步书局校印出版;卷内题"金匮邹弢翰飞纂"。扉页有"三借庐笔谈提要"("清邹弢撰,凡十二卷。弢为吴中名下士,以沈博绝丽之才,出其绪余,以成是书,自足凌铄一时。阅如诗词,如山林逸稿,闺阁篇,尤征采靡遗。")。卷首另有长洲潘钟瑞②序、上海葛其龙序。葛其龙序署撰时间为光绪十一年(乙酉年)暮春。又,潘钟瑞序中提到"曩读大著《浇愁集》,以为才人讽世,妙笔言情,瑰奇之辞,感情所出耳"。可见当时《浇愁集》在友好士人中流播之一斑。相比之下,葛其龙接读《三借庐笔谈》时间则明显较晚,"去年冬(光绪十年),出其所著《三借庐笔谈》若干卷,索予一言序其端"。

卷十一中有《诗贵性灵》一篇,可见邹弢诗歌观之一瞥。

另,《三借庐笔谈》第二册中有"织云楼"一条,介绍衢州王庆棣(1816—1890))之《织云楼诗抄》。王庆棣,其父为钱塘学官,后官四川,王有钱塘名门闺秀之称,后嫁衢州詹嗣曾。嗣曾著有《扫云仙馆诗抄》,与王庆棣育有三子,其长子詹熙及幼子詹垲亦均有著述存世。

另,至少在19世纪80年代,邹弢对于西学、西语乃至西教,并没有表现出过激之排斥反对。在《三借庐集·书牍·覆门下蒋植山陈墓》书札中,尚且鼓励后者留意新学,"方今中外一家,有心时事之人,无不讲求西学。以吾弟年华方富,造就尚不可知。然何不分讲习,余间少涉西文西字。倘有日身跻通显,则应皇华之选,擅应对之才,是亦人生快事。即不让,赞襄洋务,与波斯角逐驰驱,亦差胜于村塾咿唔,以膺下冬烘老也"。

1882年,壬午年(清光绪八年),三十三岁

有《秋夜怀人诗》十二首,怀者分别为杜晋卿、孙莘田、葛隐耕(其龙)、王志静、马相如、袁翔甫、桂盱生、姚芷芳、蔡紫黻、陈曼寿、秦肤雨、余成之(诗收《三借庐剩稿·诗剩》

---

① 邹弢《三借庐笔谈》卷四"胭脂井"中云:"余屡上金陵,求胭脂井不得。"可见邹弢旅沪侨居期间,亦曾到南京等地旅行。

② 潘钟瑞(1822—1890),长洲(苏州)人。原名振先,字麟生,号瘦羊、香禅,晚号香禅居士、瘦羊居士。室名香禅精舍、百不如人室。清增贡生,后为太常寺博士。少孤力学,精篆隶,工词章,长于金石考证。著有《百不如人室诗文草》稿本、《香禅精舍集》等。

卷上)。

有《壬午新岁》诗:

> 回头旧腊渺难寻,容易因循负寸阴。来日思量劳幻梦,中年哀乐感秋心。
> 机云才调风情灭,屈宋文章怨慕深。且饮屠苏酣醉后,湘花塞草助哀吟。
> 碌碌因人尚故吾,天涯琴剑一身孤。未应绮岁生华发,又是春风长绿芜。
> 笑我浦江还托钵,羡他金谷早量珠。此生难道遭逢蹇,长向愁城作酒徒。

有《赠周病鸳》《赠舒少卿》诗。

有《赠天南遁叟王紫诠韬,时尚未从游》诗:

> 天壤王郎不易才,相逢磊落酒怀开。飘零同是佣书去,忧患都从愤世来。
> 一席名山空俎豆,廿年故国已蒿莱。胸中块垒消难尽,共向黄垆醉百杯。
> 冠剑天涯浪结盟,无端一笑识先生。小儒此辈皆余子,大雅于今孰正声。
> 莫怪罪言留杜牧,可怜荒岛避田横。蛾眉何事来谣诼,匣底龙泉替不平。

有《登金山歌》《春暮杂诗》《和葛耕隐琵琶篇》等诗作。

此间与沈酒舲等沪上文人结交,有《结交行》《沈酒舲枉顾蒲西寓斋》诗(收《三借庐剩稿·诗剩》卷上)。

是年农历十二月十九日,自申江返里,有《自申江返里》诗。有《偕王幼青彭龄俞吟香达叶镜秋志明游支硎山》①:

> 伴侣多游兴,扁舟载浊醪。波痕明画舫,岚彩落吟毫。低唱花争舞,狂谈气亦豪。隔船红袖好,弦管奏敖曹。

王韬自香港返沪,拜谒王韬。"壬午春,(王韬)归自香海,往访之,一见如旧相识。适先生年五十余,虽两鬓已苍而谈笑诙谐,犹有豪气。余因以东方朔比之。甲申(原文为"春",拟为"申"之误字)春,先生养疴淞北,承赐《蘅华》诗两册,……先生深通西学,日本人多师事之。交人则媛媛姝姝,雅俗无少忤,盖亦笃于情者。"(见《三借庐赘谈》卷十"天南遁叟"一条)

《三借庐笔谈》第三册卷七有"吴琴仙"一条,其中提到邹弢设馆事:"余馆金山时,琴仙嘱红豆馆主赵姓作诗四章见寄。"具体时间不详。

2月3日,《申报》登载《十忆词·寄怀赋秋生津门》,署名"瘦鹤词人"。

3月23日,《申报》登载《题柳夫人道装小像为江建霞作》,署名"梁溪瘦鹤词人邹弢"。

5月6日,《申报》登载《题严孺人划臂图为包晓村明经作》,署名"梁溪瘦鹤词人邹弢"。

7月13日,《申报》刊发管秋初《题邹翰飞潇湘馆侍立图》一诗:

> 仙宫侧足幸何如,万个琅玕万卷书。俗物优容通语笑,办香亲炙到裙裾。壶殷宝唾频调药,冢瘗芳魂为荷锄。输与可儿成快语,枉从今日悔当初。

8月2日,《申报》刊发元和江标建霞题诗《题邹翰飞茂才潇湘侍立图》。

8月7日,《申报》登载《祝自听桐手绘潇湘馆侍立扇头惠赠赋此鸣谢并请浣花生同正》,署名"梁溪瘦鹤词人";同日登载《弢园老民招饮申江聚丰酒栖即席占赠即送其往香

---

① 此诗写作时间不详,但应该是在俞达去世之前。

江》,署名"梁溪瘦鹤词人邹弢"。另,8月18日,《申报》发表《梁溪瘦鹤词人见赠二律赋此奉酬即步原韵》,署名"吴郡弢园老民王韬"。

10月4日,《申报》登载《送瘦鹤词人、缕馨仙史赴金陵试》,署名"平江藜床旧主秋初弟管士骏",亦可知本年邹弢有金陵试。

11月9日,《申报》登载《上海求志书院壬午春季课案》,有经学超等、史学超等、掌故超等、舆地超等、词章超等等名单。其中"词章超等"中有邹翰飞。

11月20日,《申报》登载《赠朱墨卿校书即百艳图之李小宝又号玉双》,署名"梁溪夕阳红瘦楼主瘦鹤词人"。

《踏莎行·题小苎外史抱膝长吟图即请哂正》,刊《闻益录》1882年第204期,第435页,署名"邹弢"。

《寄怀映雪生吴中》,署名"瘦鹤词人",《益闻录》1882年第137期,第23页。

《元旦书怀》,署名"瘦鹤词人",《益闻录》1882年第142期,第54页。

《祝君听桐手绘潇湘馆侍立扇头惠赋此鸣谢并请浣花生同正》,署名"瘦鹤词人",《益闻录》1882年第168期,第208页。

《弢园老民招饮申江聚丰酒楼即席占赠并送其往香港循环报馆》,署名"瘦鹤词人",《益闻录》1882年第168期,第208页。

《借庐感事呈杨步云茂才并柬酒舲同和》,署名"瘦鹤词人",《益闻录》1882年第170期,第220页。

《翁仲叹(并引)》,署名"瘦鹤词人",《益闻录》1882年第197期,第392页。

《湘乡曾道亨协戎一再招饮以诗谢之》,署名"瘦鹤词人",《益闻录》1882年第205期,第441页。

《怀丘轶凡秀才录呈正和》,署名"瘦鹤词人",《益闻录》1882年第209期,第465页。

1883年,癸未年(清光绪九年),三十四岁

接俞吟香书。《三借庐赘谈》卷三"惨绿吟"一条云:"癸未夏,余与申江黄式权秀才同主《益闻报》笔政,昏灯晨砚,相得益彰。顾家贫多愁,不能自适,亦可怜虫也。幼有所眷,自号梦畹生,著有《惨绿吟稿》两卷。"

是年,《益文报》自第278号起,连载《三洲游记》。据《续修四库全书提要》史部地理类:

> 《斐洲游记》四卷,上海中西书室本,英人施登莱Stanley撰,虚白斋主口译,邹翰飞笔述。……是书节译《寻见李文司教记》之文,惟杜撰人物事实,改施登莱为麦领事,假定游记出华人手笔。原书面目全失,自有译本以来窜改原书之甚,莫有逾于是本者。

另,据光绪庚子孟秋订、上海中西书室藏版《斐洲游记》版权页告示,"是书系汇报馆译成"。

据悉,邹弢在是书翻译过程中担任"笔述"[①]。但据中西书室藏版《斐洲游记序》,可知对于邹弢在是书翻译过程中的身份有几种不同表述,一为"节译者";一为"笔录而润色

[①] 有关邹弢担任是书"笔述"事,参阅张治《"引小说入游记":〈三洲游记〉的迻译与作伪》,《中国现代文学研究丛刊》2007年第1期。

之";一为"笔述"。

致书沈荔之（时在新疆观察任上），论及当时中法越南战事，并询问游幕事宜："弟与陆氏割席后，一身飘荡，几类神仙中人。而山妻以困守非宜，殷勤劝驾。"

是年，有《春江花史》二卷一册印行，署名"梁溪潇湘馆侍者戏编"，茂苑赋秋生"志"。辑录沪上92名妓女生平。

茂苑赋秋生（姚芷芳）①序云：

> 余识瘦鹤词人久矣。宋玉情重，沈约腰瘦；愁怀秋撼，绮梦春结。沃冰雪口，香莓苔丽。□年妙才良会，屡隔芳讯空投。天各一方，相思相望。今年季夏，余从越裳归，戎马苍黄，风尘蕉粹，把臂江上，杯酒言欢。君出《春江灯市录》及《花史》四卷索余序言。披读之，则皆近时青楼中记事珠也。吊古伤今，采风问俗，花月志美，粉黛写艳，印留雪泥，春浓罗绮。有芳必采，无谈不佳。班香十重，江管五色，画舫之录，板桥之记，以此颉颃，允堪沉滛。沪渎自通商之后，俗气薰濡，流风淫靡。无心之士所不能言，君独广撼高把，振藻蜚英，智珠孤含，灵犀眼烛，才识双绝。劝惩并寓，为花写照。屑玉吐辞，风雨一灯。著述千古，将见吴姬楼上，越客江头。翠管争题，红妆下拜，故不独鸡林价重、纸重洛阳已也。光绪九年仲夏，茂苑赋秋生志于申江戎幕

冬，与朱曼叔"风雪旗亭，天涯揖别"。

4月11日，《申报》登载《花发沁园春·题谢仪笙明月落花图》，署名"梁溪瘦鹤词人倚声"。

4月12日，《申报》登载《松陵词隐以诗赠别原韵奉答并请陆晓云茂才同政》，署名"瘦鹤词人"；同日另登载《梦畹生以诗寄怀倒用原韵答之》，署名"梁溪瘦鹤弟邹弢时客浦西"。

4月22日，《申报》登载《香草集序》，署名"金匮三借庐主人瘦鹤邹弢"。

5月2、4、6、8、10日，《申报》登载瘦鹤词人为《管氏寿墨阁新印〈香草集〉、〈香州集〉》所发布之启事。

6月6日，《申报》登载《晚香老人巾车过访出六十自寿诗嘱和，得二律为赞》，署名"梁溪瘦鹤词人"。

9月19日，《申报》登载《柬雾里看花客》，署名"瘦鹤词人"。

11月26日，《申报》登载《问梅馆主自东瀛归喜晤》，署名"瘦鹤词人"。

《金缕曲三十自嘲呈赋秋笠雨瘦竹相如四词人正和》，署名"瘦鹤词人"，《益闻录》1883年第239期，第119页。

《茶余续录序》，署名"瘦鹤词人"，《益闻录》1883年第240期，第125页。

《寄物感怀呈赋秋梦畹疏狂浣花四生同政》，署名"瘦鹤词人"，《益闻录》1883年第251期，第191页。

《尚湖渔隐偕心禅居士巾车过访喜成二律》，署名"瘦鹤词人"，《益闻录》1883年第

---

① 有关邹弢与姚芷芳的交往，在《三借庐赘谈》第四卷《赋秋词》中云："姚芷芳上舍文藻，号赋秋生，诗词俱功，且少玉貌，有可一世之概，为余题《潇湘侍图倚沁园春》在性情上人也。"（第654页）《三借庐赘谈》卷二《微云阁诗》中云："尝与赋秋生约此后作绮语而未免有情痴根。"（第636页）同是多情之人。姚芷芳还曾为邹弢的《三借庐剩稿》写序，在邹弢的文集《三借庐集》有中有三首赠与姚芷芳的诗，分别为《茂苑赋秋生姚芷芳上舍文藻》、《清凉山谒薛慰农师时雨与惜阴书院时与姚赋秋偕》（第81页）、《四美轩赠姚赋秋》（第76—77页）。

252期,第197页。

《晚香老人巾车过访出六十自讼诗属和效颦二律呈政》,署名"瘦鹤词人",《益闻录》1883年第262期,第256页。

《秋夜怀留香室主人沣溪》,署名"瘦鹤词人",《益闻录》1883年第294期,第449页。

《天涯豪笔承四海大雅迭赐佳章报政不遑__难和谢适毛锥兴到倚镫成四截句录请,诸大吟坛哂正》,署名"瘦鹤词人",《益闻录》1883年第308期,第533页。

1884年,甲申年(清光绪十年),三十五岁

《上海品艳百花图》(五卷)刻印出版,作者署名"司香旧尉"①。

春,接俞吟香书。初夏,俞吟香因中风而死,邹弢伤恸不已(见《三借庐赘谈》卷四"俞吟香"②一条)。有《哭慕真山人俞吟香五十首》,其中十一首并引收《三借庐剩稿·诗剩》卷上。是年5月21日,《益闻录》(第359号)发表《挽俞吟香诗》,署名"甲春孟夏下浣三日瘦鹤弟邹弢和泪草"。"君姓俞名达字吟香,居洞庭西山,余平生第一知己也。癸未正月下旬,余从梁溪至申,道出胥江,曾与匆匆一叙。自后空江烟水,鲤信鲜通,亦无从觅驿使而投以书函。君沦落苏台,中岁穷愁,遭家多故,疏财好友,家日窘而境日艰,积负累累,索逋者日登门。""积逋累累,致城中不能一日居。爰挈老母诸妹遁西乡。自癸未至甲申春,两接君书,绝不言近况,惟言身世可怜,将欲出谋温饱。余因不得寄书地方,无从答复。四月,得冯寒芝书,传惨死噩耗,并寄所遗《醉红轩诗稿》两卷、笔话八卷,嘱为付刊。呜呼! 胥江一别,谁知后会无缘。回忆交情,肠寸寸断矣。聊成数绝,拉杂书来,不知是墨是泪也。"(《三借庐剩稿·诗剩》)

《哭慕真山人俞吟香五十首之十一首》:

肺腑论交正十年,平生遭际共相怜。疏狂落拓兼风雅,一样心情绮恨牵。

四海知音第一流,使君与我最相投。胥江五载同诗酒,山水轻狂结伴游。

行迹胥忘逸兴长,携尊郊郭访斜阳。(余解晚馆,每与君贯酒至南园沧浪亭野饮。寻场师钓叟酌酒,谈天兴尽而返)本来胸次多丘壑,合把愁怀诉北邙。

多情有约誓平生,绝异寻常车笠盟。记得无心留谶语,死时有泪要回倾(每与君放怀畅饮,醉后或临风大哭。君尝谓我死后必能得瘦鹤一副泪。瘦鹤君先死,则余不知苦到若何。今君先死,还忆前言,掷笔三叹)。

暂时分手便相思,过往频频怕别难(余馆胥江时,君每日必来三四次相见,谓知己如吾两人,竟同膠漆,片时不见,辗转难安。余就试金陵,行装皆君一人料理。送至舟边,以袖掩泪。珍重两字,不复能言)。儿女心肠游子恨,此中情味问谁知。

两人健步冠同俦,曾踏深山落叶秋。犹忆春宵明月夜,与君踽踽哭城头(君与余腰脚素健,曾于一日间由苏至范坟两次,皆系步行,不少疲倦。一日醉后思君,独往城头洒泪,人皆目余为痴)。

---

① 《上海品艳百花图》,光绪十年四月上海王氏印行,前有光绪五年三借庐主人"虞山客次"之"拜序"。此书为图画配文,画家署名"花下解人写艳",评点者署名"司香旧尉评花"。

② "人谓得一知己可以无憾。余幼作客历馆胥门,几及十年,所交亦众,惟趋炎逐热,俱非同心。独吟香一人,可共患难。君姓俞名达,自号慕真山人,中年累于情。余以惜玉怜香、才人常事,未敢深惩其失也。比来扬州梦醒,志在山林,而尘缁羁牵,遽难摆脱。甲申初夏,遽以风疾亡,为之叹息不已。著有《醉红轩笔话》《花间棒》《吴中考古录》《闲鸥集》等书,诗亦清新不俗。"

到底青楼误梦中，清才耗损总无功。平生只为多情累，长吉中年犯咳红（君曾著《青楼梦》）。

　　朋友通财唤不应，倩台百级已先登。无情独恨催租吏，竟迫才人遁茂陵。

　　比年我亦累奇贫，难慰同心蠖落身。患难相怜犹记取，阿侬不是负心人。

　　书来相易问平安，寒食缄封墨未干（君故于四月，朔寒食日尚有书来细询近况，并以交人涉世事相易）。岂料空江花草落，浮生竟作梦中看。

　　准拟寻秋访戴来，菊花深处一啣杯。谁知好友成长别，从此人间百事灰。

是年春，王韬养疴淞北隐庐，邹弢往访之，并获赠《蘅花馆诗钞》二册（见《三借庐赘谈》卷十"天南遁叟"一条）。

寄《三借庐赘谈》给葛其龙并索序。

据《三借庐笔谈》第三册卷七"倪云劬"一条云："甲申春，余客徐家汇，君巾车过访，始得相见。"倪为张南山（维屏）、黄香石（培芳）两先生弟子高足。"博学工吟，诗笔逼近樊谢。官粤东二十年，所得俸悉以购书。平生爱才好游，踪迹半天下。曾著《桐阴清话》《风仪录》《退遂斋诗集》等书。"

《四老挽词》，刊《闻益录》1884年第333期，第77页，署名"邹弢翰飞"。

《肺腑论交正十年生平际遇共相怜疏狂落拓兼风雅一样心情绮恨缠》，刊《益闻录》。

《春江灯市录》刻印初版，署名"梁溪潇湘馆侍者撰"。

《春江花史》刻印初版，署名"梁溪潇湘馆侍者撰"。

《海上花天酒地传》刻印初版，署名"梁溪潇湘馆侍者撰"。

《海上寻芳谱》刻印初版，署名"梁溪潇湘馆侍者撰"。

3月10日，《申报》登载《高阳台·寄怀曹醉庵太史福元》，署名"梁溪瘦鹤词人翰飞学草"；另，《四老挽诗》，署名"梁溪邹弢翰飞"。

7月11日，《申报》登载梦畹生之《甬伶吴兰仙，久饮香名，未亲玉貌。甲申闰夏，介瘦鹤词人以小兰花韵午晴初小影索题。率成二截，瘦鹤与兰仙交最密，第二首盖戏之也》，其中提及邹弢与吴兰仙之交往。

9月8日，《申报》登载《新刻悼红吟初集》发售广告："是书系瘦鹤词人为吴县管君秋初征题悼亡之诗文词曲也。骚人韵士一百余人，共有六百余首，订成一本，足洋一角半。在四马路文宜书局文海堂并二马路全盛信局及各路全盛局出售。"这种收入，尽管微薄，但亦可作为此间邹弢在沪生活来源之一途的证据。

9月21日，《申报》登载《赠合肥李仲仙明府并请醉玉同政》，署名"梁溪瘦鹤词人翰飞氏"。

10月20日，《申报》登载《李芋老自忠州惠寄天瘦阁大集，赋此鸣谢》，署名"梁溪瘦鹤词人"。

《承和佳章令人一读一击节真奇才也，纪吴县管秋初淑配潘宜人事》，署名"瘦鹤"，《益闻录》1884年第323期，第17页。

《次俞调卿寄怀韵》，署名"瘦鹤词人"，《益闻录》1884年第327期，第41页。

《短檠倚恨细雨织愁香消金鸭以无温箭滴银虬而碎梦情人遥夜美景当年枯坐寡欢赋此当哭》，署名"瘦鹤词人"，《益闻录》1884年第344期，第142页。

《暮春既望喜高梧轩过访》，署名"瘦鹤词人"，《益闻录》1884年第349期，第173页。

《赠怅花吊酒词人调倚金缕曲》，署名"瘦鹤词人"，《益闻录》1884年第351期，第185

页。

《久不读宋树棠彭云台杨次崖诗赋四截句以询并征和玉》,署名"瘦鹤词人",《益闻录》1884年第354期,第203页。

《长相思怀丁葆良茂才殿飏》,署名"瘦鹤词人",《益闻录》1884年第362期,第251页。

《题红杏村庄图》,署名"瘦鹤词人",《益闻录》1884年第402期,第491页。

《赠日本鹿门山人》,署名"瘦鹤词人",《益闻录》1884年第422期,第611页。

1885年,乙酉年(光绪十一年),三十六岁

妻中风,自此卧床不起。

葛其龙(隐耕)为《三借庐赘谈》撰序。

有《致朱曼叔杭州》书札。

《心禅居士自虞阳贻书来尚湖渔隐附诗寄怀即次原韵呈政》,署名"瘦鹤词人",《益闻录》1882年第162期,第172页。

《齐天乐客感》,署名"瘦鹤词人",《益闻录》1885年第432期,第52页。

《赠日本副岛相国种臣》,署名"瘦鹤词人",《益闻录》1885年第433期,第59页。

《蝶恋花·咏梅》,署名"瘦鹤词人",《益闻录》1885年第434期,第64—65页。

《新年客感》,署名"瘦鹤词人",《益闻录》1885年第435期,第71页。

《客感》,署名"瘦鹤词人",《益闻录》1885年第438期,第88页。

《寄哀红词客杨步质》,署名"瘦鹤词人",《益闻录》1885年第439期,第95—96页。

《和花影词人赠湘兰韵录尘晒正并乞缕仙朵红赐刊》,署名"瘦鹤词人",《益闻录》1885年第441期,第107页。

《酬两经沧海客寄怀之作次原韵》,署名"瘦鹤词人",《益闻录》1885年第456期,第197页。

《百蕉园厅琴为厅桐逸史作有引》,署名"瘦鹤词人",《益闻录》1885年第484期,第364页。

《秋初谱兄与鲍君叔衡结盟江楼大会文士余恨未与其盛他日相逢索诗相赠作此应之》,署名"瘦鹤词人",《益闻录》1885年第488期,第388页。

《闱期已促未克成行亲友贻书每有以行藏责问者赋此答之》,署名"瘦鹤词人",《益闻录》1885年第494期,第425页。

《龙见》,署名"瘦鹤",《益闻录》1885年第511期,第527页。

《赠嵩目使者七律二章即呈青莲居士》,署名"瘦鹤",《益闻录》1885年第511期,第527页。

《酬宝应秋月怀珠生并寄建霞吴门》,署名"瘦鹤词人",《益闻录》1885年第512期,第532页。

《重九日杨次崖蔡菊生两君巾车专访余适有龙华登高之游彼此不值惆怅无已赋此二章以谢并志不恭》,署名"瘦鹤词人",《益闻录》1885年第513期,第539页。

《金缕曲·阳月下浣李仲仙观察同黄军门枉顾寓斋倚声以赠》,署名"瘦鹤词人",《益闻录》1885年第519期,第575页。

《嵩目使者以白燕诗二章属和即次其韵东施效颦不计工拙祈有以政之》,署名"瘦鹤",《益闻录》1885年第520期,第581页。

2月4日,《申报》发表梦畹生之《读梁溪瘦鹤词人〈春江花史〉戏题》(这也是有关邹弢所编撰《春江花史》的读评文字):

> 留得春江十万春,红嫣紫姹见丰神。一编便是名花谱,何必公麟再写真(沪上近自名妓图之刻)。花天酒地足风流(是书又名《花天酒地传》),彩笔何妨艳史修。采得珊瑚归铁网,美人名士各千秋。
>
> 欢场回首渺如烟,梦醒扬州已十年。何事西园贵公子,凭空撰出蜃楼缘(书中纪予艳迹,悉系乌有子虚。即他人影事,亦未尽真,以致触怒某君,几兴文字之狱)。
>
> 红冰为骨玉为肤,倩影娉婷赛子都。何事万花搜采遍,独令沧海泣遗珠(瘦鹤与小伶纫秋馆主吴兰仙投契甚深,书中独未道及)。

4月17日,《申报》登载有关《三借庐赘谈》之售书广告:"新排《三借庐赘谈》初卷。是书系梁溪瘦鹤词人所著,谈狐说鬼,炫异惊奇,于诗论词等法尤觉精切,实诗话而兼志怪之作。计十六本。本斋用新刻枣木活字先为排印。一本足洋一角四分。除本斋并各书坊出售,外埠托二马路全盛信局代销。"

10月27日,《申报》发表《盍簪图》,署名"瘦鹤词人"。

11月2日,《申报》发表《自感》,署名"梁溪瘦鹤词人翰飞氏"。

11月6日,《申报》发表《贺新郎·和广陵女史原调原韵,尘沧海客、蓉湖词主拍正》,署名"瘦鹤词人填声";另,《双星渡河前一日,葛偕同数辈枉顾寓斋,鹤适授餐出馆觌面,不识,莫证吟缘。斐棐主人为述前由,不胜怅怅,因倚夺锦标一解赠之寄语,即以此为订交之先容也》,署名"梁溪瘦鹤词人"。

1886年,丙戌年(清光绪十二年),三十七岁

撰《管秋初徵题原配潘孺人诗启》(补)一文。后该文收《三借庐剩稿续刊》。

4月11日,《申报》发表《挽龙湫旧隐》,署名"梁溪瘦鹤词人"。

6月11日,《申报》登载《红楼絮别图应味揽余民题》,署名"司香旧尉梁溪瘦鹤词人邹弢"。

6月13日,《申报》发表《赠周凤林调倚苏慕遮》,署名"梁溪瘦鹤词人"。

7月30日,《申报》发表《吴闻祝君听桐,今之风雅士也,琴棋书画无不精,于铁笔之道尤为擅胜。余因藜床旧主而识之,已四年矣。以素纨□绘即赠小诗二首郢政》,署名"梁溪瘦鹤词人"。

8月28日,《申报》发表《徐古春先生过小斋惠雅箑赋以相酬》,署名"梁溪瘦鹤词人"。

10月4日,《申报》发表《九月六日为仓山旧主六秩寿,雾里看花客、高昌寒食生先倡大诗,因作继声,即呈诸大吟坛正和》,署名"梁溪瘦鹤词人"。

10月11日,《申报》发表《寄赠日本北条鸥所》,署名"梁溪瘦鹤词人";另,《喜北条鸥所叶新依过访调寄相见欢》,署名"瘦鹤词人"。

12月3日,《申报》登载《小诗两首尘醉墨生正和》,署名"同乡弟瘦鹤邹弢拜稿",以及《赠惜余春馆主人汤翠吾录事呈请小蓝田忏情侍者醉墨生梦畹生揖竹词人问梅山人同正和》,署名"梁溪潇湘侍者"。

12月9日,《申报》登载《梦见问梅山人醒而有感呈寒食生正》,署名"瘦鹤词人"。

12月20日,《申报》登载《赠汤翠吾词史诗即次其韵呈海内大诗家郢正》,署名"瘦鹤词人"。

12月21日,《申报》登载《前赠诗意有未尽,再作五十六字尘浮查客并祈和珠》,署"丙戌长至日梁溪瘦鹤词人稿"。

同日,《申报》登载由林乐知草拟的"中西书院新订章程",兹摘录如下:

中西书院新定章程

近日中朝崇尚西学,需才孔殷。本书院已立五年,培植甚众。向例中西并教,盖中学精熟,西学亦自得贯通也。兹于丁亥年始重订新章,开列于左:

一、本书院设立在美界虹口吴淞路,屋舍宽敞,规模宏大。

二、诸生来院读书,以一年为期,不得半途中辍。

三、进院后,悉凭中西教习管束,不得自擅。

四、西学归班习学,倘十寒一暴,功课参差,分班不易。如遇疾病正事,凭父兄来信给假,不准学生自请。

五、诸生每年捐洋廿四元,外加门工、听差工食及文应茶水等费,每人一元。务于开馆之前先缴半年,账房发给收票,以便届期进院。歇夏前十日,再缴半年,不得延约零付。

六、诸生功课中西并重,或上午中学、下午西学;或上午西学、下午中学,不可偏废。各自努力,切勿怠惰。

七、诸生在院读书,不能半日到半日不到,及任意出入喧哗笑语。不听教训,犯者由塾师严加戒饬。三次不改,即由塾师会同总教习告知监院,通知本生父母,即令出院决不容情。

八、院中建有学生卧房数间,以便好学子弟在院下榻,静心攻读。床榻院主承办,房内桌凳及一切什物各生自备。如合房间,每生按月出洋五角,进院预付半年。如欲独居一间,另议租价,派定后不得自擅迁移。至留居与否,凭监院司事作主。

九、院中设有厨房。凡住院诸生,每月议定膳金二元,按月先交。每日一粥二饭四簋,荤素各半。如有朝来暮去之学生寄食中餐,每月每人一元。再或丰或俭,悉凭自主。膳金增减与厨司面议可也。

十、诸生春夏定于九点钟到塾,十二点放饭,一点半钟再进院,五点钟放晚学。秋冬九点钟到塾,十二点钟放饭,一点钟再进院,四点钟放晚学。朝晚定期,不准参差。

十一、住院诸生放晚学后,在凭憩息养力,至晚餐后再读夜书,请中教习加以夜课,以冀竿头日进。

十二、每逢礼拜六下午放学,憩息半日,礼拜日上半日,齐集书院,听候监院各教习宣讲圣书。

十三、本书院早七点钟开院门,晚八点钟关销门户。闭门以后,司门人等不准私放学生出大门。如有恃强欲去者,立刻禀明司事。管门人等倘有私放情弊,立即斥退。

十四、额外一班半日全习西学者,其捐款酌定,每人每年捐洋三十元,加门工工食等费每人一元。入院须先缴半年,歇夏前十日再缴半年。

十五、诸生中有学问清通、天资颖悟、品性温和、勤学不息者,监院考选后,亲自教习,以冀上进。捐款照章不增。

十六、诸生中实系家计贫苦,而本生资质聪明、品行诚实、有志读书者,该父兄务须将细情面达。监院司事查明后,本书院酌量减捐,以示体恤。

十七、院中贫生如果中西两学兼优,本院稍助读书之费,以为奖赏。

十八、本院自正月开印日开馆,十二月封印日放学。端午、中秋各放假三日。大美开国节期、耶稣圣诞、外国新年,各放假一日;夏季自初伏起,除汉文功课外,其余功课皆停止一月。

十九、书院之设,为造就人才起见。凡来肄业者,洋文诸学,其须八年方可精通。如果始终急见欲速者,概不录收。

二十、在院诸生仍未肄业,须于年终放学之前与账房订定。凡已撤之生不准复入。

二十一、凡有学生本在他处书院肄业,欲至本书院者,须有该处教师执照方准来学。

二十二、新进诸生,约以正月初十至十八日,该父兄率领本生开明籍贯年岁,到本书院账房报名,再俟监院考试以定去取。

二十三、每逢礼拜三课期,能作诗文者作诗文,能作尺牍者作尺牍,各尽所长。

二十四、本院春夏秋冬四季考课。分别学生优劣,兼查塾师功课。勤怠皆归监院主政。以上新订章程廿四条,凡来肄业诸生,务各禀遵,以收实效。本书院有厚望焉。

丙戌冬十一月监院林乐知谨白

12月25日,《申报》发表《赠李宝玉校书诗口占一律敬呈问梅山人赐和》。

《乔秋亭封翁八十寿序》,刊《益闻录》1886年第614期,第538页,署名"梁溪后学邹弢"。

是年,《益闻录》第600期(第454页)发表徐圆成《翰飞邹君以五律投赠诗以答之录呈,诸大吟坛斧政》。

《赠燕山徐韵笙大令维城》,署名"瘦鹤词人",《益闻录》1886年第529期,第28页。

《销窗寒》,署名"瘦鹤词人",《益闻录》1886年第532期,第47页。

《人月圆元宵兀坐旅馆无聊检心上之愁痕引梦中之别绪六街灯火玩赏何情倚寒作此不胜 萧瑟录呈蒿目使者乐天词人赋梅生敲正》,署名"瘦鹤词人",《益闻录》1886年第538期,第82页。

《被花恼花朝闻雷录呈笠鸥大词家点正》,署名"瘦鹤词人",《益闻录》1886年第545期,第124页。

《酷相思笠泽鸥春游远别倏及一旬燕幕愁浓鸥江梦阔寄绿杨而绪短抛红豆以思长园杏空 香海棠无赖更阑苦 忆渺渺子怀不知笠鸥有同心否也》,署名"瘦鹤词人",《益闻录》1886年第547期,第136页。

《司马相如沉酒旀同政和》,署名"瘦鹤词人",《益闻录》1886年第550期,第155页。

《词学刍言补余》,署名"瘦鹤词人",《益闻录》1886年第555期,第181—182页。

《落花词谷雨后一日同友人游徐汇西国花园见桃花数十树大半飞英残红满地春光九十负却游筇好景难留不能无感口占五绝录呈蒿目使者教正》,署名"瘦鹤词人",《益闻录》1886年第556期,第190—191页。

《湘月题徐古春贻砚图》,署名"瘦鹤词人",《益闻录》1886年第587期,第377页。

《送别冯笠鸥即呈正和》,署名"瘦鹤词人",《益闻录》1886年第593期,第412页。

《寄碧湘秋梦词人》，署名"瘦鹤词人"，《益闻录》1886年第598期，第443页。

《寄赠日本东京诗人北条鸥所直方》，署名"瘦鹤词人"，《益闻录》1886年第600期，第454—455页。

《九月六日为仓山旧主六十诞辰同人在泰和馆称觞祝嘏作此贺之》，署名"瘦鹤词人"，《益闻录》1886年第601期，第460页。

《手笔苍老经营惨淡中已无刻划之痕其得力于宋名贤者不少近时惟船山太守可以似之》，署名"瘦鹤词人"，《益闻录》1886年第605期，第485页。

《闲情》，署名"瘦鹤词人"，《益闻录》1886年第612期，第527页。

《定侯有赏菊之招夜深未赴作此寄之》，署名"瘦鹤词人"，《益闻录》1886年第615期，第544页。

《梦见问梅山人醒而志感》，署名"瘦鹤词人"，《益闻录》1886年第617期，第556页。

《遥赠醉墨生》，署名"瘦鹤词人"，《益闻录》1886年第619期，第568页。

另，舒昌森（问梅）《问梅山馆诗抄》中有"访日本北条鸥所直方于申江寓舍，承以大著函馆竹枝词见惠。归赋七律两章寄赠"，可见与邹弢结识北条鸥所时间相仿。

1887年，丁亥年（清光绪十三年），三十八岁

有《丁亥四月初六为三儿迟生试周冯笠鸥龙司铎贺佳章志谢》：

卅四年华一刹过，生儿早岁已蹉跎。明知坠地非英物，痴绝犁牛属望多。

纵难师子比江东，得慰传薪亦自雄。他日文坛争一席，痴心莫负阿家翁。

堂上椿萱方渐疲，况逢大父更年衰（祖父今年七十有七，精神尚健）。

孙枝折后今方拙（长兄椿元前已夭折），应把名儿唤阿迟（此子三岁后六月乳绝，病殇，已备棺矣。复活。八月初九仍死，悲切甚巨）。

是年秋，携姑苏舒问梅探访自港返沪之王韬。"丁亥秋，予养疴淞北。门下士邹子翰飞同其友舒君问梅来顾寓庐。"（《问梅山馆诗抄》"王韬序"）另，《问梅山馆诗抄》中亦有《呈天南遁叟王弢园先生（韬）》一诗。

撰《王弢园师六十寿序丁亥》，兹录如下：

紫诠夫子以丁亥良月四日为花甲揽揆之辰，合海上之衣冠，瞻天中之山斗。聚铜十笏，奉酒一瓶，将以进祝弢园礼也。时夫子俭德方修，虚心克受，撤弟子之乐而弗奏其宫，却仙人之桃而弗张其会。乃进弢而诏之曰："祝嘏之辞，虽非近古，然赠香山之老友，白傅吟诗，表洛下之耆英，温公作序。子朱蓝早附，衣钵曾亲，固观我之有真，自切人而不媚，何乃懔三缄之玉、吝一字之金乎？"窃念弢与夫子丈席缘深，讲帷谊挚，载元亭之酒，问字车劳，横绛帐之琴，傅薪针巧。既入学人之室，愿扬道丈之徽，用竭管蠡，以窥斑豹。夫支郎晚岁，内典始通，高适暮年，诗章甫学。夫子幼标岐嶷，少识风丁，重君孝之麒麟，记陈埙鹦鹉。十行并下，群夸应奉之才，九纸无遗，恰类范云之速。儒林鹤羽，表异初华，泮水鸾旃，蜚英绮岁，许以小儿之圣，何惭学士之童，其赋禀之优有如此者。从来文字之途，须承圭臬，诗礼之契，贵溯渊源。视观七叶传贤，刘家启后，一经教子，韦氏成材，类资郎罢之贻，克造宁馨之选。夫子吴中素阀，江左青箱，广阴兴之德门，述苏颋之心法。驱宋玉为奴隶，大笔扛天；呼杨修为小儿，奇才冠世。知是超宗之凤，不同刘表之豚，其绍述之真有如此者。在昔鲁《论》半

部,侈语经纶春秋,一函妄夸淹博,纵非复古之空腹,已惭苏轼之撑肠。夫子口香梅苔,胸沃冰雪,媚古则曝书万卷,嚼艳则餐花一林。冠述履绚,赠通人之五绝;探赜索隐,得博士之九能。以故馈粮济贫,多文为富。韩浦人称肉铺,刘芳世号石经。上聚宝之船,桃李皆沾化雨;入藏书之库,蠹鱼亦孕仙胎,其学问之宏有如此者。古之人泥高尚之名,乐退休之志,辕驹局促,恋恋钓游,株兔因循,庸庸闲拙,枉有张骞之慨,已非祖逖之豪。夫子撰贯真形,箕踞野趣,浮槎溟北,走屐天南,为西亚之经师,尊东瀛之诗祖。簪花歌舞,胡奴亦识汾阳;橐笔驰驱,猺女且呼元默。当其飞轮跨海,撒火行天,停筇则猿鹤齐朝,击楫则蛟龙前导。看花瑶岛,云迷洞口之春;访石仙林,杖化天中之的。鳌轴穷而星河接,蜃气嘘而海市开。赏心五洲,行脚万里。其遨游之远有如此者,无如文章失色,青紫难荣,悲杨路之多歧,驱阮车而尽室。猖狂骂世,三商铁笛之声;辛苦伶俜,一掬青衫之泪。夫子穷无错志,失不挠心。即使世不能容,人皆欲杀,酿蛾眉之谣诼,中蜚语之雌黄,而善翁信天,佛能忍辱;酒怀磊落,漫攄肝肺。槎枒琴调和平,悉抹胸肠芒角,养启期之三乐,蠲平子之四愁。菩萨慈悲,神仙懵懂,其志趣之旷有如此者。且夫境屯而气馁者,情也;事拂而才穷者,势也。当天下沸腾之日,正平生忧患之时。先悲下第刘贲,更斥上书季子。果其韬光蒙垢,养晦全贞,没蓬蒿以自全,与草木而同腐。岂非留金台之骏骨,朽朽凄凉,负石室之驹光,英华肮脏哉!夫子乃焚香点易,闭户著书,吐云梦于胸中,拨阴何于灰里,兔毫颖脱,临文则狐鬼皆仙;蠹简芸消,振纸则神天亦哭。每值鼎觇夜试,香麝晨研,浮念息而幽思通,真意往而太和合。落花如雨,盐藻霏天,败叶鸣风,瘦灯闪壁。遂有等身著作,无非著手工夫,一席名山,千秋月旦,其撰述之富有如此者。或谓斯人莫与,且学逃名。君子固穷,何妨远俗,尽许塞子真之径,杜无几之门。在山泉清,与世交绝,鄙轩冕而屣弃,餍莼鲈而味长。夫子则驿置通宾,居迁近市。尊满孔融之酒,门容伯远之车,虽稚子妇人,皆识韩康之冕,虽荒陬远服,皆知张骞之名。且横座下之经,诸生环侍,馈山中之膳,大吏争来。盍簪则香火缘多,掷果而风流衔贵。蹀躞白衣之使,传抄黄卷之词,其交道之弘有如此者。凡人血气既衰,聪明易灭,裴度则龙种自笑,乔林则应对贻讥。发种种而星繁,搔来秋短;眼茫茫而镜黯,揩到花多。夫子玉杖延康,铜钲驻景,自练养生之券,几忘不死之魂。学方朔之诙谐,消除荆棘;夺李崇之志气,贞固桑榆。秋水南华一片,庄周机活,春山北苑三生,杜牧情怡。澄观而鉴本空明,慧悟而禅曾了彻。童心逾回,老境弥亨,其识见之超有如此者。今者朋甲开图,林壬介祉,当松柏耐寒之始,正琴箫协正之年。天半文鸾,替奏娱宾之曲;云间彩凤,遥衔上寿之杯。烧红烛以如椽,香尘欲尽;聚绛纱而进酒,云锦齐明。殁大阮囊空,义宣舍涩,滥厕欢宾之列,许随祝史之班。幸见我夫子海鸥精神,天驹腰脚,抱冬心而淬厉,矍铄翁强;披绿发之婆娑,膠牢仙久。笑指老人星朗,愿坛中长守庚申,但教寿者相成,待壶里重添甲子。

又,邹弢至交秦云,此间与王韬亦有往来。王韬《淞滨琐话》卷六《水仙子》一篇末,有文字一段,述及二人之间交游:

丁亥秋间,西脊山人客春申浦上,过访余淞隐庐。酒罢茶余,剧谈往事,余援笔记其崖略如此。伤美人之已化,悲名士之云亡。黄土青山,千古抱痛,不禁使余怅触旧怀,泪为之涔涔堕也。

岁末,与舒问梅聚饮。《问梅山馆诗抄》有《与瘦鹤词人邹翰飞茂才(弢)对酒作》。

此诗辑录于《丁亥守岁》一诗之后,推测二人聚饮在丁亥岁末或庚寅年初。

1月6日,《申报》发表《拙律呈玉梅花馆朱筱卿词史录请梦畹生政》,署名"潇湘馆侍者瘦鹤词人"。

1月13日,《申报》发表《毗陵醉墨生以乡感诗索和即次原韵呈正》,署名"梁溪瘦鹤词人"。

4月10日,《申报》刊登《丁亥春分前一日,天南遯叟招同东湖外史、瘦鹤词人游沪北徐园,即用玉梅花馆主原韵》,署名"庐山旧草"。此诗亦可说明1887年年初邹弢与王韬之间交往之一斑。

5月12日,《申报》发表《观戏卮言》一文,其中提到"卫珀所演傀儡戏,至昨晚已如《关雎》之卒章矣。清宵多暇,乘兴往观。甫入座,适瘦鹤词人偕其执友至相与联坐"。这段文字,是邹弢在沪上文化娱乐生活的一种反映。

5月14日,《申报》发表汪绍炎炳臣的《瘦鹤词人以重编沪游日记索题,勉成一律录请桂笙老伯大吟坛指政》。其中提及邹弢"重编沪游日记",可见在1887年间,邹弢不仅有《沪游日记》,而且还曾经"重编"并曾出示友人。

5月21日,《申报》发表《绿肥红瘦残春可怜,即和王汇生虞美人唐多令两解原调原韵》,署名"梁溪瘦鹤词人"。

5月22日,《申报》登载《与玉畲同观西傀儡影戏》,署名"瘦鹤词人邹弢"。

6月11日,《申报》发表问梅山人舒昌森有关王韬的一篇文章,其中有"弢园先生名震寰区,久钦雅望。丁亥仲春,偕瘦鹤词人江楼小饮,君亦在座"一句,记载当时与邹弢等一同拜谒宴请王韬景况。

6月25日,《申报》登载《皖江李仲仙观察新授川南永宁道,余得莳圃电信欣慰无已,急依金缕曲一解买之并求清鉴》,署名"梁溪瘦鹤词人邹弢"。

7月16日,《申报》发表《喜晤金翠梧校书口占两律》,署名"瘦鹤词人馆于《益闻录》"。

7月18日,《申报》登载《惜余春馆本事诗为金翠梧作》,署名"梁鸿溪畔司香旧尉瘦鹤稿"。

8月12日,《申报》发表署名"梁溪瘦鹤词人"诗,无标题。

8月14日,《申报》发表《与纫秋馆主人吴兰仙茶话,即次惜红生夜游西园原韵》,署名"梁溪瘦鹤词人"。

8月24日,《申报》发表《湘月莲花生日,百花祠香尉招集沪上名流,在双清别墅为荷花祝嘏。璞躬预其会,归填比解,录呈莲社诸君拍正》,署名"梁溪瘦鹤词人"。

9月3日,《申报》发表醉墨生《七夕感怀》诗,其中有"七夕承瘦鹤词人招饮法华寺"语,可见邹弢此间行迹一斑。

9月4日,《申报》发表《题夏史下马问碑图呈高昌寒食生梦畹生正可》,署名"梁溪瘦鹤词人"。

9月6日,《申报》发表"玉梅花馆主"①告白,其中提及邹弢《花天酒地传》一书,"为大宪查办"。

9月18日,《申报》发表《雾里看花客、高昌寒食生、留香室主均正,并呈龙山擅梦生点识》,署名"瘦鹤词人"。

---

① 玉梅花馆主,可能为徐凤冈。

9月22日,《申报》发表《徐君庚香从其师严芝僧太史赴粤,诗以送之。即用其留别原韵》,署名"梁溪瘦鹤词人"。

11月1日,《申报》登载《弢园夫子六十寿序》,署名"门生邹弢谨拟"。

《怀问梅山人仍用揖竹词人韵》,署名瘦鹤词人,《益闻录》1887年第637期,第71页。

《禁烟末议》,署名"瘦鹤",《益闻录》1887年第639期,第82页。

《续录禁烟末议》,署名"瘦鹤",《益闻录》1887年第640期,第88页。

《感遇三首柬问梅山人揖竹词人正和》,署名"瘦鹤词人",《益闻录》1887年第642期,第100页。

《赵丈静涵重刊上高黄豪伯大令西游杂着四种昨承惠赠一编赋此鸣谢》,署名"瘦鹤词人",《益闻录》1887年第652期,第160页。

《广义田以弭乱说》,署名"瘦鹤词人",《益闻录》1887年第662期,第217—218页。

《书丁侍御条奏改乡会试文体后》,署名"瘦鹤词人",《益闻录》1887年第670期,第265—266页。

《李芋老自忠州惠寄天瘦阁大集赋此却寄》,署名"瘦鹤词人",《益闻录》1887年第679期,第322页。

1888年,戊子年(清光绪十四年),三十九岁

《游沪笔记》四卷由咏哦斋刻印出版,作者署名"瘦鹤词人"。

应山东巡抚张朗斋之请①,至山东淄川矿山任职。《随弢园师次红花埠②题壁》(《三借庐剩稿·诗剩下》,第9页):

> 撰杖从游兴不孤,客中意态笑狂奴。看山选胜诗千首,吊古浇愁酒一壶。幸有明公留巨眼(谓张朗斋中丞),何妨寒士励穷途。归家还向妻孥告,莫笑今吾尚故吾。
>
> 埠中何处见花红,伸则题诗粉壁空。高树归鸦驮夕照,平沙落雁叫西风。飘萍怕远功名冷(朗帅欲派管淄川提炼局,余以归心甚切,以不习辞,因改委张姓),行李无多气象雄。惟有感恩忘不得,明湖懊悔别匆匆。

可见此次邹弢自沪赴山东谋职,得益于王韬荐举,且与王韬同行。据邹弢诗中推测,其赴山东路线为海路,《三借庐剩稿·诗剩》有《黑水洋放歌》及《登山东登州蓬莱阁和龚霭人方伯韵》,时间均署戊子。对于此次远行,邹弢曾吟有"男儿局促不得志,出门来作浮槎行"诗句,可见并没有多少计划,不过为生计耳③。

《黑水洋放歌》(戊子):

> 男儿局促不得志,出门来作浮槎行。双轮挟电掣大海,乘风破浪蛟龙惊。水天势合碧无际,混茫一气空沧溟。波光接霄日色黯,长鲸吹沐雨冥冥。胸怀浩荡眼界阔,一洗俗虑生寄情。此游不负夙昔志,陋却富贵轻功名。徐福已遥博望死,茫茫千

---

① 《三借庐剩稿·诗剩下》,有《鲁抚张公朗斋惠赠寒衣致谢》一首。另,《随弢园师次红花埠题壁》诗注云:"朗帅欲派管淄川提炼局,余以归心甚且,以不习辞,因改委张姓。"

② 红花埠村在山东省临沂市郯城县郯城南21公里,沭河西岸,属红花镇,地处苏鲁交界。

③ 此间邹弢在致友人们的书札中,屡次询问远游入幕一类职业事。《与管秋初上海》一函中云:"芦笙文幕中,自阁下去后,三年中七易宾僚,以青油师位之等而视同舍傔,其不能容人之量,固已可想而知。而阁下与之五载,同居尤为难事。"

古伤生平。扣舷四顾发悲愤,长叹一声天地青。

《登山东登舟蓬莱阁和龚霭人方伯韵》(戊子):

买山招隐约羊求,薙棘披荆辟一邱。四面楼台开画本,几时觞咏集名流。海云捧日天初晓,水汽蒸寒境易秋。仆仆不嫌双屐瘁,雪泥鸿爪又勾留。云房小住亦前因,梗泛萍漂事果真。高咏新诗惊海若,笑浇浊酒祭山神。且寻石上三生迹,顿扑人间万丈尘。回首又教增感慨,多情意气可怜身。星斗高扪揖众仙,此身疑到广寒天。松声鼓荡生萍末,帆影苍茫掠树颠。节钺名臣来此日,簪缨高会忆当年。遥情逸概消难尽,独自凭栏转怆然。功名何日到蓬莱,囊笔依刘燕雀猜。不解趋时非俊杰,偶伤失势即尘埃。南辕北辙虚真赏,萍海花天老异才。王谢雕梁巢燕子,痴心莫望蹇修来。

按:1888年9月,王韬应山东巡抚张朗斋之邀请,赴济南入幕,在一封写给盛宣怀的书札中,特别提及当时在淄川矿局办事的邹弢。是年农历九月二十三日,王韬致盛宣怀书札中曾提到在济南与邹弢相见事,并向后者推荐邹弢:

无锡邹翰飞茂才亦在此,乃中丞招之使来者,相见欣然,颇不寂寞。他日如过芝罘,当上谒龙门,执贽为弟子,阁下收录于门墙否? 其人才具亦殊可取也。①

当时盛宣怀为山东登莱青兵备道道台兼东海关监督。王韬应山东巡抚张朗斋之邀赴济南。不过王韬自南北来当取旱路而非水路。

此次山东之行,邹弢写成不少诗,除前述二诗外,尚有《钟鹤笙天纬热心人也,余赴淄川鹤笙乘轮送之芝罘,殷殷告别。赋此志感》《乐安县旅次寄舒问梅》《张家庄道中作在山东乐安草桥壩西南》《与山东抚署同人游大明湖》《淄川旅馆雨后》《般阳寓次感怀》《般阳客馆偶寄成问梅鹤笙酒舲》《淄川同孙逸如观西山流水》《题满洲慧智轩征回殉难传后》《登簧山谒郑康成祠》《淄川东省庄作》《满洲克小轩自淄矿赴京以诗告别步韵答之并呈张晋阶》《戊子重九般阳感赋寄苏州王梅初同乡张晋阶》《戊子孟秋下浣五日祭蒲留仙墓后再成二律焚之》《游济南千佛山同沈蒳之作》。

此间曾专赴蒲家庄祭吊蒲松龄,并有《祭蒲留仙先生文》及诗。兹摘录如下:

维光绪十有四年戊子孟秋二十有五日乙亥,江苏常州府金匮县后学邹弢,谨以清酌山果致祭于故淄川廪贡生柳泉先生之灵。曰:维先生仙笔奇才,高情硕德,缑山瑞鹤,前生修到。君身华表文鸾,小劫谪来人世,乃命途多舛,尘海皆艰。投时则文字无灵,绝俗则山林终老。青林黑塞,啼残故鬼之春;泣蜮惊狐,搵尽枯毫之泪。然犹谓达人有后,明德维昌,于公则将大门闾,臧氏则长绵瓜瓞。何意箕裘八世,更觉凌夷,衣钵一经,未能绍述。故侯门第,已无识字之民;野墓松楸,空有表阡之碣。草没聊斋之迹,夜走青磷;梧荒废院之烟,秋沉碧血。伤今吊古,殊足悲已。弢四海飘零,一身肮脏。廿年渴睡,云中之鸡犬难仙;三匝重寻,井底之蝦蟆窃笑。落拓则青衫失色,凄凉则白屋甘贫。然而慧业未钟,妄冀清高之选;名心虽冷,还寻旖旎之缘。今者作客山中,寄人篱下,来展名贤之墓,聊诉穷愁。倘怜逆旅之踪,愿留好梦,敬陈

---

① 王尔敏、陈善伟编:《近代名人手札真迹·盛宣怀珍藏书牍初编》,香港:香港中文大学出版社,1988年,第3408—3409页。

鄙曲,用告幽灵。尚飨。

附:

　　逊清光绪戊子夏,余幕淄川矿山,离公所居之蒲家庄四里。七月二十五日,与同事孙君逸如携只鸡斗酒山果,往墓上致祭。经跃龙寺北里许,始抵蒲庄。公居已残毁如牛栏。问聊斋,无知者。后访得一叟,年六十三,短衣裸跣,出应客。谓是柳泉公八世孙。宅辗转售人,唯老梧一株,为公手植,后引至公墓侧,老柏成林。冢直长式,前石碣一,上刊墓表,言公《聊斋》只八卷。冢东一冢,为公父敏吾名槃者所葬,附二妻一妾,表为同邑张元所撰。叟一子,作矿工,孙一,均不识丁。余为之黯然。因以所著之《浇愁集》初刊及新续二编焚之。

《戊子孟秋下浣五日祭蒲留仙墓后再成二律焚之》:

　　泣鬼惊狐绝妙才,笔花红艳对君开。怀人写韵词双叠,作客浇愁酒百杯。岂料清名归粪壤,可堪故里委蒿莱。骷颅夜叹青松月,谁向荒坟吊影来(祭蒲坟时,余尚未入正教。是役与孙逸如俱。今逸如尚在,年七十二矣)。人间潦倒厄文星,自写孤怀泪血腥。腕下阳秋书感愤,眼中冶态开聘婷。一灯闪壁妖光艳,五夜行尸鬼火青。块垒难浇同调泣,仰天长叹觋山灵。

撰《舒少卿问梅图序》一文,后该文收《三借庐剩稿续刊》。
《敬送吞生鸦片药》,刊《益闻录》1888年第735期,第46页,署名"邹翰飞"。
1月9日,《申报》登载申报馆启《重印〈浇愁集〉出售》:

　　梁溪邹翰飞先生,著有《浇愁集》。前由本馆排印问世,业经售罄,现仍用铅字重排,已装订完工,即日出书。每部八卷,仍订四本,价洋两角正。

2月6日,《申报》发表《悼亡室》,署名"瘦鹤词人弢"。
4月15日,《申报》登载《小诗二章敬呈龚观察即请钧诲》。
5月14日,《申报》刊登《留别问梅并呈瘦竹寄萍录请梦×点识》一诗,作者署名"亦是可怜虫邹翰飞拜稿":

　　平生辛苦觉同心,天壤相逢觅赏音。气味合尝公瑾酒,衷怀相契伯牙琴。悲愁时作唐衢哭,慷慨频挥龟叔金。临别无多须自爱,临岐草漫泪沾襟。

5月26日,《申报》发表《烟台登禹王顶,上蓬莱阁,次龚蔼人方伯原韵,录请梦畹问梅寄萍瘦竹正和》,署名"梁溪瘦鹤词人"。
8月18日,《申报》登载《新印〈三借庐赘谈〉出售》(申报馆主人启):

　　古今说部,汗牛充栋。大率尘义土饭,陈陈相因。求其运意遣词新领异者,曾不多见。邹翰飞茂才,名下士也,著有《三借庐赘谈》,其中网罗故事,搜采遗闻,俊句名篇,亦为摭入。虽未知与古作者何如,然其审既新,则阅者之耳目亦当与之俱新。爰取其稿,付诸手民。即日出书,每部六本,价洋三角五分,售处仍照旧例。

此出售《三借庐赘谈》一书之广告,在《申报》上一直登载至10月23日。
10月5日,《申报》发表《七夕怀人词,寄临江仙调两体二十四首,录请诸大吟坛拍正》,署名"戊子七夕梁溪瘦鹤词人稿时客山左般阳"。

10月7日,《申报》登载《祭蒲柳泉先生记》一文,作者署名"梁溪瘦鹤词人"。

10月16日,《申报》发表丹徒杨家禾《读〈申报〉载瘦鹤词人〈祭蒲柳泉先生记〉,不禁之即次题墓原韵一首录呈大吟坛法政》。

11月17日,《申报》发表富文阁书局启事,涉及邹弢所著之《新刻游沪笔记》一书。兹照录如下:

> 富文阁书局启
> 新刻游沪笔记
> 沪上繁华,名闻天下。是书为金匮瘦鹤词人手辑。以马路之店铺、洋行、钱庄、书画家、茶馆、烟馆、酒馆、戏馆、妓馆、街巷、古迹,以及各色各项规例暨冶游备要。外国话、竹枝词、番菜馆,即微如野鸡流氓等事,凡沪上之奇景异观,无不备制。几欲将沪城南北两市,逐家逐事,条分缕析而尽录之矣。故不特身游海上者,可以作为南针,即神游海上者,读之尤可胜卧游也。每部四本,白纸洋五角。在上海四马路文宜书局管可寿代售。

1889年,己丑年(清光绪十五年),四十岁

是年,梁启超在广州参加乡试中举。

是年秋,赴金陵参加乡试。有关此次秋闱乡试,钱塘诸可宝①为《三借庐集》题词云:"忆光绪己丑,仆分校秋闱,得卷激赏,荐呈西堂,以次艺有'天方回纥'字样见摈,往争前列不许,为惋惜者数日。迨拆黏名,则翰飞邹生,固名下士也。次年得生谢状,辞藻沉博,吐属雅隽,愈信为读书而不徇流俗者。"(《三借庐集》"群贤评语",第2页)②

有关此次秋闱,有《次李仲仙经义秋试报罢寄感韵》《再赠李仲仙并东牟渊如》等诗。

有《将赴秋闱与畹根话别》(是年余代族弟子钧中式)诗。

有《江建霞过访梵王渡感赠次舒问梅韵》诗。

返沪后受邀为由卜舫济组织的益智会撰写《益智会弁言》。时卜舫济已担任上海圣约翰书院(即后来所谓圣约翰大学)院长。益智会初次集议,入会者有朱玉堂、吴子良、华嗣秋、沈星垣、唐梯旃、龚志善、戴调侯、潘书卿、顾晓严、董琹琛、孙绍周、李郁兰、周直卿十三人[此文署名"梁溪瘦鹤词人邹弢识",刊《万国公报》,1889年(10)]。

《益智会弁言》:益智者何?明格致以增见识也。会者何?聚众人以求至理也。泰西博学家向有聚会之举。或星期休沐,或政事余闲,订相会之时,定相会之地。凡明理通达者,至期均至。彼此探讨,各抒所见。以著于篇,合众人之心思,明物理之准则,博讲既久,始恍然于万物之渊源。犹艺林之会文,公家之会议,其获益固非浅显也。己丑秋,余金陵试归。西士卜君舫济适有益智会之举。时初次聚议,与会者为朱君玉堂、吴君子良、华君嗣秋、沈君星垣、唐君梯旃、龚君志善、戴君调侯、潘君书卿、顾君晓严、董君琹琛、孙君绍周、李君郁兰、周君直卿共十三人,而卜君独为之倡

---

① 诸可宝(1845—1903),字迟菊,号璞斋,钱塘(今杭州)人。同治六年(1867)举人,官江苏昆山知县。善书法,工山水。著有《捶琴词》《璞斋诗集》等。

② 邹弢将自己此次秋闱之遭遇经历,亦作为韩秋鹤之遭际,直接写进了《断肠碑》(《海上尘天影》)第十一回中,言韩秋鹤"不愿仕进,平时吟风弄月,一往情深。于经济上则专习算法洋务,真是个有用之才。无奈起自式微,无人汲引,即稍有知遇,他性格高傲,不合时宜。乡试了几回,荐了几回。有一回业已中定前列,因'天方回纥'四字被黜"。

纲纪而张驰之。月凡一集，专论格致之理，先以一人创论，然后各以心得之要，相与讨论而折中之。赏奇析疑、反复辩难，务使万物自然之理深入显出，由贯通而臻神化。后乃分列条目录而出之，以为世人讲求格致之助，是此会之有益于身心、固为智府灵台之密钥也。

《弢园著述考》《弢园尺牍续钞》校订署邹弢；《弢园尺牍续钞》卷一、卷二、卷三、卷四、卷五、卷六末，均边书"门人无锡邹弢翰飞校字"①。《弢园尺牍续钞》内页署明排印时间为光绪己丑，即1889年。

有《送别冯笠鸥司铎云之吴江》《赠杭州孙尉卿德华》《寄日本北条鸥所直方》《和日本鹿门山人韵》《赠福慧书生江建霞》等诗。

《寄日本北条鸥所直方》：

> 蛭版龙滨渺海天，羡君才调剧翩翩。词林凄艳金荃笔，蓬岛聪明玉局仙。清品瀛台花十八，游踪弱水路三千。神州身价云门奏，遍结东方翰墨缘。

《和日本鹿门山人韵》：

> 漫天雪意酿寒深，瀛峤苍茫一鹤临。侠客风流湖海气，诗人高古薜萝心。琴尊朋侣联真契，杖履乾坤付大吟（君踪迹天下，著作等身，所交皆名士）。有约未尝呼负负，斜阳立瘦女墙阴。

是年自2月至9月，《申报》连续刊登有关《新刻游沪笔记》之售书告示。
9月30日，《申报》发表《济南杂咏》，署名"梁溪瘦鹤词人邹弢录戊子旧作"。
是年，次儿承元出生。有《次儿承元生已弥月，月中众戚友补集汤饼筵感谢》诗：

> 四十将来鬓渐凋，清风两袖尚萧萧。痴聋方恨翁难作，总有佳儿恐不祧（后次儿附读徐家汇公学，有志勤学，十七岁殇，竟成诗谶）。拟招亲友共张筵，客里荒厨惯断烟。朋辈多情更多事，先期争掷洗儿钱。

1890年，庚寅（清光绪十六年），四十一岁

是年春，梁启超赴北京参加会试，不中。返程之中途经上海，见到上海机器制造局翻译的一些西学著作以及《瀛寰志略》。是年秋，结识康有为，"一见大服，遂执业为弟子"，接受了后者的改革主张和变法思想。

成《庚寅冬至晚航渡野眺寄颜永京牧师》诗。诗云："古渡何来觅晚航，诗情画意两苍茫。黑翻夕照鸦千点，青界长天雁一行。野笛时闻童牧籁，篱梅时现美人妆。西风吹送吴淞冷，脱尽平林树叶黄。"

为舒问梅②《问梅山馆诗抄》撰写序言（另有王韬、金松岑、顾明道等人所作之序），并有题词诗："剑气如虹烛影沉，哀红泣琴见情深。三秋征雁江湖梦，数点寒梅天地心。璞

---

① 《清代诗文集汇编》编纂委员会：《清代诗文集汇编》，上海：上海古籍出版社，2010年，第411页。
② 《问梅山馆诗抄》前刊有自撰小传及希社首任社长高翀所撰"问梅山人小传"。高翀所撰小传曰："舒问梅，江苏宝山人。幼年遭乱失学，及长，好从海内知名者游，遂能诗，尤喜填词。鼎革后，希社立于海上。因入社，与诸子及余相唱和，所学益进。洒落疏财结客，有古人风。为关吏数十年，奉公如一日。东西人士亦重交之。善饮，解丝竹。公眼辄觅醉听歌为乐，晚年寄情山水。苏杭诸名胜，足迹迨逾以是多方外交。生于咸丰壬子，今年六十有七岁。子早逝，遗一孙，已成立矣。所著有《问梅山馆诗词》，待刊。戊午仲冬日上海高翀敬撰。"

玉浑金摩诘句,高山流水伯牙琴。知君近日愁无奈,寄慨诗多叠韵吟。"

《问梅山馆诗抄》邹序：

夫良工藻绘,终殊云霞之文;素艳薰迷,岂夺兰蕙之馥。清扬之婉,欧柳倾心;化育所呈,伴捶谢手。盖中裕者,外不能夺;天赋者,人不能争。中材十年,上智一淬;读书万卷,不如纪事九行。古人所谓清明之气本乎天成者,吾友舒君问梅迫其俦侭。问梅簪缨族远,圭华门清,耽庄惠之濠梁,畜陶朱之鱼竹,埋愁白屋,商亦兼农。招隐青山,耕不废读。或世无大侠,里下通材,徒为钻纸之痴蝇,未得窥斑于蔚豹。我闻如是,谁传暗室之证;此意云何,莫济迷津之筏。岂知杨修早慧,无俟研经;高凤凤聪,更能劬学。识杨梅于座上,写婴母于屏中。每当朋席,抽簪客窗撅笛,商推敲于一字,脱口如□;参宫羽于五声,从心所欲。兰啼芷怨,独工秋士之悲;玉润珠圆,善摘冬郎之艳。附孔融之大雅,呼宋玉为衔官。由其聪贯群才,理探众要。花飞天口,嚼锦绣之一林;雪濯尘襟,落珠玑之万丈。宜乎景行幕内句芙蓉,谢慧池头凝芳草也。仆与君,钟俞契德、韩孟联交,本异曲而同工,合双声为一气。今读大集,敢赘肤词乎！性情者,身世之笙簧也;闻达者,平生之黼黻也。所愿含英咀华,涵今媚古,无征张稷之歌,多诵杜陵之律。则此日三章赋就,独超名士风流;他时一品集成,应夺诗王俎豆。光绪十有六年岁次上章摄提格天宁节梁溪瘦鹤词人邹弢拜撰。

3月16日,《申报》发表《土星考略》,署名"美国卜舫济译,梁溪瘦鹤词人述稿"。

11月2日,《申报》发表《保朝末议》,署名"梁溪瘦鹤词人记,天南遁叟称之曰然"。

1891年,辛卯（光绪十七年）,四十二岁

梁启超在万木草堂跟随康有为讲学。康有为"以孔学、佛学、宋明学（陆王心学）为体,以史学、西学为用"的治学立场与方法,让梁启超颇感新奇与兴奋,几乎完全服膺于康氏之学。

是年12月17日,胡适诞生。

是年正月,《万国公报》发表瘦鹤词人邹弢《推广西学议》文：

当今物色,难得通儒。时事变更,宜兼西学。虽国家盛衰关乎气运,而乱极思治,必有机会可逢,使一辈人才风云会合。然人才之所以奋兴,亦必在上者有以栽培,教而兼养,然后经济学问一以贯通。本平日之所知,以为朝廷之大用。于是赞襄有赖不同,徒托空言而要之培养无方,终不能集思而广益也。

夫天下之大,民人之多,造物生才,何地蔑有。在贫贱子弟泥涂伏处,目不睹古今之书,身不列通显之地,见闻所囿,风化皆拘,猥鄙昏庸,几不知天地为何物。即一二有识之士,亦以遭逢不偶,问道无从,遂至骯脏,生平自少而壮而老,长为农夫以没世,彼岂不图富贵,甘作庸流哉？势处于无可如何,遭遇使然,莫能奋发耳。若当道为之教化,为之鼓励,就资质之所宜,因才而笃,而又不惜经费,在各省郡邑设立公家学堂,并多翻译西书,由公家刊印,贱其价值,售之于人,俾寒士之有志经纶者易于购阅。民间子弟六岁以外均须入县学肄业,其能自延师傅亦听其便。习学既专,然后县试。县试既取,再赴郡试,分天文、地理、测算、制造、绘图、兵学、光学、重学、矿学、律学、电学,以及格致行船之类。报名入考,郡试既取,再赴省试。果其才识各有专长,方升之国学之中,以备器使。或更出洋习练以阔见闻。如是栽培,不二十年,人

才济济,可无旷职之忧矣。

中朝自开关揖使以来,成见破除,喜行西法。京、津、江、粤、闽各省,皆有公塾。延请西士教之、诲之,又恐域于见闻,莫窥堂奥,复挑选出洋子弟,俾广聪明,随其财力之浅深各习一艺,国家之重视西学可谓余力无遗。乃讲求二十余年,足资效用者曾有几人?且间有浮躁之徒,眼高于顶,自以为洋务中人不过知几句西言、几行西字,遂若目无余子,独出奇才。此等庸流,一旦加以重任,其不致弄权贻害者几稀。

或谓人无全才,惟当道善为器使。故用人之智,去其诈;用人之勇,去其怒;用人之仁,去其贪。若以小节而弃真才,则天下之人几无指臂之助。是贵司其事者善为培植,诱掖栽成,以集思广益之明,成禽受敷施之治。故《洪范》之道,广大而不隘,宽厚而不苛,所谓有囿有为有守。皇则受之者,家国于以有郅治也。且夫泰西之俗,虽与中国悬殊,不知德成艺成,似分二致,而形上形下,本乎一原。窃谓欲于西学专精,须大洗萎靡之习,而后不蹈西人之所短,可得西人之所长。苟能实心办理,有志振兴,去其观望之私,扩以精明之识,渐磨已久,犹谓华人之不敌西人,吾不信也。

5月8日,《申报》发表《画润》,署名"天南遁叟、瘦鹤词人同定"。

据邹弢诗文记载,19世纪80年代左右其曾入京谋职,具体时间不详,但羁留时间亦不长,推测入燕之行似在入齐之后、湘行之前。《三借庐集·书牍·覆门下蒋植山陈墓》书札中云:"桃花香里,承惠守扎。适值鄙人于役京江,投递参差,未获先睹为快,直至荼蘼开罢,花事阑珊,逐逐劳人,始返春申浦上。"邹弢《自挽文》(《三借庐集·书牍·自挽文》)中对于自己履履所至,有如此描述:"生年已七十也。幼起田间,赖先祖教以诵读得识。之无其后西赴秦陇,北游燕齐,南极衡湘,东至蓬峤。或为导师,或允记室。东涂西抹,著述数十万言。"另,《三借庐剩稿》野衲"序"中曰:"公年少不羁,壮尤落拓,文章憎命,口腹累人。亦尝游齐而燕而湘楚。"上述两处文献,均提及燕。

1892年,壬辰(清光绪十八年),四十三岁

与风尘女汪瑗相交,彼此诗词唱和、情谊深厚。此亦为小说《断肠碑》(即《海上尘天影》)创作之缘起。《海上尘天影》"珍锦"有汪瑗甲午四月初三日书札,其中有云:"阁下相识,已及两载。"

关于邹弢客沪期间的家庭生活,其诗云:"茅屋西风溪上客,梅花明月梦中人。""余十余年卖文,家寒累重。内子经营殊称心曲。"(《三借庐剩稿·诗剩》卷下)不过,他在一首诗注中亦云:"余艺菊数百种,无种不备",另有注云:"余种牡丹兰蕙菊花甚多,岁必邀知己共赏。"似见其家庭生活虽清寒但并非日日无隔夜之粮。

吴语文学半月刊《海上奇书》由韩邦庆(子云)创办,后改为月刊,前后共出15期,上海点石斋书局出版。自创刊号起,即连载《海上花列传》,作者署名"云间花也怜侬"。每期两回,共出14期28回。第1至10期尚连载韩邦庆《太仙漫稿》。

1893年,癸巳(清光绪十九年),四十四岁

1894年,甲午(清光绪二十年),四十五岁

孙中山在檀香山成立兴中会。甲午中日战争爆发,北洋水师全军覆没。

离沪赴长沙，入湖南学使江建霞幕①，不足一年，后离湘返沪②。《三借庐赘谈》卷五"怀珠阁感事"一条，述及江建霞怀珠阁感事诗百绝。另卷七"秋风词"一条云："元和江建霞秀才标，少年俊逸，好学聪明，尤工篆籀，与余为莫逆交。"

此行有《过洞庭湖》《甲午冬余幕湘中闻高丽为日本所攘志感》《登岳麓山志感时高丽为日本主持独立》《将赴湘中志别》《浔阳道中》《黄鹤楼题壁》《甲午除夕感怀时客湘中》等诗。可见是年直至岁终，邹弢依然客幕在湘。另，舒问梅《问梅山馆诗抄》中有《寄怀翰飞长沙》一诗，其中有"重阳转瞬一年秋"一句，大抵可推测邹弢离沪在湘时间。

《游小孤山》：

一气大江流，奔湍势难约。到此千里余，忽然锁津钥。夸父负一峰，倒向惊涛格。岩峣插碧空，四壁锐如削。名之曰孤山，棱棱露铓锷。山孤势不孤，疑有五丁凿。只许鸟往来，凡夫难插脚。楼台凌翠微，古树瞰深壑。相对惨吟魂，落笔想难著。双轮碾怒流，眼光倏一掠。江险石能填，人险心难托。我今到此游，回首意萧索。安得小姑仙，高领对清酌。

《游洞庭湖》：

激水飞轮下洞庭，人生踪迹等浮萍。
天寒波浅沙洲出，木落风骄水气腥。
廻野浮云千万态，扁舟渔火两三星。
此行已负兰香约，拟叩龙君向乞灵。

是时，邹弢父母双亲在堂，妻子料理家务，育有二子两女。与红颜知己幽贞馆主人已有来往，"住亦伤心别可怜，临岐珍重慰餐眠。相期选得刘樊侣，先把鱼书寄客边"（《三借庐剩稿·诗剩下》，第6页）。另《海上尘天影》第二十三回为"群公子小叙幽贞馆，女才子大治绮香园"③。另有《畹根以小影见贻致谢》诗，中有"本来移孝可全忠（君曾为母割臂），慷慨谈兵气象雄（来书有愿作花木兰、秦良玉，自练三千兵士赴战御日之说）"诗句，其中"为母割臂"一事，在《海上尘天影》中亦有记述。

《畹根以小影见贻致谢》：

---

① 邹弢与江建霞交游甚早。《三借庐剩稿·诗剩》卷上收《元和江建霞茂才(标)初次过瓣连巷见访并赠佳章赋答》一诗。又，《三借庐笔谈》卷七中"秋风词"一条，云："元和江建霞秀才标，少年俊逸，好学聪明，尤工篆籀，与余为莫逆交。君诗笔超逸，长歌心折梅村而别饶跌宕之致。"江标（1860—1899），清末维新派。字建霞，号师郑，又自署䛆笘。江苏元和(今苏州)人。光绪进士。1890年由庶吉士改授翰林院编修。青年时期即关心时事。1894年，任湖南学政。当时湖南封建顽固守旧势力强大，极力诋毁西学。他毅然以"变风气，开辟新治为己任"，坚决整顿校经书院；以舆地、掌故、算学、方言试士，选拔真正有科学知识、有真才实学的人才。还十分重视时务教育。1897年后，积极协助湖南巡抚陈宝箴规划新政，赞设矿务、学堂、报馆、南学会、保卫局等。并与谭嗣同、黄遵宪、唐才常等在长沙创办时务学堂，成立经学会，办《湘学新报》，以介绍西学。因此，横遭湖南守旧派王先谦等的攻讦。1898年9月，时值维新运动期，受命四品京堂、总署章京上行走。尚未涖职，新政失败，随即被革职永不叙用，并交地方官严加管束。次年卒于家乡。编有《灵鹣阁丛书》《唐贤小集五十家》。另，《三借庐笔谈》卷二有"怀珠阁感事"一条，其中录有江建霞诗数首。另，《三借庐笔谈》第四册卷十"昨夜歌"一条中云：余尝于友人案头，见《昨夜歌》一首，秀丽清新，笔亦灵妙。后署觞月馆萧史，不知为何人。去年晤江君建霞(标)，知为其胞兄。

② 邹弢在《将赴湘中志别》组诗中曾注云："余种牡丹兰蕙菊花甚多，岁必邀知己共赏。别后内子不知培养，恐三年之后，根本凋零，殊可惜也。"可见邹弢离沪赴湘时，暂拟三年在外。

③ 另有《将赴秋闱与畹根话别》诗。

三千里外感情深,一纸云蓝值万金。报我平安心便慰,护花辛苦谢春阴。本来移孝可全忠(君曾为母割臂),慷慨谈兵气象雄(来书有愿作花木兰、秦良玉,自练三千兵士赴战御日之说)。果许玉人亲教战,书生执策愿从戎。水样深情锦样才,玉函郑重远贻来。低头欲索梅花笑,特把纱窗两扇开。宝树临风秀一枝,旅斋静对慰相思。他年重识春风面,镜里潘郎鬓已丝。

《甲午冬余幕湘中闻高丽为日本所攘志感》:

　　天险何人守,倭氛卷地来。信陵方对酒,卜式竟输财。镇静销兵气,风流老将才。安危争一瞬,决策尚迟回。大器成须晚,孤臣草莽闲。才名空画饼,忧患竟如山。风雨舰稜梦,文章玉筍班。飘零何日已,岁岁唱阳关。书生凭血气,决策但忘身。刁斗严藩服,金汤依大臣。胜谋拼黩武,私约失和亲。兵备应堪恃,还须问个人。

《登岳麓山志感时高丽为日本主持独立》:

　　远岫排云到眼陈,京华北望起边尘。景行入幕称双美,王粲登楼胜一身。学问疏慵惟守拙,江湖憔悴总忧贫。此行莫笑诗囊瘦,好访钟期作主人。千山木落洞庭寒,绝巘凭临眼界宽。倦鸟塞云天地窄,飞鲸跋浪水波干。长扬卖赋输金少,北海怜才荐士难。昨日家书新寄到,断炊犹为远人瞒。不作萧郎也远游,风尘鸿洞鬓丝秋。五更残梦孤灯死,万里雄心一剑酬。下界云山皆入画,他乡风景易生愁。依红泛绿缘何事,赢得鸿泥爪印留。龙门遥望碧云高,李泌清华一代豪。早乞山公留秘札,似怜范叔赠绨袍。文章航脏埋奇气,块垒消除仗浊醪。定有春温回黍谷,可知邹律入钧陶。

《将赴湘中志别》:

　　堂前拜别暗吞声,恩重难酬百感生。垂老艰难家累重,痴心尚望子成名。(别亲)
　　依装默默痛难支,只为家贫赋别离。能慰双亲如爱我,三年相忆不多时。(别妻)
　　绕漆牵衣不放行,几声嗷应泪纵横。年年常叙天伦乐,婚嫁何须了向平。(别子女。时余有二子两女)
　　命薄中心万事违,天涯鸿雁又分飞。阿兄不是封侯去,莫望他年衣锦归。(别弟)
　　怜侬鲍叔惯分金,海上交游几素心。百级债台酬报苦,此行计算十分深。(别友)
　　住亦伤心别可怜,临岐珍重慰餐眠。相期选得刘樊侣,先把鱼书寄客边。(别幽贞馆主人)
　　春秋次第任君开,相赏流连酒百杯。此后作花须仔细,更无青眼肯栽培。(别花。余种牡丹兰蕙菊花甚多,岁必邀知己共赏。别后内子不知培养,恐三年之后根本凋零,殊可惜也。)

《甲午除夕感怀时客湘中》:

　　卅五年华一瞬过,名场征逐悔蹉跎。愁边寄柬乡尘远,醉后思家别绪多。往事空追梁苑月,新诗独赋洞庭波。短檠寒坐潇湘雨,自把雄心仔细磨。潇湘寄客孰无情,金尽林头事远征。残腊已随更漏尽,闲愁难借酒杯平。三生枉订梅花约,万户争喧爆竹声。搔鬓自怜还自笑,只将辛苦换狂名。

1895年,乙未(光绪二十一年),四十六岁

中日《马关条约》签订。康有为、梁启超等人联名上书,反对对日议和,请求变法图

强,史称"公车上书"。

《万国公报》于是年8月17日创办,康有为主办。出版至12月16日,旬刊。北京强学会之机关报,不久更名为《中外纪闻》。该刊热衷于"西学",每期扉页上刊有"本刊是为了推广泰西各国有关的地理、历史、文明……及一般进步知识的期刊"。

傅兰雅于是年5月25日在《申报》登载《求著时新小说启》,其中云:"窃以为感动人心,变异风俗,莫如小说。推行广速,传之不久,辄能家喻户晓,气息不难为之一变。今中华积弊最重大者,计有三断:一鸦片,一时文,一缠足。若不设法更改,终非富强之兆。兹欲请中华人士愿本国兴盛者,撰著新趣小说,合显此三事之大害,并祛各弊之妙法,立案演说,结构成篇,贯穿为部,使人阅之心为感动,力为革除。辞句以浅明为要,词意以趣雅为宗。虽妇人幼子,皆能得而明之。述事务取近今易有,切莫抄袭旧套。立意毋尚稀奇古怪,免使骇目惊心。"

是年8月16日,汪瑷书成与邹弢诀别之信函。"前书邀吾知己于中秋前能到申江,尚可告别,今势已不及,徒惹悲伤。相见无期,手此留别。此后餐眠动作,诸望自珍,勿以薄情人为念。"

是年,"校文襄幕江建霞学使代余刊稿,乃又搜索诗词骈文七卷。刊未竟,建霞任满回苏,家中不戒放火,余稿全焚。自是了无只字矣"①(出处同上)。

1896年,丙申(清光绪二十二年),四十七岁

3月末清政府驻日使裕庚经日本政府同意,选定唐宝锷、戢翼翚、胡宗瀛、朱忠光、吕烈煌等13人赴日留学。此亦为晚清中国官费留学日本之始。

是年,黄遵宪、汪康年等在上海筹办《时务报》,邀请梁启超前往主持笔政。后者很快在《时务报》上发表了《变法通议》《论中国积弱由于防弊》等一系列文章,倡言变法主张及思想。严复论之曰,"任公文笔,原自畅遂。其自甲午以后,于报章文字,成绩为多,一纸风行海内,观听为之一耸"。

康有为写作完成《新学伪经考》《孔子改制考》,梁启超完成《变法通议》,谭嗣同完成《仁学》,严复翻译《天演论》。

是年,鲁迅将其名字由周樟寿更改为周树人。

是年6月,胡璋(铁梅)在上海创办《苏报》,以其妻生驹悦名义在日驻沪领事馆注册,聘邹弢为主笔②。1900年,《苏报》原主无力维持,将报馆转让陈范。

是年10月,自湘幕归沪。《海上尘天影》"寄幽贞馆主人书"曰:

> 丙申十月朔,从湘幕归。甫抵上海,即赴友人家,询主人近状。郑君善之、华君子仪曰:君若何迟耶!主人于中秋后一日已适万姓,或云曹姓。将嫁前,屡遣媪蝶蛱至此,来问君归否,意欲一诉离情,然后脱然以去,既而媪遂绝迹,盖已绝而深入侯门矣。今旧媪金珠,仍在清和坊旧处,已从役他人,君往访之,必知其确。余闻言,如汤沃雪,华复出主人告别函。读未竟,堕泪吞声,婉转欲绝。急访金珠,不能询一语。金珠曰:中秋前十日,姑婢先以离别函嘱华寄君。华以君即日将归,未寄。于十日以

---

① 此处所谓"自是了无只字矣",乃指诗词骈文,非谓小说等著述。
② 有关邹弢与《苏报》,郑逸梅《艺林散叶荟编》中云:"《苏报》原为胡铁梅(璋)所办,铁梅娶日本女子生驹悦为室。报即由生驹悦出面,聘邹翰飞为主笔。生驹悦一次强迫翰飞撰一索诈稿,翰飞拒之,遂辞职。"

后,望眼欲穿。十六适人,临行留言曰:我去后,有邹某严某来访,必当痛哭。汝但嘱其珍重,再结来生缘。勿以所适何人及里居寔告,恐彼此缠绕,情累众生,我不能安于室也。时余代刻主人印章甚多,并主人所托代题幽贞馆写韵图。所题诗词及画,皆名士手笔,凡数十页。久有文具箱、茄南珠、茶杯酒盒煖碗皆刻主人别号者,凡数十件,并书籍十余种,此皆无可以送。因商于金珠,将《断肠碑》稿及册页图章送去,并附短笺,云恨恨生致书于幽贞馆主慧坚,十月朔,自湘中归,得悉主人已藏金屋,无穷怨悔,为平生第一伤心。从此死别生离,不能再面。回想在湘一载著书辛苦,尽付西风。初三日,遇见旧婢阿玠,彼绝不作慰藉语,固知其非晴天来者。惟拟送各物,兹只将印章册页奉上,其余文具玩物,均留自用。非吝也,恐主人睹物怀人,致乱方寸耳。子仪代交函中,嘱改书中结尾,统当遵命,惟欲改去。

是年冬,邹弢在徐家汇天主教堂西置新筑(丙申冬,新置小筑于徐家汇堂西)。

在《五十放言》诗中,提及此时已入教:"林间红叶添新趣,篱畔黄花助野妆。拌得青衿还圣主,乐天知命住江乡。"在此诗后,另有《京都致命亭题词并引》,其按云"庚子北京拳匪酿祸,天主教中信人被杀者尸横满堂。事平,在顺治门合葬之筑亭以为纪念"。此亦为邹弢就天主教事而吟诗撰文。

《万国近政考略》(十六卷),清邹弢编辑,光绪二十二年(1896)铅印本,一函四册;前有薛福成序①、仁和孙乃德蔚卿序。据《万国近政考略》"凡例","是书在一千八百八十七年以前"。故推测其成书时间当在邹弢来沪之后及1887年之间。薛福成读是书,颇为嘉勉,并力劝邹弢出洋,因故未成。"余见书中考据确切,读而嘉之,劝令出洋,则以亲老不能远游为虑。因嘱将书速付手民,以俾当世。按茂才于洋务颇有门径,惜处境多困,遭际艰难。今得是书,是显之坐而言者,何异起而行。"

对于《万国近政考略》一书刻印初版之经过,光绪二十一年季冬仁和孙乃德蔚卿之序言中有所交代,兹录如下:

谱兄邹子翰飞束发读书,不屑帖括章句之学,而于经济有用之书,切切参求,日手一编,竟忘寝馈。庚寅冬,有某大员重币招致,时翰飞方闭户著书,辞而弗就。越二年,辑成洋务新书四十二卷,中有十六卷,名曰《万国近政考略》。余力劝付梓,以心力相违,不克如愿。今翰飞自湘中回,因请之于黄爱棠大令、浦鉴庭上舍,集资附益之,始得付之铅印。此书一出,吾知士林中之喜论时务者靡不争先快睹,岂但有益时务而已哉!②

《万国近政考略》"凡例",对是书及邹弢此间学问追求有大略说明。兹录如下:

一、万国政事,岁有变迁,不能拘守。是书在一千八百八十七年以前,故与目下

---

① 薛福成序云:"同乡邹翰飞茂才,王紫诠先生高足弟子也。年少蜚英,喜习经济,常抱刘子元疑古之癖,怀王景略治国之才。顾起身蓬茅,有相如壁立之贫,无元礼登龙之引,而又意气睥睨,以求人苟就为羞。于是起灭风尘,闭门著作,将平日所得于中西人士者,成书十六卷,曰《万国近政考略》,皆征之近闻,与耳食无凭者相去霄壤。庚寅冬仲,余奉命出洋,道经沪渎,君持全书来相质证。余见书中考据确切,读而嘉之,劝令出洋,则以亲老不能远游为虑。因嘱将书速付手民,以俾当世。按茂才于洋务颇有门径,惜处境多困,遭际艰难。今得是书,是显之坐而言者,何异起而行。请以余言为后日之左券,可乎? 出使英法义比大臣大理寺卿无锡薛福成序。"(见《万国近政考略》,光绪二十二年春三借庐藏版)

② 邹弢:《万国近政考略》,光绪二十二年春三借庐藏版。

新政,尚是相同。

二、书中人名地名,系照西士口音译出,且或英或法又各不同,阅者须当意会。

三、是书之成,已二十年。或得自师承,或采取教士之说,或从翻译之后得其绪余,集腋成裘,不敢参以己见。

四、地图营阵图,本来另辑一编,详志道里。光绪辛卯,赴试白门,在下关轮船,为胠箧者窃去,兹集遂有说无图,阅者请别购泰西新图,与此书印证可也。

五、是书于各国版图、形势、历代沿革、兵制,均举其略,挂一漏万,知不能免。且恐间有舛误之处,所愿读书君子匡我不逮,幸甚感甚。

六、余入世以来,每喜考论时务,而境地清寒,知识浅陋,管窥所及,安能进于高深。惟近来谈洋务者,非失之迂,即失之固。是书但尚考证,不尚论断,且除洋务之外,不敢参与西学。

七、《海国图志》《瀛寰志略》两书,所载甚详。惟当时风气初开,南洋未悉,故偶有虚诞失实之处,兹书悉从西书译出,谅无是病。

八、星书、地舆沿革、军政三门,所排各国次序,间有不同。盖地舆先亚洲而后他洲,其余以地大国强为限。

《万国近政考略》凡十六卷。

卷一"天文考:总说;恒星;行星;水星;金星;地球;火星;木星;土星;天王星;海王星;彗星;星图星座;流星;日球;月球(附日月蚀);节闰;天层星层;风;雨;雪;霜露;雪珠;霞;虹;空气蒙气"。

卷二"地舆考:总说;地球方域;日本(先亚洲而后他洲);波斯;阿剌伯;阿富汗;印度(附俾路芝);土耳其;俄罗斯;英吉利"。

卷三"地舆考:法兰西;赛士兰;荷兰(附比利时);瑞典瑙威;丹马;德意志;墺地利亚;希腊;意大利;赛尔维罗马尼蒲加利三国合考"。

卷四"地舆考:西班牙;葡萄牙;美利坚;墨西哥;危地马拉;哥伦比亚;巴西;秘鲁;玻利未亚;智利;拉巴拉他;巴拉圭"。

卷五"沿革考"。

卷六"沿革考:西班牙;阿剌伯;日耳曼(即德意志)"。

卷七"沿革考:荷兰;比利时;英吉利;意大利;赛士兰(或名瑞西)"。

卷八"沿革考:墺斯;法兰西;俄罗斯;土耳其"。

卷九"沿革考:美利坚;墨西哥;秘鲁;巴西;印度;波斯(舆地舆志参看);日本"。

卷十"风俗考"。

卷十一"军政考:英吉利;法兰西;德意志"。

卷十二"军政考:俄罗斯;墺斯(亦名墺地利亚);意大利"。

卷十三"军政考:西班牙;葡萄牙;土耳其;日本;荷兰;印度;美利坚;军政杂考"。

卷十四"教派考"。

卷十五"杂考:合约考;博览会考;欧洲疆域民数考(附美洲民数)"。

卷十六"列国编年纪要"。

《万国近政考略》是邹弢洋务西学研究方面最具有代表性的著述,但其志向及思想主张,其中却未能尽展。

6月2日,《申报》登载《新印〈万国近政考略〉》(图书集成局代启)之售书广告:

> 通海以来,谈洋务者虽不乏人,然往往人各其说,多肤浮袭取之词,难夸心得。梁溪邹翰飞先生,时下通才,喜习经世有用之学。平生与中西名士交往谈经济,凡有心得,辄笔记之,因成洋务丛谈全部,此书其一种也。凡天文、地舆,及泰西各国沿革、风俗、兵刑、礼律、教化、盟会、编年、新政之涉于考据者,备载其精,了如指掌。兹托本局代印,每部实价洋七角。托镇江文宝阁、上海申昌文瑞楼、宝善分局各书坊寄售。

此售书广告一直刊登至1897年1月19日。

6月13日,《申报》发表"《万国近政考略》声明",署名"瘦鹤词人"。兹照录如下:

> 仆系寒儒,辑成此书,殊非易易,所费亦已不赀。深恐贸利者翻印,致有讹误,贻害士林。故特禀知邑尊,如有翻刻,定当禀究。为告同人,幸勿将来辩辩也。瘦鹤词人。

对于清末人物乘槎泛海越洋之举,邹弢几多歆羡,其此间心迹,在其致友人书札中亦可见一斑。《与乔定侯》中云:"仁庵太守已于月杪出洋。十余年需次无聊,一旦破浪乘风,竟酬远志。从此异邦人物,眼界一空,平生可以无憾。"

1897年,丁酉(清光绪二十三年),四十八岁

是年2月,商务印书馆在上海创办。梁启超离沪赴湘,就任长沙时务学堂总教习。

11月,严复、夏曾佑所作《国闻报附印说部缘起》一文载《国闻报》,其中有云,"夫说部之兴,其入人之深,行世之捷,几几出于经史上。而天下之人心风俗,遂不免为说部之所持。……本馆同志知其若此,且闻欧、美、东瀛,其开化之时,往往得小说之助。是以不惮辛勤,广为采辑,附纸分送。或译诸大瀛之外,或扶其孤本之微。文章事实,万有不同,不能预拟。而本原之地,宗旨所存,则在乎使民开化"。

1898年,戊戌(清光绪二十四年),四十九岁

6月—9月,康梁推动"戊戌变法",史称"百日维新"。戊戌变法失败,梁启超流亡日本。是年底,在横滨创办《清议报》,鼓吹改良思想。

张之洞《劝学篇》发表,其中有云:"学堂建,特科设,海内志士发奋扼腕,于是图救时者言新学,虑害道者守旧学,莫衷一是。旧者因噎而食废,新者歧多而羊亡。旧者不知通,新者不知本。不知通则无应敌制变之术,不知本则有菲薄名教之心。夫如是,则旧者愈病新,新者愈厌旧,交相为愈,而诡诡倾危、乱名改作之流,遂杂出其说以荡众心,学者摇摇,中无所主,邪说暴行,横流天下。敌既至,无与战,敌未至,无与安。吾恐中国之祸,不在四海之外而在九州之内。"又云:"窃惟古来世运之明晦,人才之盛衰,其表在政,其里在学。……内篇务本,以正人心;外篇务通,以开风气。"亦即"中学为体,西学为用"。

是年3月9日,《申报》登载《苏报》馆主笔邹翰飞被馆主辱侮斥逐登报开除,邹弢投诉英界公廨一案。《苏报》系日本妇人生驹悦出名开设。

> 会讯主笔
> 《苏报馆》主笔邹翰飞,即邹弢,被馆主辱侮斥逐,登报开除。邹遂投控英界公廨。谳员张赓三直刺知《苏报馆》系日本妇人生驹悦出名开设,因照会日领事,请为

会审。

昨日午后三点半钟,日本署理总领事小田切君莅廨,与直刺升座会讯。胡铁梅①、生驹悦均未投案。惟据邹翰飞供,在《苏报馆》主笔所司者为笔墨之事。至于各事之应登报章与否,均由馆主胡铁梅作主。即议论是非,亦系胡所授意,脱稿后仍须交胡寓目,然后登报。即如骂各小钱庄董事一节,初胡命晚生涉笔,后欧阳蕚设席请胡,即于去年十一月二十二日登整顿钱庄及钱庄续志等语,如此类者,不胜枚举。去年十一月杪,胡嘱晚生作论一篇,骂衙门管押人多、差役舞弊等事,晚生不允,遂嘱另一主笔作之。今年胡听信旁人传述,谓晚生得新衙门及各包探之贿,即被辞歇。胡遂自作雷厉风行新闻一则,毁谤新衙门,以为从此晚生所得之贿必然吐出。各段报章,均有存稿,请饬胡将稿交出,便知何人秉笔。至访事人钞来之事,亦由胡作主,主笔之人惟略加删润而已。后胡卧病,晚生不与馆事,仅供翻译之职。至辞馆之日,向领薪水,生驹悦谓:薪水要扣除因须送东洋领事及新衙门两处之礼。晚生在馆,向未见有妇人,今忽有妇人出面,未知此馆究系何人所开。当晚生临别时,曾向生驹悦言馆事须留意,以免风波。生驹悦谓领事亦无权管我,盖我馆系日本外部大臣处来。我虽平常人,曾由胡铁梅在日绅日官前保举为馆主。查中国律例,夫在从夫,则此馆应由胡铁梅出面,未知应归何处保护。但主律系斯文中人,辞歇则可,若言开除,未免心有不甘。如以前诋毁人家之处由晚生作主,何敢挺身而出,尚求深究。至于薪水十七天应否,饬交亦求作主直刺与小田切君有商之下,着邹明白补词再行察夺。

3月11日,《申报》继续登载有关此案详情,并就《苏报》反控《申报》造谣生事予以回应。其中提及邹弢在英租界公廨自陈细节,获悉当时在《苏报》月薪28元,是月邹弢在《苏报》担任主笔17天,故有16元薪洋。且年前邹弢进入《苏报》之时,另有五百股份,存有股单及折为凭。

照录会讯主笔供词:

《苏报馆》已开除之主笔邹翰飞,即邹弢,日前投英界公廨,控其馆主,本馆照新闻体例纪其事于十七日报章。乃《苏报馆》忽以本馆为捏造会讯,登之于报,其意盖以苏报诸事不免为邹翰飞和盘托出,不得不指本馆为子虚乌有之谈。本馆素以悉厚待人,故于前次所纪会讯主笔供词略加删汰,并未一一录出。今苏报既有此语,则本馆只得将会审署所录邹翰飞原供,一字不易照录一通,以存庐山真面。至当日会讯官保日本副领事诸井君,而访事人所见之名片,则为小田切万寿之助云。

邹翰飞供:晚生在苏报馆里是他们作主,我没有权柄,都是胡铁梅作主。新闻做好图样,看过交他自己再看,或改或不改;新闻他自己授于主笔,不能做坏。去年有欧阳蕚一段主笔,说他不是好人,他叫我骂他。后来不知他自己与别人来请胡铁梅吃大餐,回来他自己做一篇,在去年十一月廿二日,题目"整顿钱庄",后来还有几篇,题目是"整顿钱庄续志""王婆有子""王婆有子续闻""太史坍台,某委员老赌棍劣迹多端"等,不知他是不是索诈,竟见另有一纸。去年他叫我在十一月底十二月初做一篇论,骂老公祖并骂差人不好。那时我没有做,他另叫一个主笔张郁周做好。至今

---

① 胡铁梅(1848—1899),安徽桐城人,清末画家,工山水、人物及花卉,以画梅著名。后久寓沪上,亦曾旅游日本,并扬名东瀛。

年正月初十后,他听信旁人之言,说我得新署及包探之贿,待馆事已毕,他自己做"雷厉风行"一篇,诋毁老公祖。他以为有此一篇,我所得之贿必须吐出。后来访事人报在押,有二百余人,那日台差取保单,我说在押有二百余人,有阿方的伙计说共有四百余人,他有原笔迹字条,我不敢呈出,恐有累人。新闻条纸访事进来,主笔改削之后,其登与不登,他自己定夺。十二月二十一、二十二,他抱病。今年正月初四,我去拜年,他已病好,不知初七初八他往愚园游玩。他病以前,所有本地新闻我不管,只管翻译。有生驹悦说我照写,馆中有二位副主笔。倘有不暇,我帮他。今年那辞馆一天,我问他要薪水,不能领要,扣住,因为要送东西与日本领事及公祖。这馆我究不知是哪个开的。不过,向无女人开馆之理。生驹悦对我说:"我不惧,馆由东洋外部大臣来的,领事亦不能管我。我叫他笔下留心。他说领事无权,不能封我馆。"以前铁梅说过生驹悦本是平常人,我在日本官绅前保毕,他因此得为馆主。况且论外国新闻体例,总是馆主意见,主笔仅司笔墨而已;若照中国律例,妇女出外从夫,此馆应归胡铁梅为馆主,未知日本能否保护。不过他们将我登报,有关声名诬妄毁谤,请公祖根究。现在领事大人在,我二十八元一个月薪水,现做十七天,共有薪洋十六元,可否求追。去年我进去时,有五百股份,有股单,有摺为凭,亦请求追。

4月2日,《申报》登载邹翰飞《声明翻印书籍》一则:

《万国近政考略》,余费半生心力始成。是书刊印时,曾禀请上海县黄邑尊立案,如有翻刻,即须禀究。今闻有人写样翻刻,故特告知。余系寒士,日用全恃此书,请即赐鉴停刻。如或必欲翻印,某定当禀究,莫怪不情。邹翰飞启。

有《自题断肠碑》(此书凡六十章),推测写作时间在1898年前后。

珠啼玉晕情根种,铁铸愁肠写悲痛。瑶华消损益相思,天风吹冷华胥梦。梦中何处访情天,恨海波皴碎玉填。一缕柔魂摇脆弱,三生慧业缔缠绵。兰芬底事笺孤鹤,误却琼宫伤堕落。蕊府年年秋月心,萍踪处处春风约。仙曹姊妹怅离魂,沦落谁知女子尊。娇现鸿波惊顾影,闲揩凤帊展啼痕。悲欢离合催人老,电石光驹真草草。怨女痴男色相空,红颜黄土优昙小。春消花落最堪伤,回首繁华暗断肠。三尺孤坟埋紫玉,一床幻梦醒黄梁。才人坛坫新词笔,万劫痴情不灰灭。影事从头数别离,商声满纸流呜咽。惜玉怜香点点心,情山片碣渺难寻。泪珠惨化苌宏血,愧继红楼嗣正音。

是年5月11日,《无锡白话报》创办于无锡,裘廷梁、裘毓芬主编,五日刊。

《采风报》《笑林报》连载孙玉声章回体长篇小说《海上繁华梦》。

1899年,己亥(清光绪二十五年),五十岁

邹弢于是年正式受洗入教。《壬子秋感》诗中云:"天意眷穷途,精力尚可恃。修身保性灵,昨非今日是。"自注云:已亥受戒入教。

有《五十放言》诗:

秋霜渐向鬓毛侵,忠孝皆虚感不禁。碧血沈埋伤士气(戊戌八月十三日,京中政变。谭嗣同、康广仁、杨深秀、林旭等六君子被害,康有为、梁启超出亡,士类伤之),白云渺渺忆亲心(余具庆下,然未归省扫墓已八年,贫贱依人,长呼负负)。苏张身世

交游绝(食苦乡居交游绝迹不来),屈贾文章涕泪深(新拟定万言书,惧祸未上)。莽莽神州偏铸错,今生只合老岩阴。臣本高阳旧酒徒,壮年辛苦学耕夫。累人柴米油盐酱,误我之焉者也乎(八股平生最鄙。秋闱九,屡中屡弃,亦命薄也)。纵有虚名能寿世,倘无傲骨不穷途(目下论交,言动笑嘲,处处荆棘。余嫉俗太甚,遂少亲知)。妻孥习惯鸰原近(两子鲁枚幼读,两女已嫁,内子勤俭,幼弟在申),伦理长亲胆便粗。五十年华误昔非,天涯落落赏音稀。情山枉扣三生石,学海谁传一品衣。瘦骨伶俜蝴蝶冷,秋容憔悴凤凰饥。词场卅载狂游倦,剥筑蒲西永息机(丙申冬,新置小筑于徐家汇堂西)。羊公败鹤太郎当,自让清酤媚酒狂。友以十千谋半醉,天教三九作重阳(生于九月二十七日)。林间红叶添新趣,篱畔黄花助野妆。拌得青衿还圣主(余三次岁试,不复再考),乐天知命住江乡。

《巴黎茶花女遗事》由福州畏庐刊出,署名"(法)小仲马著,冷红生(林纾)、晓斋主人(王寿昌)译"。

1900 年,庚子(清光绪二十六年),五十一岁

义和团运动及"庚子事变"。八国联军攻陷北京。

在沪上入天主教①。有《五十放言》诗,诗注云:"戊戌八月十三日,京中政变,谭嗣同康广仁杨深秀林旭等六君子被害,康有为、梁启超出亡,士类伤之。"另注:"新拟定万言,惧祸未上。"(《三借庐剩稿·诗剩下》,第 11 页)此时邹弢生活处境更为艰难,"苏张身世交游绝(食苦乡居交游绝迹不来),屈贾文章涕泪深"(出处同上)。

《五十放言》诗中亦注云"两子鲁枚幼读,两女已嫁,内子勤俭,幼弟在申"(出处同上)。另《六十方言》诗自注云:"长女适海昌陈鸣皋,次女适吴门徐绥甫。"

有《京都致命亭题词并引》:

> 庚子,北京拳匪酿祸。天主教中信人被杀者尸横满堂。事平,在顺治门合葬之。筑亭以为纪念。

> 毒尘卷地疑龙走,官府流腥鬼车吼。烽火骊山警洛钟,长星亘野骄苍狗。苍狗奔驰扰北燕,跳梁忽起义和拳。螭廷暗把声援结,鼠社群将道法传。扶清妄想洋人灭,昏谬无知顽如铁。星使衙前拥甲兵,天神堂外流膏血。荣赵端刚集庙谋,西官误信许同仇。雷车电炮掀天震,象燧狼烟卷地愁。大千性命虫沙化,致命群真供脸炙。红灯妖妇宝刀横,白衣圣使灵旌下。灵旌下引上天阍,万古长生白骨香。视死如归风节壮,舍生取义姓名扬。联军一入狂魔逐,宫阙邱墟翻大陆。约成天子恤忠魂,危亭当作孤坟筑。深埋浅葬殡官分,吐弃人荣喜合群。无量头颅无量血,年年感慨吊斜曛。

上海中西书室刻印《斐洲游记》,英施登莱著,邹翰飞节译(另署"是书系汇报馆译成"),王铭题签,光绪庚子孟秋订。上下两册。书前刊有原著者英人施登莱画像一帧。另,该书前有署名徐汇虚白斋主光绪二十六年夏的《斐洲游记序》,中云:"某尝阅其记,见怪怪奇奇,良堪悦目。因逐渐口译,浼邹君翰飞,笔录而润色之,入《益闻录》,阅一年始

---

① 有关邹弢入教事,在《戊子孟秋下浣五日祭蒲留仙墓后再成二律焚之》诗自注中云:"祭蒲坟时,余尚未入正教。"(《三借庐剩稿·诗剩》卷上,第 20 页)另有《送别冯笠鸥司铎之吴江》《丁亥四月初六为三儿迟生试周冯笠鸥龙司铎贺家佳章致谢》二诗,可见邹弢与天主教神职人员于 1887、1888 年之际已有来往。

竟。"由此可知,是书口译者为虚白斋主,而邹弢乃受其恳托而"笔录而润色之"。且该译本最初刊载于《益闻录》。据张治《移小说入游记》一文考证,《斐洲游记》当有三个版本,即《益闻录》连载本、小方壶斋本以及上海中西书室藏版本。从时间上看,《益闻录》连载本早在1883年即始。

1901年,辛丑(清光绪二十七年),五十二岁

《辛丑条约》签订。

移馆吴江陆姓(《三借庐笔谈》卷二"新燕词"),居停携眷寓胥门洪氏。有词云:"傍人门户终非计,何取年年作客来。"对于这种飘零不定之生活,邹弢屡有牢骚,"青衫肮脏,惟以诗酒消磨,而酒酣耳热之余,慷慨悲歌,有愤懑不平之气。人生不得志,致七尺须眉出于屠沽牧竖之下。呜呼伤哉!"(《三借庐集·尺牍·与管秋初上海》)

1902年,壬寅年(清光绪二十八年),五十三岁

2月,梁启超在横滨创办《新民丛报》。

4月,鲁迅赴日本留学。

是年,《万国近政考略》凡十六卷由上海书局石印,署金匮邹弢翰飞氏编辑,元和江建霞、萍乡黄爱棠鉴定。前有出使英法义比大臣、大理寺卿无锡薛福成序。

3月5日,《译林》创办于杭州,林纾、林长民、魏易等主编,月刊,上海商务印书馆代印。

4月3日,《励学译编》创办于苏州,月刊,励学译社主办。

6月20日,《杭州白话报》创办于杭州,为旬刊。主笔有钟寅、汪曼铎、林獬(白水)等。

11月14日,《新小说》在日本横滨创办。

1903年,癸卯(清光绪二十九年),五十四岁

章太炎发表《驳康有为论革命书》,邹容撰写《革命军》,陈天华撰写《猛回头》《警世钟》。

是年秋,与唐咏莪在一次沪上河工局宴会上结识。咏莪去世之后,邹弢撰有《哭老友唐咏莪》,诗中云:"我为浦西之寓公,君是漕溪之世族。壮年游幕早闻名,但切相思未征逐。"另有"君作秘书吾教读,仓会同征希社才(初入希社,后入仓圣万年耆老会,每集必偕)"。

5月27日,《绣像小说》在上海创办,李宝嘉主编,上海商务印书馆发行,半月刊。

1904年,甲辰(清光绪三十年),五十五岁

上海印行《海上尘天影》(石印本)①。为六十回本。著作者署名"梁溪司香旧尉,亚菲尔丹督理监印"。书首有王韬序。王韬序作于光绪丙申年(1896),并称,"历来章回说

---

① 海上漱石生之《报海前尘录》有"瘦鹤词人"一条:"瘦鹤词人邹翰飞君弢,梁溪人,以读《红楼梦》,醉心林黛玉,故又署名潇湘馆侍者,为徐家汇《益闻录》总编纂。诗古文词,各擅胜场,尤善笔记小说等作品。著有《三借庐集》《浇愁集》《断肠花》(此处《断肠花》,疑为《断肠碑》之误——作者)等行世,并评慕真散人俞吟香所撰之《青楼梦》,卓具目光。惟是怀才不遇,借酒消愁。醉则满腹牢骚,时作灌夫骂座,以是恒卟罪于人。醒后亦深自知悔。然每饮必醉,醉后必有狂言惊座,致同饮者皆深畏之。暮年不事生产,筑一庐表曰:守死楼,潦倒以终。尝创刊四开小报曰《趣报》,用五色纸印行,与余《采风报》可谓无独有偶。此外五色报纸,海上无第三张也。"

部中,《石头记》以细腻胜,《水浒传》以粗豪胜,《镜花缘》以苛刻胜,《品花宝鉴》以含蓄胜,《野叟曝言》以夸大胜,《花月痕》以情致胜。是书兼而有之,可与以上说部家分争一席,其所以誉之者如此。余尝观此书,颇有经世实学寓乎其中。若以之问世,殊足善风俗而导颛蒙,徒以说部视之,亦浅之乎测生矣"。

而对于是书创作经过,王韬序言中亦有提及。"《断肠碑》初名《尘天影》,门下士梁溪邹生为汪畹香女史作也"①;"生在幕时,即著此书,始只五十二章,名《尘天影》,兹因女史之嫁,将五十章悉行删改,又续增数章,改名《断肠碑》。久藏箧衍,不轻示人"。

王韬《海上尘天影叙》全文如下:

《断肠碑》初名《尘天影》,门下士梁溪邹生为汪畹香女史作也。女史名瑗,本休宁盛贾女。兵祸以前,富商大贾半在扬州,衣冠粉黛之盛甲天下。畹根大父席巨赀以享丰厚,当时有汪不穷之说。世运无常,发捻告警,铜山金谷废于一朝,不穷者竟穷矣。

女大父死,父虽读书而纨绔,不能治生产,因收其余烬,酒食游戏相征逐,夫人劝之不从,以忧愤死,家道益衰,转徙至金门,娶某姓女,数年遂生畹香。早孤幼,有令德,喜读书。母死无依,关姓者,皖之世族也,以大挑服官苏省,见女婉娩,收为义女,仍教之读,日写《灵飞经》、米南宫字各一页。

女史性既聪颖,又喜浏览群编,自庄、骚、班、汉以至唐人说部、近时章回小书,靡不过目,加以评断。尝闻其评《花月痕》,谓大旨从《品花宝鉴》脱胎,与《红楼梦》不相合。所谓韦痴珠,即韩荷生之影;杜采秋,即傅秋痕之影。两男两女,实则一男一女。其识见之精卓如此。惜辰命不犹,堕入风尘,改字韵兰,而颜其居曰"幽贞馆"。章台溷迹,幽怨惺忪。久之,畹香之年已数,星张翼轸,拟欲在泥城桥筑小园,为隐丽藏娇之所在。故以秋娘渐老、久历欢场,即使花下夺标,已觉为时无几。以故遂作罢论。然在平康中声名鹊起,性静怡,有林下风。治事有心计,酬应之外,手一卷以自娱,不蹈时习也。尤多情对客,默然,遇可意者则娓娓纵谈,披襟露袍,缠绵诚挚,使人之意也消。

沪上为中外通商总汇,来游者非以势矜,即以财胜。女史视之,蔑如也。所折节者,多读书长厚之人,浮华子弟望而却步。与生交在壬辰之年,而女史已倦风尘矣。酒后茶余,吐露衷曲,令人涕泪沾巾。生家境寒,知不能营金屋,谓女史曰:卿嫁,必先一月告我。女荡气回肠,若答若不答。会某大僚奉使出京,招生入幕。离别匆促,执手依依,泪眼交流。生亦勉强就道。从此萧郎神女相见无期矣。生出外屡通音信。当临别时,女史手裁玉版笺数十页,嘱曰:君到客中交游,内有佳诗词者,乞代求题幽贞馆写韵图。妾他日从良,幽贞写韵图赠严姓,幽贞馆图贻君。二人皆读书多情,留此手泽,必能为我珍重,则见物如见妾也。呜呼,伤心之言,不忍入耳。曾有娶女史者,女史忆前约,函寄生,有素心人相见无期、餐眠珍重之语。遂于乙未中秋后一日脱离苦海。生得信大迟,重阳日归,则室通人远,无可挽回。每吟白香山天长地久有时尽两句以自伤。此皆生所自言者。

---

① 有关邹弢与《海上尘天影》中女主角苏韵兰(汪畹根,名瑗)之间的关系,《三借庐丛稿》中云:"青楼女子庸俗居多,其有超出风尘、自树一帜者,以余所知,一为薛灵芸……一为苏韵兰。本姓汪,名瑗,字畹香。能诗,后嫁湖北范氏。余前为作《断肠碑》六十回者也。"但小说中汪瑗字畹香而非畹根,邹弢夫人谈氏字畹香。

生在幕时,即著此书,始只五十二章,名《尘天影》,兹因女史之嫁,将五十二章悉行删改。又增数章,改名《断肠碑》。久藏箧衍,不轻示人。有与生同志者,曾索视之,谓其中所述各女子均有其人,且各有性情,各有归属。前后起结,隐伏绾带,章法井然。大旨专事言情,离合悲欢,具有婉转绸缪之致。笔亦清灵曲折,无美不臻。且于时务一门,议论确切,如象纬舆图、格致韬略、算学医术、制造工作,以及西国语言,并迨诗词歌曲,下至猜谜酒令、琴瑟管箫、诙谐杂技,无乎不备。直是入世通才,目无余子。阅者如入山阴道上,多宝船中惬日赏心,有予取予求之乐。

历来章回说部中,《石头记》以细腻胜,《水浒传》以粗豪胜,《镜花缘》以苛刻胜,《品花宝鉴》以含蓄胜,《野叟曝言》以夸大胜,《花月痕》以情致胜。是书兼而有之,可与以上说部家分争一席,其所以誉之者如此。余尝观此书,颇有经世实学寓乎其中。若以之问世,殊足善风俗而导颛蒙,徒以说部视之,亦浅之乎测生矣。近日所著如《万国近政考略》《洋务罪言》等,皆有用之书,原非徒呕出心肝为缘情绮靡之作者。时予已移居城西,自颜草堂之额曰"畏人小筑"。门楣署以一联云:"聊借一尘容市隐,别开三径寄闲身"。盖至此避世之心益决,而伏而不出之志弥深坚矣。适生来访敝庐,屡述作书颠末,即复抽笔记之,谓其缘起也可,谓其序记也亦无不可。光绪丙申荷生日天南遁叟王韬撰,年六十有九。

是书当完稿于1901年(清光绪二十七年)。有关是书写作及更名经过,在第六十回末尾所附"司香旧尉上寄幽贞馆信"中有所交代暗示:自到湘省幕,凡十一月……《断肠碑》本名《尘天影》,为主人而作也。到幕之后,兀坐凝神,专志《尘天影》一编。自早以至夜深,往往天已启明,犹拥灯构想。凡十阅月始成五十六回,满志踌躇,似以善满良缘作结,欣然持稿而返,欲就正于主人,乃燕子楼空,玉人已远,遂更名为《断肠碑》。

鉴于此书札对于邹、汪二人情史及成书多有关联,故摘录如下:

幽贞馆主人侍下:自到湘省幕,凡十一月,先后共上六函。蒙寄小影及灵鹣阁诗题,又和小华生小影诗,均收到。鄙人抵申,已不及与主人话别。自后共寄三函,一空候,一呈《断肠碑》稿,并幽贞馆题词,及所送各件。此为第三封,与主人交际往来记念中,为末后一信。另有两信,一登《苏报》,一登《大公报》。其送物之信,由阿钱之弟寻觅前媪协同送来。某于乙未九月晦到申,在同宝泰酒家知主人已迁移清河坊二弄,及入室,则房中为王月仙。问知主人已于八月十六嫁曹子万。及究问所嫁何人?前媪以主人谆嘱之言,不肯实说。但据主人言,留着根由,后日必当萌孽,不如忍心一割,扫尽浮云,庶免横生枝节,此乃守正从良之道。然侯门一入,陌路萧郎,崔护重来,真是不堪设想。主人嘱灵鹣手镌小印,计翠玉白玉各一方,牙章一方,寿山石四方,蜜蜡石两方,鸡血红一方。白玉寿山为灵鹣所送,余系鄙人芹献外,奉樟木书箱一具,书籍一箱,另呈书目。再楠木文具箱一只,楠木一担挑百拼书桌一张,沉香香珠两挂,茄楠香珠一挂,中翠玉珍子三个,桃花晶小挂两串,永州新式点铜锡暖碗一席。外有樟木箱一只,点铜梳妆小盒一只,汉口白铜手炉一只,磁茶壶两把,磁杯十只,皆镌主人别款者。以上各物,在主人已事他人,本可不送,然留之适以取懊恼,故均托送妆楼。乃送物者回来,只还我手稿一本,寄语代谢,并无一纸作覆,远嫌如此,想见铁石心肠。十月中旬天仙子翁华交我手书,系主人将嫁时交渠代寄者。

尾结处有相见无时乎，此留别之语，实足以断我回肠。前媪谓主人尝向伊言，嫁后有一严某及鄙人，必当为幽贞下泪，然料之而终，远之何也！前媪既忠于主人，不言所适何姓，所居何处，鄙人则随处咨访，或云万姓，或云曹姓，居处乃云金屋，在英大马路。又有云在新闻，曾梦见主人乘肩舆，往某处。舆后有大名片乃苏瑷两字。往迫问之，其行如飞抵一家，主人停舆迳入。始得追及，以问舆夫，谓来此贺喜。又问舆中人家住何处？答以白虹溪。未几，爆竹声催，蘧然而醒。想见惊疑盼望之痴，离别相思之苦。《断肠牌》本名《尘天影》，为主人而作也。到幕之后，兀坐凝神，专志《尘天影》一编。自早以至夜深，往往天已启明，犹拥灯构想。凡十阅月始成五十六回，满志踌躇，似以善满良缘作结，欣然持稿而返，欲就正于主人，乃燕子楼空，玉人已远，遂更名为《断肠碑》。不复能讳芳名，负我负卿，不知是谁之过？当客居九疑，托人在沪西购别业，以代金屋之营。致频年积蓄一空，无力为量珠之计。追聘银已备，则桃花人面，空感春风，因名所置屋曰忆兰别墅。杜牧重来之感，玉箫再世之缘，本是谰言，何关实际？每诵白香山天长地久两句，辄唤奈何！平康中人，率多俗艳，可以供娱乐，不足以性情。自主人从良，鄙人即草芥一切，遂绝迹北里，不复求可意儿。惟触境兴怀，每回首前游，怅恨不能自已。偶遇同乡徐琴仙，索赠联句，漫应之云：兰香嫁去，难遇知音，何期叩叩琴心，又见钱塘苏小；桃叶迎来，已成变局，枉抱姗姗仙骨，终成天纕王郎。又作酒家联云：潦倒酒中，狂记当年小阁疏灯，曾受兰言箴抑戒；缠绵花下，恨想此际赏心乐，应从菊序买新丰。感从中来，怀抱可见。须眉巾帼之交，在性情不在形迹。然既无形迹，何有性情？今主人已得所，即使万一相逢，断不敢稍有他心，致受冥罚。然青天永在，人寿几何？萍海茫茫，长恨何极？留得此信，俾天下同具此痴情者，同声一哭而已。司香旧尉上书。

且该书第一回"缥缈情天别开幻境，辛勤精卫重谒仙真"开篇亦曰：《断肠碑》，即《尘天影》也。

是年，启明女校（Qiming Girls School）[①]创办。

> 徐家汇圣母院创办于20世纪初，启明女校与当时崇德女校同属天主教拯亡会，两校办校宗旨、教学内容、学制课程基本相同，只是崇德女校只招收教内女士，而启明女校则招收教外女士。当时启明女校和崇德女校的校务均由圣母院院长监理，一般事务由中国嬷嬷担任。学校历任校长均为外籍修女，直至1937年才由中国嬷嬷周璀出任启明女校校长。

是年，舒问梅《问梅山馆诗抄》中有《甲辰秋日寄怀瘦鹤京师》一诗。诗中云："羡君具有生花笔，老向都门卖赋游。"推测该年邹弢有北京之行。另，《三借庐集·书牍·覆门下蒋植山陈墓》书札中云："桃花香里，承惠手扎。适值鄙人于役京江，投递参差，未获先睹为快，直至荼蘼开罢，花事阑珊，逐逐劳人，始返春申浦上。"邹弢《自挽文》（《三借庐集·书牍·自挽文》）中对于自己履履所至，有如此描述，其中亦提及燕齐之旅，"生年已七十也。幼起田间，赖先祖教以诵读得识。之无其后西赴秦陇，北游燕齐，南极衡湘，东至蓬峤。或为导师，或允记室。东涂西抹，著述数十万言"。另，《三借庐剩稿》野衲"序"

[①] 位于上海徐家汇天钥桥路100号。1930年更名为启明女子中学，1952年与徐汇女子中学合并，合称汇明女子中学。同年又改为上海第四女子中学，1966年改为上海第四中学。

中亦曰:"公年少不羁,壮尤落拓,文章憎命,口腹累人。亦尝游齐而燕而湘楚。"另邹弢家侄邹鸿发在《三借庐剩稿续集》"跋"中,亦曾提及邹弢游幕生涯,"独翰飞伯出身草莱中,乃祖之提撕,能自奋起,知居乡之不能表见也,乃橐笔出门,初入报界,后游海军、鲁抚、湘学使名幕,性灵飚发,学术恢张,著作等身,名动中外"。此文中所涉"游幕海军"一段,不甚清楚。

9月,《新新小说》月刊创办于上海。

1905 年,乙巳(清光绪三十一年),五十六岁

"中国同盟会"在日本东京成立,并创立机关报《民报》,提出"驱除鞑虏、恢复中华、创立民国、平均地权"的政治纲领。

在启明女校任教,凡十七载。《启明女校校刊序》中云"余在该校十七年,全集皆为之代编,并教科书三种"[①]。另《有感次周梦坡癸亥元日韵》诗中有"怀忠枉具屈原心,热血如潮抱石沉"句,并注释曰:"余馆启明十七年,取薪独廉。代编教科书、速成文诀、尺牍课选四册,课本菁华四册,皆尽义务,不取薪资,费精神、赔膏火,颇长该校声价。迨伤足后,兔死狗烹,弃之如敝屣,余因而破产。"

1906 年,丙午(光绪三十二年),五十七岁

是年春,与家侄雪村及老友舒问梅同游苏州吴县天平山兼山阁。《问梅山馆诗抄》有《与瘦鹤及乃侄雪村登兼山阁偶成》一诗。

与茂如、峄秀办养正学堂。

1907 年,丁未(清光绪三十三年),五十八岁

3月,《小说林》创刊于上海。黄摩西、徐念慈(东海觉我)主编,曾孟朴为主要撰稿人。光绪三十四年停刊,共出12期。

与舒问梅等同游杭州岳鄂王墓(《岳鄂王墓》)、于忠肃公祠(《于忠肃公祠》)、西泠(《西泠纪游与瘦鹤同作》)、西湖(《即事与瘦鹤联句》《同人泛舟外湖,小憩高庄且住轩,与瘦鹤即景联句》)、龙井寺(《携同人游龙井寺小憩禅房与瘦鹤联句》)、烟霞洞、孤山(《林和靖处士墓》)、韬光(《韬光诵芬阁与瘦鹤次壁间独儁山人非非子谢震诗韵联句》)、塘栖等处。此次杭州、西湖之行,舒问梅有上述诗作。

按:杭州高庄别墅,为高氏(高云麟、高骏麟兄弟)在清光绪三十三年建成。故此次杭州之行时间当在1907年后。但在该组诗之后,又有《甲辰秋日寄怀瘦鹤京师》。

1908 年,戊申(清光绪三十四年),五十九岁

是年春,回故里,在后宅设养正学堂。"愿抛心力光栽培,几辈同人学界推。"(《六十方言》)

1909 年,己酉(清宣统元年),六十岁

有《六十放言》组诗,中有"直把他乡作故乡,老来生计尚荒凉"句,自注云:"余在上海徐家汇置寓庐,今十三年。"

[①] 有关邹弢任教启明女校情况,《启明女校校史》(《上海文史资料存稿汇编》)中云:"从开办起十年中,国文教师是同光年间江左词家无锡人邹弢(字翰飞),这时教材除古文词章外,还教《秋水轩尺牍》等应酬文。"在该校教授过国文的还有杨士铜、方鸿生。

《六十放言》：

> 光阴弹指换春秋，六十俄惊甲子周。弱弟每嫌鸿影隔(幼弟鹏飞同客海上，不肯合居)，佳儿难把象贤留(幼子孝先天性仁厚，十七岁以病殇)。作缘馆婿空青眼(长女适海昌陈明臬，次女适吴门徐绥甫，皆贫，无可青眼)，多病山妻到白头(妻谈氏，终年风木病，废动作，需人)。天慰孤雏能向学(长儿敬初有志学，今肄业京师)，免教负罪坠箕裘。

> 直把他乡作故乡(余在上海徐家汇置寓庐，今十三年)，老来生计尚荒凉。灵修幸福精神巩，大造殊恩岁月长。故友相逢称酒丐，痴情但愿侍花王。文章著作谁优劣，付与平生梦一场。

> 愿抛心力广栽培，几辈同人学界推(戊申春回故里后宅，特设养正学堂)。故里梓桑征实益，公门桃李养通才。花从闲处窥三径，酒到狂时饮百杯。世事皆能求旷达，爱情万死总难灰。

> 灵根但苗一支兰(闰花朝得一孙女，题名闰宝)，垂老飘零强自宽。戚党争开汤饼会，宾筵暂合子孙欢。心多热血天难杀，世有虚名士不寒。待死荒江甘守拙，剧场冷笑折腰官。

撰《王惠生同社六十寿序》一文。

1910年，庚戌(清宣统二年)，六十一岁

是年，胡适作为第二期庚子赔款官费生赴美国留学。

1911年，辛亥(清宣统三年)，六十二岁

武昌起义爆发。

11月，上海光复。

妻亡。《十哀吟》第二首"哀内人"注云："内人失欢于家庭。到申后置备寓宅，茹苦习勤。己酉春中风，知识俱泯。辛亥上元故，年六十。"

将寓所自题"守死楼"，自命"守死楼主"。

另，《俞凤宾博士枉顾守死楼志感》中有"平生辱志在尘埃，一上龙门喜气开"之句，诗中注释云"儿子病，数来针治，绝不取赀，今又优助刊资"。

是年，在沪上高翀(太痴)百盆花斋结识周梦坡(庆云)。

1912年，壬子年(民国元年)，六十三岁

1月，孙中山在南京宣誓就职中华民国临时大总统，宣告中华民国成立。

宣统皇帝下诏退位。3月，袁世凯在北京就任中华民国临时大总统。

是年，上海国华书局重新排印出版《浇愁集》(八卷)。

有《壬子秋感，希社三集题，是年九月十三日上海光复》诗。光复时，邹弢正在无锡故里督办养正学校公务，妻丧，邹弢闻耗急归，但已不及见。"六十正平头，吾妻属壬子。辛亥上元亡，宝树摧连理。"(出处同上)

《壬子秋感，希社三集题，是年九月十三日上海光复》：

> 六十正平头，吾妻属壬子。辛亥上元亡，宝树摧连理(时余以养正学校公务回乡，闻耗急归，已不及见按谈。夫人风疾已久，起卧需人，苦不堪状)。结褵至断弦，相攸卅二纪。中年到沪江，偕隐徐汇市。重堂喜健康，天各睽乡里。只益伯奇悲，正

音杂流征。夫妇矢艰辛,藜藿当甘旨。保持勤俭先,安乐忧患始。兹值六旬三,子弟声名起。孙枝挺秀来,幸免祖宗耻。天意眷穷途,精力尚可恃。修身葆性灵(己亥受戒入教),昨非今日是。所惜乏长才,老马徒增齿。生丁世运厄,上下人心死。强者占其优,巧者通乎仕。朽腐化神奇,大地皆如此。他山有奥援,谁复评公理。怀古复伤今,天崩独忧杞。狂言忿莫平,名山留痛史(此题本指时事,余独以个人言之,盖意郁乎,中不能自已也)。

与高犦(太痴)、舒问梅等创办希社,出版《希社丛编》,"岁刊社作一册"。《希社中兴丛编》周梦坡"叙"云:希社创于让清宣统壬子中元,由吴中高太痴征君、上海程棣华布衣发起,余与蔡紫黼、潘兰史、姚东木、邹酒丐、戈朋云赞其成。社基既立,酒丐又介绍郁屏翰、陆云苏、王钧卿、王钝根、舒问梅、邹纬辰、邹闻磬诸贤入社。郁屏翰即以豫园之寿晖堂为社集,月凡一举,文酒高会,风靡一时。据云先后入社者多达四百余人①。

撰《冯芙初庄静村吴淞话旧图题词》一文。后该文收《三借庐剩稿续刊》。

7月,回赠倪纯中《七十抒怀》七古一章。

是年秋会,饮春宵楼,分题吟咏。在座者刘翰怡、朱古微、吴昌硕、许狷叟等(见《有感次周梦坡癸亥元日韵》诗)。

10月15日,《申报·自由谈》登载瘦鹤酒丐之《奇情小说、姐妹同郎》一文。16、20、23、24日续刊前文。

1913年,癸丑年(民国二年),六十三岁

有《癸丑上巳吴石潜哈少甫童心庵陆野袖等四十余人在曹家渡徐氏小兰亭修禊作长歌纪之》。

"去年冬,陆君云苏发起代余刊稿,而刘君翰宜、张君石铭、周君梦坡、郁君屏翰,均赞成焉。"(《三借庐剩稿·诗剩》卷上,"刊稿缘起")"因商之徐馥荪、唐咏茗、汝望溪、陆甸荪诸君,咸以为可。"(出处同上)"乃再从各报及日记中搜抄,得此一册而付之手民,故名剩稿。"(出处同上)对于邹弢箧中剩稿,野袖(陆甸孙)在《三借庐剩稿》"序"中曰,"吾闻其稿一被于火、再失于窃",故有"剩稿"之说。

是年,为母难纪念,宴同社社员于守死楼。有《癸丑菊秋二十七日为余母难之辰宴同社于守死楼口占三绝》诗。

是年暮春,游常熟祖师山剑门,憩钱虞山红豆庄别署,有《癸丑暮春游常熟祖师山剑门,憩钱虞山红豆庄别署,归寓后尚湖渔隐俞调卿宴余于山景楼,同座者屈小卿毕璪卿东湖渔隐陈星涵沈石友,皆雪鬓霜染,年相伯仲,酒半成二律》诗:

> 孤身远举逐冥鸿,绝巘凭凌气象空。一线云岚扁上下,两湖烟水界西东(东为昆沈湖,亦名东湖,西为尚湖,亦名西湖)。高高野树无穷绿,灼灼山花自在红。如此清游原不恶,欢迎况有两渔翁。渡江懒著祖生鞭,来访同侪慰暮年。樱笋登筵名士酒,须眉照座老人篇。中原浩劫三分鼎,鲁国灵光五散仙。此会不知何日再,一腔心事付寒烟。

是年参与发起希社,与海上报界老友高犦等诗酒唱和。

3月,育文书局代刊由野袖辑之《新乐府初集》。邹弢撰《新乐府初集叙》,另撰《希社

---

① 《希社中兴丛编》之周梦坡"叙":"由是各省文英纷纷入社,不数年,社友多至四百余人。"

记》,署"瘦鹤词人邹弢撰,时年六十有三"。另有新乐府四章:《中山狼》《美人券》《改正朔》《党祸张》。

是年十一月,《三借庐笔谈》由昌明书局印刷、国粹图书社发行。每部六本(价洋八角)。著者署金匮邹弢翰飞。另,《三借庐笔谈》有上海进步书局印行本,前有潘钟瑞、葛其龙二人序。

1月10日,《申报·自由谈》刊登《希社记》一文,署名梁溪酒丐邹弢。

4月14日,《申报》发表瘦蝶文《戏答瘦鹤书》。

6月6日,《申报》刊登邹弢照片一帧,文"瘦鹤酒丐邹弢,字翰飞,年六十四岁,江苏无锡人"。

7月7日,《申报·自由谈》之"文字因缘"专栏登载《送李英石旅长赴江苏第二水警厅任序》,著作署名无锡酒丐邹。

7月8日,《申报》登载《希社组饯名誉干事》一则:

> 希社社员邹翰飞君等,以该社名誉干事、前混成第三旅旅长李英石君调任苏省第二水上警厅长,启行有日,特于昨日就庙园新事务所内设筵组饯,并各以诗文为赠,尽兴而散。

7月31日,《申报·自由谈》"海外奇谈"专栏刊发酒丐之《征修逃史广告》:

> 启者:我始祖自许由逃尧位以来,代有闻人,如舜之窃负,禹避南,河益避阳城,伯夷叔齐避首阳。其所谓避者,皆逃之代名词,犹今世临难苟免,卒然辞职之说也。厥后如小白之逃、重耳之逃、隆基之逃,皆明哲保身、留为天下之用,其下无论矣。降至于今,我逃族之德,尤极文明。上将可逃,总理可逃,总长可逃,都督可逃,省长可逃,知事警长可逃。前乎此者,伟人可逃,刺客可逃,凡遇艰危,以一逃保命,国之安危,民之痛苦,不及妻妾子女之亲也。时或太平,利权可复,此我逃界末子末孙引以为光宠者也。惟同族散处四方,灵光罕胜用,通告各界,如有逃妾、逃官、逃犯,乞开具履历,寄至安乐界某处编辑,新谱以增逃史之光,末代逃孙谨启。

8月6日,《申报·自由谈》发表署名"槁木子"的文章,就"自由谈"副刊发表言论,兹摘录如下:

> 《申报》之设"自由谈",所以提倡文风、保存国粹也。其间如游戏文章,则嬉笑怒骂,而笔墨之纵横寓焉;海外奇谈,则蛇神牛鬼,而文字之古峭亦寓焉;尊闻阁,则广采佳句,为诗词之正宗;谈诂会,则针砭时局,补舆论所不足。至于短篇小说,示社会以指南之针;文字因缘,勉同志以唱酬之作。其搜罗群才也,则泰山不让土,河海不择流,故上自蝶仙、了青、爱楼、瘦蝶诸大家,下至槁木子之一知半解,都可各言尔志,其裨益于世,可不谓至哉。乃者一般老师宿儒,咸指焉少年无谓之作,不屑与之为缘,洎乎照片出版,果皆翩翩者流,而"自由谈"更为若辈所漠视焉。槁木子尝默祝曰:安得天降一斑白叟,为同志生色。不数日,而酒丐出矣。其年六十有四,盖所谓通儒硕彦、老成练达者,此翁足以当之。然若辈尚以有独无偶为辞。至今日,而剑青又出矣。剑青年七十有九,视酒丐更老。吾知若辈睹此照像之后,必与"自由谈"大起感情。予狂喜之极,不禁向剑青玉照行三躬鞠礼,即写所喜寄"自由谈",藉与酒丐、剑青二翁鸣谢焉。

此间"自由谈"常设栏目有"游戏文章"、"海外丛谈"（或"海外奇谈"）、"尊闻阁"、"自由谈话会"、"医话"、"小说"、"文字因缘"等。

同日发表署名"爱楼"文章,亦谈及"自由谈"专栏:

"自由谈",聚吾国言论之奇妙、文字之精英而成之者也。钝根等辄欲保以寿世,因议命名《自由杂志》,订以专集,藉垂永久而不散失,委鄙人为之编辑。本拟于八月一日出版,嗣因沪上战事骤起,承印者别有要公,以致稽迟及今。海内同调,望眼欲穿,致函鄙人处,询问出版时期者,日必数起。鄙人已商之承印者,从速排印,大约再延半月之期,必能供爱阅自由谈诸君之浏览,而得以从头至尾窥其全豹矣。噫,当此干戈扰攘之秋,而欢迎"自由谈"者,尚如是之殷勤,可见"自由谈"之价值,如赵璧隋珠,为名不虚传者矣。

8月29日,《申报·自由谈》之"自由谈话会"发表"酒丏"文章,全文无标题:

余生长梁溪,辛巳秋橐笔海上,遂移家焉,今三十三年矣。祝融厄后,无家可归,筑三借庐于浦西,以笔墨存活。亲在时,岁必一归。戊申春,创养正学堂于后宅,岁始两返。后苦其烦,辞校长职。辛亥上元,内子病故,余即于断七日削发。冬间,让清退位,成共和民国,自是二年,余不返。近因暑假回里省墓时,某党以权利二次革命,沪南北炮火连天,见故里旧人,争问浦西之险。余曰:"距战地虽近,然不在战线中,尽可无虞。"族侄名贤宝者,问战事孰胜,余曰:"顺逆之理,视乎民心。自易朝以来,光则竟光,复则不复,彼二三自命为伟人者,皆由草泽而臻富贵,今复以意气争执,此必败之道也。"贤宝曰:"袁世凯如此作为,将图帝王万世之业,我殊不赞成。"盖贤宝父子袒国民党。其子茂如在国民党中,故贪看其党之机关报,不喜他报。余向茂如之弟索新闻报不得,故乃父有此言。余曰:"君不见七月二十一袁之命令乎?袁初遣唐绍仪议和,某亦疑之,曾致书孙文,防有他计。及任总统,遂大改初衷,今则竟为伊尹之任,专事保护国家,不恤精神,不顾毁谤,孜孜以建造为心,此吾可以全家力保者也。否则六十衰翁,不享清福,将何所求?当如此艰难险阻,何不卸位逃席,学伟人之溜,明哲保身乎?彼不过图地球历史中与华盛顿、加布儿齐名耳!"茂如曰:"此无足争。今八月中将选举总董,某当与众人共举吾叔。"余曰:"运动之说,某极鄙薄。古人言,扬行举自守席上之珍,即使征辟书来,犹将援有道,则见无道,则隐之言以商出处。今闻吾乡选举运动极工,某刻在火车,闻同车谈及当赴选,时仆仆道途,或以贿赂,或以酒食,甚至有请吃肉面一碗以求入彀者也。二次独立时,前知事某附和黄兴,有钱某初思同意,彼未被选为副长时,众议员要求加禄,钱曰'汝等苟选我者,我受选后,当为公等加之'。后钱被选送,有加税之议。且今县议会定出席一次,酬川资五元,火食一元,而间有以为未足者。夫议会之费,皆众民所担任,彼不尽义务,已觉可羞,尚欲争权周利,何怪藉藉人言!当总董多年,可以将售出之田赎归赵璧乎?此虽车中他人妄论,然亦未必无因也。今子欲举某为总董,非但某现受西人之聘,无此闲身,且一介寒儒,不能以剥削之工专图肥己也。"族弟荫廷,向亦戆直。余以此言告之,荫曰:"当今之人,苟舍运动,万不能在四民之前。试观目下柄政权者,居然管理地方,而品行皆不足取。或嗜烟赌,或爱淫荡,乡曲无才,此辈竟称人物,中国如此,能致文明乎?"余不觉长叹。文卿族弟者,现为议会审查员,休休有容,稳健和平之派也。现馆申江,余见其喋喋议会,面问政策。文卿曰:"当今会中能稍议大体,知廉耻如弟者,最多十二三人。其余非九子魔即南陵石,貂不足狗尾续,兄真少所见而多所怪矣。"余为之忍俊不禁。凡此,皆余乡新史也。言者无罪,听者足戒。适钝根会长征"自由谈",因书此应之,质之槁木子,其以老民为不入时乎?

10月15日,《申报·自由谈》中之"自由谈话会"发表"酒丐"文,全文无标题:

  新凉不检,大病三旬。"自由谈"中,久亏贡献。感院中居停之顾,复医士徐馥孙同社之维持,夺命回生,重伸梦呓。余所最厌者,口上之须。自六旬养××,如撄重负,屡图割弃。而割弃者,均是著名伟人,如唐绍仪、岑春煊、黄克强、瑞洵如等,大都在紧要之时,以去须为利用者。余尚欲为后来临难之用,故不敢去之。

  行政司法,各有其权。是否统一之义,今梁任公司法,当有章程。余之所不解者,闻法界中每因纳资千元,即得某国卒业凭证,在部中注册,居然出为大律师。余殊不信其言,果尔,则法界尚有天日耶!

  ……

  章太炎先生,趣人也。余虽未识荆,然在报中见其言论风采,以为触邪之角端。乃自成昏之后,几如修道丹成,默无表白。即近日黄陈谋事,亦不闻褒贬一言,局外殊多触望。

  余与尤笠江言外国人如墨翟,中国人如杨朱。墨翟兼爱忘本也,杨朱为我务本也。今当道诸名人,皆治务本之学。近闻有大利灭亲之说,虽慈善家亦或有之。笠江闻之莞尔。

  "自由谈"投稿,不过为文人遣兴,何必从事抄袭,自累清名。上年××抄余《浇愁集》,俞生轶学,以为己作。今年九月五日,××所疑某庵女尼书,又抄文章游戏稿。六日,××闺情一首,又抄阅微草堂(卷十六六页)京师大家妇稿,此等无聊举动,一何可笑。

10月21日,《申报·自由谈》中之"自由谈话会"发表署名"瘦鹤酒丐"之文章,全文无标题:

  末世颓风,每多巧宦,不必在专制之朝也。民国成立后,凡趋入政界,须极伸头挺足之能,曰苞苴,曰请托,曰奔走,曰殷勤,皆运动之利器。即所谓代表民意、可以制金字招牌者,其引颈登场,不能离开一巧字。即观临时期中内阁已五易矣。责任重而期望奢位,置而妒忌众,每致三日京兆,席不暇暖。今熊总理在位,宜夙弊可除矣。然以余所闻,书某某特赴北京,拟往见总理,某与总理亲,故熊眷过此,曾与周旋。在不知内容者,往枉疑之,虽能一秉至公,而杨震清名,终为浮云所翳。

  余六十岁留须,自题其照曰:你耶我耶;我非你,你非我耶;我即你,你即我耶;苟无我,安有你耶;既有你,可无我耶;今尚是我,本非你耶;后或有你,将无我耶;是我是你,安得而知耶。今拟去须,将有须无须,合绘一照,题曰:呀,我道是谁,原来是我,九字尚不别致,愿同人有以教之。

  近来风俗改良,去古太远。曰自由婚,曰美人券,用心奇特,有我老朽所不忍言者。余抛轸三年,鳏趣高洁,乃阅本月十七本报,陈瑶华先生为凌降仙女士广告,觉怦然动心,因思老夫年已六十有四,两手赤贫,欲请钝根代登告白,言余今秋大病,赖徐馥苏医士将命夺回,如有甘受清贫与白头同尽者,年纪×醮勿论。钝根大笑,以为风魔。余亦笑曰:末世太新,前言本戏,彼女子可以介绍,我老叟独不可以介绍耶!

通本报手民,需稿乃付之自由谈中。

  老友舒问梅,希社同志也。善歌曲。前因某处急振,日制一小方旗,上书求振二字,欲辞其海关之事,出外募捐。问其募捐之法,则谓已编新滩簧数十出赴外省演唱。人见余上流社会,必有慷慨解囊者。家人咸鄙以其太觉不伦,竭力阻止。夫吹箫吴市,卖赋长扬,往哲休风,有何讳饰。若问梅者,可以风矣。

11月14日,《申报·自由谈》之"自由谈话会"刊登"酒丐"之谈话,全文无标题,兹摘录如下:

  薛元超谓平生有三恨,一恨不能进士擢第,二恨不娶王姓,三恨不得入国史馆修史。后人又有三恨,一恨海棠无香,二恨鲥鱼多刺,三恨曾子固不能诗。余平生则有七恨:穷居乡间,全家食苦,及进资稍裕,而大父母、父母、山妻见背,不能丰养以博欢心,当此衰年,孑影茕茕,小楼守死,茫茫乡曲,绝无可语之人,一恨也。某科乡闱,诸稚菊师见余文,以为石破天惊,荐为经魁,卒为主试所摈,二恨也。戊戌政变,余随江建霞衡文,将平生骈体文章及精湛词曲付江君代刊,迟之又久,卸任回苏,住宅遭焚,均为祝融取去。既无底稿,徒唤奈何!三恨也。幽贞馆交涉,当时太觉痴心,致成《断肠碑》小说六十四章,乃幽阁春光至今,绝无朕兆,四恨也。往日文字交游,如汪燕庭、潘瘦羊、秦肤雨、葛隐耕、俞吟香辈,先后凋谢,不能起九原而聚之,五恨也。衰龄朽植,尚作马牛,子甲孙枝,只为玩,六恨也。沈君闲侬,向不相识,而渴欲相见,乃余约往,正议而雨阻之。沈又约赴浦西,雨又阻之,七恨也。古人之恨只三,而余恨得其七。三郎长恨可与颉颃。

12月3日,《申报·自由谈》之"文字因缘",刊登"酒丐"之《新婚吉辞》一文。

"瘦鹤词人:邹弢字翰飞又号瘦鹤词人又号酒丐六十四岁江苏无锡人:照片",刊《自由杂志》1913年第1期,第1页。

《同人诗文钞:邹弢(号翰飞初号潇湘馆侍者改号瘦鹤词人晚号酒丐江苏无锡人寄居上海徐家汇时年六十有四)》,刊《希社丛编》1913年第1期,第32—38页,署名"邹弢"。

《时评:恒言》,发表于《宗圣汇志》第6期,署名翰飞。

1914年,甲寅年(民国三年),六十五岁

  是年夏至,访苏州。其间曾与希社社友舒问梅、宋啸鹤等曾聚吟吴门酒楼。6月8日与舒问梅等人游荷花荡(在苏州葑门外二里多,东南与黄天荡相接),并有唱和。

  是年夏,有自题《酒丐六十五岁小影》,词曰:"管夫人不是你,赵松雪不是我。因此不用泥捏一个你,再捏一个我。就是纸上现出一个你,便知世间有了一个我。人说你是我,我说你是你。只为生前有你须有我,死后无我难无你。"

  8月,《三借庐剩稿》①印刷,9月发行。著作者署名"梁溪邹翰飞",印刷者为上海东方印刷所,发行者为上海中华图书馆。撰写"刊稿缘起",谓此编乃从余稿及"各报刊及日记中搜钞"而得。

---

① 1914年《朔望》第2期刊登"天放、瓮城吴头、袁昌和、遽庐、瓮中人、武进刘素、纯砚、黄海诗传主人、达庵主人、沈灏、袁晋和、昆山沈诏、异庐主人、周凤仪、耐庵"等人为《三借庐剩稿》所题词。

《刊稿缘起》①：

> 余先世居无锡让乡之月台街。先祖筠溪公、先父正峰公读而兼农,余从之耕。辛酉发匪至,焚其居。余年十二,不胜耕作之苦,然家贫不能读。时受庭训,少进境。十七岁,先祖挈余至苏,从钱乙生表叔,而愚甚,文格格不通。二十二岁,一旦豁然,即学诗。二十六,入泮,时《申报》初行,遂与嘉兴孙莘田、杜晋卿等唱和,但吟稿不自收拾。辛巳秋,至报馆为记室,于是稍稍留稿。同乡王毓仙借余稿去,被窃于金阊舟中。乙未,校文湘幕江建霞学使代余刊稿,乃又搜索诗词、骈文七卷,刊未竟,建霞任满回苏,家中不戒放火,余稿全焚,自是了无双字矣。去冬,陆君云苏发起代余刊稿,而刘君翰宜、张君石铭、周君梦坡、郁君屏翰均赞成焉。因商之徐馥苏、唐咏茗、汝望溪、陆甸苏诸君,咸以为可。乃再从各报及日记搜抄,得此一册而付之手民。故名"剩稿"。民国三年秋酒丐志。

《三借庐剩稿》包括骈文剩②、诗剩、词剩。

甲寅仲秋,乌程张均衡为《三借庐剩稿》诗文词、尺牍序。此序首次将邹弢的学问思想,置于晚清以来"西学东渐"的格局之中予以归类阐发,旗帜鲜明地提出"定庵学派"之概念,并将邹弢归于清光绪中叶以降这一新学派之中,引人注目。兹摘录如下：

> 《三借庐剩稿》诗文词、尺牍,梁溪邹翰飞先生所作也。自光绪中叶别出一学派,大略已涉新学之津涯,而犹循旧学之轨辙。远而溯之岷源滥觞,实托始于龚定庵,而其消息蕴微。定庵文笔奇恣,不可方物。充其闳恉高议,凡前人所不能言不敢言者,何难阐微抉隐而一一曲邑旁通之,第所处时势不同,不得不踌躇审顾。往往词义之间,或欲伸而忽缩,将吐而仍茹。迄今读其文,微窥其言外之意,默喻其意中之言,在在有草蛇灰线之可寻,尤极崖马帷灯、可意会不可言传之妙。盖学识由旧而新,与夫其学之为用,所为扩充而致极者,迹虽未形而机则已动矣③。未几,宝山蒋剑人出,牛耳骚坛,直接定庵薪火,时于文中流露霸气,然未极驰骋,则亦时势有以限之。同时,天南遁叟崛起,东南文物之薮,得风风会转移之先。其学问赅博,又深之以阅历,明于古今治乱升降之故,详究海外各国舆地形势及其战守谋略。其为文纵横博大,能言人所不能言、不敢言。即或一觞一咏,亦必有激昂慷慨、芬芳悱恻之至情寄托于其间。论者谓定庵学派,舍先生曷属焉。山阴何君桂笙尝亲炙先生,所著一二六室文

---

① 有关同乡王毓仙借稿被窃事,《三借庐赘谈》卷二中有"吹玉生"一则,亦有涉及:"同邑王毓仙秀才大纶,别号吹彻玉笙楼主人,余庚辰春所交友。三月来城,匆匆借得《浇愁集》原稿及《三借庐吟稿》数卷去。舟泊阊门,为胠箧者窃去,招求未获,至今惜之,君亦耿耿然。此中有数,无可勉强。"

② 《三借庐剩稿·骈文剩》包括：《麓峰俞吟香吴门百艳图序》《华鹿宾秋灯瘦影图题辞》《秋风试马记》《游徐棣山双清别墅记》《桐城何石琴先生暨配吴夫人七十双寿征寿启》《宝山舒少卿问梅山馆诗序》《黟县舒礼荃先生七十寿序》《常熟俞调卿琳琅馆记》《送朱筱塘寿归鹤湖序》《金陵黄瘦竹揖竹图题词》《燕山徐韵笙维城红楼叙别图题词》《袁翔甫大令祖志海上吟序》《王弢园师六十寿序》《王梅初同岑录序》《祭蒲留仙先生文》《上海顾松泉五十寿序》《杜晋卿茶余续录序》《希社记》《上海陆云苏编刊新乐府序》《送同社李英石旅长赴江苏水警厅任序》《陆云苏大公子润瑜君新婚文》《周梦坡先生暨配张夫人五十双寿序》《徐夫人韫玉楼遗稿序》《四明周湘云鸿孙静安寺学圃记》《龙华水抱园公宴序》

③ 梁启超曰："晚清思想之解放,自珍确与有功焉。光绪间所谓新学家者,大率人人皆经过崇拜龚氏之一时期；初读《定庵全集》,若受电然。"(《清代学术概论》)

集,亦庶几具体,惜早卒,未竟其绪。翰飞先生及遁叟门最久,得衣钵正传。其文有体有用,能熔新旧于炉,锤括中外于囊橐。即其诗词,亦情深而文明,意内而言外,非寻常吟风弄月、剪红刻翠者可同日而语。而处龚蒋之外之时势,能为龚蒋理想之中之文章,知必有以导敫遁叟之盛娬,如河汾诸子之表章。其师说宁止,与一二六室先后颉颃而已。先生曾襄校湖南试院时督学使者元和江建霞(标),亦词林魁硕也。其旧稿若干卷,曾经建霞太史点定付梓,惜煨于火,今所刻者,近岁之作及旧所删削,非全豹也。故以剩稿名之。上元甲寅仲秋乌程张均衡。

《香艳杂志》①1914 年第 1 期第 1 页刊登"邹君翰飞照片",并称"编辑邹翰飞君照片"。

是年,《图画》(本杂志编辑者为鬘华室主徐畹兰)登载平等阁主俞佳钿女士小影,王均卿、张萼荪、苕狂、邹翰飞、高太痴君小影;东瓯名画家鲁纖纖女士小影,巾帼名贤吴孟班、薛锦琴女士遗影。

《珊瑚网·题燕山徐韵笙丈维城红楼絮别图》(丁亥年作),刊《希社丛编》1914 年第 2 期,第 1—3 页,署名"邹弢"。

《同人诗文钞:新柳词(第 15 集社课):诗四首》,刊《希社丛编》1914 年第 3 期,第 9 页,署名"邹弢"。

《藩篱集(一续):贺陆云荪先生为哲嗣润瑜世讲纳妇文》,刊《希社丛编》1914 年第 3 期,第 1—3 页,署名"邹弢"。

《骊唱集送李英石旅长赴江苏第二水警厅任序》,刊《希社丛编》1914 年第 2 期,第 3—4 页,署名"邹弢"。

《同人诗文钞:无题(第五集社课)诗五首》,刊《希社丛编》1914 年第 2 期,第 15—16 页,署名"邹弢"。

警世小说:《梦中梦》(警世小说)刊《游戏杂志》1914 年第 5 期,第 29—38 页,署名"酒丐"。

《茄字之笑史》(滑稽文),刊《游戏杂志》1914 年第 3 期,第 24—25 页,署名"酒丐"。

2 月 14 日,《申报·自由谈》之"自由谈话会",发表"酒丐"文,其中有下列文字,涉及其著述刊印事,兹摘录如下:

> 余曾著《三借庐赘谭》十二卷,请人刊行。三十年来,已无原本。今承某君代为重印,改赘谭为笔谭,儗向索若干部分送,特不知如愿以偿否。

2 月 19 日,《申报·自由谈》刊酒丐《驳西厢》一文。

2 月 26 日,《申报·自由谈》刊登"酒丐"之《红楼杂咏》(续)十二首。

3 月 5 日,《申报·自由谈》之"尊闻阁词选"刊登"酒丐"之《新柳词》。

5 月 10 日,《申报·自由谈》之"游戏文章"栏登载"酒丐"之《绛珠叹仿马调》。

5 月 23 日,《申报·自由谈》登载"钝根"(即专栏主编王钝根)启示文字,涉及《断肠碑》,兹录如下:

> 某某君鉴,来函诘责"自由谈"曾载酒丐之《绛珠叹》,谓抄袭《海上尘天影》,不

---

① 《香艳杂志》,王均卿(新旧废物)主编,1914 年年底创刊于上海,其旨趣在于"表扬懿行、保存国学、网罗异闻、搜辑轶事、提倡工艺和平章风月",1916 年终刊,共出版 12 期。"希社"发起人高太痴曾为编辑。

知尘天影实为酒丐十八年前在湘所作,原名《断肠碑》,后为古香阁主改为《海上尘天影》。足下但知其一,不知其二。酒丐老成硕学,决非拾人牙慧者。敬为代白,并告阅者。钝根。

6月14日,《申报·自由谈》之"文字因缘"登载"酒丐"之《答顾虚谷》一文。

6月20日,《申报·自由谈》发表"酒丐"之《挽了青》一联。

7月24日,《申报·自由谈》之"小说"栏,发表"酒丐"之《鬼话九幽新国记》短篇小说一篇。

8月2日,《申报》刊登邹弢(署名酒丐邹弢)《烽火骊宫图》《蜀父老》。

8月20日,《申报·自由谈》之"小说"栏,登载"酒丐"之笔记《朱素芳》一篇,文首有按语,言明此作曾被天南遯叟采入《淞滨琐话》。另,翌日《申报·自由谈》中,续载此篇,并转载邹弢有关其著述小说被抄袭之告白:

> 附酒丐覆梦庐主人书
> 自小说周刊"礼拜六"载《粉城公主》,而同社诸君爱酒丐名誉,往往责以直言,谓先生素恨他人抄袭,今乃改头换面,将《淞滨琐话》抄作己文,且下列渔郎之名,此何说耶?按二十年前,酒丐在山左般阳矿次,空山孑影,事简无聊,曾著《续浇愁集》数卷。初集作于同治八年,今为他人翻印,卷少而无力付刊。曾在抚署将草稿呈弢园先生。时先生由王菊人延聘《点石斋画报》主笔,将余稿《朱素芳》《因循岛》《粉城公主》等五六篇借抄入画报中,旋竟刊入《淞滨琐话》。余见之,向之交涉。先生乃荐余梵王渡一馆,以为塞责。然酒丐终不甘心,只以师长恩重命严,不敢斤斤计较。迨弢师物故,丐屡在报馆从事,时出旧稿为报上附张之点缀,是则《粉城公主》诸稿乃《淞滨琐话》抄袭酒丐,非酒丐抄袭《淞滨琐话》。其笔墨若何,识者自可一辨而知也。至下署渔郎者,实为儿子所乞安冀后起扬名,未免砥犊之爱也。今浇愁续稿只存五六篇,已将原稿寄送钝根,俾释群疑。其稿概不受酬,其所以附骥之意,酒丐残漏向尽,留此以表著述之辛苦,亦藉此以结文人翰墨缘耳。酒丐上白。

上述告白,可以作为邹弢、王韬师徒之间几篇笔记小说之版权归属之"当事人说",且当时除另一当事人王韬去世廿年外,其他一些相关人则尚在世。邹弢之说,有值得重视之处。且当时邹弢在《申报》发表这几篇笔记小说之处,概未取酬。故时人及后人所谓逐利一说,似难足信。

8月22日,《申报·自由谈》之"自由谈话会"发表"酒丐"《波兰国重兴之预言》一文。

是年,《申报·自由谈》发表为《三借庐剩稿》所题诗词甚多。

10月30日,《申报》发表"寄梁酒文,售溪丐集"的广告,兹录如下:

> 瘦鹤词人为同光间老宿,著作等身,今《三借庐剩稿》连尺牍四种已出版,每部大洋三角半。上海在棋盘街文瑞楼广益书局,苏州在观前振新书社、阊门城门口录荫堂寄售。向徐家汇堂西购者,每洋一元可得四部。若须寄,来信中封加邮票一角。其有题词登报者,请将报上所刊之纸寄来,送书一部。报上不登不送。送满百部止送。

11月5日,《申报·自由谈》刊登"文字因缘"数则,涉及三借庐群籍、《三借庐剩稿》

等。兹照录如下：

  邹公酒丐三借庐群籍刊成，有自题二绝见于自由谈，敬依韵奉和。东园。
  芳讯××记去年，陆家乐府集群仙（谓野衲先生新乐府）。应微曾寄惊啼序（谓公于夏日函索题词限以长调因赋莺啼序），只恐巴词不入编。
  料得新梓短长吟，金玉愔愔是德音。鱼往雁来容易事，洪×不时叹浮沈。

  题邹翰飞先生《三借庐剩稿》，茂苑食砚生张植甫初草
  假从希社×君容（希社篆编　有先生小影），笑口常开酒意×。四十年来涂抹惯（痛饮狂吟四十年系先生自题句），好凭麟爪见神龙。
  断无名士不清贫，应有瑶篇积等身。今日苕华新刻玉，一时纸价贵淞滨。情浓每愿侍潇湘（先生早年号潇湘馆侍者），好事多磨自古伤。毕竟高文能寿世，开编争挹马班香。
  浇愁一集早风行（先生曾著有《浇愁集》风行于三十年前），垂考文章律更精。绝胜投时新小说，名流无处不欢迎。

  次韵奉和邹翰飞先生自题《三借庐剩稿》征诗两绝，辋川旧主
  大集披吟忆往年，思清如水笔如仙。更恢眼界观全豹，觑胜相容各一编。
  壮写由来好越吟，高山流水渺知音。寸心千里邮传递，稿脱浑忘夜漏沈。

  敬步酒丐先生原韵题《三借庐剩稿》，×龙
  荏苒韶光廿五年，班门弄斧愧诗仙。漫题三借庐賸稿，盥手焚香诵此编。
  暮年颠倒醉乡吟，乱世何来空谷音。遂逐纷纷争利禄，笑开白眼看浮沈。

11月12日，《申报·自由谈》刊登《寄售梁溪酒丐文集》告白：

  瘦鹤词人为同光间老宿，著作等身，今《三借庐剩稿》连尺牍四种已出版，每部大洋三角半。上海在棋盘街文瑞楼广益书局，苏州在观前振新书社群、阊门城门口录荫堂寄售。向徐家汇堂西购者，每洋一元可得四部。若须寄，来信中封加邮票一角。其有题词登报者，请将报上所刊之纸寄来，送书一部，报上不登不送，送满百部止送。

11月22日，《申报·自由谈》登载"文字因缘"数则，涉及《三借庐剩稿》。兹照录如下：

  文字因缘
  奉题《三借庐剩稿》，东海懒僧
  篱下长庚不计年，冯乡今古几神仙。醒来一笑飞余唾，断壁零珠×此编。
  狂吟到老益狂吟，流水高山孰赏音。借得一庐甘守死，鸡鸣风雨晦沈沈。

  敬题酒丐先生《三借庐剩稿》，高洁
  诗人老去忆华年，不计荣枯是散仙。醉后挥毫摇五岳，琳琅满纸集斯编。
  月露才华白雪吟，茫茫人海几知音。梁溪绝唱真千古，始信文章未陆沉。

  题《三借庐剩稿》，朱小庐
  骚坛敬重已多年，共道诗仙亦酒仙。手笔直追唐李杜，谁人不爱读斯编。
  漫呈几句小虫吟，想换先生大雅音。寄语淇乔须耐性，莫将消息任浮沈。

  奉题锡山邹翰飞先生《三借庐剩稿》，潜蛟
  醉里乾坤著述年，才华风骨疑神仙。何须名勒燕山石，一样千秋看此编。
  孤愤盈腔付醉吟，人间莫谓少知音。著书留得精神在，宝剑虽埋气未沈。

  次韵奉和酒丐先生，南昌贞卿女士
  高歌郢上竟忘年，不号诗仙号酒仙。满目云山风景好，一齐都采入新编。
  醉里流光不计年，人间陆地有词仙。兰阙一展阳春曲，几度焚香诵此编。
  每邀知己伴清吟，一幅琅玕即梵音。三借庐前垂柳绿，紫烟云外任升沈。
  白雪诗从醉里吟，每将翰墨结知音。争传海上江淹笔，一纸云笺信不沈。

12月18日，《申报·自由谈》之"文字因缘"栏目，登载署名"梁溪酒丐"词一首：

  金缕曲·祝朱谦甫四旬，梁溪酒丐
  放眼乾坤小，任纵横，大千世界，谁能同调。我亦当年学高适，几见词林品藻，为野衲、破荒介绍。酒丐诗狂恣游戏，最相关，总是伤心抱。可语者，使君操。
  述怀争似忘怀好。看如许，牧猪屠狗，争雄入道。尚是依旧作王粲，不及退樵房老。幸精力、春华朗照。除却凌烟问何志，到皈依，惟有棲园峤。无量寿，无穷诗。

1915年，乙卯年（民国四年），六十六岁

  陈独秀在上海创办《青年杂志》。新文化运动开始。
  在《欧战实报》（每月出版四次）12期上发表《癸丑菊秋二十七日为予母难之辰，宴同社友于守死楼，口占三绝（楼在沪西徐家汇本寓）》，署名"梁溪翰飞邹弢"。

  六十光阴付逝波，匆匆又是四年过。交游几辈晨星散，落叶西风感慨多。
  菊花深处小楼开，同社联吟酒百杯。醉态掀天狂欲倒，遗民尽是栋梁才。
  老病垂危又转生，苍苍爱我亦多情。庄周佛尘刘伶插，几度踌躇用不成。

  撰写《范君博鹦哥集序》一文。文中云："岁在著雍敦祥季夏余，余避暑吴门，因老友舒问梅之介，识君子于察院场之鹤圃，订莺花之约。"
  长子敬初患神经病。《十哀吟》第三首为"哀敬初大儿"，诗注云："乙卯春，得神经病。全家颠沛，皆关系此儿，祖宗有灵，当为哀痛。"
  《结交行》发表于《欧战实报》第5期；《野草》发表于《欧战实报》第5期；《丹阳道中》发表于《欧战实报》第5期。
  《同人诗文钞：题吴门宋氏家藏清圣祖南巡圣典图粉本残叶（序长不及备录）：文一首、诗二首》，刊《希社丛编》1915年第4期，第10—12页，署名"邹弢"。
  《珊瑚网（二续）：自题丐酒图》，刊《希社丛编》1915年第4期，第20—21页，署名"邹翰飞"。
  《珊瑚网（二续）：贺徐植夫新婚（调寄贺新郎，二阕之一）》，刊《希社丛编》1915年第4期，第15页，署名"邹翰飞"。

《石门致命亭墓碑》,刊《善导报》1915年第35期,第414页,署名金匮邹弢翰飞敬撰。

《题教会致命亭》(亭在北京西什库教堂外为庚子拳乱北京教会被难之人而筑亭中即从葬处也)发表于《新民报》1915年第2卷第4期,署名"瘦鹤词人"。

2月5日,《申报·自由谈》"文字因缘"栏目中发表《和邹翰飞先生三借庐征诗原韵》,作者署名"伍祐蔡选青"。原诗摘录如下:

矍铄精神比壮年,自称酒丐我称仙。等身著作传梨枣,多少工夫仔细编。

剩稿争求集客吟,洛阳纸贵尽知音(求三借庐之题词相望于报纸)。徵生浑似刑荆州借,尺素虽通信消沉(前曾函致邹君,索三借庐刊本,并和倚醉歌原韵二律,附呈时逾两旬,未蒙颁给,兹复和原韵呈政,以示求书之殷,不卜邹君见以为何如也)。

2月26日,《申报》登载《希社24次集会记》一文,未见作者署名。全文如下:

昨为希社第二十四次集会之期,各社友及来宾到者甚多。先由主任高君太痴宣言:鄙人与姚子梁、蔡紫绂、邹翰飞诸君发起此社,驿交四年。当时狂澜既倒,礼教凌夷。幸各处争孔同志相继奋兴,圣道由晦渐明,惟不复读经,终非正本清源之计。本社虽早禀由国务院批行教育部,然兹事体大,着手良难现闻。北京艺社拟与本社联合进行,殊堪欣企。但鄙人仍注重编书。盖以吾辈寒士,每有著作,不易刊行,故希社丛编已定新章。无论社内外,远近诸君,凡有专著欲广流传,祗须略为贴费,均可刊入丛编。刊后即以书若干册为报酬。现第四期已将出版,贴费者尚源源而来,此实两有裨益,将来吾社或成为合资刻书之事业亦未可知。其章程可向沪城旧教场本社索阅云云。一时众皆称善,继以社饮甚欢。随由孟春司社、李君瘦兰分给课题(一)复见天心说、(二)句践报吴论、(三)问教育儿重之良法,并为其祖母曹氏征求六十寿言。盖曹母青年守节,抚遗腹子以至成立,懿行可嘉,故内外同深敬仰云。

1916年,丙辰年(民国五年),六十七岁

袁世凯恢复帝制失败。《青年杂志》易名为《新青年》。

撰写《周耀卿七十寿言》(代顾松泉作)一文。

《同人诗文钞·吊新战场文(甲子社课)文二首、诗六首》,刊《希社丛编》1916年第8期,第1—5页,署名"邹弢"。

《同人诗文钞·忆龙华瓜豆园仿乐天池上篇寄野衲:诗一首》,刊《希社丛编》1916年第6期,第8页,署名"邹弢"。

《同声集(五)·同社姚东木召赴槎溪赏荷饮杨树尼庵与王钧卿陆甸孙钱文史同作》,刊《希社丛编》1916年第6期,第15—16页,署名"邹弢"。

11月13日,《申报》刊登《希社同人之尊孔》,云:"希社素以翼卫圣教、昌明国学为职志。近因孔教问题,同人奔走呼号不遗余力。11月12日,希社诸同人在沪上派克路陈铬青宅举行社集,数十人议定,用希社全体名义拍电报,请将孔教定为国教。一面再上书请愿。并由高太痴发起国教请愿团,以为希社之后盾。"希社电文如下:

北京大总统段总理参众两院鉴:国教不定,人心危疑。请定孔教为国教,载明宪法,与信教自由并行不悖。幸勿以修身条文尊孔法案暂图卸责。上海希社全体公民:高翀、蔡尔康、姜循理、陈诗、陈应增、陈璞、钱绍桢、刘承干、沈焜、赵恺、徐元芳、徐思瀛、唐尊玮、邹弢、黄协埙、王沛麟、王文濡、程讷、舒昌森、宋尧寿、汝开峰、袁晋和、袁昌和、余佩玉、钱卿衔、陆荣勋、夏绍庭、张荣培、朱家骅、邹文雄等一百六十三人叩。

1917年,丁巳年(民国六年),六十八岁

1月,陈独秀受聘为北京大学文科学长。《新青年》由上海迁往北京。胡适在《新青年》发表《文学改良刍议》,陈独秀发表《文学革命论》。

7月,皖省督军张勋在北京拥立清废帝溥仪复辟,史称"张勋复辟"(丁巳复辟),旋即失败。

《诗学捷径》,梁溪酒丐邹弢编,苏州振新书社、上海苏新书社发行。1917年出版,1924年3版,无锡邹弢编著,邹登泰校订。《词学捷径》是年8月由苏州振新书社、上海苏新书社发行,署名"梁溪酒丐邹弢编"。另在该著扉页,有酒丐启示三则,一云:"酒丐从事词章四十年,著有剩稿四种,一诗一词一骈文一尺牍,今已印行。……近编《词学捷径》,外尚有《诗学捷径》《速成文诀》《骈文捷径》……"二云:"酒丐近定函校诗词骈文新例,有志向学者,函索章程。……"三云:"酒丐近定时文润例,凡序文寿序铭传新婚文,每篇40元,加长加倍;诗词每首一元,长词长歌每首三元,楹联寿联挽联,每联两元。"此可见邹弢晚年卖文为生之一面。葛其龙在《三借庐赘谈》序中亦云:"然翰飞富于才而穷于遇,当世卿大夫非无慕其名爱其才者,而绝不闻一为推免,至于卖文糊其口,可谓穷矣。"(《三借庐赘谈》序)

撰写《四明谢母王太夫人六十寿序》一文。撰《祭周母水太夫人文》。

1月,《骈文速成捷径》一册,由上海文瑞楼书庄总发行。

据《骈文速成捷径》跋,邹弢沪上私淑弟子方嘉穗曾于徐家汇设"词章函授学堂",延聘邹弢,"以三书分惠后贤"。《有感次周梦坡癸亥元日韵》组诗中有"薄有词章传远近"一句,注释曰"余设保粹函授学堂,从学颇多"。可见设立词章函授学堂并非仅为方嘉穗之意。对于当时新旧文之博弈,邹弢似乎颇为不满,"文字无灵空变古,金钱有效独伤今",并注释曰:"俗学界以宿学难窥,喜改用国语。"此亦可见邹弢对于清末民初白话文运动之态度。

9月28日,《申报·自由谈》发表"天虚我生"致谢告白:"梁溪酒丐邹先生弢,近著《诗学捷径》、《词学捷径》两书现已出版,昨承见赠两册,展读一过,语显而理真,洵足为初学之导师,谨志佩忱并当介绍。"

《三借庐剩稿续编》末有"酒丐函授学校及卖文例"一则,兹摘录如下:

> 专改骈文诗词,每年学费八元,邮费一元,分两学期,先收每月改骈文一篇、诗词六十首,无另立章程。欲加改骈文者,每篇一元。程度太浅者不收。
>
> 卖骈文例:碑铭颂诔,寿序婚辞(七百字),二十四元,加长另议。
>
> 诗例:每首长古二元、律一元、绝半元。
>
> 词例:长调一元、中调小令半元、长联一元,事实须详,约期须早。附邮票三分,无邮票不打答。
>
> 通信处:上海南洋交通公学口苏新书社、苏州观前振新书社,或径寄沪宁铁路望亭火车站转后宅,有交情者另议。

另,自为启明女校解聘之后,邹弢在沪上生活几陷入绝境,遂只得聊以卖文为生。除

上述函授学校及卖文例,在《希社丛编第八册》末尾,亦附"酒丐卖骈文诗词润例":

> 碑铭诔赞寿文婚辞序言,每百字二十元;短体题跋以三百字为限,五十元;诗长古二十元;律诗每首十元;绝诗每首五元;词长调十四元,中调十元,小令五元;楹联长言十元、余四元。

《浣溪沙:有忆四阕》,刊《邗江杂志》1917 年第 2 期,第 2—3 页,署名"酒丐"。

《莲花舌:诙谐汇选·樱桃肉》,发表于《小说丛报》第 3 卷第 7 期,署名"翰飞"。

10 月 2 日,《申报》刊登"爱俪园筹赈会"相关消息,捐赠者信息中有"邹翰飞三借庐四十部"。

11 月 6 日,《申报》登载"仓圣救世筹赈汴晋湘鲁大会第一次收款报告",其中有"邹翰飞书五十部"。

1918 年,戊午年(民国七年),六十九岁

鲁迅《狂人日记》发表于《新青年》第 4 卷第 5 期。4 月,胡适在《新青年》发表《建设的文学革命论——国语的文学、文学的国语》一文。

3 月,长孙振邹殇,翌年端月又殇幼孙。

撰写《睢宁潘杰三先生传》一文。

撰写《姚东木被禊会启》(为公议保存国学在徐园开会)。其中有"百王坠绪开权利之先声,群圣大成酿文明之争点。国粹废五千年以上,欧风迎三万里而遥。献典无征,灵光不继。用是以伤今之痛,抱发思古之幽情。……凡吾同志,应抱贞心,勿坚猿鹤之高怀,至博鹭鸶之冷笑"。至此,保存国粹之思想日渐明晰,与 19 世纪 70 年代以来之时务西学主张有所区隔。非为政治上之保守立场,实则文化之遗老心态。另有《志感四首寄槎溪姚东木》组诗。

成《戊午荷夏七日苏州学士街龙兴寺同问梅君博情虎小饮拈韵得咏字》诗。诗中吟道:"我来自申江,夏长暑气盛。邂逅结新知,情虎来相订。竟登隐社坛,彼此知名姓。"

成《张君云龙戊午九月晦邀请持螯即席赠之用险韵》诗。诗中云"从此冥情灰世事,只偷余息待天乡"。这里所谓"从此",指的是两孙于是年先后夭亡,儿子又不事生计。

诗中注释曰:"新交中人王钝根、陆野衲(甸孙)①、俞凤宾、吴耐坚,皆为心佩。"

《瘦鹤随笔:赠千金》,刊《沪江月》1918 年第 5 期,第 25 页,署名"邹酒丐"。

《诗词选:和周□丰先生孤寒思痛诗四十韵》,刊《秋声》1918 年第 2、3 期,署名"梁溪酒丐"。

《诗词选:挽程尧丞二十韵》,刊《秋声》1918 年第 4 期;《上巳日西湖即景双琼雪贞湘君畹根四女生联句用十一真凡十六韵》,刊《秋声》1918 年第 5 期,署名"酒丐"。

《馥寿堂双甲寿言三:词:鹊桥仙》《馥寿堂双甲寿言一》发表于《广仓学会杂志》。

4 月 14 日,《申报》登载《徐园修葺志盛》一文,其中有"邹翰飞则出其所著《三借庐剩稿》各赠一册"。

是年 10 月 14 日,《申报》刊登邹弢(潇湘馆侍者瘦鹤词人酒丐邹弢谨祝)的《申报馆新工筑落成致贺》。全文如下:

---

① 陆绍庠,上海人,字云苏,别号云僧、龙华野衲、陇梅、瓜豆园主人,室名花好迟斋,秀才,官浙江侯补知县。邹弢有《金缕曲·赠陆野衲》。

开牖中国,铎徇无前。首端正轨,得气之先。忆计创始,几五十年。维持风化,并载诗篇。洛阳纸贵,户诵家弦。黜邪襃正,大笔如椽。综稽纪室,或人或天。赖张二蔡,王蒋何钱。黄金潘沈,尽是明贤。櫽才竞进,鲫聚蝉联。馆基屡易,何止三迁。今兹振作,大气盘旋。崇墉张日,高阁凌烟。但求持论,无党无偏。风行中外,广证大千。中华之运,大道之传。操觚削简,万岁常延。四万万众,一发相悬。既颂且祷,屡舞仙仙。千欢万拜,吾道绵绵。

10月16日,《申报·自由谈》刊登有关邹弢著述出版广告:

新辑《骈文速成捷径》

梁溪文学大家邹酒丐撰。先生因慨文字之将亡,不忍以数千年华国之词章,自我身之所遭消归乌有,本先生平日之经验,以极浅之导线,度以金针,编辑是书,以授后贤。凡文理精通者,阅之均能领悟,实为无师自通之书,人人可达能文之目的。现已出版精装一册,定价二角,特价一角二分。

1919年,己未年(民国八年),七十岁

5月4日,在北京发生旨在反对"二十一条"的爱国学生运动。4月,胡适在《新青年》发表《实验主义》一文。7月,胡适在中华教育改进会济南年会发表有关"中学的国文教学"之演讲。

是年秋,《希社丛编》"凡刊成者已得七篇"。每年一册,故至此已得七册。编辑高翀病故。"初拟推刘翰怡、陆云苏、邹酒丐、郁屏翰及余为社长,以互相推诿,社遂星散。酒丐以伤足归梁溪,一曲广陵琴后,事不堪问矣。"(《希社中兴丛编》周梦坡"叙")

高翀病故,希社中落,社友亦星散。邹弢避居故里之后,邀约原希社社友邹纬辰、舒问梅等"重兴社务、订新章,并于1924年夏登报申述中兴'希社',被众推为社长,接纳新社友四十余人"。1925年刊出《希社中兴续编》(即希社丛编第八册)。

年七十,有《自挽文》一首。中有"余固生也,且生年已七十也。幼起田间,赖先祖教以诵读得识之无。其后西赴秦陇,北游燕齐,南极衡湘,东至蓬峤,或为导师,或充记室,东涂西抹,著述数十万言"(《三借庐集》,卷二,尺牍,第70页)。

9月27日,为七十寿诞。成《酒丐自挽文》。

《三借庐七十寿言》(辑录《三借庐剩稿续编》)引言云:"己未秋菊二十七日,余逢第七十次母难之辰。初定生前受吊,众人多不为然。追讣启既颁,赠言日至,共积六百余纸。辛酉冬,以伤足久滞吴门,存箧之诗文词,散失殆尽。"而从刊刻寿言来看,中多从未谋面者。寿言中有邹弢启明女校时之女门生如王临镁、吴应湟、刘龙生、秦文美、顾滢、葛靖等。王时为青浦第一女师范校长。

另,《三借庐剩稿续刊》中辑有"世事蜩螗,人情鬼蜮,故乡感旧,深夜不眠。以十一尤韵中动物字尽黏诗中,得二十韵,呈方畯父,兼寄钝根、独鹤、甸孙、葆青"组诗。可见无论是在报界时抑或执教启明女校时,与当时沪上文人交往甚多。

另,为祝邹弢七十寿辰,倪纯中有七古赠贺。题记曰:"梁溪邹翰飞先生,让清同光间老名士也。忆壬子七月,拙七十述怀,蒙赐七古一章。民国己秋,先生亦古稀矣。新闻报云寿堂布景雅澹,大有开吊气象。故所赠幛中有刘伶不死,吊者大悦等句。鄙人今亦以七古赠之。"

另,希社社友王凤生远耆贺诗题记云:"瘦鹤词人筑守死楼于沪西之徐家汇,饮酒吟

诗,不知人间有权利事,与余气味尤投,为忘年交。今值古稀之辰,读其自挽文,真目空一切。"

是年十二月,《诗词学速成指南》(上下卷,署名梁溪酒丐邹弢编),由上海尚友社发行。书后"广告"栏云:"国粹消沉,词章久废。茫茫坠绪,一发千钧。梁溪邹酒丐先生有慨于斯,以平日所得之经验,极浅之导线,特编是书,以授后贤。"书前有方嘉穗骏乎序。兹录如下:

> 呜呼!世事如斯!国事如斯!有志之士,能不为之痛心哉!心有所痛,又不得不呼天当哭,盖郁于内必发于外。夫屈原作《离骚》,孔子作《春秋》,岂得已哉。噫,诗之盛,更有盛于今日乎?

是年编撰《中学国文课本菁华》(1—4册),署名梁溪翰飞邹弢编,上海土山湾印书馆印。第一册前叙文如下:

> 启明女校,创始于前清丙午之际。丁未秋,余受校中之聘归自燕北,得观学其中。时女界震旦光开,大有欣欣向荣之象,迄今十四年矣。缪承外界矜推,负笈担簦,极翩然来思之雅,其中如班惠左芬谢絮景兰之擢秀者时露灵光,真俞曲园所云清淑不钟于男子也。顾天资人力各有难齐,其所读之书,以下里而上就阳春,或以生知而下侪困学,钧陶所及,岂能合大冶为一炉?而近时课本所编,又难曲合轨辙。校长及国文监理,知大小各班,程序之不可紊也。特商请院长及校董潘公,介余编定本校合度之国文。自周秦魏汉至今,凡文之通达可解者,由浅及深,分为四集,名曰国文课本菁华,适合四年程度。文中偶有僭谬簒易之处,但期为利于初学,与名山之专集不同。编既成,用述数言,为发刊辞之缘起。知我罪我,一任悠悠者之私议而已。民国八年梁溪酒丐邹弢志。

是书"凡例"如下:

> 一、国家自行新法,教授国文,课本选刻甚多,虽程度适符,而体例或不免奇异。本书则取秦汉至民国名贤专集,及各家所编课本,凡文理通顺、无艰涩转注之病,学生易于解悟者,一概列入。适合中学高等预科之用。不歧不复,读中学高等教科书者,得此善本,其余似可一扫而空。

> 二、是编分为四册。第一册文理径直而浅,第二册浅深合宜,第三册渐入深奥,第四册最深,然皆扫去佶屈聱牙之病。学者易从第一册入手,由浅入深、循序渐进。

> 三、此编专选文理通达。凡意思拙奥艰深,如乱之训治(乱臣十人),可之训何(虽悔可追)。适与本意相反者,概不入选,或竟改之。

> 四、名人编辑课本,往往以时代分次序。此书不拘常格,但文之短长,须教员于授课时自行酌定。

> 五、恪守陈旧,为全球谨愿人富有之性质。凡前人所遗,往往不敢更易。此编专为学生引导文理起见,与名山著作不同。故凡录用成文,间稍有节改之处,如贾谊《过秦论》,"执敲扑以鞭笞天下",将敲扑、鞭笞倒转之类,盖只期学者直解通贯,不在渊博。其文之原评,亦或不全照录,但以学究簒易先达文章,不无狂谬,惟此书重在启导学生,不获已而出于僭易,幸君子恕之。至明贤之专集,大文自在名山也。

六、每篇于地名国名作＝＝、人名作——、帝王年号作＋、文之佳者作○○、次作者作·，为记，以便学者一望而知。

七、古体文字，为小学之专门，学生不宜记辨，如祸之作旤、向之作乡、天之作𠀓、地之作埊、抗之作伉、俊之作晙，此书一律不用。

八、评解注释，有掇拾前人或今人者，有新增益者，有将旧注旧评删节者，均不加以标别。若前后或有互见之处，则后略前详，或注明见前，以免词费。

九、文经转载，或有差讹，兹书但取其通，不加考证，盖教科书但求文理，与考据学不同，故考证处，往往从略。

十、每篇结构之法，如有特色处，间或加以评语，以表做法。其篇尾之评，或用原本，或加新说，均不拘拘一律。

十一、原文中所用虚字，与今时所用虚字稍有勉强，如自余之为其余，不者之为不尔，人焉之为人也，及在三四句虚字重出者，间或节易一二，以免误会，而利初学。惟其中多节易者，均于题下加一节字。

十二、坊间教授法一书，故为稳妥教育美意，然仍为俭腹者设也。此编不别定教授之法，以期师长之得人。

十三、此书虽为启明本校编定，然他校程度或未必不同。苟能循序以求，庶可免于躐等。

十四、此书已经院长及诸司铎审定，万一或有不合，幸恕而教之。

是年，《小说新报》第5卷第12期发表《砚耕庐文录·吴县范君博鹦哥诗集序》，署名邹弢。

12月7日，《申报》登载《启明女校游艺会志盛》（再续）一文，其中有"校中所设各科，舍中文外，悉以女子任教授，悉愿牺牲此生于教育事业。即据汉文讲座之梁溪邹翰飞君，一七旬余之老名宿，舍授徒外，亦若与世缘相隔绝。所编国文课本两册，趣味浓深，令人百读不厌。举凡少年易犯之（记述不详、叙列不明、描写不灵、论辩不透彻、措词不了当、字句变化不神奇）等通病，俱可迎刃而解，非有极长之岁月与极专一之精神，极渊博之学力，不能遽得此佳构也"之说明。

1920年，庚申年（民国九年），七十一岁

胡适《尝试集》由上海亚东图书馆印行出版。

撰写《启明女校校刊序》（注：余在该校十七年，全集皆为之代编，并教科书三种）。启明女校"创于乙巳"，"迄乎庚申"，已经十六年。

附《启明女校校刊序》：

山辉川媚，合动静而咸宜，乾健坤柔，配阴阳以顺轨。盖以大君之亭毒只在聪明，可知泰媪之氤氲无分男女。今者肤言刬旧，玄理开新，家披鲍著之图，野播左芬之牍。春风桃李，门墙笑列红妆；秋水兰苕，昕夕争披黄卷。回文锦艳，问字车忙，彬彬然钗弁之平权、刚柔之合德矣。

吾校创于乙巳，迄乎庚申，十六祀之经营，三千人之造就。标英挺异，无非步障之才；染翰抽词，都属闺房之秀。玉润珠圆之选，鸾仪鹤立之班，莫不霏雪词多，拈花笑浅，生成售品。名媛亦号相如，写到长篇，进士何妨不栉特是玄亭。学草已证三生，绛帐守珠，难贞九死。或积功北面，应离董子之帷；或抱道南行，将割管宁之席。

君歌拆柳,侬唱浮萍,空山深而猿鹤孤,长天远而鸿雁绝,其何以通声气、论文章,联真率之歌,寄平安之报哉!校中同志因议设校友公会,定时一举,聚东坡之雪,持中散之沙。一笑相逢,问姓名而忆旧;十年不见,劳风雨之怀人。别梦能圆,感情斯固。然而马艰一顾,不能空冀北之群也;赋秘三都,不能贵洛阳之纸也。在昔枕中发泄,鸿宝传珍,邺下收罗,鸡林长价,大抵姓名之驰骋,皆归文字之标扬,则校刊尚焉。以师门之成绩,为学界之先河;以同类之精神,为名山之藏贮。广搜才调,卷中霏兰麝之香;多买胭脂,画里焕缥湘之色。他日渊源细溯,迹相重提,即此载道之文,好作编年之谱。所幸图传苏蕙,争夸记事珠圆;还期史续班昭,永听道人铎振。

《十哀吟》中有"哀解职"吟:"十七年中教育心,危楼灯火夜沉沉。功成兔死应烹狗,不管贫无季子金。"

对于被启明女校解职一事,邹弢颇为愤愤不平。在《有感周梦坡癸亥元日韵》一诗中因咏:"怀忠枉具屈原心,热血如潮抱石沉。"注云:"余馆启明十七年,取薪独廉。代编教科书、速成文诀、尺牍课选四册、课本菁华四册,凡六年,皆尽义务,不取薪资,费精神,赔膏火,颇长该校声价。迨伤足后,兔死狗烹,弃之如敝屣。余因而破产。"另,《十哀吟》"哀破产"诗云:"一窟粗营兔已愚,如何欲守竟无株。只缘温饱无良策,但计今吾昧故吾。"注释云:"院长山公与余颇有感情,以小楼给余居之,不取值,死而后已,余亦让价售产。"①

对于邹弢执教启明女校事,陆祥(甸孙,上海人,精内外医,著述甚多,为邹弢文字之交)在贺其七十寿诞文中云:"年来掌教启明女校,高才女弟子尽列门墙,支那女学方在幼稚,得先生为导师,而向来黑暗之女界,放大光明矣。"②

《启蒙女校校友会杂志》第1期,刊登邹翰飞《麟趾女弟受聘赴新加波,励君华女生送之以诗,此吾道其南之乐观也,爰以两绝送之》。

成《前梅郎曲并引》《后梅郎曲》。《前梅郎曲》引言中云:"旦角梅兰芳,名优也。己未年应聘出洋,售色于日本。旋为张季老聘请于通俗社。庚申二月,到申。奏技于天蟾舞台,一时名士之投诗词者,不惜竭锦绣珠玑,为梅郎助艳。诸暨何郎、嘉定刘郎,尤重慕之,嘱赠长句。余年七旬余矣,才尽文通,尘缘皆了,至此亦见猎心喜,成此一章,以告少年之爱梅者,并寄梦畹生(即黄式权,1852—1925,沪上南汇人,字协埙,号畹香留梦室主,别署梦畹生。长期担任《申报》编纂主任,即主笔)。"

《后梅郎曲》中有"梁溪酒丐称酒狂,眼花手战兴不扬。蓬头埋身作书蠹,终年绝足嬉游场"等句。

另有《滕若渠以感游四绝嘱和即次其韵》。诗云:

经济文章世莫知,揄扬未遇正当时。何期红袖怜才藻,肯学元稹十体诗。

向平五岳几时游,世事奔潮赴下流。我亦销声香粉狱,寻章摘句竟如囚。

中宵三起又三眠,愿护金玲力又绵。记得兰香仙去后,愁红惨绿自年年。

阮籍愁肠太白才,寸心竟向定中灰。孙阳不作钟期死,一任纷纷燕雀猜。

---

① 由此可知,邹弢在得到启明女校院长承诺之后,将自己当初在漾西草堂旧址所置房产"让价出售",之后一家在沪上即无房产,故后来为启明女校解职后在沪亦无房安置家人。

② 《三借庐剩稿·寿言》。

另有《国事蜩螗家庭恶逆朔痴庄达何以为心甸孙以秋兴五首嘱和即次其韵》。诗云：

> 前事伤心后可知，求真恨不学张为。自怜长孺传贤日，正是商均济恶时。
> 太室箕裘乔木毁，危楼风雨旧梁支。苍苍厄我天难问，竟咏家庭革命诗。

另有《柳絮十一首：青浦吟社沈瘦东叶行百春徽咏次韵》，尾注云："社评此题须有寄托，但吟柳絮，有何可观。今十一首之命意，一自伤身世，二讥国会军阀，三讥政客附和，四嗟堕落，五六伤今感旧，七八静观世乱，九哀痛民穷，十十一讥猪仔议员。"

另，有《祝新闻报馆总经理汪汉溪太夫人七十》诗。可见邹弢与《新闻报》等沪上报纸媒介之间关系之一斑。

11月22日，《申报》登载"逆子殴父之验讯"报道一则，涉及邹弢家事，兹摘录如下：

> 徐家汇附近居户邹翰飞，向为教读，生有一子，名敬初，现年二十六岁，早经成婚。今年春间，因事与妻父胡悦堂冲突，甚至动手行凶。胡念至感，仅令服礼了事。讵敬初品性日下，前日，向乃父翰飞索钱不遂，竟取凳子击伤乃父头部及左目。翰飞因年老力衰，气忿填胸，当即倒地，不省人事。当为邻人沈丹生瞥见，立即号召各邻右到场。先将翰飞设法救醒，一面鸣警到来，将敬初拘送二区三分所警署。翰飞投所伸诉，一切并由沈丹生、胡悦堂等到所证明，行凶各节，经署员讯问一过，立命备文饬警，将一干人证于前日下午径送上海地方检察厅，请为律办。检察官提案预审之下查验，邹翰飞受伤，暂令回去自医，沈、胡二证人逃去，邹敬初着即收押，候乃父伤愈再行证明究惩。

是年，无锡泰伯市图书馆建成。"1920年，扇董邹茂如等筹资创建图书馆楼。木楼两层，占地三丈见方。前设半圆形阳台，铁栏围杆，阶前一片小操场。楼四周有窗，通风明亮，空气新鲜。院内种植树木花草，景色宜人，时属上乘建筑。该楼独具规模，屹立在后宅中街，名为泰伯市图书馆，乃二十年代无锡县四大图书馆之一。馆内先后藏书一万余册。其中有康熙年间梦雷编辑、雍正四年排印的《中华图书大集成》一书万余卷。……该书盛名海内，共出版六十四套，泰伯市图书馆就有一套，确属稀有珍品。"①

1930年后，泰伯市图书馆更名为民众教育馆。该馆初由白蓉初任馆长，后由钱穆、钱复康、邹翰飞、邹天涵等相继接任②。

有关邹弢离沪返乡之前的经济状况，在其《十哀吟》之"哀受负"一诗中略有涉及，"卅年积俭剩余粮，取去何由久不偿。试看老夫穿敝缊，经旬两次质衣裳"。此诗尾注释云："昔日家庭后辈姻戚，皆受余助，迨余囊涩无可自活，彼不来一省。"

《容庐文选：己未菊秋二十七日酒丐七十自挽文》，刊《游戏新报》1920年第1期，第57—58页，署名邹翰飞。兹录如下：

> 五官四肢，人有之，余亦有之；聪明气质，人有之，余亦有之。圆其颅，方其趾，形体无异于人也；饥则食，寒则衣，性情无异于人也。余既与人无异，则凡负气含生、戴天履地，举无不同。富贵功名人之所造者，我亦造焉。人之所成者，我亦成焉。孟子云：舜何人，予何人；彼丈夫，我丈夫，有为者，皆若是也。乃何以人为圣贤，余急切以

---

① 邹肇康：《邹翰飞与泰伯市图书馆》，刊《无锡县文史资料》第八辑（人物）。
② 据邹肇康文，邹弢在主泰伯市图书馆期间，有邹凤生、徐步清"从师三年，在邹弢身边协助誊稿、整理书籍等工作"。

赴之,若登天之难能也;人为豪杰,余黾勉以从之,若望尘之弗及也。人为通儒,为名士,为达官,何以相去道里也。又其下为驯农,为善贾,为良工,余何以不能踪迹也。即不然,伶如优孟,妓如真娘、苏小,监如敬新磨,俳如柳敬亭、苏昆生,尚得传旷代之名,为后人所慕,而余何如也?更不然,奸如莽、操,贼如闯、献,憎如沪渎之金刚,木如惠山之泥福,靡不得俚俗之知、妇孺之赏,而余又何如也?静观自处之境,德则孤高也,名则乡里也,识则市井也,才则斗筲也。势利者因拙陋而易之,贵达者因微贱而轻之,富厚者因贫窘而远之。下至隶卒佣奴、舆台牧竖,疏者如道路,习者如社会,亲者如家人,均不尽以真爱相待。若此者,为古今之弊帚,天地之赘瘤,存没何奇,直死而已矣,寿云何哉!然余固生也,且生年已七十也。幼起田间,赖先祖得以诵读,得识之无。其后西赴秦陇、北游燕齐、南极衡湘、东至蓬峤,或为导师,或充记室,东涂西抹,著述数十万言,灾之梨枣,此不得为死也。然则何以云死?曰:志不能伸,志死也;才不能售,才死也;有学而无传人,学死也;有心而莫挽世乱,心死也;在在可死,因筑守死楼以守之,而又不死。余之祖存年八十有二,余父存年七十有二,瞩余者,欲引此以祝之,即煦育之儿童,吟饮之戚友,皆以中寿为奇货。但丁此政魔加厉狂迷大梦之时,因已与鬼为邻,去死不远,浮名无补,天虚我生。故于七十年前呱呱坠地之辰,不以庆而以悲,不以祝而以吊,惟自知对越无私,焚香可告,劫灰万古,永妥灵魂,未必不可驾彭凌聃,跨尧轹舜也。

1921年,辛酉年(民国十年),七十二岁

7月,中国共产党在上海成立。

撰写《黄云门词序》一文。撰写《江安傅申甫先生八十寿序》(傅增湘之父)一文。

舒问梅《问梅山馆诗抄》有《辛酉元旦后一日偕酒丐赴云门寓庐为暖春之饮即席喜作》诗。

成《七十卮言以三千桃李尽红妆为辘轳体》诗。诗中有"劳劳晚节同牛马,莽莽中原逐犬羊"句,前者谓"家庭全不作生计,只依赖余一人",后者云"朝廷社会绝少端人"。诗中另有"宝相绣丝犹梦赵"句,注云:"新交中如王钝根、陆野衲、甸孙、俞凤宾、吴耐艰,皆为心佩。"又,对于在启明女校的教授生涯,邹弢还曾多年自钤小印"三千弟子尽红妆"[①]。

数年间幼孙接连殇亡,有"伤心空怅孙枝秀,凿齿休矜子舍光。从此冥情灰世事,只偷余息待天乡"的居家感伤喟叹。《十哀吟》中第五首"哀次孙冠邹"咏及此事。

另,周梦坡《续刊三借庐诗文集序》中云:"去秋,为老友舒子问梅祝釐吴中,将至天平山看红叶,不意坐薄笨于通衢,车忽踬,伤右足,仓促归沪,迄今不良于行。有子能绍青箱,又得神经错乱之疾,不能治生。两孙甫长,乃相继夭札,茕独一身,衰慵日甚,境益萧寥,将返梁溪,为归正首邱之想。于人事既无所属望,所不能忘情者,惟此数卷残稿耳。"

另,《希社丛编第八册》"余墨"一文,为邹弢酒丐所撰。文中亦提及二子事:

> 余生二子。长敬初,读中西书十二年,以神经病废;次孝先,幼太用功,成劳疾,十七岁殇。时余在京,闻之伤悼无限,曾填《高阳台》哭之。

是年初冬下浣,赴苏祝舒问梅七十,在十全街翻车,跌伤右腿,永久不能行。有《志感

---

① 见钱育仁等辑:《虞社菁华录》,铅印本,1931年。

四首寄槎溪姚东木》诗言及此事。"意外翻车下体伤(民国辛酉初冬下浣,赴苏祝舒问梅七十,在十全街翻车,跌伤右腿,永久不能行),亭亭一足类商羊。"①

另舒问梅《问梅山馆诗抄》中有《翻车行》古风一首亦述此事②。癸亥年《寄周湘云》函中有云:"辛亥之冬,伤足成废。从此空囊洗阮暖席驱黎。"

有"酒丐跛行丐酒图"。

《精选评注五朝诗学津梁》,石印本,十二卷,邹弢编。

9月25日,《申报》广告版登载《五朝诗学津梁》之出版告白:

> 《五朝诗学津梁》
>
> 诗学亦国粹之一,惟卷帙繁多,苦无精本,间有选刻,或诗律拗误,或体例糅杂,致学者心思眼光无所归宗。本局特请诗学大家邹酒丐先生,于唐宋元明清各家专集中精选合法之诗,分编五言绝律、五古、七古、柏梁、长庆各体,成十二卷,律无拗误,句有精意,可谓善本。分订六册,连史纸,定价一元四角。有光纸,定价一元。自登报日起,六拍特价一月,邮递加费一成。总发行:上海三马路天一书局,徐家汇苏新书社;分发行所:四马路崇文书局,苏州观西振新书社,无锡文华书局,常熟学福堂。新式国文自习读本一册,一角;言文对照国民读本一四两册,各一角,各折实五分。

1922年,壬戌年(民国十一年),七十三岁

3月,胡适完成《五十年来中国之文学》。7月,胡适在中华教育改进社济南年会发表《再论中学的国文教学》之演讲,后此文发表于《晨报副镌》。

撰《沈母林太夫人六十双寿序》(太夫人为林文忠之孙女,与夫别居。壬戌秋沈在宅庆六旬。太夫人亦在别墅开祝宴)。据邹弢文,此序为其忘年之交俞凤宾所嘱托而撰。

撰《壬戌巧日英国哈同先生罗迦陵夫人百三十龄双寿序》一文。另有《祝欧爱司哈同罗迦陵双寿》贺诗。

是年春,撰《陆太夫人与贤郎甸孙德配联寿序》一文。

撰《法华志序》一文。另《淞溪八咏》亦被胡笠夫采入《法华乡志》。八咏为"重元晓钟""斜阳塔影""吴淞帆影""无梁夜雪""殿春花墅""丛桂早秋""满月春晴""古港风荻"。

7月,成《致饶秘僧书》。

应请为厦门富商林菽庄撰《鹭江泛月记》一文。另有《林菽庄藏海楼三九雅集图征诗》《此林菽庄鹭江泛月原韵》《赠林菽庄》诗。[林菽庄(1874—1951),名尔嘉,字菽庄、叔臧,别名眉寿,晚年号百忍老人。原名陈石子,厦门抗英名将陈胜元五子陈宗美的嫡牛长子,六岁时才过继给台湾板桥林家。为民国年间在闽台两地负有声望的人物之一。]

成《壬戌季冬迩庵回杭赋此惜别》诗。

---

① 邹弢《十哀吟》中有"哀跌伤"诗,注释云"辛酉冬,舒问梅七十,苦邀必往。因在苏跌伤右腿,为苏州平江路庸医王幼亭所误,至今寸步难行"。另,舒问梅《问梅山馆诗抄》中有《翻车行》一首。诗云:"吾歌翻车行,四座且静听。翻车谁氏子?酒丐乃其名。为祝故人寿,远来姑苏城。雇坐人力车,车夫太莽生。道出十全街,街道都峥嵘。猝然车掀翻,顿使丘山倾。可怜伤腿节,惨痛呼悲声。幸赖太原子(伤科王君幼亭),施治工尤精。骱脱使续上,喜复前骸形。故人为下榻,供养无事兄。哥哥行不得,精神如泄瓶。伤愈虽有日,两脚恐不平。行时如借杖,李仙欢相迎。终日但高卧,痛时甘牺牲。酒渴仍丐酒,诗文谈笑评。杀却躁寒性,一任天穷亨。今番经挫折,世事休相争。不死已为福,但望贞交情。"从邹、舒二人的诗中,可以看出两人对于医者诊治水平及效果之看法颇有分歧。

② 舒昌森:《问梅山馆诗抄》,民国十六年岁次丁卯小春月姑苏文新印刷公司代刊。

《和许康侯先生十二耆英咏之一》(诗),刊《芦墟报》1922年第2期,第1页,署名"梁溪邹酒丐"。

1923年,癸亥年(民国十二年),七十四岁

2月,胡适发表《一个最低限度的国学书目》一文,4月,发表《读梁漱溟先生的〈东西文化及其哲学〉》一文;8月,鲁迅小说集《呐喊》由北京新潮社出版。

离沪回无锡养老。服务于桑梓之文化教育事业①。《十哀吟》诗引中云:"余抱伯奇之痛。壬午春携内子谈至申,居蒲西,即董文敏瀼西草堂旧址也。赖内人力,绸缪缔造,初具室家。今四十三年矣。至辛酉年冬,跌伤右足。追溯囊时,一落千丈。癸亥秋,重返故乡,以父老贤士之介,长图书馆,因溯近来逆境,吟十绝哀之。"

另,《无锡县文史资料》第四辑,有朱华彦《邹翰飞和〈泰伯市报〉》一文。《无锡县文史资料》第八集(人物专辑),辑录《邹翰飞与泰伯市图书馆》一文(邹肇康文)。

《三借庐剩稿续刊》由上海文贤阁刊印,封面由吴昌硕题写,署"梁溪酒丐邹弢著"。《三借庐剩稿续刊》收《三借庐骈文剩稿续刊》《三借庐剩稿诗续》《三借庐寿言》《三借庐诗词》及《三借庐词章》五部分。其中,《三借庐骈文剩稿续刊》收文28篇,《三借庐寿言》收文为邹弢七十寿诞贺寿文(包括贺诗词)。另有俞凤宾(庆恩)、陆祥(甸孙)、张文瀚(海云)序。

俞凤宾序全文如下:

> 邹丈翰飞,特立独行之士也。意态雄杰,拓落不羁,生平以真挚之性情,发为文章,世所传诵,人有尊为一代文豪者,非过誉也。其所好著文艺,绚烂平淡,悉本自然。即随口出之,都成妙谛,亦不诡于法。其生平无所好,所好者惟杯中物与诗文,亦无所恶,而所恶者惟作伪与虚饰。其性情既寄托于所好,而舒展无遗;其行谊则力祛其所恶而天真不昧。宜乎不能与溷浊之世相接触,而恒隐于著作之林。其人品之高尚,与学艺之专一,流露于楮墨间者,洵足为吾人之标准也。晚近之世,科学日进,国学沦胥。青年子弟,于立德立功立言之正道,鲜加深究,致出轨之事、凌铄嚣张之状,颇有所闻。呜呼! 履霜坚冰,由来也渐。国人群趋于欧美之科学,而摒弃祖国之道德文章,是不待人之亡我,而我先自亡。此有识者所深惧。而国学文艺之急需提倡,不可偏废也审矣。邹丈文章,传世已久,其门生故旧,莫不企仰爱诵。今汇而刊之者,岂欲炫世沽名哉! 盖有深意存焉。所谓回狂澜于既倒,障百川而东之,将以勖今之青年,鼓励其敏学之志趣与游艺之兴味也,此与浅见之流,炫其所学,夸其所得,沽名以牟利者,不可同日而语矣。
>
> 余耳丈之名久,近数年来始获亲炙而受命提,大有相见恨晚之感。今丈刊此集,命予序其端,余虽不文,奚敢固辞。顾余居恒治科学之时多,习文艺之时少,而爱读模范文章之心益切。今见丈刊斯大著中,多耐人寻味之作,久而弥彰。是集一出,吾知世之企仰邹丈、爱读邹丈文者,各手一编,由文艺以窥其性情,慕其行谊,而尊敬其为人。斯集之不胫而走,可断言也。因述丈之平生好恶及其提倡文艺之苦心,以介绍于世之阅是集者,俾知余尊敬之意,实出于肺腑,非虚饰而。中华民国十二年俞庆

---

① 《三借庐剩稿续刊》骈文诗稿邹鸿法"跋"云:"吾乡居无锡县境南三十八里,周先泰伯让国遁此,故名让乡,又名泰伯乡。"

恩凤宾谨序。

《三借庐剩稿续刊》末有"酒丐识"一篇,为邹弢自撰,其中述及其生平著述,兹摘录如下:

> 余卖文海上,四十四年。西抹东涂,不自收拾。且厄于水,厄于火,厄于窃,厄于借而遗失,故年六十四,同社张石铭、郁屏翰、刘翰宜、周梦坡诸君代刊,所作只得诗词骈文四卷,其余出版之书,如《蘅香馆无题》一卷、《吴门百艳图》一册、《浇愁集》八卷、《三借庐赘谈》十二卷、《万国近政考》八卷、《申江花史》四册、《断肠碑》六十卷,皆已先刊行。此外散文十六卷、《洋务管见》八卷、《尺牍课选》三卷、《续赘谈》八卷,则以赀窘而未刻。若《速成文诀》、《诗词骈文捷径》六卷、《五朝诗学津梁》十二卷、《尺牍课选》三卷、《国文课本菁华》四册,又为他人所代刊。惟十年中之骈文诗词,大半留稿。辛酉年冬,在苏跌伤右骸,为苏州庸医王幼亭所误,竟作废人。念七十四老人来日无多,欲将残稿问世。而国粹消沉之际,世尚新俗,谁作解人?周君湘灵,允为代刊。于是周君湘云、姬君觉弥、谢君衡聪、郁君葆青、方君骏乎、族志南君等,各赞成解囊。余遂先以骈文诗稿两卷及七十岁各友所赠诗文词先付手民,余则俟回里痛删之后,再付枣梨,并售素御寒之裘为后盾。是此书之所由成也。癸亥荷诞。酒丐识。

2月,撰《家嫂黄太孺人七十寿序》一文。撰《李母朱太恭人八秩晋二悬匾颂并序》一文。

成《寄缶翁吴昌硕》。书札中有"今弟续刊剩稿,正请题评。公以学界之灵光,且执文坛之牛耳。一言提唱,增声价于龙门;七字标扬,起孤寒于马枥"①。可知此函为感谢吴昌硕为《三借庐剩稿续刊》题名所撰。

另有《寄郁葆青》《寄周湘云》二书,时间不详,推测在此年。郁葆青为清末民初沪上报人、小说家海上漱石生(孙家振,字玉声)婿。其父屏翰与葆青均为希社社员。此书札中提及《法华乡志》刊印事,"《法华乡志》近已出书,君所题八景,从此长留"。另有"鄙人年七十四矣,厌世心长生。天日近前之诗文词稿,承令尊屏翰先生之助款付刊。挥蠹市之金钱,播鸡林之姓氏。上追古德,永勒私衷",可见此函一为感谢郁屏翰、葆青父子襄助刻印著作,二为告知"十余年来又积诗文若干卷,今已编付手民"。有关郁氏父子襄助邹弢刻印著述事,《三借庐剩稿·诗剩》(卷上)"刊稿缘起"中亦有说明。《寄周湘云》书中有感谢"使者来承惠银鹰三十翼"语。

成《谢周梦坡》一函,其中有"承赐大序,兼附五羊钞卷十纸"语。此处所谓"承赐大序",即指《续刊三借庐诗文集序》,"癸亥六月乌程周庆云序于莫干山之蓬庐"。周延祁

---

① 《寄缶翁吴昌硕》全文兹录如下:"梅蒸未已,瓜战方酣。言念故人,寸心如结。正思道味,忽接闻函。封识如新,标题不误。发而验之,只所书封面一纸。本拟开奁得宝,谁知惜墨如金。疏惯耶?吝教耶?在昔中郎倒屐,钦王粲于维年;吴祐论交,忘公沙之苦力。故李泌入九龄之赏,牧仲无献子之家。公坛站先登,英华早发。染翰则海东第一(公书大行日本),称名则江夏无双。大贾输金,小儒裹足。弟读书化蠹,脉望难仙,习字涂鸦,草行不圣。最爱老人之六法,特称中国之三尊。无如原宪家贫,胭脂莫买,洛阳纸贵,文赋空求。今先生尺素虽颁而故友寸丹未慊,纵得山涛之小启,无殊殷浩之空函。窃作宝绘虽不能征,而新词或非所靳。今弟续刊剩稿,正请题评,公以学界之灵光,且执文坛之牛耳,一言提唱,增声价于龙门,七字标扬,起孤寒于马枥。彼瑒墓引板桥之侩、襄阳赚米芾之翁,事迹不同,皈依则一。前清勒方锜谓俞樾云不得曲园书,是无志之伧,甘心错过,弟于公亦然。用贡乌莵,请挥珠玉万钟之赐,何如一尺之縢、九锡之荣,曷若两情之契、炎威相逼,诸望自珍不偶。"

编撰有《吴兴周梦坡(庆云)先生年谱》(收《近代中国史料丛刊第八十二辑》,沈云龙主编,文海出版社有限公司印行)。

附:

>   周庆云(1864—1933),字景星,号湘龄,别号梦坡,浙江吴兴南浔人。清光绪七年(1881)秀才,后以附贡授永康教谕,例授直隶知州,均未就任。为南浔巨富,年轻时经营丝、盐、矿等业。曾任苏、浙、沪属盐公堂总经理。三十一年投资兴建苏杭铁路,竭力反对向英商借款、出卖路权。1913年在杭州开办天章丝织厂,抗衡外货。1925年,为抵制日盐进口,在上海浦东设立五和精盐公司,又投资兴办长兴煤矿。1933年病逝于上海。他收藏琴书、古琴甚多,称"江南第一"。由于好琴,他经常接待各方琴客。1919年,他在上海晨风庐邀集各地琴家,举行了一次盛大的聚会,会上散发了他主编的《琴史补》《琴史续》《琴书存目》等书。《琴史补》是补充朱长文《琴史》中遗漏部分;《琴史续》是把宋代的《琴史》继续到清代,收有六百多琴人的有关记载,并逐条注明出处,便于使用者查阅原始资料。《琴书存目》编于1914年,汇集了历代著见琴书书目,和音乐书目共三百多种。《琴操存目》于1929年编成,收集了历代著见曲目八百五十五首,为琴学研究积累了丰富的资料。

成《谢姬觉弥》一文。其中有"以续稿将付守手民,……承于端七日赐我钞赀"。

成《李逊先七十寿序》一文。其中有"余与同发园夫子之门,平日又习与往来"。另据1930年11月19日无锡《大锡报》副刊版记载:上海法华李逊先,于长须友中之老同门,年七十九,别已十载,精神如昨,来书寄售其祖母兰闺读画图,酒句戏撰长联,生挽之:

>   五十年贫贱论交,我学韩苏,君珍仉米,黄炉常买醉,拒料邹阻衰病,破产收场,纵今生鹤寿还延,一霎归魂悲短袖;
>   三百里迢遥隔面,梁溪诗卷,沪读咽霞,青眼各钟情,不嫌李白谏狂,推襟送抱,辛数载鱼书可达,每寻蝶梦见长须。

据《李逊先七十寿序》,李氏乃上海法华镇名门,"前清雍乾时,君家以巨富名","奕世之故家,海乡之硕果"。李、邹二人又同为王韬及门弟子。

成《有赠》诗二首。成《癸亥送穷方畯父以春日新感属和即次其韵》,其中提到自己"三孙皆殇,至幼孙女亦殇"的家庭惨剧。

成《有感次周梦坡癸亥元日韵》诗。

成《感时六律》,其中有"大地山河谁作主,可怜帖木已私逃"句,注云:六月十三日黎元洪为奸党所逼,从白宫遁赴津门。

《感时六律》:

>   党锢私联腹部深(治国本不应有党,西国之有党,亦不幸也。今中国党名已八十余种,最著者如民党、共和党、安福党、直皖奉党、进步党。有一人而跨数党者,皆争乱之本),往来钻刺表臣心。卞和暗献连城璧(某长官寿,收金寿星若干尊,鏇绣屏若干幅,上绣寿文及翠玉品甚多),王旦先收暮夜金(贿赂公行,不以为耻。有贿百数万金者,有建巨第花园送之为菟裘者,名运动费)。两面从违窥喜怒(狡黠议员奔走权门,以为己利),百般机巧定升沉(报载某议长包办选举,总统计每票八千金)。政坛何事多佳客,幻变风云接地阴。

  共和时局变黄袍，迷梦还思帝位高。武力何能归一统（报载某督军欲以武力统一，或曰华人浮弱，终以专制为宜），丰功未必在群曹（作总统须民心衷服，曹氏不知何功）。江东孙策谋难定（江南地盘所属未定），河北张巡势尚豪。大地山河谁作主，可怜贴木已私逃（六月十三日黎元洪为奸党所逼，从白宫遁赴津门）。

  霸气张皇拥百城，天骄魑魅呈纵横。京津冠盖蜩螗沸（黎元洪遁后，国会破散。往来京津保定者，为王克敏、怀庆、承斌、毓芝、熊炳琦、边守靖、吴毓麟、景濂、冯玉祥、颜惠庆、顾维钧、李鼎新、程克张、弧志潭、袁乃宽、高凌霨等。内阁无人，不成政府），海陆旌旗鹬蚌争（四川厦门福建湘粤无处无战事。主战者为孙文、吴佩孚、陈炯明等）。西晋自安阎氏政（山西督军阎锡山，十年来不与政界争持，但逐县逐村设教，惟不禁鸦片，军民皆任吸烟），中州广练岳家兵（吴佩孚雄心霸气，独壮河南）。几人私把降幡树（督军有私交、直系赠巨赀，供选费者），第一多财不爱名。

  眈眈逐逐利难忘，迁地何由竟改良（议员谓京中空气不善，故陆续回南，其中如褚马姚杭蒋等，固能顺从民意，然以外不良分子居多，有曾受保定之贿者，有来申领款重赴京津者。此等魔君，议会仍不速予淘汰，则累及正士，所议何能改良）。几辈功名蝇止棘，两边社会鼠撒光。眼光蔽镜明皆暗，鼻孔穿钱臭亦香。可记西岐方百里，姬周肇建在穷乡。

  岂有聪明定去留，故违公意觅封侯。大儒学业归新莽（以扬雄之才，尚失身王莽），贤相功名狎武周（狄仁杰名相也，屈服武后）。臣妾何知思借寇，男儿无赖只依刘。薰莸臭味凭谁辨，到底庸才貉一邱。

  群黎热血涌春潮，政府全忘廿一条。御外未除当路虎，进贤又续寺人貂。理财广播侵民毒，借债高悬卖国标。官好何须防笑骂，园林妻妾任天骄。

上述诗作是对袁世凯及北洋政府时期政局、官场的讽刺批评。

9月1日，日本关东地区发生7.9级大地震，死伤数十万。成《癸亥巧月二十一日新历九月一号日本飓风地震大火，东京横滨横须贺全境尽默墨死者二十余万人，感二作此》诗①。另，9月4日，邹弢与俞凤宾（1884—1930）联署《日本天灾之急宜筹赈》一文，并致函报馆，呼吁筹赈援助。俞凤宾（庆恩，1884—1930），江苏太仓人，上海圣约翰大学医学部毕业（1907），后毕业于美国宾西法利亚大学，获公共卫生博士学位。1915年回国，在上海开业行医，兼任南洋大学校医、圣约翰大学医学部教授、卫生部中央卫生委员会委员等。

《三借庐剩稿·诗剩》有《俞凤宾博士枉顾守死楼志感》二首：

  平生辱志在尘埃，一上龙门喜气开。许奏绿腰征绝调，妄邀青眼愧真才。衰龄转恐恩难报，病体私怜质易摧（儿子病，数来针治，绝不去赀，今又优助刊费）。我有名山归不得，春风著力仗栽培。

  萧瑟头颅放弃身，相如卖赋总艰辛。生无媚骨怜今我，死有余哀逊古人。市骏徒留青史泪，盟鸥已染白衣尘。伯牙虽遇钟期老，终作梁溪一品民。

另，张文瀚《续刊三借庐诗文集》"序"云：

---

① "表海雄心震八垓，小邦竟作亚东魁。地维无恙翻全境，天鉴何心降异灾。帝制廿年空用武，霸图一炬竟成灰。善邻我年同文种，莫记前仇抗日来。"（《三借庐剩稿·诗续》）诗中既有对日本明治维新以来对外用武政策的批评，亦有对于天灾给日本人民所带来的灾难及伤害之同情。

> 邹丈翰飞,报界先进之儒,文坛耆宿之将也。当其绮岁,早得盛名。扬子江头、春申浦上,主持月旦,管领风骚。曲院征歌,每多绮语;酒亭题壁,大有新词。

另,"序"中亦提及邹弢返乡主持泰伯市图书馆事,"今夏,先生长锡山后宅之图书馆,厌沪渎之尘嚣,适梁溪之清静;寻渔樵之真趣,访游钓之旧踪"。

成《将归梁溪别蒲西寓庐志感》诗。诗云:

> 卅年身世感沧桑,直把他乡作故乡。妇孺一方知姓字(寓庐三四里,乡人大半相识),交游几辈颂文章(唐咏茗谓上海西门外龙华法华虹桥莘庄江桥,文才罕有如君者。胡笠夫谓君归后,西境无通人矣)。维持多难空求己,付托无人竟散场(子颠媳逆,强夺养老金千余元,孙女视余为赘翁)。破碎鸽原谁援手,狐丘心事费商量。

1924年,甲子年(民国十三年),七十五岁

是年,有希社社课《悼新战场文》。另有甲子社课《共和新乐府》六章:一、总统梦;二、掘濠叹;三、拉夫谣;四、金钱弄;五、废帝行;六、从军乐。

另,据《十哀吟》题记,此组诗写作时间,距邹弢举家移居沪上四十三年,大概为1924年前后。从此组诗可知,邹弢有子二,长子名敬初("乙卯春得神经病,全家颠沛,皆关系此儿,宗祖有灵,当为哀痛")、次子孝先("读书用心勤朴笃挚,十六岁故")。长孙振邹("戊午年春,得穿颊疽,久治不效,己未秋殇,年九岁")、次孙冠邹("甲寅冬双胞生男女各一,女三岁殇,幸留冠邹。辛酉七月得时疾,媳木然不告,遂殇")。

是年,舒问梅曾来泰伯市访邹弢。舒问梅有《朝中错泰伯市访酒丐》诗,收录于《希社丛编第八册》。

1月8日,《申报》登载广告,介绍邹弢著述:

> 介绍新刊梁溪邹酒丐先生即瘦鹤词人著作,向尤工骈体,近已回至无锡老宅,近又新刊《三借庐续稿》。昨日承赐两册,合志数言,为学界介绍。如有索其新刊者,可以他书交易云。

1925年,乙丑年(民国十四年),七十六岁

孙中山在北京病逝。

是年,邹弢辑《希社丛编第八册》铅印本,题署《希社中兴续编》。开篇有本编例言,兹摘录如下:

> 一、是编由希社同人合力组成,专以昌明国学为要。
> 二、是编首登每月社课诗文,并编入各社友投送之稿,名曰同人诗文钞;社外投稿,名曰各家诗文钞;杂著对联等,名曰杂俎。俾符丛编之例。
> 三、编中插排对于本社尤具热心毅力之社友照片以留纪念。
> 四、社友认缴经常费者,除选登著作外,奉送社编,甲等二册,乙等一册;其慨助刊资者,更有额外之赠送。
> 以上所定体例,仍照高太痴征君所编,惟《珊瑚网》《感逝集》等,因社稿不暂缺,是编手续多有未尽妥善,容下册徐为更改。

有关《希社丛编第八册》的辑录出版,周梦坡"叙"中亦有相关文字说明:

> 酒丐既归,社友邹纬臣、舒问梅、张蛰甫等拟重兴社务,而邹民乐、邹天涵、许白

石、杨佩玉、秦北海等力赞助之。民乐更独任艰劳，综管一切。又介绍女社友张曙蕉汝钊、王者香临镁、梅冠芳儒贤三人。酒丐遂被举为社长，纬臣副之。由是希社中兴前之社友萧亮飞由汴梁、吴耳似由申江以文来会，凡半载，积社作一卷。事务所长乐民君拟集款付梓，问序于余。余赞成之，为志其中兴缘起，有保存国粹之君子，苟于词章绝续之交出，助将来之发达，是固名正山统末世之功臣也。

对于希社之"中兴"以及《希社丛编第八册》的辑录出版，邹弢于其中有相应推动并呼号组织之功。陆云苏《希社中兴续编》"叙"云：上年春，其（邹弢——著者）后辈，民乐等怂酒丐力图继起，获多新社友数十人，皆东南之金箭也，驰书告䚯，共赏奇文。

有关希社中兴或邹弢重振社务事，《希社丛编第八册》所刊邹民乐（国丰）"跋"中亦有相关说明：

> 国家盛衰之故，文学之隆替系焉。日本灭朝鲜，急亡其国学；英国灭印度，制定其文辞。此明证也。吾国文学自黄帝后，递延而盛。至逊清末叶，欧风东渐，国人竞习西风。竟有谓孔孟为不足学，宋儒为迂腐者。国粹存亡，千钧一发，有识者戚然忧之。征君高公太痴鉴于国粹之关系，遂于沪上集同志周君梦坡、姚君子梁、郁君屏翰、伯氏翰飞等结社吟诗、保存国粹，定名曰希社。一时入社者，皆词林耆宿。有不远千里而来表心愿者，希社之名，由是而著，年刊社编一册，为国粹之标扬。乃天丧斯文，高公作古，社务因之停顿。癸亥冬，伯氏以足断归故乡，拟思旗鼓重张。奈以襄助乏人。踌躇莫决。丰知其意，特约学界数人，恳纬臣叔祖等婉商恢复社务，暂设事务所于无锡之后宅镇，盖诸公亦希社之旧人也。规制拟定登报发明，一时新旧社员如水趋壑。甲子夏，已得四十余人。举伯氏酒丐为正社长，纬臣叔祖副之。此时兴复之机，如少康中兴。有田一成，有众一旅，而基业因之暂定矣。

在是编"社件"之"本社特布一"中，云："本社于壬子秋，由征君高太痴发起，专以翊卫圣教、昌明文化为志职。"另"本社特布三"云："本编名称本拟改为《希社中兴第一册》，嗣以各社友来函请求，谓希社为近年保存国学机关，足与明季变复二社相角。且高公于希社，一番辛苦，得以出版七编。现既继续社务，社编只得续出八册云云。本社因仍以《希社丛编第八册》称之。背面签条，书以《希社中兴续编》，表明本社虽经停顿，现已如少康之中兴矣。"

上述"社件"明确了两点，一是"希社"之宗旨，二是《希社中兴续编》与《希社丛编第八册》之关系。对于前者，无论是所谓"翊卫圣教"，还是"保存国粹"，其实都不是就五四新文学及新文化运动而言者，而是就晚清以来欧风东渐、国人竞习西风的时势而言者。

对于希社的上述宗旨，包括在重振社务之际五四新文学及新文化运动已经风靡全国之新形势，邹弢在"酒丐特启"一则中亦有阐发说明：

> 高太痴征君创立希社，余亦为赞成之人。因见国粹沦胥、皆将用夷变夏，遂征求同志，为补苴挽救之。……（余）所虑者，君子道消，每恐没字碑高，以国粹为无当。余年已七十有六，当风之烛瞬息消光。吾社为中国上下数千年、纵横数万里文翠之区，社中杰隽如林，当思后先相继、彼扑此起，勿为难而苟安。倘果以国粹为前提，则酒丐虽在天乡，当矢诚呵护也。

另，对于高翀初所编七册《希社丛编》，陆野衲"叙"中议论曰：曩者太痴所编，头巾气太重，不能辟康庄大道，通行车马。独坐幽篁，弹琴长啸。孤芳虽堪自赏，闻声不足相思。

丛编第八册辑录邹弢文二篇、诗六首。

在丛编第八册"各家诗文钞"中辑录有陈蝶仙(天虚我生)词一首《沁园春·新美人口》。词尾有邹弢点评批注。

立秋后二日,与舒问梅等游鲸溪南荡。

《滕若渠以感游四绝嘱和即次其韵(诗词)》,刊《妇女旬刊汇编》1925年第1期,第1页,署名"邹酒丐"。

是年,《停云》第4期发表何葛民《喜闻希社重兴赋尘酒丐社长先生教正并乞同文玉和》诗。

1926年,丙寅年(民国十五年),七十七岁

7月,胡适发表《我们对于西洋近代文明的态度》一文;8月,鲁迅小说集《彷徨》由北京北新书局出版。

1927年,丁卯年(民国十六年),七十八岁

国民政府从广州迁至武汉。4月,蒋介石成立南京国民政府。

《中学国文课本菁华》1—4册,梁溪翰飞邹弢编辑,上海徐家汇启明女校、上海土山湾印书馆印行,1920年4月出版,1927年第2版。有关是书编辑者,在封内目录中,标明为梁溪翰飞邹弢编辑,不过在书后版权页,编辑者却署为上海徐家汇启明女学校,印刷发行者均为上海徐家汇土山湾图书馆。

是年,时任大学院院长的蔡元培来启明女校参观视察,在该校纪念册上留言:"1927年来校参观,至为满意。"

是年接任无锡泰伯市图书馆长。翌年初,创办无锡最早的民办乡报——《泰伯市报》,任总编辑[①]。

《采风录:题东山夜雨图(诗词)》,发表于《国闻周报》第4卷第35期(第2页)。

1月27日,《申报》发表《记越南女剑侠》,署名"瘦鹤词人"。此文当为邹弢在世之时在《申报》上所发表的最后一篇笔记小说。

2月9日,《申报》发表"自由谈"编辑部启示,原文如下,兹照录之:

天笑、叶奋飞、寄涯、徐碧波、绣君、堃生、忘年、镜人、明道、听冰生、阿絜、陆尔强、颜波光、初一、福初、履冰、转陶、曹梦鱼、徐公达、姚啸秋、王镜、红绡、芝岩、醉痴生、杀羽、瘦鹤、大云、鲍明强、朱池、陈息游、陈诵洛、飞絮、觉迷、色空、寄观、拙庵、华生、海鸥、佛、叶心佛、菊人、东海庐、杨一笑、郑逸梅、虬龙、良玉、俭父、艾虎、逸庵、小怪、范心舟、慕云、素馨、㮚、忏尘、任培初、忆秋、东生、邻柏、哀、白沙泪痕、刘恨我、梦影、邹寒君、霜华、恭寿、仁生、口天生、攸、吴元麟、谢鄂常、朱坦君、叔叔、鉴因、爱楼、雪门、吴、忏红轩主、杨成祺、沈廷凯、菊屏、海、赓夔、雅光、言、望、文、白石、吴仲熊、归燕、㮚功、鯫挽沉、静溪、秦吉了、瘦鹤词人、天醉、刘永、瘦影、亚光、余振焜、杭席洋、范凤源、示、李光熙、徐三、卢穉云、阿云、郁星、省、K、了了、蝶厂、抱琴轩主、王梅沪、蔚文、笑文、吴真奇、春华、北侠、同光、顾醉英、谈紫电、成言、白俊英、毕卓君、襟、璧、程剑琴、云间亮、刘良模、梵彤诸君鉴:一月份辱承投稿,略备酬资,请各具条盖

[①] "当时无锡本埠报纸,如清光绪年间刊行的《小附录》,宣统年间发行的《锡金日报》,以及民国年间的《锡报》《新无锡》《无锡日报》《新锡报》《梁溪新报》《新梁溪报》《蓉湖日报》《蓉湖风月报》《西神日报》等等。"

章,向本馆会计处领取为盼。嗣后如蒙惠稿,无论篇幅长短,均须于稿上盖章,以便领取酬资时核对付给,否则作却酬论。再,会计处为划清手续,便利结账起见,酬资以发表日起六个月期满,届时仍有未领酬资者,认为不愿受酬,即行将账取消,并希亮察。自由谈编辑部启。

这也是邹弢在 20 世纪 20 年代后在《申报》上发表文稿的一些"同代作者",实际上邹弢已经是古稀之年、垂暮之际的老人。

1928 年,戊辰年(民国十七年),七十九岁

是年初,与泰伯市市董邹茂如共同在家乡创办《泰伯市报》,邹茂如为报馆馆长,邹弢任总编辑。报馆社址在后宅镇新街。刊头题字者为邹弢文友、书画家吴昌硕。该报八开四版,半月出一期。

> 《泰伯市报》为半月刊,刊出 12 期后,由于文章锋芒指向恶势力,为当地权势者所不容,被迫停刊。当年 9 月 13 日又复刊,复刊时报头刊红,各界都为《泰伯市报》"复活"而高兴。有去信祝贺者,有寄去颂词者,该报第十四期又刊登为复刊而慎重声明之启事。
>
> 《泰伯市报》每期四版,每版八开。报纸刊头之下有"总理遗嘱"全文,内容有行政、交通、农工、教育、文艺、实业和司法等。并辟《文苑》《社评》《剧本》《大事记》和《小言》等专栏。邹翰飞曾以"酒丐"为笔名,撰写连载小说《泰伯春秋》,倍受读者欢迎。此报所载文章短小精悍,切中时弊。乡土新闻则妙趣横生,《文苑》栏诗词典雅,为时人所爱读。①

以酒丐之笔名,在该报发表连载《泰伯春秋》。
是年 9 月 28 日,在《泰伯市报》刊载《调寄醉春风》。
是年 11 月 24 日《新无锡》记载:酒丐先生曾题联挽华钱氏(一百零二岁殁):

> 康健胜孤身,珠联一串,牟尼少轮六子;
> 期颐增两纪,堂列五班,莱彩尽出同根。

1929 年,己巳年(民国十八年),八十岁

是年 1 月 19 日,梁启超去世。

9 月,参加汪允中六十寿庆,庄席之间遇早年旧识吴县吴荫培,并为"重印全集"事向其索序。据吴文记述,尽管此时邹弢已跛足,且遭遇"家破人亡"之伤痛,但依然精神矍铄,不似其诗文中之失落颓唐。"则两足已伤,不能趋步,而仍健谈,文字意气飞扬。"(《三借庐集》"序")

另,吴氏序文对于邹弢骈诗文词的时代意义亦有所阐述褒扬,"当此国粹消沉,不学少年方迷信语体,以速成为目的。凡有记载,都从隐性揣摩,或从俳优着想,不惜推波助澜,作俚语之文,名曰新体古文。此等题名,令人欲呕。而学界偏奉为程式潮流,如此尚欲以为文章。呜呼!虽然,儒术之衰,末流之厄运也。所望操国权者,挽回教育,举粗俚巴下之说而廓清之。今西欧意大利莫利加等反对中国文词,吾黄帝数千载之所传,岂为群魔所推倒?!则君之全集,当为中夏保守文名一席!"

---

① 朱华彦:《邹翰飞与〈泰伯市报〉》,刊《无锡县文史资料》第四辑,第 113 页。

在《虞社》147辑发表词《高阳台:敬题瘦愚先生种兰图》、诗《瘦愚宠锡佳章次均答谢》;

在《虞社》148辑发表诗《钱君南铁自虞山寄赠佳章次韵奉答》《瘦石蒋君以述怀徵和次韵并呈乾若瘦愚》;

在《虞社》150辑发表文《致某将军书》;

在《虞社》151辑发表诗《谢钱南铁》《枕上感怀》;

在《虞社》152辑发表文《乾园介和集序》、诗《己巳花诞皖江汪允中赴乡枉顾次日招华君赵君泛舟蠡湖喫银鱼并序》;

在《虞社》154辑发表文《纬辰叔晚红轩诗稿序》、诗《陈天怡祠宇落成次韵》;

在《虞社》155辑发表文《致俞忏生书》;

在《虞社》156辑发表诗《仲秋下浣江君瑞裕招饮与吴颖老汪允老同作》《赠旷世斌兼寄杨甓渔》;

在《虞社》158辑发表文《餐英小品序》。

上述刊发在《虞社》之作品,均署名"邹弢"。

是年,《东北大学周刊》第86期(第29—30页),刊发署名子威的诗词《读梁溪酒丐自嘲诗次韵却寄》。

1930年,庚午年(民国十九年),八十一岁

在《虞社》160辑上发表文《无锡郑辛伯先生七十寿言》(代);

在《虞社》162辑上发表文《公邀俞仲还出任县政启》(代);

在《虞社》163辑上发表文《与南平陈瘦愚书》;

在《虞社》164辑上发表《致郁葆青书:蜩螗沸扰,瓜李浮沉,会晤何年》;

在《虞社》发表文《华鹿宾秋灯瘦影图题词》;

在《虞社》166辑上发表《祭蒲留仙先生文》、诗《采莲歌》;

在《虞社》167辑上发表文《游徐棣山双清别墅记》;

在《虞社》168辑上发表文《马谏甫传灵诗集序》;

在《虞社》169辑上发表文《常熟俞氏琳琅馆记》;

在《虞社》170辑上发表文《醉花仙馆诗词序》。

上述刊发于《虞社》之作品,均署名"邹弢"。

在《墨海潮美术月刊》第三期上发表诗词《花朝宴客怀旧》《次马谏甫感怀诗韵奉答》《春日杂诗:谁引游筇到望亭》,署名"邹弢酒丐"。

致函金松岑(1873—1947),云"行年八十,老且病恐不久人世"。金松岑以两绝回慰。

8月28日—9月5日,以"酒丐"名连续在《无锡报》副刊版上发表了八副倚魂(嵌名)诗钟:

一

自有妙才何用倚;
不曾真个已销魂。

二

献赋万言成倚马;
招灵五夜觅魂珠。

三
待月西厢频徒倚；
歌风南服假招魂。

四
秋水蒹葭欣玉倚；
春风豆蔻艳诗魂。

五
旅夜三更伤倚枕；
冰天万里飏魂旗。

六
倚壁踌躇生妙想；
魂房闪铄沧灵机。

七
选梦艳痕来倚玉；
回春妙药返魂香。

八
倚势年年伤赤子；
魂灵渺渺忆丹翁。

是年《京沪沪杭甬铁路周刊》1930年第13期，刊秦炎《寿酒丐师八十》(诗)。

1931年,辛未年(民国二十年),八十二岁

9月，"九·一八"事变爆发。

病逝。

"1931年正月，邹翰飞在后宅家'醉月庐'楼上，坐椅持文突然去世，终年八十二岁。柩埋于老家东月台南花园坟地，立花岗石墓碑。碑高1.5米，宽35公分。碑义：'诗人邹酒丐之墓，乌程周庆云拜题'。"①

是年正月十四日，有《答钱南铁》一书。中云：犹忆少年时，东涂西抹，喜读《有正味斋》，兼学孙星衍、洪北江，而不爱陈其年、胡天游。后读随园文，学博声宏，自愧不能仿佛。

钱于该书后附注云："此函发于辛未正月十四日，未及一周，即得讣音，真先生绝笔也。谨附刊于此。钱南铁。"(《三借庐集》卷二，尺牍，第71页)此前邹弢尚有一书致钱南铁，书中所提"寄来社刊改作订本"事，似当为《虞社》社刊。"寄来社刊，改作订本，甚

---

① 邹肇康：《邹翰飞与泰伯市图书馆》，刊《无锡县文史资料》第八辑(人物)，第81页。

善。大作简练老当，运典入化，笔致分明，五体投地。前辈中惟吴祭酒、杨蓉裳、孙星衍等讲究骈律平仄相接，格调整齐。随园气息雄盛，如大将入阵，独往独来，才拙者所不及。阮文达、卢雅雨、洪北江，亦堂堂之阵，正正之旗。然不如祭酒之清丽芊绵。陈检讨于接笋处多不讲究。今敝邑王西神之文，名重一时，但工夫未纯，时露瘢点。弟心服者，只荔园楼耳。樊山、汉祥则不敢评。"

虞社组建于1920年，为常熟地方文人艺文团体，钱南铁1928年充任《虞社》月刊编辑主任①。邹弢晚年致钱南铁书札中所谈，仍为诗文事。

在《虞社》171辑发表文《影松山房唱和诗序》。

《虞社菁华录》②卷一"文"收邹弢《家纬臣叔晚红轩诗稿序》《致郁葆青叔》二文；卷二"诗"收邹弢《钱君南铁自虞山寄赠佳章次韵奉答》《常熟西塘桥龙乐园次钱南铁韵寄赠仍次韵寄答》《枕上感怀》《赠姚婉莹女士并尘忏兄同正》。

《虞社社友录》③之《虞社先友录》中有邹酒丐（弢）之名。

据1931年4月19日无锡《大锡报》副刊版记载，酒丐先生曾题联挽周张夫人：

薄命成夫妻，回思落叶添新，南国相随怜谢女；
旧情哀婢仆，从此嘘寒问暖，东风不许随周郎。

《文选：影松山房唱和诗序》，刊《虞社》1931年第171期，第9—10页，署名"邹弢"。

4月4日，《申报·自由谈》刊登郑逸梅《酒丐之死》一文：

人生萧落，天丧斯文。樊山、寒云，相继谢世，兹又得邹翰飞之死耗，何我道不幸之甚耶！翰飞，梁溪人，落拓而豪于饮，因以酒丐自号。与高太痴、舒问梅诸词人组织希社，守缺抱残，商兑旧学。酒丐又擅骈体之文，妃青俪白，斐然成章。有时倚声飐律，爲侧艳之词，则又如此中有人，含耻欲笑，读之使人魂销骨蚀。犹忆曩岁舒问梅七秩寿庆，设宴于我吴莳溪外之某兰若，宾朋祝嘏，予亦与焉。闻酒丐特自海上来贺，予固心仪酒丐者，以为可由神交，进而结盍簪之好矣。既而酒丐果来，雇人力车自金昌直达莳溪。不料车于半途而覆，酒丐伤胫足，作剧痛，至莳溪兰若，问梅歉慰之余，送之入附近医院诊治，呻吟数日而愈，然行步蹒跚，盖筋骨受损，未能复其原也。酒丐乃笑谓人曰：从此酒丐当易而为跛丐矣。居海上徐家汇，以衰老病足，遂颜所居曰"待死楼"，撰《待死楼记》，传诵一时。奈海上居大不易，不得已，乃归故里，寓图书馆中，藉薄俸以自给，老境穷厄以至于死，惜哉！生平著述甚富，多散见于各报及希社社刊。去冬，其门人故旧集资，为谋剞劂，未及杀青，人已委化，酒丐死，其遗憾也深矣。

1932年，壬申年（民国二十一年）

《三借庐集》出版，署"梁溪邹弢翰飞著，常熟钱育仁南铁校刊"，无锡华樽（酌亭）、常熟邹东禾生、陆宝树醉樵同校。书前有"邹翰飞先生小影"一帧、"题酒丐小影"一通④（上

---

① 《三借庐集》骈文卷由常熟钱育仁南铁校刊，此可见至迟于1914年，邹弢、钱南铁彼此已经相识。
② 钱育仁等辑：《虞社菁华录》（铅印本），常熟：常熟开文社代印，1931年6月。
③ 钱南铁编：《虞社社友录》（铅印本），常熟：常熟开文社代印，1931年12月。
④ 题酒丐小影："君本可死人，回乡去守死。一别又三年，精神原如此。吾欲讼天庭，胡不收之去。再入我吟坛，目更无余子。"

海野衲陆绍祥)、"群贤评语"、"题词"①以及庚午秋九吴县吴荫培序、民国二十年辛未元旦虞山后学南铁钱南仁序。

《三借庐集》卷一为骈文②、卷二为书牍③。

《和章一(次元韵者)》,刊1932年《虞社》特刊第3号,第21—22页,署名邹弢(酒丐,无锡)。

附录一:邹弢在世著述出版状况④

1. 《浇愁集》
2. 《三借庐集》
3. 《三借庐赘谈》
4. 《三借庐剩稿》
5. 《海上尘天影》
6. 《万国近政考略》
7. 《蛛隐琐言》
8. 《游沪笔记》
9. 《上海品艳百花图》
10. 《诗学捷径》
11. 《春江花史》
12. 《斐洲游记》

附录二:复旦大学图书馆古籍部收藏邹弢著述

1. 三借庐集:五卷/〔清〕邹弢撰,民国二十一年(1932)铅印本,2册(1函),普通线装;

2. 三借庐剩稿:五卷/〔清〕邹弢撰,民国三年(1914)铅印本,2册(1函),普通线装;

3. 浇愁集:八卷/〔清〕邹弢撰,〔清〕朱康寿校,〔清〕曲园居士鉴定,〔清〕秦云评,〔清〕俞达评,国华书局,民国元年(1912)石印本,1册(1函),存卷一、卷二、卷五(残),普通线装;

4. 万国近政考略:十六卷/〔清〕邹弢编辑,清光绪二十二年(1896)铅印本,4册(1函),普通线装;

---

① 题词者有:吴县俞达、无锡秦緗业、鹭洲黄文瀚、吴县汪芑、四明郭传璞、贵州李士棻、宝山董琪、钱塘诸可宝、无锡王大纶、常熟陆宝树、苕溪沈云、黟县舒家埩、无锡王大伦、嘉禾沈寿祺、乌程周庆云、宝山舒昌森、族弟邹登泰、嘉定刘雄、东莞张江裁、海宁潘清、吴江戴筠、无为金心斋、潍县王筼生、门人曹礼谟、门人徐贤、门人族秉忠。

② 卷一骈文包括:《左侯平西颂》《釐峰俞吟香吴门百艳图序》。

③ 卷二书牍包括:《与乔定侯黄式权论动静理》《与王雁臣司马》《寄徐泮芹》《寄华若汀鹅湖》《致沈荪之观察新疆》《与管秋初上海》《与乔定侯》《寄秦澹如杭州》《致朱曼叔杭州》《覆门下蒋植山陈墓》《与黄金台》《与华巽先鹅湖》《答范福堂株洲(代)》《覆王毓仙谱弟》《与赵子钧谱弟》《答余成之》《寄岭南徐雨人》《戏答顾兰生》《自挽文》《致钱南铁》《答钱南铁》《致郁葆青书》《谢周梦坡书》《致饶祕僧书》《寄岳翁吴昌硕书》《吊新战场文》。

④ 有关邹弢生前著述刻印出版情况,在《三借庐剩稿续编》末由邹弢撰写的"酒丐识"一文中有所涉及:《葡香馆无题》一卷、《吴门百艳图》一册、《浇愁集》八卷、《三借庐赘谈》十二卷、《万国近政考》八卷、《申江花史》四册、《断肠碑》六十卷,皆已先刊行。此外散文十六卷、《洋务管见》八卷、尺牍课选三卷、续赘谈八卷,则以赀窘而未刻。若速成文诀、诗词骈文捷径六卷、五朝诗学津梁十二卷、尺牍课选三卷、国文课本菁华四册,又为他人所代刊。

5. 浇愁集：八卷／〔清〕邹弢撰,清光绪四年(1878)申报馆铅印本,4册(1函),普通线装；

6. 蛛隐琐言：二卷／〔清〕邹弢撰,清末上海苏报馆排印本,1册(1函),普通线装；

7. 三借庐赘谈：十二卷／〔清〕邹弢纂,清末申报馆铅印本,6册(1函),普通线装。

附录三：邹弢作品当代选编

1. 《中国近代文学大系·笔记文学卷》
2. 《中国古代民间故事长编》（辑录《三借庐笔谈》中故事五则）
3. 《笔记小说大观》
4. 《中国历代笔记小说鉴赏辞典》选《三借庐笔谈》卷二"智女"
5. 《中国古代微型小说鉴赏辞典》选《三借庐笔谈》"杨公临刑语"
6. 《万国公报文选》"推广西学议"
7. 《中国文史经典讲堂·明清小品选评》选《三借庐笔谈》卷十一"《红楼梦》迷"
8. 《中国古典小说名著资料丛刊》选《三借庐笔谈》卷十一"许伯谦"
9. 《清代笔记小说类编·案狱卷》选《三借庐笔谈》"判事"
10. 《清代笔记小说类编·武侠卷》选《三借庐笔谈》"陈阿尖"
11. 《秦淮文学志八编·秦淮诗话与词话》选《三借庐赘谈》卷一"张少崖"
12. 《中国通俗小说书目》录《三借庐丛稿》《三借庐赘谈》《浇愁集》
13. 《秦淮文学志六编·秦淮咏美》选《三借庐笔谈》卷十一"高阳台·李香君小影"

叶雪芬

罗暟岚年谱

罗暟岚,原名罗正晖,别号罗暟岚,笔名暟岚、岂风、岂、暟风、溜子、飞来客、冷眼客、鲜苔、山风、山风大郎、石敢当、石生、石君、项雨等。因南开大学聘书上用罗暟岚名,故自1934年始,以别号为本名。湖南湘潭人。问学清华六载,放洋留美五年。学成归国后,毕生在大专院校任教。学余、教余,一度涉足文坛,为我国"五四"以后第一批有成就的小说作家之一。朱湘对他评价甚高;沈从文把他与彭家煌相提并论;新时期以来,严家炎在《中国现代小说流派史》与叶雪芬在《中国现当代文学教程》中不约而同地把他写进文学史著,给他以应有的文学地位。

1906年（光绪三十二年,丙午年） 一岁

农历七月初四日,生于湖南湘潭市郊一商人家庭。祖父罗世荣(号鹄臣)、父亲罗德铭(字芝生)均为粮商。其时,罗德铭在湘潭河西经营粮行,在河东板子厂开设粮栈罗元吉号,另有田地约50亩。母亲李秀云生子女十人,二人夭折,留下二子六女,正晖居长。

1907—1911年 二岁—六岁

年甫一岁零两个月,因大妹正杏出生,被送叔祖父母抚养。叔祖父罗世哲,代罗芝生经营罗元吉粮栈。四岁时,叔祖父开始教识字。叔祖母黄氏识字,常绘声绘色地讲述《说唐》《说岳》等故事,是为最早的文学熏陶。此后,能独自朗读《山伯访友》《彭大人私访》等通俗木刻唱本。

1912—1916年 七岁—十一岁

入私塾读古书五年整。私塾教学只对对子不作文,只背死书不讲解。罗暟岚对此了无兴趣。背着家人,向店里伙计借阅《封神榜》《西游记》和《三国演义》等"闲书";晚上,常溜到火烧坪去听说书,如《彭公案》《七侠五义》等,听得入迷。

1917—1919年 十二岁—十四岁

1917年初,父亲请来新式教师何子明。从何师学造句、念诗、画画、写日记、算算术、举哑铃等,达半年之久。曾偷看何师《聊斋志异》等书。何师为人和善,从不体罚。秋季,考取湘潭县立楚山乙种商业学校,插读一年二期,学至毕业。作文成绩突飞猛进,受益于教国文的楚、张二师和校长陈子京。从陈校长口中知有奇书《红楼梦》,设法借阅。与远亲黎烈文同学。后在北京读到黎烈文描写家乡人事的短篇小说集《舟中》,倍感亲切。楚山校规极严,学生一律寄宿。

1920年　十五岁

春,在楚山乙种商业学校毕业,旋进教会学校益智高小,在此奠定较好的英文基础。学校每周周末放映无声电影,多为福尔摩斯侦探案。罗暟岚一生对外国文学故事感兴趣,其源于此。著名平民教育家晏阳初途经湘潭,应邀到益智讲演。在他的"用自己双手创造财富"的理论鼓励下,益智学生在校园内试种苞谷。罗暟岚生平第一次体味到劳动与收获的愉悦。

秋,赴省会长沙,考取私立明德中学。校长胡子靖受五四运动影响,多方罗致人才,延聘外来教师,允许自由讲学。国文老师张石樵(江西人,北京高等师范学校毕业生)教学生读注音字母和白话文,提倡"工读",宣传"劳工神圣"。罗暟岚接受新思潮影响自此始,尔后热衷阅读《新青年》等新书刊,几达废寝忘食程度。课余,喜与同学兼同乡黎锦明畅谈文学,也常和几位曾参与编辑《湘江评论》的学友纵论人生。在五四新文化运动影响下,幼年埋下的文学种子开始萌芽,试写内容为反封建家庭和旧式婚姻的白话小说,投《湖南通俗报》、长沙《大公报》和本校《明德旬刊》(罗为该刊编辑之一)等报刊,有的得以发表。与高班同学毕磊相识相交。毕磊后来在广州成为鲁迅与中共的联系人,1927年牺牲。某日,随同班同学朱莽(后入清华新制大学本科,与罗暟岚再度同学。20世纪30年代初在江西革命根据地牺牲)前往长沙水风井文化书社会见毛泽东(故于1957年写散文《重逢》)。

1921年　十六岁

从国文老师刘弘度(永济)学填词。英文老师是北京高师毕业生王凤喈,博物老师是武昌高师毕业生曾省斋和辛树帜,他们的讲课颇受罗等欢迎。

通俗小说作家程瞻庐的长篇小说《众醉独醒》在《申报》上连载(1920年4月1日—1921年9月10日)。罗暟岚每登必读。

1922年　十七岁

长沙文言与白话之争激烈,一方以罗暟岚的国文老师吴芳吉(又名吴碧柳,四川人,后以《婉容词》一诗闻名于诗坛)为代表,吴芳吉在长沙编印《湘君》,与他的清华同学吴宓在南京出版的《学衡》遥相呼应,攻击新文化运动。另一方以第一师范、明德中学、岳云中学等校的部分师生(如汪馥泉、孙俍工、赵景深、王鲁彦、张石樵等)为代表,出版《野火》,扬言"野火烧长沙",与吴芳吉唱对台。罗暟岚倾向后一阵营。

秋,考取北京清华学校。此校是清政府于1911年用美国退还的部分庚子赔款兴办的留美预备学校,学制为:中等科四年、高等科三年、大学预科一年,然后留美五年。入学考试科目为国文、英文、数学、历史、地理。不分文理科。罗暟岚插读中等科三年级。家里要他学法律;清华著名数学家郑桐荪颇赏识罗暟岚的数学才能,建议他学数学;后受同学朱湘和谢文炳的影响,终于走上文学道路。在罗暟岚就读清华期间,学校有很多名教授。就文科而言,有张欣海教英文,王文显、楼光来教莎士比亚,波勒教小说,詹姆森教欧洲文学史,张彭春教戏剧,杨振声、朱自清教新文学。国学研究院有吴宓、梁启超、王国维、陈寅恪、赵元任、杨树达等。当年的清华文风鼎盛,这一环境对罗从文自然有推动作用。

进清华后,各科成绩甚好,唯英文有点吃力。教师不讲汉语,一时难以适应。湖南人n、l不分,外号"母老虎"的美国女教师用晒衣夹子夹罗暟岚鼻子,取得正音效果。清华重体育,每周有体育课四节。课间柔软体操无故缺席者,重则记过,轻则扣分。下午四时,全体学生必须上操场作"强迫运动",其时,学校将图书馆、教室、宿舍全部落锁。校方所规定的毕业前必须通过的最低标准之五项运动(游泳、百码、跳高、跳远、掷铁球),有一项未达标准,即扣发毕业文凭,取消出洋资格。罗暟岚素厌体育,至此不得不积极参加体育活动,体质大为增强。对清华的体育教学,马约翰教授厥功至巨。

本年,曹云祥任清华校长(至1928年)。

1923年 十八岁

9月,清华进步学生所办平民图书室改革,何鸿烈(一公)任主席,董凤鸣(梧庵)任出版部总编辑,王炳南任出版部经理。罗负责向《清华周刊》报道本室新闻。11月,该室出版《通俗半月刊》,罗为之组稿,后任该刊编委。

大约在本年(或稍后),参加清华文学社。该社前身为1920年成立的小说研究社,1921年3月,曾自行出版《短篇小说作法》(编译)。后闻一多建议把小说研究社改名为清华文学社,于1921年11月20日正式成立。成员先后有梁实秋、顾一樵(毓琇)、翟桓(毅夫)、张忠绂(子缨)、李迪俊(涤镜)、吴文藻、吴锦铨(以上七人为原小说研究社成员)、闻一多(家骅)、朱湘(子沅)、谢文炳、孙大雨(子潜)、饶孟侃(子离)、梁思永、何一公(鸿烈)、杨世恩(子惠)、林同济、时昭瀛、王成组、孙铭传、毕树棠、柳无忌(啸霞)、罗暟岚(正晫)、罗念生(懋德)、水天同(郢冰)、陈麟瑞(林率)、陈铨、陈嘉、李健吾(刘西渭)、汪梧封、李唯建、曹葆华等。其中,子沅、子潜、子离、子惠被称为"清华四子",赫赫有名。文学社分诗歌、小说、戏剧三个小组进行活动。热心指导该社的教师有王文显、杨振声、张彭春、朱自清、俞平伯等。每逢星期六下午或晚上,文学社成员聚集在工字厅内或荷花池畔,议论文坛新闻,交流读书心得,介绍创作体会。他们的作品大都发表在《清华周刊》、《晨报》副刊、《京报》副刊、《小说月报》、《现代评论》、《新月》月刊等报刊上。影响较大的有闻一多和朱湘的诗歌、顾一樵和李健吾的戏剧、朱自清和俞平伯的散文等。罗暟岚为该社的小说代表作家。社友们昵称罗为"胖公"或"胖兄"。

1924年 十九岁

5月2日,发表《游西山杂记》,署名"罗暟岚",载《清华周刊》第312期(春假生活号)。

学生团体言语部集会,发表演说,"理由、态度、言语均佳"(见《清华周刊》第312期"新闻"栏)。

5月5日,清华文学社与印度诗人泰戈尔座谈。

5月,在清华学生会第十三次评议会上被补选为改组董事会全权委员会委员(见《清华周刊》第316期)。

9月,辞去学生会评议员职,任《清华周刊》编委和新闻栏编辑。

11月21日,发表短篇小说《过去的印象》,署名"暟岚",载《清华周刊》第327期《文艺增刊》第7期。

12月,发表诗歌《梦引起的回忆》,署名"暟岚",载《清华周刊》第331期《文艺增刊》第8期。

本年,在《清华周刊·书报介绍副镌》第11期上发表短文,介绍《青年对于读书做事应持的态度》(载《学生杂志》第11卷第3期),署名"暟岚"。在该刊第12期上发表短文,介绍"创造社丛书"第8种:周全平的《烦恼的网》,以及吴越的《南归痛纪》、柳诒徵的《评陆懋德〈周秦哲学史〉》,署名"暟岚"。在该刊第14期上发表短文,介绍叶瑛的《谢灵运文学》,署名"瞪岚"。

本年,《清华学报》创刊。清华文学社又增添了发表作品的新阵地。

1925年 二十岁

2月,吴宓应聘为清华国学研究院筹备委员会主任委员。他于筹备工作同时,开设翻译课。从各年级国文班中挑出二十名佼佼者,吴宓出题考试。再从中遴选十余人,成立翻译班。吴宓出的试题是英国浪漫主义诗人华滋华斯的《水仙》,命学生翻译。罗瞪岚为应试者之一,他知道吴宓不喜欢新诗,乃用五言旧诗体译出,结果不但入选,而且深得吴宓赏识。后来,吴宓讲授"英国浪漫主义诗人",罗瞪岚又选修了这门课。师生情谊甚笃。

2月27日,发表《寒假生活的一幕》,署名"瞪岚",载《清华周刊》第337期。

本年,参加清华戏剧社,任文牍部长。"五卅"运动中,社长何一公组织社员进城演戏一周,罗瞪岚经管服装道具。戏剧社请张彭春、丁西林、陈西滢当顾问。

5月1日,发表短篇小说《我的日记》,署名"瞪岚",载《清华周刊·文艺增刊》第10期。

5月17日,发表短篇小说《疯人日记》,署名"瞪岚",载《国闻周报》第2卷第18期。文前"编者附志"说:"这篇东西,本来是载在《清华周刊》上的。我们觉得它有趣,所以特地转载,让一般自命为不疯的人将自己的感想和这疯人比较一下,有什么歧异之点,这是我们所以要转录的原因。"《疯人日记》载《清华周刊》,期数待查。

5月29日,发表短篇小说《白露帖子》(收入《六月里的杜鹃》时更名《公侯万代》),署名"瞪岚",载《清华周刊·文艺增刊》第11期。

5月,戏剧社排练《亲爱之丈夫》《酒后》。

7月18日,发表独幕诗剧《诗人与月》,署名"飞来客",载《现代评论》第2卷第32期。

秋,清华学校正式设立大学部,由一所留美预备学校逐步向完全的综合大学过渡。首届招生132人(实际报到者93人)。旧制留美预备部仍然保留。两部常闹矛盾,互讥对方为"土产"和"舶来品"。

9月,国学研究院、大学部、留美预备部并列为学校三大部,同时开学。国学研究院有教师数人(王国维、梁启超、陈寅恪、赵元任等),有学生30余人。后于1929年撤销。

9月,发表杂感《清华的小国民》,署名"瞪岚",载《清华周刊》第350期。

9月,发表杂感《踏实》,署名"瞪岚",载《清华周刊》第351期。

9月,发表散文《烟台月半记》,署名"罗瞪岚",载《清华周刊》第352期"暑期生活专号"栏。在《清华周刊》第353期上刊有毕树棠《致罗瞪岚君书》,内容为读《烟台月半记》有感。毕是山东人,熟悉烟台。

10月,发表杂感《讨论基督教者之目的安在?》,署名"瞪岚",载《清华周刊》第354期。

10月,发表杂感《校中今年的双十节》,署名"瞪岚",载《清华周刊》第355期。

本年,在《清华周刊·书报介绍副镌》第16期上发表短文,介绍杨振声的小说《玉君》、丁西林的剧本《酒后》、山风(罗瞪岚)的评论《胡适最近的诗》、梁任公(启超)的《痛苦的小顽意》,署名"瞪岚"。在该刊第17期上发表短文,介绍黄乃秋的《评胡适〈红楼梦考证〉》,署名"瞪岚"。

朱湘1923年冬因故离开清华(还差半年毕业)到上海。1925年返北京,协助友人办适存中学。与孙大雨、饶孟侃、杨世恩同住西单梯子胡同。罗念生带罗暟岚去看望朱湘。从此结下"桃花潭水深千尺"的友谊。朱湘认为于写作有帮助的人即介绍与罗暟岚相识,认为于写作有助益的书辄介绍给罗暟岚阅读。本年,介绍罗暟岚与沈从文结识。罗暟岚孩提时代即爱读章回小说,但接触新文学后,偏于一端,任何章回小说皆不屑一顾。一次,朱湘要罗暟岚读张恨水的《春明外史》,罗暟岚见是章回体,认为读之是"开倒车"。朱湘严肃地说:"不管它是不是章回体,只看它写得好不好,写得好的就读!《水浒传》《红楼梦》不都是章回体小说,难道我们就不要了!《春明外史》写得不错,至少有几章是写得好的,可以看看嘛!"(见罗暟岚《忆朱湘》)远见卓识,使人茅塞顿开。嗣后,罗暟岚又涉猎一些章回小说,对创作大有裨益。

年底,国家主义信奉者罗隆基返清华,在学生会会所开第一次国家主义辩论会。到会者有国家主义、三民主义和共产主义信奉者及旁听者共二十余人。翌日,又在工字厅开第二次辩论会。到会者六十余人,各人反复阐述各自信奉的主义。罗为旁听者之一。《清华周刊》第365期"杂闻"栏对此有所报道。

本年,任《清华周刊》"言论"栏编辑。

本年,负责编辑《清华周刊》第353期(10月2日)、第357期(10月30日)、第361期(11月27日)、第365期(12月25日)。

1926年　二十一岁

1月,发表杂感《停办下年〈清华文艺〉》,署名"暟岚",载《清华周刊》第365期。

1月,发表杂感《寒假中的娱乐问题》,署名"暟岚",载《清华周刊》第367期。

2月,发表杂感《擂一通战鼓》,署名"暟岚",载《清华周刊》第368期。

3月12日,发表杂感《从大炮到国父》,署名"暟岚",载《清华周刊》第370期。

3月13日,清华举行孙中山逝世周年纪念会,请李大钊和陈毅来校演讲。李大钊演讲题为《孙中山在中国民族革命史上之位置》,陈毅讲话驳斥某些人对共产主义的污蔑(见《清华周刊》第371期"校闻"栏,1926年3月19日出版)。

3月18日,震惊中外的"三·一八"惨案发生。大学部一年级同学韦杰三(1903—1926,广西蒙山县人)惨遭枪杀(腹部连中四枪);同学丁绪淮(安庆人)、李清寰等二十余人中弹受伤;挚友何一公(浙江永嘉人,与丁绪淮、王炳南、柳无忌等同级)大腿被军警木棍击伤,于1926年12月30日因伤发死于协和医院。罗暟岚因无大衣御寒,未去参加集会游行。

3月26日,发表杂感《敬告兄弟会诸君》,署名"暟岚",载《清华周刊》第372期。(兄弟会:美国秘密学生组织)

4月2日,发表杂感《我失望了》,署名"暟岚",载《清华周刊》第373期。

4月16日,发表杂感《去此遗留物》,署名"暟岚",载《清华周刊》第375期。

4月20日,发表《此图书馆大约以蟋蟀多而著名——王统照的胡译》,署名"暟岚",载《洪水》第2卷第7期。

4月23日,发表杂感《恭喜恭喜》,署名"暟岚",载《清华周刊》第376期。

4月30日,发表杂感《代表引出来的麻烦》,署名"暟岚",载《清华周刊》第377期。

6月4日,发表杂感《从诸子谈到无政府》,署名"暟岚",载《清华周刊》第382期。

6月5日,发表短篇小说《谁知道》,署名"罗暟岚",载《清华周刊·清华文艺》无期号刊(见《清华周刊》第383期"清华文艺"目录)。收入《招姐》。

暑假,回湘潭。北伐战争开始,南北交通受阻,以及其他原因,蛰居家中约一年。对大革命中错综复杂的矛盾斗争迷茫不解,一时苦闷至极。朱湘频频飞函劝慰,建议他多写小说:"大变动时期,小说材料多,正好着手写。千万不要消极!这是千载难逢的机会!"(见罗暟岚《忆朱湘》)"你决定学文学,我赞成之至……你要多读些本国的文学书……要乱看快看……"(见《朱湘书信集》1926年9月4日寄罗暟岚信)在朱湘鼓励下,写小说数篇,邮寄朱湘,由朱托人介绍发表。正是朱湘,决定性地把罗引向文学道路,使之成为清华文学社卓有成就的小说作者之一。

11月19日,发表通信《文学要有革命性》,署名"暟岚",载《清华周刊》第390期。

12月16日,发表《为朱湘的诗告泼皮男士》,署名"山风大郎",载《幻洲》第1卷第6期。

本年,清华把大学部改为四年一贯制的正规大学,设立十七个系。

本年,祖父去世。

1927年　二十二岁

2月16日,发表《骂刘半农劝"北新"×××》,署名"山风大郎",载《幻洲》半月刊第1卷第9期下部"街谈巷议"栏。

3月25日、4月1日,发表短篇小说《赌博场中》,署名"罗暟岚",载《清华周刊》第403期、404期。收入《招姐》。

4月8日,发表悼文《长诉——为亡友何一公作》,署名"罗暟岚",载《清华周刊》第405期。

4月,得朱湘4月15日信。朱湘在信中鼓励罗暟岚创作,并反对他早婚。

5月21日,发表短篇小说《来客》,署名罗暟岚,载《现代评论》第5卷第128期。收入《招姐》。

5月21日,长沙发生"马日事变"。耳闻目睹国民党右派屠杀共产党人和革命群众的罪行,对国民党的幻想破灭。

6月初,得朱湘5月26日信。朱湘拟将罗暟岚已发表的小说编成集子卖给书店(后因事忙未果)。此信还谈及同人办书店的计划。

6月19日,发表短篇小说《租差》,署名"罗暟岚",载《国闻周报》第4卷第23期。收入《招姐》。

6月,与湘潭富商女谭玉莹(衡粹女子职业学校美术科毕业生)结婚。朱湘7月6日来信说:"听说你恭喜了,这在个人生活上是很重要的一页,精神状态一定要发生很大变动。并且结婚以后,社会上便以成人相待,有许多从前闻所未闻的事,如今也窥见了。这是我们文人观察社会实情的第一步梯子,想必你是不会任机会过去的。"

8月,好友朱湘、柳无忌赴美。开船头一天,罗暟岚因事到上海,正好为朱、柳送行。不料与朱湘一别竟成永诀。朱湘在海外多次写信鼓励罗暟岚创作。

秋,返清华复学,从1928届插入1929届。

9月,发表《卓宾鞋和田汉的翻译》,署名"山风大郎",载《幻洲》半月刊第1卷第12期下部。

9月,同班同学谌志远当选为《清华周刊》总编辑。受谌委托,罗暟岚编"杂谈"栏。从该刊第424期起,在"杂谈"栏内连载郆冰(水天同)的《圣人梦游地狱记》,作品反映清华的人和事,引起轰动。

11月1日,发表《更正一点》,署名"山风大郎",载《幻洲》半月刊第2卷第3期"街谈巷议"栏。

11月4日,发表随笔《心田》,署名"罗暟岚",载《清华文艺》第3期。

11月25日,发表随笔《法留寺的戏》,署名"罗暟岚",载《清华文艺》第4期。

12月23日,发表随笔《家居漫画》,署名"罗暟岚",载《清华文艺》第5期。

12月,得朱湘12月17日寄自美国信。朱湘就罗暟岚自编短篇小说集《招姐》中的八篇小说发表自己的读后感,助罗进一步提高写作水平。

本年,发表花鼓戏《王三卖肉》,载钟敬文主编的刊物上。

1928年　二十三岁

3月19日,朱湘在写给罗念生的信里说:"暟岚作的小说在当今的文坛上总是在水平线以上……他很能采取到色彩丰富的材料,但要小心不可让人物类型化。"

3月25日,发表翻译小说《我的女房东》(法国莫泊桑著),署名"鲜苔",载《国闻周报》第5卷第11期。

夏,着手写作长篇小说《苦果》,年底完成,约20万字。吴宓、毕树棠审稿,朱自清题签,"Y先生"(俞平伯)作序(1929年1月21日作,收入《杂拌儿之二》),"L先生"(李健吾)介绍给他哥哥在南京开设的岐山书店出版,并替罗预支了一笔版税,以解其"经济危机",后因书店"关门"书未印成。《苦果》以大革命时期国共两党的矛盾为背景,描写了一个爱情悲剧。

夏,北京改名北平。

8月16日,发表短篇小说《一位笔客子》,署名"罗暟岚",载《北新》第2卷第19期。收入《六月里的杜鹃》。

8月,清华学校正式改名为国立清华大学。由原归外交部管理从此归教育部管理。

9月2日,发表翻译小说《丈夫和桶的故事》(意大利薄伽丘著),署名"鲜苔",载《国闻周报》第5卷第34期。

9月18日,罗家伦任清华大学校长(至1931年4月)。

9月23日,发表翻译小说《住持捉奸》(意大利薄伽丘著),署名"罗暟岚",载《文学周报》第7卷第11期。

10月7日,发表翻译小说《女人的急智》(意大利薄伽丘著),署名"罗暟岚",载《文学周报》第7卷第13期。

10月,得朱湘10月9日寄自美国信。朱湘催罗暟岚将小说集尽快编好,寄朱校对、付印。

10月,将短篇小说《中山装》寄鲁迅。鲁迅于11月4日回信云:"来稿是写得好的,我很佩服那辛辣之处。但仍由北新书局寄还了,因为近来《语丝》比在北京时还要碰壁,登上去便印不出来,寄不出去也。"(见《鲁迅书信集》上卷)

本年,发表短篇小说《花鼓戏》,署名"罗暟岚",载《现代小说》第1卷第3期。收入《招姐》。

本年，发表短篇小说《招姐》，署名"罗暳岚"，载《现代小说》第1卷第4期。收入《招姐》。

本年，发表短篇小说《阿银哥》，署名"罗暳岚"，载《现代小说》第1卷第6期。收入《六月里的杜鹃》。

本年，开始翻译薄伽丘的代表作《十日谈》。后未完成。

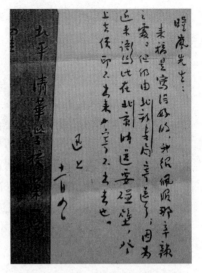

1929年　二十四岁

春，任年级级会主席，为同学办理毕业及出国手续。学校发每人治装费500元，罗暳岚按朱湘经验治装。并按朱湘信嘱，和罗念生、卢明德等，把各学期成绩从学校注册部抄出，寄给朱湘，以便朱湘为他们联系就读的学校。

1月15日，发表短篇小说《板凳派》，署名"罗暳岚"，载《认识周报》第1卷第2期。收入《红灯笼》。

1月，得朱湘1月14日寄自美国信。朱湘在信中倾诉"在国外越过越无味"的心情，希望好友"二罗"（罗暳岚、罗念生）早日到美国相聚。

3月24日，发表短篇小说《么儿的除夕》，署名"罗暳岚"，载《认识周报》第1卷第10期。收入《红灯笼》。

3月29日，发表短篇小说《客串》，署名"岂风"，载《清华周刊》第31卷第1期（454号）。

3月30日，发表短篇小说《疯婆子》，署名"罗暳岚"，载《认识周报》第1卷第11期。收入《红灯笼》。

3月，短篇小说集《招姐》，作为"幻洲丛书"之一，由上海光华书局出版。收进《招姐》《来客》《谁知道》《赌博场中》《花鼓戏》《清白家风》《租差》七篇小说。署名"罗暳岚"。罗暳岚的小说私淑鲁迅，取法《十日谈》及英、法小说，讽刺锐利，文笔生动。

3月，得朱湘3月18日寄自美国信。朱湘在信中谈及读罗暳岚近作的感想："在你这一方面，我完全放下心了，根基打定了，以后便是正式事业的开始。你的肩膀上已经落下中国新小说的重担……"（见《朱湘书信集》）。

3月，发表讽刺小说《金陵外史》（写清华的人和事），署名"冷眼客"，载《清华周刊》15周年纪念增刊"文艺之部"。

4月15日，短篇小说集《六月里的杜鹃》由上海现代书局出版。收入《高瓦尔大夫》《蕙灵》《严寒中的春意》《诱惑》《老博士》《秋风》《阿银哥》《一位笔客子》《离别的那一晚上》《中山装》《公侯万代》十一篇小说。署名"罗暳岚"。

5月4日、5月11日、5月25日、6月15日，发表《湘潭民间小曲》，署名"岂风"，载《清华周刊》第459期、460期、462期、464与465合期。

5月5日，发表短篇小说《离婚后》，署名"岂风"，载《国闻周报》第6卷第17期。收入《红灯笼》。

5月15日，发表短篇小说《表》，署名"罗暳岚"，载《认识周报》第1卷第16期。据说《表》是清华教务长杨振声出的作文题。杨振声很赏识罗暳岚文，认为它"表现了爱国情绪"。

6月，得朱湘6月10日寄自美国信。朱湘对罗暟岚的创作给以充分肯定："你好像矿工进了矿，开采第二批原料。写，拼了命写。你这正是火起的时候，千万不要让它冷了下去。暟岚，为了祖国过去的光荣，拼了命写。"此信并为罗暟岚的《客串》受到非议鸣不平。

6月，将部分书刊邮寄湘潭家中。被国民党县党部的要人们非法扣留私分。罗暟岚回家后，据理去要，县党部扣以"反动派"帽子（见罗暟岚散文《旧事重提——家居素描之六》）。

8月，清华留美预备部最后一届三十七人出国留学。在上海候船期间，《洪水》编辑叶灵凤、潘汉年在光华书局设宴为罗暟岚饯行。罗暟岚等从上海出发，乘轮船经日本到达美国西雅图，然后各自东西。罗暟岚从西雅图乘火车到加利福尼亚州的旧金山，又由旧金山转车到斯坦福大学。进文学系，主攻英美语言文学。选修中世纪英文、英国诗歌、英国小说史、写作指导、心理学、社会学、"爱默生全集"等课程。进斯坦福大学，早在国内时罗暟岚就已决定。主要目的在于：学习之余到相距不远的旧金山了解华侨生活，以便创作。朱湘对此予以鼓励："你秋天去斯坦福的动机我极为敬服。你这种肯扛重担子的决心要是中国人个个都有，中国现在决不会这样疲弱。"（见《朱湘书信集》1929年5月29日寄罗暟岚信）罗暟岚对心理学感兴趣，在清华读书时就选学了普通心理学；到斯坦福大学后，又选修了变态心理学、社会心理学、犯罪心理学。目的是为了写小说。

本年，发表短篇小说《中山装》，署名"罗暟岚"，载《现代小说》第2卷第3期。收入《六月里的杜鹃》。

1930年　二十五岁

7月1日，发表文评《介绍辛克莱氏新著〈山城〉》，署名"山风大郎"，载《北新》第4卷第13期。

8月4日，发表随笔《关于蝙蝠》，署名"岂"，载《骆驼草》第13期。

8月16日，发表《海外通信·美国加州中的日人势力》，署名"溜子"，载《北新》第4卷第16期。

10月16日，发表译作《与萧伯纳谈话记》（Sewell Stokes 著），署名"山风大郎"，载《北新》第4卷第18期。

本年，《清华周刊》第34卷第8期刊有健和《读罗正晔君〈招姐〉》。

本年，拟译美国当时的进步作家辛克莱的小说《山城》，与辛氏通了一次信，得辛氏所赠照片一张。后因发现有人在译此书，遂搁笔。

本年，毕树棠发表《谈清华文人》，载《清华周刊》。文中提到罗暟岚。毕树棠将该期"周刊"寄罗暟岚。罗暟岚回信说："文章写得好，但难免有内台喝彩之嫌。"毕树棠作复说："我是根据事实写的。"

1931年　二十六岁

1月10日，发表短篇小说《祸水》，署名"溜子"，载《小说月报》第22卷第1期。收入《红灯笼》。

年初，在斯坦福大学社会学系（由文学系转社会学系）毕业。此校施行学分制，学分一满即可毕业。罗暟岚假期不休息，多选课，故一年半就毕业了。随后，由清华老同学包华国介绍，到旧金山华侨办的《美洲民国日报》任新闻翻译，兼任一华侨之家庭教师。先是买车月票,来回于旧金山和斯坦福之间,后搬住旧金山唐人街中国青年会,在此结识了许多年龄不等、职业不同的华侨。后来在小说创作中反映了部分华侨的生活。

3月10日,发表《海外通信·美国两部文学书》,署名"山风大郎",载《青年界》第1卷第1期。

4月10日,发表《海外通信·1930年的美国文坛》,署名"山风大郎",载《青年界》第1卷第2期。

4月,重新发表短篇小说《祸水》,署名"暄岚",载《文艺杂志》季刊创刊号。此刊系在罗暄岚的倡议下,由他与部分清华留美同学所创办。由罗念生编辑,请柳无忌的父亲柳亚子任名誉主编,由他在上海先后找开华书局和中学生书局出版。共出四期。开华书局还自杂志中抽印选本《文艺园地》。早在1930年,罗暄岚等便酝酿出此杂志。朱湘于1930年9月27日致罗暄岚信中曾关心地询问:"你们办的杂志怎样?"罗暄岚等创办此刊的宗旨可见创刊号"卷首语":"不是为祖国的文坛太沉闷了,不是为现今的出版界太芜杂了,也不是要标榜什么新奇的主义,我们才集合起来办这个刊物。这季刊只是几个在新大陆爱好文学的朋友,在读书的余暇中,愿意抽出些工夫来做一番耕耘的工作,在创作与介绍方面,为开拓这块文艺的新土,期待着未来的收获……"

5月10日,发表《海外通信·得利赛打刘易士的耳光》,署名"山风大郎",载《青年界》第1卷第3期。

6月8日,发表短篇小说《好梦难圆》,署名"岚",载《国闻周报》第8卷第22期。

6月10日,发表《海外通信·高尔斯华绥游旧金山》,署名"山风大郎",载《青年界》第1卷第4期。

7月10日,发表《海外通信·美国文坛短讯》,署名"山风大郎",载《青年界》第1卷第5期。

7月,发表短篇小说《白金龙》,署名"罗暄岚",载《文艺杂志》第1卷第2期。收入《红灯笼》。

7月,发表书评《评陈铨〈天问〉》,署名"溜子",载《文艺杂志》第1卷第2期。此期内刊文艺杂志社社员著译书目,其中有罗暄岚的《招姐》(光华书局出版)、《六月里的杜鹃》(现代书局出版)、《白金龙》(现代书局出版。正在印刷中)。

7月,到美国东部纽约,进哥伦比亚大学研究院,攻读英美文学。朱湘说过:"只要衣食不缺,何必考什么博士!老实一句话,博士什么人都考得,像我这诗却很少人能作出来!"(见罗暄岚《读〈海外寄霓君〉》)受朱湘影响,罗暄岚进哥伦比亚大学后,选修课程不为求得学位,而只凭自己兴趣,如多选指导写作方面的课。学余,尽力接触美国人民,注意观察美国社会和文坛动态,在作品中加以反映。并遍阅欧美作家名著,探讨小说写作技巧。罗念生在俄亥俄州立大学毕业后,亦转进哥伦比亚大学。陈麟瑞也在此校读书。他们三人同住纽约河边路530号。假期,正在耶鲁大学攻读博士学位的柳无忌和水天同到纽约。这群留美学子,全是清华同学,志同道合,共同创办了《文艺杂志》。这次聚会,议论了办好杂志诸事。

9月7日,"二罗"与陈麟瑞同去康涅狄格州新港,拜访刚刚在耶鲁大学获得英国文学博士学位的柳无忌。在柳无忌处认识了无忌的长妹无非、无忌的未婚妻高蔼鸿及其弟高尚荫。罗暄岚等在新港连住数日,柳无忌每天以鸡、鱼、虾、肘子招待。大家在一起打桥牌,开玩笑(笑罗暄岚发胖,笑罗念生耳聋,笑陈麟瑞变瘦……)。"这一群天真的孩子,好像回到了家园,忘却了流浪的苦况。"(见罗念生散文《新港》)柳无忌还引他们去耶鲁大学参观。耶鲁校园环境幽静,建筑古雅,新建图书馆像一座高塔……这些都给罗暟岚等留下深刻的印象。此次相聚,大家还深入讨论了办好《文艺杂志》的事,"二罗"要求柳无忌多写论文,要求柳无非、柳无垢姐妹撰稿支持。谈到《大公报·文艺》对《文艺杂志》的批评,罗暟岚主张答复,罗念生则以为不必。临别时,"二罗"一陈邀请柳博士赴欧洲之前,到他们的新约克的"哑巴的门"(apartment)去作客。柳无忌用自购的汽车送他们上火车。

9月,"九·一八"事变发生。罗暟岚深为祖国的安危担忧。作为一个弱国子民,在美国受到歧视(曾到饭馆吃饭,被安排在屏风后的角落里。罗暟岚大吵一顿,拂袖而去),爱国主义思想不断加强。

12月28日,发表文评《两部文艺巨著——〈索其〉、〈从伏尔加淌入里海〉》,署名"岂风",载《文艺新闻》第42期。

1932年 二十七岁

1月,发表《〈苦果〉代序》,署名"溜子",载《文艺杂志》第1卷第3期。

1月,发表短篇小说《人间天上》,署名"罗暟岚",载《文艺杂志》第1卷第3期。收入《红灯笼》。

3月20日,发表《海外通信·美国文坛杂讯》,署名"山风大郎",载《青年界》第2卷第1期。

3月,得朱湘3月7日寄自国内信(朱湘因不满某些美国人对中国的歧视而提前归国)。朱湘在信中劝告罗暟岚欣赏音乐、美术,学会跳舞,"不可道学气"。

9月,发表短篇小说《小迷姐》,署名"罗暟岚",载《文艺杂志》第1卷第4期。收入《红灯笼》。

9月,发表游记《自西徂东》,署名"溜子",载,《文艺杂志》第1卷第4期。

本年,短篇小说集《六月里的杜鹃》由现代书局再版。

1933年 二十八岁

11月1日,《青年界》第4卷第4期扉页刊出"本刊撰稿人"照片八帧,其中第一张便是"山风大郎"(罗暟岚)的照片。

12月5日,朱湘在从上海去南京的吉和轮上,手捧《海涅诗集》,投江自尽。罗暟岚闻此讯,悲愤交集。朱湘于1927年秋进美国威斯康星州的劳伦斯大学,一学期尚未结束,因愤于《银索》一剧的演出(讽刺中国人抽鸦片烟)和法文课本对华人的侮辱(把中国人叫做猴子),冒雪离校,转入芝加哥大学。谁知该校部分师生对中国学生同样歧视,朱湘遂于1929年1月离开芝加哥大学,转入俄亥俄大学。是年9月,终因对美国幻想的破灭,断然提前归国。不料回国后就业处处碰壁,贫穷激化了家庭矛盾,内外交困,一代诗人被逼上了绝路。

年底,结识美国同学Steve,在其劝说下,攻读博士学位,论文题为《中国园艺对英国文学的影响》。

本年,国民党政府外交次长王家桢由欧至美。清华同学顾毓琇介绍罗暟岚任王家桢临时秘书兼翻译。罗暟岚坚辞未就。

1934年 二十九岁

2月20日,发表《海外遥寄诗魂——悼朱湘》,署名"罗暟岚",载《申报·自由谈》。

3月14日,发表散文《朱湘》,署名"罗暟岚",载天津《益世报·文学周刊》第2期。"周刊"主编柳无忌撰写"编者志",附于罗文之后。

4月20—21日,23—25日,发表《纽约通信》(一)、(二)、(三)、(四)、(五),署名"罗暟岚",载《申报·自由谈》。

5月1日,国际劳动节。随友人参加纽约进步工人的集会、游行。

5月7—8日,发表《纽约通信》,署名罗暟岚,载《申报·自由谈》。

5月,舍弃学位,申请游欧。未获批准。遂从留美学生监督处领得最后数月官费和回国旅费,又向亲友告贷,罄囊作欧洲之游。先后游历了英国、法国、德国、意大利等国(见罗暟岚《奉命考察欧洲抽水马桶记》)。

7月,从意大利乘船经新加坡回上海。冯友兰同船归国。在沪候船回湘期间,罗暟岚与黎烈文晤面,表示想见见鲁迅先生。因时间仓促,未能如愿。黎烈文说林语堂喜欢罗暟岚的文章,建议他向林语堂主编的《论语》投稿。不日,罗暟岚从上海乘船到汉口,转车回湘潭。

9月,婉谢湖南财政厅厅长胡浩若的聘请(胡浩若是罗暟岚的亲戚,他请罗去财政厅编报纸)和武汉大学名教授梅汝璈(清华、斯坦福大学同学)的推荐,而应南开大学英文系主任柳无忌一年前之约,携眷首途北上,任南开大学英文系教授。住芝琴楼旁百树忖。校长张伯苓艰苦办学,一个钱顶两个钱花,一个人顶两个人用。罗暟岚除在本系开设英美小说史、英美散文选读两门专业课外,尚须同时在外系开设大一英文和高级英文两门公共课,还得批阅学生英语作文卷子,任务极其繁重,月薪却比公立大学低。那时公立大学教授月薪300元,而当时尚属私立的南开大学,发给教授的月薪一般只有240元。但因校长与大家同甘共苦,团结奋斗的校风着实感人,故教授们能和衷共济,埋头苦干。罗暟岚从这年秋至1937年抗战爆发,在天津南开大学任教整三年。他后来多次表示,那是他一生中最愉快、最充实、最难忘的三年。他所教的学生中,经济系李赋宁、数学系孙本旺和萧伊莘等,后来都成为著名学者。

10月5日,《新语林》半月刊第5期封底广告,关于光华书局出版书目中有罗暟岚的小说集《招姐》。

初冬,清华老同学孙大雨和罗念生应柳无忌之请,到南开讲学,孙大雨讲美国现代诗,罗念生讲荷马。罗暟岚设家宴招待。

本年,南开商学院院长、经济学家何廉和柳无忌向天津《大公报》馆馆长胡政之推荐《苦果》,这部埋藏箱底多年的长篇小说遂得在《大公报》"小公园"栏内与读者见面,连载五阅月(1934年11月—1935年3月),风靡一时。

1935年 三十岁

1月,发表随笔《无声的微笑》,署名"罗暟岚",载《青年界》第7卷第1期"学校生活之一叶"栏。

1月,发表游记《雨中游庞贝古城记》,署名"罗暟岚",载《青年界》第7卷第1期。

年初,与柳无忌共同发起组织"人生与文学社",社员主要为英文系师生,如刘荣恩、曹鸿昭、梁宗岱、李田意、王思曾、张镜潭、章功叙、黄燕生、王慧敏等。在北京大学任教的罗念生也是社员之一。出版《人生与文学》月刊,印行"人生与文学丛书"。(笔者按:1987年7月10日《天津日报》副刊"文艺"刊登应之《天津的"人生与文学社"》,对该社的活动和贡献作了介绍)

2月16日,发表杂感《门老之谊》,署名"岂",载《论语》第59期。

3月1日,发表随笔《奉命考察欧洲抽水马桶记》,署名"溜子",载《论语》第60期。

4月,发表书评《读〈海外寄霓君〉》,署名"山风大郎",载《青年界》第7卷第4期。文章结尾说:"我们有钱供纨绔去海外调查梅,我们有钱养一批坐食的废物,我们更可用洋大人的设讲座来供养一班政客,我们却无机会让一个诗人自食其力,我的天,这是一个'人'的社会吗?"

4月10日,《人生与文学》创刊,主编人为柳无忌。罗暟岚(第2卷署名"石敢当")、黄燕生、胡立家;发行人为刘荣恩;发行所为南开大学合作社;由《大公报》馆印刷。历时两年,共出十期(第1卷第六期,第2卷第四期)。罗暟岚在创刊号上发表短篇小说《金丝笼子》,署名"罗暟岚"。收入《红灯笼》。

4月10日,发表短评《身边琐事》,署名"项雨",载《人生与文学》创刊号。

5月3日,天津《益世报》载"消息":南开大学广播罗暟岚的小说《别筵》。

5月10日,发表短篇小说《别筵》,署名"罗暟岚",载《人生与文学》第1卷第2期。收入《红灯笼》。本期封二刊有《苦果》出版广告:"每日数万读者翘望阅读的《苦果》,今已由作者精心修正后的《苦果》——罗暟岚长篇创作——即将出版。曾于天津《大公报》连载五阅月,长达二十万字之《苦果》,实系近代中国创作界之最成熟的长篇小说,类似英国狄根斯的双城故事的一部惊人伟作,以婉转细腻的笔调道出人间的悲苦,藉民国十六年湘省为全书的背景,暴露大转变时期中一切丑态罪恶,刻画中国新时代的一页确切伟大记录。"

5月10日,发表短评《鬼话文》,署名"项雨",载《人生与文学》第1卷第2期。

5月10日,发表散文《春游》,署名"石生",载《人生与文学》第1卷第2期。

5月16日,天津《益世报》介绍《人生与文学》第1卷第2期要目。

5月24日,与柳无忌同邀朱自清到南开讲学:《中国的方言问题》。罗暟岚主持报告会,首先讲了一个有关湖南方言的笑话。在一片笑声中,朱自清登台讲学。会后,罗暟岚请朱自清到家里作客。朱自清在罗暟岚的本子上题字:"一别多年,重逢高兴之至!"(见罗暟岚《朱自清在南开》)

6月10日,发表《〈苦果〉序》,署名"罗暟岚",载《人生与文学》第1卷第3期。

6月30日,发表《〈苦果〉自序》,署名"罗暟岚",载天津《大公报》副刊"小公园"第1722期。

6月,长篇小说《苦果》作为"人生与文学丛书"之一,由天津《大公报》馆印行。卷首附新撰"自序"。署名"罗暟岚"。《苦果》畅销,人生与文学社用赚来的钱贴补《朱湘书信集》的出版费。

6月,发表《我所爱读的书》,署名"罗暟岚",载《青年界》第8卷第1期。文中提到四种书,其中之一是鲁迅的《呐喊》。

7月29日,《国闻周报》第12卷第29期封底刊《苦果》出版广告:"本书为罗暟岚先生之创作,内容系叙述一恋爱悲剧,立意深湛,布局严密,曾连载于《大公报》小公园"栏内,极获读者之赞许,兹为应各界之要求,商得罗先生同意,将内容加以修正,另出单行本……"

8月26日,天津《国闻周报》第12卷第33期《文艺新闻·天津文坛》中评介《人生与文学》月刊。

10月,沈从文妹老九到南开英文系旁听,寄居罗家。老九学名沈岳萌,她的表侄黄永玉称之为"九娘"。罗暟岚让英文系高材生王慧敏与老九多接触,给老九以学业上的帮助。

11月10日,发表短篇小说 No Washee Girlie(《不收洗女人的衣服》),署名"石敢当",载《人生与文学》第1卷第6期。

11月17日,发表短篇小说《红灯笼》,署名"罗暟岚",载天津《大公报》副刊《文艺》第44期。收入《红灯笼》。

12月,日寇搞冀东"自治",局势紧张。罗暟岚乃请萧乾(其时在《大公报》任职)送老九返北平,自己则送家眷经南京、武汉回湘潭。长女佩琪(学清)出生。妻谭玉莹以后又生子女学澄、学波、学涛、学治,共生子女五人。家庭负担日益沉重。

本年,河北评剧社改编《苦果》,上演月余。

本年,参加天津部分文人的"星期聚餐会"。每逢周末,辄与柳无忌、河北女师英文系主任李霁野、《大公报》馆王芸生、文艺爱好者王余杞等同上天津名饭馆吃饭,边吃边谈文艺。由王余杞管账,大家凑"份子"。

本年,发表短篇小说《周大相公》,署名"罗暟岚",载《新文学》(中华杂志公司发行)创作专号。收入《红灯笼》。

1936年　三十一岁

3月,短篇小说集《招姐》由上海大光书局再版。

3月,罗念生编选的《朱湘书信集》(收朱湘给妻子刘霓君,友人彭基相、汪静之、梁宗岱、曹葆华、戴望舒、吕蓬尊、徐霞村、赵景深、柳无忌、罗暟岚、罗念生、孙大雨的书信八十六封),作为"人生与文学丛书"之二,也由天津《大公报》馆印行。

4月1日,发表随笔《五日无厨记》,署名"罗暟岚",载《论语》第85期。

4月1日,发表《我创作的动机》,署名"罗暟岚",载《文艺》第3卷第1期(周年纪念号)。

4月1日,发表《离纽约前一周记》,署名"石敢当",载《宇宙风》第14号。

5月11日,发表短篇小说《碎梦》,署名"罗暟岚",载《国闻周报》第13卷第18期。收入《红灯笼》。

6月15日,发表短篇小说《谜》,署名"罗暟岚",载天津《大公报》副刊《文艺》第163期。收入《红灯笼》。

7月1日,发表《〈苦果〉再版致读者》,署名"罗暟岚",载《文艺》第3卷第3期。

7月10日,发表随笔《联合方场——石头新记之四》,署名"石敢当",载《人生与文学》第2卷第2期。

7月16日,发表随笔《关帝庙求签记》,署名"石敢当",载《宇宙风》第21号。

9月5日,发表随笔《小岚出世记——家居素描之一》,署名"罗暟岚",载《中流》创刊号。

9月16日,发表随笔《旧事重提——家居素描之六》,署名"罗暟岚",载《论语》第96期。

9月,《苦果》由天津《大公报》馆再版。《论语》第96期刊出《苦果》再版广告。

11月1日,发表随笔《家居素描》四则:(一)乡人眼中的植物油灯;(二)划夫一夕(席)话;(三)吊丧;(四)造表册。署名"罗暟岚",载《宇宙风》第28期。

11月1日,《大公报》载消息云:"南大教授罗暟岚与各文化团体举办鲁迅追悼会。"

11月10日,发表短评《介绍与翻译》,署名"石君",载《人生与文学》第2卷第3期。

12月15日,发表诗歌《梦星的小河.》,署名"罗暟岚",载《文艺》第3卷第6期。

本年,曾应请到天津青年会作关于小说创作的报告。

1937年 三十二岁

1月1日,发表无题短文一篇,署名"罗暟岚",载《宇宙风》第32期"二十五年我的爱读书"栏。文中提到三种书:《朱湘书信集》《牛天赐传》和《魔侠传》。

4月10日,发表书评《创世纪序》,署名"罗暟岚",载《人生与文学》第2卷第4期。

4月10日,发表短评《空头的文学家》,署名"石君",载《人生与文学》第2卷第4期。

5月,写《〈红灯笼〉后记》:"……此集之成,赖友朋之力殊多,尤其是柳无忌、沈从文二位先生,他们是我的畏友兼严师,在学问、事业,以及文字上,都给过我许多的鼓励和帮助……"收入《红灯笼》。

6月25日,发表短篇小说《接车》,署名"罗暟岚",载天津《大公报》副刊《文艺》第353期。

柳无忌的母校美国劳伦斯大学约柳无忌去任教一年。柳无忌遂请罗暟岚暑假后早回南开,代他当一年系主任。

暑假,回湘潭,7月1日到家。7月7日,卢沟桥事变发生。7月29日,日寇炮轰南开大学,罗暟岚的衣物、书刊、日记、讲义等均毁于炮火。罗暟岚因之未回南开,而柳无忌亦未赴美。不久,北大、清华、南开合组长沙临时大学(南开从此成为国立大学),本部设在长沙小吴门韭菜园圣经书院,工学院设在河西岳麓书院,文学院则设在南岳圣经书院分院。吴俊升任文学院院长,叶公超任西洋文学系主任。

秋,罗念生途经长沙,特地到湘潭罗暟岚家做客,游览了罗暟岚笔下的东镇——一条普通的湖南街道,但经罗暟岚的彩笔描绘,已成为小说中的知名之地。

11月3日,与朱自清、闻一多、陈梦家等同乘汽车,从长沙至南岳。抽签与柳无忌同住停云楼201号房间。罗暟岚在"临大"讲授"英国小说选读"等课程,因缺备课资料,感到讲课无异于唱《空城计》。原南开经济系高材生李赋宁于1935年考入清华外文系,在南岳时,与许国璋、王佐良等积极选修罗暟岚的课程。

11月12日,北大中文系学生何与钧(广东人)去白龙潭瀑布下洗澡,攀登时失足跌下毙命。为该地滑下有记录之第十二人。罗暟岚等深为痛惜。

12月1日,容肇祖作打油诗,套射同住停云楼诸教授:

冯兰雅趣竟如何(冯友兰)　　　　闻一由来未见多(闻一多)

性缓佩弦犹可急(朱自清)　　　　　愿公超上莫蹉跎(叶公超)
鼎沈泗水是耶非(沈有鼎)　　　　　秉璧犹能完璧归(郑秉璧)
养士三千江上浦(浦江清)　　　　　无忌何时破赵围(柳无忌)
从容先着祖生鞭(容肇祖)　　　　　未达元希扫房烟(吴达元)
晓梦醒来身在楚(孙晓梦)　　　　　暟岚依旧听鸣泉(罗暟岚)
久旱苍生望岳霖(金岳霖)　　　　　谁能济世与寿民(刘寿民)
汉家重见王业治(杨业治)　　　　　堂前燕子亦卜孙(燕卜孙)
卜得先甲与先庚(周先庚)　　　　　大家有喜报俊升(吴俊升)
功在朝廷光史册(罗廷光)　　　　　停云千古留大名(停云楼,宿舍名)

　　附1984年容肇祖教授对此诗的补注:1.冯兰:冯,通凭。兰,通阑(干)。2.《韩非子·观行篇》:西门豹性急,常佩韦(麻绳)以自缓;董安于性缓,常佩弦以自急。3.传说九鼎为夏禹所铸。秦灭西周,取九鼎,其一相传沈入泗水。沈,俗作沉。4.秉璧,为郑昕之名号。完璧归(赵),系战国蔺相如故事。5.公子无忌有窃符救赵事。6.祖生即祖逖。《晋书·刘琨传》记载,晋刘琨与祖逖为友,祖逖被任用,刘琨与亲故书云:"吾枕书达旦,常恐祖生先我着鞭。"范成大诗云:"何须争着祖生鞭。"7.《易经》蛊卦:"先甲三日,后甲三日。"为改过自新。甲者,造作新令之日,前三日是辛,为改过自新。又巽卦:"先庚三日,后庚三日。"孔颖达疏:"申命令谓之庚,民迷固久,申不可卒(猝),故先申之三日。令著之后,复申之三日,然后诛之,民服其罪,无怨而获吉矣。"孔广居《说文疑疑》:"庚即古更字,《易》'先庚后庚',更义也。"

　　12月13日,南京失守。日寇溯江而上,威胁华中安全。战火烧到长沙,南岳也遭到敌机轰炸。

　　12月22日,迁居,与朱自清、浦江清、柳无忌同住一室。原住楼让给某军事机关。24日,因中央研究院迁桂林,空出住房多间,"临大"教员再次迁居。罗暟岚抽签仍与柳无忌同室。

　　12月27日,下午,警报大作。罗暟岚与柳无忌同避白龙潭。

　　12月31日,文学院举行师生联欢会。

1938年　三十三岁

　　1月4日,长沙本部来信云:南开学生多人去郑州转豫北,"将来或许至太行山一带发动游击战"。

　　1月17日,得悉"临大"迁昆明已作最后决定,下月初即开始迁校。学生步行经贵阳去云南,教授可自由行动,定于三月十五日在昆明集会。

　　1月21日,回湘潭。因家累,未随校南迁,暂居家中。春节期间,黎烈文回湘潭,向罗暟岚借路费去福建。他认为湘潭闭塞,劝罗暟岚切勿久居。

　　11月12—14日,长沙大火(史称"文夕大火")。形势危急。

　　本年,短篇小说集《红灯笼》由长沙商务印书馆出版,收入《红灯笼》《碎梦》《谜》《别筵》《金丝笼子》《小迷姐》《人间天上》《白金龙》《祸水》《周大相公》《表》《疯婆子》《离婚后》《幺儿的除夕》《板凳派》等十五篇小说。卷末附"后记"。署名"罗暟岚"。

1939年　三十四岁

　　1月1日,中篇小说《创》由东亚印局印刷,天津冀南学社发行。计八万余字。署名

"罗暟岚"。（笔者按：罗暟岚生前否认此书为他所作，说他曾在《大公报》上刊登启事，说明自己隐居湘潭，未再写作，此书乃是他人冒名而出。）

1940年 三十五岁

9月，到湖南辰溪龙头垴，任湖南大学中文系教授。系主任为谭丕谟。同事有彭燕郊、董每戡等。校长胡庶华提出："于艰苦中谋恢复，于安定中求进步。"

作《忆北平旧书店》，载湖大校刊（期数待查）。教学之余帮学生主办的一个英文刊物改稿。

清华校友李仲揆（李四光）到湖大作学术报告，罗暟岚热情接待。

1941年 三十六岁

春，随学生到沅陵演戏募捐，慰劳前线将士。

夏，湘北大战开始，日寇攻平江，湘潭局势紧张。罗暟岚偕家人下乡避难。

9月，应湖南省立工业专科学校校长钟伯谦（原为湖南大学工学院院长）之聘，登南岳，去"工专"教英语。此前，曾得钱锺书长信。钱锺书欲离开蓝田国立师范学院返沪，请罗暟岚去代他的课。同时，得"国师"外文系主任汪梧封（清华同学）信。汪梧封请罗暟岚去任教。罗暟岚以已允"工专"为由婉辞未受。汪树封坐轿来请，罗暟岚亦未允。在"工专"任教对罗暟岚来说有许多好处：一是由南岳回湘潭比蓝田方便，二是"工专"熟人多，三是在"工专"只教英语，备课不需资料。罗暟岚后来回忆说：在"工专"悠哉游哉过了三年。课余兼做家庭教师，也曾到岳云中学兼课。

1944年 三十九岁

3月，日寇在平汉、粤汉线发动进攻，国民党军队从河南溃退到贵州。6月，长沙沦陷。日机炸湘潭，罗家粮栈罗元吉号被炸，罗暟岚之书刊、衣物又一次被毁。为维持全家生活，罗父将数十亩田卖掉，罗家彻底破产。罗暟岚从南岳历尽艰危逃回湘潭，旋即率老幼下乡（易俗河西的田庄）隐居，直至抗战胜利。

1945年 四十岁

8月，日寇投降。湖南大学从辰溪迁回长沙岳麓山。校长胡庶华大力恢复被战火毁坏的校园，扩大办学规模，使湖大成为拥有文、法、理、工、商五个学院二十个系的综合性大学。罗暟岚应胡庶华之请，任湖大外文系教授，直至1953年院系调整。

本年，与夏元贞结婚。夏氏先后生子女五人：美琪（学沅）、曼琪（学泳）、英琪（学湄）、学浩、安琪（学泽）。家庭负担重，罗暟岚到处兼课，疲于奔命。

1946年 四十一岁

7月15日，闻一多在昆明被国民党特务暗杀。罗暟岚甚感震惊和愤慨。

1947年 四十二岁

本年，代理系主任。从四川请来罗念生任教。通过外文系教授胡子安与长沙《中央日报》社社长段梦辉商洽，在《中央日报》上出副刊《星期文艺》（艺文社编。从1947年11月16日至1949年7月31日，共出86期），罗念生任主编，罗暟岚撰写了《来客》（代发刊词）。秋，得悉黎锦明困处湘潭，致函请来讲授文艺批评史。

本年，得三青团"学术讲演会特约学术讲师"聘书，立即退还。

1948 年 四十三岁

4月,罗念生去山东大学任教。遂代其主编《星期文艺》,至中华人民共和国成立时停刊为止。在此副刊上,发表了若干散文、杂感和补白的短文,如《怀念高山明登君》等;组织过许多民间故事和楚地民歌的稿件(罗一生对民间的、乡土的东西感兴趣)。

8月,朱自清病逝于北平。作《悼朱自清》,发表在《星期文艺》上(期数待查)。

1949—1983 年 四十四—七十八岁

1949年8月5日,长沙和平解放。与谭丕谟、魏猛克、韩罕明、彭燕郊等教授奉命筹组长沙市和湖南省"文联"。

1950年,作《喜迎解放》。

1951年12月,加入"民盟"。下乡参观"土改"。

1953年,院系调整。调湖南师范学院中文系。给中文、历史、教育三系学生开设西洋文学课。其时,谭丕谟任中文系主任,很能团结知识分子。罗暟岚作《如何运用马列主义研究外国文学》。

1955年,当选为湖南省出席"民盟"中央第二次代表大会的代表。1956年2月,在中共中央统战部的宴会上,见到毛泽东主席,回湘后,作散文《重逢》,署名"罗暟岚",载《新苗》1957年第7期。

1957年,奉命筹建湖南师院外语系。请廖六如来当系主任,主动让贤。

1957年,作《文艺复兴与双百方针》《春风吹到岳麓山》(载5月15日师院院刊);在"五教授建议书"和五教授《论三大主义和党委制的关系》(载6月2日《新湖南报》)上签名。因此被错划为右派。1959年"摘帽"。从此谨言慎行,低调做人。

1963年,湖南师院成立十周年,举行学术讨论会。应请来讲学的南开大学外文系主任李霁野对罗暟岚的英美文学修养评价甚高。他们在天津相识,此次欲求一见。罗暟岚不想抛头露面,经领导做工作才出来见面。

1963年至"文革"开始,全国开展"四清"运动,湖南师院进驻了工作队,许多老教师受到批判。罗暟岚十分紧张,在一个深夜,趁家人熟睡之际,把多年日记(1924—1964)付之一炬。"文革"初期,焚毁以下未发表手稿:《记芝加哥世界博览会所见》《参观牛津大学记》《山西云冈石窟佛像纪要》《大同风俗略记》《乡居避乱记》等。

"文革"中,受到冲击。图书资料被抄一空。并被批斗、被关进牛棚,受尽凌辱。四个子女下农村。1970年,再次中风(1955年曾中风)。1974年,第三次中风,从此半瘫,不良于行,再也没有外出。

1974年,将1928年鲁迅来信原件赠上海鲁迅纪念馆,并附短文,介绍来信背景:"当年(1928)我正在北京清华留美预备学校(简称清华学校,尚未改为大学)上学,写了一篇短篇小说《中山装》投给鲁迅先生主编的《语丝》。我当时不过一个二十岁左右的青年,一个无名小卒,一般杂志对这种投稿,如不采用,照例不退稿,更不会回信的。先生不仅退还原稿,还写信说明未刊登的原因,实出我意外,同时深深感到先生对热爱文艺追求进步的青年的爱护和关怀,处理事物的严肃认真和负责,令我无限敬佩,至今难忘。"

1976年,在全国欢庆粉碎"四人帮"胜利之际,赋诗抒怀:"秋菊春兰七十年,敢伤迟暮惜华巅。胸怀换骨身犹在,志切传薪信念坚。堂下稚孙纷戏彩,厨中老伴为烹鲜。晚霞一抹红如锦,又卜明朝大好天。"

1977年退休。第八个女儿顶职,至此,子女全部就业。1979年,改正"错划",彻底平反。罗暟岚心情愉快,热心辅导自学青年。

1955年、1958年、1963年、1980年,当选为"民盟"省委会第三届、第四届、第五届、第六届委员会委员。此外,为省"政协"委员、省"文联"委员。

1980年,中国社科院文学研究所选编,人民文学出版社出版的《中国现代短篇小说选》选收了罗暟岚的《疯婆子》。(笔者按:1982年,人民文学出版社约叶雪芬编《罗暟岚小说集》,并要求作者写《前言》,编者写《罗暟岚年谱》和《编后记》。根据罗暟岚提供的线索,叶雪芬到北京、天津、上海、湖南等地和清华、南开、湖南师大等校的图书馆查找罗暟岚的作品和生平资料;走访有关人士。经过几个寒暑假的努力,叶雪芬找到了罗暟岚的所有短篇小说集和长篇小说《苦果》,以及罗暟岚的生平资料和小说之外的作品。全书按要求编就。罗暟岚因病和去世,未能写出《前言》。叶雪芬请柳无忌、罗念生分别写"序"。不料,人民文学出版社改变出版计划:只出一套小型丛书,罗暟岚的"小说选"为其中的一本。1989年1月,叶雪芬选编的罗暟岚小说选《诱惑》,由人民文学出版社出版。柳无忌作序。内收《招姐》《谁知道》《赌博场中》《花鼓戏》《清白家风》《租差》《诱惑》《老博士》《一位笔客子》《中山装》《红灯笼》《碎梦》《别筵》《金丝笼子》《小迷姐》《人间天上》《白金龙》《表》《疯婆子》《离婚后》等二十篇短篇小说。可惜罗暟岚生前未能看到。)

晚年写作:旧体诗若干首,或赠某生,或与亲友唱和。散文若干篇:《悼念吴宓师》、《柳无忌介绍》(载《人物》1981年第6期)、《朱自清在南开》(载《南开校友通讯》复刊第2期)、《朱湘的书籍》(载《新文学史料》1982年第3辑)。这个时期,与柳无忌、罗念生时有书信往还,计划把三人所写有关朱湘的文字结集为《二罗一柳忆朱湘》出版,以纪念三人的友谊(笔者按:此书由罗念生编辑,由柳无忌和罗念生各作一序,1985年4月由生活·读书·新知三联书店出版发行。内收柳无忌文三篇,罗念生文十二篇,罗暟岚文四篇。卷末附罗念生"编后记"。罗暟岚文为:《朱湘》《读〈海外寄霓君〉》《朱湘的书籍》《忆朱湘》。《忆朱湘》为罗暟岚1982年新作。遗憾的是,罗暟岚生前未能看到。笔者发现,此书漏收罗暟岚的《海外遥寄诗魂——悼朱湘》一文,当即信告罗念生,但已无法弥补)。

1983年3月27日,不幸病逝,终年七十八岁。4月6日,湖南师院举行"罗暟岚教授追悼会",60多个单位送了挽联、花圈,200余人参加了追悼会。党委书记致悼词,对罗暟岚一生作了总结,充分肯定他的成就和贡献。

1983年初稿
1996年修改补充
2010年再修改补充

李长声　姜建强　张业松

鼎谈"日本的华文文学"

张业松（《史料与阐释》执行副主编）：

　　李老师、姜老师，二位好！感谢对《史料与阐释》的大力支持！在二位的协助下，本刊第六期"论述"栏下编发了"日本华文文学小辑"，对当今日本华文文学的概貌做了一定程度的梳理和展示。为配合这一专辑，我们还在"目录"栏下刊发了王海蓝、林祁合作提供的《日本当代华人作家著作一览》（第 256—268 页，以下简称《一览》），意在为相关讨论提供更多的背景信息。这个意图和效果应该都是不错的，我们很感谢诸位的辛劳！

　　不过，杂志印出来之后再看，发现也很有些问题，需要订正、说明和进一步探讨。《一览》的两位作者都是长期在日工作、生活，并深度介入当地华文文学创作和研究活动，也同属您二位领导的"日本华文文学笔会"的领导层成员，所提供的资料，来自他们的日常积累，及团体内征集所得。从一手材料的"信源"资质方面来说，完全没有问题。但或因征集渠道、选择口径、学术观点及工作态度的不同，导致所收条目在类别、属性乃至版本情况上互有歧出、差异和错误。加以缺乏编者说明，采择标准更令人困惑。

　　比如，《一览》中 B 字头下录有"不肖生《留东外史》岳麓书社 1998"条目，不仅人物选择上有年代歧义，版本选择也明显错误，简直像缺乏文学史常识，不知道《留东外史》最初是 1916—1922 年间出版于上海一样。并且，这一条目还牵涉到所谓"留学生文学"的属性问题。这类作品是否应该归并入所在国的"华文文学"范畴之内，相信会很有争议。尤其是考虑到所谓"中国新文学"几乎发端于"留日学生文学"的情况，将这一部分"留日"相关的文学拿出来放到"日华文学"的筐子里，则"中国新文学"简直要成为"无头之体"了。所以这绝不是小问题，二者关系需要作出有说服力的学术处理。Z 字头下列入"张承志《敬重与惜别——致日本》中国友谊出版公司 2009"条目，与上述争议有关，同时又牵涉到"日本题材"作品与"在日写作"之间的异同和取舍问题。张承志虽曾多次访日并在日长住，撰有这一册分量厚重的"日本题材"作品，但恐怕充其量只能算作"日本观察"之作，不能算作"日本的华文文学"作品。自"近代"以来，访日中国人多如过江之鲫，同类作品即便不曾汗牛充栋，亦可谓盈箱累箧，以往的文学批评和研究似乎并没有加以特别处理。现在问题被牵出来了，那么，从"留日学生文学"到"日本题材文学"再到"日本的华文文学"，这一组相关概念之间到底如何区分与连接、有没有可能将它们放在一起加以讨论、讨论的意义何在等，也不能不加以考虑。而 W 字头下"王智新"名下列入的是"主要论文/著作"，其中既有"《日文书信手册》（合著），上海交通大学出版社，1988"，也有"《中日教育制度比较》，泷泽书房，1988"、"《当代日本教育丛书》16 卷（编著），山西教育出版社，1993、1998"、"《最新教科书现代中国》（合著），柏书房，1998"、"《养老介护人员行为规范手册》（编著），华东师范大学出版社2018"，还有"《菊与刀》（合译），商务印书馆，1989"以及莫名其妙的"《朱永新教著作选集1—3》，朱永新原著，东方出版社，2016"等一眼望去品类繁杂、语种纷歧的作品，成了一位作者的文字工作业绩的总汇，其中与原创"文学"相关的条目反而很少。这牵涉到的是对"文学"和作品的"文学性"的认定问题。

总之，这份目录的刊布带来了很多问题，其中属于编者把关不严、编校不精的问题，责任在我，在此郑重向读者致歉。此外牵涉到的问题，事缘"日本华文文学"，关乎对"日本华文文学"的基本概念的界定、对作者身份和作品品类的区分，以及对作品题材、主题、品质的鉴别等，更进一步关联到对普遍范围内的各地"华文文学"的同类问题的认识，以及如何在国家/历史/个人的绞缠中更好地讨论"文学"的问题等。可以说既有"华人"与"华文"、"在地"与"跨界"（或"越境"）的问题，也有"继承与创新"、"传统与个人"的问题。所涉甚多，远非三言两语可以打发。为此，我想特别约请您二位发表高见，以期对相关问题有所说明、引申和引领，推动相关领域的研究的进一步开展。十分感谢！

李长声（"日本华文文学笔会"终身顾问）：

这个书目收的书不少，但是在"日本当代华人作家"这个题目下，似乎有些作家或作品不大妥帖，很值得商榷。

第一个问题是什么叫"日本华人作家"，至于当代不当代，且不管他。

要是给"日本华人作家"下一个定义，先得界定这里的"日本"和"华人"两个概念。

我想："日本"，就是指侨居日本，或者叫旅日。如果不住在日本，那就不能揽到旗下。例如刘柠，在日本工作过，但基本在中国著述，在中国成名，纯粹是中国的评论家，是中国人评论日本的最好的评论家之一。这个书目里倒是没收他，收了张承志。他是中国著名的作家，在日本读过书，也出过书。但郭沫若、郁达夫也都在日本读过书，从日本起家，能算作"日本华人"么？我觉得，不能叫"华人作家"，而应该叫"华文作家"。人在日本，用华文写作。以日本为题材，小说也好，随笔也好，但只要人不在日本，就不能归入"日本华文"。如今写作是最容易不过的事情，虽然用来营生还比较难。所谓作家，大都是"业余"的，很少人专事写作。

在国外，也有人用当地语言写作，例如杨逸，用日语写作，获得芥川奖。她的作品只能归入日本文学。也有人加入了日本国籍，但仍然用中文写作，日本人不看，只能回故国觅知音。比杨逸更早的，有陈舜臣。记得20世纪80年代我在长春编辑《日本文学》杂志，议论过陈舜臣算不算中国作家，有人说他算中国作家，写的是日语文学。用日语写，作品就属于日本文学，作者也只能算日本作家。陈舜臣当年没加入日本籍，或许可称之为华人，但不是华文作家，他的作品为日本文学做出了贡献，也为介绍中国历史做出了贡献，但是与中国文学无关。近年又出了一个东山彰良，获得直木奖，他来自台湾，我们也不能自作多情，把人家拉来当"华文作家"。

《留东外史》是一部以留日学生为题材的中国小说，收进来很有点荒唐。还记得这个小说里把日本叫"假扮"，予以鄙视。作者不肖生曾留学日本，好像是家里有钱，花天酒地过了几年。这不是留日，是嫖日，清末王韬访日也留下一些这方面的诗。《留东外史》被称第一部留学生小说，这个说法也含混，"留学生小说"意思应该是写留学生的小说，而不是指留学生写的小说，虽然好像他真是在日本写的。

来日本之初，我曾想研究北海道文学，甚而想跟中国的东北文学作比较，叫北纬四十度文学，后来不了了之。但那时认真思考过什么是北海道文学。首先是生在北海道的作家，例如三浦绫子、渡边淳一等，有一群。日本的作家集中在东京，文学几乎是东京的地方产业，此外作家能成群的地方几乎就是北海道。井上靖生在北海道，父亲是军医，祖籍静冈县，井上靖一岁跟母亲回到静冈县，所以，他说自己出生于北海道，出身于静冈县。虽然也去北海道做过讲演，但说他是北海道作家，怎么也说不通。渡边淳一生在北海道，长在北海道，一辈子和北海道有关系，纪念馆也在那里。三浦绫子是天主教徒，写过《冰点》等小说，她一辈子没离开北海道。其次考虑的是写北海道的作品，多得不得了，都算作北海道文学，那可不得了。北海道主要是明治维新以后开发的，对于内地的日本人来说，有点像外国，所以他们很爱拿北海道写小说。

听说贾平凹、莫言们是去乡下专心创作，但现在中国作家很有钱，在国外也有别墅，有的去外国创作，这不过是换了一个写作的地方，并不是文学有变。所谓在日的华文作家，不仅在日本写作，在日的最大意义是学习吸取当地文学的养分，写出不同于国内作家的作品。只添加一点外国的素材，或者叫元素，丝毫没有当地文学的影响，这样的作品，中国作家不出国也写得来。当今是全球化时代，出国几乎无异于国内移动，在哪里写已经不重要。"在日"，譬如"旅日作家"的头衔，说明不了什么，当然，可能会受到祖国的特别关照。日本的华文文学，更需要表现被日本风土的浸淫和被日本文学的熏染。否则，作品里有几个鬼子，或者几个艺妓，也算不上"日本华文文学"。

在日本的华文写作，大宗是随笔，无非介绍日本。作者没有当文学写，读者也不当文学读，只是借以知道日本罢了。似乎是继承了周作人一脉，但周作人写日本不单单介绍，其中有他的真知灼见。这种功力，恐怕当今侨居日本的中国人都望尘莫及。

我最早读的关于日本的书，是《樱花国度》，好像作者是袁鹰，还是上中学的时候。那阵子出了好些外国游记，记得还读过写保加利亚的。后来读的是刘德有的书《在日本十五年》。当时觉得十五年的时间太长了，没想到一晃我在日本已经三十年了，倘若能写出一本"在日本三十年"，那就不是驻日记者，而是"日本的华文作家"吧。

我很少读小说，因为认识陈永和，所以读过她的作品。

日本也有几位学者关注日本华文文学，例如邵迎建教授，本来研究张爱玲的，张欣教授，好像研究梅娘以及伪满洲国文学，年轻的学者有王海蓝。国内好像更多了，张业松教授就比较关心。厦门还有林祁教授。不过，问题是日本华文文学的成绩还不大。评论村上春树，读者关注的是村上春树，但评论华文文学，恐怕读者在意的是评论家本人。而且，出于近代以来唯西方马首是瞻的偏见，国内重视欧美的华文文学。甚至连近代中国文学是留日的人开创的这个事实也被忽视，甚至抹杀。

其实，在日本用日语写作的华人也值得注意。从历史进程来看，如邱永汉、陈舜臣、唐亚明（获得开高健奖）、田园（诗人）、杨逸、东山彰良……

我一向自以为写的是随笔，不是散文。有人曾问过我，你这么拘泥，两者有什么区别呢？我觉得，散文具有抒情性，随笔偏重知识性。

姜建强（"日本华文文学笔会"会长）：

就《日本当代华人作家著作一览》引发出来的对"日本当代华人作家"这个概念的思

考,很有意义。这里面有两个问题值得思考。一个是如何界定日本的这个"当代"？这个"当代"的时间跨度,照我的理解应该就从因循中国改革开放大潮而兴起的出国潮的20世纪80年代算起至今。若从这个特殊/个别(而不是普遍/一般)的理解出发来看,一览表所收录的名单是值得商榷的。如一览表把不肖生、刘德有等作家也纳入"当代"系列,这怎么看都是生硬而欠妥的。当然从收录的书单来看,绝大多数的作家与作者都属当代之人是没有问题的。另一个问题是怎样理解和定义"当代华人作家"这个概念。这是主要问题。

从历史上看,"华人"这个概念文化的认同要早于民族的认同。"华人"一词在晚清开始具有民族认同的概念。1907年(光绪三十三年)7月5日,章太炎在日本东京的《民报》上发表《中华民国解》一文,"华人"的概念也得到了进一步的确认。华人聚集在海外,用中文写作,那么他们的作品是否就是华文文学呢？他们是否就是华人作家呢？这确实是个值得思考的问题。这里又有两个层面的问题。

首先,清末民初,留学大潮在日本。陈独秀,王国维是在1901年,鲁迅是在1902年,秋瑾是在1904年,蒋介石是在1905年,李大钊是在1913年,郭沫若是在1914年,董必武是在1914年,周恩来是在1917年分别留学日本。此外还有周作人、郁达夫等一批近代中国的文人。在留学期间,鲁迅与许寿裳、陶成章等浙江籍留日学生在东京组织浙江同乡会,会上决定出版《浙江潮》月刊。之后留学日本的郭沫若创办《创造》月刊。若从现在的概念来看,这些是否属于华人文学刊物？留学日本时鲁迅作《自题小像》诗,"寄意寒星荃不察,我以我血荐轩辕",是否也属华人文学？郭沫若留日期间写的《凤凰涅槃》等作品,是否也属华人文学？他们对东亚的体验以及对异文化的认识与书写,是否也属于华人文学的范畴？逻辑地看应该是这样的：如果承认晚清留学的华人,他们的作品就是华人文学的话,那么日本华人文学作为历史的延长线,作为文化的延长线,作为观念的延长线,在今天是否具有一脉相承性？如果承认具有一脉相承性,那么今天的日本华人文学就具有"逻辑/历史"的连带性。可以说当代日本华人文学是近代日本华人文学的再出发再传承。这种再出发与再传承,恰恰是其他地域的华人文学所难以具有的。如果说当时的日本华人文学的主题是"启蒙与救亡",那么今日的日本华人文学的主题就是"向中国读者如何传递一个真实的日本"。前者是为了中国的再觉醒,后者是为了中国的再崛起。两者之间的连带,在其本质上是一致的。

其次,问题的复杂性在于：当问鲁迅是华人作家还是中国作家？郭沫若是华人诗人还是中国诗人？答案又是不言而喻的。鲁迅是中国作家,郭沫若是中国诗人。之所以不叫华人作家不叫华人诗人,是在于他们离开了原本异国他乡的写作土地而回国了。回国了,他们就不应该叫华人作家了,他们的作品也不属于华文文学了。所以我们在观念上没有将鲁迅、郭沫若、郁达夫他们的作品称为华人文学,也是基于这个理。在逻辑上具有一脉相承性,但在具体的理解和定义上又发生歧异性,这是否就是华人文学的本身性格与气质所决定的？看不到这一点,我们就会落入表象的逻辑怪圈。

这次《日本当代华人作家著作一览》所引发的歧异,关键也是在这里。书单里的这些作者当然都来过日本,都在日本生活学习工作或访学过。但有些作者很早就回国了。他们回国之后写的有关日本的作品,能归属到"当代华人作家著作"里来吗？我认为不能。"当代华人作家"的本质之处,就必须你人还在你的所在国生活。这期间你所出版的著作才是"当代华人作家著作"。一旦你离开所在国回祖国生活了,那就不属于"当代华人作家著作"。

当然,"当代华人作家著作"这个概念,也一定涵盖了用所在国语言书写的著作。因此,该一览表收录的用日语写作用日语出版的作家,这个理解我认为是对的。当然,用所在国语言书写也应该具有的一个前提就是:你本人必须在这个所在国正在生活中。如果不在这个所在国生活,也不能称之为"当代华人作家著作"。

所以,我认为这篇书单一览文之所以引起争议,就在于在概念的理解上发生了歧异。实际上,这不仅是日本华人文学所面临的问题,也是世界华人文学面临的一个共同问题。如何审视与整理近代华人文学所留下的遗产,如何整合与界定当代华人文学,我们需要的是理性而不是感性,我们需要的是实在而不是虚假的繁荣。

图书在版编目(CIP)数据

史料与阐释. 总第七期/陈思和,王德威主编. —上海：复旦大学出版社,2021.5
ISBN 978-7-309-15559-4

Ⅰ.①史… Ⅱ.①陈… ②王… Ⅲ.①中国文学-现代文学史-史料 ②中国文学-当代文学-文学史-史料 Ⅳ.①I209

中国版本图书馆 CIP 数据核字(2021)第 049253 号

史料与阐释(总第七期)
陈思和　王德威　主编
责任编辑/杜怡顺

复旦大学出版社有限公司出版发行
上海市国权路 579 号　邮编：200433
网址：fupnet@fudanpress.com　http://www.fudanpress.com
门市零售：86-21-65102580　团体订购：86-21-65104505
出版部电话：86-21-65642845
常熟市华顺印刷有限公司

开本 787 × 1092　1/16　印张 20.75　字数 491 千
2021 年 5 月第 1 版第 1 次印刷

ISBN 978-7-309-15559-4/I · 1266
定价：88.00 元

如有印装质量问题，请向复旦大学出版社有限公司出版部调换。
版权所有　侵权必究